L'Espoir au cœur

Lesley Pearse

# L'Espoir au cœur

*Traduit de l'anglais par Michel Ganstel*

Titre original : *Hope*
publié par Michael Joseph, Londres.

Une édition du Club France Loisirs,
avec l'autorisation des Éditions Belfond.

Éditions France Loisirs,
123, boulevard de Grenelle, Paris
www.franceloisirs.com

Le Code de la propriété intellectuelle n'autorisant, aux termes des paragraphes 2 et 3 de l'article L. 122-5, d'une part, que les « copies ou reproductions strictement réservées à l'usage privé du copiste et non destinées à une utilisation collective » et, d'autre part, sous réserve du nom de l'auteur et de la source, que les « analyses et les courtes citations justifiées par le caractère critique, polémique, pédagogique, scientifique ou d'information », toute représentation ou reproduction intégrale ou partielle, faite sans le consentement de l'auteur ou de ses ayants droit ou ayants cause, est illicite (article L. 122-4). Cette représentation ou reproduction, par quelque procédé que ce soit, constituerait donc une contrefaçon sanctionnée par les articles L. 335-2 et suivants du Code de la propriété intellectuelle.

© Lesley Pearse, 2006. Tous droits réservés.
Et pour la traduction française :
© Belfond, un département de Place des Éditeurs, 2007.

ISBN : 978-2-298-00908-8

*À tous mes amis et voisins de Compton Dando, qui m'ont si chaleureusement accueillie et ont rendu mon séjour si agréable.*

*J'espère que vous prendrez plaisir à lire cette histoire entièrement fictive et voudrez bien me pardonner les libertés que j'ai prises avec l'histoire de notre village, ainsi que les erreurs ou omissions que j'ai pu commettre.*

# 1

*Somerset, 1832*

— Hurler n'aide pas les bébés à venir au monde ! gronda Bridie, excédée, en forçant sa maîtresse à prendre le bout de la corde nouée à la tête du lit. Tirez là-dessus et poussez plus fort.

En entendant la porte s'ouvrir, elle lança un coup d'œil par-dessus son épaule. Nell, la jeune femme de chambre, entrait en portant une bassine d'eau chaude.

— Il était temps ! aboya-t-elle. Je croyais que tu avais détalé.

Nell ne s'offusqua pas de la brusquerie de la vieille Bridie, dont la peur mettait les nerfs à rude épreuve. Seule la crainte du scandale qui détruirait la réputation de lady Anne Harvey l'avait décidée à procéder elle-même à l'accouchement alors qu'elle n'était pas sage-femme. Avec ses mèches de cheveux gris s'échappant de sa coiffe, ses traits tirés par la fatigue et l'angoisse qui avait éteint la gaieté habituelle de ses yeux bleus, elle accusait ce jour-là plus que ses soixante ans d'âge.

— Nous devrions peut-être appeler le docteur, suggéra Nell en voyant le visage congestionné de lady Harvey. Elle est en travail depuis trop longtemps, elle souffre horriblement.

Comprenant au regard que lui décocha Bridie qu'elle ferait mieux de garder ses opinions pour elle, Nell se borna à tremper un linge dans la bassine et à le tordre avant d'éponger le front de sa maîtresse. Elle espérait seulement que Bridie savait ce qu'elle faisait, car si par malheur lady Anne ne survivait pas à l'accouchement, elles seraient l'une et l'autre exposées à de graves ennuis.

Bien que le feu soit presque éteint, il régnait dans la chambre une chaleur poisseuse, une atmosphère étouffante qu'alourdissaient encore les épais rideaux du lit et le bois sombre du mobilier. Lorsqu'elle était descendue à la cuisine chercher la bassine d'eau chaude, Nell avait vu poindre les premières lueurs de l'aurore. N'ayant pas fermé l'œil de la nuit, elle était épuisée au point qu'elle craignait de tomber sur place.

Un an plus tôt, elle avait aidé à l'accouchement de son petit frère, mais cela n'avait rien eu de commun. Sa mère marchait encore cinq minutes avant, elle s'était couchée, avait poussé un cri et le bébé était arrivé sans plus d'histoire. Jusqu'à ce soir, Nell croyait que tous les bébés naissaient aussi facilement.

Lady Harvey avait commencé à six heures la veille au soir à crier et à se contorsionner et cela n'avait fait qu'empirer tout au long de la nuit. *Si c'est ce qu'on gagne quand on va avec un homme*, se disait Nell, *je préfère rester vierge.*

— Laissez-nous mourir, le bébé et moi ! cria lady Anne. Dieu ne m'a-t-Il pas assez punie de mes péchés ?

— Poussez ce satané moutard ou vous mourrez pour sûr ! riposta Bridie en lui assenant une claque sur la cuisse. Allez, faites un effort !

Fut-ce l'effet de la claque ou la perspective d'une mort certaine, mais lady Anne cessa de gémir et se mit à pousser avec une nouvelle détermination. Moins de vingt minutes plus tard, les yeux écarquillés, Nell vit apparaître la tête du bébé couverte d'un duvet de cheveux noirs qui formait un contraste frappant avec la peau blanche des cuisses de sa mère.

— Ça y est, il arrive! dit Bridie d'une voix soudain adoucie. Laissez-le venir, ne poussez plus.

Sa fatigue oubliée, Nell vit avec émerveillement le bébé glisser dans les mains noueuses de Bridie. Le ventre plus gonflé qu'une citrouille s'aplatit en un clin d'œil et lady Anne, soulagée que son épreuve ait pris fin, exhala un soupir.

Délibérément, Bridie éloigna le bébé de sa mère, sans même lui annoncer qu'il s'agissait d'une fille. Nell surprit alors dans le regard de la vieille nourrice une terreur telle que son ravissement d'avoir été témoin du miracle de l'apparition d'une vie nouvelle fut soufflé comme une bougie. Condamné à mort avant même d'avoir vécu, le bébé ne devait pas survivre. Bridie ne lui donna pas même une tape dans le dos ni ne lui souffla dans la bouche pour l'aider à respirer.

— C'est vraiment fini, maintenant? murmura lady Anne d'une voix rauque.

— Oui milady, c'est fini, répondit Bridie en coupant le cordon. Dans un instant, vous pourrez vous endormir et tout oublier.

Nell baissa les yeux vers le bébé inerte sur le lit. À la naissance, ses frères et sœurs étaient laids, rouges, ridés et sans cheveux sur le crâne. À peine avaient-ils vu le jour qu'ils s'étaient mis à hurler, peut-être de colère de se trouver jetés sans ménagement dans un monde inconnu et cruel. Cette enfant-là était belle, avec ses cheveux noirs et sa bouche comme un bouton de rose. Sans doute parce qu'elle était destinée à monter tout de suite au Ciel, avec les anges...

— Le bébé est mort, n'est-ce pas? demanda lady Anne.

Son visage congestionné par l'effort était devenu blafard, ses longs cheveux blonds et soyeux dont Bridie était si fière pendaient en mèches informes. Nell avait peine à croire qu'il s'agissait de la même jeune femme dont elle admirait tant l'élégance et la beauté.

— J'en ai peur, milady, soupira Bridie sans même un regard à l'enfant. Mais cela vaut peut-être mieux.

— Montrez-le-moi quand même.

Bridie fit signe à Nell d'envelopper le bébé dans une couverture et de le soulever. Lady Anne tendit une main et caressa d'un doigt la joue du nouveau-né avant de se détourner, les larmes aux yeux.

— C'est la volonté de Dieu, murmura-t-elle. Mais je Le remercie de Sa miséricorde.

Le bébé dans les bras, Nell sortit de la chambre et se dirigea en hâte vers l'escalier de service, au bout du couloir. Le château de Briargate était plongé dans le silence. Les autres serviteurs avaient tous été envoyés à Londres trois semaines auparavant pour préparer l'hôtel particulier afin d'y recevoir sir William Harvey à son retour d'Amérique. L'absence de sir William ayant duré près de deux ans, Bridie avait jugé qu'il ne fallait pas maintenir le bébé en vie. Si elle en connaissait le vrai père, en tout cas, elle n'en soufflait mot et gardait le secret de sa maîtresse plus jalousement que s'il était le sien. Même quand elle se vit forcée de demander l'assistance de Nell, elle ne lui révéla rien de plus que le fait que lady Anne portait un enfant indésirable.

Avril touchait à sa fin, mais les premiers signes du printemps n'étaient apparus que la veille au terme d'un hiver particulièrement long et rigoureux. La journée s'annonçait douce et belle, le soleil dardait déjà ses rayons par la fenêtre de l'escalier de service ouvrant à l'est. Son image reflétée dans le miroir près de la fenêtre choqua Nell, moins pour sa tenue négligée, son tablier souillé et sa coiffe de guingois que parce que l'épreuve de la nuit paraissait l'avoir vieillie. La veille encore, elle avait l'allure d'une petite bonne de seize ans tout à fait ordinaire, soignée de sa personne, les joues rosies par l'effort de courir de haut en bas des escaliers et les yeux noirs pétillants de gaieté parce que Baines, le majordome, n'était pas là pour la réprimander. Elle avait l'esprit tout occupé de Ned Travers, qu'elle devait rencontrer dans le bois de Lords Wood cet après-midi-là. Ned devait s'engager dans l'armée et toutes les filles du village rêvaient qu'il jette son dévolu sur elles. Nell ne savait trop si elle en rêvait elle aussi, mais se dire qu'elle retenait son attention lui faisait plaisir.

Nell savait qu'elle n'était pas particulièrement belle. Petite, trapue, les cheveux noirs et raides, elle tenait de son père comme tous ses frères et sœurs. Ned lui avait dit qu'elle avait un teint de pêche, mais ce n'était peut-être que par flatterie. Elle avait la bouche trop petite, le nez trop long et les sourcils trop épais. Mais comme elle n'avait pas pu se rendre au rendez-vous de Ned, elle ne saurait jamais s'il l'aimait pour elle-même ou parce qu'il jugeait qu'une fille aussi ordinaire serait plus facile à séduire. Bridie avait lancé sa bombe au milieu de la matinée, en spécifiant que Nell ne devait quitter la maison sous aucun prétexte jusqu'à nouvel ordre.

Jusqu'alors, Nell, comme tous les serviteurs, avait cru que sa maîtresse ne gardait aussi longtemps la chambre que parce qu'elle s'était blessée en tombant de cheval. Rose, une autre femme de chambre, avait quand même observé que c'était «plutôt bizarre», parce que, après une chute de cheval survenue quelques années plus tôt, lady Anne était remise sur pied au bout de deux jours en s'aidant d'une canne.

Nell n'avait pourtant rien trouvé de suspect à ce repos prolongé. Au cours de ses quatre années de service, elle avait remarqué que les dames de qualité souffraient volontiers de maux qui paraissaient ne pas affecter les femmes du commun.

De son point de vue, sa maîtresse était affligée d'une langueur mélancolique due aux rigueurs de l'hiver aggravée par la longue absence de son mari. Quand elle était chargée de lui monter un plateau, elle trouvait toujours lady Anne dans son lit ou étendue sur une méridienne près de la fenêtre, couverte d'un chaud édredon. Elle était aussi belle que d'habitude avec ses cheveux d'or cascadant sur ses épaules, mais elle paraissait plus lasse et plus pâle. Nell estimait que Bridie aurait dû faire preuve de fermeté et la forcer à sortir se promener au grand air tous les jours pour faire revenir ses belles couleurs.

Avant de monter dans la voiture qui l'emmenait à Londres avec le reste de la domesticité, Baines lui avait donné ses ordres. Nell devait faire la cuisine et le ménage jusqu'à ce que lady Anne soit en état de partir à son tour pour Londres avec Bridie. Nell resterait ensuite seule à Briargate pour surveiller et entretenir la maison, le jardinier et le groom étant chargés de s'occuper de l'extérieur.

Nell n'était nullement déçue de ne pas aller à Londres. Bridie lui avait dit qu'il y avait beaucoup plus de travail parce que la maison était plus grande et que les Harvey recevaient sans arrêt. Elle avait ajouté que le personnel londonien méprisait les « bouseux » de la campagne et qu'il y régnait l'atmosphère d'une maison de fous. De fait, Nell considérait qu'elle profiterait de vraies vacances, car elle n'aurait pour ainsi dire plus rien à faire, serait libre d'aller tous les jours rendre visite à sa famille et de se promener autant qu'elle voudrait.

Aussi, lorsque Bridie lui avait révélé la veille de quelle maladie souffrait réellement sa maîtresse, Nell avait subi un choc. « Elle a fait un faux pas », avait commenté Bridie comme si elle imaginait que Nell ne savait pas comment on faisait les bébés. Elle avait aussi promis à Nell une gratification d'un souverain si elle promettait de ne pas répéter à âme qui vive ce qu'elle serait amenée à voir et à entendre au cours des heures suivantes. Bridie avait aussi laissé échapper qu'elle espérait que le bébé ne survivrait pas à l'accouchement.

Cet espoir, Nell ne l'avait pas mal jugé sur le moment. Bridie manifestait, après tout, le même esprit pratique que le groom qui noyait une portée de chatons dénichés au fond de la grange. Nul n'ignorait non plus que les ladies confiaient de toute façon leurs bébés à des nourrices, et qu'elles ne commençaient à accorder un peu de leur temps à leurs rejetons que lorsqu'ils étaient déjà grands.

Pourtant, quand elle entra en travail, lady Anne ne se comporta pas différemment des autres femmes. Nell le savait mieux que personne. Elle suait, elle criait, elle gémissait, elle lâchait même des jurons aussi orduriers que ceux de la serveuse de l'auberge. Sa fine lingerie et ses dentelles, ses brosses en argent et ses bijoux ne la dispensaient pas de pousser et de souffrir comme une vulgaire paysanne. Et lady Anne aurait autant de chagrin que la pauvresse la plus démunie si son bébé mourait, Nell le savait aussi.

En regardant le petit paquet dans ses bras, Nell sentit les larmes lui monter aux yeux. Ses parents avaient eu et élevé dix enfants dans un petit cottage au toit plein de fuites mais, malgré leur pauvreté, chaque nouveau bébé avait été accueilli dans la joie. Celui-ci n'avait pas même eu droit à un baiser, encore moins à un nom pour être enterré comme il aurait fallu.

L'accouchement dont elle avait été le témoin involontaire était pour Nell un fardeau plus écrasant que le poids du petit corps. Elle ne savait pas si elle pourrait désormais parler normalement à lady Anne, encore moins tout oublier. Bridie et elle s'exposaient au pire à cause de leur participation à l'événement. S'abstenir de faire respirer un nouveau-né pourrait être considéré comme un meurtre pur et simple. Si quelqu'un de malintentionné l'apprenait, elles risquaient la corde !

Nell sentit son estomac se nouer et son cœur battre la chamade. Bridie comptait-elle enterrer le bébé dans le jardin ? Mais comment s'y prendrait-elle sans que Jacob, le vieux jardinier, s'en aperçoive ? Elle s'engageait dans l'escalier quand un léger mouvement contre sa poitrine la fit sursauter au point de manquer une marche et de presque lâcher son petit fardeau. En écartant la couverture, elle fut stupéfaite de voir une petite main bouger et le bébé ouvrir la bouche.

Pétrifiée, elle fut d'abord convaincue d'avoir été le jouet d'une illusion – jusqu'à ce que la petite main bouge à nouveau, avec plus de vigueur cette fois. « Un miracle ! » s'écria-t-elle à haute voix. Elle savait mieux que personne que les bébés poussaient toujours un cri dès leur venue au monde pour proclamer qu'ils étaient en vie. Jamais encore elle n'en avait vu un garder aussi longtemps le silence, à moins qu'il ne fût trop faible pour survivre.

Ou que ce fût un enfant des fées...

Pour toute éducation, Nell avait reçu entre six et huit ans les leçons du révérend Gosling, qui lui avait appris à lire, à écrire et un peu à compter. En revanche, elle était instruite depuis sa naissance de toutes les superstitions populaires transmises par ses parents et les anciens du village. Selon la tradition, les enfants des fées venaient au monde avec pour mission de répandre la bonne fortune autour d'eux. On les reconnaissait à leur naissance inespérée, à leur beauté exceptionnelle et à la douceur de leur caractère. Nell connaissait bien l'exemple de Joan et d'Amos Stott, qui vivaient misérablement de leur terre ingrate quand leur était venue une fille que personne ne pensait voir survivre. Pourtant, à peine avait-elle été couchée dans son berceau que les poules jusqu'alors stériles s'étaient remises à pondre, le blé à pousser dru et la vieille truie, promise au saloir, à produire une portée de douze gorets. La fillette avait maintenant six ans. Elle était belle comme un matin de printemps et ses parents faisaient presque figure de fermiers prospères.

Que la fille de lady Anne fût un miracle ou un enfant des fées, Nell savait que Bridie ne se réjouirait pas d'apprendre qu'elle survivait. Bridie était entrée au service des Dorville, la famille de lady Anne, à l'âge de quatorze ans. Simple fille de cuisine, elle avait gravi tous les échelons jusqu'à celui de nurse des enfants. Au mariage d'Anne, la cadette, avec sir William Harvey, huit ans auparavant, elle l'avait suivie à Briargate comme femme de chambre personnelle. La vie entière de Bridie avait gravité autour de sa maîtresse, qu'elle avait pour ainsi dire mise au monde. Elle ne permettrait à personne de porter atteinte à sa réputation.

L'idée que le bébé dans ses bras pût être un enfant des fées effaça de l'esprit de Nell les souhaits et les sentiments de Bridie : elle devait agir selon son instinct à elle. Descendue en hâte dans la cuisine bien chaude, elle prit le châle qu'elle avait laissé sur une chaise, en enveloppa le bébé, chassa le chat du fauteuil de la cuisinière où il était pelotonné, coucha le bébé sur le moelleux coussin et sortit remplir la bouilloire à la pompe.

Une heure s'était écoulée lorsque Nell entendit le pas lourd de Bridie dans l'escalier. Il faisait maintenant grand jour et les rayons du soleil traversaient les fenêtres. La petite fille était baignée, enveloppée dans une couverture propre et profondément endormie dans un panier à linge près du fourneau. Elle avait ouvert de grands yeux étonnés quand Nell l'avait dépouillée de la couverture sale et protesté à grands cris au contact de l'eau, mais elle s'était paisiblement rendormie à peine langée et recouchée dans le panier.

— Je croyais t'avoir dit d'aller te reposer, grommela Bridie.

Lourdement chargée d'un seau d'eau sale dans une main, d'une cuvette dans l'autre et de paquets de linges ensanglantés sous chaque bras, elle avait l'air épuisé. Les épaules voûtées, le tablier taché de sang, elle haletait à chaque pas.

— Le bébé est vivant, annonça Nell.

Bridie pâlit, lâcha ses fardeaux en éclaboussant le carrelage et se signa précipitamment.

— Jésus Marie mère de Dieu! s'exclama-t-elle en lançant un regard terrifié au panier.

— Elle est belle comme un petit ange, hasarda Nell avec espoir.

Elle avait beau comprendre la peur du danger que représentait pour Bridie et sa maîtresse ce bébé illégitime, elle était fière et heureuse de lui avoir sauvé la vie. Elle avait aussi conscience qu'une fille comme elle risquait le renvoi pour s'être mêlée de ce qui ne la regardait pas, ce que Bridie ne manquerait sûrement pas de lui rappeler.

— Que faire, mon Dieu? gémit Bridie. Que faire?

D'instinct, Nell la prit dans ses bras comme elle l'aurait fait pour sa mère dans une situation aussi désespérée. Depuis ses premiers jours à Briargate où elle était arrivée à l'âge de douze ans, séparée pour la première fois de sa famille et ignorante de ce qui l'attendait en devenant servante, Bridie lui avait toujours manifesté de la bonté. C'est Bridie, contre les protestations de la cuisinière et de la gouvernante, qui était intervenue pour affirmer qu'elle valait mieux qu'une fille de cuisine et devrait être formée pour devenir femme de chambre. C'est encore Bridie qui la couvrait si elle cassait un bibelot ou emportait des restes à la maison quand son père, souffrant d'une mauvaise bronchite, devait s'arrêter de travailler. Tout au long de ses quatre années de service à Briargate, Bridie avait été son soutien, son professeur et sa confidente. Grâce à elle, Nell pouvait participer à l'entretien de sa famille, manger à sa faim, être correctement vêtue et avoir un avenir, si modeste fût-il. Elle ne savait pas si elle serait capable d'aider Bridie à se sortir de cette situation périlleuse, mais s'il existait un moyen, elle le trouverait et le mettrait en œuvre à tout prix.

— Calmez-vous Bridie, lui dit-elle d'un ton réconfortant. Nous sommes toutes les deux fatiguées, mais nous trouverons une solution quand nous serons un peu reposées. Je vais vous faire du thé et vous irez au lit. Je mettrai le linge à tremper et je monterai tout de suite si la maîtresse sonne.

Bridie s'écarta, s'essuya les yeux sur un coin de son tablier et fit l'effort de se ressaisir.

— Tu es une bonne fille, mais c'est toi qui vas aller te coucher. Je vais boire mon thé tranquillement ici avant de remonter dans la chambre de la maîtresse. Je pourrai toujours faire la sieste dans un fauteuil.

— Voulez-vous que je prenne le bébé avec moi ?

— Non, elle aura plus chaud ici. Va te reposer, ma petite.

Nell obéit mais, une fois dans sa mansarde, elle se rendit vite compte qu'elle ne pourrait pas trouver le sommeil. Le bébé devait bientôt être nourri et si Bridie était dans la chambre de lady Anne, elle ne l'entendrait pas pleurer. Et puis, il y avait encore tant à faire, rentrer du charbon, laver le linge, préparer un repas pour lady Anne. Nell n'avait pas le droit de dormir en laissant Bridie se charger de tout. Oubliant sa fatigue, elle se changea pour mettre la vieille robe grise réservée aux gros travaux, fit un brin de toilette et descendit pieds nus, ses bottines à la main, afin de ne pas réveiller la maîtresse.

Il ne se passait pas un jour sans que Nell bénisse sa chance de vivre à Briargate Hall. Claire et gaie, la demeure avait été bâtie quarante ans plus tôt par sir Roland Harvey, le père de sir William, dans la campagne verdoyante entre les villes de Bristol et de Bath. Nell ne s'était jamais rendue dans l'une ou l'autre cité, elle ne connaissait que son village natal de Compton Dando et les bourgades alentour. De fait, elle n'avait jamais voyagé plus loin que Keynsham, distant d'à peine plus d'une lieue.

Beaucoup de gens vantaient le port de Bristol, où l'on admirait les grands navires superbes qui sillonnaient les océans jusqu'au bout de la terre. Nell avait d'autant moins envie d'y aller que le choléra y avait fait des centaines de victimes un an auparavant et qu'en octobre de l'année passée, cinq mois plus tôt, la ville avait été le théâtre de terribles émeutes. Les morts et les blessés s'étaient comptés par dizaines, sans parler des bâtiments incendiés et des magasins ravagés. Quatre des meneurs avaient été envoyés à la potence, des dizaines d'autres emprisonnés ou déportés. Malgré ses attraits, ce grand port paraissait trop dangereux à Nell pour mériter une visite.

Selon M. Baines, le majordome, qui se tenait au courant de tout, les émeutes avaient éclaté parce que le gouvernement était corrompu. Pour lui, les tories soudoyaient ou faisaient pression sur les électeurs de sorte que les partis réformistes restent écartés du pouvoir. Il se disait fier que les gens de Bristol aient eu le courage de faire entendre leur voix et affirmait que, s'il avait été plus jeune, il aurait rejoint les rangs des insurgés.

Nell avait aussi entendu dire que Bath était très différent de Bristol, car c'était là que la noblesse et la bourgeoisie allaient prendre les eaux et se distraire. Toujours selon Baines, c'était une très belle ville avec de larges rues, de superbes demeures et des boutiques regorgeant de produits si luxueux qu'on était ébloui en les regardant. Pour la cuisinière, en revanche, c'était un repaire pour tous les vices, grouillant de pickpockets et les eaux thermales étaient si infectes qu'on pouvait s'étonner qu'elles ne tuent pas ceux qui en buvaient. Si les deux villes les plus proches de Briargate étaient aussi peu recommandables, Nell estimait qu'une fille comme elle n'avait rien à y faire.

Baines disait que le vieux sir Roland avait été un grand voyageur et qu'il avait fait bâtir Briargate en s'inspirant des *palazzi* italiens et des plantations des Indes occidentales. Il avait fait venir d'Italie les dalles de marbre noir et blanc du vestibule ainsi que les statues qui ornaient les jardins. De même, au lieu d'utiliser la pierre grisâtre du pays, il avait fait édifier la maison en brique recouverte d'un crépi rose pâle. Un péristyle soutenu par de hautes colonnes précédait l'entrée et la toiture était en tuiles vertes vernissées. De hautes fenêtres, descendant presque jusqu'au plancher, laissaient le soleil entrer à flots dans toutes les pièces dont les cheminées de marbre avaient été spécialement dessinées selon les indications de sir Roland. Nell aimait surtout les rampes d'escalier sculptées d'oiseaux et de grappes de raisin. Avec les lustres de cristal, les tapis d'Orient et les meubles cirés comme des miroirs, elle avait l'impression de vivre dans un palais.

Les premiers temps, Nell avait du mal à se concentrer sur son travail tant elle admirait les tableaux aux murs. Où que se pose son regard, elle avait des raisons de s'émerveiller. Bridie ne partageait toutefois pas son enthousiasme. Si elle jugeait la maison loin d'être aussi vaste et aussi luxueuse que celle de Londres, elle admettait que le vieux sir Roland avait la tête bien faite, car il l'avait conçue pour économiser le travail – et précisait, non sans aigreur, qu'il avait dû prévoir l'abolition prochaine de l'esclavage, qui le priverait de serviteurs gratuits. Nell estimait qu'un majordome, une gouvernante, une cuisinière et quatre femmes de chambre, en plus des jardiniers, des grooms et des extras engagés selon les besoins, constituaient une véritable armée pour tenir une maison occupée par ses deux seuls maîtres. Bridie rétorquait que ce nombre n'avait rien d'excessif, grâce à l'agencement des lieux. De fait, les salons étaient spacieux, mais pas au point d'être inchauffables. La salle à manger était assez proche de la cuisine pour que les plats arrivent chauds sur la table. Il existait même une machinerie permettant de hisser des seaux d'eau chaude dans les cabinets de toilette en tirant sur une corde. Bridie l'appelait en riant « le sauveur des bonnes » et montrait sur son avant-bras les traces d'une brûlure qu'elle s'était faite à ses débuts en montant par l'escalier une bassine d'eau bouillante.

En entendant le bébé pleurer, Nell ne prit pas le temps de remettre ses bottines et se précipita dans la cuisine. Sur le seuil, horrifiée, elle s'arrêta à la vue de Bridie penchée sur le panier, un coussin entre les mains. Ses intentions ne faisaient aucun doute, car elle pleurait à chaudes larmes et marmonnait des paroles qui sonnaient aux oreilles de Nell comme une prière ou une demande de pardon.

— Non, Bridie! cria-t-elle en lâchant ses bottines. Il ne faut pas, c'est une enfant des fées!

Bridie sursauta et se tourna vers Nell, la mine accablée.

— C'est la seule solution, Nell. Si elle survit, lady Anne sera déshonorée et chassée de Briargate.

— On n'a pas le droit de tuer un bébé, plaida Nell en s'interposant entre Bridie et le berceau. C'est un péché mortel, vous le savez bien!

Nell crut que Bridie était désespérée au point de la repousser de force pour exécuter sa mission criminelle. Une seconde plus tard, la vieille servante s'effondra sur une chaise, le visage entre les mains.

— Dieu sait que le cœur me saigne de faire du mal à cette enfant, gémit-elle. Mais que faire d'autre? Que faire?

— Je ne sais pas, admit Nell en posant une main consolatrice sur l'épaule de Bridie. Mais ce ne serait pas bien de la tuer. Ce n'est pas sa faute si elle est venue au monde. Et puis, ajouta-t-elle, je suis sûre que c'est une enfant des fées. Regardez comme elle est belle.

La petite fille avait ouvert les yeux et cessé de pleurer, comme si elle sentait que le danger était écarté.

— Nous pourrions la déposer à l'église, suggéra Bridie. Le révérend Gosling saura chez qui la placer.

Nell secoua la tête. Elle savait que les bébés déposés à l'église finissaient à l'asile et qu'ils étaient peu nombreux à survivre plus de quelques jours. D'un geste impulsif, elle prit la petite fille dans ses bras et la serra sur sa poitrine.

— Vous savez bien ce qui l'attend si nous faisons cela, reprocha-t-elle à Bridie en sentant les larmes lui monter aux yeux.

Le silence retomba. Prostrée, Bridie sanglotait sans bruit tandis que Nell arpentait la cuisine, le bébé dans les bras. Savoir que lady Anne dormait paisiblement, pendant que Bridie et elle devaient s'évertuer à trouver la solution d'un problème qui ne les concernait en rien, la rendait folle de rage.

Riche et dorlotée toute sa vie, lady Anne avait été mariée à dix-huit ans avec un homme dont tout le monde disait qu'il était le plus beau parti des comtés de l'Ouest. Nell n'avait pas oublié comment, encore fillette, elle s'était rendue avec les autres enfants du village à la sortie de l'église pour jeter des pétales de rose aux jeunes mariés. Aucune reine n'aurait pu être plus belle ce jour-là que lady Anne, avec ses cheveux d'or cascadant sur ses épaules et sa robe de soie blanche dont la traîne à elle seule avait dû coûter plus que ce que le père de Nell ne pouvait espérer gagner dans toute sa vie. Quant à sir William, il était non seulement riche mais grand, mince et beau comme un prince, avec ses boucles blondes et ses yeux bleus. Tout le monde disait que c'était un mariage d'amour. D'ailleurs, quand Nell était venue travailler à Briargate quelques années plus tard, elle les voyait souvent qui riaient et couraient dans les jardins en s'embrassant comme des tourtereaux. Alors, pourquoi lady Anne avait-elle fauté avec un autre homme ? Pourquoi ne prenait-elle pas seule la responsabilité de son péché, comme on l'aurait exigé de Nell ou même de Bridie, si elles avaient elles aussi cédé à la tentation ?

Pourtant, alors même que ces pensées se formaient dans sa tête, Nell se savait aussi incapable que Bridie de laisser lady Anne sombrer dans le déshonneur. Elle était gâtée, sans doute, mais elle avait une bonne nature et savait se montrer généreuse. Nell ne comptait plus les jours où elle lui glissait dans la main un shilling pour sa mère. Elle lui donnait ses vieilles robes et la laissait coudre des vêtements pour ses frères et sœurs quand elle aurait dû travailler. Elle ne levait jamais la main sur elle ni ne la réprimandait quand elle se montrait maladroite. La veille encore elle avait chaleureusement remercié Bridie et Nell de leur fidélité et promis de veiller toujours sur elles.

En réalité, lady Anne était restée un peu enfant par sa joie de vivre et sa naïveté. Cet homme, dont nul ne savait rien, avait dû la séduire par de belles paroles à un moment où elle souffrait de la solitude. Aucun membre de sa famille n'était venu lui rendre visite pendant l'absence de son mari. Elle n'avait pas de vrais amis dans le Somerset, où elle ne connaissait que les relations de son mari. Nell l'avait vue pleurer quand sir William était parti pour l'Amérique, parce qu'elle aurait voulu l'accompagner et qu'il le lui avait refusé. Comme sa mère le disait souvent à Nell : « Il faut marcher une lieue dans les souliers d'un autre pour comprendre ce qu'il sent. »

Penser à sa mère lui donna une idée.

— Je peux emmener la petite à la maison. Ma mère aura encore bien assez de lait pour un si petit bébé.

— Elle a déjà assez à faire avec les siens, répliqua Bridie, les joues ruisselantes de larmes. Et puis, c'est trop près d'ici. Comment expliquera-t-elle d'où vient celui-ci ?

En un éclair, Nell vit le petit cottage grouillant d'enfants et sa mère épuisée par ses maternités. Mais elle la connaissait assez pour savoir qu'elle serait incapable de refuser.

— Les gens du village ne savent même plus combien elle en a. Ils ont tellement l'habitude de la voir avec un bébé dans les bras qu'ils ne s'en rendront sûrement pas compte.

— Peut-être. Mais ton père ?

Nell ne put s'empêcher de sourire. Si son père avait un défaut, c'était son excès de bonté et de générosité. Il ne comptait ni son temps ni son travail – ni même son argent quand il en avait. Sa mère pestait souvent contre sa prodigalité, mais elle ne l'aurait sûrement pas aimé autant s'il avait été différent.

— Mon père adore les enfants, répondit-elle. Pour lui, un de plus un de moins, ça ne compte pas.

Bridie s'essuya les yeux, mais son regard restait lourd d'anxiété.

— Ils ne diront rien, vous pouvez leur faire confiance, reprit Nell avec assurance. Même les plus grands n'y verront que du feu. J'emporterai le bébé à la maison ce soir quand ils seront couchés. Ils croiront qu'il est né pendant la nuit.

Bridie fit une moue sceptique.

— Si, croyez-moi ! insista Nell. Maman a eu tous ses enfants très vite et sans problème. Quand Henry est né l'année dernière, les autres n'ont su qu'il était là qu'en l'entendant pleurer. J'étais avec elle au moment de son accouchement, je sais comment ça s'est passé.

— C'est un secret qu'il faudra garder toujours, comprends-tu ? déclara Bridie en hésitant.

D'un signe de tête, Nell signifia qu'elle avait déjà compris. Bridie garda le silence, manifestement pour peser le pour et le contre de cette solution et évaluer ce qu'elle savait sur le compte de Meg et Silas Renton. Nell la laissa réfléchir sans mot dire. Elle savait que la famille Renton jouissait dans le pays d'une grande considération. D'ailleurs, elle n'aurait pas été embauchée à Briargate s'il en avait été autrement.

— Ta mère s'en occupera bien, je le sais, dit-elle enfin.

Elle prit le bébé des bras de Nell, la contempla avec affection.

— Comment allons-nous l'appeler ? dit-elle au bout d'un moment. Il faut au moins lui donner un nom.

La fille des fées de Joan Stott avait été baptisée Faith[1]. Nell jugea qu'un enfant des fées devait porter un nom de vertu.

— Hope, dit-elle sans hésiter. Appelons-la Hope[2].

La moue dubitative de Bridie se mua en un franc sourire.

— Oui, Nell, tu as raison. La mettre sous la protection de l'espérance est une bonne idée. J'espère de tout mon cœur que ta mère aimera la pauvre petite comme elle le mérite. J'espère surtout pouvoir oublier l'horreur de ce que j'allais lui faire. Comme elle ne

---

1. *Faith* = Foi
2. *Hope* = Espoir

ressemble pas du tout à la maîtresse, elle est peut-être vraiment une fille des fées.

À l'orée du bois de Lords Wood, qui marquait la limite de Briargate, Nell posa son panier et se retourna pour regarder la maison sous la lumière du clair de lune. Elle portait le bébé sous son manteau, attaché sur sa poitrine par un châle.

C'est de la route de Chelwood que l'on avait le plus beau point de vue. Au bout de l'allée bordée d'arbres, Briargate se dressait sur un pli de terrain. En s'avançant, on découvrait les colonnes du péristyle et les statues de marbre autour du parterre de fleurs qui précédait le perron. En été, le spectacle des rosiers grimpants et des glycines montant à l'assaut de la façade était féerique. Du fond de la prairie qu'elle traversait, car c'était le chemin le plus court pour se rendre au village de Compton Dando, Nell ne voyait que la façade est, mais le marbre des statues reflétait les rayons de la lune. Devant tant de beauté, Nell sentit les larmes lui venir aux yeux en pensant que le petit être innocent dont elle était chargée ne connaîtrait peut-être jamais sa mère et serait privé de ses droits les plus élémentaires.

— Tu ne dormiras pas dans une belle chambre, tu ne porteras pas de belles robes de soie, tu n'auras personne pour te servir, murmura-t-elle. Mais je suis sûre que, chez nous, tu recevras plus d'amour.

Le sentiment d'avoir vieilli de dix ans en quelques heures ne l'avait pas quitté depuis le matin. Si elle tombait de fatigue, elle sentait que le sommeil le plus profond ne lui redonnerait pas l'insouciance de la jeune fille qu'elle était pourtant encore. Après avoir entendu lady Anne pleurer de désarroi, Nell ne voyait plus en elle la belle jeune femme rieuse qui avait le monde à ses pieds, mais une pitoyable âme en peine déplorant la perte de son enfant.

Hope avait pleuré elle aussi et Nell ne pouvait rien lui donner d'autre que de l'eau sucrée pour la soutenir jusqu'au soir. Bridie avait passé le plus clair de l'après-midi à fouiller l'ancienne nursery de sir William à la recherche de linge et de vêtements de bébé. Le cœur lui saignait, avait-elle dit, de devoir écarter les plus beaux pour ne choisir que les plus ordinaires, car la curiosité des villageois aurait été piquée au vif en voyant la petite habillée comme une princesse.

Malgré tout, les effets que contenait le panier n'avaient rien de comparable à ceux qu'avaient portés Nell et ses frères et sœurs. Hope téterait le sein qui les avait tous nourris, comme eux, elle connaîtrait parfois la faim et découvrirait que le travail commence à un âge encore tendre. Conserverait-elle quand même quelque chose de sa véritable famille ? se demanda Nell. Pas seulement dans son aspect physique, mais dans la certitude instinctive de ne pas être une simple paysanne ?

Avec un soupir, Nell reprit son panier et se remit en marche. Penser à des choses pareilles ne servait à rien, elle le savait. Et surtout, elle devait faire très attention de ne pas trébucher en traversant le bois dans l'obscurité.

Blotti au creux d'un vallon que traversait la rivière Chew, le village de Compton Dando comptait moins de quatre cents âmes, mais il y régnait une activité assez importante pour justifier la présence d'une église, d'une auberge, d'un boulanger, d'un forgeron, d'un charpentier et d'un moulin. Dans la journée, on était assourdi par le vacarme provenant des ateliers de chaudronnerie de Publow et de Woolard, les villages voisins, et plusieurs mines de charbon étaient exploitées aux alentours. Beaucoup d'hommes travaillaient dans les mines ou les fabriques, mais ils étaient fermiers pour la plupart et, comme le père de Nell, complétaient leurs maigres revenus en cultivant leurs propres lopins de terre et en élevant des poules, des lapins ou des cochons, parfois même une vache.

Sortie du bois, Nell traversa le pâturage communal sans croiser âme qui vive et arriva enfin au cottage familial.

— Nell! s'écria sa mère, quand elle ouvrit la porte. Qu'est-ce qui t'amène ici si tard?

Une seule chandelle éclairait la petite chaumière, où le feu finissait de mourir en rougeoyant dans l'âtre. Un étranger aurait pu croire que Meg Renton était seule, alors que la maison était pleine de dormeurs. Le père de Nell occupait le lit au fond de la salle commune, Henry, le plus jeune, reposait à côté, dans son berceau, et les huit autres enfants dormaient dans le grenier, auquel on accédait par une échelle pourvue d'une corde en guise de rampe.

Quand elle avait commencé à travailler à Briargate, Nell avait eu du mal à perdre l'habitude de se coucher avec le soleil. Les nobles, il est vrai, disposaient de bougies et de lampes à huile leur permettant de veiller aussi tard qu'ils voulaient, et n'étaient pas forcés de se lever à l'aube. Pour sa part, la mère de Nell n'allait jamais au lit en même temps que les autres, bien qu'elle travaillât plus dur que tout le monde. Elle aimait rester assise une heure ou deux auprès du feu car, disait-elle, c'était son seul moment de repos de toute la journée.

Devant la mine lasse de sa mère, Nell eut des remords de lui imposer un surcroît de travail. Dix enfants et une fausse couche avaient eu raison de la vitalité que Nell admirait tant chez Meg quand elle était petite. À trente-quatre ans, sa chevelure restait noire et abondante, mais son corps jadis ferme et svelte avait épaissi et les sillons de la fatigue lui creusaient le visage.

— Je t'ai apporté un bébé, déclara Nell faute de trouver une meilleure entrée en matière. Je savais que tu n'aurais pas aimé qu'elle soit abandonnée à l'église ou finisse à l'hospice, il n'y avait pas d'autre solution.

Elle ôta son manteau, dénoua le châle, posa la petite fille dans les bras de Meg qui dégrafa son corsage pour dégager un sein, dont le bébé s'empara et qu'il commença à téter goulûment.

— Ta maîtresse devrait avoir honte, dit-elle à voix basse pour ne pas réveiller son mari. Elle n'a pas le droit de se décharger de la responsabilité de sa faute sur une servante.

Sur le même ton, Nell entreprit d'expliquer ce qui s'était réellement passé, sans omettre le fait que lady Anne croyait que l'enfant n'avait pas survécu.

— Ce n'est pas une mauvaise femme, tu le sais bien, maman, conclut-elle. Bridie et moi ne pouvions pas la laisser dans la peine et s'exposer au déshonneur sans rien faire.

— En aurait-elle fait autant si tu t'étais trouvée dans la même situation ? répondit Meg avec amertume. Non, elle se serait contentée de te jeter à la porte.

— Ça ne risque pas de m'arriver, affirma Nell. Après ce que j'ai vu aujourd'hui, je ne laisserai jamais un homme me mettre dans cet état.

Un sourire amusé apparut sur les lèvres de Meg.

— N'oublie pas ce que tu viens de dire quand tu auras un galant. Mais elle, elle est mariée, elle a de l'instruction. Qu'est-ce qui lui est passé par la tête ?

— Cet homme l'a peut-être… forcée.

— Pff ! Qui aurait l'audace de forcer une femme comme elle ?

Nell ne sut que répondre. Elle ne voulait pas croire que lady Anne se soit conduite comme une débauchée ni admettre que la ravissante petite fille fût le résultat d'un viol.

— Tu veux bien la prendre, maman ? implora Nell en sortant de sa poche le souverain que Bridie lui avait donné.

— Comme si je n'avais pas déjà assez d'enfants ! soupira Meg.

Mais Nell voyait qu'elle posait déjà sur le bébé le regard plein de tendresse auquel tous ses enfants avaient eu droit.

— Nous n'avons pas de place, reprit-elle sans conviction et j'ai de plus en plus de mal à les nourrir tous. Je veux bien m'en charger une semaine ou deux pour parer au plus pressé, mais pas davantage. Lady Harvey sera déjà repartie à ses bals et à ses mondanités sans plus penser qu'à elle-même pendant que je devrai trimer à cause d'elle.

Nell savait que sa mère avait raison. Sa famille était pauvre, mais elle ne manquait ni de fierté, ni de dignité, ni d'un cœur généreux.

— Je ferai tout pour t'éviter de trop te fatiguer, dit-elle en lui tendant de nouveau la pièce d'or. Bridie veillera à ce que tu en reçoives d'autres. Je lui demanderai aussi de faire engager James et Ruth à Briargate, cela te soulagera un peu.

Silas Renton, le père de Nell, se considérait le plus heureux des hommes. Quand une pinte de cidre le mettait de belle humeur, il clamait volontiers qu'il avait la meilleure épouse dont un homme puisse rêver, dix beaux enfants heureux et vigoureux, et la chance que son cottage se trouve dans le plus bel endroit de tout le Somerset. En réalité, sa famille survivait au jour le jour et quand Silas devait traverser une période de chômage elle connaissait la disette. À quinze ans, Matthew, l'aîné des fils, était ouvrier agricole et contribuait par son salaire à l'entretien de la famille. Mais James et Ruth, âgés de treize et quatorze ans, n'avaient pas encore d'emplois fixes, et il restait à nourrir Alice, Toby, Prudence, Violet et Joe ainsi que Henry, le petit dernier, qui venait d'avoir un an.

— Je comptais garder Ruth à la maison pour m'aider avec les petits, mais Alice se débrouillera aussi bien, soupira Meg. Oh Nell, quelle bonne fille tu es ! C'est trop injuste que ça t'arrive à toi !

Nell connaissait assez sa mère pour savoir que si elle acceptait de garder la petite Hope, elle serait aussi bien soignée et tendrement aimée que les autres. Elle savait aussi que Meg aurait sans doute oublié d'ici quinze jours qu'elle ne lui avait pas donné naissance. Mais cela n'apaisait pas ses remords d'abuser ainsi de sa bonté.

— Ce n'est pas à moi que ça arrive, maman, mais à toi. Tu peux refuser de t'en charger, tu en as le droit.

Je te demande beaucoup, je sais. Mais si tu acceptes, je ferai tout ce que je pourrai pour que tu ne le regrettes pas, je te le promets.

Émue, Meg caressa tendrement la joue de sa fille. La petite Hope avait dû boire son content de lait, car elle cessa de téter et laissa échapper un léger soupir d'aise. Meg la prit sur ses genoux et l'examina avec attention.

— Elle est bien jolie cette petite, dit-elle au bout d'un moment. Je ne crois pas qu'elle nous donnera beaucoup de mal à ton père et à moi. Allons, Nell, tu tombes de fatigue. Va te coucher et ne t'en occupe plus. Maintenant, elle est à moi.

## 2

*1838*

— C'est pas parce que je suis une fille et que je suis la plus petite que je grimpe pas aux arbres aussi bien que vous !

L'exclamation indignée qui parvint aux oreilles de Nell la fit sourire. À six ans, Hope avait dans le village la réputation d'un ange, ce qui ne l'empêchait pas de devenir un vrai petit diable quand elle voulait prouver aux garçons qu'elle n'avait rien à leur envier en matière de hardiesse. Nell rentrait chez elle à travers le bois pour son après-midi de repos. Elle déduisit de ce qu'elle entendait que ses jeunes frères Joe et Henry n'avaient pas droit au côté angélique de leur petite sœur.

— C'est pas parce qu'on croit que tu sais pas grimper, c'est à cause de ta robe. Si tu la déchires, tu te feras gronder et nous aussi.

Nell ne put s'empêcher de pouffer de rire de la manœuvre diplomatique de Joe. Il trouvait toujours un moyen d'apaiser le caractère volcanique de sa petite sœur.

— Eh bien, je vais l'enlever ! répliqua Hope. Henry, viens me déboutonner !

Nell jugea qu'il était temps d'intervenir. Docile jusqu'à la soumission, Henry allait à coup sûr exécuter l'ordre.

— Hope ! cria-t-elle en pressant le pas.

En imaginant l'expression de détresse de Hope quand elle avait entendu la voix de sa sœur aînée émaner des bois comme par miracle, Nell éclata de rire. Elle savait fort bien que lorsqu'elle aurait rejoint les enfants, elle trouverait Hope assise dans l'herbe, aussi digne qu'une duchesse et le regard brillant d'innocence, pendant que ses frères se dandineraient à côté d'elle d'un air penaud.

Hope était la plus jolie petite fille que Nell eût jamais vue de sa vie. Ses fins cheveux noirs, naturellement ondulés, brillaient comme du marbre, des cils soyeux d'une longueur incroyable bordaient ses yeux noirs, sa peau était douce et claire. Toute la famille, noire d'yeux et de poil, était devenue proverbiale au village où l'on disait d'une personne brune qu'elle était « noire comme une Renton ». Mais ils avaient des traits sans finesse, une peau sans éclat et les cheveux raides. Hope, au contraire, faisait tourner toutes les têtes. Son sourire éclatant, son enthousiasme, sa gaieté mettaient les plus moroses de bonne humeur. Elle parlait à tout le monde et le révérend Gosling lui-même, si compassé de nature, s'arrêtait toujours pour échanger quelques mots avec elle.

Pas un seul instant, Meg et Silas n'avaient regretté de l'avoir adoptée. Elle avait été un bébé placide qui souriait et gazouillait à longueur de journée. Et puis, dès la première semaine, la chance de la famille avait tourné de manière spectaculaire, au point que tout le monde pensait comme Nell qu'elle était bien une enfant des fées.

Le village entier avait constaté que le toit du cottage des Renton était recouvert de chaume neuf, Ruth engagée comme lingère à Briargate et son frère James comme palefrenier. Bien entendu, Meg et Silas ne pouvaient dire à personne, pas même à leurs enfants, que ces événements étaient dus à l'intervention discrète de Bridie. Aussi, faute d'explication logique, chacun pensait qu'ils tenaient du miracle.

La foi de Nell dans les fées et la magie s'était attiédie, mais il faut dire que les six années écoulées avaient été pour elle riches en aventures et que son horizon ne se bornait plus aux limites du village. Elle avait visité Bath, Bristol et même Londres, s'était rendue dans des châteaux quatre fois plus vastes et imposants que Briargate. Sous l'influence de M. Baines, elle lisait maintenant le journal presque tous les jours et comprenait les causes du malaise social opposant les travailleurs à la classe dirigeante, qui les exploitait sans vergogne et les châtiait sans pitié quand le désespoir les poussait à se soulever.

Entre-temps, Bridie avait succombé à une pneumonie peu après être revenue de Londres où elle avait accompagné lord et lady Harvey. On pensait qu'elle l'avait contractée à la suite d'un coup de froid attrapé en restant assise à côté du cocher pendant le long voyage de retour de Londres vers le Somerset. Nul n'osa dire ouvertement qu'il était à tout le moins étrange que les Harvey et leurs amis soient restés bien à l'abri à l'intérieur de la voiture tandis que la vieille et fidèle servante était exposée aux intempéries. Nell avait été scandalisée par cette indifférence qui, à ses yeux, était de l'inhumanité pure et simple.

Depuis la naissance de Hope, Bridie et elle étaient devenues très proches. Bridie avait enseigné à Nell mille choses utiles pour lui permettre de s'élever dans sa condition. Grâce à elle, Nell savait réaliser une coiffure à la dernière mode, faire des travaux de couture délicats, gérer l'économie d'une maison aussi bien qu'une gouvernante. Bridie lui avait aussi appris comment réagir avec une maîtresse qui attendait tout de ses serviteurs sans jamais daigner reconnaître leur valeur.

La mort de Bridie l'avait profondément affectée. Elle n'avait pu retenir ses larmes lorsque lady Anne lui avait dit que Bridie lui léguait ses économies, qui se montaient à près de vingt livres, en ajoutant que Bridie la considérait comme sa fille. Nell devina que par le mot «fille», Bridie lui signifiait que l'argent devait contribuer à l'entretien de Hope et qu'elle comptait sur elle pour garder le secret de sa naissance.

Lady Anne n'avait jamais parlé de cette naissance, jamais à Nell en tout cas, mais sa tristesse quasi permanente prouvait qu'elle y pensait souvent. Elle se ressaisissait quand son mari était avec elle, mais dès qu'il repartait seul pour Londres afin de s'occuper de ses affaires, elle retombait dans la mélancolie.

Nell s'attendait que la mort de Bridie, qui ne l'avait jamais quittée de sa vie, la plonge dans l'affliction. Mais si elle en conçut du chagrin, elle n'en manifesta rien et demanda simplement à Nell, après l'enterrement, de prendre auprès d'elle la place de Bridie. Ce fut la seule et unique fois où lady Anne indiqua qu'elle se souvenait de la part prise par Nell dans les événements survenus deux ans auparavant – et encore, le fit-elle de manière détournée.

— Vous êtes la seule capable de remplacer ma chère Bridie, dit-elle en serrant la main de Nell entre les siennes. Je sais que vous êtes aussi dévouée qu'elle et je ne connais pas d'autre manière de vous montrer combien j'apprécie vos qualités.

Considérant sa maîtresse avec une lucidité teintée de cynisme depuis la mort de Bridie, Nell pensa d'abord que lady Anne se rabattait sur la solution la plus commode pour elle, mais après tout, elle lui faisait gravir un échelon et tout progrès était bon à prendre. De plus, attachée à la personne de sa maîtresse, elle eut dès la première année l'occasion de voyager et de découvrir le monde. C'est ainsi qu'elle prit conscience, lors de sa première visite de Londres, que la misère du petit peuple était infiniment plus dure à supporter en ville qu'à la campagne.

L'année suivante, lady Anne mit au monde Rufus, l'héritier tant attendu. Cette fois, Nell n'assista pas à l'accouchement, confié aux soins d'une sage-femme expérimentée et d'un médecin venu de Bath. Rufus, un solide petit garçon qui donna vigoureusement de la voix dès l'instant de son arrivée, avait les cheveux blonds, les yeux bleus et le teint clair de ses deux parents.

Lady Anne voulut nourrir Rufus elle-même. Sa joie et celle de sir William rejaillirent sur toute la maisonnée. Nell était heureuse, bien sûr, sans pouvoir cependant s'empêcher de réfléchir aux différences entre l'existence de Hope et celle que menait son demi-frère. Lorsque lady Anne demanda à Ruth d'être sa nurse, Nell éprouva au moins la satisfaction de se dire que les deux enfants seraient élevés par les Renton.

Pendant les quatre premières années de la vie de Hope, la fortune avait souri à la famille. Une succession d'hivers doux et de bonnes récoltes, du travail régulier pour le père et les aînés apportèrent une relative aisance. Meg n'avait pas eu d'autres enfants et, d'ailleurs, elle se disait maintenant trop vieille pour enfanter. Mais le cottage était plein à craquer quand la famille s'y réunissait au complet, et résonnait toujours de rires joyeux.

Cette embellie connut une fin brutale lorsque Prudence et Violet, âgées de huit et neuf ans, moururent de la scarlatine. Le révérend Gosling déclara que la famille devait remercier le Seigneur d'avoir épargné Joe, Henry et Hope, car la maladie emportait de préférence les plus jeunes. Pour sa part, Nell estimait qu'ils avaient été sauvés grâce à leur mère, qui avait isolé les deux malades dans la grange et évité ainsi la contagion aux autres enfants.

La mort d'enfants en bas âge était chose courante à l'époque, l'espérance de vie d'un enfant sur trois excédant rarement un an, mais cela n'allégeait pas la douleur de la famille. Depuis deux ans, ils la pleuraient aussi amèrement et Nell trouvait souvent sa mère les yeux pleins de larmes quand elle revenait chez elle. La nature heureuse et affectueuse de Hope aidait pourtant Meg à surmonter son chagrin et elle disait souvent que, sans Hope, elle n'y serait pas parvenue.

Comme Nell l'avait prévu, nul ne soupçonna jamais Hope de ne pas être une vraie Renton. Les aînés eux-mêmes, quand ils avaient découvert un bébé dans les bras de leur mère en se réveillant le matin, ne s'étaient pas étonnés d'avoir une nouvelle petite sœur, car ils étaient tous venus au monde sans la moindre complication. Silas faisait parfois un clin d'œil à Meg ou à Nell quand un voisin disait qu'elle était son portrait craché, mais aucun des parents ne fit jamais la moindre allusion, même quand ils étaient seuls, à l'arrivée miraculeuse de Hope dans la famille. Nell s'inquiétait toutefois qu'avec le passage du temps, certains finissent par remarquer son élégance naturelle, la clarté de son teint, la finesse de ses attaches et voient en elle l'aristocrate qu'elle était en réalité.

— Nous sommes venus à ta rencontre, déclara Hope avec suavité en voyant sa sœur sortir du bois.

Comme Nell l'avait prévu, Hope était assise dans l'herbe en train de confectionner une guirlande délicate de pâquerettes, comme si l'idée de se déshabiller pour mieux grimper aux arbres ne lui avait pas même effleuré l'esprit.

— Alors, venez m'embrasser, dit Nell en tendant les bras aux trois enfants qui s'y précipitèrent.

À part leur différence de taille, Joe et Henry auraient pu passer pour des jumeaux. Ils avaient l'un et l'autre les grandes oreilles décollées, la tignasse noire et le nez proéminent des Renton mâles. Mais s'ils ne possédaient aucun des canons de la beauté masculine, ils avaient tous deux une nature débordante d'affection et de vivacité.

Les embrassades terminées, Nell et l'exubérant trio prirent le chemin du cottage à travers la pâture communale. Il faisait très beau ce jour-là et le temps était exceptionnellement doux pour un mois de mai. Nell avait hâte de bavarder à loisir avec sa mère et d'entendre les nouvelles d'Alice et de Toby.

Sur la recommandation du révérend Gosling, Alice avait été engagée dans une grande demeure de Bath peu après la mort de ses jeunes sœurs puis, six mois plus tard, Toby l'y avait rejointe en qualité de valet de pied. Le cottage, où il ne restait que trois enfants, paraissait presque spacieux et, bien que sa mère affirmât qu'elle était enchantée d'avoir enfin du répit, Nell doutait de la sincérité de cette remarque.

Meg binait le potager quand la petite troupe arriva. Elle lâcha aussitôt son outil et courut embrasser Nell.

— Les mauvaises herbes peuvent attendre, dit-elle en riant. Elles viennent tous les jours, toi pas.

Ses cheveux avaient viré au gris après la mort de Violet et de Prudence, les rides s'étaient creusées sur son visage, mais elle avait une allure plus jeune et une énergie plus soutenue qu'après la naissance de Henry. Meg attribuait cette amélioration au fait qu'elle se soit enfin remise de ses grossesses à répétition, ce qui était en partie vrai. Nell y voyait aussi l'effet bénéfique d'un sommeil plus régulier et d'une nourriture plus abondante. Elle profitait surtout des loisirs relatifs dont elle jouissait désormais et prenait un réel plaisir à cultiver ses légumes, à élever ses poulets et à traire la vache que Nell lui avait offerte grâce à une partie de l'argent que lui avait légué Bridie.

La mère et la fille prirent place sur le banc de bois fabriqué par Silas appuyé contre le mur à pignon. Nell prit dans son panier les brioches aux groseilles que lui avait données la cuisinière, les passa à la ronde et les yeux des enfants assis par terre en face d'elle brillèrent de plaisir à la vue de ces friandises. Malgré la différence de leurs caractères, Joe et Henry étaient inséparables. Ayant studieusement suivi les leçons du révérend Gosling, Joe savait lire et écrire couramment alors que Henry était un rêveur. Il préférait dessiner des animaux sur son ardoise plutôt qu'écrire des mots ou poser des opérations.

Une fois leur gourmandise satisfaite, les deux garçons coururent à la rivière dans l'espoir d'attraper une truite, mais Hope resta pour écouter les anecdotes de Nell concernant Briargate. Elle n'y était jamais allée, mais elle voyait lord et lady Harvey le dimanche à l'église et avait assez souvent entendu parler du château par ses sœurs et son frère qui y travaillaient pour s'intéresser à tout ce qui s'y passait.

Se souvenant trop bien de son propre désarroi devant le mode de vie des châtelains au cours de ses premières semaines à Briargate, Nell voulait éviter la même expérience à Hope lorsque viendrait le moment où elle entrerait à son tour en service. Aussi, à chacune de ses visites, elle décrivait les faits et gestes de la vie quotidienne ou la manière dont il fallait réagir aux incidents. Ce jour-là, après avoir parlé avec humour du drame provoqué par la cuisinière qui avait oublié de sucrer la tarte à la rhubarbe servie au déjeuner, elle entreprit la description de la nouvelle robe de bal de lady Harvey, envoyée la veille par son couturier de Londres.

— Quand je serai grande, commenta Hope en esquissant une révérence, j'aurai de belles robes comme cela.

— Alors, dit Nell en souriant, il faudra te trouver un riche mari.

Si Nell s'empressait de rabrouer ses sœurs quand il leur venait des idées de grandeur à jamais hors de leur portée, elle ne pouvait s'y résoudre avec Hope.

Elle n'avait jamais perdu l'espoir qu'elle trouverait tôt ou tard un chemin la ramenant vers son milieu social naturel.

— Et si je me mariais avec M. Rufus? dit-elle en pouffant de rire. Je vivrais à Briargate et j'aurais plein de robes!

— Ne dis pas de sottises, ma petite! intervint Meg sèchement. Le seul moyen pour toi de vivre à Briargate, c'est d'y travailler, comme tes frère et sœurs!

Nell comprenait la réaction de sa mère, mais n'eut pas moins le cœur serré devant l'expression mortifiée de Hope. Elle n'avait pas été élevée comme les autres dans l'ignorance du monde en dehors du village. Elle connaissait déjà Briargate et était même allée une fois en carriole à Bristol avec son père. Des semaines durant, elle n'avait parlé que des superbes navires dans le port, des rues animées, des belles voitures et des boutiques pleines d'objets qu'elle-même n'avait jamais vus. Depuis, ces merveilles n'avaient cessé de nourrir son imagination.

— Tiens, dit Nell, j'ai une idée. Joe, Henry et toi pourriez me raccompagner à Briargate tout à l'heure. Je parle si souvent de toi à la cuisinière qu'elle meurt d'envie de faire ta connaissance. Et puis, vous pourriez voir Ruth et James en même temps.

Hope battit gaiement des mains. Meg lança à Nell un coup d'œil approbateur tandis que Hope courait déjà prévenir les garçons.

— Mieux vaut qu'elle apprenne dès maintenant que sa seule place là-bas est à la cuisine, soupira Nell.

Mme Cole, la gouvernante, avait quitté Briargate peu après la naissance de Rufus et lady Harvey avait décidé de ne pas la remplacer. Du fait de sa promotion au poste de Bridie, Nell était désormais en troisième position dans la hiérarchie, après Baines et la cuisinière. Par ailleurs, le nombre des serviteurs s'amenuisait car, dans la plupart des cas, ceux qui se retiraient n'étaient pas automatiquement remplacés, de sorte que chacun remplissait plusieurs fonctions. Rose, la bonne à tout faire, était devenue femme de chambre, Ruby, la fille de cuisine, avait pris sa place et son poste était tenu par Ginny, les gros travaux étant dévolus à Ada, qui venait tous les jours de Woolard, un village voisin. Avec Ruth, nurse de Rufus, et James qui cumulait les emplois de valet de pied et de palefrenier, Albert Scott, le nouveau jardinier et son assistant Willy constituaient l'ensemble de la domesticité.

Nell se félicitait d'avoir le rôle le plus agréable et le moins pénible. Lady Anne ne se montrait guère exigeante, Nell ne devait que l'habiller, la coiffer et soigner sa garde-robe. Lorsque sa maîtresse allait à Bath faire des courses ou rendre des visites, Nell l'accompagnait, même pour de simples promenades en voiture. Quand il y avait des visiteurs, Nell s'occupait de couture ou de repassage, mais quand elle n'avait pas d'obligations urgentes, elle était libre de son temps et se considérait comme une privilégiée.

Elle n'était pas moins pensive en regagnant Briargate ce soir-là avec les enfants. Le sentiment d'avoir vieilli de dix ans ne la quittait pas depuis la naissance de Hope, comme si cet événement lui avait volé sa jeunesse. Elle avait maintenant vingt-deux ans. Presque toutes les filles du village avec lesquelles elle avait grandi étaient mariées et mères de famille. Pourquoi ce destin paraissait-il lui être interdit ? Cette frustration tournait parfois à l'obsession. Elle rêvait à la cérémonie de son mariage, au cottage qui serait sa nouvelle demeure, aux prénoms qu'elle donnerait à ses enfants. Mais pouvait-elle encore l'espérer ? N'avait-elle pas déjà dépassé l'âge ? Cette pensée, plus que toutes les autres, l'effrayait. Elle ne voulait pas finir comme Bridie, une vieille fille seule au monde ne vivant que pour la famille qu'elle servait.

Nell ne manquait pourtant pas d'admirateurs. Elle savait que Baines avait un faible pour elle, mais il avait déjà plus de quarante ans et était loin de lui faire battre le cœur. Seth O'Reilly, qui livrait les produits d'épicerie, rougissait comme une jeune fille chaque fois qu'il la voyait et se montrait incapable d'aligner trois mots de suite. Mais il était si chétif que Nell ne l'imaginait pas capable de couper du bois ou même de traire une vache et, en plus, il boitait. Elle rêvait d'un homme comme son père, fort, habile de ses mains, pourvu d'un assez heureux caractère pour ne pas se plaindre ni geindre à la fin d'une journée de travail dans le froid ou l'humidité, toujours gai, sobre, ignorant l'avarice, mais avec une étincelle de passion dans son cœur.

Elle se demandait parfois si Albert Scott ne serait pas celui qui comblerait ses vœux. Il avait été engagé en mars dernier après la mort de Jacob, le vieux jardinier qui servait déjà à Briargate au moment de sa construction. Depuis l'arrivée d'Albert, Nell passait plus de temps qu'elle n'aurait dû à l'observer par les fenêtres. Beau grand gaillard d'environ vingt-cinq ans, il avait des cheveux noirs bouclés, une barbe fournie et des mains puissantes. Malheureusement, ses fonctions auprès de lady Anne ne laissaient guère à Nell l'occasion de côtoyer les jardiniers et les palefreniers, qui étaient logés au-dessus des écuries et prenaient leurs repas après les autres serviteurs. C'était là une des raisons pour lesquelles elle avait offert aux enfants de l'accompagner ce soir-là car ils demanderaient à coup sûr à voir les chevaux, ce qui lui permettrait de parler à Albert.

Le soleil du soir était encore chaud quand ils sortirent du bois et coupèrent à travers le pré vers la barrière le long des écuries. La cuisinière fut enchantée de voir les enfants, dont elle avait tant entendu parler. Elle leur donna à chacun un verre de sa citronnade spéciale et un gros morceau de tarte aux pommes. Puis, comme prévu, James les emmena à l'écurie. À la fin de la visite, Nell fut très déçue de n'avoir vu Albert nulle part.

— Est-il encore en train de travailler? demanda-t-elle à son frère. J'espérais lui demander de montrer les jardins à Hope.

À vingt ans, James avait forci, grandi et était la coqueluche des filles. Sans être joli garçon, car il était affligé de la tignasse et du grand nez des Renton, sa gaieté et son sourire attiraient la sympathie.

— Tu veux dire que tu espérais le rencontrer? dit-il avec un sourire amusé.

Nell rougit sans répondre. James la connaissait trop bien.

— Il s'occupe des roses, reprit-il. Emmènes-y Hope, les garçons resteront avec moi pendant ce temps.

— Mais non, je ne peux pas y aller! s'exclama Nell.

Une règle tacite interdisait aux serviteurs d'aller dans les jardins devant la maison, où ils pourraient être vus par les fenêtres. Nell aurait volontiers montré à Hope les autres jardins, mais elle n'osait pas s'aventurer du côté de la façade.

— Ne dis pas de bêtises, bien sûr que tu peux y aller ! répondit James en riant. Hope sera ravie d'admirer les statues et Albert sera sûrement content de te voir.

À peu près rassurée, Nell prit Hope par la main et se dirigea vers le jardin principal. En plus du grand massif ovale devant le perron, il y avait le long de la façade des rosiers grimpants qui, en saison, montaient jusqu'au premier étage. C'était là qu'Albert officiait. Il avait ôté la blouse brune qu'il portait d'habitude et la vue de ses bras musclés et bronzés intimida Nell au point qu'elle hésita à s'approcher. Les roses n'étant pas encore écloses, elle ne pouvait pas prendre le prétexte de faire respirer leur parfum à Hope et n'avait donc aucune raison de se trouver là. Mais avant qu'elle ait pu la retenir, la fillette lui échappa et courut vers Albert, qu'elle entreprit de bombarder de questions auxquelles il répondait de bonne grâce pendant que Nell s'avançait en rougissant et présentait ses excuses.

— Elle ne me dérange pas du tout, répondit-il en souriant. Revenez avec elle après le début de la floraison, je suis sûr que ça lui plaira.

Ils se tenaient à une dizaine de mètres du perron quand Nell entendit la porte s'ouvrir et vit lady Harvey sortir avec un visiteur qu'elle raccompagnait. Ne voulant pas être surprise en train de parler au jardinier, elle appela Hope en disant qu'il était temps de partir quand la fillette lui échappa à nouveau et courut vers le perron où l'inconnu prenait congé de son hôtesse. Horrifiée, Nell vit Hope se planter devant lui en le gratifiant d'un de ses plus beaux sourires.

Grand, mince, distingué, il paraissait avoir une trentaine d'années. En voyant Hope, il lui rendit son sourire.

— Bonjour, jolie petite fille. Comment t'appelles-tu ?

— Hope Renton, répondit-elle avec aplomb. J'étais venue voir les roses, mais il n'y en a pas encore.

Nell se précipita pour ramener Hope par la main. Lady Anne était déjà rentrée et avait refermé la porte derrière elle.

— Je suis désolée, monsieur…, commença Nell.

— Vous n'avez pas à vous excuser pour une enfant aussi jolie et bien élevée, l'interrompit-il avec un sérieux qui masquait mal son amusement.

Nell leva les yeux vers son visage souriant… et pâlit. Ses yeux et ses cheveux noirs étaient exactement les mêmes que ceux de Hope. Elle en éprouva un tel choc qu'elle ne put que le dévisager, bouche bée.

— Vous devez être la sœur du jeune palefrenier qui s'est occupé de mon cheval, reprit-il. Vous lui ressemblez beaucoup.

Nell parvint enfin à reprendre contenance.

— Oui monsieur, je suis la femme de chambre de lady Anne et James est mon frère. Je vais lui dire d'amener votre cheval.

Et Nell détala en tirant Hope derrière elle.

Après avoir transmis l'ordre à James, Nell dit au revoir aux enfants, leur recommanda de ne pas traîner et resta un moment près de la barrière pour les surveiller. Elle était trop secouée par sa découverte pour oser rentrer affronter les autres.

Elle ne s'était jamais interrogée sur le père de Hope, de même qu'elle ne s'attachait pas à chercher des ressemblances entre Hope et lady Anne. Elle avait décidé dès le début qu'il valait mieux ne pas se poser ce genre de questions.

Briargate voyait passer beaucoup de visiteurs masculins, les uns accompagnés d'une épouse, d'une sœur, parfois même d'une mère, d'autres vraiment seuls s'ils étaient des amis célibataires de sir William. Mais, parmi tous ces hommes, elle n'en avait vu aucun ressemblant à Hope de près ou de loin. Elle n'y comptait d'ailleurs même pas. Un homme, se disait-elle, qui a mis sa maîtresse dans une telle situation ne serait certainement plus le bienvenu chez elle.

Pourtant, la manière presque clandestine avec laquelle lady Anne avait pris congé de cet inconnu trahissait une évidente connivence. Pourquoi n'avait-elle pas chargé Rose de le raccompagner, comme le voulait l'usage ? Et pourquoi recevait-elle seule un homme en l'absence de son mari ? Pire encore : cet homme aurait-il reconnu ses propres traits en voyant Hope ? Si leur ressemblance avait sauté aux yeux de Nell, n'importe qui serait susceptible de la discerner au premier coup d'œil.

Montée plus tard à la nursery voir sa sœur Ruth, Nell était encore trop troublée pour se rappeler que la maîtresse y venait souvent à ce moment de la journée.

Lady Anne l'accueillit avec un sourire.

— Ruth me disait justement que vos jeunes frères et sœur vous avaient raccompagnée tout à l'heure.

— Je vous présente toutes mes excuses, milady. J'aurais dû vous demander d'abord votre permission.

— Voyons, Nell, vous n'avez pas besoin de me la demander pour voir vos frères et sœurs, répondit-elle en faisant sauter Rufus sur ses genoux. Je regrette de ne pas les avoir vus et je suis sûre que Rufus aurait aimé recevoir leur visite. Il manque de compagnons de jeu.

Lady Anne se montrait toujours plus détendue à la nursery et encourageait Nell à y venir aussi car elle n'approuvait pas la coutume, trop répandue à ses yeux, d'isoler les jeunes enfants. Nell regrettait toutefois de se trouver là en un tel moment, mais elle ne pouvait se retirer trop vite sans éveiller la curiosité de lady Anne. Elle affecta donc de ramasser des jouets épars sur le tapis.

Elle était soulagée, en tout cas, de constater que sa maîtresse se comportait comme à l'accoutumée, sans nervosité apparente. Lady Anne portait une simple robe d'intérieur grise, tenue convenant tout à fait à une mère, mais qu'une femme n'aurait pas choisie pour recevoir son amant. Sa coiffure était aussi impeccable que le matin quand Nell s'en était occupée. Nell se demanda si elle ne s'était pas laissé emporter par son imagination au sujet du mystérieux visiteur.

— Je n'oserais jamais faire entrer mes frères ici, milady. Ils sont trop brusques pour un gentleman comme M. Rufus.

De fait, avec ses boucles blondes, ses yeux bleus et la robe dont étaient traditionnellement vêtus les bébés, Rufus avait l'allure délicate d'une petite fille. Quelques jours auparavant, Nell avait entendu sir William dire qu'il était grand temps, à trois ans, de lui faire porter des culottes, mais lady Anne ne s'y était pas encore résignée.

— Peut-être, mais votre petite sœur pourrait venir jouer avec lui. Quel âge a-t-elle, maintenant ?

Nell faillit céder à la panique. Sa maîtresse ferait-elle le rapprochement en apprenant l'âge de la fillette ?

— Hope a six ans, milady. Mais elle nous pose sans arrêt autant de questions que si elle en avait dix-huit, ajouta-t-elle.

Rufus descendit des genoux de sa mère et courut se jeter dans les bras de Ruth. Nell et Ruth adoraient le petit garçon, toujours gentil et qui leur manifestait autant d'affection qu'à sa mère.

— Amenez donc Hope lundi à l'heure du goûter, dit lady Anne en se levant. Vous irez la chercher après le déjeuner, Rufus aura fait sa sieste quand vous reviendrez avec elle. Je tiens à ce qu'il apprenne à fréquenter d'autres enfants et à partager ses jouets.

Quand leur maîtresse se fut retirée, Nell leva les yeux au ciel.

— Hope ici ! Lady Anne ne se doute de rien, Dieu merci !

Ce soir-là, Nell brossait les cheveux de lady Anne lorsque sir William entra dans la chambre.

— Vous faites un bien joli tableau, dit-il en s'adossant au chambranle. Mais vous, Nell, qui vous brosse les cheveux ?

Nell pouffa de rire. Sir William était sans conteste le plus bel homme qu'elle eût jamais vu de sa vie. En plus de ses cheveux couleur de blé mûr et de ses yeux bleus, il avait des traits et un corps aussi parfaits que les statues de marbre du jardin. La cuisinière disait parfois qu'il était joli comme une femme, mais Nell n'était pas d'accord avec ce jugement. Ce soir-là, elle devina qu'il avait un peu trop bu, mais au moins il était de bonne humeur. Elle l'avait d'ailleurs entendu rire aux éclats avec sa femme après le départ de leurs invités du dîner.

— Personne d'autre que moi-même, monsieur.

— Dites-moi, Nell, avez-vous un soupirant ? demanda-t-il au bout d'un long silence.

— Non, monsieur, répondit-elle, rouge comme une pivoine.

— Vous devriez, dit-il en allant s'asseoir sur le lit. Vous espérez bien vous marier un jour, n'est-ce pas ?

— William ! le rabroua gaiement lady Anne. Cesse donc de harceler la pauvre Nell.

— J'espère me marier un jour, monsieur, quand j'aurai rencontré l'homme qu'il me faut.

— Eh bien, il va falloir que je vous cherche un bon mari, dit-il en souriant de toutes ses belles dents blanches.

— Ne cherche pas trop loin de Briargate, William, dit lady Anne en riant. Je ne voudrais surtout pas qu'elle me quitte pour aller Dieu sait où. Vous pouvez aller vous coucher maintenant, Nell, je n'aurai plus besoin de vous ce soir.

Nell posa la brosse sur la coiffeuse, fit une révérence et se retira. Avant de fermer la porte, elle vit que sir William s'était levé et embrassait sa femme dans le cou, ce qui lui fit d'autant plus plaisir que cela apaisait ses craintes sur le visiteur de l'après-midi.

James lui avait appris qu'il s'agissait de sir Angus Pettigrew, capitaine au Royal Hussards, cousin des Pettigrew du château de Chelwood Hall à une lieue de Briargate. Elle n'avait pas pu, bien entendu, dire à James pourquoi elle se renseignait ni poser d'autres questions de peur de devoir en révéler la raison. Elle n'était même pas sûre de savoir pourquoi elle voulait s'informer sur cet homme mais, en un sens, elle se sentait menacée.

Mais par quoi, par qui ? Elle avait retourné cent fois la question dans sa tête ce soir-là sans trouver de réponse. Maintenant qu'elle avait vu son maître et sa maîtresse se conduire en amoureux, elle arrivait à la conclusion que le beau capitaine n'était peut-être venu que parce qu'il séjournait pour quelques jours dans sa famille et qu'il espérait rencontrer le maître de maison dont il ignorait l'absence. Il aurait d'ailleurs été impoli de sa part de ne pas faire cette visite de voisinage.

Ce qui troublait davantage Nell, c'était la demande de lady Anne d'amener Hope jouer avec Rufus. Si Bridie avait été encore de ce monde, elle en aurait été horrifiée, mais Nell ne pouvait pas refuser ni inventer de prétexte plausible. Elle ne pouvait qu'espérer que la visite se passe mal, que lady Anne décide que Hope n'était pas une compagne de jeu pour son fils et que les choses en restent là.

Mais ses espoirs furent déçus. Il pleuvait le lundi, de sorte que les enfants durent rester jouer dans la nursery. Hope fut tellement émerveillée de découvrir des jouets comme elle n'en avait jamais vu de sa vie, qu'elle accepta sans se faire prier toutes les propositions de jeux que lui fit Rufus. Elle construisit des châteaux qu'elle jugeait très amusant de lui voir démolir, chevaucha avec lui son cheval à bascule, regarda ses livres d'images, fit tourner ses toupies. Quand lady Anne les rejoignit pour le goûter, elle déploya sans vergogne tout son charme naturel, admira le décor du service à thé, but et mangea avec une délicatesse inhabituelle et se permit même de gourmander Rufus qui négligeait de manger la croûte de ses tartines de confiture.

Il était évident que Rufus la considérait comme le plus beau cadeau qu'il eût jamais reçu et, lorsque Nell vint chercher Hope pour la ramener, il fit une crise de larmes en suppliant sa mère de la faire revenir la semaine suivante. Tandis que Nell traversait le pré avec elle, elle imagina sans peine Bridie brandir le poing en lui demandant comment elle avait pu être stupide au point d'emmener cette enfant là où elle n'aurait jamais dû aller.

Le dimanche, les serviteurs dont la présence n'était pas indispensable à Briargate pour la préparation du déjeuner devaient aller à l'église de Compton Dando. Ceux qui étaient originaires des villages avoisinants avaient la permission de rendre visite à leurs familles une fois par mois après l'office. James et Ruth avaient souvent quartier libre le même dimanche, mais parce que Nell devait assurer l'intérim de Ruth auprès de Rufus, elle allait seule chez elle ces dimanches-là.

Trois semaines après la première visite de Hope à Briargate, Nell eut son premier dimanche de congé. Il faisait beau et sec, de sorte qu'elle ne risquait pas de tacher de boue ses bottines bien cirées ni sa belle robe bleue. Lady Anne lui avait donné un bouquet de roses artificielles et un beau ruban pour orner son chapeau et elle se réjouissait de voir son père, qui travaillait quand elle disposait de son après-midi les jours de semaine. Mais le fait qu'Albert se joigne pour une fois à la petite troupe des serviteurs de Briargate lui faisait encore plus plaisir. En tant que chef jardinier, il avait tous ses dimanches libres et allait le plus souvent à l'église de Chelwood.

Nell était presque sûre qu'il ne changeait ses habitudes que pour avoir l'occasion de mieux la connaître. Il ne pouvait pas être amoureux de Rose, vieille fille de trente ans passés et déjà pleine de manies. Ruby n'avait que quatorze ans et était maigre comme un manche à balai. Nell n'aurait pu avoir pour rivale que sa sœur Ruth, mais Albert et elle ne se parlaient pour ainsi dire jamais. Nell se demandait si elle aurait le courage de l'inviter au cottage après l'office, car cela paraîtrait peut-être trop hardi de sa part.

Comme s'il avait lu dans ses pensées, Albert s'arrêta et se tourna vers elle en souriant jusqu'à ce qu'elle le rejoigne.

— Combien de membres de votre famille seront au cottage cet après-midi ? lui demanda-t-il.

Avec sa veste de tweed, sa culotte vert foncé et ses bas de soie, il aurait facilement pu passer pour un gentilhomme campagnard.

— Il n'y aura que Hope, mes deux plus jeunes frères et Matt, l'aîné, qui travaille dans la même ferme que mon père. Et votre famille, où est-elle ?

— Dans le Kent, à Penshurst. J'ai un frère et deux sœurs, tous mariés. Nos parents sont morts il y a quelques années.

— James m'a dit que vous aviez travaillé pour l'évêque de Wells. Qu'est-ce qui vous a poussé à vous exiler si loin de chez vous ?

— Je savais, à l'époque, que je ne trouverais pas de meilleure place que dans les jardins d'un palais épiscopal.

— Alors, pourquoi l'avez-vous quittée ?

Albert lui lança du coin de l'œil un regard qui fit penser à Nell qu'elle se montrait peut-être trop curieuse ou indiscrète.

— Si j'étais resté, je serais devenu vieux avant d'être promu chef jardinier. Quand j'ai appris que lord Harvey avait besoin de quelqu'un, je suis venu me présenter un de mes jours de congé. Dès que j'ai vu les lieux, j'ai compris que j'avais trouvé ce qu'il me fallait. D'ailleurs, lord Harvey a tout de suite apprécié les modifications que je lui ai suggéré de faire.

Toute la maisonnée avait en effet remarqué que le maître paraissait s'intéresser beaucoup plus aux jardins depuis l'arrivée d'Albert. Quant à lady Anne, elle se félicitait que son mari pratique une autre activité de plein air que l'équitation.

— Vous ne vous sentez quand même pas un peu seul ici ? Je veux dire, précisa-t-elle, Willy est plutôt simplet et James va passer toutes ses soirées au village. Vous deviez avoir beaucoup d'amis à Wells.

— Vous savez, je ne suis pas très sociable de nature. Quand j'ai envie de compagnie, je vais au pub de Chelwood. Je menais la même vie à Wells, les autres étaient trop vieux pour moi ou trop… simplets, comme vous dites. Je me plais beaucoup plus ici.

James avait dit à Nell qu'Albert n'était pas bavard, mais il l'avait manifestement mal jugé. Il parla jusqu'à ce qu'ils arrivent à l'église et posa à Nell des dizaines de questions sur sa famille. Il était peut-être un peu trop sérieux, c'est vrai, il fronçait les sourcils plus souvent qu'il ne souriait, mais Nell ne s'en formalisa pas. Elle était heureuse qu'il paraisse apprécier sa compagnie.

À la fin du service, ce fut le père de Nell qui invita Albert à venir boire une bière au cottage. Albert resta une demi-heure et admira le jardin potager avant de prendre congé. Sur le seuil, il demanda à Nell à quelle heure elle comptait rentrer à Briargate, en lui laissant entendre qu'il l'attendrait en chemin pour traverser le bois avec elle.

Nell voyait qu'Albert avait fait bonne impression à ses parents, même s'ils ne firent d'autre commentaire que : « C'est un jeune homme sérieux. » Mais le plaisir de penser qu'Albert paraissait aussi attiré par elle qu'elle l'était par lui comptait moins, en cet instant, que la joie de passer un dimanche en famille.

Meg avait préparé un civet de lapin avec des légumes du jardin et, comme dessert, des framboises, elles aussi du jardin. Ce fut un repas joyeux, dans les bavardages et les rires. Matt fréquentait depuis quelque temps Amy Merchant, fille d'un fermier de Woolard, qui avait été une bonne amie de Nell quand elles suivaient toutes deux les classes du révérend Gosling. Meg et Silas espéraient voir cette amourette déboucher sur un mariage car, s'ils aimaient beaucoup Amy, son père était un fermier prospère et n'avait que des filles. Matt serait donc l'héritier en première ligne.

Matt prit congé à quatre heures de l'après-midi pour aller rejoindre Amy, les trois plus jeunes partirent jouer au bord de la rivière. Nell resta donc seule avec ses parents, qui somnolaient à l'ombre du pommier derrière la maison. La mère et la fille poursuivirent leur conversation. Ce ne fut qu'en entendant Meg parler des visites hebdomadaires de Hope à Briargate que Silas sortit de son assoupissement.

— Je me demande si nous devrions continuer à la laisser aller là-bas. Cela risque de mal finir.

— Il a raison, approuva Meg. Hope est ravie, je sais, mais cela lui tourne la tête. Elle se croira bientôt trop bonne pour nous. L'autre jour encore, elle m'a demandé pourquoi nous n'avions pas de belles tasses en porcelaine. C'est tout le temps Briargate par-ci, Briargate par-là. Elle nous rebat les oreilles avec les belles robes de lady Anne ou du poney que va avoir Rufus. Quand cela va-t-il finir, Nell?

— Je n'en sais rien, maman. Je t'ai dit dès le début que je n'étais pas contente du tout de l'y emmener, mais comment y mettre fin sans faire de la peine à M. Rufus?

— Lady Anne la traite bien, au moins? demanda Silas.

— Très bien. En fait, elle l'aime beaucoup. Tout le monde l'aime bien, à Briargate.

— Elle a de bonnes raisons de l'aimer, soupira Silas. C'est sa propre fille. C'est bien là le danger.

Nell allait répondre qu'elle ne voyait pas de danger dans le fait d'aimer une enfant quand elle se rappela la manière dont lady Anne riait avec Hope, lui caressait la joue ou ébouriffait ses boucles brunes.

— Auriez-vous peur que lady Anne en vienne à trop l'aimer? À vouloir nous la prendre? C'est impossible, voyons!

— Il y a plus d'une manière de prendre un enfant, répondit Meg sombrement. En lui mettant des idées en tête, en lui faisant miroiter des choses qu'elle ne pourrait jamais obtenir normalement. Nous ne savons même pas si Bridie a dit ou non à lady Anne que son bébé était vivant.

— Non! protesta Nell. Bridie ne le lui a sûrement pas dit, elle n'aurait jamais fait une chose pareille.

— Bridie n'a jamais rien fait que pour le bien de sa maîtresse, répliqua Meg. Elle t'a laissée amener le bébé chez nous parce qu'elle jugeait que c'était la meilleure solution pour lady Anne. Mais il se peut qu'en la voyant aussi abattue par la suite, elle lui ait dit la vérité.

— Non, je n'y crois pas du tout! déclara Nell. Si lady Anne était au courant, elle m'aurait posé des questions sur nous, sur la petite. Elle ne m'a jamais rien demandé.

— Les nobles ne sont pas comme nous, dit Silas d'un ton méprisant. Ils sont sournois de naissance. Et puis, elle n'a pas besoin de te poser des questions, Ruth lui en dit bien assez.

Une nouvelle protestation resta dans la gorge de Nell. Son père avait peut-être raison. Ruth passait ses journées avec Rufus depuis sa naissance. Tout ce qu'elle savait sur la manière de soigner les enfants venait de ce qu'elle avait aidé et observé sa mère s'occuper de ses jeunes frères et sœurs. Rien de plus naturel que de dire: «Maman faisait comme cela avec Henry et avec Hope.» Ruth ne pouvait pas se méfier des questions précises qui viendraient ensuite.

— De toute façon, soupira Silas, tout cela ne peut que mal finir. Même si lady Harvey sait la vérité, elle ne voudra jamais trahir son secret en aidant Hope à s'élever dans le monde et si elle ne la sait pas et se prend d'affection pour la petite, elle lui tournera la tête et lui donnera des illusions. D'un côté comme de l'autre, c'est Hope qui y perdra parce qu'elle sera toujours entre deux chaises.

Nell ne put qu'approuver. Comme tous ses frères et sœurs, elle avait été élevée en connaissant précisément sa place dans la société. Les gens du peuple n'avaient d'autre destinée que de servir autrui, que ce soit comme son père en cultivant la terre d'un riche fermier ou en devenant servante à douze ans comme elle-même. Dès leur plus jeune âge, ils avaient été habitués à travailler de leurs mains pour aider leur famille. Nell avait souffert de la faim et du froid, elle ne portait que des vêtements usés et rapiécés qui habillaient ensuite les plus jeunes. Elle voyait mal Hope se résigner à un tel sort. Elle ne s'était jamais couchée la faim au ventre, n'avait jamais été obligée de s'occuper d'un bébé, de ravauder ses robes, de sortir sous la pluie ou la neige tirer de l'eau au puits. Elle n'était pas aussi endurcie que les autres. Mais si elle n'avait pas l'étoffe d'une domestique, que pouvait-elle attendre d'autre de la vie ?

— Que faire ? demanda-t-elle, atterrée.

— Je n'en sais rien, admit Silas.

Ils savaient tous trois qu'ils ne pouvaient pas se permettre d'offenser lady Anne en refusant de laisser Hope venir au château.

— Pour le moment, soupira Meg, nous n'avons pas le choix. Attendons, nous verrons bien comment les choses tourneront.

Nell avait eu l'intention de leur parler du capitaine Pettigrew, mais elle n'eut pas le courage de leur donner un nouveau sujet d'inquiétude. D'ailleurs, elle n'avait aucune certitude qu'il soit réellement le père de Hope. Mieux valait donc garder ses soupçons pour elle.

# 3

*1840*

— Si nous nous marions, dit Albert, le maître nous donnera le pavillon du concierge.

Il tortillait gauchement sa casquette entre ses doigts, l'expression aussi torturée que l'étoffe de son couvre-chef. Nell le dévisagea, stupéfaite de ce qu'elle venait d'entendre. Depuis deux ans, ils se tenaient régulièrement compagnie, ils allaient à l'église ensemble, ils bavardaient le soir dans la cour et, comme aujourd'hui encore, Albert l'attendait à l'orée du bois quand elle revenait de son après-midi de congé. Pourtant, de tout ce temps, il ne lui avait jamais fait la cour. Il n'avait même jamais été jusqu'à lui tenir la main, encore moins jusqu'à l'embrasser, de sorte que Nell s'était résignée à croire qu'elle n'était pour lui qu'une amie.

— Nous marier, Albert ? Vous me demandez en mariage ?

— Eh bien ! oui, marmonna-t-il, les yeux baissés. C'est ce que je voulais dire. Vous voulez bien ?

C'était une belle et chaude soirée de juin, les rayons du soleil se glissaient dans les interstices de la voûte verte sous laquelle ils marchaient. Le roucoulement des pigeons, le gargouillement de l'eau sur les pierres du ruisseau tout proche auraient dû parfaire le décor d'un moment romantique, propice à une déclaration d'amour. Mais l'indifférence, sinon la froideur d'Albert en anéantissait la magie.

— Je ne sais pas, répondit Nell. Vous ne m'avez encore jamais rien dit pour me faire comprendre que vous éprouviez un tel sentiment à mon égard. Votre demande est tellement inattendue...

— Cela fait deux ans que nous nous fréquentons, répondit-il comme si cela expliquait tout. Je gagne largement de quoi entretenir une femme. Et puis, nous avons beaucoup de points communs.

Nell s'abstint de lui faire observer qu'ils n'avaient en commun que leur dévouement à Briargate et aux Harvey. Si Albert avait une passion, c'était pour les jardins. Depuis deux ans, il avait construit des rocailles, aménagé de nouveaux massifs, planté des arbres et des arbustes qui créaient un décor féerique. Nell jugeait cette passion louable, mais elle aurait attendu d'un homme qui la demandait en mariage qu'il manifeste au moins un peu de passion à son endroit aussi, et lui dise qu'il l'aimait avant de lui demander sa main comme s'il s'acquittait d'une ennuyeuse formalité.

— Suffit-il d'avoir des points communs ? demanda-t-elle, de plus en plus déconcertée.

Pas un jour ne s'écoulait sans qu'elle ne pense combien il était bel homme, fort et intelligent. Sa barbe, la forme de son nez, les bouclettes qui se formaient dans sa nuque quand il transpirait lui plaisaient infiniment. Il en savait cent fois plus qu'elle sur tout ce qui se passait dans le vaste monde. Une quinzaine de jours plus tôt, il lui avait même parlé de l'Australie, dont elle ne savait rien. Comment concevoir qu'un homme aussi instruit pût ignorer le fait élémentaire qu'une femme avait besoin de s'entendre dire qu'elle était aimée ?

— Je pense que oui, bougonna-t-il. Un canari ne se marie pas avec une grive, n'est-ce pas ? Qui se ressemble s'assemble. Nous sommes pareils, vous et moi.

— Et l'amour, dans tout cela ? répliqua-t-elle avec aigreur. Il y a sur terre des centaines de femmes comme moi et des centaines d'hommes comme vous. C'est l'amour qu'ils éprouvent l'un pour l'autre qui les attire et les attache.

— Vous m'attirez et je me suis attaché à vous. C'est sans doute ce qu'on appelle l'amour.

— Eh bien moi, je veux un mari qui m'aime et qui me le dise !

Indignée, Nell s'éloigna à grands pas.

Elle savait pourtant que la plupart des gens se mariaient précisément pour les raisons qu'Albert avait invoquées. Le sujet nourrissait souvent les conversations du personnel de Briargate après le dîner. Les nobles se mariaient en général pour renforcer les liens entre deux familles, ou pour redorer un blason terni par des embarras financiers. Baines, qui avait l'expérience de nombreuses grandes familles, disait que sir William et lady Anne Harvey étaient à sa connaissance les seules personnes titrées ayant fait un mariage d'amour qu'il eût servies. Il estimait que les serviteurs devraient, pour leur propre bien, choisir un mari ou une femme selon des critères pratiques plutôt que de se laisser emporter par ce qu'il appelait le « mal d'amour ».

Nell ne partageait pas cette vision trop terre à terre, parce que ses parents s'étaient eux aussi mariés par amour. Unis maintenant depuis vingt-cinq ans, Meg et Silas roucoulaient encore comme des tourtereaux en dépit de toutes les épreuves qu'ils avaient traversées. Silas disait qu'il n'avait pas besoin d'aller se distraire au pub avec d'autres hommes, sa distraction préférée étant de rester avec Meg chez eux, au coin du feu. Et c'est ce à quoi Nell aspirait pour son mariage, s'il devait survenir un jour.

— Ne partez pas, Nell! la héla Albert. Pardonnez-moi, je me suis mal exprimé, c'est vrai. Alors, voulez-vous m'épouser?

Nell s'arrêta, se retourna vers lui.

— Non, tant que vous ne m'aurez pas dit que vous voulez m'épouser parce que vous ne pouvez pas vivre sans moi et que vous ne l'aurez pas pensé sincèrement en le disant.

Meg mettait la dernière touche à la coiffure de Nell quand les cloches de l'église commencèrent à sonner.

— Il est temps d'y aller, dit Silas. À condition que Nell soit sûre qu'Albert est bien le mari qu'il lui faut.

— J'en suis sûre, affirma-t-elle.

On était au début septembre. Nell avait finalement accepté la demande d'Albert quand, huit jours après son impair dans le bois, il lui avait déclaré qu'il l'aimait vraiment mais que seule sa timidité foncière l'avait empêché de s'exprimer plus tôt et avec plus d'éloquence.

Le village au complet assista à la cérémonie, à l'exception de sir William et lady Anne. Meg répondit à Hope, qui s'en étonnait, qu'ils ne se dérangeaient pas pour les mariages des serviteurs. Hope ne comprit pas la raison de ce mépris. Après tout, Nell veillait sur le bien-être de lady Anne et Albert entretenait les merveilleux jardins pour le plaisir de ses yeux. Du coup, elle se promit d'être désagréable avec Rufus la prochaine fois qu'elle irait à Briargate.

Ses visites du lundi après-midi étaient devenues rituelles, à moins qu'il ne fasse trop mauvais temps. Rufus l'agaçait par moments, parce qu'à cinq ans il se montrait encore trop puéril. Elle l'excusait par le fait qu'il n'avait pas comme elle de frères ni de sœurs, et n'avait jamais rien fait ni n'était allé nulle part de sa propre initiative, comme elle le faisait couramment au même âge. Elle ne se lassait pourtant pas de regarder ses livres d'images et prenait autant de plaisir à lui en faire la lecture qu'à dessiner sur ses albums ou à jouer à cache-cache avec lui dans le jardin.

Mais elle aimait surtout le simple fait d'être à Briargate. Monter le grand escalier lui donnait l'impression d'être une invitée de marque. Elle adorait regarder les beaux tableaux, toucher le bois verni des meubles, le velours des rideaux et se plonger dans un univers si différent de celui où elle avait grandi.

Nell, James et Ruth ne devaient pas partager son admiration, pensait-elle, car ils s'empressaient de la ramener à la cuisine comme s'ils cherchaient à lui faire comprendre que c'était là qu'était sa place. Hope ne s'en plaignait d'ailleurs pas, car elle aimait autant la cuisine que le reste de la maison. Elle y voyait de bonnes choses dont elle n'avait pas l'habitude chez elle, elle observait comment la cuisinière préparait les repas. En plus, elle ne partait pas les mains vides et ne rentrait jamais à la maison sans un pâté, une tarte ou un pot de confitures.

Et puis, il y avait lady Anne. Pour Hope, elle était la plus belle femme de tout le pays. Ses cheveux blonds, ses yeux bleus, sa voix douce et ses superbes robes auraient déjà suffi à nourrir l'adoration de Hope mais, en plus, lady Anne était toujours gentille avec elle et la traitait presque comme sa fille.

Trois mois après celui de Nell eut lieu le mariage de Matt et d'Amy dans l'église de Publow. Fred Merchant, le père d'Amy, avait accueilli Matt à bras ouverts dans la famille, car il avait toujours voulu un fils à qui léguer sa ferme. Tout le monde considérait que Matt était ainsi établi jusqu'à la fin de ses jours.

Hope vit sa mère verser une larme pendant la cérémonie, mais ses parents étaient visiblement plus heureux qu'au mariage de Nell et d'Albert. Silas n'avait jamais demandé à Matt comme à Nell s'il était sûr de son choix et Meg embrassait Amy avec autant d'affection que ses filles.

Hope n'aimait pas Albert. Il regardait les gens comme s'il se croyait supérieur et ne parlait pour ainsi dire jamais. Nell disait pour sa défense qu'il était très timide et qu'il lui parlait souvent. C'était peut-être vrai, mais cela n'expliquait pas pourquoi Nell avait changé. Elle ne venait jamais plus à la maison pendant ses après-midi de congé et la famille ne la voyait qu'avec Albert le dimanche à l'office. Chaque fois que Hope revenait de Briargate après avoir joué avec Rufus, Meg lui posait des questions sur Nell : « Va-t-elle bien ? A-t-elle dit quelque chose au sujet d'Albert ? Quand viendra-t-elle nous voir ? » Hope ne pouvait que répondre ce qu'elle savait, c'est-à-dire que sa sœur était comme d'habitude, qu'elle ne parlait pas d'Albert et qu'elle ne pouvait plus venir voir sa famille maintenant qu'elle devait tenir sa propre maison.

Hope avait une fois entendu Ruth dire qu'Albert était un tyran. Intriguée, elle avait demandé au révérend Gosling ce que cela voulait dire et il avait répondu qu'un tyran était un homme qui imposait sa volonté aux autres.

Un jour du printemps 1841, Hope jouait aux dames avec Rufus dans la nursery quand lady Anne entra avec une autre dame.

Rufus jouait très bien à ce jeu, de sorte que Hope n'avait pas besoin de le laisser gagner de temps en temps pour lui faire plaisir. Lorsque lady Anne entra, il venait de gagner deux parties de suite et Hope se concentrait pour essayer de le battre.

— Rufus, lui dit sa mère, Mlle Bird est ta gouvernante. Elle t'apprendra à lire et à écrire.

Agenouillé sur le tapis, Rufus leva distraitement les yeux vers la femme à la mine sévère, vêtue de gris des pieds à la tête.

— Hope m'a déjà appris à lire et à écrire, répondit-il.

Hope aimait en effet beaucoup jouer à l'école. Elle avait enseigné à Rufus à écrire les lettres de l'alphabet et à lire des mots simples.

— Ne sois pas impoli, Rufus. Combien de fois faudra-t-il te répéter qu'un gentleman se lève quand une dame entre dans une pièce ?

— Pardon maman, dit Rufus en se levant de mauvaise grâce.

Hope jugea qu'elle ferait bien de se lever elle aussi et rangea les pièces d'un puzzle pour se donner une contenance. Pendant ce temps, lady Anne expliqua à Mlle Bird que Hope était la jeune sœur de sa femme de chambre et venait jouer avec son fils une fois par semaine. Elle annonça ensuite à Rufus que Mlle Bird lui donnerait ses leçons tous les jours dans la salle d'étude.

— Je préfère suivre la classe du révérend Gosling comme Hope, répondit Rufus.

— Le révérend Gosling ne fait la classe qu'aux enfants du village, répondit sa mère, agacée de cette résistance inattendue. Mlle Bird t'apprendra aussi l'histoire, la géographie et la musique. Elle joue très bien du piano.

Hope faillit éclater de rire devant la mine butée de Rufus. Elle comprenait très bien pourquoi il n'aimait pas Mlle Bird. Raide, les lèvres minces, le regard sévère, elle avait l'air méchant.

— Elle fera aussi la classe à Hope ? voulut savoir Rufus.

— Non, Rufus, répondit lady Anne en lui ébouriffant les cheveux. Ton père estime qu'il est temps pour toi de te mêler à d'autres garçons. Benjamin et Michael Chapel viendront jouer avec toi deux fois par semaine.

Hope savait par Nell que les Chapel habitaient Chelwood et venaient dîner de temps en temps à Briargate. Nell lui avait dit aussi que les garçons étaient de vraies petites pestes.

— Il est temps que tu t'en ailles, Hope, lui dit lady Anne. J'aimerais que Mlle Bird parle à Rufus en tête-à-tête.

Pendant que Rufus protestait qu'ils étaient au milieu d'une partie, Ruth se hâta de draper Hope dans son châle et de la pousser vers la porte. Hope avait compris qu'elle devait s'éclipser sur-le-champ et de façon permanente, ce qui lui paraissait profondément injuste.

— Je ne pourrai plus revenir voir Rufus ? demanda-t-elle.

— Tu pourras toujours le voir à l'église, répondit lady Anne.

Tandis que Rufus fondait en larmes, Hope sortit, de peur de pleurer elle aussi. Si Rufus l'ennuyait parfois, elle s'était prise pour lui d'une réelle affection et ils jouaient ensemble depuis si longtemps, qu'elle considérait cette habitude comme un droit acquis. Elle était surtout chagrinée de penser que James l'avait mise en garde quelque temps plus tôt en disant qu'elle serait chassée comme une pestiférée si sir William décidait qu'il n'était pas convenable de laisser son fils jouer avec une petite fille du village. Hope avait refusé de le croire, mais James avait raison, elle le constatait avec amertume.

Elle descendit en courant jusqu'à la cuisine. La cuisinière la vit arriver avec étonnement.

— Te voilà déjà, mon petit chou à la crème ? Tu es en avance, aujourd'hui. Viens-tu me faire une commission de la maîtresse ?

Hope lui raconta d'une traite ce qui venait de se passer.

— On ne veut plus de moi, conclut-elle dans un déluge de larmes.

Émue, la cuisinière l'attira contre sa poitrine.

— Allons, ne pleure pas comme cela. Il faut bien qu'ils fassent un petit homme de M. Rufus avant qu'il ne parte pour l'école. Mais sois tranquille, tu lui manqueras et je suis sûre qu'il fera la vie dure à cette gouvernante qu'il n'aimera pas autant que toi. Et lady Anne sera bien forcée de te demander de revenir.

— Je ne reviendrai jamais, même si elle me le demande! déclara Hope en ravalant ses larmes. Où est Nell?

La cuisinière lui tendit un biscuit qui venait de sortir du four.

— Chez elle. Maintenant, son après-midi de congé, elle le prend le lundi.

Hope retint une nouvelle crise de larmes, remercia la cuisinière et se retira. Mais au lieu de prendre comme d'habitude le raccourci par le pré et le bois, elle contourna la maison pour descendre l'avenue. Elle empruntait ce chemin parce qu'elle avait envie de voir Nell, mais aussi en signe de défi, parce qu'on pourrait la voir distinctement des fenêtres de la façade. Si elle ne devait jamais remettre les pieds à Briargate, elle s'offrirait au moins pour la dernière fois le plaisir de passer par l'entrée des maîtres, même si c'était plus long.

Le pavillon du concierge avait été bâti longtemps avant le nouveau château. C'était une austère bâtisse de pierre grise avec des fenêtres à petits carreaux et un jardinet entouré d'une barrière blanche. Du temps de sir Roland Harvey, le pavillon logeait un concierge qui ouvrait la grille aux visiteurs et la refermait derrière eux, mais cette pratique avait été abandonnée et la grille supprimée. Lorsque Nell et Albert y avaient emménagé, le pavillon était inoccupé depuis de longues années. Quelques semaines auparavant, Hope avait entendu Silas remarquer qu'il serait grand temps qu'Albert et Nell les invitent. Il comprenait qu'ils veuillent arranger les lieux avant d'y faire entrer quelqu'un, mais il estimait que six mois auraient dû être plus que suffisants.

Quand elle ouvrit la porte, Nell fut stupéfaite de voir sa sœur.

— Hope! Qu'est-ce qui t'amène ici?

— Lady Anne ne veut plus de moi à Briargate, parvint à répondre Hope avant de fondre en larmes.

Entre deux sanglots, elle réussit à décrire l'arrivée de la sinistre Mlle Bird et la manière dont lady Anne l'avait chassée de Briargate.

— Maintenant, conclut-elle, je suis jetée dehors avec les ordures.

Les larmes apparues dans les yeux de Nell adoucirent un peu son chagrin. Sa sœur ressentait donc elle aussi cette injustice.

— J'avais peur que cela n'arrive un jour ou l'autre, admit Nell.

Elle expliqua ensuite que ses parents et elle n'avaient accepté l'idée de ses rencontres hebdomadaires avec Rufus qu'avec la plus grande réticence. De toute façon, ajouta-t-elle, Hope avait neuf ans et elle était maintenant trop grande pour continuer à jouer avec Rufus.

Soulagée d'avoir dit ce qu'elle avait sur le cœur, Hope prit le temps de regarder autour d'elle pendant que Nell préparait du thé.

Elle n'avait jamais vu de cottage plus propre et mieux rangé. Tout était astiqué, tout brillait, y compris le carrelage. Le fourneau lui-même avait l'air flambant neuf. On ne voyait nulle part le moindre grain de poussière, rien n'était de travers et le tapis devant la cheminée donnait l'impression que personne n'avait encore posé le pied dessus. Les étagères du dressoir étaient ornées de festons en papier bleu et blanc et les couverts étaient alignés dans leur boîte comme des soldats à la parade.

— Tu as tout bien arrangé, dit Hope pour qui cet ordre avait quelque chose de glacial. On croyait que ta maison était sens dessus dessous puisque tu ne nous avais pas encore invités.

— Je n'ai pas une minute à moi, répondit Nell avec un peu trop d'empressement. Et puis, c'est trop petit ici pour recevoir la famille.

Hope estimait pourtant que le pavillon était nettement plus vaste que le cottage familial et, en plus, il y avait une vraie cuisinière et une pierre d'évier. Elle garda toutefois son commentaire pour elle, car elle avait hâte de visiter les autres pièces et courut vers l'étroit escalier.

L'étage n'était pas un grenier, comme au cottage, mais comportait deux vraies chambres avec des portes et des fenêtres. Celle de Nell n'avait pour tout mobilier qu'un lit de fer, une table de toilette et une commode, les murs étaient blanchis à la chaux comme ceux du bas, mais le plancher luisait comme un miroir. L'autre chambre, en revanche, était vide.

— C'est pour le bébé? demanda Hope. Quand en auras-tu un?

— Dis plutôt *si* j'en ai un, la corrigea Nell. Alors, que penses-tu de ma nouvelle maison?

— C'est bien rangé, répondit Hope faute d'un vrai compliment.

— Albert aime l'ordre et la propreté, répondit-elle nerveusement. Mais il faut rentrer maintenant, Hope. Le chemin est long jusqu'à la maison et maman s'inquiétera si tu es en retard.

Malgré sa jeunesse, Hope était assez sensée pour comprendre que Nell se souciait moins de son retard éventuel que de la voir partir avant le retour d'Albert.

Quelques mois après sa dernière visite à Briargate, Hope prit conscience que ce jour-là avait marqué un profond changement dans sa vie. Pas seulement parce qu'elle ne pouvait plus jouer avec Rufus ou ne voyait plus Nell, Ruth et James aussi souvent, mais parce qu'elle était désormais obligée de travailler.

Bien entendu, elle donnait depuis longtemps un coup de main aux champs ou à la maison, comme ses frères et sœurs l'avaient fait avant elle et continuaient à le faire. Mais l'assistance de Hope n'avait jamais été requise que pour les tâches les plus légères. Elle allait tous les jours assister aux leçons du révérend Gosling et disposait librement du reste de son temps.

Du jour au lendemain, sans explication, ses leçons avaient pris fin. Elle devait maintenant travailler aussi dur que Joe et Henry, aller avec eux aux champs tous les matins qu'il pleuve ou qu'il neige. Et quand elle restait à la maison, elle devait faire le ménage, la lessive et aider sa mère à faire la cuisine.

— Si tu veux manger, tu dois travailler, lui rétorquait sèchement Meg quand elle se plaignait. C'est la vie, Hope. Plus vite tu le comprendras, mieux cela vaudra.

Hope savait que l'argent était rare depuis que Nell et Matt étaient mariés et ne rapportaient plus leurs salaires à la maison. James et Ruth apportaient encore leur contribution, Alice et Toby donnaient ce qu'ils pouvaient, mais leurs visites étaient très espacées et ils ne gagnaient pas grand-chose les uns et les autres.

Hope constatait aussi que ses parents vieillissaient et se fatiguaient vite. Le révérend Gosling lui avait dit que Meg avait maintenant quarante-cinq ans, Silas deux ou trois ans de plus et qu'ils payaient le prix d'une vie d'épreuves et de dur labeur. Il avait ajouté avec sévérité que beaucoup de fillettes de neuf ans, voire plus jeunes, se voyaient forcées de travailler aussi dur que des adultes. Hope devait remercier le Seigneur d'avoir joui d'une enfance heureuse et d'avoir pu aller quatre ans à l'école.

Elle subissait donc sans se plaindre, même quand elle sentait son dos prêt à se briser de s'être penchée des heures pour cueillir des fraises ou des haricots, ou ses bras sur le point de se désarticuler après avoir porté de lourds sacs de pommes de terre sur la longueur d'un champ. Elle grommelait quelques jurons à voix basse, mais serrait les dents et gardait sa dignité. C'était cependant moins de la dureté du travail qu'elle souffrait le plus que de la perte de son statut.

Aussi loin que remontent ses souvenirs, tout le monde l'avait appelée «notre bébé» avec une affection qui montrait qu'elle avait une place spéciale au sein de la famille. Chacun s'inquiétait de savoir si elle avait froid, si elle avait assez mangé, si elle n'était pas trop fatiguée. Sa mère et Nell veillaient à ce qu'elle soit toujours correctement vêtue, son père et Matt lui avaient sculpté des poupées ou accroché une balançoire à la branche maîtresse du gros pommier. Elle avait appris à lire, à écrire et à compter plus vite que les autres et avait eu droit à quatre ans d'école, quand les autres n'en avaient eu que deux.

Pendant les deux ans de ses visites régulières à Briargate, elle avait été l'objet des attentions de tous.

Il fallait qu'elle soit bien habillée et chaque membre de la famille voulait savoir ce qu'elle faisait au château et ce que lui disait lady Anne. Maintenant, elle n'était plus rien. Elle devait porter une vieille robe pour aller travailler et personne ne lui demandait ce qu'elle avait fait dans la journée car tout le monde le savait déjà. Si les classes du révérend Gosling l'ennuyaient parfois, elle y apprenait au moins des choses nouvelles dont elle pouvait parler avec fierté.

Mais le plus douloureux, c'était de savoir qu'il en serait toujours ainsi jusqu'à ce qu'elle atteigne l'âge de devenir servante. Et là, ce serait pire encore.

— Viens t'asseoir avec moi, Meg! lança Silas en voyant son épouse le chercher du regard sur le pas de la porte.

C'était une belle et paisible soirée de septembre. Le soleil baissait. Silas fumait sa pipe sous le pommier en regardant rosir le ciel. Au bout du pré, des lapins broutaient. Tout était précisément tel que tout devait être, les poules dans le poulailler, Hope, Joe et Henry endormis au grenier après un bon dîner. Pourtant, son inquiétude empêchait Silas de profiter de la douceur du moment.

Meg lui apporta un pichet de cidre et s'assit à côté de lui.

— Cela fera tout juste un an demain que notre Nell s'est mariée, dit-elle. Crois-tu que nous l'ayons perdue pour de bon?

Silas ne répondit pas aussitôt parce que ce n'était pas Nell qui le tracassait. Il s'étonnait qu'elle ne vienne plus leur rendre visite, mais une femme doit obéir à son mari et si Albert voulait que la sienne reste à la maison pendant son temps libre, il en avait le droit. Il savait, bien entendu, que Meg ne voyait pas la situation sous le même angle.

— Nell me manque, c'est vrai. Mais elle a choisi Albert, ils doivent vivre leur vie. Nous la voyons quand même le dimanche à l'église.

— Cela changera peut-être quand elle aura un bébé, commenta Meg sans conviction.

Silas soupira, car il n'en croyait rien.

— Peut-être. Mais c'est pour Hope que je me fais du souci. Elle n'est plus elle-même.

— Sois tranquille, ça lui passera. Elle s'habituera à travailler, comme nous tous. Nous aurions peut-être dû l'y mettre avec plus de douceur et l'empêcher de se rendre au château depuis un an, je l'admets. Mais ce qui est fait est fait. Il fallait bien lui apprendre que la vie n'est pas une partie de plaisir pour les gens comme nous.

Silas se demanda une fois de plus comment sa femme pouvait être aussi résignée. Quand ils étaient tombés amoureux, ils croyaient l'un et l'autre qu'ils auraient un jour une petite ferme bien à eux. Mais vingt-six ans s'étaient écoulés et ils s'évertuaient encore à travailler pour gagner à peine de quoi vivre. Pourtant, ils avaient eu de la chance, il le savait. Beaucoup de chance. Ils s'aimaient toujours autant, leurs enfants étaient tous forts et en bonne santé, les cinq aînés avaient déjà de bons emplois et il espérait placer bientôt Joe et Henry en apprentissage dans de bons métiers. Hope était la seule dont l'avenir l'inquiétait, car elle n'était une Renton ni de sang ni de nature.

— Elle ne sera jamais bonne pour la domesticité ou le travail des champs, elle a trop de cervelle pour l'un ou l'autre. Elle pose des questions sur tout, il y a en elle une étincelle qui l'empêchera d'obéir aveuglément comme nous l'avons toujours fait. Et puis, elle est trop jolie pour son bien.

— Avec son instruction, elle trouvera peut-être une bonne position dans une boutique à Bristol ou à Bath.

— Il y a du danger dans les villes.

Meg lui prit la main, la caressa affectueusement.

— Il y a du danger partout. Mais nous l'avons bien élevée, nous lui avons appris la différence entre le bien et le mal. Nous l'avons aimée comme si elle était à nous. Nous ne pouvions pas faire plus.

Silas vida son pichet de cidre pendant que le soleil disparaissait derrière le coteau.

— Nous devrions peut-être aller voir lady Harvey. Lui dire que Hope est sa fille et lui faire promettre qu'elle l'aidera quand il faudra.

— À quoi penses-tu, Silas ! s'écria Meg, choquée. Nous ne pouvons pas faire une chose pareille, elle croirait que nous voulons la faire chanter. Nell, Albert, Ruth et James perdraient leurs emplois. Et tu perdrais le tien aussi, par la même occasion.

— Non, elle ne nous ferait pas ça. Pas après les loyaux services que notre famille lui a toujours rendus.

— N'y compte pas, répondit Meg sombrement. Une femme coupable qui garde son secret est le plus dangereux des animaux.

# 4

*1843*

— Papa ne devrait pas être déjà de retour? demanda Hope.

Le nez collé à la fenêtre, elle regardait la pluie tomber. Parti trois jours plus tôt en charrette à Bristol chercher des marchandises débarquées d'un navire, Silas aurait dû revenir le soir même.

Meg soupira. C'était la vingtième fois de la journée que Hope posait la même question.

— Les navires sont souvent retardés par le mauvais temps. Ce qui est sûr, c'est que ton père n'est pas resté à Bristol pour son plaisir. Il dit toujours que c'est une ville sale et bruyante.

— Et où sont passés Joe et Henry? Ils ne peuvent sûrement pas travailler sous une pluie pareille.

Les deux frères avaient maintenant douze et treize ans. Silas espérait les mettre en apprentissage pour acquérir un métier, mais il n'avait pas réussi à réunir le montant de leurs cautions. Les efforts du révérend Gosling pour leur trouver des emplois d'aides-jardiniers, de palefreniers ou de valets de pied n'avaient pas été couronnés de succès. En attendant, faute de mieux, ils travaillaient comme journaliers dans les fermes avoisinantes. Pour le moment, ils étaient employés par un riche propriétaire de Woolard, le même qui avait chargé Silas d'aller à Bristol prendre livraison de ses marchandises.

L'automne était précoce, cette année-là, apportant une succession de bourrasques, d'orages et de pluies diluviennes, si obstinées que la rivière Chew débordait de son lit. Le moulin était inondé et une bonne partie de la dernière récolte était perdue. Dans les villages voisins, comme Woolard et Publow, plusieurs maisons avaient plus de un mètre d'eau à l'intérieur. On disait qu'un enfant s'était noyé à Pensford. Tout le monde avait fait de son mieux pour mettre le bétail à l'abri dans les pâtures les plus hautes, mais bon nombre de vaches et de moutons avaient péri avant que leurs maîtres n'aient pu les sauver.

Si le cottage des Renton ne risquait pas d'être inondé, la pluie rendait plus pénibles les travaux quotidiens. On était trempé rien qu'en sortant nourrir les poules et on rapportait de la boue à l'intérieur. Le potager était anéanti. À l'auberge du village, les hommes condamnés à l'inaction suçaient leurs pipes vides en prophétisant que cet automne calamiteux annonçait un hiver glacial et que tout le monde allait devoir se serrer encore la ceinture.

Hope connaissait déjà le sens du mot restrictions, car les deux dernières années avaient été rudes. Elle ne se plaignait plus de travailler autant, elle en comprenait la nécessité. Les travailleurs agricoles menaient tous une existence précaire et devaient redoubler d'efforts, aidés au besoin par leurs femmes et leurs enfants, s'ils voulaient écarter le spectre du chômage, synonyme d'expulsion de leurs cottages faute de pouvoir en payer le loyer. Cette menace pesait sérieusement sur la famille, car la récolte de l'année passée avait été maigre et la perspective d'un hiver rigoureux faisait craindre un nouveau désastre. Si les fermiers n'avaient plus de produits à vendre au marché ou même de quoi nourrir leur bétail, ils n'engageraient sûrement personne pour travailler aux champs.

— Est-ce que nous irons demain à la ferme des Merchant voir si le bébé est né ? demanda Hope dans l'espoir de changer les idées de sa mère, qui lui paraissait triste.

Le premier fils de Matt et d'Amy, Reuben, était né l'année précédente. La naissance du second était imminente. Meg était aussi impatiente que Hope d'avoir des nouvelles, mais les terres autour de la ferme étaient noyées.

— Il vaut mieux attendre que la pluie s'arrête. Amy a sa mère auprès d'elle et Matt viendrait nous prévenir s'il avait besoin de nous.

— Pourquoi Nell n'a-t-elle pas encore de bébé ?

— Des questions, encore des questions, toujours des questions, tu ne sais faire que ça ! répliqua Meg, agacée. C'est le bon Dieu qui décide qui en a et qui n'en a pas.

Hope comprit qu'elle ferait mieux de ne pas insister. Elle sentait depuis un certain temps que ses parents n'étaient pas heureux au sujet du ménage de Nell et d'Albert, car chaque fois qu'elle leur posait une question, ils répondaient sèchement. La famille n'avait été invitée qu'une seule fois au pavillon et cela datait déjà de dix-huit mois. Nell s'était donné beaucoup de mal pour les recevoir dignement en préparant un gigot accompagné de plusieurs légumes et une tarte aux pommes comme dessert, mais le repas avait été assombri de bout en bout par les réflexions désagréables d'Albert sur la qualité de la cuisine de Nell et sa nervosité.

On se doutait depuis longtemps qu'Albert était un tyran domestique. Nell ne rendait plus que de rares visites au cottage et, quand elle venait, ne restait jamais plus d'une demi-heure. Le dimanche à l'église, elle avait souvent l'air las et anxieux. Albert faisait preuve d'une politesse hautaine comme s'il considérait sa belle-famille indigne de lui. Ruth racontait que Nell ne s'attardait plus à bavarder avec les autres domestiques et faisait précéder toutes ses phrases de «Albert dit que», comme si elle était devenue incapable de penser par elle-même. Vers la fin de l'été, Hope était allée voir sa sœur dans le pavillon et lui avait demandé si elle était heureuse avec Albert. «C'est un bon mari», s'était-elle bornée à rétorquer, ce qui ne répondait pas à la question.

Le soir tombait lorsque Silas revint enfin. Hope allumait les chandelles au moment où son père ouvrit la porte. Meg ne put retenir un soupir atterré, car il était visiblement épuisé et glacé jusqu'aux os.

— Dieu soit loué, te voilà enfin ! dit-elle en se hâtant de le débarrasser de ses vêtements ruisselants de pluie. Hope, ranime le feu !

Une fois assis devant la cheminée, drapé dans une couverture et un bol de thé brûlant dans les mains, Meg lui demanda comment s'était passé son voyage à Bristol.

— Le bateau n'était pas déchargé, j'ai dû loger en attendant dans une sorte d'asile. C'était horrible. Horrible.

Il tremblait et claquait des dents au point que Meg le coucha, mais il ne lui lâcha pas la main et voulut lui faire comprendre combien il avait souffert. Il était à peine cohérent, ne parvenait pas à former ses phrases, mais les mots qu'il employait étaient assez éloquents.

— Douze hommes entassés dans une chambrée répugnante. Paillasses pleines de vermine. Individus abjects, abrutis par l'alcool. Des mœurs à soulever le cœur. Les bêtes se conduisent mieux.

Meg lui lava la figure et les mains, l'enveloppa dans deux couvertures, le réconforta en disant qu'il était maintenant chez lui et n'avait plus rien à craindre. Mais malgré sa voix brisée, à peine audible, Silas continuait à évoquer ses épreuves. Pauvre paysan naïf dans ce grouillement de voleurs sans scrupule, encore plus misérables que lui, on lui avait vidé les poches pendant qu'il dormait et dérobé ses bottes, qu'il n'avait réussi à récupérer qu'en courant pieds nus dans la rue pour rattraper le voleur. Il serait parti sur-le-champ pour échapper à ces horreurs s'il n'avait craint que son employeur ne se fâche en le voyant revenir les mains vides et ne lui donne plus de travail.

Pourtant, affamé et épuisé comme il l'était, il ne put avaler que la moitié d'un bol de bouillon avant de retomber sur son oreiller. Il lui était impossible de maîtriser ses tremblements, il se plaignait d'avoir mal à la tête et au dos. Meg étendit une couverture supplémentaire sur le lit et glissa une brique chaude sous ses pieds.

Joe et Henry rentrèrent un peu plus tard, eux aussi trempés et démoralisés parce que leur patron ne les avait pas payés ni ne leur avait rien donné à manger.

Il leur en voulait, expliqua Joe, parce que leur père n'était pas encore revenu de Bristol avec ses marchandises.

— Il faudra aller à Londres chercher du travail, il n'y a rien pour nous ici, conclut-il sombrement.

Les garçons montèrent se coucher tout de suite après avoir mangé, mais Hope resta tenir compagnie à sa mère, qu'elle sentait inquiète au sujet de son mari. Même à la faible lumière de la chandelle, elle pouvait voir qu'il n'allait pas bien. S'il paraissait dormir, il continuait à trembler sans arrêt et son front se couvrait de sueur.

— Il est fort, il sera remis après une bonne nuit de sommeil, dit Meg pour tenter de la rassurer.

Mais sa voix manquait de conviction.

Hope se réveilla en entendant sa mère tisonner le feu. Il faisait nuit noire et il pleuvait toujours autant.

— Papa va mieux? murmura-t-elle en descendant l'échelle.

— Il ne sera pas en état de travailler avant deux ou trois jours, répondit Meg. Il ne va vraiment pas bien.

Hope constata en effet que Silas était livide.

— As-tu au moins dormi un peu, maman?

— Je me suis étendue un moment à côté de lui, il faisait trop chaud. Alors, je me suis assise sur la chaise.

— Va coucher dans mon lit. Je le veillerai.

— Je veux bien, mais réveille-moi au lever du soleil et retourne les vêtements des garçons pour être sûre qu'ils sèchent. Il ne faudrait pas qu'ils attrapent froid eux aussi. Si ton père se réveille, fais-lui boire de l'eau. J'irai chez Lizzie Brierly à la première heure, lui demander de me préparer une de ses potions.

Pour Hope, c'était le signe que sa mère était réellement inquiète, car elle l'avait souvent entendue se moquer des décoctions de Lizzie qu'elle traitait de vieille sorcière.

Au cours des quatre jours suivants, Hope vit l'état de son père empirer à vue d'œil. Ses maux de tête devenaient intolérables et il avait à peine la force de se lever pour faire ses besoins. Meg lui faisait avaler en alternance la potion de Lizzie et ses propres tisanes contre la fièvre. Elle le rafraîchissait avec des linges humides quand il avait trop chaud, le réchauffait avec une brique quand il recommençait à trembler. Malgré tout, à la fin du quatrième jour, l'état de Silas ne présentait aucun signe d'amélioration et il commençait à délirer.

— Veux-tu que j'aille chercher Nell ? demanda Hope.

— Bien sûr que non ! On n'a pas le droit de demander de l'aide quand la maladie est dans la maison.

— Nell devrait pourtant savoir comment va papa.

— Si elle ne sait rien, elle ne s'inquiétera pas. Elle ne ferait que se précipiter ici pour rien et ça lui vaudrait des problèmes avec Albert.

Quelques semaines plus tôt, Ruth avait dit qu'elle croyait qu'Albert battait sa femme. Si c'est vrai, avait déclaré son père, j'irai moi-même tordre le cou à cet individu.

— Faut-il aller chercher le docteur, alors ?

Hope avait de plus en plus peur, parce que Silas ne reconnaissait plus ni Meg ni elle.

— Nous n'avons pas de quoi le payer. Va plutôt demander au boulanger s'il peut te donner du travail, en attendant je vais relancer le feu et essayer de le faire suer pour chasser la fièvre.

Meg devait être au désespoir pour dire à Hope d'aller mendier du travail au boulanger, car elle détestait sa femme, Mme Scraggs. Celle-ci posa à Hope des dizaines de questions sur la maladie de son père de peur qu'elle ne soit contagieuse et, finalement, daigna lui donner des ustensiles à nettoyer à l'extérieur de la boulangerie. À la fin d'une journée de travail épuisant, Hope ne reçut pour tout salaire qu'un shilling et une miche de pain.

De retour à la maison, Meg l'arrêta sur le pas de la porte.

— N'entre pas. Ton père a des rougeurs, les garçons et toi irez coucher dans l'appentis jusqu'à ce qu'il aille mieux.

— Il a la scarlatine, comme Violet et Prudence ?

— J'espère que ce n'est pas plus grave, soupira Meg, les adultes y résistent mieux que les enfants. Va chez le docteur, Hope. Dis-lui comment était ton père à son retour de Bristol et que maintenant il délire et qu'il a le corps couvert de rougeurs, il comprendra. Je ne crois pas qu'il se dérangera pour voir ton père lui-même, mais il te donnera peut-être des médicaments si tu lui offres ce shilling.

Le Dr Langford habitait Chewton, un hameau à une demi-lieue du cottage. Hope était trop petite à la mort de Violet et de Prudence pour se souvenir de la visite du médecin, mais elle avait souvent croisé le petit homme replet, coiffé d'un haut-de-forme, quand il traversait le village dans son tilbury. Sa mère lui avait raconté que le Dr Langford avait soigné son père qui s'était cassé un bras plusieurs années auparavant et que, faute de pouvoir le payer en argent, il avait accepté un poulet en guise d'honoraires. Hope en avait déduit que c'était un homme bon et charitable, qui consentirait peut-être à se rendre au chevet de Silas – peut-être même à la raccompagner en voiture.

La dame qui ouvrit la porte la fit attendre dehors. Le docteur arriva aussitôt, mais dès qu'elle commença à décrire les symptômes de la maladie et la manière dont son père l'avait contractée, Hope se rendit compte qu'il reculait pour s'éloigner d'elle.

— Dis à ta mère d'aérer la pièce en grand et de lui faire boire beaucoup d'eau et de bouillon. Qu'elle fasse aussi bouillir tout le linge sale et vous, les enfants, vous ne devez pas vous approcher de lui.

— Maman nous fait déjà coucher dans l'appentis. C'est grave ?

— Ton père est solide, nous pouvons rester optimistes, répondit-il en hésitant. Attends ici, Hope, je vais préparer un médicament.

— Sais-tu de quoi le père de cette petite est malade ? lui demanda sa femme quand il rentra dans son cabinet.

— J'espère me tromper, mais j'ai bien peur que ce ne soit le typhus. Il y en a eu quelques cas dernièrement à l'asile et Bristol n'en est jamais exempt, hélas !

Mme Langford frémit.

— Les Renton ne sont pourtant pas n'importe qui. J'entends souvent dire que leur cottage est le mieux tenu de toute la région.

— Le pauvre homme a dû attraper cela dans l'asile de nuit où il a eu le malheur de loger. Avec la promiscuité qui règne dans ces endroits, il s'est trouvé avec quelqu'un qui a rapporté le microbe d'un navire ou d'une prison. Sa femme a peut-être déjà été contaminée et les enfants aussi.

— Grand Dieu ! Tu ne l'as pas touchée, j'espère ?

Le Dr Langford décocha à sa femme un regard scandalisé, mais il ne pouvait pas lui reprocher son manque de compassion car il n'avait pas l'intention de s'exposer au danger en s'approchant du malade.

— Non, bien sûr. Mais je te saurais gré de préparer un panier que la petite emportera chez elle. Du brandy, des choses nourrissantes. J'y ajouterai de la belladone pour faire baisser la fièvre de Silas et le soulager un peu de ses maux de tête, mais je ne peux malheureusement rien faire de mieux.

— Je ne m'en irai pas, maman ! déclara Hope en repoussant la porte. Tu es malade toi aussi et je vais te soigner.

Depuis le retour de son père dix jours plus tôt, Hope avait obéi scrupuleusement à sa mère. Elle avait nourri les bêtes, fendu les bûches, tiré l'eau du puits et dormi tous les soirs dans l'appentis. Joe était allé à Briargate et à la ferme des Merchant avertir les membres de la famille que leur père était malade et qu'ils devaient rester à l'écart. Meg avait même donné à Joe et à Henry l'ordre de coucher dans la grange de leur employeur à Woolard et de ne pas revenir au cottage.

Hope ne comprenait cependant pas que Nell ne soit pas venue aux nouvelles en dépit des ordres de leur mère. Elle savait que lady Anne le lui avait elle aussi défendu afin d'éviter d'apporter la maladie jusqu'à Briargate et de mettre Rufus en danger, mais elle connaissait assez le caractère de Nell pour s'étonner qu'elle ne soit pas au moins venue avec un panier de victuailles à la barrière du jardin en demandant si elle pouvait se rendre utile d'une manière ou d'une autre.

Matt était venu apporter du lait et du fromage et leur apprendre qu'Amy avait donné le jour à une fille. De la fenêtre, Meg l'avait vertement tancé en lui faisant promettre de ne plus s'approcher jusqu'à ce que Silas soit guéri. Sa visite lui avait quand même fait plaisir. Hope était sûre qu'elle espérait que Nell en ferait autant et qu'elle tenait Albert pour responsable de l'apparente indifférence de sa fille.

Ses nuits solitaires dans l'appentis étaient pour Hope une épreuve. Elle avait froid, la paille était humide, l'écho des propos incohérents de son père et des larmes de sa mère l'effrayait. Quand elle avait frappé à la porte la veille au soir, elle avait vu que sa mère était malade. Meg vacillait, elle était couverte de sueur et avait l'air hagard. Malgré son inquiétude, Hope lui avait obéi en se bornant à rapporter un seau d'eau et un panier de bois avant d'aller se coucher dans l'appentis, mais elle n'avait pas pu dormir la moitié de la nuit. Le lendemain matin, elle décida de désobéir.

— Tu as onze ans, tu es trop jeune pour t'occuper de nous et je ne veux pas que tu attrapes la maladie, répliqua Meg en s'efforçant d'empêcher Hope d'ouvrir la porte.

— Je ne suis pas trop jeune pour voir que tu devrais être au lit, insista Hope en poussant assez fort pour réussir à entrer. Je garderai mes distances si tu y tiens, mais je ne vais pas vous laisser seuls tous les deux sans personne pour vous aider.

Meg n'avait plus la force de discuter. Sans attendre sa réponse, Hope était déjà montée au grenier prendre une paillasse qu'elle disposa près de la cheminée. La manière dont elle vit sa mère s'écrouler dessus lui confirma qu'elle avait contracté la maladie à son tour.

Hope s'approcha du lit de son père et sursauta, horrifiée par son apparence. Les rougeurs dont sa mère avait parlé six jours plus tôt s'étaient transformées en pustules qui lui couvraient le corps et le visage. Il avait les dents et les gencives brunâtres, sa respiration était haletante et ses mains étaient agitées de tremblements convulsifs. L'odeur pestilentielle qui émanait de lui signifiait qu'il ne contrôlait plus son sphincter.

Un instant, Hope fut prête à tourner les talons et à prendre la fuite. Mais un coup d'œil à sa mère, gisant sur la paillasse à côté du feu, lui fit comprendre que si elle l'abandonnait, c'est elle qui serait forcée de se lever. Hope n'eut pas le cœur de lui infliger une épreuve visiblement au-dessus de ses forces.

Jamais elle n'avait accompli de travail plus pénible que de laver son père. Quand elle l'eut recouché dans des draps propres et lui eut fait boire de l'eau, elle accorda ses soins à sa mère, qui brûlait de fièvre et grelottait en même temps comme son père au début.

— Sois tranquille, je m'occupe de tout, lui murmura-t-elle après l'avoir recouchée. Maintenant, tu vas dormir.

Une pile de draps et de linges souillés s'entassait dans un coin de la pièce. Se rappelant les recommandations du médecin, elle s'attaqua à la tâche d'allumer le feu sous la grosse bassine servant de lessiveuse dans l'appentis. Une fois le feu démarré, au prix d'efforts et de maladresses qui faillirent lui faire tout abandonner, elle dut remplir la bassine avec huit seaux d'eau tirée du puits, râper le savon noir en copeaux en se coupant les doigts, mettre le linge sale dans l'eau chaude en prenant soin de ne pas se souiller elle-même.

À la fin de l'après-midi, entre la lessive, ses allers et retours au cottage pour faire boire ses parents et les laver, nourrir les poules, ramasser les œufs, traire la vache et alimenter continûment le feu sous la lessiveuse, Hope ne tenait littéralement plus debout. Il lui restait encore à tirer des seaux d'eau pour rincer le linge avant de le faire sécher. Elle titubait quand elle rentra dans le cottage préparer du bouillon à l'aide d'un morceau de bœuf laissé la veille près de la porte par un voisin charitable.

— Tu es une si bonne fille, murmura sa mère quand elle lui donna un bol de bouillon. Est-ce que ton père va mieux ?

Malgré son inexpérience, Hope sentait qu'il était près de la mort. Pour elle, l'homme fort et joyeux qu'elle aimait avait déjà disparu.

— Un peu mieux, mentit-elle afin de ne pas aggraver l'angoisse de sa mère. Il a bu du bouillon et demandé de tes nouvelles.

Le soir tombait quand Hope entendit taper à coups de bâton contre la clôture. Elle pensa que c'était un voisin compatissant, car elle avait déjà trouvé ces derniers jours un morceau de bœuf, des légumes, de la soupe et d'autres offrandes déposées sur le pas de la porte. Elle courut regarder et reconnut Nell, un panier à la main.

— Je n'ose pas m'approcher, cria-t-elle depuis le sentier. Lady Anne ne me laisserait pas rentrer à Briargate et Albert me ferait une scène d'enfer, mais il fallait que je vienne. Comment va papa ?

Hope aurait voulu courir se jeter dans les bras de sa grande sœur, mais elle savait que ça lui était interdit.

— Il va mal et maman a attrapé la maladie elle aussi. J'ai peur, Nell. Je ne sais plus quoi faire.

Malgré la pénombre, Hope voyait l'expression angoissée de Nell, qui résistait de son mieux à l'envie d'entrer et de prendre la situation en main. Mais même si elle avait voulu le lui permettre, elle ne l'aurait pas pu. Le danger était trop grand.

— Tu ne peux rien faire de plus, ma chérie, dit Nell d'une voix mal assurée. Tu ne devrais même pas prendre cette responsabilité, tu es trop jeune. J'aurais dû désobéir à Albert dès le début et venir ici.

Hope comprit que Nell avait peur d'Albert. Elle crut aussi distinguer, dans la lumière indécise, qu'elle avait une joue tuméfiée.

— Nous ne t'aurions pas laissée entrer de toute façon, mais maman sera contente de savoir que tu es venue aujourd'hui. Laisse le panier près de la barrière, j'irai le chercher.

Les larmes aux yeux, elle vit Nell s'éloigner en se retournant à chaque pas, visiblement déchirée entre son amour pour ses parents et ses devoirs envers sa maîtresse et son mari.

Cette nuit-là, Hope s'agenouilla pour prier avec ferveur.

— Ne les laissez pas mourir, mon Dieu, je Vous en supplie. Je ferai n'importe quoi, je ne me plaindrai plus jamais de rien, mais si Vous m'entendez, faites qu'ils guérissent.

Dès qu'elle ouvrit les yeux le lendemain matin, Hope sentit un changement. Elle entendait les oiseaux chanter, le vent bruire dans les arbres, mais un silence anormal régnait dans le cottage.

Elle avait couché dans le grenier afin de ne pas s'éloigner de ses parents. Angoissée, elle se leva d'un bond et descendit l'échelle aussi vite que ses jambes pouvaient le lui permettre. Elle n'eut pas besoin de s'approcher du lit de son père pour comprendre qu'il était mort. Ses mains reposaient immobiles sur la couverture, son visage était devenu blanc comme un linge et ses traits paraissaient apaisés.

D'instinct, elle se tourna vers sa mère en quête de consolation, mais elle constata aussitôt qu'elle n'en recevrait aucun réconfort. Meg était à son tour couverte des rougeurs apparues sur le corps de Silas et, si elle avait les yeux ouverts, son regard était éteint, comme mort.

Hope aurait voulu hurler, taper du pied, donner libre cours à son désarroi, mais elle parvint à se dominer. Pendant les onze ans de sa jeune vie, elle avait toujours été entourée d'adultes qui l'avaient instruite, admonestée, dorlotée. Maintenant, elle était seule devant l'adversité et elle prit conscience que son enfance avait brutalement pris fin. Elle devait désormais se conduire en adulte. Elle n'avait personne vers qui se tourner, à qui demander de l'aide. Cela lui était interdit, car elle ne devait laisser quiconque entrer, au risque de répandre la maladie. Elle ne pouvait quand même pas abandonner sa mère sans personne pour s'occuper d'elle.

Faute de mieux, elle se força à accomplir les tâches quotidiennes, racler les cendres du foyer, relancer le feu, mettre la bouilloire à chauffer, remplir une cuvette pour laver le visage de sa mère. Elle réussit à lui faire avaler un peu de lait avec un œuf cassé dedans. Puis elle déchira une feuille d'un cahier et écrivit en grosses lettres : « S'il vous plaît, aidez-moi. Mon père est mort et ma mère est très malade. Personne ne doit entrer ici pour ne pas risquer de tomber malade, mais quelqu'un peut-il prévenir le docteur ? Appelez-moi de la barrière, je sortirai sur le pas de la porte. » Elle signa Hope Renton et sortit clouer la feuille sur la barrière de manière que les passants la voient.

Le révérend Gosling la héla vers la fin de la matinée. En train de bassiner le visage de sa mère à l'eau fraîche, Hope reposa la cuvette et courut à la porte. Le pasteur à la mine austère qui lui avait appris à lire et à écrire l'avait toujours intimidée, mais elle remercia Dieu qu'il soit la première personne à répondre à son appel car il savait tout.

— Ma chère petite, je suis consterné d'apprendre que ton père est mort. Es-tu maintenant seule avec ta mère ?

Son regard parut à Hope infiniment plus bienveillant qu'à l'accoutumée.

— Oui, mon révérend, répondit-elle avant de résumer de son mieux la situation. Maman tenait à ce que personne n'entre dans la maison tant que papa serait malade et je dormais dans l'appentis. Mais je suis entrée quand j'ai vu hier qu'elle était malade elle aussi. Ce matin, quand je me suis réveillée, papa était mort et maman allait très mal. Je la soigne comme je peux, je la fais boire, je la lave, mais je ne sais pas quoi faire pour papa ni comment guérir maman.

Malgré ses efforts pour ne pas pleurer, Hope ne put retenir ses larmes quand le révérend s'approcha, les bras tendus.

— Non, protesta-t-elle, il ne faut pas me toucher !

L'instant d'après, elle se retrouva serrée contre la poitrine osseuse du pasteur et ses larmes redoublèrent.

— Ma pauvre enfant ! soupira le révérend avec compassion. Si tu es assez brave pour soigner ta mère, je peux l'être aussi pour t'embrasser. Vas-tu bien, au moins ?

Sans la lâcher, il l'écarta un instant pour l'observer.

— Oui, mon révérend. Je ne suis pas malade et je me suis toujours lavé les mains après avoir touché papa, comme maman me l'a dit. Mais la maladie est dans l'air, n'est-ce pas ? Nous la respirons.

— Je n'en crois rien, car si c'était vrai elle se serait déjà répandue dans tout le pays sans épargner personne. Cette maladie ne prospère que dans un milieu confiné et sans hygiène, comme les navires ou les prisons. Ta mère a-t-elle couché dans le lit de ton père à son retour de Bristol ?

Hope acquiesça d'un signe de tête.

— Voilà comment elle a contracté la maladie, dit-il tristement. Mais elle ne pouvait pas savoir à ce moment-là ce dont il s'agissait. Allons, laisse-moi entrer, il faut que je la voie.

En dépit de toutes les prières du révérend Gosling et des soins dispensés par sa gouvernante, Mme Calway, Meg rendit l'âme deux jours après son mari. Ayant cessé de lutter contre la maladie, elle mourut dans la nuit. Quand il vint le lendemain matin, le révérend dit à Hope que c'était une bénédiction qu'elle fût morte aussi vite et sans avoir subi les épreuves traversées par Silas. Hope dut admettre qu'il avait raison, mais cela n'atténua pas sa douleur.

Mme Calway fit la toilette des morts. Geoffrey son mari, charpentier du village, fabriqua leurs cercueils, Matt et James les y placèrent et Hope, pour les décorer, cueillit des fleurs sauvages dans les champs et les bois alentour. Si tout le monde louait son courage d'avoir pris soin de ses parents, elle ne pouvait s'empêcher de penser qu'elle aurait dû trouver le moyen de repousser ou, au moins, de retarder leur mort.

Le matin de l'enterrement, après que la légère brume matinale se fut vite dissipée, il faisait un temps splendide. Avant l'arrivée de ses frères et sœurs, Hope resta longtemps debout au bord de la rivière en se remémorant avec nostalgie que son père avait tant aimé cette saison. « Quand les récoltes sont rentrées et les champs labourés, je crois que le Seigneur nous récompense en déployant devant nous les signes de Sa grandeur », disait-il souvent, les yeux embués, en désignant d'un geste large les arbres couverts de leur parure d'automne.

Cette année-là, la tempête avait abattu beaucoup d'arbres et en avait dépouillé d'autres de leur feuillage. Pourtant, la vallée offrait au regard une somptueuse mosaïque où l'orange, l'or et le brun se mêlaient à cent nuances de vert. À demi masquée pendant l'été, la rivière révélait le scintillement de ses eaux, les écureuils s'affairaient dans les arbres en quête de baies et de noisettes pour l'hiver. Hope ne pouvait se rappeler combien de fois elle avait cueilli des mûres et des baies de sureau avec sa mère, qui la soulevait en riant pour atteindre les branches les plus hautes. Penser qu'elle n'entendrait jamais plus ce rire chaleureux ni ne verrait jamais plus ses parents assis côte à côte sous le pommier les soirs d'été lui était insoutenable.

Plus tard ce matin-là, tandis que Matt vissait les couvercles des cercueils, Hope regarda sa famille rassemblée en regrettant amèrement de ne pas se trouver, elle aussi, dans un troisième cercueil.

Appuyée à l'épaule d'Albert, Nell sanglotait. Amy était pâle et regardait autour d'elle avec anxiété, comme si elle craignait que la maladie n'imprégnât encore les murs du cottage et qu'elle n'en apportât les miasmes à ses enfants. L'expression de Matt trahissait ses efforts pour dominer son émotion. Ruth et Alice s'étreignaient pour ne pas tomber, James et Toby se tenaient raides et gauches, sans savoir que dire ni que faire. Joe et Henry étaient livides. À douze et treize ans, ils n'étaient pas encore des hommes, mais déjà trop vieux pour pleurer en public. Peut-être se rappelaient-ils avec remords les dernières paroles qu'ils avaient adressées à leurs parents pour leur annoncer qu'ils partiraient chercher du travail à Londres parce qu'il n'y avait pas d'avenir ici pour eux.

Les matelas et les paillasses avaient été brûlés. Hope et Mme Calway avaient nettoyé chaque pouce carré du cottage avec de l'eau additionnée de vinaigre. Le linge avait été bouilli, les couvertures lavées et relavées, les sièges et la table frottés et astiqués. Elles avaient brûlé dans l'âtre des herbes aromatiques pour chasser jusqu'au dernier relent de la maladie. Mais le cottage leur était devenu étranger.

Jusqu'à présent, nul n'avait osé parler du lendemain. Ils savaient tous, bien sûr, que le cottage logerait d'autres occupants et qu'ils n'auraient plus aucun lieu où réunir la famille. Hope avait déjà déduit de la froideur d'Albert qu'il n'accueillerait sûrement pas les Renton dans son pavillon. Matt et Amy ne disposaient que d'une seule chambre dans la ferme des parents d'Amy, il était donc hors de question qu'ils puissent y inviter qui que ce soit. James et Ruth retourneraient à Briargate, Toby et Alice à Bath, Joe et Henry chez leur patron actuel, au moins pour un temps.

Hope se sentait exclue. Chacun l'avait embrassée avec une affection sincère et promis de prendre soin d'elle. Mais ils allaient tous par paires. Tous, sauf elle.

Tous les habitants du village et de nombreux autres des environs vinrent à l'enterrement manifester leur respect à la mémoire de Silas et Meg Renton. Chacun apporta des fleurs de son jardin, que Hope jugea plus belles et plus précieuses que les roses et les œillets de serre envoyés par sir William et lady Anne Harvey.

Nell, Ruth et Alice pleurèrent sans arrêt pendant le service. Les larmes montèrent aussi aux yeux de Hope quand le révérend Gosling rappela avec quelle ferveur Meg et Silas s'étaient aimés et avaient aimé et élevé leurs enfants, qui en apportaient la preuve vivante. Elle ne donna cependant libre cours à ses larmes que lorsque les cercueils furent mis en terre, à côté de ceux de Violet et de Prudence.

Son désespoir ne venait pas d'une soudaine prise de conscience que ses parents ne reviendraient jamais, elle l'avait compris dès l'instant où sa mère avait rendu le dernier soupir. Ce qui provoquait ses sanglots, c'était de savoir que Meg avait cessé de lutter quand elle avait compris que Silas était mort. Elle s'était sentie incapable de vivre sans lui, même pour continuer à veiller sur ses enfants. Elle avait choisi de le rejoindre au cimetière plutôt que de vivre pour voir ses enfants grandir, se marier et avoir des enfants à leur tour. C'est cela que Hope, qui s'était évertuée à la maintenir en vie, considérait comme une trahison : sa mère ne s'était même pas demandé si la plus jeune de ses filles aurait pu avoir encore besoin d'elle.

— Tu viendras chez nous, avec Albert et moi, murmura Nell qui consolait de son mieux sa petite sœur.

La famille et quelques voisins étaient maintenant réunis dans le jardin du cottage. Dieu merci ! il faisait beau, car personne ne semblait avoir envie d'entrer dans la maison. Toby et Alice s'apprêtaient à reprendre le long chemin du retour vers Bath. Joe et Henry logeraient désormais au-dessus des écuries de leur patron, qui leur avait promis un salaire fixe s'ils acceptaient de se charger des travaux que leur père avait effectués pour lui depuis toujours.

— Albert ne voudra pas de moi, dit Hope entre deux sanglots. Il ne voudrait pas même qu'un chien vienne mettre du désordre dans son pavillon si bien rangé.

— Ne dis pas cela, voyons, répondit Nell en lui caressant les cheveux. Albert sait aussi bien que nous autres que tu ne peux pas rester seule ici. J'ai parlé hier à lady Anne, elle m'a dit que ce serait très bien que tu aides la cuisinière.

Hope sécha ses larmes, non pas parce qu'elle était rassurée qu'on veuille bien d'elle, mais parce qu'elle comprenait qu'elle n'avait pas le choix. Tout compte fait, c'était un moindre mal. Personne d'autre n'avait offert de l'accueillir, elle aimait Nell et l'idée de seconder la cuisinière à Briargate lui plaisait. Elle devrait seulement s'habituer à supporter Albert.

Nell finit de laver les assiettes et les couverts, essuya la table et s'assit un moment pour se reposer. En grande conversation avec M. Merchant, le beau-père de Matt, Albert avait visiblement oublié qu'il avait hâte de rentrer chez lui un quart d'heure plus tôt.

Albert semblait n'avoir aucune notion de ce que Nell éprouvait, comme s'il était dépourvu de la faculté, pourtant répandue chez les êtres humains, de compatir à la douleur ou au chagrin d'autrui. Lady Anne, Baines et la cuisinière avaient manifesté à Nell plus de compassion que n'en avait fait preuve Albert. Ce matin encore, il lui avait dit : « Tu iras mieux une fois qu'ils seront enterrés. » Comme si elle pouvait oublier vingt-sept ans de sa vie au moment où la dernière pelletée de terre retomberait sur les cercueils !

Accablée par la perte de ses parents, elle se maudissait de ne pas avoir enfreint les ordres d'Albert et de lady Anne pour venir à leur chevet avant qu'il ne fût trop tard. Peut-être n'aurait-elle rien pu faire pour les sauver, mais au moins elle ne souffrirait pas du terrible remords de n'avoir rien fait. Elle était encore plus honteuse de ne pas avoir pris fermement position dès le début vis-à-vis d'Albert et décidé de passer avec sa famille sa demi-journée de congé hebdomadaire. De quel droit lui imposait-il de rester chez eux en décrétant que ses parents ne comptaient plus dans sa vie ? En trois ans de mariage, elle ne les avait pas vus plus de cinq ou six heures, le plus souvent le dimanche à la sortie de l'église. Elle n'avait plus de nouvelles de la famille que par l'intermédiaire de Ruth, et n'avait jamais eu l'occasion de parler tranquillement à son père et à sa mère. Mais cela valait peut-être mieux, car elle aurait dit à sa mère qu'elle regrettait d'avoir épousé Albert et aurait même avoué qu'il la battait souvent.

Elle lança un regard craintif vers la porte du jardin, comme si Albert avait pu deviner ses pensées, mais il était toujours absorbé dans sa conversation avec M. Merchant. C'était encore un trait de son caractère que Nell avait découvert : Albert ne daignait s'entretenir qu'avec des gens prospères ou éduqués, tels que M. Merchant qui était propriétaire de ses terres. Il avait fait une fois la remarque devant Nell que Matt avait sagement agi en épousant Amy. Comme si la sagesse était entrée en ligne de compte ! Matt n'avait fait qu'obéir à son cœur.

Elle avait pris douloureusement conscience qu'Albert ne l'avait épousée que parce qu'elle était proche de lady Anne. Il ne voulait plus loger au-dessus des écuries avec les palefreniers, il voulait une maison à lui et quelqu'un à qui donner des ordres. Et il savait que la maîtresse tenait à Nell et que le pavillon était inoccupé. Tout s'était passé au mieux de ses intérêts : il avait maintenant une épouse qui se pliait à toutes ses volontés, un élégant cottage en pierre, meublé des rebuts du château ayant encore belle allure et il pouvait plastronner au pub de Chelwood en se vantant d'être le protégé de sir William.

Nell se demandait parfois ce que ses compagnons penseraient de lui s'ils savaient que son mariage était resté tout théorique. Il n'y avait jamais eu entre eux la moindre étincelle d'amour conjugal. S'ils dormaient dans le même lit, ils n'y faisaient rien de plus. Elle avait acquis le sentiment qu'il méprisait les femmes, car lorsqu'elle avait essayé de le tenter au début de leur mariage, il l'avait repoussée avec dégoût en la traitant de dépravée et elle ne s'y était plus hasardée depuis. Presque résignée désormais à vivre sans amour et à n'être que la bonne à tout faire d'un mari tyrannique, elle refusait malgré tout l'idée qu'elle n'aurait jamais d'enfants. C'eût été une frustration trop cruelle.

En regardant de nouveau à l'extérieur, elle vit Hope assise sous le pommier, qui contemplait le paysage comme si elle voulait graver dans sa mémoire les bons souvenirs qu'ils évoquaient. Nell sentit les larmes lui monter aux yeux, car elle aimait Hope de tout son cœur et souffrait de la voir malheureuse. Elle était déchirée entre son désir d'amener Hope avec elle et sa crainte qu'Albert ne la rejette.

Il ne lui avait pas dit crûment qu'il ne voulait pas d'elle, il ne le pouvait pas parce qu'il savait que tout le monde à Briargate, y compris lady Anne, s'attendait qu'il accueille Hope à bras ouverts. Aucun de ceux qui la connaissaient ne l'aurait considérée comme un fardeau et on aurait jugé qu'Albert, au mieux, manquait de charité ou, au pire, était une brute s'il refusait de l'héberger. Dans ses conversations avec Matt et James, il s'était même prétendu heureux que la présence d'un enfant vienne égayer la maison.

Nell ne s'y était pas laissé prendre, car elle savait qu'en réalité Albert ne s'intéressait qu'à lui-même. Il était totalement dénué de cœur et de tendresse. Il voulait une vie aussi ordonnée que ses maudits massifs de fleurs. Il décidait seul de leur composition et arrachait tout ce qui ne correspondait pas précisément à sa vision.

Dans une telle organisation de l'existence, Hope à l'évidence n'avait aucune place.

## 5

*1844*

— Dépêche-toi, Hope, chuchota Nell. Il s'impatiente.

Hope continua sans se presser de lacer ses bottines. Toujours soucieux de singer la noblesse, Albert exigeait que Nell dressât tous les matins le couvert du petit déjeuner et le servît à table. Il voulait aussi que Hope fût habillée et prête à partir avant de venir s'asseoir. Hope estimait parfaitement ridicule de mettre le couvert quand il n'y avait rien de plus à manger qu'une tranche de pain et un bol de thé. Elle avait toujours vu son père avaler son thé en s'habillant et manger son pain en allant au travail. Mais Silas, il est vrai, préférait rester dix minutes de plus au lit avec sa femme, à qui il ne lui serait jamais venu à l'idée d'imposer la corvée de mettre le couvert. Cela, bien entendu, Hope ne pouvait pas le dire, car Albert se serait vengé sur Nell. Sa seule manière de protester consistait donc à prendre son temps pour se préparer, ce qui lui évitait aussi de s'asseoir à table avec Albert.

Quand Hope arriva, il se leva en raclant bruyamment les pieds de sa chaise sur le dallage.

— Pas trop tôt! grogna-t-il. Toi, tu n'auras rien. Nell, débarrasse la table. Il faudra qu'elle apprenne enfin à se conduire.

Hope se retint de pouffer de rire. Elle n'avait aucune envie de manger du pain sec alors que la cuisinière, quand elle arriverait, lui donnerait un grand bol de porridge avec du miel.

— Et je t'interdis de lui donner à manger! répéta Albert. Je vérifierai le pain quand je rentrerai.

Sur quoi, il partit sans un mot et claqua la porte.

Hope ne retint plus son éclat de rire. Nell sourit. Elle était au courant pour le porridge et en profitait elle aussi.

— Essaie de ne pas le taquiner comme cela, dit-elle. Tu ne peux pas faire ce qu'il demande, pour me faire plaisir?

Hope alla embrasser sa grande sœur.

— Si cela pouvait le rendre plus aimable, je le ferais. Je ne me marierai jamais, si tous les hommes sont comme lui.

— Ils ne sont pas tous pareils, voyons! Souviens-toi de papa et regarde comment se conduit Matt. Allez, tu vas être en retard.

— Moi? Sûrement pas! J'arriverai même avant Albert.

Elle était à peine sortie qu'elle prit ses jambes à son cou. Albert avait déjà atteint le milieu de l'avenue, mais elle savait qu'elle le battrait sans mal à la course. Hope adorait courir, surtout par une belle matinée froide de février comme celle-ci. Elle arrivait à Briargate les joues rosies par l'effort et toute remplie d'une bonne chaleur. Elle en oubliait même à quel point elle détestait son beau-frère.

La mort de ses parents ne datait que de quatre mois mais, pour Hope, elle remontait à des années. Elle en souffrait certains jours au point de vouloir mourir. Leurs visages restaient gravés dans sa mémoire, leurs voix résonnaient dans sa tête. Étrangement, c'étaient certains petits gestes auxquels elle ne prêtait pas d'importance de leur vivant qui lui manquaient le plus cruellement, son père lui grattant le menton quand il revenait du travail, par exemple, ou le baiser que sa mère posait toujours sur son front après lui avoir brossé les cheveux, petits gestes qui étaient des preuves tangibles de leur amour.

S'ils n'étaient ni l'un ni l'autre très doués pour exprimer leurs sentiments, la famille était loquace. Ils voulaient tous savoir ce que chacun avait fait dans sa journée et n'hésitaient jamais à exposer longuement leurs idées. Jusqu'à son mariage, Nell était comme les autres, toujours gaie et prête à rire. Hope se demandait parfois s'il restait quelque chose de l'ancienne Nell, car elle était devenue taciturne, toujours sur le qui-vive. En présence d'Albert, elle ne riait presque jamais et passait son temps à ranger et nettoyer. Il n'y avait pour ainsi dire pas de conversations entre Albert et elle. Quand elle lui demandait si sa journée s'était bien passée, il répondait assez sèchement pour laisser entendre qu'il considérait à l'évidence la question comme une incongruité. Nell et Hope ne pouvaient même pas se parler devant lui, car il leur décochait des regards furieux.

Qu'Albert fût un tyran, Hope le savait déjà. Il traitait Nell comme une domestique. Jamais il n'allumait le feu ni ne portait un seau d'eau à sa place. Incapable d'exprimer un compliment ou un simple encouragement, il ne savait que râler à cause d'une trace de boue sur le dallage, un léger pli du tapis ou un soupçon de poussière sur un meuble en exigeant une rectification immédiate. Les soirées qu'il allait passer au pub de Chelwood étaient les seuls moments de répit dont Nell et Hope pouvaient profiter. Ces soirs-là, elles s'asseyaient au coin du feu et bavardaient à loisir sur leurs souvenirs du passé ou les menus événements de Briargate. Mais même dans ces moments-là, Nell restait aux aguets, l'oreille tendue à l'affût de pas sur le gravier. Et s'il avait bu une pinte de trop, il était encore plus odieux que de coutume. Hope savait qu'il pouvait se montrer violent, il lui avait déjà donné des coups quand il était exaspéré. Aussi prenait-elle soin de ne pas le provoquer quand elle se trouvait seule avec lui. Elle redoutait par-dessus tout les dimanches où Nell devait rester auprès de lady Anne lorsqu'elle recevait des invités à dîner.

Travailler à Briargate lui rendait toutefois l'existence tolérable. Au château, elle pouvait oublier Albert et voir tous les jours Ruth, James et la cuisinière, devenue son amie et sa protectrice. Elle retrouvait une famille avec Baines et les autres serviteurs. S'il leur arrivait, comme dans toutes les familles, de se montrer bougons ou impatients envers elle, elle savait qu'ils l'aimaient sincèrement et qu'ils redoublaient de gentillesse pour compenser la méchanceté d'Albert.

Après être allée à Briargate en invitée pour jouer avec Rufus, elle supportait mal de se trouver confinée à la cuisine et d'y récurer les casseroles ou d'y éplucher les légumes à longueur de journée. Elle n'avait plus le droit de monter le grand escalier, elle n'avait même plus le droit d'appeler son compagnon de jeu par son prénom, mais devait lui donner du *monsieur* Rufus, comme les autres domestiques. Elle le voyait encore le dimanche à l'église, sans pouvoir apercevoir plus que ses cheveux blonds dans les stalles seigneuriales au pied de l'autel quand elle était reléguée au fond de la nef avec le commun des mortels. Et si un sourire heureux éclairait le visage de Rufus quand il la voyait à la sortie de l'office, la sévère Mlle Bird interdisait entre eux tout contact amical. Sa mère lui avait dit maintes fois que les nobles ne voulaient pas que leur progéniture se mêlât aux gens du peuple et qu'elle ferait bien de se le tenir pour dit, mais Hope ne se voyait pas en inférieure. Elle avait si souvent entendu raconter, pendant son enfance, qu'elle était une enfant des fées qu'elle se savait promise à un meilleur destin. D'ici là, elle se forçait à rester à sa place et s'en consolait par la certitude d'être un jour seule maîtresse de sa destinée.

Un jour, Hope astiquait l'argenterie à l'office quand elle entendit Rose entrer dans la cuisine.

— Le capitaine Pettigrew est encore en visite, annonça-t-elle d'un air entendu. C'est quand même curieux qu'il vienne quand le maître n'est pas là, non?

Hope était hors du champ visuel des deux femmes, mais assez près pour ne pas perdre un mot de ce qu'elles disaient.

— Rose! s'exclama la cuisinière, scandalisée. Tu ne devrais pas dire des choses pareilles. Si M. Baines t'entendait!

Grand, maigre, cérémonieux jusqu'à la caricature, Baines était l'incarnation du parfait majordome. Il ne s'écoulait pas une semaine sans qu'il rappelât aux servantes, bavardes et cancanières par nature, qu'elles ne devaient répéter, encore moins juger, rien de ce qu'elles voyaient ou entendaient faire et dire leurs maîtres.

— Le capitaine est séduisant, c'est vrai, poursuivit Rose sans tenir compte de la mise en garde de la cuisinière. Et diablement bel homme avec ça ! D'ailleurs, Nell était dans tous ses états quand elle l'a vu.

En entendant le nom de Nell, Hope dressa l'oreille et continua d'astiquer un bougeoir en argent, mais avec moins d'ardeur.

— Un bel homme me mettrait moi aussi dans tous mes états si j'étais mariée à Albert, commenta la cuisinière en riant.

Hope approuva d'un sourire. Elle se réjouissait toujours qu'aucun membre de la maisonnée n'aime Albert. S'ils se montraient discrets en présence de Nell, ils ne se gênaient pas pour faire des réflexions peu flatteuses sur le prétentieux chef jardinier. Hope aurait pu ajouter une bonne douzaine de critiques mais, par égard pour Nell, elle n'avait jamais avoué, même à James et à Ruth, à quel point cohabiter avec Albert était pour elle une épreuve pénible.

— Je ne veux pas dire que Nell a le béguin pour lui, précisa Rose, mais elle a réagi comme si elle avait vu un fantôme. Aurait-elle peur pour la maîtresse ? Ou alors, est-ce qu'il lui aurait fait des avances ?

— Si tu ne veux pas t'attirer de gros ennuis, ma fille, tu ferais bien de garder tes réflexions pour toi, l'admonesta sèchement la cuisinière.

Hope brûlait maintenant de curiosité. Il fallait qu'elle voie de ses yeux l'homme qui avait mis Nell

« dans tous ses états ». Malheureusement, elle n'avait aucune raison d'aller à l'intérieur de la maison. Fille de cuisine, elle devait rester à la cuisine.

La cuisinière faisait toujours la sieste entre trois et quatre heures de l'après-midi. Le plus souvent, elle se contentait de somnoler sur son fauteuil près du fourneau, mais ce jour-là, ayant les jambes plus enflées et douloureuses que d'habitude, elle décida de monter s'étendre dans sa chambre.

— Si je ne suis pas redescendue à quatre heures, dit-elle à Hope, fais chauffer la bouilloire pour le thé et monte me chercher.

Baines était penché sur ses livres de comptes dans son cabinet, Rose dans la salle à manger où elle dressait le couvert pour le dîner, Ruby passait son après-midi de congé au village. Hope continua consciencieusement à nettoyer la cuisine et l'office. Quand elle revint de la cour où elle vidait le dernier seau d'eau sale, elle constata qu'il était déjà quatre heures et s'étonna que la cuisinière ne soit pas revenue, ce qui ne s'était jamais produit. Elle demandait par principe qu'on monte la réveiller, mais c'était une précaution inutile.

Si elle tenait le prétexte espéré pour entrer dans la maison, Hope éprouva quand même de l'inquiétude. Elle mit la bouilloire sur le feu, changea de tablier, rajusta sa coiffe et, après avoir hésité quelques instants, se décida à franchir la porte du hall d'entrée. Elle aurait dû, bien entendu, passer par l'escalier de service qui donnait accès aux mansardes, mais elle n'aurait eu aucune chance d'apercevoir le fameux capitaine. En empruntant le grand escalier, elle risquait gros. Aussi, quand elle entendit la voix de lady Anne s'échapper du petit salon, elle comprit que la porte était ouverte et fit demi-tour. Elle pourrait toujours voir le capitaine quand il irait reprendre son cheval dans la cour des écuries, où nul ne pourrait lui reprocher sa présence.

Arrivée à la porte de la chambre, elle frappa, appela, frappa de nouveau. Faute de réponse, elle ouvrit. Mais au lieu de trouver la vieille servante endormie sur son lit, elle la découvrit gisant à plat ventre par terre.

Avec un cri de terreur, Hope se précipita et parvint à la retourner. Blanche comme un linge, l'infortunée cuisinière avait sur le front une grosse bosse qu'elle s'était faite en tombant sur le pied du lit. Elle était glacée et ne réagit à aucun des efforts de Hope pour la ranimer, de sorte que Hope la crut morte.

Prise de panique, elle dévala l'escalier de service et, sans réfléchir, se précipita au salon.

— milady, la cuisinière ! s'écria-t-elle, hors d'haleine. Elle est tombée dans sa chambre et je crois qu'elle est morte !

— Tu aurais dû frapper avant d'entrer, la rabroua lady Anne. À quoi penses-tu, voyons ? C'est à Baines de s'en occuper.

Dans son désarroi, Hope avait oublié à la fois ses bonnes manières et l'existence de Baines. Elle avait aussi oublié la présence du capitaine. Il s'était levé à son entrée spectaculaire et Hope reconnut aussitôt le grand et bel homme à qui elle avait souri dans le jardin lors de sa première visite à Briargate, près de six ans plus tôt.

— Vous ne devriez pas la gronder, dit-il à lady Anne d'un ton de reproche. Ce n'est qu'une enfant. Voyez comme elle est terrifiée.

— Elle est toute froide et raide, dit Hope au capitaine qui se révélait plus compatissant que lady Anne. Je l'ai retournée sur le dos, mais elle est trop lourde pour que je la remonte sur son lit.

— S'était-elle plainte d'un malaise ? demanda lady Anne qui se leva enfin, visiblement excédée par cette interruption.

— Non, milady, répondit Hope, les larmes aux yeux. Elle m'a dit que ses jambes lui faisaient mal et qu'elle s'étendrait une heure sur son lit pour se reposer. Elle m'a demandé de monter la réveiller à quatre heures si elle n'était pas déjà redescendue.

— Il faut aller prévenir un médecin, intervint le capitaine. J'ai moi-même quelques connaissances médicales, je vais monter voir si je peux faire quelque chose en attendant son arrivée.

— Je vous en suis très reconnaissante, capitaine, déclara lady Anne, au comble de l'embarras. Hope, va dire à James qu'il selle le cheval du capitaine et à Nell de me rejoindre.

Pendant que lady Anne et le capitaine sortaient du salon, Hope courut aux écuries avertir James et remonta chercher Nell. Elle la trouva dans la petite pièce contiguë à la chambre de lady Anne, où elle se tenait dans la journée pour coudre ou repasser. Hope courut se jeter dans ses bras et lui raconta ce qui s'était passé.

— Je crois bien qu'elle est morte, parvint-elle à prononcer entre deux sanglots. Et lady Anne ne s'est même pas inquiétée. Elle m'a seulement reproché de ne pas avoir prévenu Baines.

— Elle est comme cela, soupira Nell. Mais je suis sûre que la nouvelle a dû lui faire un choc, à elle aussi. Redescends vite, Hope. Je vais aller voir ce que je peux faire.

La maison était calme et silencieuse pendant que Hope travaillait à la cuisine, mais dès l'instant où elle redescendit alors que Nell montait aux mansardes, le silence vola en éclats. Baines apparut dans le hall en demandant ce qui se passait, Rose émergea de la salle à manger et Rufus de la salle d'étude, suivi de près par Mlle Bird, scandalisée qu'il n'ait pas attendu la fin de la leçon. Ruth arriva à son tour, la mine bouleversée parce qu'elle avoua ensuite à Hope qu'elle craignait que sa petite sœur ne se soit rendue coupable d'un méfait.

Toujours officiellement nurse de Rufus, Ruth assurait pendant la durée des leçons quotidiennes l'intérim des domestiques absentes pour leur demi-journée de congé et aidait souvent la cuisinière quand il y avait un grand dîner. S'étant ainsi plus liée avec elle qu'aucune autre, elle fut atterrée d'apprendre ce qui était arrivé à sa vieille amie.

Devant le drame, tout le monde, y compris Baines, avait oublié sa place dans la hiérarchie. Rassemblés dans le grand hall, ils s'agitaient et parlaient tous en même temps quand le capitaine redescendit.

— Retournez tous et toutes à vos postes, ordonnat-il avec une autorité toute militaire mais pleine de bienveillance. Grâce à Dieu, notre chère cuisinière est en vie, mais elle est gravement malade. C'est son cœur, je crois, qui l'a lâchée.

Il expliqua que les malades avaient besoin de calme et sortit dire à James qui attendait en tenant son cheval par la bride, qu'il le monte et file chercher le docteur. En regagnant la cuisine, où tout le monde s'était regroupé, il suggéra à Ruth de veiller sur la cuisinière jusqu'à l'arrivée du médecin et à Nell d'aller auprès de sa maîtresse qui était en état de choc.

— Et toi, ma petite, dit-il en se tournant vers Hope, tu pourrais préparer du thé pour tout le monde. Tu sais comment t'y prendre ?

Jusqu'à cet instant, Hope avait considéré Baines comme l'homme le plus digne d'admiration qu'elle eût jamais connu. En un clin d'œil, le capitaine prit sa place dans son panthéon personnel, car non seulement il l'avait défendue contre l'injustice de lady Anne, mais il avait assuré avec autorité le commandement de la maisonnée. Elle comprenait qu'il mette Nell dans tous ses états, car il était beau et séduisant. En plus, il l'avait appelée « ma petite », comme le faisait son père. Elle n'avait jamais rencontré personne qui lui soit comparable. Sir William daignait à peine saluer d'un bref signe de tête ceux qu'il croisait dans les couloirs. Hope le soupçonnait même d'ignorer jusqu'aux noms de tous ceux qui le servaient.

Le capitaine retourna au salon attendre l'arrivée du médecin et Baines reprit la tête de ses troupes. S'il se disait heureux de la présence d'esprit du capitaine, Hope comprit qu'il était secrètement vexé qu'un invité ait usurpé ses prérogatives.

— Il faudra des semaines à cette pauvre cuisinière pour reprendre son travail, dit-il d'un ton sincèrement affligé. D'ici là, nous devrons tous nous efforcer de faire tourner la maison sans accrocs en accomplissant chacun un peu de travail en plus.

Il répartit les fonctions de Rose entre les autres et assigna à celle-ci le rôle de chef de cuisine.

— Je ne pourrai jamais, monsieur Baines ! protesta Rose, atterrée. Nell et Ruth sont bien plus qualifiées que moi.

— Eh bien, ce sera une bonne occasion de vous perfectionner. Hope vous aidera, elle a été très bien formée à ces travaux.

Avant de se retirer, Baines déclara qu'il demanderait à lady Harvey si elle pouvait envisager de décommander un grand dîner prévu pour la semaine suivante. Il avait à peine quitté la pièce quand Albert entra, couvert de boue et de poussière et la mine enragée.

— Qu'est-ce que tu fais encore ici ? cria-t-il à Hope. Le feu n'est même pas allumé et mon dîner n'est pas prêt !

Hope rentrait toujours à six heures du soir allumer le feu dans le pavillon et réchauffer ce que Nell avait préparé pour le dîner d'Albert.

— Excusez-moi, commença-t-elle avant de se lancer dans une explication des causes de son retard.

— Je m'en moque ! l'interrompit-il. Un homme qui s'est tué au travail toute la journée dans le froid a besoin de manger ! Rentre immédiatement !

Hope mettait son châle lorsque Rose arriva à son tour.

— Nell ne rentrera pas ce soir, annonça-t-elle sèchement à Albert. M. Baines dit qu'on aura besoin d'elle ici une partie de la nuit.

Frustré d'être privé de son laquais habituel et mortifié que Rose lui ait parlé sur ce ton, Albert parut sur le point d'éclater de fureur. Hope se prépara à subir la plus pénible de ses soirées.

Il faisait un froid glacial dans le pavillon et il ne restait que des braises dans le poêle, car Nell n'avait pas eu le temps d'aller le rallumer dans l'après-midi et de préparer le dîner d'Albert que Hope n'aurait qu'à réchauffer. Dans un silence pesant, Hope parvint à faire repartir le feu, sur lequel elle se hâta de poser la bouilloire. À son vif soulagement, elle trouva dans le garde-manger un reste copieux du ragoût de mouton de la veille, du fromage et du pain encore frais. Un quart d'heure plus tard, le feu flambait, le couvert était mis, l'eau bouillait et les pommes de terre cuisaient. Albert bâfra sans dire un mot et monta se coucher la dernière bouchée avalée.

Le lendemain matin, Hope se leva en entendant l'horloge sonner cinq heures. Il faisait nuit noire, le froid était pénétrant. Drapée dans son châle, elle descendit sur la pointe des pieds. Elle avait mal dormi en pensant avec inquiétude à la cuisinière et en se demandant qui allait la remplacer si elle mourait.

Dieu merci ! le feu n'était pas éteint. Elle put le ranimer sans difficulté et se servit de l'eau encore chaude restant dans la bouilloire pour faire sa toilette. Elle préférait être prête à partir avant de réveiller Albert, ce qui lui éviterait de le revoir jusqu'au soir.

Elle finissait de lacer ses bottines quand Albert descendit.

— Tu n'as pas mis mon couvert ! cria-t-il d'un ton indigné.

— Je n'ai pas de temps à perdre pour des bêtises de ce genre, répliqua-t-elle sans réfléchir. Il faut que...

Elle n'avait pas fini sa phrase quand Albert lui lança une gifle à toute volée.

— Des *bêtises* ? hurla-t-il. Je perds mon temps, moi, à essayer d'apprendre la politesse à des porcs comme vous autres, les Renton !

Hope avait mal, mais elle ne pleurnicherait à aucun prix.

— C'est de la *politesse* de battre les femmes ? rétorqua-t-elle.

Il se rua sur elle, lui serra le cou à deux mains comme pour l'étrangler, lui cogna la tête contre le mur et la laissa retomber par terre, inerte, avant de lui lancer un violent coup de pied dans le ventre.

— Ne me réponds jamais plus sur ce ton, tu entends ? Jamais ! J'aurais pu t'envoyer à l'orphelinat au lieu de te recueillir par pure bonté d'âme ! J'ai au moins le droit de compter sur un peu de reconnaissance et d'humilité de la part d'une petite pauvresse comme toi !

Avec ses lèvres retroussées en un rictus carnassier, ses yeux injectés de sang et ses cheveux en broussaille, il était terrifiant. Hope avait trop mal pour pleurer, mais il lui restait assez de force pour saisir l'instant où il se détourna pour se précipiter vers la porte et partir en courant.

Elle avait parcouru quelques mètres quand la douleur de son ventre la plia en deux. Il soufflait un vent glacial, son châle était resté sur une chaise. Au prix d'un effort surhumain, elle se redressa et se remit en marche aussi vite qu'elle en était capable, mais chaque pas était pour elle un martyre et sa tête la faisait affreusement souffrir. Quand elle arriva enfin dans la cour, elle titubait et pouvait à peine voir devant elle. Un rayon de lumière à la fenêtre de la cuisine lui redonna la force d'accomplir les derniers pas.

Baines finissait de s'habiller quand il entendit Rose pousser un cri de détresse. Pensant qu'elle s'était brûlée en allumant le fourneau, il sortit de sa chambre en bras de chemise et la trouva agenouillée auprès de

Hope qui avait visiblement perdu connaissance. Il crut d'abord qu'elle s'était trop fatiguée avec l'estomac vide, car il savait que les jeunes filles s'évanouissaient souvent à jeun. Mais quand Rose souleva la tête de Hope pour la poser sur un coussin, il vit que sa main était couverte de sang.

Baines avait déjà plus que sa part de soucis. La cuisinière était morte pendant la nuit et, outre la tristesse de perdre aussi soudainement une collègue devenue une amie, il s'inquiétait de la manière dont ils allaient s'en sortir sans elle jusqu'à ce que les maîtres aient recruté une remplaçante. Et maintenant, il lui tombait cela sur les épaules!

Il courut chercher un flacon de sels, les fit respirer à Hope qui sortit peu à peu de son évanouissement en bredouillant des mots d'excuse. Baines la tourna sur le flanc pour examiner sa tête, en supposant qu'elle était tombée en courant. C'est en voyant les traces de doigts sur son cou qu'il comprit qu'il ne s'agissait pas d'un accident.

— Qui t'a fait cela, Hope? demanda-t-il.

Elle le regarda sans mot dire, les larmes aux yeux.

— Allons, réponds-moi. Un braconnier?

Les braconniers étaient nombreux en cette saison et cherchaient souvent à échapper aux gardes-chasse du domaine voisin en traversant les terres de Briargate. Il n'y avait cependant jamais eu d'exemple d'un braconnier attaquant une personne qui ne le menaçait pas, surtout une aussi jeune fille.

Hope lui paraissant trop choquée pour répondre, il ordonna à Rose d'aller chercher une bassine d'eau chaude et un linge propre pour nettoyer sa plaie. Rose venait de quitter la cuisine quand Nell entra.

— Hope ! s'exclama-t-elle en pâlissant. C'est Albert qui t'a mise dans cet état, n'est-ce pas ?

Stupéfait que les soupçons de Nell se portent immédiatement sur Albert, Baines comprit à son expression où la fureur se mêlait à l'horreur qu'elle devait avoir de bonnes raisons de blâmer son mari. Il avait toujours beaucoup estimé Nell. N'étaient leurs différences d'âge et de position, il aurait volontiers nourri pour elle des sentiments matrimoniaux. Il s'était pourtant réjoui de son mariage avec Albert, car elle avait le droit d'avoir un foyer bien à elle et des enfants, ce qu'il n'était pas en mesure de lui offrir. Certes, Albert manquait de chaleur humaine, mais c'était un garçon sérieux et travailleur.

Devant la réaction de Nell, Baines comprit pourquoi elle n'était plus la jeune femme rieuse et loquace qu'elle avait été avant son mariage. Il avait d'abord cru que ses nouvelles fonctions et la déception de ne pas avoir d'enfants étaient les causes de son comportement trop distant. Il ne lui était jamais venu à l'esprit d'en attribuer la responsabilité à la personnalité même d'Albert.

Que faire ? se demanda-t-il avec anxiété. La loi n'était pas tendre envers les femmes. Un père, un mari pouvait infliger les plus dures punitions à une femme sans risque d'être poursuivi. Si Albert s'était permis de traiter aussi sauvagement sa jeune belle-sœur, que serait-il capable de faire subir à Nell si elle lui reprochait sa brutalité ?

Lord Harvey était la seule personne capable de résoudre la situation et de sanctionner son employé. Mais Baines savait trop bien que son maître était un « faible », selon les propres termes de la regrettée cuisinière. Certes, il débordait de charme et avait belle allure quand il sillonnait la campagne sur son pur-sang préféré, mais il n'avait aucun sens de ses responsabilités. Baines savait mieux que quiconque que les « affaires » qui l'obligeaient à se rendre à Londres ou ailleurs n'étaient qu'un prétexte pour justifier ses absences. Il n'y allait que pour retrouver des cercles d'amis dont il partageait l'intérêt pour les courses, le jeu, les bals et les mondanités plutôt que pour les questions financières. Que son jardinier roue sa femme de coups, il s'en moquait éperdument tant que ses jardins continuaient à faire l'admiration de ses amis.

Pendant que Baines ruminait ses sombres pensées, Hope reprit connaissance et parvint à se lever.

— Je vais mieux, Nell. Je suis tombée sur le sol gelé, c'est tout. Il faut que j'aille allumer les feux.

— Laissez-moi les allumer à sa place, monsieur Baines ! intervint Rose. Hope n'est pas en état de travailler, elle a une vilaine blessure.

Baines lui accorda son autorisation. Dès qu'elle fut sortie, il se tourna vers Nell.

— Demandez à Ruth de descendre, elle est très bonne cuisinière. Vous vous chargerez de la toilette de M. Rufus avant de reprendre votre poste auprès de la maîtresse.

Nell acquiesça et l'attira vers l'office pour lui parler en privé.

— Que vais-je faire, monsieur Baines ? demanda-t-elle à voix basse. Je sais que c'est Albert qui a frappé Hope, même si elle ne veut pas me l'avouer. J'ai souvent peur pour moi-même, mais je n'aurais jamais pensé qu'il lèverait la main sur elle.

— Nous en parlerons un peu plus tard, soupira Baines. En plus de mes obligations quotidiennes, je dois organiser les obsèques de notre pauvre cuisinière et consulter lady Harvey pour l'engagement de sa remplaçante. Hope sera en sûreté ici avec Ruth. Nous devons agir avec prudence, Nell, et soupeser les conséquences de nos décisions.

À cinq heures cet après-midi-là, Nell prit le chemin du pavillon avec un panier contenant une miche de pain frais et une tourte à la viande confectionnée par Ruth. Même la crainte qui lui faisait battre le cœur n'entamait pas sa résolution.

Hope s'en tenait à sa fable d'une chute dans l'avenue et Nell savait que sa sœur voulait la protéger. Comme elle avait vomi dans l'après-midi, Baines avait exigé qu'elle aille immédiatement se coucher et qu'elle reste pour la nuit à Briargate dans la chambre de Ruth. Nell n'avait plus parlé de ses problèmes à Baines, qui avait déjà fort à faire, mais elle avait longuement envisagé tous les moyens d'action à sa disposition et en avait soupesé les conséquences.

De quelque point de vue qu'elle les considère, ils ne pouvaient qu'aggraver sa situation et celle de Hope. Légalement, elle n'avait aucun droit : une femme devait obéir à son mari et elle en déduisait que les droits d'Albert s'appliquaient aussi à Hope, qu'il avait recueillie.

Elle avait pensé solliciter l'aide de lady Anne, mais elle s'en était abstenue de peur que sa maîtresse ne refuse et qu'elle ne soit tentée de se venger en laissant échapper des paroles qu'elle regretterait plus tard. Le capitaine Pettigrew venait souvent, toujours en l'absence de sir William. Peut-être lady Anne et lui ne faisaient-ils rien de répréhensible, mais Nell sentait qu'il y avait entre eux plus que de la simple courtoisie. D'ailleurs, lady Anne était toujours rêveuse après ses visites et parfois versait même une larme. Nell le comprenait, au moins jusqu'à un certain point. Elle s'était rendu compte que sir William n'était pas le mari idéal qu'elle avait cru au début. Il s'occupait fort peu de sa femme et préférait la compagnie de ses amis de Londres à la sienne. C'était sans doute la raison pour laquelle lady Anne avait succombé au charme du beau capitaine.

Sans l'aide de sa maîtresse, Nell ne pouvait pas fuir Albert et, de toute façon, elle tenait trop à son emploi et à sa famille. Si ses frères apprenaient qu'Albert la battait, ils se vengeraient à coup sûr, mais Albert était intelligent et connaissait les lois. Il les ferait jeter en prison, de sorte que Nell et Hope seraient complètement à sa merci. Elle n'espérait même pas qu'il ait honte de sa conduite, car elle savait qu'il ne l'aimait pas. Albert n'aimait personne d'autre au monde que lui-même.

Aussi, bien qu'elle ne disposât d'aucun moyen licite de se débarrasser d'Albert ou de le punir, elle n'avait pas l'intention de rester sans réagir et de le laisser continuer à la maltraiter. Comme disait souvent son père : « Il y a plus d'une manière de dépouiller un lapin. » Et Nell pensait avoir trouvé celle qui lui convenait.

Il régnait dans le pavillon la température glaciale de l'extérieur. Après avoir allumé la lampe, Nell procéda à une sommaire inspection des lieux. À l'exception de quelques miettes de pain sur la table, d'une tasse brisée sur le dallage et du tapis froissé, rien ne paraissait en désordre. C'est en ramassant les débris de la tasse qu'elle vit des traces de sang sur le mur près de la porte, la preuve dont elle avait besoin pour lui donner le courage de mettre son plan à exécution.

Elle ralluma le feu, mit la tourte à chauffer dans le four, dressa le couvert et monta faire le lit. Six heures venaient de sonner quand elle entendit les pas d'Albert sur le gravier et, malgré elle, sentit sa gorge se nouer. Il s'arrêta sur le pas de la porte, étonné de voir Nell qui rentrait toujours plus tard que lui. En dépit de toutes les indignités qu'il lui faisait subir, elle ne put s'empêcher de le trouver beau comme au premier jour. Six pieds de muscles sans un pouce de graisse, un visage à faire pâmer n'importe quelle femme, de grands yeux bleus sous de longs cils, un nez droit, des lèvres aux courbes harmonieuses dévoilant une dentition irréprochable. Il s'était rasé la barbe peu après leur mariage et on pouvait voir sur son menton la fossette de Vénus.

— Il y a une belle tourte à la viande et aux pommes de terre pour ton dîner et le thé sera prêt dans une minute, dit-elle d'un ton plaisant.

— Où est la gamine ? grogna-t-il.

— Au château. Quand il rentrait, mon père embrassait toujours ma mère et lui demandait comment elle allait.

Sans répondre, il lui décocha un regard signifiant clairement qu'il ne comprenait rien à ce sarcasme et alla se laver les mains. Pendant ce temps, Nell lui versa son thé, sortit la tourte du four, la posa sur la table et coupa une tranche de pain. Dans un silence qui amplifiait les moindres bruits, elle coupa la tourte et lui en servit une grosse portion. C'est quand il prit son couteau pour étaler du beurre sur son pain qu'elle le vit grimacer de douleur.

— Tu as mal à la main ? demanda-t-elle.
— Ce n'est rien, une coupure.
— Laisse-moi regarder.
— Fiche-moi la paix, gronda-t-il. Je ne suis pas un bébé.

Nell avait l'intention de ne lui parler qu'après le dîner, mais sa grossière rebuffade l'exaspéra et elle ne put se dominer davantage.

— Non, tu n'es pas un bébé. Tu es un homme grand et fort qui a à moitié étranglé une petite fille et a failli lui fracasser le crâne.

Rouge de colère, il se leva à moitié comme pour se jeter sur elle. Nell s'empara du couteau à pain qu'elle pointa sur lui.

— Rassieds-toi ! Pour une fois, tu vas m'écouter.
— Tais-toi donc, imbécile ! Je me doutais que cette insolente petite peste irait pleurnicher dans ton giron, mais elle ne t'a pas dit toute la vérité. Elle m'a insulté, je l'ai punie comme elle le méritait.
— Elle n'a pleurniché dans le giron de personne. Elle n'a même pas voulu avouer à M. Baines et à moi que tu l'avais lâchement attaquée. Mais nous avons tout de suite compris. Des marques de doigts sur son cou, une entaille à la tête, elle n'a pas pu se faire ça toute seule en tombant dans l'avenue.

Avec un ricanement méprisant, il fit mine de se lever de nouveau, mais Nell le fit rasseoir en le menaçant du couteau.

— Je pourrais te faire chasser de la propriété, reprit-elle. Chasser sans le moindre certificat. C'est ce que tu cherches ?

— On ne pourrait pas me chasser sans que tu le sois aussi, ricana-t-il. Je suis ton mari.

— Mon *mari* ! ricana-t-elle à son tour. Comment le serais-tu alors que je suis encore vierge au bout de trois ans de mariage ?

La stupeur lui fit perdre son attitude belliqueuse.

— Oui, vierge, reprit Nell. C'est mon atout maître et si je ne l'ai pas encore joué, j'en ai bien l'intention. Mange donc, cher Albert, poursuivit-elle en poussant l'assiette vers lui de la pointe du couteau. Il faut que tu gardes tes forces. C'est Ruth qui a préparé cette tourte. Si elle avait su la vérité sur les blessures de Hope, elle n'aurait pas hésité à y mettre de l'arsenic. Peut-être l'a-t-elle fait...

Partagé entre la peur et la faim, Albert regarda tour à tour Nell et son assiette.

— Allons, mange donc, cher Albert. Si tu y échappes cette fois, il restera de nombreux Renton dont tu devras te méfier, dit-elle en riant comme si c'était une bonne plaisanterie. James aux écuries armé d'une fourche, Matt quelque part en embuscade avec une faux. Sans compter Joe et Henry qui pourraient massacrer tes roses bien-aimées.

— Ça suffit ! gronda-t-il, rouge de fureur. Tes menaces ne me font pas peur !

— Moi, te menacer ? s'exclama Nell comme si l'idée ne lui avait jamais traversé l'esprit. Tu n'imagines quand même pas que je te menace alors que je t'indique simplement ce qui *pourrait* t'arriver. De toute façon, rien de tout cela n'est nécessaire puisque je détiens ma carte maîtresse.

De plus en plus confiante, elle marqua une pause pour le laisser assimiler ce qu'elle venait de dire.

— Ce serait facile pour moi de dire à lady Harvey que tu n'es pas un homme digne de ce nom et que tu te venges sur Hope et sur moi de ton humiliation. Crois-tu qu'elle voudra te garder comme jardinier quand elle le saura ? Un mariage peut aussi être légalement annulé s'il n'est pas consommé. Je pourrais en parler au révérend Gosling.

Albert devint soudain très pâle.

— Je n'avais pas l'intention de faire mal à Hope, protesta-t-il. Je le regrette, même.

— Pas autant que moi, répliqua Nell. Parce que ta conduite m'a forcée à considérer un certain nombre de choses sur ton compte que j'évitais jusqu'à présent de regarder en face.

Désarçonné pour la première fois, il ne répondit pas.

— En réalité tu n'aimes pas les femmes, n'est-ce pas ? Quand nous nous sommes mariés, je croyais que tu m'aimais et que nous aurions des enfants. Mais tu m'as trahie ! Tu savais déjà que tu ne pourrais jamais m'en donner !

— Je prends soin de toi ! protesta-t-il.

— Soin de moi ? Tu appelles prendre soin de moi me donner des ordres, me faire lever du lit parce que le couvre-pieds est de travers ou qu'il y a un grain de poussière sur la table de chevet ? Tu ne me parles pas, tu ne ris jamais, tu es lugubre ! Être mariée avec toi est pire qu'une condamnation à la prison perpétuelle !

— Je ne comprends pas ce qui te passe par la tête ! J'ai dit que je regrettais, c'est fini, n'en parlons plus, bougonna-t-il en recommençant à manger.

— Fini ? hurla Nell. Mais j'ai à peine commencé, Albert ! Quelque chose ne va pas chez toi. Tu es un monstre qui déteste les femmes ! Je te jure sur ce qu'il y a de plus sacré que je n'hésiterai pas une seconde à démasquer le personnage perverti que tu es si tu ne fais pas exactement ce que je te dirai à partir de maintenant !

Cette fois, il eut l'air réellement effrayé et Nell comprit qu'elle le tenait enfin en son pouvoir.

— Qu'est-ce que tu me veux, à la fin ? marmonna-t-il en détournant les yeux.

— D'abord, tu ne lèveras jamais plus la main sur Hope ni sur moi.

Il acquiesça d'un signe de tête.

— Ensuite, tu ne me feras plus aucun reproche sur la manière dont je tiens la maison. Tu porteras le bois, le charbon et les seaux d'eau comme tout mari qui se respecte. Tu recevras aimablement ma famille et tu feras semblant de l'aimer.

— C'est tout ?

— Tu crois t'en tirer à bon compte, n'est-ce pas ? dit-elle avec un ricanement désabusé. Mais je sais que ça te tuera d'être gentil avec moi. Tu vivras toujours dans la peur que je te dénonce pour ce que tu es et que tu deviennes la risée de tout le comté ! Ça finira peut-être par te fatiguer au point de te décider à me quitter. Rien ne me rendrait plus heureuse, crois-moi. De toute façon, je ne me suis jamais considérée comme ta femme.

Ce fut au tour de Nell d'être stupéfaite en le voyant se cacher le visage dans les mains, comme s'il pleurait.

— Je suis comme je suis, je n'y peux rien, c'est plus fort que moi, prononça-t-il d'une voix tremblante. Dieu sait que je voudrais être comme les autres hommes.

Nell fut presque sur le point de s'attendrir et de le prendre dans ses bras, comme elle le faisait avant leur mariage. Elle se l'interdit néanmoins, car elle savait trop bien qu'au moindre signe de faiblesse de sa part, il en profiterait pour reprendre l'avantage.

Alors, au lieu de le consoler, elle lui écarta les mains et vit qu'il avait en effet les yeux pleins de larmes.

— Il y a peut-être un espoir pour toi si tu es encore capable de pleurer, Albert Scott. Finis de manger et laisse-moi te soigner la main.

# 6

*1845*

Après avoir passé l'après-midi chez Matt, Amy et leurs enfants, Hope rentrait à Briargate à travers le bois quand elle entendit une branche morte craquer derrière elle. Elle se retourna, ne vit rien. Si c'était un animal, elle l'aurait entendu détaler dans le fourré. C'était donc un humain qui se cachait.

Elle n'avait pas peur, car il n'était que six heures du soir et il ne faisait pas nuit au mois de juin avant dix heures. Naguère encore, ses frères et elle jouaient souvent à pister les gens qui traversaient les bois. Si elle n'avait pas su que Joe et Henry pêchaient près du pont de Woolard, elle aurait cru qu'ils s'amusaient à la suivre. Hope attendit donc un instant puis, pensant s'être trompée, se remit en marche. En entendant un nouveau craquement, elle se retourna assez vite pour distinguer une silhouette courir derrière un arbre. Son pas était trop léger pour être celui d'un adulte et il devait s'agir d'une fille, car elle eut le temps d'apercevoir des cheveux blonds. Elle savait que les Nichols, voisins de l'ancien cottage familial, avaient deux filles blondes un peu plus jeunes qu'elle. Anna, l'aînée, était assez hardie pour s'amuser à faire peur aux gens.

Elle décida de la prendre à son propre jeu et s'embusqua à son tour derrière un arbre.

Au bout d'une minute, des pas s'approchèrent de sa cachette. Elle entendait Anna respirer, intriguée sans doute de la soudaine disparition de Hope. Quand l'autre fut à deux pas, Hope jaillit de derrière l'arbre et lui sauta dessus en criant : « Je te tiens ! » d'un ton triomphant... et s'aperçut qu'elle ne tenait pas Anna Nichols mais Rufus, l'air aussi ahuri qu'un lièvre pris au piège.

— Oh, pardon, monsieur Rufus ! bredouilla-t-elle. Je ne savais pas que c'était vous.

— C'est vrai ? Tant mieux, c'est le but du jeu, n'est-ce pas ? dit-il avec un sourire épanoui. J'attendais depuis longtemps le passage de quelqu'un et j'ai été ravi que ce soit toi. Je savais que tu ne hurlerais pas comme si je t'assassinais, comme l'aurait fait Mlle Bird.

Hope pouffa de rire en pensant à la terreur de l'antipathique gouvernante, qu'elle ne pouvait pas souffrir.

À dix ans, presque aussi grand que Hope, Rufus restait aussi gentil et innocent qu'un enfant de cinq ans. Avec ses longs cheveux blonds, ses grands yeux bleus et les lèvres sensuelles de lady Anne, dont il avait aussi le teint de lis et le nez légèrement retroussé, il était pourtant le portrait de son père et portait son costume marin avec autant d'élégance que sir William sa redingote de chasse.

— Qu'est-ce que vous faites ici, monsieur Rufus ? demanda Hope d'un ton faussement sévère. Je croyais que vous n'aviez pas le droit de dépasser les limites de la propriété.

— C'est vrai, admit Rufus avec un grand sourire. Mais ne me dis pas monsieur, appelle-moi Rufus et tutoie-moi, comme avant. Tu veux faire une partie de cache-cache ?

Si Hope avait eu treize ans en avril, elle n'en avait pas moins envie de s'amuser comme elle le faisait avec ses frères avant la mort de leurs parents. Dans sa vie il n'y avait plus que le travail, jour après jour, souvent jusqu'à huit heures du soir et parfois même plus tard quand il y avait un grand dîner. Elle n'avait un peu de répit que pendant ses demi-journées de congé le mercredi, quand elle allait chez Matt et Amy. Mais Amy était aussi rasante que Mlle Bird et ne savait que cancaner sur ses voisins ou vanter les qualités de ses enfants.

Hope hésita à accepter. Albert lui lancerait un regard noir si elle rentrait en retard, mais il n'irait pas plus loin. Elle se demandait souvent ce que Nell avait bien pu lui dire ce soir-là, quand il l'avait sauvagement frappée, mais le résultat avait été spectaculaire. Depuis, son comportement avait radicalement changé. Il n'était pas plus aimable pour autant, il restait aussi taciturne et grognon, mais il ne l'avait jamais plus frappée ni n'avait plus donné d'ordres à Nell ou à elle avec sa dureté méprisante habituelle. Hope s'en étonnait, car il était évident qu'il supportait toujours aussi mal sa présence. Il ne se montrait pas plus affectueux non plus avec Nell, mais il tirait désormais l'eau du puits et rentrait le bois et le charbon pour le fourneau. De son côté, Nell restait sur ses gardes et prenait soin de ne pas le provoquer.

Heureusement, Hope n'était presque plus jamais seule avec lui. La cuisinière avait été remplacée par une certaine Martha Miles et Baines avait promu Hope aide-cuisinière aux gages de six livres par an, ce qui était flatteur mais avait l'inconvénient de la faire travailler davantage et encore plus tard le soir. Les mercredis après-midi, elle allait régulièrement chez Matt et Amy, mais Baines avait fait en sorte que Nell et elle aient les mêmes dimanches de congé une fois par mois.

Hope se lança donc avec Rufus dans une partie de cache-cache qui lui rappela les jours heureux où elle jouait avec lui dans les jardins de Briargate. Mais c'était beaucoup plus amusant maintenant, parce que Rufus avait l'âge de se cacher comme il fallait et que Hope ne devait plus faire semblant de ne pas le trouver. Au bout d'un moment, cependant, Hope lui dit qu'il était temps pour elle de rentrer et qu'il devait en faire autant s'il ne voulait pas que sa mère s'inquiète à son sujet.

— Ça la changera peut-être de s'inquiéter au sujet de papa, dit-il avec un haussement d'épaules désabusé.

Hope fronça les sourcils en se disant que Rufus était peut-être jaloux des attentions que sa mère accordait à son père.

— Tu devrais au contraire être content qu'ils soient heureux ensemble, lui fit-elle observer avec sévérité. Ce serait pire pour toi s'ils ne s'aimaient pas.

— Heureux ensemble ? s'étonna-t-il. Ils ne sont presque jamais ensemble. Même quand il est à la maison, il est tout le temps sorti. Il ne rentre que pour les repas.

Hope ne s'en était jamais doutée. Elle n'apercevait sir William que quand il allait chercher son cheval dans la cour des écuries et elle n'avait jamais entendu les autres serviteurs bavarder à ce sujet. Baines, il est vrai, était extrêmement strict sur ce point. Quant à Nell, toujours d'une discrétion exemplaire, elle ne parlait à Hope de lady Anne que pour lui décrire une de ses robes ou lui dire que sa maîtresse avait dû s'étendre pendant la journée parce qu'elle avait eu la migraine. De son côté, Ruth lui parlait de Rufus avec l'affection que peuvent porter les adultes à un enfant. Elle racontait à Hope ses progrès dans ses études, rapportait une anecdote amusante et, ainsi tenue au courant, Hope avait l'impression de le connaître aussi bien qu'à l'époque où ils jouaient ensemble.

— Où va-t-il, alors ? demanda-t-elle.

— Il se promène à cheval, il va chez des amis. Maman n'est pas contente du tout quand il ne revient pas de la nuit.

— Parce qu'il boit trop et dort par terre dans un champ ? demanda Hope qui se souvenait d'une des mésaventures de son père. Il ne doit pas se sentir bien le lendemain matin.

— Non, mon père ne s'endort pas dans un champ, répondit Rufus, choqué par l'hypothèse. Il va plutôt à Bath. J'ai entendu une fois ma mère, folle de rage, lui demander s'il avait passé la nuit chez une putain. Tu sais ce qu'elle a voulu dire ?

Hope l'ignorait aussi, mais elle avait entendu Albert employer deux ou trois fois ce mot, dont elle avait demandé la signification à Nell. Gênée, Nell lui avait expliqué que c'était une femme qui laissait les hommes lui faire ce qu'ils voulaient contre de l'argent, en se hâtant d'ajouter qu'Albert appliquait volontiers cette expression injurieuse à toutes les femmes.

— Je crois que c'est une femme, euh... aimable et joyeuse, répondit-elle, faute d'une meilleure explication.

— Eh bien, je ne le reprocherais pas à mon père. Maman est tout le temps triste et malheureuse.

— Comment cela, malheureuse ? C'est impossible !

Hope tombait des nues. Pour elle, lady Anne menait la vie la plus agréable qui se puisse concevoir.

— Si ! affirma Rufus, mortifié que Hope mette sa parole en doute. Elle pleure parce que papa ne s'occupe pas d'elle.

Hope ne voulut pas y croire. Tout le monde avait toujours dit que lady Anne et sir William avaient fait un mariage d'amour. Les gens croyaient aussi, il est vrai, que Nell et Albert étaient dans le même cas. Hope savait mieux que quiconque que ce n'était pas vrai et elle souffrait de se trouver avec des gens qui ne s'aimaient pas.

— Ma mère disait que les gens mariés ont quelquefois des problèmes ou des disputes, observa-t-elle en s'efforçant de consoler Rufus. Ne t'inquiète donc pas autant pour eux, tu n'y es pour rien. De toute façon, tu vas bientôt partir pour l'école.

— Je ne veux pas y aller, moi, déclara-t-il sombrement. Je détesterai le pensionnat, j'en suis sûr. Tu viendras me retrouver ici de temps en temps ? Je suis heureux quand je suis avec toi.

Hope pensait que l'appréhension de son prochain départ était la source de ses chagrins et que peut-être, aussi, il se sentait trop seul.

— Je veux bien, répondit-elle en souriant, mais je ne pourrais te voir que le mercredi. Ne le dis à personne, surtout.

Hope était à peine rentrée qu'Albert partit pour le pub de Chelwood, sans même lui reprocher d'être en retard. Il avait déjà dîné au château comme il le faisait presque tous les soirs parce que Martha, la nouvelle cuisinière, était aux petits soins pour lui. Bien qu'elle ait largement plus de quarante ans, qu'elle fût obèse et qu'elle eût les dents gâtées, elle était la seule à trouver grâce aux yeux d'Albert, car elle le couvrait sans cesse de compliments sur son travail dans les jardins.

En attendant le retour de Nell, Hope s'assit sur la marche de la porte de derrière. La soirée était belle et tiède, l'air embaumait l'odeur des foins fraîchement coupés et le soleil couchant donnait au pavillon une teinte dorée d'abricot mûr. Ce soir-là, pourtant, Hope profitait à peine de la douceur du temps et de la beauté du paysage. Ce que Rufus lui avait dit de ses parents ne cessait de lui trotter dans la tête.

À l'époque où elle jouait avec lui, elle n'avait pas conscience du gouffre qui séparait leurs deux familles. Tout en admirant les jouets de Rufus et les belles robes de lady Anne, elle se sentait plongée dans la même atmosphère d'affection que chez elle, et croyait sincèrement que sir William et lady Anne étaient semblables à ses parents. Elle avait appris, depuis, que les nobles appartenaient à une espèce différente de celle des gens du peuple et que la chaleur humaine qu'elle ressentait à Briargate ne venait pas de ses propriétaires mais bel et bien de sa propre famille, présente en nombre parmi les serviteurs. Ce n'était pas lady Anne qui avait élevé Rufus, mais sa sœur Ruth. Depuis l'enfance, Rufus ne passait guère plus d'une heure par jour avec sa mère. Sachant que Nell allait constamment à la nursery et que James l'emmenait se promener sur son poney, Rufus devait se sentir plus proche des Renton que de ses parents.

Elle comprenait maintenant pourquoi Rufus voulait la revoir. Il cherchait auprès des Renton l'affection dont il était privé dans sa propre famille. Il n'avait jamais vu Ruth et Nell malheureuses, encore moins rébarbatives comme Mlle Bird. James plaisantait avec lui comme un grand frère. Quant à Hope, sa première compagne de jeu, il croyait sans doute qu'elle pouvait être son amie, sa confidente et son alliée.

Hope savait toutefois trop bien que Nell, qui lui rappelait sans arrêt qu'elle devait «rester à sa place», désapprouverait ses rencontres secrètes avec Rufus. Hope aurait beau lui expliquer que Rufus souffrait de la solitude, elle la rabrouerait parce qu'elle était persuadée qu'un garçon possédant tant de choses et de privilèges devait nécessairement nager dans la félicité perpétuelle.

Au retour de Nell, Hope prépara du thé. Puis, assise en face d'elle, elle lui demanda de lui raconter le dîner, où avaient été invités plusieurs voisins de campagne.

— Lady Anne portait sa nouvelle robe de satin bleu et elle était ravissante, conclut Nell à la fin de son compte rendu.

— Elle avait l'air heureuse? demanda Hope.

— Ce soir, en tout cas, elle l'était. Mais elle va toujours mieux quand le maître est à la maison.

— Alors, elle est malheureuse quand il s'en va?

— Tu ne sais que poser des questions! répondit Nell en riant. Oui, cela lui arrive. Je vois même quelquefois qu'elle a pleuré et j'ai souvent envie de lui dire que je serais folle de joie si Albert s'en allait pour de bon.

Hope mit sur le compte de la fatigue cette confidence de sa sœur, qui en était pourtant avare. Si Nell n'avait jamais admis qu'elle regrettait d'avoir épousé Albert, Hope le constatait tous les jours. Il ne la maltraitait plus, mais il ne lui accordait jamais la moindre marque d'affection. Nell n'essayait même plus de nouer une conversation avec lui. Si elle accomplissait encore les tâches domestiques de son foyer, elle s'abstenait désormais de lui préparer son repas du soir puisqu'il avait pris l'habitude de dîner au château.

Quelques mois auparavant, quand Hope avait eu ses premières règles, Nell lui en avait expliqué la signification et prédit qu'elle souhaiterait bientôt avoir un amoureux. Mais elle l'avait fortement mise en garde contre le fait d'accorder des privautés à un homme, parce que la conséquence en serait un bébé.

— Ne te laisse pas leurrer, Hope. Un homme qui t'aimera vraiment attendra le mariage. Mais avant d'accepter, sois certaine que c'est bien toi qu'il veut épouser, ton corps, ton âme, tout ce que tu es. Certains hommes, vois-tu, sont incapables d'aimer réellement une femme. Ce ne sont que des coquilles vides qui désirent seulement masquer leurs insuffisances en ayant une femme à côté d'eux.

Hope avait compris que Nell considérait Albert comme une de ces coquilles vides, incapables d'aimer. Elle soupçonnait aussi qu'ils n'accomplissaient pas l'acte qui faisait naître les bébés, car Nell aurait dû en avoir depuis longtemps.

Mlle Bird, la gouvernante de Rufus, quitta définitivement Briargate à la fin du mois de juin pour un nouvel emploi à Bristol. Si Ruth et Nell, qui ne l'avaient jamais portée dans leurs cœurs, se félicitèrent de la voir enfin déguerpir, elles n'étaient pas sans inquiétude sur la manière dont Rufus occuperait son temps jusqu'à son départ pour le pensionnat en septembre. Il avait horreur d'accompagner sa mère dans ses visites et il mourait d'ennui quand il restait à la maison sans personne avec qui jouer. Il aimait se promener à cheval avec son père, mais sir William ne le lui proposait que rarement. James faisait de son mieux pour lui tenir compagnie, mais le départ de l'aide-palefrenier lui donnait un surcroît de travail. Hope se justifia de leurs rendez-vous secrets en se disant qu'elle le distrayait et l'empêchait de trop souffrir de la solitude. Si elle se rendait toujours chez Matt et Amy le mercredi, elle en repartait de bonne heure pour rester plus longtemps avec Rufus, dont le visage s'illuminait d'un sourire ravi quand elle le rejoignait. Il lui disait souvent que le mercredi était son jour préféré.

Ils s'enfonçaient au plus profond du bois, parfois jusqu'au grand étang bordé de roseaux. Quand il faisait vraiment chaud, ils ôtaient leurs chaussures et pataugeaient pieds nus dans l'eau. Hope se sentait aussi à l'aise avec Rufus qu'avec un membre de sa famille, d'autant qu'il était dix fois plus gentil et accommodant que ses frères. Il voulait bien rester assis au soleil sans rien faire si elle en avait envie et il ne l'entraînait pas dans de brutaux jeux de garçons comme ses frères.

Elle avait d'abord cru faire simplement preuve de gentillesse envers un jeune garçon solitaire mais, dès leur deuxième rencontre, elle avait pris conscience qu'ils avaient autant l'un que l'autre besoin de se revoir parce qu'elle souffrait autant que lui de la solitude. Elle passait ses journées au milieu de gens beaucoup plus âgés qu'elle, qui ne parlaient que de leur travail ou des faits et gestes des habitants du village, sujets qui n'avaient pour elle que peu d'intérêt et ne lui apportaient rien.

Intelligent et l'esprit ouvert, Rufus lui parlait de choses dont elle n'avait pas même idée, de contrées lointaines telles que l'Inde, l'Australie, l'Amérique. Il lui disait qu'il voulait être explorateur et découvrir des terres où aucun homme blanc n'aurait mis les pieds avant lui. Il lui donnait même envie de l'accompagner. De son côté, Hope lui parlait des gens avec lesquels elle avait grandi et lui racontait des histoires amusantes à leur sujet.

— Je voudrais bien connaître des gens amusants, lui dit-il tristement après une de ces anecdotes. D'ailleurs, je voudrais bien connaître des gens. Sais-tu que depuis le début de l'année, je n'ai parlé qu'à trois personnes en dehors de celles qui vivent à Briargate ? Les deux premières étaient deux horribles vieilles filles venues en visite, qui n'ont su que me dire que j'avais grandi. La troisième était le maréchal-ferrant chez qui j'avais accompagné James. Et il ne s'exprimait que par des grognements incompréhensibles.

— Voilà encore une bonne raison d'aller sans regret à ton école. Là-bas, tu rencontreras plein de gens à qui parler et tu auras des tas de choses à me raconter quand tu viendras en vacances.

Rufus répondit par une moue sceptique.

Au milieu du mois d'août, lady Anne reçut une lettre de sa jeune sœur l'informant que leur mère était très malade et lui demandant de venir le plus vite possible. Lady Anne voulut que Nell l'accompagne et, comme elle ignorait la durée de son absence, elle décida que Rufus resterait à Briargate pour ne pas manquer sa rentrée à l'école en septembre. Hope redouta de se retrouver seule avec Albert, mais Nell la rassura en lui disant qu'elle s'était arrangée avec Baines pour qu'elle couche à Briargate pendant son absence. Hope se bornerait à aller une fois par jour faire le ménage dans le pavillon.

Après le départ de lady Anne pour le Sussex, Briargate s'enfonça dans la torpeur. Sans repas à préparer ni feux à allumer, avec la lessive et le repassage réduits au minimum comme les nombreuses autres tâches quotidiennes, les domestiques pouvaient se reposer. Martha parlait de faire des confitures, mais ne paraissait pas pressée de se mettre à l'ouvrage. Baines lui-même prenait le temps de lire son journal de la première à la dernière ligne.

Sortie cueillir des prunes un matin, Hope s'arrêta un instant sur la terrasse surplombant le verger. Les arbres croulaient sous les fruits mûrs. Dans la plaine, les moissons battaient leur plein et le soleil qui se reflétait sur les faux lançait des éclairs. Hope savait que ses frères étaient parmi les hommes qu'elle apercevait au loin et qui devaient prier le Ciel pour que le beau temps se maintienne au moins jusqu'à la fin des récoltes.

Tout en remplissant son panier, Hope mangea quelques prunes, si délicieuses qu'elle bavait presque de plaisir. Elle se félicitait surtout d'avoir pensé à mettre son vieux tablier car, malgré ses précautions, le jus coulait de son menton et laissait sur le tablier des traînées pourpres et poisseuses.

Elle regagna la maison sans se presser en admirant les arbres majestueux et les nouveaux massifs de fleurs conçus par Albert, avec qui elle se trouva nez à nez en contournant un noyer centenaire. Pour une fois, il ne lui fit pas peur. Il paraissait tellement à l'aise dans son élément qu'il n'avait rien de menaçant et elle s'en approcha.

— Les jardins sont superbes, dit-elle en s'attendant à une de ses rebuffades habituelles. Surtout ce massif, ajouta-t-elle en le montrant, faute de savoir le nom des fleurs qui le composaient.

— Tu as raison, répondit-il en lui faisant un de ses rares sourires. Celui-ci, j'en suis fier. Mais les autres commencent déjà à flétrir.

Hope s'enhardit à lui tendre une prune de son panier.

— Goûtez-en une, elles sont délicieuses.

Elle s'attendait à une remarque désobligeante sur son tablier taché, mais il prit la prune, mordit dedans et sourit de nouveau quand le jus lui coula sur le menton.

— Hmm... Délicieux. Il vaut mieux les manger avant que les guêpes et les oiseaux en profitent.

Enchantée que, pour une fois, il se montre aimable, Hope lui en donna une autre.

— Les jardins sont superbes, répéta-t-elle. Il faut un œil d'artiste pour choisir des couleurs et des formes qui se marient si bien.

Paraissant flatté du compliment, il sourit encore une fois en épongeant son front couvert de sueur.

— Vous avez très chaud, dit-elle. Voulez-vous que je vous apporte quelque chose à boire ?

— Pas la peine, j'irai bientôt à la maison. Mais merci d'y avoir pensé.

Hope se retira, heureuse d'avoir réussi à établir un semblant de rapport humain avec un personnage aussi peu sociable. Elle pensa même laisser quelques prunes dans un bol et peut-être même des fleurs dans un vase, lorsqu'elle irait l'après-midi faire le ménage du pavillon. Nell serait sûrement contente, à son retour, de constater qu'ils avaient fait la paix.

Une dizaine de jours plus tard, Ruth entra à la cuisine pendant que Martha et Hope préparaient le dîner.

— Je ne trouve Rufus nulle part, annonça-t-elle avec inquiétude.

— Il était avec James à l'écurie, répondit Martha. Ils y étaient du moins il n'y a pas longtemps, parce que je les ai entendus rire.

— Il n'y est plus. James m'a dit qu'il allait rentrer, mais je ne le trouve pas dans la maison. Je l'ai cherché partout dans les jardins. Je ne sais pas où il pourrait être.

— Il reviendra, Ruth, la rassura Hope. Ce n'est plus un bébé.

— Mais j'en suis responsable en l'absence de sa mère ! protesta Ruth d'une voix tremblante.

Depuis le départ de lady Anne que sir William, parti pour Londres, devait rejoindre dans le Sussex, Rufus avait décidé de prendre ses repas avec les serviteurs et ne regagnait sa chambre que pour se coucher. Le matin de bonne heure, il aidait James à l'écurie avant d'aller proposer son aide à la cuisine. Sa nature pleine d'entrain et de gentillesse touchait tout le monde. La routine habituelle était entièrement bouleversée. Le travail n'était effectué que tôt le matin ou tard le soir, quand il faisait plus frais. Les repas étaient moins élaborés et, pour le dîner, on sortait la table et les chaises dans la cour. Même Albert, qui ne venait qu'en fin de journée boire quelque chose et repartait en hâte, prenait lui aussi place à table avec les autres.

La gaieté de Rufus était communicative. Hope n'avait jamais entendu autant de rires résonner à Briargate et elle appréciait surtout d'être près de Rufus tous les jours. Au début, ils prenaient soin de prétendre se connaître à peine mais, à mesure que le temps passait, personne ne se formalisait plus de leur familiarité.

— Il doit se cacher quelque part dans l'espoir que l'un de nous viendra le chercher et qu'il lui sautera dessus pour lui faire peur, dit Hope. Je vais le retrouver.

Elle était à peu près sûre de retrouver l'endroit où Rufus avait prétendument disparu, sans toutefois s'expliquer pourquoi il y était allé alors qu'il était presque l'heure du dîner.

Une fois la barrière franchie, elle releva sa jupe et partit en courant vers les bois. Au cours de leurs explorations du mercredi, Rufus et elle avaient découvert, échouée dans les roseaux de l'étang, une vieille barque qu'ils s'étaient évertués à renflouer. Rufus avait même l'intention d'apporter des outils pour la remettre en état afin de pouvoir naviguer sur l'étang. Hope pensait qu'il s'était attelé à la tâche afin de lui en faire la surprise et qu'il s'était absorbé dans son travail au point de ne pas se rendre compte de l'heure tardive.

Hope connaissait chaque pouce de ces bois, mais la végétation anarchique lui rendait parfois le passage difficile. Tout en courant, elle appelait Rufus sans obtenir de réponse. Arrivée à l'étang, hors d'haleine et couverte de sueur, elle eut beau appeler et tendre l'oreille, elle n'entendait toujours rien. La surface de l'étang était couverte de roseaux, de nénuphars et d'herbes folles. Elle savait que la barque se trouvait sur la rive opposée, mais Rufus aurait dû l'entendre et elle aurait pu l'apercevoir. Un moment, elle resta sur place, hésitante. La voix de la raison lui disait qu'elle se trompait et qu'elle devrait rentrer à Briargate. Un pressentiment la poussait au contraire à faire au moins le tour de l'étang avant d'abandonner ses recherches.

Ils avaient trouvé la barque en abordant l'étang par l'autre côté du bois, mais cette rive était d'un accès difficile de l'endroit où elle se tenait, et Hope ne progressait que lentement. Elle entendait les voix d'Albert et de James appeler Rufus dans le sous-bois. Il lui fallait le retrouver avant eux, sous peine de devoir fournir des explications embarrassantes sur la raison de sa présence à cet endroit.

Elle arriva finalement près de la barque, relevée sur le flanc. Rufus devait donc être venu, car elle reposait à plat le mercredi précédent. La peur lui noua l'estomac. Rufus avait dû tomber à l'eau en glissant sur les roseaux quand il avait soulevé la barque et il ne savait pas nager, il le lui avait dit la première fois qu'ils étaient venus là. Même un bon nageur aurait du mal à s'extirper des roseaux et des herbes.

Sans hésiter, Hope ôta sa jupe, ses bottines et contourna la barque dans l'eau jusqu'à mi-cuisse. C'est alors qu'elle découvrit Rufus, immergé jusqu'au cou. Seule sa tête soutenue par des roseaux sortait de l'eau et il avait une vilaine plaie sur le front.

Dans sa panique, Hope oublia qu'elle ignorait la profondeur de l'eau et qu'elle ne savait pas nager, elle non plus. Elle s'élança, perdit pied, se débattit de son mieux en s'accrochant aux roseaux et émergea le temps de saisir le bord de la barque. Toussant, recrachant de l'eau, elle arriva enfin à se rapprocher de son ami inerte. Son aspect lui rappela douloureusement celui de son père quand elle l'avait trouvé mort.

— Rufus! cria-t-elle en aspergeant son visage. Tu n'es pas mort, je t'en prie! Réveille-toi, parle-moi!

Rufus ne réagit pas. En entendant James et Albert crier non loin de là, elle se hissa à moitié hors de l'eau et leur hurla de toutes ses forces de la rejoindre à l'étang. En attendant leur arrivée, elle passa un bras autour du cou de Rufus et parvint à le tirer vers elle. Les mises en garde de ses parents et de ses frères aînés tournaient dans sa mémoire, aggravant son angoisse. Elle aurait dû avertir Rufus qu'il était dangereux de jouer près de l'eau. Il était plus jeune qu'elle et il ne savait rien des dangers que recelait la nature, puisqu'il avait passé toute son enfance dans sa nursery ou dans le jardin. S'il mourait, elle en serait seule responsable.

Secouée de sanglots, elle le serrait contre elle, couvrait son visage de baisers en le suppliant de lui pardonner sa négligence, de ne pas l'avoir protégé. Elle ne sentait plus ni la froideur de l'eau ni les piqûres des moustiques qui proliféraient dans l'eau stagnante de l'étang. Elle ne pensait qu'à ce que Rufus et elle étaient devenus l'un pour l'autre.

— Hope! entendit-elle James crier de la rive opposée. Où es-tu?

— Ici! cria-t-elle. Rufus est tombé à l'eau dans les roseaux près de la vieille barque. Je le soutiens comme je peux. Viens vite!

James se jeta à l'eau et nagea aussi vite qu'il le pouvait.

— Je crois qu'il est déjà mort, bredouilla-t-elle quand il la rejoignit. Il avait la tête hors de l'eau quand je l'ai trouvé, mais il a une blessure au front et il est tout froid.

James baissa les yeux vers Rufus puis, sans mot dire, il le prit à bras-le-corps et repartit en nageant sur le dos.

— Ne bouge pas, je reviendrai te chercher! cria-t-il à Hope.

Il disparut derrière les roseaux, elle entendit la voix d'Albert et des bruits d'eau quand les deux hommes tirèrent Rufus au sec sur la rive. L'attente lui parut si longue qu'elle crut qu'ils étaient bouleversés par l'état de Rufus au point de l'avoir oubliée. Elle commençait à perdre connaissance quand James revint et l'emporta comme il l'avait fait avec Rufus. Elle sentit les fortes mains d'Albert la saisir sous les épaules et, quand elle reprit conscience et ouvrit les yeux, elle était étendue sur l'herbe sèche à côté de Rufus.

Après le froid de l'eau, le soleil lui parut presque brûlant.

— Comment...? commença-t-elle.

— Rufus va bien grâce à toi, dit James. Le coup qu'il a pris sur la tête l'a assommé, rien de grave. Mais s'il était resté plus longtemps dans l'eau, il aurait sans doute coulé à pic.

Elle osa alors tourner la tête pour le regarder. Rufus poussait de légers gémissements pendant qu'Albert nettoyait sa plaie.

— Dieu soit loué! s'exclama-t-elle. Je le croyais déjà mort.

James fit le tour de l'étang pour aller chercher ses vêtements restés sur la rive, mais il dut l'aider à se rhabiller tellement elle tremblait et claquait des dents. Albert prit Rufus dans ses bras, Hope et James le suivirent en silence. Pour Hope, ce silence était lourd de menaces. Elle serait congédiée à coup sûr quand on saurait pourquoi elle était allée directement à l'étang. Si Albert ne l'avait pas encore abreuvée de reproches, ce n'était que partie remise. Il se contenait en présence de Rufus, mais il se déchaînerait plus tard contre elle.

De retour à la cuisine, tout le monde s'affaira autour de Rufus. Ruth et Rose l'enveloppèrent dans une couverture, Martha lui fit boire du lait chaud et Baines lui dit qu'il leur avait fait une peur bleue.

— C'est Hope qui l'a retrouvé, intervint James. Elle s'est déshabillée et a plongé pour lui sortir la tête de l'eau, sinon il se serait noyé. Elle est brave, parce qu'elle ne sait pas nager elle non plus.

L'attention générale se tourna aussitôt vers elle, mais Hope ne se laissa pas griser par leur admiration qu'elle jugeait imméritée. Elle savait que Rufus finirait tôt ou tard par lâcher la vérité sur leurs escapades et leur découverte de la barque.

— Comment savais-tu où le chercher? demanda Martha en lui mettant dans les mains une tasse de thé brûlant.

— Je l'ignore, bredouilla-t-elle.

Livide et les mains tremblantes, Ruth mit une grande bassine d'eau à chauffer pour le bain de Rufus pendant que Baines posait un pansement sur son front. Elle s'assit en face de lui, lui prit les mains entre les siennes.

— Pourquoi êtes-vous allé dans le bois, monsieur Rufus ? demanda-t-elle d'une voix mal assurée.

Hope crut défaillir. Ruth pensait certainement que son emploi était en grand danger, car elle était responsable de Rufus et n'aurait jamais dû le laisser sortir seul. Du coup, Hope fondit en larmes. Si quelqu'un devait être puni, c'était elle, pas Ruth ni personne d'autre.

— Pourquoi Hope pleure-t-elle ? s'enquit alors Rufus.

— Parce qu'elle vous croyait mort, monsieur Rufus, répondit Baines. Sans elle, vous auriez pu vous noyer.

— Je veux la voir.

Il écarta Ruth qui le gênait et, toujours drapé dans la couverture, s'approcha de Hope.

— Ne pleure pas, voyons, dit-il en lui essuyant les yeux d'un coin de la couverture. Je vais bien, tu vois. Tu as été très intelligente de me trouver tout de suite et je suis désolé de t'avoir fait peur. Maman te sera reconnaissante de m'avoir sauvé la vie, poursuivit-il avec un léger sourire, parce que Ruth sera sans doute obligée de lui dire que c'était ma faute. J'étais tellement content d'avoir découvert cette vieille barque que je voulais la réparer pour m'amuser avec et je n'ai pas pensé que ce serait peut-être dangereux.

Hope sentit sa gorge se nouer, de reconnaissance autant que de soulagement. Elle avait compris que Rufus garderait le secret sur leurs escapades hebdomadaires.

— C'est très bien, monsieur Rufus, dit-elle d'un ton faussement sévère. Mais votre mère blâmera Ruth de ne pas vous avoir mieux surveillé et elle sera renvoyée.

— Dans ce cas, dit Rufus en s'adressant aux autres, il vaudrait mieux ne pas lui en parler, n'est-ce pas ? Je me suis fait cette bosse en tombant dans le jardin. De toute façon, elle ne se verra sans doute plus quand maman reviendra. Je regrette de tout mon cœur de vous avoir fait peur, Ruth, dit-il en allant la prendre dans ses bras. Je ne recommencerai plus, je vous le promets. Vous me pardonnez ?

— Vous allez prendre un bon bain, vous mettre au lit et ne plus en bouger, répondit Ruth d'un ton où l'affection le disputait au soulagement. Et vous n'irez plus vous cacher sans rien me dire, sinon je vous enfermerai dans votre chambre.

— Bon travail, Hope, tu as évité une tragédie, dit Baines pendant que Rose débarrassait la table du dîner. Je suis content que le jeune maître parte bientôt à son école, il a grand besoin d'un peu de discipline et de la compagnie de garçons de son âge.

Ruth avait emmené Rufus, Albert était rentré au pavillon, de sorte que Hope était seule avec Baines. Elle baissa les yeux malgré elle, car elle comprenait que Baines avait deviné que ses rapports avec Rufus étaient plus fréquents et plus intimes qu'ils ne le laissaient croire. Il l'avertissait aussi qu'il fallait y mettre un terme.

Baines se leva, alla à la fenêtre.

— Il y a un orage qui se prépare, dit-il sans se retourner. Je le sens dans l'air et le ciel se couvre. Il nous fera du bien. La chaleur des derniers jours nous avait fait perdre à tous le sens de nos responsabilités.

# 7

*1847*

Un jour de novembre, Hope battait des blancs d'œufs en neige lorsque Martha revint à la cuisine après sa conférence hebdomadaire avec lady Anne pour décider des menus de la semaine.

— La maîtresse va de nouveau partir demain pour le Sussex, annonça-t-elle d'un ton important.

— Son père est malade ? s'étonna Hope.

— Le pauvre homme ne s'est jamais vraiment remis de la mort de sa femme, soupira Martha comme si elle parlait d'un ami intime. Pense donc, vivre tout seul dans ce grand château !

Seul avec une armée de domestiques qui le dorlotent à longueur de journée, s'abstint de commenter Hope. Elle savait que Martha avait un bon fond, mais sa prétention l'exaspérait.

— La maîtresse a-t-elle dit si elle emmenait Nell ?

— Naturellement ! rétorqua Martha d'un air supérieur. Une dame de qualité ne voyage jamais sans sa femme de chambre. Même ici, où pourtant les règles du savoir-vivre se dégradent tous les jours.

Hope préféra ne pas relever, mais elle devait admettre que la cuisinière avait raison sur ce dernier point. Si elle n'avait pas connu Briargate à son apogée, quand la maison comptait une quinzaine de serviteurs, elle était témoin du fait que, ces derniers temps, chaque fois que l'un d'eux s'en allait, les autres devaient se partager son travail.

Depuis le départ de Rufus un an auparavant, la situation s'était sensiblement aggravée. La première, Ruth avait rendu son tablier, ulcérée de se voir ravalée au rang de bonne à tout faire. James avait ensuite été congédié, parce que sir William avait vendu tous ses chevaux sauf deux et Rose était partie se marier ailleurs. Nell et Hope regrettaient leur frère et leur sœur, mais elles devaient admettre qu'ils avaient gagné au change. Ruth avait été engagée à Bath comme gouvernante par un entrepreneur de maçonnerie, veuf et père de deux fillettes de sept et neuf ans, qu'elle avait épousé deux ans plus tard. Si ses sœurs avaient jugé ce mariage étrangement soudain, elles avaient pu constater que Ruth était heureuse. Son mari était un brave homme, travailleur et sociable de nature, la maison était agréable et les deux fillettes ravies d'avoir une nouvelle mère.

Quant à James, sir William lui avait trouvé une place de chef palefrenier dans un château du Berkshire, sans doute parce qu'il avait des remords d'avoir dû se séparer de lui. Albert s'occupait désormais des deux chevaux restants, Merlin le pur-sang de sir William et la jument de trait Buttercup, rarement attelée depuis que les maîtres prenaient le train à Bath quand ils se rendaient à Londres.

Quels qu'aient été les prétextes invoqués devant les serviteurs pour justifier ces économies de personnel, nul n'ignorait la vérité : sir William avait de sérieux problèmes financiers. L'hôtel particulier de Londres était déjà vendu depuis plusieurs années et les réceptions à Briargate se raréfiaient. Nell se souvenait à peine de la dernière fois où elle avait dû participer à la préparation d'un grand dîner ou même à la réception d'invités le week-end. Lady Anne épluchait les comptes au penny près. Elle avait dit à Baines qu'il était inutile d'allumer du feu dans les pièces dont on ne se servait que rarement et même choqué Martha en lui suggérant de préparer des repas plus simples. Le marchand de vin et le boucher s'étaient plusieurs fois présentés à Briargate en demandant le règlement de leurs factures, apparemment peu convaincus par les explications de Baines qui prétendait qu'il s'agissait d'un simple oubli.

La mélancolie permanente de lady Anne assombrissait l'humeur de toute la maisonnée. Nell l'attribuait au chagrin d'avoir perdu sa mère, ce qui était peut-être vrai, en partie du moins. Mais le fait est qu'elle ne sortait pratiquement plus courir les élégantes boutiques de Bath et qu'elle restait souvent au lit des journées entières. Pour sa part, sir William paraissait se désintéresser de ce qui se passait chez lui. Il n'y apparaissait que rarement, buvait de plus en plus et se querellait souvent avec sa femme.

Les serviteurs étaient trop inquiets pour leurs emplois pour se plaindre du surcroît de travail qu'ils devaient assumer. Albert ne protestait pas plus d'avoir perdu ses aides-jardiniers que de cumuler les fonctions de cocher et de palefrenier. Nell acceptait sans murmurer de faire le ménage des chambres de lady Anne et de sir William. Hope ne récriminait pas davantage quand elle devait vider les seaux d'eaux usées, porter l'eau chaude des bains et faire le plus gros de la lessive.

Mais c'était sur le stoïque et fidèle Baines que retombait le plus lourd de ces surcharges. Majordome modèle, il avait toujours été le valet de chambre personnel de sir William, allumait son feu et cirait ses chaussures. Maintenant, il assurait l'intérim dans toute la maison, effectuait les travaux d'entretien et les réparations, allait même jusqu'à balayer la cour et astiquer les cuivres de la porte d'entrée quand personne d'autre ne trouvait le temps de le faire. Bénéfice imprévu de son surmenage, Hope ne vivait plus au pavillon avec Nell et Albert, mais elle occupait l'ancienne chambre de Ruth sous le toit. Si cet avantage lui imposait de travailler plus dur, elle n'avait plus à subir les humeurs d'Albert ni ses regards réprobateurs.

Ruth et James lui manquaient, mais elle regrettait Rufus bien davantage. Après l'épisode dramatique de l'étang, un lien particulier s'était noué entre eux. À mesure que le jour de son départ approchait, Baines et Ruth laissaient Hope passer avec lui autant de temps qu'elle voulait. Ils faisaient des puzzles, jouaient aux cartes et à d'autres jeux. Signe de son appréhension à s'embarquer pour l'inconnu, il lançait des regards pleins de méfiance et de colère à la belle malle neuve que Ruth emplissait peu à peu de ses affaires et déclarait qu'il s'évaderait de sa prison si elle lui devenait insupportable.

Tout en s'efforçant de le distraire par de nouveaux jeux de son invention, Hope lui affirmait que les autres garçons seraient dans la même situation que lui et qu'il aurait très vite de bons amis. Hope espérait qu'il serait influencé par ces nouveaux amis et que, pendant les vacances, il ne voudrait plus de la compagnie d'une simple servante. Elle se trompait : à chacun de ses retours à Briargate, il descendait aussitôt la rejoindre à la cuisine. Nell et Baines fermaient les yeux en disant qu'il valait mieux que Rufus aille à la cuisine ou sorte se promener avec Hope plutôt que de voir son père s'enivrer, sa mère pleurer ou les entendre se quereller. Nell évoquait avec des soupirs de regret l'heureuse époque où Rufus était encore un bébé. Si lord Harvey s'absentait souvent, lady Anne et lui jouaient ensemble avec leur fils quand il revenait et il ne s'enfermait pas au fumoir pour boire des journées entières.

— Ces blancs d'œufs vont retomber si tu continues à les battre !

L'exclamation de Martha arracha Hope à sa rêverie.

— Excusez-moi, je ne faisais pas attention. Je me demandais combien de temps lady Anne s'absentera, cette fois-ci.

— Qui sait ? répondit Martha avec un haussement d'épaules. Mais elle ferait bien d'être de retour pour Noël, M. Rufus ne sera pas content si sa mère n'est pas là. Espérons qu'Albert pourra les conduire sans encombre à Bath, les routes sont mauvaises en ce moment.

Il avait plu sans arrêt en septembre et en octobre et il gelait presque toutes les nuits depuis le début de novembre. Les récoltes avaient été mauvaises et, avec l'arrivée du froid, tout le monde se préparait à un hiver pénible. Matt lui-même en pâtissait. Son beau-père était mort l'année précédente et, avec sa femme, ses enfants et sa belle-mère à nourrir, il avait du mal à s'en sortir.

Hope pensait souvent à chercher du travail à Bristol ou à Bath. Sa vie à Briargate ne faisait que lui apporter de plus en plus de travail et elle n'y avait aucune compagnie de son âge. Les lettres de James lui décrivant les dîners des moissonneurs et les fêtes de Noël des serviteurs du château lui faisaient envie. Mais Baines lui conseillait d'attendre d'être plus qualifiée avant de chercher fortune ailleurs, car les simples filles de cuisine étaient rarement aussi bien traitées qu'elle à Briargate. Elle observait donc Martha avec attention, n'hésitait pas à lui poser des questions quand les subtilités d'une recette lui échappaient et notait scrupuleusement tout ce qu'elle apprenait.

Il lui arrivait de regretter de ne pas être comme Martha ou Rose, dont l'horizon se limitait à Briargate et aux potins du village. Elles ne savaient lire ni l'une ni l'autre et leurs connaissances leur venaient de gens aussi bornés qu'elles. Si Hope savait avoir moins d'expérience qu'elles, elle lisait avidement les journaux et les périodiques, parfois un livre qui trouvait son chemin jusqu'à la cuisine. Mais le fait d'être consciente des injustices de la société ne lui apportait aucun réconfort.

— Alors, tu t'en vas avec lady Anne ? demanda Hope.

Nell venait de descendre à la cuisine où, heureusement, elles étaient seules. Martha étant en train de conférer avec Baines.

— Ne prends pas cette mine lugubre ! dit Nell en souriant. Je ne serai partie que quelques semaines.

— Je me sentirai bien seule sans toi, soupira Hope.

— Il va falloir te trouver un galant, dit-elle en lui caressant affectueusement la joue. Tu ne penserais plus à ta vieille sœur si un jeune et beau garçon t'occupait l'esprit.

— J'ai autant de chances d'en rencontrer un ici que de devenir reine, répondit Hope avec une moue désabusée. Mais ne t'inquiète pas, se hâta-t-elle d'ajouter, honteuse d'avoir rabroué Nell. J'irai bien, même sans toi. J'espère que tu reviendras avant Noël, c'est tout.

— Tu voudras bien aller de temps en temps au pavillon faire le ménage et remettre de l'ordre ? Et si je ne suis pas de retour avant que M. Rufus revienne pour les vacances de Noël, promets-moi que tu le surveilleras pour qu'il ne fasse pas de bêtises.

Hope sourit en pensant à la manière dont Rufus commenterait cette recommandation. Il disait que Nell le traitait comme s'il avait encore cinq ou six ans, alors qu'il était déjà un solide gaillard de treize ans que le pensionnat avait endurci.

— Ne t'approche surtout pas de sir William quand il boit, enchaîna Nell. S'il sonne, laisse Baines y aller.

— Lady Anne aura de la peine si son père meurt ?

— Sans doute moins que pour sa mère, elle en était beaucoup plus proche. Mais sa mort lui causera des problèmes. Je ne devrais pas t'en parler, poursuivit Nell devant la mine interrogative de Hope, surtout que lord Dorville est encore en vie. Mais sir William estime que sa succession doit être partagée entre ses trois filles. Lady Anne craint d'en être exclue au profit de ses sœurs, car son père reproche à son gendre ses dépenses inconsidérées.

Hope savait que la dot ou l'héritage d'une épouse appartenait à son mari. Sir William devait donc compter dessus pour renflouer ses finances compromises et serait fou de rage si cet argent lui échappait.

— Lady Anne et toi n'avez pas beaucoup de raisons de vouloir revenir à la maison, observa Hope.

Elle avait remarqué depuis longtemps que sa sœur et lady Anne avaient beaucoup en commun en ce qui concernait leur vie conjugale.

— Moi, je t'ai toi et lady Anne a M. Rufus, répliqua Nell d'un ton sévère. Il ne nous en faut pas davantage.

Hope fut honteuse de sa remarque, car elle savait que Nell l'aimait comme sa propre fille plutôt que sa petite sœur.

— Je t'aime Nell, dit-elle en la serrant dans ses bras. Tu t'es toujours si bien occupée de moi, je ne sais pas ce que je ferais sans toi. Je voudrais seulement que tu mènes la vie que tu mérites.

— J'ai beaucoup plus de chance que bien d'autres, dit-elle en retenant ses larmes. Veux-tu faire quelque chose pour moi ?

— Bien sûr, voyons ! Tu n'as pas à me le demander.

— Écoute, c'est en réalité pour lady Anne. Ce que je vais te dire est un secret, tu dois me jurer que tu ne le répéteras jamais à personne.

— Je te le jure, affirma Hope, intriguée.

— Alors, écoute-moi bien. Tu regarderas le courrier tous les matins et tu prendras les lettres qui ressemblent à celle-ci, dit-elle en sortant de sa poche une enveloppe adressée à lady Anne. Regarde. Reconnaîtras-tu cette écriture ?

Hope n'avait jamais vu d'écriture aussi fermement tracée.

— Oui, c'est facile. Que veux-tu que j'en fasse?

— Tu les garderas en sûreté jusqu'à notre retour. Et n'en dis pas un mot à qui que ce soit. Tu as bien compris?

Pour Hope, cela ne pouvait signifier qu'une seule chose.

— Lady Anne a un amant?

D'un geste impérieux, Nell la fit taire en posant un doigt sur ses lèvres et lança un regard inquiet derrière elle.

— Chut! Disons simplement que c'est un très bon ami, mais si sir William voyait ces lettres, lady Anne aurait sûrement des ennuis. Les choses vont assez mal entre eux en ce moment, ce n'est pas la peine de les aggraver.

— Alors, pourquoi elle ne lui écrit pas pour lui dire qu'elle sera absente un certain temps?

— Il est militaire, le courrier met du temps à lui parvenir.

Hope n'insista pas. D'après l'expression de Nell, elle comprenait qu'elle ne lui en révélerait pas davantage et qu'elle regrettait déjà d'entraîner sa jeune sœur dans une affaire qu'elle n'approuvait sans doute pas elle-même.

— Sois tranquille, je peux être aussi discrète que toi, la rassura Hope en souriant. Tout ce que je regrette, c'est que tu ne reçoives pas toi aussi des lettres secrètes. J'en serais ravie.

Soulagée, Nell lui caressa la joue du même geste affectueux qu'avait sa mère.

— Merci, ma chérie. Tu voudras quand même bien penser à faire le ménage du pavillon ? ajouta-t-elle, ainsi rappelée à ses devoirs envers son mari. Et aussi la lessive d'Albert ?

— Oui, si je peux battre Martha à la course, répondit-elle dans l'espoir de faire rire sa sœur. Dès que tu auras tourné les talons, elle le dorlotera encore plus que d'habitude.

Nell pouffa de rire et, l'espace d'un instant, redevint la jeune fille insouciante qui avait cédé la place à la femme lasse et soucieuse de trente ans passés.

— Qu'elle le dorlote tant qu'elle voudra, je lui donne ma bénédiction. Et rappelle-lui qu'on a beau frotter un caillou, on ne peut pas en tirer de l'eau.

Après cette conversation, Hope pensa beaucoup au mystérieux ami de lady Anne. À sa connaissance, le capitaine Pettigrew était le seul militaire qui soit jamais venu à Briargate et, surtout, le seul visiteur masculin qui se soit toujours présenté quand sir William était absent. Elle se rappela aussi la remarque de Rose sur Nell « dans tous ses états » en le voyant. Hope comprenait maintenant pourquoi. Il s'agissait donc bien de lui.

Si elle était choquée que sa maîtresse ait un amant, elle préférait se souvenir de tout le bien qu'elle avait pensé du capitaine quand elle avait découvert la cuisinière inconsciente dans sa chambre. Il était beau, charmant, ferme sans être autoritaire et elle comprenait qu'une femme, mariée ou pas, succombe à un tel homme. Rien que pour lui, Hope acceptait de grand cœur d'intercepter ses lettres.

Après le départ de lady Anne et de Nell pour le Sussex, le temps devint encore plus humide et venteux.

Une nuit, une bourrasque plus violente que les autres déracina un chêne centenaire qui faillit tomber sur le toit des écuries. Le lendemain matin, effarée par ce spectacle de désolation, Hope en resta un moment sans voix.

— Mon père disait parfois qu'un chêne abattu par la tempête annonce des événements tragiques, murmura-t-elle.

— Ton père devait aussi croire aux sorcières, ricana Baines. Pour ma part, j'y vois au contraire un heureux hasard, car nous aurons beaucoup de bonnes bûches à brûler cet hiver. Remets-toi au travail et oublie ces superstitions.

Superstitions ou pas, Hope était attristée par l'absence de sa grande sœur. Elle prenait conscience que Nell était, en quelque sorte, l'âme de la maison. Sans elle, personne n'avait plus envie de rire. Martha ne parlait que de cuisine et les dîners des serviteurs se déroulaient le plus souvent dans un silence pesant.

Le comportement imprévisible et les sautes d'humeur de sir William ne contribuaient pas à alléger l'atmosphère. Quand on lui dressait son couvert dans la salle à manger, il voulait être servi dans son cabinet de travail. Quand il commandait à Martha un dîner fin pour des invités, il ne rentrait pas de la soirée ou revenait seul à onze heures du soir, ivre mort, en exigeant sur-le-champ un repas chaud. Face aux récriminations des unes et des autres, Baines répondait que sir William était chez lui, qu'il faisait ce qu'il voulait et qu'il les payait pour le servir, en ajoutant que personne ne retenait à Briargate ceux qui pensaient pouvoir trouver ailleurs un emploi moins éprouvant.

Une lettre adressée à lady Anne, de la même écriture que celle que Nell lui avait montrée quinze jours plus tôt, arriva au courrier en même temps qu'une lettre de Nell pour Hope. Elle les glissa toutes les deux dans la poche de son tablier, laissa le reste pour sir William, termina ses tâches en cours et se rendit à la cuisine pour y lire la lettre de Nell.

Nell n'écrivait pas bien, donc sa lettre était brève et allait à l'essentiel. Lord Dorville était mort, elle ne comptait pas rentrer avant une quinzaine de jours et espérait que tout allait bien à Briargate. Hope comprit que si Nell lui donnait la nouvelle, lady Anne avait dû écrire de son côté à sir William, qui partirait sans doute au plus vite la rejoindre dans le Sussex. Ce n'est qu'après le petit déjeuner, pendant qu'elle faisait les chambres, que Hope se souvint de la lettre du capitaine. Elle l'avait sortie de la poche de son tablier pour la glisser dans son corsage, mais le papier se froissait quand elle se penchait et elle devait trouver très vite une cachette sûre. Au bout d'un moment de réflexion, elle décida que la meilleure solution serait de la mettre sous le matelas de son ancienne chambre dans le pavillon. Albert n'avait aucune raison d'y entrer, encore moins de défaire le lit. De toute façon, elle devait y aller dans l'après-midi faire le ménage qu'elle négligeait depuis plusieurs jours.

Hope était à la cuisine en fin de la matinée lorsque sir William y entra. Connaissant déjà la cause de cette visite inattendue, elle ne s'en étonna pas, mais les autres en furent stupéfiés car sir William ne mettait jamais les pieds dans les locaux réservés aux serviteurs. Une fois encore, Hope ne put s'empêcher de penser qu'il était vraiment bel homme. Avec sa taille svelte, son élégant gilet brodé et ses boucles blondes, il était fringant comme un jeune homme.

— J'ai reçu ce matin une lettre de lady Harvey, annonça-t-il. Elle m'apprend le décès de son père, mort paisiblement dans son sommeil il y a trois jours. Je partirai demain matin à la première heure pour assister avec elle aux obsèques. Je sais pouvoir vous faire entière confiance pour veiller sur Briargate en notre absence.

Baines présenta ses condoléances et demanda ce que sir William voulait qu'il lui prépare dans ses bagages.

— Il ne me faudra pas grand-chose, répondit-il avant de se retirer, je compte ne m'absenter que quelques jours.

Albert vint déjeuner à la cuisine à midi et Martha, comme d'habitude, s'empressa de le dorloter parce que sa veste était trempée. Hope astiquait de l'argenterie à l'office et entendit leur manège en souriant. La pauvre femme n'avait pas encore compris qu'elle perdait son temps avec Albert.

Dans un rare élan de sociabilité, il voulut bien lui expliquer qu'il avait passé la matinée sous la pluie à débiter le chêne abattu. Il ajouta que le niveau de la rivière approchait sa cote d'alerte et que, à son avis, la pluie ne se calmerait pas avant au moins deux ou trois jours.

— Il faut rester au sec cet après-midi ! s'exclama Martha avec sollicitude. Un homme même grand et fort comme vous n'est pas à l'abri d'un mauvais refroidissement.

Albert la rassura en disant qu'il avait transporté les plus grosses bûches dans la resserre à bois, où il serait à l'abri pour les refendre.

Vers le milieu de l'après-midi, voyant la cuisinière assoupie dans son fauteuil et sachant Albert occupé dans la resserre, Hope sortit par la porte de derrière sans en avoir demandé la permission. Il pleuvait à verse, mais elle préférait ne pas remettre au lendemain sa visite au pavillon de peur qu'Albert, en l'absence de sir William, ne s'accorde le droit de rentrer chez lui l'après-midi pour rester au sec. S'il faisait preuve d'une certaine humanité au château, il redevenait aussi odieux que naguère quand il lui arrivait de se retrouver seul avec elle. Si elle avait un peu de chance, elle serait de retour avant que quiconque ne se soit aperçu de son absence.

Le temps qu'elle arrive au pavillon, la pluie avait traversé son manteau et ses bottines étaient comme des éponges. Elle prit la clef de la porte de derrière cachée sous une pierre, ôta son manteau et ses bottines qu'elle mit à sécher sous l'auvent et entra en chaussettes. Elle découvrit avec étonnement qu'il faisait chaud et que le poêle était allumé. Le désordre habituel régnait dans la pièce, la table était encombrée de vaisselle sale et de bouteilles vides. Alors qu'Albert lui rebattait les oreilles à propos de l'ordre et de la propreté, il paraissait prendre plaisir à faire le contraire et vivre dans la crasse. Il n'enlevait même plus ses bottes quand il rentrait, car le sol était couvert de traces de boue.

Hope remplit la bouilloire, la posa sur le feu et s'engagea dans l'escalier, afin de cacher la lettre du capitaine et de faire la chambre d'Albert avant de nettoyer et de ranger le rez-de-chaussée. En arrivant à l'étage, elle entendit des craquements, comme si les volets mal attachés heurtaient le mur sous l'effet du vent. Voulant y remédier, elle ouvrit la porte de la chambre et stoppa net sur le seuil, horrifiée par ce qu'elle découvrit.

Albert était dans le lit avec une personne aux cheveux blonds, couchée sous lui, qui n'était pas une femme, mais bel et bien sir William Harvey. Ils étaient nus l'un et l'autre. Le torse musclé d'Albert recouvrait presque entièrement le corps svelte et la peau claire de son maître. Foudroyée par un tel spectacle qui dépassait son entendement, Hope resta pétrifiée sur place et son cœur cessa de battre.

— Dehors ! rugit Albert.

Hope dévala l'escalier, mais l'énormité de ce dont elle venait d'être témoin l'écrasait au point de la paralyser. Elle n'avait jamais imaginé que deux hommes puissent se conduire de manière aussi inattendue et scandaleuse. Incapable de prendre une décision, elle resta là à sangloter. Entendant à l'étage les voix d'Albert et de sir William, elle prit enfin conscience qu'il valait mieux disparaître. Une minute, elle hésita ne sachant même pas où chercher refuge. Le bruit des pas d'Albert dans l'escalier la décida, elle courut sous l'auvent, mais les lacets de ses bottines étaient emmêlés, ses doigts engourdis par la terreur autant que par le froid. Elle tenta de chausser ses bottines en forçant, n'y parvint pas et préféra partir nu-pieds. En entendant claquer la porte d'entrée, elle poussa un soupir de soulagement. Les deux hommes devaient être partis, se dit-elle en tendant la main vers son manteau accroché à une patère. Mais elle ne l'avait pas encore touché quand la porte s'ouvrit et Albert l'empoigna par l'épaule.

— Rentre ici ! rugit-il.

Elle essaya en vain de se débattre. Vêtu d'un caleçon et d'un gilet de flanelle, Albert la poussa à l'intérieur, ferma la porte à clef derrière elle et la gifla à toute volée.

— Tu m'empoisonnes la vie depuis trop longtemps ! gronda-t-il. Comment oses-tu venir m'espionner ?

— J'étais venue faire le ménage, bredouilla Hope, terrorisée. Je ne savais pas que vous étiez là.

Il lui lança une série de gifles si violentes qu'il la faisait reculer à chaque coup d'un pas vers la porte.

— Arrêtez ! implora-t-elle en essayant de se protéger le visage de ses mains. Je ne dirai rien à personne, je vous le jure !

Le coup de poing qu'il lui assena dans le ventre lui plaqua le dos à la porte.

— Je ne te laisserai pas le temps de colporter tes mensonges, cracha-t-il. Je vais me débarrasser de toi. Pour de bon !

Hope comprit qu'il allait la tuer, seul moyen de la réduire au silence. C'était peut-être même sir William qui lui en avait donné l'ordre avant de s'éclipser. Si le scandale éclatait, il aurait infiniment plus à perdre qu'Albert.

Elle avait à peine eu le temps de formuler cette pensée qu'il lui empoigna le cou en serrant à l'étrangler, la souleva de terre et lui cogna plusieurs fois de suite la tête contre la porte avant de la laisser retomber, inerte, et de lui lancer des coups de pied dans le ventre. Elle eut beau se rouler en boule pour tenter d'échapper au pire, il s'acharna avec une sauvagerie où s'épanchait toute la haine accumulée contre elle dans son esprit malade. Elle était sur le point de perdre connaissance quand il l'agrippa par son corsage pour la relever. L'étoffe se déchira et la lettre du capitaine à lady Anne tomba à ses pieds.

— Qu'est-ce que c'est? aboya-t-il. Une lettre de ton amoureux, hein? Sale petite putain!

Il la ramassa prestement et, en voyant à qui elle était adressée, un sourire malveillant lui retroussa les lèvres.

— Tiens, tiens! Tu voles le courrier de la maîtresse, maintenant?

— Non, c'est lady Anne qui m'a demandé de la garder jusqu'à son retour.

En maintenant d'un pied Hope plaquée contre la porte, il déchira l'enveloppe et parcourut la lettre, qui tenait sur une seule page.

— Une belle salope elle aussi! s'exclama-t-il d'un air triomphant.

Hope sentait son visage enfler, la douleur envahir chaque partie de son corps et en arrivait à souhaiter qu'il la tue pour en finir au plus vite, car elle ne pourrait en supporter davantage. Il lui restait toutefois assez de lucidité pour comprendre la cause de la tristesse de Nell et de lady Anne. Si elles ignoraient la conduite indigne de sir William et d'Albert, ses effets maléfiques sur leurs mariages respectifs duraient depuis des mois, des années peut-être. Albert n'avait-il épousé Nell que pour dissimuler ses penchants?

— Quand est-ce que cette lettre est arrivée? demanda-t-il.

— Ce matin, gémit Hope.

Il reposa son pied par terre et garda un instant un silence pensif. Hope n'était même plus en état de tenter de s'échapper, il l'aurait rattrapée avant même qu'elle ait ouvert la porte.

— La maîtresse est donc à la merci d'une de ces maudites Renton, finit-il par ricaner. Jusqu'où irais-tu pour la protéger ?

Hope n'avait aucune idée du contenu de la lettre et ne pouvait pas comprendre ce que voulait dire Albert.

— Je ne sais pas, bredouilla-t-elle.

— Je pourrais te tuer tout de suite, gronda-t-il avec un rictus qui dévoila ses dents. Enterrer ton corps dans les bois ou même dans le jardin, personne n'en saurait jamais rien. Mais je veux bien te laisser la vie sauve à condition que tu déguerpisses et ne remettes jamais les pieds ici, tu comprends ? Jamais.

Hope pensa qu'il voulait la forcer à supplier, à s'humilier, mais elle refusa de jouer ce jeu malsain et dégradant.

— Vous auriez trop peur de me laisser partir, parvint-elle à dire d'un ton de défi. Je pourrais vous dénoncer.

— Tu pourrais, mais je ne te le conseille pas. Sir William et moi t'accuserions de mentir par pure malice. Aucun juge ne croirait à la parole d'une vulgaire fille de cuisine contre celle d'un pair du royaume, surtout si la boniche en question essayait de cacher l'adultère de sa maîtresse. Et nous montrerions cette lettre pour le prouver.

Hope avait toujours détesté Albert, mais elle n'imaginait pas qu'il serait assez vil pour traîner dans la boue le nom d'une femme qui avait toujours été bonne pour lui.

— Et n'oublie pas Nell, poursuivit-il. Tu ne voudrais pas que ta sœur chérie soit mêlée à un scandale, n'est-ce pas ? Je sais que c'est elle qui t'a mise dans le coup. Tu imagines sa vie sans milady et avec moi ?

Hope sentit son sang se glacer. Elle imaginait trop bien l'enfer qu'il ferait vivre à Nell.

— Vous n'avez pas besoin de me menacer ni de me faire mal, répondit-elle. Je n'ai aucune envie de vouloir faire honte à qui que ce soit, pas plus à vous et à Nell qu'au maître et à la maîtresse. Je ne dirai jamais un mot de tout cela à âme qui vive.

— Comment une petite moins-que-rien comme toi a-t-elle l'audace de me donner des leçons ? rugit-il en la giflant une nouvelle fois. J'aime Billy et Billy m'aime, on se fout de ce qu'en pensent les imbéciles !

L'emploi de ce diminutif pour désigner sir William fit comprendre à Hope que leurs coupables relations duraient depuis longtemps. Elle comprit aussi, à son regard étincelant de rage, qu'il lui suffirait de prononcer un mot de trop pour que se déchaîne la folie meurtrière d'Albert. Elle souffrait tellement qu'elle était prête à accepter n'importe quoi pour mettre fin à son supplice.

— Alors, qu'est-ce que vous voulez que je fasse ?

— Que tu partes immédiatement, ce soir même. Et n'espère pas me tromper. Ne va pas te cacher chez ton imbécile de fermier de frère ou un autre membre de ta famille pourrie. J'ai tous les atouts en main, ne l'oublie pas. Je peux dénoncer lady Harvey pour adultère, ce qui ruinerait pour toujours la vie de ton cher Rufus. Et je peux rendre insoutenable la vie de ta sœur, aussi moche que barbante. Si tu oses remettre les pieds à Briargate, ajouta-t-il en lui serrant encore le cou, si tu écris une lettre ou fais passer un message à qui que ce soit, je ferai ce que je t'ai dit. Tu es prévenue.

Il lui lâcha le cou, lui lança un coup de poing dans le ventre suivi d'un coup de pied dans la tête quand elle tomba en criant de douleur.

— Une dernière chose, dit-il en l'empoignant pour la relever comme un sac de pommes de terre. Avant de partir, tu vas écrire une lettre à Nell.

Il faisait nuit noire et il pleuvait toujours autant quand Albert la poussa dehors une heure plus tard. Pour éviter qu'elle ne rencontre en chemin quelqu'un de connaissance, il lui avait ordonné de faire un long détour jusqu'à la route de Bristol. Son manteau était toujours trempé quand elle le remit, mais Albert lui avait donné une vieille robe de Nell pour remplacer la sienne qui était déchirée. Quand elle se regarda dans la glace en se rhabillant, elle vit que ses yeux n'étaient que deux fentes dans la chair boursouflée et tuméfiée de son visage et qu'elle avait les lèvres fendues en deux endroits. Quant au reste, ses pieds étaient les seules parties de son corps qui ne la faisaient pas souffrir. Elle partit la tête basse en sanglotant. Imaginer la manière dont Nell réagirait à la lettre qu'elle avait dû écrire lui faisait encore plus mal que les coups et les plaies dont elle était couverte.

Albert avait été plus diabolique que ce qu'elle aurait cru en lui dictant mot à mot le texte de la lettre. Elle avait rencontré un jeune homme, soldat de son état, avec qui elle s'était enfuie parce qu'elle en avait assez de récurer des casseroles et d'allumer des feux. Albert lui avait même dit de s'excuser d'avoir pris la robe de Nell à qui elle laissait toutes ses affaires en contrepartie.

Albert devait déjà se diriger vers Briargate pour dîner. Aux questions qu'on ne manquerait pas de lui poser, il répondrait qu'il n'avait pas revu Hope de l'après-midi, puisqu'il était occupé dans la resserre à couper du bois. Peut-être reviendrait-il plus tard apporter la lettre de Hope qu'il prétendrait avoir trouvée en rentrant chez lui au pavillon. Baines dirait sans doute qu'il n'avait remarqué chez Hope aucun signe avant-coureur de sa fugue, Martha évoquerait ses souvenirs d'un jeune homme qui lui avait fait battre le cœur au même âge. Lorsque Nell reviendrait du Sussex, l'histoire aurait déjà fait dix fois le tour du village. Nell serait probablement forcée de la croire, mais elle en aurait le cœur brisé.

# 8

Des démangeaisons réveillèrent Hope en sursaut. Un moment, désorientée, elle se demanda où elle était, mais son premier geste réveilla ses douleurs. En un éclair, elle se rappela son calvaire de la veille au soir qui l'avait amenée à chercher refuge dans une grange inconnue. L'ironie du sort voulait qu'elle fût à moins d'une demi-lieue de la ferme de Matt. Si elle avait désobéi à Albert et pris le chemin direct, elle serait déjà arrivée à Bristol.

Il faisait un temps à ne pas laisser sortir un chat, une température glaciale, une pluie persistante et un vent qui soufflait en rafales. En traversant Pensford, elle avait tellement mal et était si désespérée qu'elle s'arrêta sur le pont en se demandant si elle ne ferait pas mieux de se jeter dans la rivière qui coulait avec la fureur d'un torrent. Seule la retint la pensée que, quand on découvrirait son corps, Nell croirait que les plaies dont elle était couverte lui avaient été infligées par le soldat avec qui elle s'était prétendument enfuie et qu'elle en aurait dix fois plus de chagrin. En passant devant le pub, elle avait regardé les lumières aux fenêtres et était presque entrée. Elle savait qu'elle y trouverait des amis de Matt qui viendraient à son secours, mais elle n'osa pas leur demander de l'aide. Pensford était trop proche de Briargate, son histoire y parviendrait dès le lendemain matin et Albert n'hésiterait pas à mettre ses menaces à exécution.

Elle poursuivit donc son chemin, gravit la colline et arriva en vue du village de Whitechurch. L'endroit avait mauvaise réputation, son père le lui avait souvent dit, mais elle pouvait à peine poser un pied devant l'autre et ses souffrances devenaient intolérables. La vue d'une grange isolée non loin de la route balaya ses hésitations et elle alla s'y réfugier. La paille sentait bon et se trouver enfin abritée de la pluie lui apporta un réel soulagement, mais elle était si trempée qu'elle ne parvint pas à se réchauffer. Elle passa ainsi ce qui lui parut durer des heures à frissonner, écouter les sifflements du vent et réfléchir à ce qu'elle venait de vivre.

L'image la plus nettement gravée dans sa mémoire était celle d'Albert au lit avec sir William. Elle ne les avait pas vus plus de deux secondes, mais le choc de cette découverte la rendait inoubliable. L'acte qu'ils étaient en train d'accomplir lui paraissait pourtant déconcertant, répugnant et même mystérieux. Comment un homme pouvait-il en désirer un autre ? Étaient-ils les seuls en Angleterre ou y en avait-il d'autres ? N'était-elle, en fin de compte, qu'une pauvre petite paysanne ignorant tout de la vie ? Ce qui l'amena à se rappeler que Rufus lui avait rapporté que sa mère en colère avait demandé à son mari s'il passait ses nuits chez une putain et que Nell disait qu'Albert ne rentrait souvent qu'au petit matin. Étaient-ils ensemble ces nuits-là ? L'ancienne cuisinière disait parfois que sir William était efféminé. Albert avait dit aussi qu'il était venu à Briargate dans l'espoir de se faire engager. Sir William savait-il déjà qu'Albert avait les mêmes goûts que lui ? Hope se demandait surtout si Albert savait qu'il serait toujours incapable d'aimer une femme quand il avait épousé Nell.

Hope se leva tant bien que mal en entendant un coq chanter. Son manteau et ses bottines étaient aussi détrempés que la veille et la pluie tombait toujours avec la même force. Faute de peigne, elle ne pouvait pas remettre un semblant d'ordre dans ses cheveux qui tombaient en mèches. Ses douleurs et son visage tuméfié lui rappelaient qu'elle devait avoir l'air aussi pitoyable qu'elle se sentait.

Au prix d'un effort de toute sa volonté, elle sortit de la grange et regagna la route, mais chaque pas lui imposait une telle torture et elle se sentait si faible qu'elle était tentée de retourner se coucher dans la paille. Un soudain accès de nausée la plia en deux. Elle vomit dans un buisson et, quand elle se redressa, elle ne distingua dans la brume que le clocher de l'église de Publow, dont la vue la fit fondre en larmes. Woolard et la ferme de Matt étaient tout proches. Elle imagina son frère, les cheveux encore ébouriffés, assis à table avec le bébé sur les genoux pendant qu'Amy lui servait le thé. Quand il serait mis au courant de la lettre, il serait furieux à coup sûr, mais Amy lui demanderait de pardonner. Ni lui ni elle n'imagineraient un seul instant qu'elle avait été forcée d'écrire cette lettre qui ne contenait pas un mot de vrai.

Elle ne pouvait sûrement pas compter sur les remords de sir William pour avouer ce qui s'était réellement passé dans le pavillon. Il avait sans doute ordonné à Albert de la réduire au silence sans s'inquiéter de la méthode que ce dernier emploierait. Sa disparition nourrirait quelques jours les conversations du village, mais plus personne n'y penserait ensuite, y compris sa propre famille. Les disparitions étaient fréquentes. Ceux qui quittaient le village pour aller chercher du travail à Bath ou à Bristol ne revenaient jamais. Hope se souvenait de ce que son père avait raconté d'un homme dont le fils était ainsi parti depuis trois ans avant qu'il reçoive d'Amérique une lettre l'informant qu'il était mort de la petite vérole. Nul n'avait jamais su comment ni pourquoi le garçon était allé jusqu'au bout du monde.

Toby et Alice n'étaient pas revenus au village depuis la mort de leurs parents dix-huit mois auparavant. James n'y reviendrait sans doute jamais lui non plus et une fois que Ruth aurait eu son bébé, elle ne se soucierait plus de ses frères et sœurs. C'était ainsi, tout le monde l'acceptait et leur famille n'était pas différente de milliers d'autres. Hope savait malgré tout que Nell la regretterait du fond du cœur et ne l'oublierait sans doute jamais. Et Nell n'avait même pas un mari aimant et attentionné pour la consoler.

Midi sonnait au clocher de l'église St Nicolas lorsque Hope arriva sur le pont de Bristol. Il lui avait fallu cinq heures pour parcourir une distance normalement couverte en à peine deux heures. Qu'elle y soit parvenue tenait du miracle, car elle était si faible et abrutie par la douleur qu'elle devait se retenir au parapet pour ne pas tomber.

Elle ne tirait malgré tout aucune satisfaction d'avoir atteint son but. Le bruit des roues de voitures et de charrettes sur les pavés, les cris des marchands ambulants, les jurons des charretiers étaient assourdissants et il remontait de la rivière une puanteur qui aggravait son malaise. Les passants la bousculaient comme si elle n'existait pas et ils ne se souciaient pas de proposer de l'aide à cette jeune fille qui titubait visiblement de douleur et d'épuisement. Son père lui avait souvent dit que les citadins n'avaient aucune notion de charité ou de simple humanité et jamais, de sa vie entière, elle ne s'était sentie aussi seule et abandonnée. Un verre d'eau aurait suffi à lui redonner un peu de force et de courage, mais on lui avait dit qu'il ne fallait pas boire l'eau de Bristol et elle n'avait pas un sou sur elle pour se payer une gorgée d'eau pure.

N'étant jamais allée à Bristol depuis la mort de son père, le souvenir de son dernier et fatal voyage dans cette ville ne lui avait pas quitté l'esprit. Rassemblant ses dernières forces, elle serra contre elle son manteau détrempé, en rabattit le capuchon afin de dissimuler son visage tuméfié et voulut traverser la rue pour aller chercher dans l'église un refuge au moins temporaire.

Elle posait le pied sur la chaussée quand elle entendit le cocher d'une voiture crier des injures qui paraissaient lui être adressées sans qu'elle comprenne pourquoi. Elle éprouvait l'étrange sensation que son esprit s'était séparé de son corps. Elle entendait des bruits autour d'elle, elle respirait l'odeur des crottins de cheval sur les pavés, elle apercevait même un visage tout proche du sien, mais tout lui parvenait de très loin et de manière confuse, comme dans un rêve.

— Il faut te lever, dit une voix de femme. Si tu restes ici, ils vont t'embarquer à Bridewell ou à l'asile.

— Regarde sa figure ! fit une voix d'homme. Elle a reçu une sacrée rossée.

— Qui t'a fait ça, ma pauvre chérie ? demanda la femme. Tu as failli te faire écraser par cette voiture. Nous devrions peut-être appeler un agent de police.

Le mot «police» lui fit l'effet d'un flacon de sels. Elle reprit suffisamment conscience pour se rendre compte qu'elle était étendue par terre, que les voix qu'elle avait entendues étaient celles d'une jeune femme et d'un jeune homme et que d'autres personnes s'attroupaient autour d'elle. Elle ne pouvait toutefois pas ouvrir les yeux assez grands pour voir la totalité de la scène.

— N'appelez pas d'agent, parvint-elle à bredouiller. Aidez-moi à me relever, c'est tout.

Elle se sentit soulevée, mais elle vacillait au point que la femme dut la retenir pour lui éviter de retomber.

— Seigneur, tu es trempée ! s'exclama la femme. Tu n'as pas voulu prendre un bain dans la rivière, au moins ?

— Non, je préfère l'eau potable, répondit Hope en réussissant à esquisser un sourire.

— Dieu soit béni ! Celui qui lui a fait ça ne l'a pas complètement abrutie, c'est sûr. Donne-moi un coup de main, Gussie. On va l'emmener à l'abri à l'intérieur de l'église.

L'église était sombre, mais il y faisait moins froid que dehors et on y sentait la cire des cierges au lieu des odeurs nauséabondes de la rue. Une fois assise sur un banc près de la porte, Hope voulut remercier le couple charitable, mais elle était toujours incapable d'ouvrir assez les yeux pour les voir distinctement.

— Je n'y vois rien, murmura-t-elle.

— Pas étonnant, avec les yeux dans cet état, dit le jeune homme. Qui t'a fait ça ?

— Mon beau-frère.

— Et ta sœur l'a laissé faire ? s'indigna la jeune femme.

— Elle n'était pas là. Il m'a jetée dehors, j'ai marché la moitié de la nuit et je viens d'arriver.

— Tu as de la famille à Bristol ? Des amis ?

— Non, je ne connais personne et je n'ai pas d'argent non plus. Savez-vous où je pourrais trouver du travail ?

Elle discerna vaguement qu'ils échangeaient un regard incrédule. Supposant qu'ils doutaient qu'elle puisse trouver un quelconque travail dans l'état où elle était, elle rejeta son capuchon en arrière.

— Si vous pouviez me prêter un peigne et me dire où je pourrais me laver la figure, j'irais déjà mieux. Je suis aide-cuisinière depuis trois ans, je fais très bien la cuisine.

Comme ils gardaient le silence, elle pensa qu'ils ne la croyaient pas et fondit en larmes.

— Je peux aussi faire n'importe quel autre travail, dit-elle entre deux sanglots. Il faut me croire, je vous en prie.

Hope fut stupéfaite quand la jeune femme la prit dans ses bras.

— Tu ne pourras trouver aucun travail avec une figure dans cet état-là. Non, ma pauvre chérie, ne pleure pas. Nous allons t'emmener chez nous et te raccommoder de notre mieux. Dieu m'est témoin que nous ne pouvons pas te laisser ici comme ça.

— Tu perds la tête, Betsy, murmura Gussie en lançant par-dessus son épaule un regard à la jeune fille couchée sur la pile de sacs qui lui tenait lieu de lit. On a déjà assez de mal à s'en sortir seuls, nous ne pouvons pas la garder ici.

Betsy lui avait lavé le visage et fait boire de la bière, puis l'avait aidée à ôter ses vêtements trempés pour l'envelopper dans une couverture et avait improvisé un lit, sur lequel Hope s'était aussitôt endormie.

La pièce que Betsy appelait «chez nous» se trouvait proche des quais dans le quartier de Lewins Mead, labyrinthe de venelles sordides et de vieilles bicoques à demi croulantes, qui abritait une populace n'accédant même pas au niveau des «classes laborieuses». C'était une véritable cour des Miracles composée de voleurs à la tire, de prostituées, de marchands ambulants, d'infirmes vrais ou faux, de déserteurs et de tous ceux que la misère excluait de la société organisée.

Cent ans plus tôt, lorsque Bristol était la deuxième ville du royaume après Londres et son port aussi actif que celui de Liverpool, Lewins Mead était une adresse recherchée. De grandes fortunes s'y étaient édifiées sur la traite des esclaves, car c'était de Bristol que partaient pour l'Afrique les navires négriers qui livraient leur «marchandise» aux Indes occidentales avant de regagner l'Angleterre chargés de sucre et de tabac. Puis, à mesure que le négoce se développait, les armateurs, capitaines et professionnels vivant du trafic ne voulurent plus vivre si près de la pestilence des quais et allèrent bâtir d'opulentes résidences sur les hauteurs de Clifton et de Kingsdown.

Depuis, le port n'avait plus connu son activité passée. Les taxes portuaires exorbitantes, l'incapacité des corporations à construire le nouveau port et, par conséquent, le fait que les navires les plus récents et de plus forts tonnages ne pouvaient pas remonter l'estuaire de l'Avon firent perdre à Bristol sa place au profit de Liverpool. Le développement du chemin de fer lui porta le coup de grâce en privant définitivement Bristol de son statut de centre économique de tout l'ouest de la Grande-Bretagne. Quant aux industries dont Bristol s'enorgueillissait – raffineries de sucre, verreries, fonderies et fabriques de savon –, elles avaient toutes périclité à de rares exceptions près.

Désormais, les anciennes demeures des armateurs et des riches négociants étaient louées pièce par pièce et les locataires réguliers sous-louaient leur surface à tous ceux qui en voulaient. Il n'était pas rare de trouver jusqu'à vingt et même trente personnes vivant dans une seule pièce. Faute d'entretien, les murs se lézardaient et les vitres des fenêtres étaient remplacées par des planches quand elles étaient brisées ou tombaient dans la rue.

Gussie et Betsy se considéraient toutefois comme des privilégiés d'habiter ce taudis dans Lamb Lane. Ils le partageaient avec d'autres, mais c'étaient des amis, pas des inconnus. Le toit ne fuyait pas trop, leur petite fenêtre avait encore ses vitres, ils jouissaient du luxe d'une cheminée et ils bouchaient les lézardes des murs avec des chiffons.

— Elle nous apportera la chance, répondit Betsy à mi-voix. Elle a quelque chose, cette fille.

— Oui, grommela Gussie, quelque chose qui a poussé ce type à lui démolir la figure. Et elle est vraiment mal en point. Si nous attrapions la contagion, qu'est-ce que tu dirais ?

— Tu ne peux pas attraper ce qu'elle a, protesta Betsy.

En fait, elle soupçonnait Hope d'être enceinte et son beau-frère d'avoir eu peur qu'elle fasse tomber la honte sur la famille.

Betsy Archer avait dix-neuf ans. De taille moyenne, les formes épanouies, elle avait de longs cheveux noirs noués en tresses sur le haut de sa tête comme une couronne. Ses beaux yeux noirs et son teint légèrement basané suggéraient des origines espagnoles ou italiennes. Sans être réellement belle, elle avait une allure exotique, un port plein de fierté et une vitalité que la dureté de son existence n'avait pas réussi à étouffer. Née à Liverpool, Betsy avait huit ans lorsque son père, chaudronnier de son état, avait émigré à Bristol avec sa famille. Trois mois plus tard, ses parents et sa jeune sœur avaient péri dans l'incendie de leur logement. Seule Betsy avait échappé aux flammes par miracle et regrettait souvent de ne pas avoir connu le destin des autres. Elle avait ensuite survécu en se mêlant aux centaines d'enfants, orphelins ou abandonnés, qui hantaient les quais et, avec eux, avait appris à voler, à mendier et à chercher sa pitance dans les ordures. Le recoin où elle parvenait à s'abriter pour la nuit était son seul foyer et elle remerciait le Ciel quand elle pouvait mettre la main sur une couverture, même infestée de vermine.

À dix ans, nombre de ses compagnons d'infortune étaient en prison, d'autres morts et les filles les plus âgées devenues prostituées. Betsy ne voulait pas plus mourir ou finir en prison que se prostituer. Malgré son âge tendre, elle avait appris que son seul atout dans la vie serait sa virginité et réussi à échapper aux griffes des entremetteuses attirées par sa beauté précoce. Si elle décidait un jour de monnayer cet atout, ce serait pour un bon prix. Jusqu'à ce que l'occasion se présente, elle évitait les risques inutiles.

Le lacis de ruelles étroites et puantes autour des quais était son domaine. Connaissant tous ceux qui y vivaient, elle ne les volait pas. Elle s'était constitué un réseau de boutiques d'accastillage qui lui achetaient pour quelques pennies les planches, les clous et les objets de métal qu'elle récupérait ici et là. Mais si cela suffisait à payer le loyer, il ne lui restait presque jamais rien pour acheter à manger. Elle allait donc faire la tournée des beaux quartiers jusqu'à ce qu'elle trouve une maison où la cuisinière était assez étourdie pour laisser la porte de service ouverte pendant qu'elle s'affairait devant ses fourneaux. Il ne fallait à Betsy que quelques secondes pour s'emparer d'un pâté, d'une tarte ou même, une fois, d'un gigot entier tout juste sorti du four.

Le port restait quand même la meilleure source de « dons du Ciel » pour qui s'armait de patience et d'un panier. Tous les matins, Betsy arpentait les quais devant les navires en cours de déchargement. Il arrivait assez souvent qu'une caisse mal arrimée tombât sur les pavés et répandît son contenu pour qu'elle fît moisson de thé, de sucre ou de fruits et disparût avant même que les dockers s'en fussent aperçus. Il y avait aussi les marins étrangers qu'elle réussissait à convaincre de lui donner un shilling pour aller s'acheter une belle robe avant de les rejoindre, promesses jamais tenues bien entendu. De toute façon, elle n'achetait pas de vêtements, car elle connaissait bien les fripiers chez qui elle pouvait se vêtir à bon compte quand ils avaient le dos tourné.

Elle avait treize ans et lui douze quand elle avait rencontré Gussie. C'était un gamin au visage couvert de taches de rousseur et aux cheveux carotte venu du Devon chercher fortune à Bristol. Il l'avait abordée pendant qu'elle faisait le guet près de l'éventaire d'un pâtissier dans l'espoir de lui dérober une tourte à la viande. Gussie lui avait demandé si elle connaissait un endroit où passer la nuit. Ce jour-là, Betsy était tellement affamée qu'elle lui promit de s'occuper de lui s'il faisait diversion. Il accepta avec empressement et mima des convulsions avec un tel réalisme qu'elle eut le temps de s'emparer non pas d'une tourte mais de trois. Satisfaite, elle lui en donna une et l'emmena au taudis où elle avait élu domicile. Au bout de deux jours, elle décida que Gussie ferait un excellent équipier. Sans être robuste, il était astucieux et plein d'audace. De son passage dans un cirque, il avait appris des tours de passe-passe qu'il savait mettre à profit et, surtout, il était toujours de bonne humeur et la faisait rire. Sa présence à côté d'elle lui donnait un sentiment de sécurité et, en contrepartie, elle le protégeait des voyous auprès desquels elle avait grandi.

Au bout de six ans, devenus inséparables, ils formaient une équipe imbattable sans toutefois être amants. Si Betsy avait fini par céder sa virginité à un capitaine au long cours pour la somme princière de cinq guinées, l'expérience l'avait à jamais dégoûtée des hommes. Avec son affection fraternelle et sa fidélité à toute épreuve, Gussie était la seule compagnie masculine à laquelle elle se fiait sans réserve.

— Qu'est-ce qu'on va faire d'elle ? demanda Gussie.

— Rien, le rabroua Betsy. Elle me fait de la peine, c'est tout. Ça ne nous tuera pas de la raccommoder pendant un ou deux jours jusqu'à ce qu'elle se soit remise sur pied.

Gussie savait qu'une fois que Betsy avait quelque chose en tête, il était impossible de lui faire changer d'avis.

— Si tu y tiens, dit-il avec fatalisme. J'allume le feu pour lui sécher ses affaires et je sortirai chercher de quoi manger.

Après le départ de Gussie, Betsy s'assit par terre près du feu en regardant la jeune fille endormie. Son visage virait au noir et au violacé et ses yeux disparaissaient sous les boursouflures. Quand Betsy l'avait aidée à se déshabiller, elle lui avait tâté le ventre et constaté qu'elle avait là aussi reçu des coups violents.

Que les hommes battent les femmes était de pratique courante, surtout dans un quartier comme celui-ci. Il n'était pas rare non plus de voir des gens mourant littéralement de faim. Les jeunes, garçons et filles, qui affluaient à Bristol ne trouvaient d'emplois que s'ils avaient des références. Les autres mouraient, finissaient en prison ou grossissaient les rangs de la délinquance, certains devenant criminels.

Normalement, Betsy n'aidait personne. Depuis qu'elle avait vu à l'âge de huit ans ses parents et sa petite sœur périr dans les flammes, elle savait qu'elle vivait dans un monde impitoyable. Il fallait se suffire à soi-même, être plus rapide, plus rusé et plus intrépide que les autres, car celui qui baissait la garde un seul instant était éliminé. Elle n'arrivait donc pas à comprendre ce qui, chez cette inconnue, lui donnait envie de lui venir en aide.

Ses vêtements qui séchaient près du feu étaient de bonne qualité, l'étoffe simple, mais les coutures aussi soignées que celles qu'elle avait vues sur les robes des femmes riches. À part quelques taches de boue sur l'ourlet du jupon, ses sous-vêtements étaient fins et propres. Si son visage était trop meurtri et boursouflé pour savoir si elle était belle, elle avait de beaux cheveux noirs soyeux et la peau blanche et lisse. Elle avait les mains rouges et rugueuses d'une cuisinière, certes, mais l'ensemble de sa personne témoignait de soins constants.

Alors, était-elle enceinte ? Si nul dans l'univers de Betsy ne voyait de mal à une grossesse conçue en dehors des liens du mariage, elle avait assez d'expérience de la vie pour savoir que c'était un faux pas très sévèrement jugé dans certains milieux.

Elle s'approchait de la jeune fille pour vérifier si son ventre s'arrondissait quand celle-ci bougea. L'effort qu'elle fit pour se redresser lui tira une grimace de douleur et la fit retomber.

— Comment ça va ? demanda Betsy. Dormir t'a fait du bien ?

Désorientée, la fille regarda autour d'elle.

— Je vois un peu mieux, mais mes yeux me font toujours mal. Ils sont encore très gonflés ?

— Disons que tu n'auras pas d'admirateurs pendant un moment, répondit Betsy en riant.

— Vous êtes bons de m'avoir aidée, ton mari et toi. Je vous en suis très reconnaissante.

Sa sincérité et la douceur de sa voix touchèrent Betsy, qui resta toutefois sur ses gardes. Cette petite pouvait très bien être la fille d'un bourgeois ou d'un fermier qui chercherait à la retrouver.

— Gussie n'est pas mon mari, ce n'est qu'un ami. Je te dis tout de suite que nous n'avons pas l'habitude d'aider quelqu'un. Alors, si tu veux rester ici cette nuit, dis-moi tout.
— Dire quoi?
— Pour commencer, ton nom, ton âge et d'où tu viens. On ne pouvait pas tirer un mot de toi quand on t'a trouvée.
— Je m'appelle Hope Renton, j'ai quinze ans et je viens d'un village au sud de Bristol. Et toi tu t'appelles Betsy, n'est-ce pas?
— Oui, Betsy Archer et je ne suis pas tombée de la dernière pluie. Je vais te préparer du thé et après tu me diras comment tu as failli te faire écraser par une voiture et quand ton bébé doit naître.
— Mais... je n'attends pas de bébé! protesta Hope. Qu'est-ce qui te fait croire une chose pareille?
— C'est généralement la raison pour laquelle les filles s'enfuient de chez elles. Mais puisque tu me dis que tu n'es pas enceinte, ça fait un problème de moins. Alors, vas-y. Je t'écoute.

Pendant que Betsy posait sur le feu une vieille théière en métal remplie d'eau tirée d'une cruche, Hope se demanda pourquoi elle n'avait pas même une bouilloire. Le souvenir de son arrivée en ce lieu restait flou. Elle se rappelait vaguement que Betsy et Gussie l'avaient emmenée à l'église, qu'ils l'avaient soutenue pour marcher dans des ruelles étroites, mais elle ne s'en rappelait pas davantage. La petite pièce sombre dans laquelle elles étaient se trouvait sous le toit de la maison, comme en témoignait la pente du plafond au-dessus de la minuscule fenêtre. Elle comportait pour tout ameublement quelques caisses en bois et des piles de sacs qui servaient de lits. Des tasses ébréchées et une boîte en fer-blanc étaient posées sur une des caisses, une cuvette sur une autre et, près de la porte, une tinette.

Hope connaissait des gens beaucoup plus pauvres que sa propre famille, mais ils avaient au moins quelques meubles, même grossiers, des ustensiles, des écuelles ou des bols de faïence. Si Betsy était dans la misère, elle ne le paraissait pas car elle avait des anneaux d'or aux oreilles et portait une robe rouge à la mode, même tachée et vulgaire à cause de son décolleté plongeant.

— C'est tranquille ici, observa Hope. Gussie et toi y vivez seuls ?

— Tu n'y voyais vraiment rien quand on t'a amenée ! s'esclaffa Betsy. Dis plutôt une vraie fourmilière. Il y a tellement de gens qui entrent et qui sortent qu'on n'arrive pas à les compter. C'est tranquille en ce moment parce qu'ils sont tous sortis, mais ce soir ce sera une autre histoire. Ce qui me ramène à la tienne. Parle.

Malgré sa sincère reconnaissance envers Betsy, Hope n'était pas sûre de devoir lui dire toute la vérité. Elle fit donc un récit abrégé de ses démêlés avec Albert qui ne supportait plus sa présence et qui, en l'absence de Nell, l'avait rouée de coups avant de la jeter dehors.

— Pourquoi tu n'es pas allée au château raconter ce qu'il t'a fait ? s'étonna Betsy.

— Parce qu'il se serait vengé sur Nell à son retour. Je ne pouvais rien faire à Albert sans risquer qu'il ne se retourne contre elle.

Betsy parut se satisfaire de l'explication. Comme l'eau bouillait, elle alla prendre un sac de thé dans la boîte en fer-blanc et en mit deux pincées dans la théière qu'elle retira du feu.

— Il faut garder tout ce qui se mange dans cette boîte à cause des rats et des souris, dit-elle en prenant un paquet de sucre. Il y a aussi du pain, si tu en veux. Gussie nous rapportera quelque chose à manger, mais ça te fera patienter.

La tasse de thé sucré dans une main et un quignon de pain dans l'autre, Hope se sentit déjà mieux, bien qu'elle eût du mal à boire et à manger à cause de ses lèvres fendues.

— Je te paierai une pension dès que j'aurai trouvé du travail, promit-elle.

— Tu as des certificats ?

— Non, Albert ne m'a pas laissé le temps d'en demander.

— Dans ce cas, tu auras de la chance si tu en trouves. De toute façon, pourquoi tu as envie de rester domestique ?

— Je ne sais rien faire d'autre, mais je pourrais aussi travailler dans une boutique.

— Il faudrait que tu saches compter, lire, écrire. Tout ça, quoi.

— Je le sais ! protesta Hope. Je sais aussi tout ce qu'il faut savoir pour laver le linge, travailler dans une ferme, soigner les animaux.

— Tu sais tout, alors ? dit Betsy d'un ton ironique.

Gênée, Hope baissa la tête.

— Je ne voulais pas le dire comme ça. Je te disais simplement ce que je savais faire pour que tu puisses me dire où je pourrais chercher du travail.

Ne connaissant personne qui sache lire et écrire, Betsy fut impressionnée malgré elle de la science de

Hope. Si ses parents avaient vécu, elle en saurait peut-être autant. Mais ce qui la frappait peut-être le plus chez cette fille, c'était son nom, Hope. Dieu sait si l'espoir était bien la seule chose qui la maintenait en vie ! Peut-être aussi parce qu'elle avait le même âge que sa sœur si elle n'était pas morte. Quelle qu'en fût la raison, elle se sentait attirée vers elle comme si le destin l'avait mise sur sa route.

— De toute façon, déclara-t-elle, tu ne peux te présenter nulle part avec cette tête-là. Alors, pour le moment, repose-toi et remets-toi d'aplomb. Tu nous raconteras comment ça se passait au château, je n'ai jamais mis les pieds dans ce genre d'endroit.

Une semaine plus tard, Hope se regarda dans le petit miroir que Gussie avait déniché pour elle.

— Te voilà jolie maintenant, lui dit-il en souriant. On ne voulait pas que tu voies de quoi tu avais l'air quand on t'a trouvée.

Hope sentit des larmes de gratitude lui monter aux yeux. Pas pour le don du miroir, elle aurait préféré rester dans l'ignorance car, une fois les boursouflures estompées, elle espérait que son visage aurait retrouvé son aspect normal. Mais les marbrures violacées ne s'étaient pas effacées et nul, même doué de l'imagination la plus débridée, n'aurait pu la qualifier de jolie. Le compliment de Gussie était une preuve de plus de la bonté dont Betsy et lui l'entouraient avec générosité. Ils l'avaient accueillie, la nourrissaient et la réconfortaient alors qu'ils disposaient eux-mêmes de bien peu de ressources.

— Gus te flatte, dit Betsy en riant, mais au moins tu n'as plus l'air d'un monstre. Il faudra encore quinze jours pour que tes bleus disparaissent, mais tu es assez présentable pour venir au pub avec nous ce soir.

Gussie et Betsy sortaient tous les soirs car, pour eux comme pour les autres habitants du quartier, seuls le gin frelaté et le rhum rendaient la vie supportable à Lewins Mead. Jusqu'à présent, Hope avait décliné leurs invitations en prenant ses meurtrissures pour prétexte. Ce soir-là, ils considéraient à l'évidence que le moment de s'aventurer dehors était venu.

— Je ne pourrai pas ! protesta Hope avec angoisse. Je ne suis pas prête à sortir. Je serai très bien seule ici.

— Je ne te savais pas froussarde, déclara Betsy en la toisant de haut, les poings sur les hanches. Au pub, personne ne fera attention à tes bleus, il y en a autant que des puces.

Hope comprit qu'elle ne pouvait pas se dérober, non seulement parce qu'elle offenserait ses nouveaux amis, mais aussi parce qu'elle devait leur prouver qu'elle n'était pas une « froussarde ». Sauf qu'ils ne pouvaient pas se douter à quel point leur univers la terrifiait.

Le jour de son arrivée, elle s'était sentie comme un pauvre chien battu plein de gratitude pour celui qui l'avait recueilli. Son esprit avait cessé de fonctionner, elle était hors d'état de penser au lendemain. Elle avait répondu de son mieux aux questions de Betsy et avait sombré dans le sommeil aussitôt après que Gussie eut rapporté leur pitance du soir. Elle souffrait tant qu'elle aurait été contente de mourir dans l'instant.

En se réveillant le lendemain matin, elle avait été horrifiée de découvrir que quatre autres personnes dormaient là. Ces compagnons inconnus ne paraissaient pas plus incommodés par le bruit et les clameurs d'ivrognes qui montaient des étages inférieurs que par la puanteur de la tinette, pleine à déborder. Huit heures sonnaient au clocher d'une église. Il lui parut inconcevable que tout le monde dorme encore à une heure aussi tardive avant que l'épuisement et la douleur ne la fassent retomber dans l'inconscience.

Son sentiment d'horreur redoubla quand elle sortit à nouveau du sommeil en découvrant que la tinette était simplement vidée par la fenêtre et qu'il fallait descendre chercher l'eau à une pompe. Les quatre dormeurs inconnus aux mines patibulaires étaient déjà partis. Betsy lui apprit que sa pièce n'était, pour ceux-ci et d'autres, qu'un lieu de passage et qu'elle ne se souciait pas le moins du monde de leurs faits et gestes, en sous-entendant qu'ils se livraient à des activités répréhensibles.

Comme ses vêtements étaient secs et que la pluie avait cessé, Gussie et Betsy avaient voulu lui faire visiter le quartier. Peut-être parce qu'elle souffrait encore, peut-être aussi parce qu'elle avait l'impression que tout le monde regardait ses meurtrissures, ce qu'ils lui montrèrent d'abord de Bristol n'avait rien de commun avec le souvenir émerveillé qu'elle en gardait de son unique visite avec son père. Tout était sale, grisâtre, bruyant. Les venelles puantes grouillaient de mendiants, de voleurs, d'ivrognes, d'enfants à demi nus. Betsy et Gussie marchaient sans la moindre gêne au milieu de cette foule miséreuse et inquiétante. Ils montraient à Hope les meilleurs éventaires de harengs, les revendeurs qui achetaient des matériaux de récupération, les débits de bière où ils pouvaient de temps à autre obtenir du crédit.

Hope n'avait commencé à respirer qu'en débouchant sur les quais. Ils étaient aussi bruyants, encombrés et malodorants, mais le spectacle des imposants navires se balançant doucement dans le clapot et le large estuaire qui brillait comme de l'argent sous le pâle soleil d'automne compensaient largement les épreuves qu'elle venait de subir. Elle s'était demandé avec une crainte admirative comment on pouvait être assez hardi pour grimper aux mâts, elle avait été éblouie par les figures de proue sculptées, les cuivres étincelants, les tenues des marins et même les grandes caisses pleines de poulets vivants ou de chèvres que les dockers déchargeaient. L'activité fébrile qui régnait, les cris des mouettes, les bouffées d'air du large, tout l'émerveillait.

Les jours qui avaient suivi cette découverte du monde extérieur lui avaient paru interminables, car elle préférait rester seule dans le galetas pendant que Betsy et Gussie vaquaient à leurs occupations. Déprimée, oisive, elle ne pouvait s'empêcher de penser à sa famille ou à Briargate. Animée d'une haine féroce contre Albert, elle ne mijotait des vengeances éclatantes que pour conclure qu'en réalité elle ne pouvait rien faire contre lui, même le tuer, sans que Nell n'en subisse les conséquences.

Sombrant un peu plus chaque jour dans le désespoir, elle ne pouvait pas espérer trouver un emploi correct sans certificat et elle ne pouvait même pas tuer le temps, faute d'ustensiles appropriés, en nettoyant le réduit qu'elle partageait avec ses sauveurs. Ayant travaillé toute sa vie, elle rêvait parfois de rester sans rien faire, mais cette inactivité forcée lui devenait insoutenable, surtout quand on est rongé par la haine et à la merci d'étrangers pour sa simple survie.

Au bout de trois jours, n'en pouvant plus de ruminer ses malheurs et de vivre dans la crasse, elle prit chacun des sacs empilés sur le plancher et les secoua par la fenêtre. Elle se fabriqua ensuite un balai avec des chiffons trouvés dans un coin et nettoya le plus gros de la pièce. Les déchets et les ordures accumulés remplirent une caisse qu'elle alla déposer dans la rue, comme tout le monde.

Avec un autre chiffon un peu moins sale et de vieux journaux trouvés sous les sacs, elle astiqua les vitres. Les lits une fois reconstitués et recouverts d'une couverture avaient un peu meilleure allure, mais au souvenir de sa chambre de Briargate avec ses draps de coton blanc et son chaud édredon, elle eut une nouvelle crise de larmes.

À leur retour ce soir-là, Betsy et Gussie lui exprimèrent leur admiration, mais non sans ironie.

— On va pouvoir dire aux voisins qu'on réussit dans la vie puisqu'on a une bonne, maintenant ! s'esclaffa Betsy en s'étendant sur une des piles de sacs. Prépare le thé, ma fille, et ne lambine pas. Après, tu repasseras ma robe de bal pour ce soir.

Hope ne put s'empêcher de rire, car il était impossible de résister à la bonne humeur de Betsy. Mais son rire tourna court en voyant Gussie sortir deux bougies de sous sa veste.

— Ce sont des cierges ? Tu les as pris dans une église ? s'exclama-t-elle, scandalisée.

— Bien sûr, confirma Gussie avec un large sourire. Ils durent plus longtemps que des chandelles. Au moins, pendant que lady Betsy dégustera son thé, on aura de la lumière.

Hope ravala ses protestations. Elle savait déjà que les deux complices n'avaient aucun respect pour la loi, l'autorité ou la noblesse et qu'ils la taquinaient parce qu'elle en professait encore. Mais voler dans une église dépassait son entendement.

— Fais pas cette tête-là, lui dit Gussie. Ils en ont des douzaines, deux de plus ou de moins, ça leur fera ni chaud ni froid. De toute façon, l'Église est riche. Ils prennent l'argent des pauvres pour habiller dans l'or et la soie des évêques qui vivent dans des palais et se prélassent toute la journée sans rien faire.

Les remarques iconoclastes de Gussie sur l'Église comme sur tant d'autres sujets finissaient par ébranler les croyances qui avaient été inculquées à Hope depuis l'enfance. Elle se sentait de moins en moins assurée de connaître la différence entre le bien et le mal. Betsy avait des opinions encore plus radicales. Elle revendiquait l'égalité des droits entre les hommes et les femmes et proclamait qu'il était inique qu'une femme devienne la propriété de son mari au point de ne pas pouvoir le quitter et emmener ses enfants quand il les maltraitait. Elle jugeait aussi qu'une femme devait pouvoir exercer les mêmes métiers qu'un homme, médecin, juge, prêtre ou simple charpentier, si elle en était capable. Il était grand temps, disait-elle, que les femmes s'estiment elles-mêmes à leur juste valeur. Hope accordait de plus en plus de prix à ces raisonnements.

Son hésitation à accompagner Betsy et Gussie au pub enfin surmontée, Hope fut stupéfiée de découvrir que l'endroit n'avait rien du bouge sinistre et obscur auquel elle s'attendait. C'était au contraire un endroit luxueux, illuminé par de brillantes lumières au gaz, pourvu de grands miroirs, de piliers dorés et de banquettes de velours. Ce fut moins le faste du lieu qui l'étonna que la clientèle, qui n'était pas uniquement composée des miséreux qu'elle voyait tous les jours et comportait nombre d'hommes élégamment vêtus.

— Mais… c'est un vrai palais ! s'écria Hope, béante d'admiration.

— Ferme la bouche, les puces vont sauter dedans, lui conseilla Betsy en riant.

— C'est le palais du gin, renchérit Gussie. Tu vas y goûter.

Si Hope n'apprécia pas son premier verre, elle admit que l'effet en était agréable. À la fin du deuxième, elle avait oublié son visage tuméfié, le taudis de Lamb Lane et son désespoir dans l'avenir.

Gussie et Betsy la présentèrent à leurs amis comme une cousine de la campagne. Ils formaient un groupe joyeux et sympathique. Hope se dit que certaines des filles devaient être des prostituées, car elles avaient le visage peint et portaient des robes très décolletées, mais cela lui faisait du bien de voir enfin des gens qui avaient bonne mine et n'avaient pas l'air plongés dans la détresse. Elle apprit qu'un des amis de Gussie, un dénommé Basher Boulton qui avait le nez écrasé et les oreilles en feuille de chou, était un champion de boxe. Un autre, qui parlait de combats de chiens, en organisait aux environs de Bristol. Basher se montra particulièrement gentil avec Hope et compatit si bien à ses meurtrissures qu'il lui proposa de venir chez lui le lendemain soir, car il possédait un onguent spécial qui la guérirait en un rien de temps.

— Je sais bien ce que tu veux lui donner, intervint Betsy avec autorité. Il faudrait d'abord que tu me tues de tes mains !

Hope ne s'était jamais autant amusée. Quand un homme se mit à jouer de l'accordéon, elle dansa d'abord avec Gussie puis avec tous ceux qui l'invitaient. La gaieté générale lui rappela les fêtes du Mai et les grands repas de moisson auxquels elle avait assisté. La tête lui tournait, mais elle se sentait enfin heureuse et elle comprenait pourquoi Betsy et Gussie venaient là presque tous les soirs.

Il était plus de minuit quand Gussie l'entraîna vers la porte.

— Il est temps que je te raccompagne, déclara-t-il.

— Mais non, pas encore ! protesta-t-elle en essayant de se dégager. Je ne me suis jamais autant amusée.

— Tu es ivre, Hope.

— Non, je ne suis pas ivre !

Il la poussa dehors. Après la chaleur moite de l'intérieur, la rue lui parut glaciale. Elle éprouvait une sorte de vertige et les lumières des réverbères dansaient devant ses yeux.

— La tête me tourne un peu, admit-elle, mais parce que je tournoyais en dansant. Laisse-moi rentrer, je resterai assise.

Il lui prit le visage entre ses mains, lui embrassa le bout du nez.

— Ce n'est pas la danse, c'est le gin. Si tu rentres maintenant, tu tomberas raide évanouie.

Elle prit plaisir au contact des mains de Gussie sur son visage. Elle remarqua aussi qu'il la regardait d'une manière étrange. Elle n'avait jamais encore prêté attention à ses yeux, comme de l'ambre parsemé de taches plus sombres, ni à la longueur de ses cils.

— Tu n'aurais pas par hasard l'intention de me ramener pour me faire des choses pas bien ? demanda-t-elle en pouffant de rire.

— Non, répondit-il en souriant. Mais je préfère t'emmener avant qu'un de ces voyous essaie de t'en faire autant. Je ne suis pas assez costaud pour me battre avec eux.

— Tu es un parfait gentleman, soupira-t-elle.

Elle se sentit tout à coup bizarre, son vertige s'obstinait et elle dut s'appuyer contre son épaule.

— Et toi, dit-il en l'entraînant avec douceur, tu es une lady. Tu es beaucoup trop bien pour ces énergumènes.

## 9

Nell revint à Briargate avec lady Harvey le 23 décembre, plusieurs semaines après les funérailles de lord Dorville, son père. Il était neuf heures du soir quand la voiture s'engagea dans l'avenue. Le pavillon étant obscur, Nell en déduisit qu'Albert était déjà couché, mais des lumières brillaient aux fenêtres du château.

— Vous devez être contente de rentrer, milady, lui dit Nell.

— Grand Dieu oui ! soupira lady Anne. Ces dernières semaines ont été une épreuve, je suis à bout de forces.

Après la lecture du testament de leur père, l'atmosphère avait été plus qu'orageuse entre lady Anne et ses sœurs. Sir William n'avait pas contribué à arranger la situation. Il s'était enivré, avait insulté tout le monde et était parti en claquant les portes, en laissant sa femme tenter seule d'arrondir les angles.

— Vous vous en remettrez vite, milady. M. Rufus et tout le monde à Briargate se réjouira de votre retour.

La voiture était à peine arrêtée que Baines sortit sur le perron, un flambeau à la main, suivi de Rose. Ils se chargèrent des bagages et entrèrent dans le hall au moment où Rufus dévalait l'escalier.

— Que je suis heureux de vous revoir, maman! s'écria-t-il en se jetant dans ses bras. J'avais peur que vous ne soyez pas rentrée à temps pour Noël!

Nell ne put s'empêcher de sourire. Rufus lui parut avoir grandi d'une demi-tête depuis la rentrée de septembre et devenait un beau jeune homme.

Elle s'étonna que Hope ne soit pas là elle aussi pour accueillir les voyageuses, mais quand Baines annonça qu'il allait servir le dîner de madame au salon, elle supposa qu'elle était à la cuisine en train d'aider Martha à le préparer.

Pendant que lady Anne et Rufus entraient au salon, Nell se hâta d'aller à la cuisine, car elle mourait de soif et de froid.

— Que c'est bon d'avoir enfin chaud! s'exclama-t-elle en se précipitant vers le fourneau. Ce train était glacial! J'aurais donné n'importe quoi pour avoir un manteau doublé de fourrure comme lady Anne!

Martha finissait de préparer le plateau de la maîtresse. Elle se tourna vers Nell en souriant.

— Nous sommes tous bien contents de vous revoir. Albert vous a attendue, mais il était si tard qu'il est parti se coucher. Au moins, il vous aura réchauffé le lit.

— Où est Hope? demanda Nell au moment où Baines entrait.

Baines feignit de n'avoir pas entendu et prit le plateau.

— Je vais le monter à madame, se borna-t-il à dire.

— Quelque chose ne va pas? s'étonna Nell après son départ. Hope est-elle malade?

— Je ne peux rien dire, répondit Martha. Baines vous parlera quand il reviendra.

Nell fut alors certaine qu'il s'était passé quelque chose de grave, ce que lui confirma le départ précipité de Rose qui voulait elle aussi éviter de répondre à ses questions.

— Rose ! la héla-t-elle avant qu'elle ait franchi la porte. Dis-moi où est Hope !

— Calmez-vous, Nell, intervint Martha. Baines ne va pas tarder.

— Hope n'est pas ici, n'est-ce pas ? Où est-elle partie ? Quand ?

Malgré son insistance, Rose et Martha gardèrent le silence. La soif et le froid oubliés, Nell arpenta nerveusement la cuisine. L'air était chargé de bonnes senteurs d'épices qui lui rappelaient les Noëls passés, quand elle était encore entourée de sa famille. À Briargate, elle avait toujours pu s'abstraire des indignités que lui faisait subir Albert. Si elle avait déploré le départ de James et de Ruth, elle s'en était consolée en pensant qu'elle n'avait pas le droit de les empêcher de progresser dans la vie. Mais sans Hope, elle ne savait plus que faire.

Baines revint et referma la porte derrière lui.

— Elle est partie, n'est-ce pas ? voulut savoir Nell.

L'air sombre, il acquiesça d'un signe de tête.

— Pourquoi si soudainement ? Elle aurait pu attendre mon retour. Aurait-elle trouvé une meilleure place ? insista Nell.

Accablé, Baines se laissa tomber sur une chaise, se prit la tête dans ses mains.

— Non. Elle s'est enfuie avec son galant

— Son… quoi ? Elle n'a jamais eu de galant !

— C'est bien ce que nous pensions tous, répondit Baines en relevant la tête. Pourtant, elle a laissé une lettre. Albert me l'a montrée.

Nell eut l'impression qu'elle se vidait de son sang et sentit ses jambes se dérober sous elle.

— Asseyez-vous, lui dit Martha en la poussant sur une chaise. Je vais vous préparer du thé.

— Quand est-ce arrivé ? demanda Nell.

Baines expliqua que Hope avait disparu en novembre, une quinzaine de jours après le départ de Nell avec lady Anne. Il ajouta qu'elle n'avait rien laissé prévoir ni n'avait même dit au revoir à personne.

— Elle préparait peut-être son départ depuis longtemps, poursuivit-il, mais je ne m'étais rendu compte de rien. Elle se conduisait de manière tout à fait normale, sans même avoir laissé échapper un mot qui aurait pu par la suite me faire comprendre sa décision.

— Et elle est partie les mains vides, enchaîna Martha. Toutes ses affaires sont encore là-haut, dans sa chambre. Nous les y avons laissées pour vous.

— Mais pourquoi ne pas m'avoir écrit pour m'avertir ? demanda Nell qui commençait à pleurer.

— Albert a dit qu'il valait mieux pas, répondit Baines. Il pensait que vous seriez bouleversée et que comme vous ne pouviez pas quitter lady Anne, cela aurait aggravé votre inquiétude.

— A-t-il au moins essayé de la retrouver ?

— Je sais qu'il a averti vos frères. Le révérend Gosling est venu nous dire qu'ils avaient demandé à tout le village si quelqu'un savait quoi que ce soit sur le garçon avec qui elle était partie.

— Alors ?

— Tout le monde a répondu la même chose. C'est d'autant plus mystérieux qu'aucun soldat n'était passé dans les parages.

— Un soldat? s'exclama Nell. Elle s'est enfuie avec un soldat?

La sonnette du salon tinta. Baines se leva pour aller répondre. Lady Anne était assise près du feu, Rufus sur le tapis à ses pieds.

— Est-ce vrai ce que Rufus m'apprend, Baines? demanda-t-elle. Hope serait partie sans un mot, sans une explication?

— Hélas oui ! milady. Je l'apprenais justement à Nell, elle en est bouleversée.

— L'ingrate petite peste ! s'écria lady Anne avec indignation. Après tout ce que Nell a fait pour elle ! Vous ne tenez pas assez fermement les domestiques, Baines, si elles prennent le temps de rencontrer des hommes au lieu de travailler.

Baines encaissa mal cette remarque. Il était déjà assez choqué que la maîtresse dénie à ses serviteurs le droit d'avoir une vie privée, mais sachant qu'ils devaient assumer le double de leur travail pour suppléer ceux qui n'étaient pas remplacés, ces propos lui paraissaient véritablement scandaleux.

— Avec tout le respect que je vous dois, milady, Hope n'avait pas un instant de liberté en dehors de ses après-midi du mercredi, qu'elle passait toujours avec son frère et sa famille. Nous ne pouvons ni lui ni moi imaginer quand et comment elle aurait eu l'occasion de rencontrer cet individu. Cette fugue ne correspond pas non plus à son caractère. Hope n'avait rien d'une fille volage ni d'une écervelée et elle aimait trop Nell pour avoir voulu lui causer un tel chagrin.

— Que Nell rentre chez elle et parle à Albert, déclara lady Anne en congédiant Baines d'un geste désinvolte. Elle sera incapable de me rendre service si elle est bouleversée à ce point. Rose la remplacera auprès de moi pour ce soir.

Baines réprima une bouffée de colère devant le manque de cœur de sa maîtresse. Nell travaillait pour elle depuis qu'elle avait eu l'âge de Hope. Aucune servante n'aurait pu faire preuve de plus de dévouement et de fidélité, elle valait mieux que de se faire envoyer chez elle sans un mot de compassion, pour ne pas parler d'affection.

— Je ne crois pas que Hope soit partie de son plein gré, intervint alors Rufus.

Sa mère et Baines le regardèrent avec étonnement. Si ses longs cheveux blonds lui donnaient encore une allure juvénile, le sérieux de son expression était celui d'un adulte.

— Je dirais même qu'Albert l'a forcée à partir, ajouta-t-il.

— Qu'est-ce que tu racontes ? le rabroua lady Anne. Vous m'avez bien dit qu'elle a laissé une lettre pour Nell, Baines ?

— Oui, milady. Albert me l'a montrée.

— Il est tout à fait possible de forcer quelqu'un à écrire une lettre, insista Rufus. J'ai vu des garçons le faire à l'école. Hope aimait trop Nell pour disparaître de cette manière en son absence.

— Tu n'es qu'un enfant et tu n'étais même pas ici quand c'est arrivé, répliqua lady Anne. Ce sera tout, Baines. Transmettez mes instructions à Nell et à Rose et demandez-lui de me préparer un bain.

Pendant qu'il quittait la pièce, Baines entendit Rufus :

— Vous ne devriez pas demander à Rose de vous remplir un bain, maman ! Elle n'a pas arrêté de travailler aujourd'hui, elle est fatiguée !

Baines ne s'attarda pas assez pour entendre la réponse de lady Anne, mais la compassion du jeune homme l'avait touché. Hope lui avait sûrement fait prendre conscience des injustices qui présidaient aux rapports entre maîtres et serviteurs.

Nell fit le trajet jusqu'au pavillon en sanglotant. Baines, Rose et Martha avaient fait de leur mieux, sans qu'aucun n'ait trouvé de mots assez convaincants pour la réconforter.

Elle se rappelait ce qu'elle était au même âge, si naïve, si impatiente de tenter de nouvelles expériences – surtout d'être courtisée, embrassée. Si Bridie ne l'avait pas enrôlée pour la naissance du bébé de lady Anne, elle se serait enfuie ce jour-là avec Ned Travers, un jeune et beau garçon qui lui avait donné rendez-vous dans le bois.

Elle se demandait maintenant pourquoi elle n'avait jamais envisagé que Hope puisse éprouver les mêmes sentiments, les mêmes élans qu'elle au sujet des garçons. Si seulement elle lui avait parlé de Ned, Hope lui aurait peut-être dévoilé ses propres rêves ! Était-elle devenue si amère, si desséchée qu'elle déniait inconsciemment à Hope le droit de désirer connaître l'amour et le bonheur ?

Avant même d'ouvrir la porte du pavillon, elle entendit les ronflements d'Albert. À l'intérieur régnait une odeur âcre qui ne pouvait émaner que d'un pot de chambre plein. Ayant trouvé à tâtons le chandelier et les allumettes, le spectacle qu'elle découvrit l'atterra au point qu'elle faillit tourner les talons et repartir passer la nuit au château.

Le désordre et la crasse étaient indescriptibles. Des dizaines de bouteilles vides gisaient partout, le carrelage était couvert de mottes de boue séchée, la table de quignons de pain moisis. Sur l'évier et jusque par terre s'entassait de la vaisselle sale, dans laquelle elle reconnut des plats et des assiettes provenant du château. Elle ne s'était pas attendue une seconde qu'Albert l'accueille à bras ouverts, mais elle aurait au moins espéré qu'un homme digne de ce nom fasse un geste pour amortir la rudesse du coup qu'il savait qu'elle recevrait à son retour. Et il n'avait pas même eu la décence de nettoyer la maison!

Au souvenir des injures dont il l'accablait si le tapis était légèrement de travers ou les chaises pas assez bien rangées sous la table, la fureur la saisit, une rage qui oblitéra la crainte que lui inspirait Albert. Le bougeoir à la main, elle gravit l'escalier au pas de charge et ouvrit d'un coup de pied la porte de la chambre. La puanteur d'urine et de vieille sueur rancie était suffocante.

— Réveille-toi, Albert! cria-t-elle. J'ai à te parler.
— Qu'est-ce qu'il y a? bredouilla-t-il d'une voix pâteuse.
— Espèce de porc! Comment oses-tu laisser la maison dans cet état répugnant?

Albert s'assit, se frotta les yeux.
— Le ménage, c'est le travail des femmes, déclara-t-il.
— Tu aurais pu demander à une femme de le faire! Martha t'a bien nourri, elle aurait pu nettoyer ta crasse!
— Ferme-la, femme, grogna-t-il en se recouchant.
— Ignoble cochon! Comme si ce n'était déjà pas assez pénible de rentrer pour apprendre que Hope a disparu, il faut que je retrouve ma maison transformée en porcherie! Où est la lettre de Hope?

La question le réveilla pour de bon.

— Qu'est-ce qui t'autorise à me crier des injures ? rugit-il en se levant. Un homme qui travaille comme moi a besoin de repos.

Nell avait toujours reculé avant qu'il ne s'avance pour la frapper. Cette fois, sa colère était telle qu'elle resta sur place.

— Une femme aussi a besoin de dormir ! Est-ce que tu t'attends à ce que je me couche sur ce tas d'ordures ? Descends immédiatement et dis-moi ce qui est arrivé à Hope.

La faible lueur de la chandelle lui suffisait pour constater que les draps étaient jaunes de crasse et que l'édredon tombé par terre était couvert de traces de boue.

— Qu'est-ce que tu veux que je te dise ? Je ne sais rien, je n'ai rien vu, je n'ai fait que trouver sa lettre.

Sa légère hésitation fit comprendre à Nell qu'il mentait.

— Menteur ! cria-t-elle. Tu en sais bien plus que ça, j'en suis sûre !

Il réagit si vite qu'elle n'eut pas le temps de voir venir la gifle.

— Je ne me laisserai pas traiter de menteur et je suis bien content que cette petite garce se soit envolée ! gronda-t-il. Maintenant, fous le camp d'ici ! Ta maudite lettre est sur le buffet.

Comme il levait de nouveau la main, Nell tourna les talons et dévala l'escalier, consciente qu'elle s'aventurait sur un territoire dangereux. En entendant grincer les ressorts du sommier, elle comprit qu'il se recouchait et elle fondit en larmes.

La lettre de Hope était là où il l'avait dit. Nell l'approcha de la chandelle et la lut avec attention. L'écriture était bien celle de Hope, mais plus elle la lisait, moins elle s'expliquait son contenu. Nell n'avait reçu qu'une éducation rudimentaire et, quand elle devait écrire une lettre, elle se bornait à aligner des phrases simples qui n'exprimaient pas de sentiments ni ne faisaient de descriptions. Hope, en revanche, avait toujours été capable d'écrire comme elle parlait. Ses lettres à James ou à Ruth étaient toujours des récits colorés et vivants des nouvelles du village et des autres membres de la famille. Or cette lettre aurait pu être écrite par Nell elle-même, sauf qu'elle ne comportait pas de fautes d'orthographe.

*Je pars avec un soldat.* Même pressée par le temps, Hope n'aurait jamais dit cela sans ajouter une raison, une description du jeune homme ou encore son nom. *Ne te fâche pas, je t'en prie.* Ce n'aurait pas été de la colère de Nell dont Hope se serait souciée, mais de son chagrin. Pas un mot non plus sur ses regrets de partir sans dire au revoir à personne et de la déception qu'elle causait aux autres. *Tu peux prendre mes affaires et les gages qui me restent dus.* Hope ne se serait jamais donné la peine de le préciser, cela aurait dû aller de soi. De même, ses excuses d'avoir pris une robe de sa sœur étaient superflues.

Nell alla se coucher dans l'ancien lit de Hope. La chambre inoccupée était froide, les draps humides, mais tout valait mieux que de rester auprès d'Albert.

Le souvenir de sa dernière conversation avec Hope la veille de son départ avec lady Anne lui revint à l'esprit. Hope lui avait dit qu'elle avait autant de chances de rencontrer un galant à Briargate que de devenir reine. Elle n'aurait pas dit cela ni n'aurait eu l'air aussi triste de se retrouver seule si un beau jeune homme avait occupé ses pensées. Elle n'aurait pas non plus laissé en partant une lettre qu'Albert lirait en premier. Elle l'aurait plutôt laissée dans sa chambre au château. De fait, si elle s'était réellement enfuie, elle ne serait même pas passée par le pavillon de peur de tomber nez à nez sur Albert.

Comme un rayon de lumière dans la nuit, Nell comprit ce qui avait dû se passer. Hope ne s'était pas enfuie. Elle était allée faire le ménage dans le pavillon comme elle l'avait promis à Nell. Albert était sans doute arrivé alors qu'elle s'y trouvait encore et Hope avait dû lui reprocher son désordre et sa saleté. Alors, il l'avait battue. Elle voyait la scène comme si elle y avait assisté : Albert avait perdu tout contrôle de lui-même et s'était rendu compte que Hope irait se plaindre à Baines qui, à son tour, en aurait parlé à sir William.

Voilà pourquoi la lettre de Hope était si peu crédible. Albert l'avait forcée à l'écrire et elle avait accepté de quitter Briargate pour qu'il cesse de la brutaliser. Mais alors, pourquoi l'avait-il laissée partir ? Il aurait dû penser qu'elle irait se réfugier chez Matt.

Tout au long de la nuit, Nell tourna et retourna ces questions dans sa tête en imaginant les hypothèses les plus atroces. Albert l'avait étranglée. Elle aurait voulu une autre explication, mais celle-ci s'imposait à elle avec de plus en plus de force.

Vers quatre heures du matin, elle entendit Albert sortir de sa chambre à pas de loup. Elle se prépara à subir une nouvelle agression, mais il descendit l'escalier et sortit une minute plus tard. Pour Nell, ce comportement confirmait sa culpabilité. S'il n'avait joué aucun rôle dans la disparition de Hope, il ne serait pas levé aussi discrètement ni ne serait parti si tôt à seule fin d'éviter de la voir.

La douleur et l'enflure de la joue sur laquelle il l'avait giflée décuplèrent sa fureur et sa peine. On était la veille de Noël, un jour d'activité fébrile mais aussi un jour joyeux. Jusqu'à un passé récent, il y avait toujours eu de nombreux invités à Briargate, un somptueux souper avant minuit et un déjeuner encore plus extravagant le lendemain. Nell se rappelait le temps où un quatuor de musiciens animait les festivités. Elle avait vu les bals, entendu les rires. La joie régnait alors à Briargate Mais ce Noël-ci ne s'annonçait joyeux pour personne.

Deux heures plus tard, alors que l'aurore pointait, Nell prit la taie d'oreiller dans laquelle elle avait fourré ses affaires et referma derrière elle la porte du pavillon.

Elle avait remis un peu d'ordre dans la maison, non pas par sens du devoir conjugal mais pour tuer le temps avant de regagner le château. En emballant ses affaires, elle s'était aperçue que la robe que Hope avait prise était sa plus vieille, une simple robe grise qui devait être trop grande pour elle, ce qui confirma ses soupçons. Si Hope s'était réellement enfuie avec un soupirant, elle se serait souciée de son apparence et aurait choisi d'emporter, par exemple, ɪa jolie robe rose et blanc que Nell avait portée le jour de son mariage. Cette robe-là, soigneusement pliée dans un tiroir, était un symbole de plus de ses rêves anéantis par Albert.

— Nell! s'exclama Baines en la voyant entrer à l'office et poser son ballot par terre. Qu'est-ce que c'est, ce paquet?

— Mes affaires. Je ne peux plus vivre avec Albert.

Étonné, Baines s'approcha, lui effleura sa joue tuméfiée.

— Il vous a frappée ? demanda-t-il, la mine grave.

— Oui, mais pour la dernière fois, répondit-elle avec fermeté. Je vais monter le thé de madame et lui parler pour savoir si je reste. Sir William doit-il monter à cheval, ce matin ? demanda-t-elle en voyant que Baines cirait ses bottes d'équitation.

— Il est déjà sorti, mais son cheval est encore à l'écurie. Il s'est querellé avec lady Anne hier soir. J'ai peur qu'elle ne soit guère disposée à vous écouter ce matin.

— Eh bien, tant pis. Je vous demande seulement de veiller à ce que Rose ne colle pas son oreille au trou de la serrure pendant que je lui parlerai.

Baines la suivit des yeux, préoccupé. Il ne l'avait encore jamais vue aussi résolue ni aussi sombre. Quoi qu'elle ait dû affronter jusqu'à présent, elle réussissait toujours à garder le sourire. Il en déduisit qu'Albert avait quelque chose à voir avec le départ précipité de Hope.

Baines n'aimait pas Albert, ni sa manière de regarder de haut les autres domestiques ni son caractère froid et taciturne. Il désapprouvait fortement sa brutalité envers Hope, mais il ne voyait pas en quoi il aurait pu être responsable de sa disparition puisqu'elle s'était installée au château et qu'ils se voyaient à peine.

Le départ inattendu de Hope avait porté à Baines un rude coup, car c'était une bonne fille et une bonne travailleuse. Mais si Nell mettait à exécution sa menace de quitter Albert, toute la cohésion du personnel Briargate s'écroulerait comme un château de cartes.

Elle était déjà mal en point, à vrai dire. Il n'y avait plus qu'un squelette de domesticité, incapable malgré toute sa bonne volonté de tenir une aussi grande maison. Avec un maître alcoolique, une maîtresse qui semblait ignorer tout ce qui n'était pas elle-même et un héritier qui grandissait sans bénéficier de principes valables pour le guider, tout finirait par un désastre.

Dans une société où les maîtres exigeaient de leurs serviteurs une conduite irréprochable et une obéissance aveugle aux lois et aux commandements de l'Église qu'ils dédaignaient eux-mêmes, le jeu était faussé. Nell avait une droiture au-dessus de tout éloge et plus de vingt ans de service dans la maison, mais Baines doutait que cela suffise pour que les maîtres approuvent sa décision de quitter Albert. Les femmes qui quittaient leur mari étaient toujours montrées du doigt, même quand le mari était cruel, coureur ou ivrogne. Selon toute probabilité, ils ordonneraient à Nell de retourner auprès d'Albert et, si elle refusait, ils la chasseraient de Briargate.

Lady Anne était réveillée quand Nell entra dans sa chambre en lui apportant le plateau du thé matinal.

— Je n'ai pas fermé l'œil de la nuit, geignit-elle en s'asseyant. J'avais froid jusqu'aux os et je commençais à peine à m'endormir quand Rose m'a réveillée en venant allumer le feu.

Tentée de la rabrouer en lui décrivant sa propre nuit, Nell se domina comme d'habitude. Elle murmura des paroles consolantes, drapa ses épaules avec un châle et redressa ses oreillers.

— Rose ne m'a pas préparé un bain assez chaud hier soir, continua à se plaindre lady Anne. Je suis sûre qu'elle m'en voulait de le lui avoir demandé.

— Elle travaillait depuis cinq heures du matin, répondit Nell en posant le plateau sur le lit. Elle a dû faire le ménage dans toute la maison, la lessive et aider à la cuisine. Elle était très fatiguée.

— Mais elle ne faisait que son travail ! répliqua lady Anne d'un ton indigné.

Une fois encore Nell ravala la riposte qui lui montait aux lèvres et alla ouvrir les rideaux. Il faisait gris et froid. Au bout de l'allée, derrière les arbres dénudés, on voyait le pavillon où elle avait été si heureuse de s'installer. Depuis, ses rêves de bébés blottis dans ses bras et de chaleureuses visites de sa famille étaient partis en fumée...

En s'écartant de la fenêtre, elle ramassa par terre la robe que sa maîtresse avait portée la veille pendant le voyage.

— Il y a une tache de sang, dit lady Anne. Mes règles ont dû arriver en cours de route. Occupez-vous-en, Nell.

Nell regarda la femme qu'elle avait si longtemps adorée et servie avec abnégation et, comme si un voile se levait, la vit pour ce qu'elle était en réalité, gâtée, vaniteuse, égoïste. À quarante-deux ans, elle était toujours belle, avec des yeux aussi bleus, un teint aussi clair, des cheveux tombant en cascade d'or sur ses épaules. Mais on voyait aussi ses lèvres contractées en une moue désormais permanente et son front strié de rides creusées par le ressentiment de ne pas voir sa vie évoluer comme elle l'aurait désiré.

— Je m'occuperai de votre robe, milady, mais après vous avoir parlé de Hope.

— Ah non ! Je n'ai aucune envie de parler de cette petite idiote ! Elle a fait son lit, qu'elle s'y couche.

Maintenant, Nell, pensez-vous que la robe de satin noir que j'ai portée à Bath pour un bal pendant le deuil de ma mère pourrait être retouchée en robe d'après-midi ? Elle est faite de mètres de très beau tissu que…

— Il faut pourtant que je vous parle de Hope, l'interrompit Nell. Je suis à peu près certaine qu'Albert l'a tuée.

— Ne dites donc pas de sottises, ma pauvre Nell ! Elle s'est enfuie avec un soldat, Baines lui-même a vu sa lettre. Comment pouvez-vous imaginer qu'Albert l'ait tuée ? C'est un garçon si doux, si aimable.

— Regardez-moi, je vous prie.

Lady Anne lança à Nell un regard distrait.

— Vous avez une joue toute rouge. Qu'est-ce que vous vous êtes fait ?

— Je ne me suis rien fait. C'est l'aimable et doux Albert qui m'a giflée. Cet homme est une brute, milady. Il m'a battue des dizaines de fois, Hope aussi. Tout me porte à croire qu'il l'a tuée.

— Je ne veux plus entendre de telles sornettes ! ricana lady Anne avec dédain. Hope n'est qu'une petite putain stupide qui préfère baiser que travailler pour gagner sa vie.

Tant de grossièreté et de méchanceté laissa Nell muette de stupeur. Elle n'admettait déjà pas que sa maîtresse ne manifeste aucune sympathie pour elle ni pour une fillette qui avait joué avec son fils. Mais traiter Hope de putain, l'accuser de vouloir mener une vie de débauche parce qu'elle jugeait indigne d'elle de rester fille de cuisine dépassait les bornes. Hors d'elle, Nell ne pouvait pas laisser passer pareille injure sans riposter.

— Vous êtes bien placée pour savoir ce qu'est une stupide petite putain ! rugit-elle. Heureusement, vous nous aviez Bridie et moi pour dissimuler votre inconduite !

D'abord prise au dépourvu, lady Anne réagit avec hauteur.

— Assez, Nell ! Si vous voulez conserver votre place, ne dites pas un mot de plus.

— Parce que vous vous imaginez que ma place a plus de valeur pour moi que la vie de Hope ? Alors je vais vous apprendre, fichue lady que vous êtes, que Hope est l'enfant dont Bridie et moi vous avons accouchée il y a seize ans dans cette même chambre, dans ce même lit. Hope est votre fille, entendez-vous ? Votre fille !

Incapable d'assimiler ce qu'elle venait d'entendre, lady Anne dévisagea Nell d'un regard dénué de toute expression. Les poings sur les hanches, Nell attendit sa réaction en la fixant des yeux comme si elle la mettait au défi de la traiter de menteuse. Un moment plus tard, Nell vit enfin ses lèvres trembler.

— Je ne comprends pas, dit-elle d'une voix à peine audible. Mon bébé est mort, Bridie me l'a affirmé.

Nell eut beau se rappeler sa promesse solennelle à Bridie de ne jamais rien révéler à personne, elle ne put résister au besoin de punir sa maîtresse des propos ignobles qu'elle avait tenus sur Hope.

— Bridie l'a cru parce que la petite n'avait pas crié en venant au monde. Mais quand je l'ai prise dans mes bras, j'ai constaté qu'elle était en vie. Nous savions l'une et l'autre les conséquences que vous auriez subies si cette naissance s'était ébruitée, alors je l'ai emmenée à la maison pour la confier à ma mère.

Lady Anne devint soudain comme folle.

— Non ! Non, ce n'est pas vrai ! Vous avez inventé cette fable pour me faire souffrir !

— Moi, je suis bouleversée parce que je crois que Hope a été assassinée et je suis furieuse que vous n'éprouviez pas le moindre sentiment de pitié ou de simple humanité pour elle. Croyez-vous vraiment que j'irais jusqu'à inventer une histoire pareille ?

— Mais ça ne peut pas être vrai, Bridie me l'aurait dit ! Nous avions décidé avant sa naissance de faire adopter le bébé. Bridie disait que cela coûterait cher, elle m'aurait demandé de l'argent à ce moment-là et m'en aurait encore demandé ensuite.

— Je vous interdis d'insulter la mémoire de Bridie en suggérant qu'elle aurait eu recours au chantage ! Elle se serait fait tuer pour vous ! C'est d'ailleurs ce qui lui est arrivé. Vous l'avez exploitée jusqu'à la mort, comme vous le faites avec Rose et moi.

Nell marqua une pause pour laisser à ses paroles le temps de pénétrer dans la conscience de lady Anne avant de reprendre :

— Bridie voulait protéger votre réputation parce qu'elle vous aimait. Elle a cru aussi que vous supporteriez mieux votre épreuve si vous pensiez que le bébé était mort. Ni ma mère ni moi ne nous serions abaissées à vous demander de l'argent, parce que nous avons aimé Hope comme si elle était des nôtres. Pour nous, elle a toujours été un trésor. Maintenant, elle a disparu. Je suis convaincue qu'elle a été tuée et si vous aviez des sentiments humains, vous devriez m'aider à obtenir justice !

Lady Anne fondit en larmes. Nell n'en éprouva que plus de mépris pour elle, car elle ne pleurait ni sur l'enfant qu'elle avait perdue ni par compassion pour Nell, mais uniquement sur elle-même.

— Que voulez-vous de moi ? gémit-elle. Tout cela m'est insupportable. Je ne sais même pas si je peux croire ce que vous me dites.

— Vous pouvez consulter le registre de la paroisse où est enregistrée la naissance de Hope le 25 avril 1832. Vous pouvez aussi regarder votre capitaine Pettigrew et voir sur son visage celui de Hope.

Cette fois, lady Anne sursauta.

— Ce n'est pas Bridie qui me l'a dit, enchaîna Nell. Elle ne l'aurait avoué pour rien au monde, pas même sous la torture. Mais j'ai vu le capitaine le jour où vous avez suggéré que Hope vienne jouer avec Rufus. Au premier coup d'œil, j'ai compris qu'il était son père.

— Quelqu'un d'autre l'aurait-il remarqué ?

— Pourquoi s'en serait-on aperçu ? Les Renton sont tous bruns et personne d'autre que nous ne savait que vous aviez eu un enfant illégitime. Je m'étonne quand même que vous n'ayez pas remarqué la ressemblance. Vous ne vous êtes jamais demandé pourquoi Hope était aussi belle alors que ses frères et sœurs sont tous ordinaires ?

La question restant sans réponse, Nell poursuivit :

— Mais vous ne l'avez jamais vraiment regardée, n'est-ce pas ? Elle est entrée tous les jours dans cette maison depuis plus de quatre ans, mais vous n'avez jamais prêté attention à sa beauté. De toute façon, vous ne considérez pas vos serviteurs comme des êtres humains. Nous ne sommes pas censés avoir de sentiments ni de vie privée. Que nous soyons fatigués, malades ou malheureux vous est indifférent, vous n'accordez aucune valeur à notre dévouement. Je vous ai consolée quand votre mère est morte, mais qui m'a consolée, moi, à la mort de mes parents ? Pas vous, en tout cas ! Tout ce que vous m'avez offert, c'est un après-midi de congé pour assister à leur enterrement. Vous ne vous souciez même pas qu'Albert me batte alors que je travaille depuis plus de vingt ans pour vous. Que faut-il faire pour que vous preniez conscience du reste du monde, *milady* ? cracha-t-elle avec mépris.

Couchée sur le côté, lady Anne éclata en sanglots en bourrant son oreiller de coups de poing. Nell s'empressa d'enlever le plateau du lit de peur que le thé ne se renverse.

— Je le suis, Nell, je le suis, bredouilla-t-elle entre deux sanglots.

Un instant plus tard, elle se recoucha sur le dos et leva les yeux vers Nell, les joues ruisselantes de larmes.

— J'ai souvent dit que je ne saurais que faire sans vous, dit-elle d'une voix tremblante. J'ai voulu maintes fois me confier à vous, vous dire ce que j'éprouvais quand j'attendais l'enfant d'Angus, vous faire comprendre dans quelle situation désespérée je me trouvais et me trouve encore. Mais j'ai eu peur de vous parler, pas parce que je n'avais pas confiance en vous, mais parce que si j'exprimais par des mots ce que je ressentais, ces mots m'auraient... écrasée. Comprenez-vous ce que je veux dire ?

Nell se rappela avec quelle douceur, quelle politesse elle lui avait demandé de surveiller dans le courrier les lettres du capitaine. «Il n'est qu'un bon ami, n'est-ce pas ? Mais William est si difficile en ce moment qu'il pourrait mal juger qu'Angus m'écrive.» Comme une idiote naïve, Nell avait été fière de la confiance de sa maîtresse. Elle s'était même réjouie que ces lettres lui apportent du réconfort. Peut-être aurait-elle dû parler dès ce moment-là, lui dire que l'enfant née de son union avec son «bon ami» était en train de récurer des casseroles à la cuisine et lui demander s'il ne serait pas grand temps qu'elle fasse quelque chose pour elle.

— Sauf votre respect, milady, vos sentiments ne m'intéressent pas en ce moment. Je veux seulement savoir ce qu'Albert a fait de Hope.

Lady Anne lança à Nell un regard égaré et sécha ses larmes avec un coin du drap.

— Voyons, Nell, nous sommes la veille de Noël. Rufus est ici et mon mari ne croira pas une seconde qu'Albert ait pu tuer Hope. Il a une trop bonne opinion de lui.

— Voulez-vous dire que sir William ne me permettra pas d'aller à la police?

— Je ne sais pas, Nell, je ne sais pas, répondit-elle en se tordant les mains. Je n'arrive plus à lui parler de rien, ces derniers temps. William n'est plus l'homme que j'ai épousé.

— Nous le verrons quand il reviendra avant le petit déjeuner, dit Nell en croyant qu'elle se référait à son alcoolisme. Il se sentira bien à ce moment-là.

— Il est déjà sorti? s'étonna lady Anne.

— Oui. Baines m'a dit qu'il était parti de très bonne heure.

— Non vraiment, je ne le connais plus, soupira lady Anne. Pourquoi sort-il aussi souvent à des heures impossibles? Pourquoi se fâche-t-il quand je lui demande où il était? Il n'était pas comme cela, Nell.

Nous faisions toujours tout ensemble, nous parlions, nous nous amusions… Vous en souvenez-vous ?

Nell acquiesça par politesse.

— Vous vous demandez sans doute comment j'ai pu avoir une aventure avec un autre homme ?

— Je pensais que vous vous sentiez très seule quand sir William était en voyage.

— Ce n'est pas seulement cela ! protesta lady Anne. Vous êtes à mes côtés tous les jours depuis seize ans, Nell, vous me connaissez mieux que personne au monde. Vous vous êtes sûrement rendu compte des raisons pour lesquelles je me suis tournée vers Angus.

Nell fit un geste d'ignorance.

— Vous ne voyez vraiment pas ? soupira lady Anne. Vous pensez comme tout le monde, comme je le pensais moi-même le jour de mon mariage, que j'avais beaucoup de chance d'avoir un mari jeune, beau et riche. Je l'ai adoré, c'est vrai, mais j'étais tellement innocente à ce moment-là, Nell, que je n'avais encore jamais embrassé un homme. Ce ne fut que des années plus tard que j'ai découvert la passion et c'est alors que je me suis dit qu'il n'existait rien de semblable entre William et moi, pas même une étincelle de désir. De fait, nous vivions comme frère et sœur.

— Vous voulez dire que vous ne… couchiez pas ensemble ?

Lady Anne rougit violemment.

— Au début, il a fait ce qui était attendu de lui. Comme j'ignorais tout de ce côté-là du mariage, je pensais que c'était ma faute s'il s'en désintéressait. Et puis, quand Angus est venu, j'ai découvert tout à coup en moi des sentiments que je n'avais jamais éprouvés jusque-là.

Elle s'interrompit, le regard lointain.

— Il est venu un après-midi pendant que William était parti se promener à cheval et nous avons marché ensemble dans le jardin, reprit-elle. Nous nous sommes assis un moment sous le kiosque et il m'a embrassée. C'était si doux et si exaltant à la fois que je me suis sentie emportée par une sorte de folie. Au cours des mois suivants, j'ai lutté de mon mieux contre cette passion. Je demandais même à Bridie de rester dans la pièce où je recevais Angus quand il venait en l'absence de William. La situation était aussi douloureuse pour lui, je voyais dans son regard le reflet de ce que j'éprouvais moi-même. Il ne venait pas souvent, ses obligations le tenaient éloigné la plupart du temps. Une fois, une année entière s'est écoulée sans que je le revoie, mais je pensais à lui sans arrêt. Et puis, lorsque William est parti pour l'Amérique, j'allais parfois me promener seule à cheval. C'est un de ces jours-là que j'ai croisé Angus dans la campagne.

— Et c'est ce jour-là que vous avez fait votre faux pas ?

— Dieu m'est témoin que je me suis efforcée de résister à la tentation. J'aimais William, nous étions heureux ensemble. Mais ce que je ressentais pour Angus était si différent, si puissant que ce sentiment a balayé mon sens du devoir et tout ce en quoi je croyais jusqu'alors. Plus rien n'a compté pour moi que le désir de posséder et d'être possédée. Si j'avais éprouvé ne serait-ce qu'une fraction de cela avec William, tout se serait passé bien autrement. Mais j'ai compris que ce que William et moi faisions au lit n'était qu'un devoir presque honteux qui ne nous apportait aucun plaisir ni à lui ni à moi. Et j'ai aussi compris que William ne me désirait pas ni ne me désirerait jamais.

Au souvenir de l'humiliation de sa propre nuit de noces, Nell ne put retenir ses larmes. Elle qui était si impatiente de connaître l'amour, Albert l'avait repoussée en la couvrant de honte au point qu'elle s'était sentie vicieuse et dépravée.

— Peut-être avons-nous eu tort de croire que les hommes sont des créatures terrestres, dit-elle sans vouloir avouer que son propre mariage était encore plus pitoyable. Pourtant, vous avez eu Rufus.

— C'est bien le seul bon résultat de ce gâchis, répondit lady Anne d'un air désabusé. Lorsque William est revenu d'Amérique, j'étais si abattue, si rongée de remords que je croyais que ce qui était arrivé à mon premier-né était le châtiment de Dieu pour mes péchés. Heureusement, William revenait plein d'un nouvel enthousiasme pour engendrer un héritier. Peut-être avons-nous réussi parce que je savais mieux ce qu'il fallait faire pour plaire à un homme. Mais la naissance de notre fils a signifié la fin des contacts physiques entre William et moi.

— Au moins, vous avez eu un enfant. Je n'ai pas eu cette joie.

— Cela ne remplace pas le pur bonheur d'avoir été dans les bras d'un homme qui vous désire intensément, répondit lady Anne d'une voix altérée. Pendant quelques années, Rufus a suffi à me combler. Angus était au loin, nous avions des réceptions, des invités pour me distraire. Mais maintenant...

Un flot de larmes l'interrompit.

— William part seul, reprit-elle. Il boit trop, il joue, il me parle comme s'il me haïssait. Hier soir, je lui ai demandé pourquoi il m'a abandonnée seule dans le Sussex aussitôt après les funérailles de mon père. Il m'a répondu que ces trois jours avec moi étaient plus que ce qu'il pouvait endurer. Je croyais qu'il voulait parler des difficultés avec mes sœurs. Mais non, il ne pensait qu'à ma seule compagnie !

Nell dut serrer les dents pour s'empêcher d'interrompre lady Anne pendant qu'elle l'aidait à sa toilette. Un torrent de paroles lui coulait de la bouche sans qu'elle paraisse pouvoir l'endiguer. Elle disait combien Angus était merveilleux, combien elle jugeait son mari méprisable et, du même souffle, disait qu'elle avait écrit à Angus pour lui faire savoir que leurs rapports devaient cesser. Son discours était celui d'une femme préoccupée d'elle-même jusqu'à l'obsession et qui, à l'évidence, oubliait que Nell était venue lui soumettre un problème grave. Elle alla même jusqu'à demander à Nell si elle estimait condamnable de souhaiter le veuvage pour la libérer de ses chaînes. Il fallut à Nell un grand effort de volonté pour qu'elle se retienne de gifler son joli visage, ne serait-ce que pour la ramener au sens des réalités.

— Ma mère me disait qu'il fallait être prudent quand on formulait un souhait, se borna-t-elle à répondre. Maintenant, milady, nous devons parler de ce qu'il faut faire pour Hope et de la situation dans laquelle je me trouve. Je ne peux ni ne veux à aucun prix retourner au pavillon vivre avec Albert. Soit vous me permettez de vivre désormais à Briargate, soit je partirai aujourd'hui même demander asile à mon frère Matt. Dans un cas comme dans l'autre, vous devez obtenir de sir William qu'il appelle la police au sujet de Hope.

— C'est impossible ! s'écria lady Anne, irritée. Je connais mon mari, il ne croira pas un mot de ce que vous dites sur Albert. Il n'approuvera pas non plus que vous quittiez votre mari.

— Hope est votre fille, répliqua Nell sèchement. Son corps est peut-être enterré dans les bois ou dans le jardin et vous voudriez que je me tienne tranquille, que je continue à vivre avec son assassin ?

La peur transparut dans le regard de lady Anne.

— Une enquête de police soulèvera d'énormes problèmes pour nous tous, Nell ! N'oubliez pas mon fils, de grâce !

— Auriez-vous peur que je divulgue vos secrets ? demanda Nell, effarée d'une telle inconséquence. Comment osez-vous croire une chose pareille ? J'ai gardé seize ans le secret de la naissance de Hope. Rien ne m'amènera à le révéler maintenant, pas plus que ce que vous venez de me dire, car rien de tout cela n'a de rapport avec les craintes que m'inspire le sort de Hope. Je dois savoir ce qu'elle est devenue et, si Albert l'a tuée, je veux qu'il soit pendu ! Mes frères penseront comme moi. Si ni vous ni votre mari ne voulez m'aider, je devrai partir sur-le-champ demander l'aide de ma famille.

— Vous ne pouvez pas m'abandonner maintenant ! s'exclama lady Anne. C'est Noël ! J'ai besoin de vous !

Une heure plus tard, son ballot à la main, Nell traversa le pré en direction du bois, les joues ruisselantes de larmes. Quitter Briargate était pour elle aussi douloureux que s'amputer d'un membre, mais elle savait qu'elle devait le faire.

Arrivée à la lisière du bois, elle se retourna pour regarder une dernière fois la maison et se souvint avec un serrement de cœur d'avoir suivi le même chemin, seize ans plus tôt, en portant Hope dans ses bras. Il faisait alors nuit, le château n'était qu'une silhouette sous les rayons de la lune. Aujourd'hui, dans la lumière froide et grise du matin, la maison avait un aspect aussi rébarbatif et désolé que l'expression de lady Anne quand elle s'était enfin rendu compte que Nell ne reviendrait pas sur sa décision.

Plus elle s'était efforcée de l'en dissuader, plus Nell prenait conscience de son égoïsme foncier. Elle avait dit en pleurant qu'Angus n'avait jamais su que leur union avait été féconde, car il était parti avant qu'elle sache elle-même qu'elle était enceinte. L'idée qu'une enquête de police puisse révéler leurs rapports et leur correspondance la terrifiait. Elle avait dit aussi que son père léguait une part substantielle de sa succession à Rufus plutôt qu'à elle de peur que sir William ne la dilapide. Déjà enragé contre elle, qu'il soupçonnait d'avoir manigancé cette disposition testamentaire à son détriment, William serait poussé à la folie furieuse s'il devait faire face à d'autres problèmes. Elle était même allée jusqu'à accuser Nell de trahison.

Les yeux humides, Baines avait embrassé Nell quand elle lui avait fait part de sa décision en lui demandant de faire ses adieux à Rose et à Martha, car elle ne s'en sentait pas capable. Il lui fallait maintenant affronter son frère pour lui dire qu'elle soupçonnait son mari de meurtre et elle se demandait si cela aussi ne serait pas au-dessus de ses forces. Elle avait toujours été la plus sensée, la plus posée de la famille, celle vers qui les autres se tournaient pour un conseil ou un réconfort. Elle avait maintenant la preuve qu'elle n'était pas digne de sa réputation. Si elle avait eu un peu de bon sens, elle se serait assurée d'éviter à Hope tout contact avec Albert en son absence. Lui demander d'aller faire le ménage du pavillon revenait à placer un poussin sans défense devant un renard.

## 10

*1848*

Un froid glacial paralysait la ville depuis quinze jours. Les navires étaient retardés, les portes et fenêtres normalement ouvertes dans la journée, hermétiquement closes et les commerçants autour des quais redoublaient de vigilance. Leurs ressources habituelles taries, Betsy, Gussie et Hope n'avaient pratiquement rien mangé en trois jours. Le matin, leur fenêtre était couverte de givre et ils ne trouvaient plus nulle part le moindre morceau de bois à brûler dans la cheminée. Faute d'argent, ils ne pouvaient même pas aller se réchauffer dans un pub.

Devant cette situation désespérée, Hope se sentit obligée de faire quelque chose pour aider ses amis. Ils l'hébergeaient et la nourrissaient depuis deux mois et, même si elle contribuait à récupérer des objets qu'ils revendaient par la suite, il n'était pas juste qu'elle continue à profiter des victuailles qu'ils volaient sans prendre elle-même le moindre risque. Ils avaient donc décidé d'un commun accord de s'attaquer aux productions de Slater, un traiteur réputé qui tenait boutique dans Wine Street. Betsy et Gussie étaient trop dépenaillés pour effectuer un raid dans cette rue élégante où ils seraient immédiatement repérés, mais Hope était encore assez présentable pour passer pour une servante faisant les courses de sa patronne.

Sauf que maintenant qu'elle se trouvait au pied du mur, Hope sentait son courage s'évanouir.

— Tu n'es pas obligée d'y aller si t'en as pas vraiment envie, lui dit Betsy avec inquiétude. On trouvera autre chose.

Si l'un des deux avait insisté ou s'était moqué de sa pusillanimité, elle aurait peut-être reculé. Mais Betsy et Gussie étaient désormais sa nouvelle famille, les êtres les meilleurs, les plus généreux qu'elle eût jamais connus. Elle voyait Betsy grelotter sous son mince châle mité, impuissant à la protéger du vent du Nord, elle savait que Gussie avait la poitrine faible. La nuit d'avant, elle l'avait entendu tousser à fendre l'âme et il n'avait pas l'air bien du tout. Pourtant, ces deux-là qui avaient grandi sans aucun des avantages dont elle avait bénéficié partageaient de grand cœur avec elle tout ce qu'ils avaient.

— Non, j'y vais. Laissez-moi faire, allez m'attendre en haut des marches de St Nicolas.

Ils la regardèrent avec une expression qui lui rappela les regards sceptiques que Nell lui décochait quand elle doutait qu'elle fût capable de faire quelque chose par elle-même. Betsy finit par lui taper sur l'épaule d'un air encourageant.

— Sois brave et surtout rapide. Ne pars pas tout de suite en courant, tu te ferais remarquer. Mais si on te poursuit, prends tes jambes à ton cou et zigzague dans les ruelles. Compris ?

Gussie se contenta d'un sourire sans conviction, comme s'il se résignait mal à la voir rejoindre les rangs des voleurs.

Une fois ses amis éloignés, Hope traversa la rue en direction de la boutique. Slater était réputé dans tout l'ouest de l'Angleterre pour l'excellence de ses tourtes et le seul fait de regarder son étalage faisait venir l'eau à la bouche des plus blasés. Celles que Betsy et Gussie réussissaient à dérober dans les boutiques des quais étaient de petites choses à la pâte molle et insipide et à la garniture de viande parcimonieuse, indignes du nom de tourtes. Hope avait rêvé une partie de la nuit qu'elle en savourait une de chez Slater, au point de goûter le beurre de la pâte et de sentir ses dents s'enfoncer dans la chair tendre. Quand elle avait raconté son rêve à ses amis en leur faisant part de son projet, Gussie avait tenté de l'en dissuader, car il ne connaissait personne d'assez hardi pour s'aventurer dans une rue aussi huppée que Wine Street. Hope avait répondu que c'était plutôt un atout, car si Slater n'avait pas l'habitude d'être volé, il se méfierait moins que d'autres. Elle espérait maintenant avec ferveur ne pas s'être trompée.

La présence d'un joueur d'orgue qui tournait sa manivelle en face de la boutique lui parut de bon augure. Les passants s'arrêtaient pour regarder son petit singe en tunique rouge danser au rythme de la musique et la boutique était vide. Hope observa les lieux un instant. M. Slater apparut sur le pas de sa porte, impatienté par le musicien qui détournait l'attention de ses clients. Quand il envoya son commis livrer une commande avant de se retirer dans l'arrière-boutique, elle comprit que c'était le moment propice attendu.

Elle venait de s'emparer de la tourte la plus proche de la porte, un superbe monument encore fumant, doré à point, tout juste sorti du four, et franchissait à peine le seuil quand elle entendit Slater crier : « Au voleur ! » à pleins poumons. Hope se glissa entre les badauds et partit à toutes jambes, mais les vociférations du traiteur se firent plus pressantes. Quelques secondes plus tard, elle entendit le bruit de bottes cloutées lancées à sa poursuite, un policier sans doute. La terreur lui donna des ailes. Suivant le conseil de Betsy, elle s'engouffra dans une ruelle, tourna dans une autre, une autre encore, franchit une porte entrebâillée qui l'amena dans une courette. Le bruit des bottes la dépassa, elle avait semé son poursuivant, mais elle était prise au piège. Aucune autre porte ne donnait dans la cour et elle ne pouvait pas revenir en arrière de peur de se trouver nez à nez avec son poursuivant, ce qui était hors de question.

Elle avait trop souvent entendu les amis du pub parler des flagellations publiques en châtiment de larcins sans importance, infligées même à des enfants de huit ou neuf ans. Quant à risquer la prison, ceux qui en sortaient disaient que vivre dans le taudis le plus répugnant de Lamb Lane était un paradis en comparaison. Elle préférait se jeter dans la rivière plutôt que s'y exposer. Mais la tourte était lourde et lui brûlait la poitrine. Sa seule issue était d'escalader un des murs de la cour sans même savoir ce qu'elle trouverait derrière. Elle n'hésita pas plus longtemps.

Quand elle arriva enfin devant l'église St Nicolas, elle vit à l'attitude de Betsy et de Gussie qu'ils étaient convaincus qu'elle avait été arrêtée.

— Vous attendez quelqu'un ? leur cria-t-elle en imitant la chipie mal embouchée qui habitait au-dessous de chez eux.

Leur sourire heureux et leur mine admirative quand elle brandit son butin sous leurs nez furent sa plus belle récompense.

— On croyait que tu t'étais fait pincer, dit Betsy avec un soupir de soulagement. Je disais même à Gus qu'on n'aurait pas dû te laisser faire.

Ils entrèrent dans l'église et, assis sur le même banc où ils avaient fait asseoir Hope le jour où ils l'avaient secourue, ils se partagèrent la tourte que Gussie découpa avec son couteau de poche. Rien auparavant ne leur avait paru plus délectable. Ils s'empiffrèrent sans dire un mot. La tourte était encore tiède, les sucs de la viande leur coulaient sur le menton et la pâte leur fondait dans la bouche.

— J'ai jamais rien mangé de meilleur, déclara Gussie une fois repu.

— J'en mangerai une comme ça tous les jours quand j'aurai mon magot, déclara Betsy.

Hope enveloppa le reste, encore imposant, pour le lendemain. Elle avait tant mangé qu'elle avait mal au ventre, mais elle ne voulait surtout pas l'avouer.

— Tu sais comment tu t'y prendras ? demanda-t-elle à Betsy.

— Pas encore, mais ça me viendra. Et maintenant, raconte-nous comment ça s'est passé.

Hope était si heureuse d'avoir pu leur offrir un repas aussi succulent qu'elle pouffa de rire sans arrêt en faisant son récit.

Cet après-midi-là, sur la suggestion de Hope, ils se mirent tous trois en route vers le village voisin de Stapleton à la recherche de bois à brûler. Maintenant qu'ils étaient rassasiés, ils étaient conscients de ne pas pouvoir passer une nuit de plus sans feu. Munis de sacs qu'ils espéraient remplir, ils étaient d'excellente humeur en partant. Mais à peine eurent-ils quitté les rues étroites de Bristol pour déboucher en pleine campagne que Gussie et Betsy perdirent leur bel enthousiasme.

— Il fait trop froid et le vent souffle trop fort, se plaignit Betsy en serrant son châle contre elle. Et ça sent une drôle d'odeur, par ici.

— Ça sent l'air pur, l'informa Hope. Marche plus vite, tu te réchaufferas.

En fait, elle savait que ses amis n'étaient pour ainsi dire jamais sortis de la ville et que les vastes espaces et les silhouettes des arbres dénudés qu'ils découvraient les mettaient mal à l'aise.

— On m'avait mis à travailler dans une ferme quand j'avais huit ans, dit Gussie pendant qu'ils traversaient une pâture. C'était déjà dur à l'orphelinat, mais la ferme était pire. J'avais tellement faim que je mangeais la pâtée des cochons.

— Sois tranquille, nous n'allons pas rester ici, le rassura Hope. Pense plutôt au bois qu'on va rapporter plein nos sacs et au bon feu qu'on va allumer en rentrant chez nous. Si on trouve des pommes de terre dans un champ, on les fera cuire sous la cendre.

Les champs qu'ils traversaient, les bois qui se profilaient au loin et même la froidure revigorante du vent rappelaient à Hope sa campagne natale. Elle sentait dans l'air la fumée des feux de bois et l'odeur des bouses de vache, elle entendait les corbeaux croasser dans les arbres. Le clocher d'une église se détachant contre le ciel lui rappela aussi les sermons du révérend Gosling qui fustigeait le péché.

En arrivant dans les bois, Betsy cessa de se plaindre du froid et Gussie retrouva sa bonne humeur devant l'abondance des branches mortes qui jonchaient le sol et allaient alimenter leur cheminée. Mais Hope était trop étouffée par les remords pour se féliciter d'avoir eu l'idée d'amener ses compagnons ici. Elle se mit à remplir son sac en silence tout en s'accablant de reproches.

Ce n'était pas sa faute si elle avait dû quitter Briargate et débarquer à Lewins Mead, mais elle n'avait jamais tenté sérieusement de se sortir de là. Au début de janvier, ses meurtrissures effacées, elle avait essayé de trouver un travail respectable. Partout où elle s'était présentée, boutiques, auberges, blanchisseries, elle avait essuyé des refus et à force elle s'était découragée et, plutôt que de persister, elle avait jugé moins démoralisant de faire de la récupération avec ses amis. Plus facile, aussi. Il leur suffisait de faire la tournée des entrepôts, des ateliers, des usines pour trouver dans leurs poubelles des trésors qu'ils revendaient à bon prix.

Une fois prises, ces habitudes de facilité l'avaient rendue aussi apathique que les autres habitants du quartier et elle avait perdu jusqu'à l'envie de réagir. Elle faisait tous les jours la grasse matinée, courait les rues au lieu de chercher du travail et, pire encore, avait pris l'habitude de boire deux ou trois verres de gin presque tous les soirs pour oublier la réalité sordide de sa nouvelle existence. Maintenant, elle était devenue une voleuse ! On lui aurait dit, quelques mois plus tôt, qu'elle en arriverait là, elle aurait été horrifiée.

L'ignorance et la paresse étaient les véritables plaies de Lewins Mead, mais Hope ne pouvait pas invoquer l'ignorance pour s'excuser. Ses parents lui avaient appris la différence entre le bien et le mal, elle était instruite et possédait des connaissances dont ses voisins étaient privés. Ce n'était peut-être pas sa faute si elle s'était laissée glisser sur la pente, mais elle devait à tout prix stopper sa chute et se sortir du gouffre. Sinon, elle finirait en prison ou se verrait contrainte pour survivre de vendre son corps – jusqu'à ce qu'il soit trop malade ou trop usé pour que quiconque en veuille.

Le jour baissait et le vent se faisait plus cinglant lorsque les trois amis prirent le chemin du retour, lourdement chargés de sacs de bois. Hope avait trouvé dans un champ des pommes de terre oubliées qui, par miracle, n'avaient pas été gâtées par le gel.

— Si on vendait un des sacs, dit Betsy, on aurait de quoi se payer deux verres de gin chacun.

— Il va recommencer à neiger, nous aurons besoin du bois, répondit Hope. Ce n'est pas le gin qui nous réchauffera.

— Tu te prends pour la patronne depuis que tu as commencé à voler ? rétorqua Betsy d'un ton sarcastique.

Hope ravala la riposte qui lui montait aux lèvres. Si elle leur disait la moitié de ses pensées de l'après-midi, ses amis croiraient qu'elle condamnait le mode de vie que la nécessité les avait forcés d'adopter.

— Je n'ai pas commencé, ce n'était qu'un essai et j'ai eu trop peur pour avoir envie de recommencer. Je vais chercher un vrai travail.

— Il n'y a pas de travail pour les gens comme nous, répondit Betsy avec amertume. Tu aurais dû t'en rendre compte.

— Eh bien, je ramasserai du bois et je le vendrai.

— Tu ne pourras jamais ramasser assez de bois sans une brouette, lui fit observer Gussie. De toute façon, j'avais compris dès le début que tu n'étais pas douée pour voler, ajouta-t-il sans méchanceté.

Deux heures plus tard, devant leur cheminée où flambait un feu d'enfer et où les pommes de terre cuisaient sous la cendre, Hope s'efforça de présenter son point de vue avec tact. Comme elle s'y attendait, Betsy se rebiffa, mais Gussie prit son parti.

— Ça me plairait pas du tout de te voir finir sur le trottoir. Betsy non plus, elle ne le ferait pas même si elle crevait de faim.

— Tu te trompes, le corrigea Betsy. Si je trouvais un client jeune, beau, riche et prêt à me faire plaisir, je sauterais sur l'occasion.

Hope ne put s'empêcher de rire. Betsy voulait toujours avoir le dernier mot et ne lançait souvent une discussion qu'avec cet objectif.

— Si je rencontrais un homme comme ça, je voudrais l'épouser, pas seulement coucher avec, répondit-elle. Mais ça ne risquera pas de m'arriver tant que j'aurai cette allure-là.

— Tu es belle comme un astre, Hope, dit Gussie qui ne remarquait visiblement pas ses cheveux emmêlés ni sa robe sale et défraîchie. Betsy aussi. Vous trouveriez toutes les deux l'oiseau rare si vous vous en donniez la peine.

— Tu es trop gentil, répondit-elle. Mais ce n'est pas en rêvant d'un homme qui m'emmènerait dans une belle maison et mettrait de bonnes choses sur la table que je serai plus avancée. Il faut se donner du mal pour mériter une meilleure vie.

Il neigea cette nuit-là et toute la journée du lendemain. Les deux colocataires, Mole et Shanks, et leurs bonnes amies ne sortirent pas ce jour-là. Ils restèrent tous groupés devant la cheminée à jouer aux cartes, à boire la bouteille de rhum apportée par Mole, à se disputer et à raconter des boniments.

Si Hope était contente d'être à l'abri du froid, elle n'éprouvait aucun plaisir d'être contrainte de passer autant de temps avec les autres, qu'elle ne voyait presque jamais parce qu'ils ne venaient que la nuit. Les garçons étaient des voyous grossiers et sans éducation, leur conversation se bornait à des monologues émaillés de propos orduriers. Quant aux filles, Hope s'était rendu compte depuis des semaines qu'elles se prostituaient et donnaient leurs gains aux hommes. Ces quatre-là incarnaient tout ce qu'elle abhorrait à Lewins Mead.

Vers cinq heures du soir, confinée avec six autres personnes dans un espace exigu empuanti par l'odeur de corps mal lavés et forcée de subir les obscénités d'individus qui vivaient en parasites, elle avait l'impression d'avoir fait un long séjour en prison. Elle avait passé le plus clair de la journée à regarder par la fenêtre, car la neige qui tombait sur les toits était, elle, au moins, belle et propre. Mais maintenant que la nuit tombait, elle avait dû se retirer sur sa pile de sacs et, à la lumière incertaine du feu et de deux chandelles, les quatre intrus n'étaient pas seulement laids mais inquiétants.

Hope sentait que Betsy et Gussie ne supportaient pas mieux qu'elle cette compagnie forcée. Betsy avait beau dire qu'ils étaient des amis, cela signifiait que Gussie et elle les connaissaient, pas qu'ils les aimaient.

Ils avaient besoin d'eux pour payer le loyer de trois shillings par semaine et, jusqu'à présent, ils n'étaient pas gênants car ils disparaissaient le matin pour ne revenir que tard dans la nuit.

Cet emprisonnement contraint eut le mérite de renforcer la détermination de Hope d'échapper à Lewins Mead pour ne plus y revenir. Son seul regret serait d'abandonner des amis qui lui étaient devenus aussi chers que les membres de sa propre famille.

— À quoi tu penses ? lui demanda Gussie à mi-voix, comme s'il avait lu dans ses pensées.

— À trouver du travail, répondit-elle aussi bas.

Si les autres l'avaient entendue, ils auraient fait des commentaires qu'elle n'avait aucune envie d'entendre.

— Tu devrais aller faire un tour à l'école élémentaire, suggéra Gussie. L'instituteur, M. Phelps, est un type régulier à ce qu'on dit. Il pourrait peut-être te donner un coup de main.

Hope avait aussi entendu parler d'une Mlle Carpenter, la fille d'un pasteur, qui avait aménagé un vieil entrepôt en salle de classe pour apprendre à lire et à écrire aux enfants perdus de Lewins Mead. Elle avait la réputation de se passionner pour ce qu'elle considérait comme un apostolat. Hope n'avait pourtant jamais trouvé le courage de se renseigner davantage.

— On dirait que tu y as fait un tour toi-même, dit-elle en souriant.

Pour elle, Gussie gardait une part de mystère. Extérieurement, il était aussi retors, vantard et peu scrupuleux que Mole et Shanks, mais elle sentait derrière cette façade une sensibilité et une gentillesse que sa rude vie errante et les épreuves de son enfance, qu'il taisait pourtant pudiquement, n'avaient pas étouffées.

— Oui, j'y suis allé voir une ou deux fois, admit-il. Je voulais m'instruire un peu, mais j'étais pas taillé pour ça. Il y a que des gamins et, de toute façon, je pouvais pas y aller tous les jours.

— On y donne aussi des cours du soir. Tu pourrais y assister.

— J'y ai pensé, soupira Gussie. Mais ça voudrait dire que je laisserais Betsy toute seule et elle est pas en sécurité sans moi. Ni toi non plus.

Hope savait qu'il craignait pour Betsy et elle les pourvoyeurs de la « traite des Blanches ». Le quartier grouillait de messieurs bien vêtus, aimables, prompts à charmer et à offrir des cadeaux aux filles sans méfiance qui se retrouvaient dans une maison de prostitution à Londres ou dans les autres grandes villes d'Angleterre et même à l'étranger. La police en arrêtait certains de temps en temps, mais le trafic était trop lucratif pour ne pas prospérer et les commanditaires étaient des hommes riches et puissants, qui bénéficiaient d'appuis en haut lieu.

Betsy avait déjà raconté à Hope comment elle avait vendu sa virginité à un capitaine, généreux mais aux mœurs dépravées. Hope comprenait cependant que l'inquiétude de Gussie était justifiée. Betsy était belle, sensuelle, attirait l'attention des hommes partout où elle passait. Toujours sociable, elle liait volontiers conversation avec des inconnus. Si Gussie ne veillait pas sur elle, n'importe qui pourrait glisser une drogue dans sa boisson, la ligoter et la faire disparaître. Les exemples de telles pratiques abondaient.

— On pourrait lui dire de ne pas sortir seule quand tu vas aux cours du soir, dit Hope sans conviction.

— Tu sais bien ce qu'elle répondrait, dit-il en riant.

Elle le savait, en effet. Betsy avait un caractère trop indépendant pour obéir à qui que ce soit et ne ferait que se moquer des craintes de Gussie à son sujet.

— Eh bien, on pourrait peut-être la persuader de t'accompagner. Elle aimerait sûrement apprendre à lire et à écrire elle aussi.

— Tu n'y penses pas, dit-il tristement. Elle ne supporte pas les vieilles filles comme cette demoiselle Carpenter.

Hope ne dormit pas cette nuit-là. N'étant pas sortie de la journée, elle n'était pas fatiguée, mais elle tournait et retournait dans son esprit enfiévré la question de savoir comment trouver du travail et se sortir du gouffre d'oisiveté où elle s'enlisait. Sans certificats ni vêtements convenables, elle ne pouvait pas espérer de place de domestique ou d'emploi respectable. Le ramassage du bois représentait donc le seul travail lucratif auquel elle pourrait prétendre mais, comme le lui avait fait observer Gussie, elle n'en ramasserait jamais assez à chaque voyage pour en obtenir mieux qu'une maigre pitance.

Il faisait nuit noire quand elle se leva. La puanteur de la pièce et les ronflements de Mole devenaient si insoutenables qu'elle ne pouvait plus les endurer une minute de plus. Dormant tout habillée à cause du froid, elle n'eut donc qu'à prendre ses bottines, son manteau qui lui servait de couverture et un des sacs sur lesquels elle se couchait pour gagner la porte en enjambant les dormeurs.

La neige tassée sur les pavés de Lamb Lane était glissante, mais le silence régnait à cette heure matinale et la température lui parut un peu moins glaciale que la veille. Pendant son insomnie, Hope avait calculé qu'il lui faudrait vendre au moins cinq ou six sacs de bois par jour pour gagner sa vie. Cela exigerait beaucoup de trajets à pied avec de lourdes charges, mais elle réussirait si elle y appliquait sa volonté.

# 11

Matt descendit l'escalier en titubant de sommeil. Il était à peine cinq heures du matin, il faisait encore nuit noire et il pleuvait à verse. Le genre de journée où il aurait voulu être n'importe quoi d'autre que fermier et rester au lit avec Amy au moins une heure de plus.

Il entendit siffler la bouilloire avant même d'ouvrir la porte de la cuisine. Nell était prostrée sur un tabouret à côté du fourneau et y était à l'évidence depuis un long moment. Quand elle tourna vers lui ses yeux rouges et gonflés d'avoir pleuré, il sentit son cœur se serrer. À une heure aussi matinale, il n'était pas en état d'affronter le chagrin de sa sœur préférée.

— Arrête, Nell ! Tu n'as pas besoin de te lever aussi tôt pour ça, laissa-t-il échapper malgré lui.

— Je me suis toujours levée de bonne heure, répondit-elle. Amy sera débordée toute la journée avec les enfants, allumer le feu à sa place est la moindre des choses.

Matt s'assit en soupirant. Quand Amy lui disait que Nell en faisait trop et usurpait sa place dans la maison, il lui répondait que c'était sa manière de les remercier de l'avoir recueillie, mais Amy répliquait qu'elle en avait assez de ces intempestives démonstrations de gratitude et qu'elle préférerait récupérer sa cuisine.

— Je ne parlais pas d'allumer le fourneau ou de préparer mon petit déjeuner. Cesse de pleurer et de te lamenter au sujet de Hope.

— Comment veux-tu que je cesse quand je sais qu'elle a été assassinée et que son meurtrier est libre comme l'air ? riposta Nell, ulcérée. Et quand je pense que je suis sans doute la seule personne au monde à s'en soucier !

— Ne dis pas de sottises, tu sais très bien que ce n'est pas vrai, dit Matt avec lassitude. Nous avons tous fini par admettre qu'elle s'est enfuie avec son amant, tu devrais l'accepter toi aussi.

— Jamais je ne pourrai, c'est ce qu'Albert veut me faire croire ! Tu étais d'accord avec moi pour juger que sa lettre sonnait faux.

Matt ne put retenir un grognement agacé. Il était beaucoup trop tôt pour ce genre de discussion. Il exprima une fois de plus son point de vue sur la lettre, en précisant que Hope devait avoir hâte de partir et qu'aucune explication n'aurait adouci le chagrin de Nell.

— Peut-être, mais elle aurait écrit plus tard pour nous rassurer, tu le sais bien, insista-t-elle, les larmes aux yeux.

Comme toujours quand il voyait Nell malheureuse, Matt s'en voulut de l'avoir rabrouée. Il se leva, la prit dans ses bras.

— Peut-être aussi qu'elle a trop honte pour écrire. Si j'avais fait la même chose qu'elle, je préférerais ne plus donner signe de vie, tu sais.

Matt aurait bien voulu que ses propres sentiments fussent aussi simples que cette explication. Il était tiraillé entre l'angoisse qu'il se faisait à cause de Hope, la fureur en voyant la peine que sa disparition provoquait chez Nell et la honte qui avait rejailli sur toute la famille.

Que tout le monde ait été scandalisé par sa fuite avec un soldat était compréhensible. Les Renton avaient toujours été considérés comme des gens trop sensés et respectables pour se conduire de manière aussi irresponsable. L'affaire aurait vite sombré dans l'oubli si la réaction de Nell avait été moins extrême. Quitter son mari et son emploi de confiance à Briargate avait soulevé toutes sortes de soupçons et la manière dont elle se comportait depuis ne faisait que jeter de l'huile sur le feu. Certains pensaient qu'elle avait perdu la raison, d'autres qu'Albert, voire sir William lui-même avait enlevé Hope dans un but inavouable. Il ne s'écoulait pas un jour sans que Matt ou Amy soient accostés par une personne exigeant de connaître le fin mot de ce sinistre mystère.

Lorsque Nell était arrivée chez lui la veille de Noël dans un indescriptible désarroi, Matt avait pris au sérieux ses accusations de meurtre et s'était précipité à Briargate, prêt à tuer Albert de ses mains s'il l'avait vu. Mais sir William était intervenu et était parvenu à le calmer. Il lui avait affirmé qu'Albert coupait du bois dans la remise au moment de la disparition de Hope, qu'il l'y avait lui-même vu en revenant de sa promenade et avait rappelé à Matt qu'Albert avait aussitôt montré à Baines la lettre de Hope trouvée dans le pavillon. En outre, c'est Baines qui avait dissuadé sir William d'écrire à Nell pour l'informer de l'événement, qui lui aurait causé un choc trop violent.

Sir William n'aurait pas pu se montrer plus compréhensif. Il avait lui-même proposé de demander à la police d'enquêter pour apporter à Nell la preuve qu'aucun crime n'avait été commis, dans l'espoir qu'elle accepterait ainsi de revenir à Briargate et de reprendre la vie commune avec Albert.

Le surlendemain, Matt avait aidé la police à passer au peigne fin les alentours de Briargate, les bois et même le pavillon d'Albert, mais leurs recherches n'avaient rien donné. Et malgré tout, Nell continuait à sangloter et à gémir. Elle avait même refusé de parler à Albert quand il était venu à la ferme de Matt dans l'espoir de la persuader de revenir vivre avec lui. Matt s'était efforcé de lui faire entendre raison en lui rappelant qu'une femme qui quitte son mari est mise au ban de la société parce qu'elle renie les vœux prononcés le jour de son mariage. Aucun argument ne l'avait ébranlée. Elle avait répondu qu'elle avait l'intime conviction qu'Albert était un assassin et qu'elle se moquait de ce que les gens penseraient d'elle.

Une quinzaine de jours après les fouilles de la police, Matt était allé voir Albert, qui s'était montré très raisonnable. Il avait admis qu'il aurait dû faire preuve de plus de compréhension envers Nell quand elle avait découvert à son retour que sa jeune sœur s'était enfuie, mais il avait expliqué que Nell l'avait réveillé en pleine nuit en l'accablant de reproches sans lui laisser le temps de placer un mot. Il avait avoué sans détour que leur mariage était un échec depuis le début, sans doute parce qu'ils n'avaient pas pu avoir d'enfants. Il s'était déclaré prêt à faire une nouvelle tentative, mais qu'il ne pouvait rien contre la haine que Nell lui vouait parce qu'elle croyait qu'il avait tué Hope.

Matt n'avait jamais aimé Albert, qu'il jugeait froid et prétentieux, mais il avait au moins fait preuve d'honnêteté en avouant avoir été trop dur avec Hope par le passé et qu'il avait manqué de patience et de compréhension envers Nell, compte tenu des souffrances qu'elle avait subies ces dernières semaines. Matt avait eu presque pitié de lui, car il était particulièrement humiliant pour un homme d'être traité de criminel par sa propre femme.

Quelques semaines plus tard, Nell avait reçu une lettre de lady Harvey. Nell avait refusé de dire ce qu'elle contenait, mais Matt avait vu le certificat qui y était joint, par lequel lady Anne couvrait Nell des éloges les plus flatteurs. Nell n'avait toutefois manifesté aucune reconnaissance et s'était bornée à dire qu'elle savait des choses préjudiciables à son ancienne patronne, qui ne lui avait envoyé ce certificat que par peur que Nell ne les révèle. Pour sa part, Matt estimait que lady Anne avait fait preuve de beaucoup de bonté de ne pas tenir rigueur à Nell de l'avoir abandonnée la veille de Noël et d'avoir fait venir la police à Briargate, ce qui avait provoqué une vague de racontars dans tout le comté. Si elle espérait qu'un certificat aussi élogieux amènerait Nell à trouver une place loin de Briargate, Matt ne pouvait le lui reprocher car il était lui aussi à bout de patience. Nell emplissait la ferme de ses jérémiades et de ses récriminations, indisposait Amy et faisait même parfois peur aux enfants.

Il en voulait à Hope d'être la cause de tous ces problèmes tout en ne parvenant pas à dominer son inquiétude à son sujet. Elle était si jeune et inexpérimentée qu'un homme capable de lui faire oublier sa famille le serait aussi de l'entraîner à faire n'importe quoi. Nul n'ignorait que les grandes villes sont les repaires du vice, où une jolie fleur délicate comme elle serait vite flétrie et souillée.

Il ruminait ces sombres pensées en regardant Nell verser l'eau bouillante dans la théière. Elle avait maigri au point de paraître décharnée, ses belles joues roses étaient grises et creuses, sa triste robe bleue pendait sur elle en plis disgracieux. À trente-deux ans, elle avait l'apparence d'une vieille femme. Ses cheveux bruns avaient perdu tout leur éclat et elle les coiffait en les tirant en arrière, de sorte que son visage amaigri ressemblait à une tête de mort. Rien ne parvenait à la distraire de sa douleur, ni les enfants qu'elle aimait pourtant avec tendresse, ni les premiers signes de l'arrivée du printemps ni les lettres de James et de Ruth. Elle ne se souciait même plus de Joe et de Henry, partis chercher fortune à Londres. Elle était trop obsédée par Hope pour prêter la moindre attention à qui et quoi que ce soit d'autre.

Que faire ? se demandait Matt, découragé. Amy en avait plus qu'assez et voulait qu'il dise à Nell de partir. Mais comment mettre sa sœur à la porte en sachant qu'elle n'avait nulle part où aller ? Il en était là de ses réflexions quand Nell posa la théière sur la table et alla prendre les tasses sur le dressoir.

— J'irai vendre les œufs à Keynsham aujourd'hui et, pendant que j'y serai, je chercherai du travail, déclara-t-elle tout à coup.

Matt se borna à hocher la tête. Il doutait que Nell trouve un emploi quelconque dans un si petit village, mais en y allant elle lui épargnait la corvée et son absence donnerait un peu de répit à Amy.

— Si je ne trouve rien là-bas, reprit-elle, j'irai voir Ruth demain à Bath.

— Ta visite lui fera plaisir, parvint à répondre Matt.

Il s'était lui-même rendu à Bath peu après la disparition de Hope afin d'apprendre la nouvelle à Ruth et à James. Ruth avait d'abord été étonnée et inquiète, mais elle avait ensuite observé qu'une jeune fille pouvait aspirer à une autre vie que celle qui lui était réservée à Briargate. Après le nouvel an, lorsque Matt y était retourné pour les informer de la réaction de Nell et de ses accusations contre Albert, Ruth s'était carrément fâchée de ce qu'elle qualifiait de mauvais mélodrame. «Qu'est-ce qu'il aurait gagné en la tuant? avait-elle demandé. Nell finira dans un asile de fous si elle continue comme cela!»

James, Toby et Alice avaient réagi comme Ruth. S'ils n'approuvaient pas Hope de s'être enfuie de manière aussi irresponsable et s'inquiétaient de son sort, ils considéraient qu'elle avait éprouvé le besoin de changer de vie et que Nell devait s'y résigner.

Matt était à peu près certain que Ruth ne manifesterait guère de patience devant les élucubrations de sa sœur aînée, surtout maintenant qu'elle avait un enfant. Il espérait seulement que Ruth ne serait pas trop dure avec Nell pour ne pas aggraver son désarroi.

Quand Nell sortit de la ferme vers six heures et demie du matin, le panier d'œufs au bras, il ne pleuvait plus et le jour se levait. Elle prit le raccourci à travers champs en direction de Compton Dando, ce qui la fit passer tout près de l'ancien cottage de ses parents qu'elle évita de regarder. Elle ne voulait à aucun prix évoquer ses souvenirs d'enfance ni rien qui puisse lui rappeler Hope.

Elle était tout à fait consciente d'abuser de la patience de Matt et d'Amy. Elle savait aussi qu'elle craquait mentalement et était horrifiée des conséquences de sa décision de quitter Albert. Elle éprouvait souvent la tentation de se justifier en déclarant que son mariage n'avait jamais été consommé, ce qui ferait d'Albert la risée de tout le pays. Elle pensait aussi à faire honte à lady Anne en révélant le secret de la naissance de Hope. Les gens comprendraient alors à quel point elle avait été loyale et dévouée à sa maîtresse et seraient choqués qu'une mère fasse preuve d'autant d'indifférence au sujet de sa fille. Mais claironner tout cela maintenant ne pourrait que renforcer la conviction générale qu'elle perdait la raison. Personne ne la croirait et on finirait par l'enfermer dans un asile pour la faire taire.

Elle avait finalement conclu que la seule solution serait de trouver un emploi le plus loin possible. Elle voyait des souvenirs de Hope partout où elle posait les yeux, son affliction continuelle finissait par dresser contre elle son frère et sa belle-sœur, même si elle essayait de se rendre utile. Dans sa lettre, lady Anne avait soigneusement masqué ses véritables sentiments. Elle manifestait de la compassion pour les problèmes conjugaux de Nell et précisait qu'elle écrivait dans son certificat le nom de jeune fille de Nell pour mieux l'aider à trouver un nouvel emploi. Nell avait pourtant discerné la glace sous la chaleur factice des compliments. Elle espérait manifestement que Nell irait au diable et verrouillait la porte entre elle et la dévouée femme de chambre dont elle avait prétendu qu'elle était sa seule amie.

Lorsque Nell arriva au hameau de Chewton, le soleil était levé et, bien que le vent fût encore frais, elle remarqua pour la première fois des bourgeons sur les haies et des primevères qui pointaient. Entendant des canards caqueter sur la rivière, elle posa son panier et se pencha sur le parapet du pont. Elle n'en avait jamais vu en aussi grand nombre, une vingtaine au moins, qui jouaient à se poursuivre. Les saules portaient leurs premières feuilles et l'herbe de la rive était couverte de jonquilles. La paisible beauté de la scène lui fit prendre conscience que, depuis Noël, elle n'avait accordé aucune attention à rien de ce qui l'entourait pour se complaire dans son propre malheur.

Le bruit des sabots d'un cheval qui s'approchait l'incita à se coller au parapet. En se retournant pour voir qui arrivait, elle fut stupéfiée de reconnaître le capitaine Pettigrew.

— Nell! s'écria-t-il en s'arrêtant, aussi surpris qu'elle de la rencontre. Comment allez-vous ? J'ai appris que vous aviez quitté Briargate, mais je pensais que vous étiez partie au loin.

En dépit de ses premiers sentiments à son égard, Nell avait été conquise par la manière dont il avait pris la situation en main avant la mort de l'ancienne cuisinière. Si son côté puritain lui conseillait de se méfier d'un homme qui n'avait pas reculé devant l'adultère, elle connaissait la réalité de ses rapports avec lady Anne et son instinct lui disait qu'il l'avait réellement aimée et l'aimait sans doute encore. Et puis, comment ne pas faire confiance au père de Hope ?

— Je devrais être déjà partie, répondit-elle en rougissant sous son regard attentif. Depuis le départ de ma sœur, il ne me reste ici que des souvenirs douloureux.

— J'ai appris cela, en effet, dit-il en mettant pied à terre. Curieuse histoire. Vous ne croyez pas à sa fuite avec un soldat, m'a-t-on dit?

— Non, monsieur. D'abord, personne n'a vu de soldat dans les parages depuis des années. Et puis, juste avant mon départ avec lady Anne au moment de la maladie de son père, Hope m'avait avoué tristement qu'elle n'avait aucune chance de trouver un amoureux ici.

— Elle aurait pu le rencontrer en votre absence, suggéra-t-il.

— Je ne vois pas comment. Elle n'avait qu'une demi-journée de congé par semaine, qu'elle passait toujours à la ferme de notre frère.

— Pardonnez-moi d'être aussi direct, Nell, mais j'ai entendu dire que vous accusez votre mari de l'avoir tuée. Est-ce exact ou une simple rumeur?

— Je le crois encore, monsieur. Maintenant, je suis en butte au mépris de tout le monde parce que j'ai quitté mon mari. Mais comment pouvais-je rester avec un homme aussi mauvais?

— De bien fortes paroles, Nell. Mais je vous félicite d'avoir le courage de rester ferme sur ce que vous croyez. Vous devez beaucoup manquer à lady Harvey, je sais combien elle vous appréciait.

— Lady Anne ne se soucie de personne que d'elle-même, laissa échapper Nell sans pouvoir s'en empêcher. À part vous, je crois, ajouta-t-elle en rougissant de son excès de franchise.

— Écoutez, Nell, soupira le capitaine, je sais qu'Anne n'avait pas de secrets pour vous, c'est pourquoi je me permets de vous parler franchement. Anne et moi sommes tous deux victimes d'une société intolérante qui ne nous accordait aucun avenir ensemble sauf à devenir des proscrits. Peut-être vous a-t-elle dit que je lui avais demandé il y a des années d'affronter cette disgrâce et de partir avec moi.

Cet aveu étonna Nell plus qu'il ne la choqua.

— Non, monsieur, je l'ignorais. Elle m'a simplement dit qu'elle vous avait écrit pendant que nous étions dans le Sussex pour vous signifier que tout était fini entre vous.

— C'est bien d'Anne! dit-il avec un rire sans gaieté. Elle ne peut jamais rien raconter jusqu'au bout. Peut-être est-ce pourquoi elle vous en a voulu d'avoir eu le courage de quitter votre mari alors qu'elle n'a pas pu se résoudre à en faire autant.

— La situation de lady Harvey et la mienne n'ont rien de commun, monsieur, répondit Nell qui ne pouvait se résoudre à médire de son ancienne maîtresse. Albert ne m'a pas laissé le choix, je ne pouvais plus vivre avec lui.

Le capitaine lui prit familièrement le menton pour lui faire lever la tête et la regarder dans les yeux.

— Vous êtes trop maigre et vous paraissez profondément troublée, Nell. L'on m'a dit que lady Harvey est dans le même état. J'en arrive à me demander si vous ne vous êtes pas disputées pour un sujet plus grave que les défauts d'Albert.

Nell sentit son estomac se nouer, mais parvint à se dominer.

— Si elle est maigre et troublée, répondit-elle sèchement, c'est sans doute parce qu'elle ne peut pas faire elle-même tout ce que je faisais pour elle.

— Un autre pourrait peut-être vous croire, dit-il avec un demi-sourire, mais pas moi. De toute façon, j'admire votre fidélité envers elle. Et maintenant, dites-moi, où allez-vous avec tous ces œufs ?

— Les vendre à un crémier de Keynsham, qui est un client régulier de mon frère. Ensuite, j'irai chercher du travail.

— Je n'imagine pas qu'une femme de chambre aussi qualifiée que vous soit très demandée dans ce village.

— J'accepterais n'importe quoi. Je n'ai guère le choix, vous savez. Je sais tenir une maison et faire la cuisine. J'accepterais même un emploi de serveuse dans un pub si on m'y donnait le vivre et le couvert.

Il la regarda si longtemps en silence que Nell se sentit mal à l'aise.

— Pourriez-vous envisager de devenir ma gouvernante ? dit-il enfin.

— Mais, monsieur, vous n'avez pas de maison ! s'écria-t-elle, les yeux écarquillés de surprise.

— Si, j'en ai acheté une il y a près de deux ans. Rien de bien luxueux, rassurez-vous, juste un toit pour passer mes permissions et me retirer quand je serai trop vieux pour rester soldat. Je pense depuis un certain temps déjà à engager quelqu'un, mais il y a tant à faire avant que quiconque puisse s'accommoder de l'inconfort ! Je crois cependant que vous pourriez juger cette proposition opportune et, pour ma part, je serais enchanté que vous l'acceptiez.

Nell se demanda si c'était pour lui un moyen détourné de se rapprocher de lady Anne. Mais que ce soit le cas ou non, il lui faisait une offre qu'elle ne pouvait pas refuser.

— Je vous remercie infiniment, monsieur. Je vous suis sincèrement reconnaissante de votre bonté.

Après lui avoir indiqué comment se rendre au village de Saltford sur la route de Bath et suggéré de venir le voir après avoir vendu les œufs, le capitaine se remit en selle et s'éloigna. Nell reprit son panier, le cœur plus léger. Elle ne se souciait guère de l'état de la maison ni du fait qu'elle y serait la seule servante. Le capitaine était un vrai gentleman, qui s'intéressait assez à sa situation pour lui venir en aide avec élégance et discrétion. Elle avait l'impression qu'un bon Samaritain lui offrait une lanterne dans les ténèbres où elle s'était égarée.

Nell resta un bon moment devant Willow End, la maison du capitaine, avant de pousser la barrière et de traverser le jardin vers la porte d'entrée. Le choix de cette maison l'étonnait. Elle se serait attendue à ce qu'un officier, célibataire de surcroît, élise résidence à Bath ou à Bristol, pas en pleine campagne entre ces deux villes. Plus grande qu'un cottage et pourvue d'une écurie et de quelques dépendances, la maison n'avait pourtant rien d'un manoir et aurait mieux convenu, pensait-elle, à un commerçant aisé ou même à un maître d'école.

Quelques autres bâtisses isolées s'égrenaient le long de la route de Bath, à l'écart du village. L'endroit était plaisant, dominant les champs qui descendaient jusqu'aux rives de l'Avon. Le capitaine avait raison de dire que la maison avait besoin de travaux, car le toit et les volets s'affaissaient par endroits et le jardin n'avait pas été entretenu depuis des années. Nell en déduisit que l'intérieur ne devait pas être en meilleur état, mais c'était parfait pour elle en ce moment, loin d'Albert mais assez proche de Matt et de Ruth pour se sentir en sécurité. Quant à la quantité de travail qui l'attendait à l'évidence, elle ne pouvait que s'en réjouir. Elle ne voulait surtout pas de loisirs pendant lesquels ruminer ses pensées.

— Alors, Nell, qu'en pensez-vous ? lui demanda le capitaine quand ils furent revenus au salon après une visite complète de la maison. Croyez-vous pouvoir vivre ici et vous occuper de moi ?

Nell ne put s'empêcher de sourire. Il lui avait fait faire la visite avec l'enthousiasme d'un adolescent en décrivant ce qu'il projetait pour chacune des pièces. Elle avait constaté avec étonnement que, pour un célibataire, il possédait des quantités incroyables de choses, des livres par centaines, beaucoup encore emballés dans des caisses, de beaux meubles, des horloges, des tapis, de la porcelaine, presque tout encore entassé dans les pièces du bas car le toit fuyait. Le salon était la seule pièce à peu près en ordre. Il y faisait froid car le feu n'était pas allumé, mais il était meublé de fauteuils, d'un tapis, de tables et de chaises et même de quelques tableaux accrochés aux murs. Sa chambre à coucher n'était pas plus confortable qu'une cellule de prison. Elle ne contenait qu'un lit, pas de tapis ni de rideaux, et ses vêtements étaient pendus à des crochets derrière la porte.

— Je serais très heureuse de vivre ici et de tenir la maison pour vous, répondit-elle. Mais il faudrait réparer rapidement le toit avant que l'eau ne s'infiltre jusqu'ici.

— C'est prévu, les travaux commencent demain, dit-il avec un large sourire. Mais pourrez-vous vous servir de mon affreuse cuisine ?

Cette fois, Nell pouffa de rire tout en se rendant compte qu'elle riait pour la première fois depuis des mois. La cuisine n'avait rien d'affreux à ses yeux. Elle était sale, mais de belle taille et lumineuse. Un vigoureux nettoyage suffirait à la rendre très agréable.

— J'ai appris à faire la cuisine sur le feu de la cheminée, vous savez. Le fourneau fonctionnera très bien après un bon ramonage et le cellier sera parfait pour conserver la nourriture au frais.

— J'ai amené quelques amis visiter la maison et ils en ont frémi, admit-il d'un air penaud. Quand je l'ai achetée, je considérais surtout son potentiel, voyez-vous. Elle a une bonne surface de terrain, l'écurie, les dépendances et l'ensemble m'a plu tout de suite. Mais mes amis me disaient que j'avais perdu le sens commun, au point que je me suis demandé s'ils n'avaient pas raison.

— Eh bien, monsieur, nous leur montrerons qu'ils avaient tort.

Il servit deux verres de sherry, lui en tendit un.

— Buvons à l'avenir, Nell ! Et à vous, qui voulez bien venir à mon secours quand j'en ai le plus grand besoin.

Nell but son sherry avec précaution, car elle avait un long chemin à parcourir pour retourner chez Matt et n'avait rien mangé de la journée de plus qu'un morceau pain.

— Je peux venir demain à la première heure, si vous jugez que ce ne sera pas trop tôt.

— Plus tôt vous serez ici, mieux cela vaudra. Mais je viendrai vous chercher en tilbury, comme cela nous pourrons prendre des provisions et ce dont vous aurez besoin sur le chemin du retour. Je ne vais quand même pas vous laisser partir de chez votre frère à pied et en pleine nuit !

— Vous êtes vraiment trop bon, monsieur, répondit-elle, gênée de sa sollicitude.

— J'imagine trop bien par quoi vous êtes passée ces dernières semaines. Les gens sont parfois cruels, même ceux qui prétendent nous aimer. Mais maintenant, Nell, je veux que vous me disiez la vérité. Est-ce que Hope est votre fille ?

Croyait-il que, comme nombre de servantes, elle avait dissimulé sa faute avec la complicité de ses parents en faisant passer Hope pour sa sœur ? Elle lui lança un regard de défi.

— Non, monsieur. Elle en avait peut-être l'impression, puisque j'avais seize ans à sa naissance et que nos parents sont morts trop vite. Mais Hope n'est pas ma fille.

Elle fut tentée d'ajouter qu'elle connaissait ses véritables parents, mais une voix intérieure lui fit remarquer qu'il était encore trop tôt pour révéler ce secret. Pendant qu'il la dévisageait avec intensité, elle soutint son regard sans fléchir.

— Si cela peut vous réconforter, dit-il enfin, je ne crois pas qu'Albert l'ait tuée. Mais je le soupçonne fort d'avoir trouvé le moyen de l'éloigner de Briargate.

— Dans ce cas, qu'est-ce qui l'empêcherait de m'écrire ou d'écrire à ses frères et sœurs pour le leur dire ?

— Peut-être l'a-t-il menacée de se venger sur vous, dit-il en posant une main protectrice sur l'épaule de Nell. Ou sur lady Anne ou même sur Rufus. J'ai des hommes sous mes ordres, Nell, j'ai le devoir de juger leur caractère rapidement et sans me tromper. J'ai toujours discerné chez Albert quelque chose d'inquiétant. Peut-être, quand nous nous connaîtrons mieux, vous sentirez-vous capable de m'en dire davantage sur votre vie avec lui.

Nell sentit les larmes lui monter aux yeux. Personne, pas même Matt qui pourtant détestait Albert, n'avait fait preuve d'une telle compréhension.

— Peut-être, répondit-elle d'une voix enrouée. Mais il est difficile pour une femme de dire à un homme des choses aussi personnelles.

— Je sais, dit-il en lui effleurant la joue d'une légère caresse. Il est bien triste que les hommes et les femmes croient que le sexe opposé soit aussi différent du leur. Nous sommes endoctrinés depuis notre enfance pour le croire, tout nous encourage à dissimuler nos sentiments réels et c'est ce qui nous pousse trop souvent à des mariages sans amour. Comment s'étonner, dans ces conditions, que nous ne puissions pas communiquer librement ?

Sincèrement émue, Nell parvint à ravaler ses larmes.

— Vous êtes plein de bonté et de compréhension. Ce sera pour moi un réel plaisir de prendre soin de votre maison et de vous-même.

— J'espère aussi que nous deviendrons amis. Nous avons plus en commun que vous ne le croyez, Nell. Nous sommes tous deux victimes des circonstances. Je considère notre rencontre de ce matin comme un coup de chance et j'espère que vous êtes du même avis.

Sur le chemin du retour, Nell eut presque envie de chanter. Pas seulement parce qu'elle avait trouvé un emploi et un toit, mais surtout parce que sa douleur était enfin prise au sérieux. Elle ne savait pas si cela lui suffirait pour se ressaisir et redevenir elle-même, mais elle retrouvait son optimisme. Car si le capitaine croyait que Hope était en vie, elle pourrait arriver à le croire elle aussi.

— Je suis content pour toi, dit Matt en embrassant sa sœur le lendemain matin. Mais ce n'est pas l'emploi que je t'aurais conseillé, tu sais. C'est un célibataire, après tout.

Nell sourit, amusée. Matt pensait qu'elle serait en danger avec n'importe quel homme, mais il ne savait pas qu'elle avait dormi six ans dans le même lit qu'Albert sans même qu'il pose un doigt sur elle. Un gentleman comme le capitaine ne la désirerait sûrement pas.

— La moitié des gens d'ici croient que je suis folle, l'autre moitié que j'ai déjà un pied en enfer, dit-elle en riant. Je n'en suis plus à un scandale près. Mais le capitaine sera souvent absent et tu pourras venir me surveiller quand tu voudras. Il me plaît beaucoup, c'est un homme qui a du cœur. Ne t'inquiète pas pour moi.

— Justement, on dit partout qu'il plaît trop aux femmes.

— Et toi, tu ne leur plais pas ? répliqua Nell, indignée. Je les ai vues, les sœurs Nichols, qui te faisaient de l'œil à l'église ! Il y a des hommes comme ça, ce qui ne veut pas dire qu'il faut toujours s'en méfier. Maintenant, laisse-moi partir, je ne peux pas laisser le capitaine attendre dehors.

Au moment où Nell montait en voiture à côté du capitaine, Amy sortit de la laiterie tout sourires en criant à Nell qu'elle allait lui manquer. Nell n'en crut pas un mot, pas plus que la veille au soir quand Amy avait pris son parti contre les objections de Matt. Elle était trop contente de se débarrasser enfin de son encombrante belle-sœur.

Il était près de minuit quand Nell put enfin se coucher. La seule chambre à l'étage épargnée par les fuites d'eau étant celle du capitaine, elle devait s'accommoder d'un lit de camp dans le petit office attenant à la cuisine. Mais les couvreurs avaient commencé leur travail sur le toit, ils répareraient ensuite les plafonds et, une fois ces travaux terminés, Nell aurait sa propre chambre.

Elle était épuisée. Elle avait frotté et astiqué chaque pouce carré des murs et du sol de la cuisine et de l'office, recouvert de papier neuf les étagères et les placards, déballé une douzaine de caisses de vaisselle, de verres et de batterie de cuisine. Si elle s'étonnait toujours autant qu'un officier célibataire eût en sa possession une telle quantité d'objets domestiques, elle s'était abstenue de lui en demander la raison.

Malgré sa fatigue et ses courbatures, elle se sentait déjà revivre. Elle avait même retrouvé assez d'appétit pour faire elle aussi honneur au ragoût de mouton mijoté à l'intention du capitaine, qui avait manifesté son appréciation en lui disant n'avoir pas fait d'aussi bon repas depuis des mois. Il avait bien ri quand Nell lui avait suggéré de faire débroussailler au plus vite une partie du jardin pour y cultiver des légumes – sans doute, se dit-elle, parce qu'il avait peine à croire que ses connaissances s'étendaient jusqu'à ce domaine.

Tandis qu'elle se laissait gagner par le sommeil, elle éprouvait pour la première fois depuis des années un sentiment de contentement. Dans ses fonctions de femme de chambre, elle avait connu de longues périodes d'ennui et d'oisiveté. S'atteler à la tâche de transformer une ruine en foyer accueillant était autrement plus gratifiant. Le lendemain, elle avait l'intention de s'attaquer à la salle à manger, qui attendait un très beau mobilier couvert de poussière et de superbes rideaux de velours que Nell avait vus dans une caisse. Le capitaine devait s'absenter deux ou trois jours. Il trouverait à son retour une pièce digne d'accueillir des invités de marque.

Sa dernière pensée de la soirée alla cependant à Hope. Elle la revit courir à travers champs, ses beaux cheveux noirs volant au vent, aussi gracieuse qu'une biche, aussi belle que la nature au printemps.

— Si tu es en vie, ma chérie, écris-moi, je t'en prie. Écris-moi, murmura-t-elle en fermant les yeux.

## 12

*1849*

Dans la foule qui grouillait sur le quai, Hope reconnut Betsy qui s'approchait mais, malgré la distance, elle se rendit tout de suite compte que son amie allait mal. Pliée en deux, elle titubait et marchait sans s'arrêter tous les vingt pas comme à son habitude pour échanger une plaisanterie avec un marin ou un docker.

En cette fin d'après-midi d'été, il faisait une chaleur à faire cuire un œuf sur les pavés. Après un nouvel hiver rigoureux, Hope avait appelé la chaleur de tous ses vœux, mais la température était devenue si étouffante depuis quelques semaines, sans une goutte de pluie ni un souffle de vent pour balayer la puanteur et les miasmes émanant des égouts, que l'air était devenu littéralement irrespirable.

Pendant la journée, Hope se réfugiait sur les hauteurs du quartier résidentiel de Clifton. La brise de mer purifiait l'air, les égouts n'étaient pas à ciel ouvert comme en ville, beaucoup de maisons bénéficiaient de l'eau courante et les jardins étaient superbes. Hope avait souvent été tentée d'y passer la nuit pour dormir à la belle étoile plutôt que de retourner dans la fournaise de Lamb Lane, mais Betsy et Gussie l'auraient considéré comme une trahison.

C'est à l'occasion de ses ventes de petit bois pendant son premier hiver à Bristol qu'elle avait réussi à trouver du travail à Clifton. La gouvernante du 5, York Crescent lui avait d'abord fait nettoyer les marches du perron et astiquer les cuivres de la porte d'entrée. L'hiver suivant, elle avait eu assez confiance en elle pour la laisser entrer de temps en temps frotter les parquets et aider à la lessive. Dix-huit mois plus tard, Hope venait régulièrement travailler deux fois par semaine pour un salaire de trois shillings. Mais elle était constamment épiée de peur qu'elle ne vole quelque chose et les autres domestiques la regardaient de haut. Si on lui donnait à manger, ce n'était jamais que des restes. Elle s'était obstinée malgré tout, car ses trois shillings hebdomadaires lui servaient à acheter au marché des fleurs dont elle faisait des bouquets qu'elle vendait dans les rues le reste de la semaine.

Les épreuves endurées pendant ce terrible premier hiver étaient maintenant oubliées. Elle ne pourrait jamais connaître pire, pensait-elle. Comment avait-elle réussi à sortir tous les matins dans un froid glacial, à marcher des heures avec des engelures aux pieds, les mains crevassées et l'estomac vide, elle se le demandait encore. Certains jours, chaque os de son corps criait grâce. L'humiliation de voir les portes lui claquer au nez et la torture de la faim lui faisaient parfois désirer la mort – et tout cela pour quelques sous par jour. Alors, faire le ménage et la lessive deux fois par semaine pour un salaire régulier lui paraissait comme un paradis, même si les autres la méprisaient à cause de sa robe en loques et de ses bottines percées.

Ce matin même, la gouvernante, lui avait offert de l'engager comme bonne à tout faire au salaire de cinq shillings par semaine, logée, nourrie et habillée d'un uniforme et de bottines neuves. Hope aurait dû être aux anges d'accéder enfin à l'emploi honorable dont elle rêvait depuis si longtemps, de pouvoir dormir dans un vrai lit sans être réveillée par un rat ou une souris lui courant sur la figure et de ne plus souffrir de la faim. Pourtant, ce n'était pas le cas. En acceptant les avantages du statut de servante, elle devrait aussi en subir les inconvénients et surmonter l'antipathie que lui inspiraient les maîtres de maison et l'incompétence de la gouvernante. En pensant à Baines, qui faisait marcher Briargate avec une précision d'horloge tout en recevant le respect et l'affection du personnel dont il avait la charge, elle se disait qu'il serait horrifié d'apprendre qu'elle prenait un emploi dans une maison mal tenue.

C'étaient cependant moins les difficultés qu'elle devrait affronter qui la faisaient hésiter que son sentiment de trahir l'amitié de Betsy et de Gussie si elle les abandonnait. Sans leur générosité, leur protection et les méthodes de survie qu'ils lui avaient enseignées, elle n'aurait pas tenu un mois à Lewins Mead. Leur galetas de Lamb Lane était sordide et infesté de vermine, mais elle s'y sentait en sécurité. L'humble petite Hope Renton chassée par les menaces d'Albert était devenue une jeune femme forte et pleine de ressources. Elle ne savait même pas si elle serait encore capable d'obéir aux ordres de qui que ce soit.

Le respect qu'elle vouait à la noblesse avait volé en éclats au spectacle de sir William couché avec Albert et, depuis qu'elle vivait à Bristol, elle avait vu et entendu parler de trop nombreux prétendus gentlemen qui aimaient les garçons ou les fillettes pour croire encore que sir William était une exception. Quant à leurs épouses, elle les méprisait encore plus pour leur hypocrisie. Elles se pavanaient dans les églises en robe de soie, priaient pour les pauvres et les malades, mais ne levaient jamais le petit doigt pour venir en aide aux centaines d'émigrés irlandais, chassés de leur patrie par la famine, entassés dans des taudis, sans ressources, sans nourriture, qui mouraient comme des mouches sous leur regard indifférent faute de soins médicaux. Certains notables allaient jusqu'à dire qu'il fallait chasser *manu militari* cette «racaille papiste» et mettre le feu à leurs misérables cahutes.

Elle devait retourner au 5, York Crescent le lundi matin dire si elle acceptait ou non la proposition. Elle avait la quasi-certitude que si elle refusait, Mme Toms ne lui offrirait plus de travail intermittent. Mais en voyant Betsy si visiblement mal en point, elle oublia ses propres problèmes pour se hâter de venir en aide à son amie.

— Ça ne va pas ? lui demanda-t-elle en lui prenant le bras.

— Pas bien du tout. J'ai mal au ventre, j'ai vomi, je me suis jamais sentie aussi mal. J'ai l'impression que je vais crever.

Betsy était la personne la plus solide, la moins douillette qu'elle eût jamais connue. Jamais elle ne se plaignait si elle se blessait ou était malade et sa réaction avait de quoi inquiéter Hope. Déjà, la veille, elle était pâle, fatiguée et n'avait rien voulu manger. Betsy disait que c'était la chaleur, mais la chaleur seule ne rendrait personne malade à ce point et il devait donc s'agir de quelque chose de beaucoup plus grave. Le bruit courait depuis quelques jours qu'il y avait des cas de fièvres chez les Irlandais et que, s'ils n'étaient pas expédiés ailleurs, la maladie se répandrait dans toute la ville. Après avoir dédaigné ces rumeurs alarmistes, Hope se disait maintenant qu'elles étaient peut-être fondées.

Ne voulant pas inquiéter Betsy en les lui rappelant, elle la prit par la taille pour la soutenir.

— Je vais te ramener à la maison. Tu as dû manger quelque chose de mauvais, mais rassure-toi, je te soignerai.

— Je meurs de soif, gémit Betsy dans l'escalier.

Hope avait maintenant très peur, car Betsy se mouvait lentement et avec difficulté et elle grelottait malgré la chaleur.

— Je te ferai une infusion à la cannelle, la rassura Hope.

Comme elle n'avait jamais apprécié l'eau de Bristol, elle ne buvait elle-même que du thé. Sa mère avait coutume d'infuser de la cannelle dans de l'eau bouillante comme remède contre les maux de ventre et autres maladies, car elle disait que donner de l'eau froide à un malade ne faisait qu'aggraver son état.

En arrivant dans la chambre, elles virent Gussie couché sur sa paillasse. Un seul regard à son visage livide suffit à Hope pour comprendre qu'il souffrait du même mal que Betsy. Il essaya de se relever, mais n'en eut pas la force.

— J'ai été malade, dit-il d'une voix à peine audible.

Hope sentit un frisson glacé la parcourir. S'il n'était pas impossible que ses deux amis aient mangé la même nourriture avariée, les symptômes lui rappelaient trop clairement ceux de ses parents quand ils avaient contracté le typhus. Le révérend Gosling lui avait dit que la maladie prospérait dans des milieux sales et surpeuplés et, depuis, elle n'avait cessé de craindre qu'elle ne frappe à Lewins Mead. L'idée de prendre immédiatement la fuite ne fit que la traverser. La vue de Betsy prostrée sur le plancher, qui se tenait le ventre en grimaçant de douleur, l'en dissuada aussitôt et la remplit de honte.

Elle les coucha plus commodément, entassa des couvertures sur eux, alluma le feu et mit de l'eau à bouillir. Il restait assez d'eau dans une cruche pour leur laver le visage et les mains, mais elle allait devoir descendre en refaire une provision.

Il faisait déjà affreusement chaud dans la chambre et le feu allait encore alourdir l'atmosphère. Debout devant la fenêtre ouverte, Hope s'efforça de se remettre en mémoire les remèdes que sa mère et Nell utilisaient en cas de maladie.

— Je dois aller chercher de l'eau et acheter une ou deux choses, dit-elle à ses amis. Ne bougez pas, je n'en aurai pas pour longtemps.

Dix minutes plus tard, elle remonta chargée de deux cruches d'eau et d'une bouteille de vinaigre, dont sa mère s'était toujours servie pour tout laver au cottage quand quelqu'un était malade. Elle s'était aussi procuré de la cannelle, des chandelles et de la moutarde pour confectionner des cataplasmes.

Depuis la fin de l'hiver, où les colocataires étaient définitivement partis, Hope avait complété leur équipement rudimentaire par quelques ustensiles indispensables, les uns achetés d'occasion, d'autres fournis par Gussie grâce à des méthodes qu'elle préférait ignorer. Ils disposaient désormais d'un balai, d'une vraie casserole, d'une poêle à frire, d'écuelles en faïence et d'une bassine pour laver la vaisselle. Hope avait également rempli les sacs de paille et elle veillait à ce qu'ils ne manquent jamais de savon ni de chiffons pour le ménage. Pourtant, quand elle revint dans la chambre et trouva Betsy en train de vomir dans la tinette, elle prit conscience que la tâche qui consistait à soigner deux malades avec de si maigres moyens serait plus que difficile.

La nuit fut calme. Mais au lever du soleil, Betsy fut de nouveau malade. Elle souffrait autant de sa honte de souiller sa paillasse que des crampes qui lui tordaient le ventre. Hope s'efforça de la rassurer en disant qu'elle se sentirait mieux quand elle aurait éliminé tous les poisons qu'elle avait dans le corps, mais cet accès lui rappelait trop la mort de ses parents pour qu'elle croie à ce qu'elle disait.

Gussie se trouva dans le même état un peu plus tard. Hope ranima le feu pour faire bouillir de l'eau, descendit plusieurs fois remplir les seaux à la pompe et vider la tinette. Elle suait à grosses gouttes en lavant tout à l'eau bouillante pour que ses amis restent propres.

Au début de l'après-midi, elle était au bord de la panique. Ses patients avaient les yeux vitreux, la respiration oppressée et se rendaient à peine compte des soins qu'elle leur dispensait. Il lui fallait d'urgence trouver de l'aide, mais elle savait trop bien qu'aucun médecin ne n'aventurait jamais à Lewins Mead. Mlle Carpenter, l'institutrice bénévole, était la seule personne de sa connaissance qui aurait peut-être assez d'influence pour en persuader un de venir.

Elle n'avait rencontré Mlle Carpenter que deux fois. La première en accompagnant Gussie à l'école dans l'espoir de le convaincre de suivre les cours. La seconde pour demander à Mlle Carpenter si elle pouvait se rendre utile en apprenant à lire aux plus jeunes.

Comme tout le quartier, Hope admirait Mlle Carpenter. Elle prodiguait sans compter son temps et son attention à ses jeunes élèves et suivait avec passion les progrès de chacun d'entre eux. Une personne se consacrant avec un tel dévouement à l'instruction des plus défavorisés ne pouvait que mériter l'admiration, bien qu'elle n'ait pas un caractère facile à apprécier. Elle était froide, souriait rarement et faisait preuve d'une telle intensité dans tout ce qu'elle faisait que beaucoup en avaient peur.

Elle avait assez mal accueilli Hope à leur seconde rencontre. Betsy avait prétendu qu'elle était jalouse parce que Hope en savait autant qu'elle et qu'elle était infiniment plus belle. En fait, Hope avait deviné que Mlle Carpenter s'était étonnée qu'une fille aussi instruite ait échoué à Lewins Mead et qu'elle la soupçonnait de turpitudes cachées. Quoi qu'il en soit, Hope ne connaissait personne d'autre vers qui se tourner pour demander une aide sans laquelle Betsy et Gussie mourraient sans qu'elle puisse rien pour eux.

Hope se débarbouillait à la pompe avant de courir à l'école quand elle entendit deux voisines bavarder et son sang se glaça dans ses veines. Elles parlaient d'une famille entière tombée mystérieusement malade la veille dans une rue toute proche de Lamb Lane. La vieille Ada, qui officiait comme sage-femme, faisait la toilette des morts et représentait le seul semblant d'autorité médicale dans le quartier, avait déclaré leur cas désespéré. Carrément terrifiée, Hope partit en courant et arriva devant l'école au moment où Mlle Carpenter s'apprêtait à partir et refermait la porte.

— Mademoiselle Carpenter! la héla-t-elle. Puis-je vous parler?

L'interpellée se retourna en fronçant les sourcils.

— Tu t'appelles Hope, je crois? Désolée, je n'ai toujours pas de travail pour toi.

— Ce n'est pas pour cela, dit Hope, hors d'haleine. Mes amis Betsy et Gussie sont malades et ils ont besoin d'un docteur. Je voulais vous demander si vous en connaissiez un qui pourrait les soigner.

Une expression de sincère inquiétude apparut sur le visage revêche de la vieille fille.

— Quels sont leurs symptômes? Ont-ils la fièvre?

Hope expliqua de son mieux leur état et ce qu'elle avait fait jusqu'à présent pour tenter de les soulager.

— J'ai très peur que ce ne soit le typhus, conclut-elle. Mes parents en sont morts il y a plusieurs années.

Mlle Carpenter prit la main de Hope, la serra avec sympathie.

— Je ne savais pas que tu étais orpheline. J'avoue, en te voyant si instruite, que je t'avais soupçonnée de t'être enfuie de chez toi en quête de quelque aventure, c'est pourquoi j'ai été désagréable avec toi. Mais cela n'a plus d'importance. Je vais demander à un médecin de ma connaissance s'il veut bien examiner tes amis, mais je ne peux pas te promettre qu'il viendra aujourd'hui, il est sans doute surchargé de visites. En attendant, rentre chez toi, garde-les au chaud et donne-leur à boire. Tu as déjà fait tout ce qu'il fallait, je te félicite.

— Je n'ai pas beaucoup d'argent pour payer le docteur, dit Hope qui ignorait ce que pouvait coûter une visite de médecin.

— Le bon Dieu y pourvoira, répondit Mlle Carpenter. Il y a des gens en ce bas monde qui savent encore rendre service à leur prochain sans exiger d'être payés.

À dix heures du soir, Hope avait perdu l'espoir de voir arriver le docteur. Elle venait de passer une journée effroyable à laver à tour de rôle Betsy et Gussie dont les malaises se succédaient, de plus en plus violents, et qui criaient de douleur. Folle d'angoisse, ruisselante de sueur, Hope titubait d'épuisement. Elle ne disposait plus d'un linge propre et ses amis n'étaient même plus conscients de leur état.

Elle allait céder au désespoir quand des éclats de voix aux étages inférieurs l'alertèrent sur l'arrivée d'un étranger dans la maison. Elle courut à la porte, tenta en vain de percer les ténèbres de l'escalier, entendit avec soulagement un homme crier : « Là-haut, au dernier étage ! » Le nouvel arrivant devait donc être le docteur tant attendu. Elle se hâta de revenir prendre une chandelle dans la chambre et se posta en haut de l'escalier pour éclairer les dernières marches.

Le seul médecin que Hope eût jamais rencontré était celui qu'elle était allée voir pendant la maladie de ses parents. Elle s'attendait donc à ce que celui-ci ait la même allure et fut prise de court en voyant arriver un grand jeune homme blond.

— Vous êtes le médecin ?

— Oui, je suis le Dr Meadows. Vous êtes Hope, sans doute ? Mlle Carpenter ne m'a dit que votre prénom.

— Hope suffira. Merci d'être venu, docteur. J'ai peur, mes amis sont beaucoup plus malades depuis que j'ai parlé à Mlle Carpenter.

Le Dr Bennett Meadows croyait avoir de la chance quand son oncle, le Dr Abel Cunningham, lui avait offert de le prendre comme associé dans son cabinet de Clifton après avoir obtenu son doctorat. Il n'avait pas de capital pour démarrer et savait qu'un autre médecin dont il serait le suppléant exigerait de lui, comme c'était l'usage, un travail écrasant chichement rémunéré. Dans son enfance, il avait souvent passé les vacances chez son oncle et, sachant qu'il avait une clientèle fortunée, s'était imaginé qu'au bout de deux ou trois ans, il aurait mis assez d'argent de côté pour s'installer à son compte.

Il avait dû vite déchanter : son oncle n'était pas différent des autres. Il se réservait les meilleurs clients et ne laissait à Bennett que les plus pauvres. « Demande ton shilling d'honoraires dès que tu arrives en visite, avait-il conseillé à son neveu. Si tu attends d'avoir traité tes patients, ils te prendront pour un nigaud et trouveront un prétexte pour ne pas te payer. »

Bennett était peut-être trop bon, mais il se savait incapable de demander de l'argent avant d'avoir examiné un enfant terrassé par la coqueluche ou un homme souffrant le martyre d'une jambe cassée. Il devait cependant avouer que son oncle avait raison, il lui arrivait trop souvent de ne pas être payé. Au début, il était frustré mais, avec le temps, il avait appris que les plus pauvres ne faisaient appel à un médecin qu'à la dernière extrémité. Il ne se sentait pas de leur prendre leur dernier shilling si cela condamnait une famille à ne pas manger. S'il réussissait à guérir le patient, il s'estimait assez récompensé de ses peines.

À cause de son altruisme, l'oncle Abel se moquait de lui en le traitant d'«âme sœur» de Mary Carpenter. Si Abel avait été l'ami de Lant Carpenter, son père, il n'était pas moins ahuri qu'une fille de pasteur ayant reçu une éducation aussi raffinée que celle de Mary ait choisi de consacrer sa vie à l'enseignement des petits miséreux. Il l'avait présentée à Bennett en disant qu'ils devraient s'entendre à merveille puisqu'ils étaient l'un et l'autre les champions des causes perdues. Bennett n'estimait pas qu'une école gratuite fût une cause perdue, pas plus que la maison d'éducation surveillée que Mary avait fondée dans le village de Kingswood. Au contraire, il jugeait admirable qu'elle réussisse à convaincre les tribunaux de lui confier les jeunes délinquants pour leur apprendre à lire et à écrire, leur enseigner un métier et les tenir à l'écart des prisons où ils n'auraient pu que se corrompre davantage. Elle souhaitait que son système fût appliqué dans toute l'Angleterre et, d'après le succès de ses premiers résultats, son souhait paraissait pouvoir se réaliser.

Si Bennett admirait Mary pour son dévouement, son intelligence et son inlassable énergie, il appréciait moins son comportement souvent hautain et la manière autoritaire dont elle harcelait ses amis et connaissances quand elle voulait en obtenir quelque chose. Il parvenait à y échapper la plupart du temps, même si elle l'invitait toujours à des réunions destinées à recueillir des subsides ou le consultait sur le traitement de certaines maladies bénignes. C'était néanmoins la première fois qu'elle avait insisté, au point de lui avoir presque forcé la main, pour qu'il effectue une visite à domicile.

Elle lui avait dit qu'il y avait «quelque chose d'intrigant» chez cette fille du nom de Hope qui était venue lui demander son aide. «Elle n'a rien de commun avec les filles de Lewins Mead, avait-elle ajouté. Elle est intelligente, bien élevée et propre sur elle. Je frémis en imaginant les conditions dans lesquelles elle vit, mais elle était si désespérée au sujet de ses deux amis malades que je me suis sentie obligée de faire quelque chose pour elle.»

Bennett avait hésité. Tout le monde savait que le quartier abritait les individus les plus brutaux et les plus dépravés de tout l'ouest de l'Angleterre. La police refusait même d'y pénétrer de peur de tomber dans un guet-apens. Mais il ne pouvait pas faire autrement que d'accepter. Si une femme entre deux âges y allait seule tous les jours, armée de son seul parapluie, faire la classe aux enfants, de quoi aurait l'air un jeune et vigoureux médecin qui refuserait d'aller soigner des malades par peur d'un péril plus ou moins imaginaire?

Son cœur battait quand même fort en s'engageant dans le labyrinthe des ruelles puantes. Il était écœuré par la crasse, atterré par le nombre d'hommes et de femmes ivres affalés sur la chaussée et horrifié de voir autant d'enfants à demi nus et sous-alimentés errer dans la nuit. Sa nervosité s'accrut en entrant dans la maison. Le nez couvert d'un mouchoir pour atténuer la puanteur, il entendait des voix rauques l'interpeller avec colère et sentait même des rats lui frôler les chevilles. S'il n'avait pas entendu une douce voix féminine lui demander du haut de l'escalier s'il était le docteur, il aurait tourné les talons.

La description de Mary Carpenter lui avait formé l'image d'une jeune fille gentille mais ordinaire. Quand il atteignit le palier du dernier étage et la vit à la lueur de la chandelle, il fut stupéfié de découvrir qu'elle avait la beauté d'un ange. Sa robe en loques était sale, elle sentait la sueur et la maladie, ses cheveux pendaient en mèches poisseuses autour de son visage. Mais quel visage ! De grands yeux noirs brillants comme des pierres précieuses, des lèvres délicatement ourlées, un nez à la forme parfaite. Il eut l'impression de voir une rose sur un tas de fumier et en resta muet en la regardant fixement.

— Vous voulez bien les examiner, docteur ? demanda Hope qui le ramena à la réalité. J'ai essayé de leur donner à boire, mais ils ne peuvent plus rien avaler. Je suis follement inquiète.

Depuis son arrivée à Bristol, le Dr Meadows était entré dans des centaines de logements misérables, mais aucun ne lui avait paru plus sinistre que la pièce où il suivit la jeune fille. Des caisses et des paillasses posées sur le plancher vermoulu tenaient lieu de meubles. L'air empestait la maladie et les excréments, mais des linges qui séchaient à la fenêtre témoignaient que la jeune fille faisait de son mieux pour que ses patients restent propres.

Bennett s'agenouilla d'abord près de la femme. Son pouls était à peine perceptible, elle était inconsciente et la teinte violacée de son visage indiquait clairement de quoi elle souffrait. Le médecin retint de justesse un cri d'horreur. Il n'avait jamais encore soigné de patients atteints de cette maladie, mais il connaissait les conséquences d'une épidémie qui avait sévi dans sa jeunesse. Si ses connaissances n'étaient que théoriques, elles suffirent à lui nouer l'estomac en pensant à la rapidité foudroyante avec laquelle la maladie se répandait. Le jeune homme couché à côté présentait les mêmes symptômes et son pouls était encore plus faible.

Bennett se tourna vers Hope. La peur qu'il vit dans son regard et son évident épuisement le firent hésiter.

— Depuis quand sont-ils malades? demanda-t-il.

— Hier. La veille, Betsy disait qu'elle ne se sentait pas bien et Gussie n'était pas non plus comme d'habitude, mais nous pensions que c'était à cause de la chaleur. Est-ce le typhus, docteur?

— Non, ils n'ont pas le typhus.

— Qu'est-ce qu'ils ont, alors? insista Hope. Dites-le-moi, pour l'amour du ciel!

Il était tenu de lui dire la vérité, ne serait-ce que pour lui laisser une chance de décider si elle voulait prendre la fuite et sauver sa vie ou rester soigner ses amis au risque d'attraper leur maladie. Elle pouvait même l'avoir déjà, car ce mal était capricieux. Dans certains cas, l'incubation pouvait prendre plusieurs jours, dans d'autres il se déclarait en quelques heures et frappait sans merci.

— C'est le choléra, j'en ai peur, répondit-il, la gorge nouée par la terreur que ce seul nom lui inspirait.

Hope ne put retenir un cri d'horreur.

— Des centaines de personnes en sont mortes l'année de ma naissance, je me souviens d'avoir entendu ma mère en parler à ma sœur. Pouvez-vous les soigner, docteur ? Faut-il les emmener à l'hôpital ?

— Vos amis sont trop atteints pour être déplacés maintenant.

Ses réflexions se bousculaient dans sa tête. À quelle vitesse la maladie allait-elle se répandre dans la maison et dans le quartier ? En venant, il avait entendu des gémissements poussés peut-être par d'autres victimes. Ce matin même, son oncle Abel avait eu connaissance d'un rapport signalant plusieurs décès parmi les immigrants irlandais. Après ce qu'il venait de voir ici, il en déduisait que ces morts étaient sans doute dues elles aussi au choléra. Il avait donc tout lieu de craindre que, lorsque la population apprendrait le retour du fléau tant redouté, la panique ne se répande comme une traînée de poudre, que les habitants ne fuient en masse et ne propagent l'épidémie dans le pays entier.

Dans l'immédiat, cependant, il ne devait se soucier que de ses deux patients. Il serait toujours temps, une fois parti, d'alerter les autorités et de les laisser décider des mesures à prendre. Il devrait aussi dire à Hope que la teinte violacée de ses amis signifiait qu'ils étaient déjà en phase terminale, mais il n'en eut pas le courage. La drogue qu'il allait prescrire rendrait au moins leur mort moins atroce.

— Je vais vous donner de l'opium que vous mettrez dans leur eau, cela soulagera leurs crampes, se borna-t-il à dire.

Si elle avait entendu parler de l'épidémie de 1832, Bennett en avait été témoin car il avait douze ans à l'époque et pensait depuis que c'était cette épidémie qui l'avait poussé à entreprendre ses études de médecine. La maison de sa famille se trouvait à l'écart d'Exeter mais, en ville, pendant tout l'été, les gens étaient morts comme des mouches. Certains étaient même tombés dans la rue pour ne plus se relever. Terrifiée, sa mère lui avait interdit de sortir. Il s'était pourtant glissé jusqu'à la limite de l'agglomération, il avait vu les cadavres empilés dans des tombereaux, entendu le glas sonner dans toutes les églises pendant que les fosses communes se remplissaient. Il n'avait jamais pu oublier les bûchers sur lesquels on brûlait les vêtements et les matelas des victimes, la peur dans le regard des foules qui fuyaient la ville pour tenter d'échapper à la maladie.

Il reconnut cette même peur dans les yeux de Hope. Elle le regardait comme si elle sentait qu'il lui cachait quelque chose mais craignait de lui poser d'autres questions.

— Je leur donnais des infusions de cannelle, au moins tant qu'ils étaient capables de boire. Je leur ai aussi mis des cataplasmes de moutarde sur le ventre. Ai-je eu raison ? Faut-il continuer ?

— Vous avez parfaitement bien fait, approuva-t-il, stupéfait qu'une fille aussi jeune fasse preuve d'autant de présence d'esprit et de dévouement. Vous pourriez devenir une excellente infirmière, Hope. Il est inutile de continuer les cataplasmes, faites-les simplement boire de l'eau avec de l'opium. Et puis, vous devez prendre du repos, sinon vous tomberez malade à votre tour.

— Pourquoi n'ai-je pas attrapé la maladie ? demanda-t-elle d'une voix tremblante. Je n'ai pas eu le typhus quand mes parents en sont morts, alors que je les soignais. Est-ce juste la chance, le hasard ?

— Je l'ignore, Hope, soupira-t-il. Il y a tellement de théories sur la cause de ces maladies. Les uns croient qu'elles se transmettent dans l'air, d'autres par les contacts physiques, mais personne n'en est certain. Personnellement, je ne crois pas qu'elles se répandent par l'air qu'on respire, mais si c'est par les contacts physiques, il est étonnant que certains membres d'une famille soient atteints et pas les autres.

Il n'osa pas lui dire que, si elle n'était pas malade, elle était définitivement hors de danger, c'eût été un mensonge. Elle pouvait la contracter dans une heure, et il pouvait lui aussi tomber malade le lendemain.

— Ma mère lavait tout avec du vinaigre quand il y avait quelqu'un de malade à la maison. Croyez-vous qu'elle avait raison ?

— Absolument. Lavez-vous les mains au savon chaque fois que vous toucherez un de vos amis et ne buvez pas dans la même tasse.

Il se releva, prit une petite fiole dans sa trousse.

— Trois ou quatre gouttes, pas plus, dit-il en la lui tendant. Je reviendrai les voir demain matin.

Bennett se retira à regret. Il savait qu'il devait partir, qu'il ne pouvait rien faire de plus et que ce serait folie de s'attarder sans raison, mais il se sentait presque coupable de laisser quelqu'un d'aussi jeune se débattre avec de telles responsabilités. Il brûlait aussi de l'envie de savoir comment une fille aussi belle se trouvait dans une situation aussi terrible. En fait, il brûlait d'envie de tout savoir sur son compte.

Mary Carpenter avait raison, elle était « intrigante ».

— Hope !

Elle sursauta en entendant Gussie l'appeler d'une voix faible et s'étonna de voir que le jour se levait. Elle s'était donc assoupie quelques heures sans même s'en être rendu compte.

Son cœur bondit de joie. Si Gussie pouvait parler, c'est qu'il allait mieux.

— Veux-tu boire encore un peu ? lui demanda-t-elle.

Il acquiesça d'un signe, mais elle constata dès qu'elle approcha le bol de ses lèvres que son état, loin de s'améliorer, empirait.

— Je vais crever, murmura-t-il d'une voix rauque. Non, enchaîna-t-il devant son signe de dénégation, n'essaie pas de me rassurer, je sais que c'est vrai. Il faut que tu files, c'est trop dangereux ici pour toi.

Qu'il se soucie de sa sécurité à elle alors qu'il était mourant lui fit monter les larmes aux yeux. Elle humecta un linge propre, essuya tendrement son front couvert de sueur.

— Je t'aime, Gussie. Ne me dis pas de partir, Betsy et toi êtes mes seuls amis au monde, je ne peux pas vous laisser.

Il la fixa longuement des yeux avant de reprendre la parole.

— J'aurais tant voulu que tu sois pour moi plus qu'une amie, mais je n'ai jamais osé te le dire.

Hope rougit malgré elle tant cette déclaration était inattendue. C'est alors seulement qu'elle se rappela le nombre de fois qu'il lui avait pris la main sans raison, ses accolades un peu plus appuyées que ne le justifiait la simple amitié, les regards qu'il lui lançait parfois. Elle aurait peut-être eu peur si elle avait compris quels sentiments se cachaient derrière ces signes, car elle ne les partageait pas. Elle ne l'avait jamais aimé que comme un frère.

— Je regrette que tu ne m'aies rien dit, répondit-elle pour lui permettre de croire que son amour était partagé. J'aurais été fière d'être à toi.

En voyant le pâle sourire qu'il parvint à esquisser, elle se réjouit que son pieux mensonge lui ait donné un peu de joie.

— Tu vois, je rêvais que notre chance tournerait, que nous nous serions mariés et que nous irions vivre dans une belle maison. Va-t'en d'ici, Hope, va chercher la belle vie que tu mérites. Je partirai mieux si tu me le promets.

Émue aux larmes, Hope se rappela tous les bons moments qu'ils avaient vécus ensemble. Gussie n'était pas l'homme avec qui elle aurait voulu passer le reste de sa vie, mais il était chaleureux et drôle, fidèle, généreux et bon. Si elle rencontrait un jour celui qu'elle épouserait, il devrait posséder les mêmes qualités.

— Je te le promets, dit-elle en posant un baiser sur son front. Je ne t'oublierai jamais, Gussie.

— Comment va Betsy?

Elle fut tentée de répondre qu'elle allait mieux. Mais Gussie et elle étaient si proches depuis si longtemps qu'elle se dit qu'ils auraient moins peur de la mort s'ils l'affrontaient ensemble.

— Je crois qu'elle veut partir avec toi.

Il tenta de se soulever pour mieux la voir, retomba sur la paillasse et ferma les yeux. Hope crut d'abord qu'il dormait, mais les crampes qui lui revinrent finirent de l'épuiser.

— Va-t'en, Hope. Tu ne peux plus rien pour nous. Sauve ta peau.

Ce furent les dernières paroles cohérentes qu'il put prononcer.

Betsy fut saisie par de terribles crampes peu après. Hope tenta de la soulager en la frictionnant.

— Laisse-moi crever, lui cria-t-elle. Je suis finie. Finie.

Hope parvint à lui faire avaler un peu d'opium, qui la calma.

— Ne tourne pas mal sans moi, lui dit Betsy avec un regard implorant. Trouve-toi un brave type qui ait des sous, d'accord ?

Betsy l'avait toujours abreuvée de conseils. Hope comprit que son amie était frustrée de ne pas pouvoir lui en dire plus, mais ces paroles résumaient sa philosophie de la vie et signifiaient aussi que Betsy était heureuse que Hope ne soit pas devenue voleuse ou prostituée.

Il y avait tant de choses que Hope aurait aussi voulu lui dire, mais elle ne connaissait pas de mots assez forts pour exprimer sa gratitude, son affection et son admiration. Débordante de vie et d'énergie, Betsy était un rayon de soleil dans la grisaille quotidienne. Si elle volait pour vivre, son code de moralité était plus rigide et mieux fondé que celui de bien des belles dames qui allaient à l'église le dimanche et péchaient sans remords le reste de la semaine. Betsy avait donné des vêtements et de la nourriture aux plus pauvres des Irlandais. Il n'y avait pas dans Lamb Lane une famille qu'elle n'ait secourue à un moment ou à un autre. Hope était fière qu'elle l'ait choisie pour être son amie.

— Tu es merveilleuse, lui dit-elle, les joues ruisselantes de larmes. Tu es pour moi une vraie sœur. Et si un jour j'ai des enfants, je leur parlerai souvent de toi.

Gussie rendit l'âme au moment où les cloches du premier service du dimanche commençaient à sonner. Betsy le suivit quelques instants plus tard. Hope n'avait plus de larmes à verser. Elle n'éprouvait que le soulagement de savoir que leurs souffrances avaient pris fin. Le choléra avait rendu méconnaissables les amis qu'elle avait chéris. Seules, leurs chevelures témoignaient encore de ce qu'ils avaient été.

Elle avait maintenant besoin d'aller dans les endroits évoquant leurs souvenirs heureux, où elle pourrait entendre leurs rires, se rappeler leurs plaisanteries, les revoir quand ils étaient jeunes, beaux et pleins de gaieté. Après, elle pourrait les pleurer.

Elle traîna la paillasse de Betsy à côté de celle de Gussie, déploya une couverture sur eux, rassembla ses quelques possessions qui valaient la peine d'être sauvées et sortit sans bruit. Après avoir refermé derrière elle, elle épingla sur la porte un message pour le docteur.

S'il revenait...

## 13

Le Dr Bennett Meadows trouva Lewins Mead moins effrayant et moins bruyant le jour que la nuit, sans doute, pensa-t-il, parce que le dimanche matin, la plupart des habitants devaient encore cuver l'alcool absorbé la veille au soir. Il fut quand même effaré devant la crasse et la décrépitude des taudis. Parmi tous ces pauvres gens, se demanda-t-il, combien allaient survivre au choléra ?

Il n'avait pas fermé l'œil de la nuit en pensant à ce qu'il devrait faire pour prévenir la propagation de l'épidémie. Connaissant son oncle, partisan des mesures draconiennes préconisées lors de la première épidémie, il s'était abstenu de lui rapporter ce qu'il avait vu la veille et de lui dire où il allait en sortant. L'oncle le lui aurait interdit à coup sûr et la pauvre fille, seule avec ses amis mourants, aurait cru qu'il se désintéressait de son sort. Après l'avoir vue, il comptait notifier aux autorités que le choléra avait pénétré dans la ville. S'il trouvait Hope encore en bonne santé, il l'engagerait à quitter le quartier le plus vite possible.

Il vit la note sur la porte avant même d'arriver sur le palier et pensa qu'elle lui demandait de soigner ses amis à sa place. Il fut un peu déçu de sa fuite, alors même qu'il le lui avait recommandé, mais sa désillusion s'évanouit dès qu'il eut commencé sa lecture.

*Cher Docteur,*
*Gussie et Betsy ont rendu l'âme ce matin à quelques minutes l'un de l'autre. Je ne sais pas quoi faire à leur sujet. Comme je n'ai pas de quoi payer leur enterrement et que je ne peux pas rester avec eux, j'ai pensé qu'il serait plus sage de m'en aller. Je quitte la ville pour aller à la campagne en attendant d'être sûre de ne pas être moi aussi malade. Je vous remercie du fond du cœur d'être revenu les voir, vous avez fait preuve de beaucoup de bonté et j'espère ne pas vous avoir ainsi mis vous-même en danger.*
*Bien à vous,*
*Hope Renton*

Bennett en eut la gorge serrée. Il était stupéfié qu'elle écrive sans une faute d'orthographe et d'une aussi belle écriture. Mais, surtout, sa simplicité et sa bonté l'émouvaient profondément. N'importe qui dans sa situation aurait détalé sans une explication ni un remerciement.

Il ouvrit la porte et se hâta de la refermer en voyant que les mouches grouillaient déjà dans la pièce. Il n'eut pas besoin de regarder les corps sous la couverture pour savoir que Hope ne s'était pas trompée.

Deux heures plus tard, voûté par la lassitude, Bennett regagna Clifton. Les services municipaux étant fermés le dimanche, il n'avait pu signaler les décès qu'à la police en espérant qu'elle transmettrait la nouvelle aux autorités compétentes. Malheureusement, l'agent de permanence à qui il s'était adressé était trop stupide ou indifférent pour prendre au sérieux les dangers du choléra et la rapidité avec laquelle il pouvait se répandre. Il admit avoir reçu des rapports sur quelques morts survenues chez les Irlandais qui squattaient les rives du fleuve, mais il le dit à Bennett en riant, comme s'il trouvait amusant d'être débarrassé de ces encombrants immigrants. Bennett avait résisté à grand-peine à l'envie d'effacer son sourire en lui disant que le choléra ne choisissait pas ses victimes et qu'il pourrait bien, lui-même ou sa famille, y succomber dans l'heure.

Mais à quoi bon? se dit-il. Affoler cet imbécile ne ferait que provoquer la panique. Il retira en tout cas une certitude de cette conversation, ces quelques morts ne constituaient qu'une avant-garde. En tant que médecin, il savait qu'il aurait le devoir de contribuer à la lutte contre le fléau. Il aurait cent fois préféré rester en sûreté à Clifton en priant que l'épidémie ne s'étende pas jusque-là. En tout cas, la moitié des personnes atteintes ne survivrait pas, avec ou sans médecins. Mais il avait fait le serment de soigner les malades et il respecterait sa parole.

Le sort de la jeune Hope l'inquiétait beaucoup. Elle pouvait elle aussi être infectée. Sans argent, sans toit ni personne vers qui se tourner, elle se trouverait dans une situation désespérée. Il essaya de deviner où elle aurait pu aller, mais elle n'avait parlé que de «campagne», c'est-à-dire n'importe où autour de Bristol. Autant, se dit-il avec découragement, chercher une aiguille dans une meule de foin.

Le soleil commençait à descendre ce dimanche soir pendant que Hope, les larmes aux yeux, contemplait les gorges de l'Avon du haut d'un promontoire proche de Leigh Woods.

La scène devant elle était d'une incomparable beauté. La majesté du défilé rocheux, les reflets orangés du couchant sur l'eau du fleuve, le vert profond des forêts bordant les rives formaient un tableau admirable. À la faveur de la marée montante, un imposant trois-mâts était remorqué vers l'estuaire par des chevaux sur les chemins de halage. De son poste d'observation, Hope entendait les appels des marins et un musicien invisible qui jouait de l'accordéon. Sur le pont, une dame en robe blanche et chapeau à plumes tenait deux petits garçons par la main. Hope était souvent venue en cet endroit quand elle ramassait du bois mort et, quel que soit le temps, elle ne s'était jamais lassée de regarder passer les navires en imaginant d'où ils venaient, où ils allaient, quelle cargaison remplissait leurs cales.

Aujourd'hui, peu lui importait de savoir si la dame et les petits garçons faisaient voile vers l'Amérique ou une autre destination lointaine, si le navire restait encalminé des semaines à quelques encablures de la côte ou s'il allait affronter une tempête. Gussie et Betsy étaient morts et elle ne pouvait même pas aller prier sur leur tombe.

Betsy se moquait de sa sensiblerie quand elle versait une larme sur un voisin qui avait eu un enterrement d'indigent. Elle disait qu'être emmené au cimetière dans un corbillard à quatre chevaux décorés de plumets ou jeté dans la fosse commune n'avait aucune importance du moment qu'on finissait dans tous les cas sous six pieds de terre. Betsy avait peut-être raison, mais Hope se révoltait contre l'injustice du sort qui faisait mourir de manière aussi atroce deux jeunes gens pleins de vie et de gaieté qui allaient être enterrés sans la moindre cérémonie.

Elle avait peur aussi pour elle. À l'exception de l'épouvantable nuit où Albert l'avait chassée sous la pluie, elle avait toujours eu quelqu'un vers qui se tourner. Gussie et Betsy l'avaient secourue, et elle n'avait jamais eu l'occasion de devoir s'en sortir par elle-même. Avec eux, elle avait appris à gagner son pain littéralement à la sueur de son front, à faire la cuisine dans une seule casserole et même à rester propre dans les pires conditions. Elle avait eu des amis pour la féliciter de ses efforts, la consoler quand elle cédait au découragement. Ils étaient là tous les soirs pour partager avec elle la chaleur de leurs corps et le réconfort de leurs rires.

Maintenant, elle était seule dans les bois. On n'entendait que le bruissement d'un animal se coulant sous les fourrés ou le chant d'un oiseau dans les arbres. C'est cette paix qu'elle avait toujours cherchée ici pour échapper au tintamarre constant de la ville. Mais maintenant, il était effrayant de penser qu'il n'y aurait pas âme qui vive à portée de voix si elle était saisie de crampes et de tremblements. Elle pourrait mourir là, sous un arbre, sans que personne ne lui donne un verre d'eau ni une parole de réconfort. Son cadavre serait dévoré par les corbeaux et nul ne saurait jamais ce qu'elle était devenue.

L'avant-veille encore, elle était déchirée entre sa fidélité à ses amis et la perspective d'un emploi au 5, York Crescent. Cette alternative ne lui était plus offerte. Même si elle se sentait bien le lendemain, elle ne pourrait pas se présenter chez son employeur au risque de transmettre la maladie autour d'elle.

L'ironie du sort voulait qu'elle ait sur elle plus d'argent qu'elle n'en avait jamais possédé de sa vie. Elle avait trouvé une livre et huit shillings dans la poche de Gussie et quatre livres dans celle de Betsy en plus des cinq shillings six pence qu'elle avait déjà. Ses scrupules avaient été balayés par la certitude que les croque-morts empocheraient cet argent à sa place et que ses amis le lui auraient donné de toute façon. Sans la menace du choléra, elle aurait ainsi eu largement de quoi s'acheter une bonne robe d'occasion et une paire de bottines. Il lui en serait resté assez pour s'installer dans une chambre moins misérable et acheter des fleurs au marché pour gagner sa vie. Mais il n'était pas plus question de retourner en ville avant d'être certaine d'être en bonne santé que de s'exposer de nouveau au choléra s'il sévissait encore à ce moment-là.

Pendant les semaines de canicule, elle avait souvent essayé de convaincre Gussie et Betsy de l'accompagner jusqu'ici pour dormir à la belle étoile. Ils répondaient que la forêt leur faisait peur et qu'ils aimaient vivre au milieu des autres. Betsy disait même en plaisantant qu'une dose excessive d'air pur serait fatale à des organismes habitués aux miasmes de Lewins Mead.

Elle avait eu la présence d'esprit d'emporter de Lamb Lane la vieille théière et quelques ustensiles. Mais sans Betsy et Gussie, les pique-niques qu'elle leur présentait comme des fêtes étaient devenus pour elle le terrible châtiment de n'être pas morte avec eux. « Tu es fatiguée, tu te sentiras mieux après une bonne nuit de sommeil », se força-t-elle à se raisonner. Avec un soupir, elle tourna le dos au panorama pour retourner à l'endroit où elle avait posé son ballot. Demain peut-être aurait-elle la force de se construire un abri et de retrouver le petit étang découvert quelques mois plus tôt où elle pourrait se baigner. Ce soir, elle était trop accablée pour rien faire d'autre que s'envelopper dans son vieux manteau et tomber endormie.

Une semaine s'était écoulée lorsque Hope fut réveillée un matin par le bruit de la pluie. Elle se redressa, écarta les branches qui dissimulaient son abri. Le jour se levait et l'humidité qui humectait la terre desséchée embaumait l'air.

Hope se recoucha en souriant. Sa cabane était sèche, ce qui prouvait qu'elle avait bien choisi l'endroit, sous les basses branches d'un grand chêne, et que sa construction était irréprochable. Dans son enfance, Joe, Henry et elle avaient souvent construit des abris comme celui-ci dans les bois, mais elle n'aurait jamais imaginé que le jour viendrait où ce jeu d'enfant aurait son utilité. C'est le souvenir de ses frères qui l'avait soutenue toute la semaine en détournant ses pensées de l'horrible mort de ses amis, en l'aidant à surmonter sa douleur et en l'empêchant de sombrer dans le désespoir.

C'est ainsi qu'elle avait trouvé la force d'écumer les bois à la recherche de branches pour l'armature de son abri, à ramasser des feuilles et des fougères sèches pour se faire un lit et du bois mort pour le feu. Les maigres provisions dont elle s'était munie n'ayant pas duré plus d'une journée, elle s'était forcée à aller jusqu'au village le plus proche acheter de quoi tenir quelques jours. Jamais rien ne lui avait paru plus savoureux que les pommes de terre farcies de fromage cuites sous la cendre accompagnées de cresson frais. Si elle y prenait un tel plaisir, en déduisit-elle, c'est qu'elle n'était pas malade.

Mais c'est surtout son bain dans l'eau claire et fraîche de l'étang qui lui avait redonné le moral. Elle avait savonné et frotté ses vêtements avant de se plonger elle-même dans l'eau, de laver chaque pouce carré de son corps, chaque mèche de ses cheveux afin d'anéantir jusqu'au souvenir de la puanteur et de la vermine de Lewins Mead. Ce bain était un tel délice qu'elle resta dans l'eau si longtemps qu'elle avait les doigts tout plissés et que ses vêtements, étendus sur un buisson, étaient presque secs quand elle en sortit. Elle s'était sentie renaître. Ses cheveux étaient redevenus si soyeux, sa peau si douce et si lisse qu'elle s'était juré de toujours vivre près de l'eau pour se baigner souvent. De retour à son abri, elle s'était examinée dans le petit miroir que Gussie lui avait donné peu après son arrivée. Ses cheveux lui apparurent aussi luisants et bouclés qu'à Briargate, ses joues aussi roses, ses yeux aussi brillants. Pendant deux heures, elle se permit de ne penser qu'à elle-même et à l'avenir au lieu de revenir sur le passé.

À compter de ce jour-là, elle se donna un but. Au lieu de pleurer ses amis en regrettant de ne pas être morte avec eux, elle penserait à eux avec amour et reconnaissance. Elle laisserait l'air pur, le repos et une nourriture saine la remettre des épreuves par lesquelles elle était passée. Le destin lui ferait signe quand le moment viendrait de commencer sa nouvelle vie.

En entendant l'eau qui s'égouttait sur les feuilles, elle sentit que c'était le signe qu'elle attendait.

À l'exception du marchand à qui elle avait acheté ses quelques provisions, elle n'avait pas parlé à un être humain ni entendu le son d'une voix depuis une semaine et s'était tenue à l'écart des quelques silhouettes aperçues dans la forêt. Elle ne pouvait pourtant pas rester cachée là pour toujours. On était maintenant à la fin du mois d'août et l'arrivée de la pluie semblait annoncer la fin de l'été.

Une voix lui répétait avec insistance d'aller au 5, York Crescent et d'expliquer pourquoi elle ne s'était pas présentée comme convenu le lundi précédent. Elle n'avait guère d'espoir que Mme Toms, la gouvernante, lui ait gardé son emploi, mais que risquait-elle d'essayer ? En cas d'échec, elle pourrait faire la tournée des fermes voir si on avait besoin de main-d'œuvre pour les moissons.

Il faisait presque frais quelques heures plus tard lorsque la pluie cessa pendant que Hope préparait son ballot. Avant de reprendre le chemin de Bristol, elle fit un détour par le promontoire pour admirer une dernière fois le paysage. L'averse, ni très dense ni très longue, avait suffi à redonner aux frondaisons tout leur éclat. Un navire remontait l'Avon grâce à un vent assez fort pour lui permettre de vaincre le courant à bonne allure. C'était la première fois que Hope voyait un bateau naviguer sur le fleuve avec toute sa toile et le spectacle l'enchanta.

Elle avait hâte de savoir si le choléra avait fait d'autres victimes à Bristol et de remercier Mlle Carpenter de lui avoir envoyé le médecin. Sa mère tenait toujours à remercier tous ceux qui l'avaient aidée dans un moment difficile afin de leur prouver qu'elle n'était pas une ingrate. Elle se dit aussi qu'elle devrait aller dans une église rendre grâces à Dieu de l'avoir sauvée.

Lorsque Hope arriva en vue de Bristol, le soleil brillait et les flaques de pluie encore sur le sol finissaient de s'évaporer. Pleine de courage, elle attaqua la pente du raccourci qui aboutissait à Clifton. Elle avait appris à bien connaître le quartier et ses environs quand elle souffrait du froid, de la faim et de la fatigue. Elle s'en consolait en admirant les belles maisons et en se disant qu'elle était une dame riche qui devait en choisir une. Le jeu l'amusa maintenant qu'elle se sentait fraîche et dispose, et elle était encore dans cet état d'esprit optimiste lorsqu'elle se présenta à l'entrée de service du 5, York Crescent.
L'accueil de Mme Toms balaya ses illusions.
— Je t'attendais lundi dernier! aboya la gouvernante.
— Les amis chez qui je logeais étaient malades, je devais les soigner, répondit Hope piteusement. J'ai voulu être sûre de ne pas être malade moi aussi avant de venir.
Mme Toms recula, horrifiée.
— Ils avaient le choléra?
Incapable de mentir, Hope se contenta d'acquiescer d'un hochement de tête.
— Veux-tu bien filer immédiatement! hurla la gouvernante. Comment peux-tu avoir l'audace d'apporter cette abominable maladie à notre porte, petite misérable? Va-t'en et ne remets jamais les pieds ici!
Hope comprit qu'il serait inutile d'insister. Elle s'éloigna, poursuivie par les imprécations de la gouvernante.

— Espèce de vermine malfaisante ! C'est toi et tes semblables qui répandez partout la peste ! Il faudrait tous vous enfermer !

Cette dernière insulte lui fit monter les larmes aux yeux et elle partit en courant, son ballot cognant contre sa jambe. Elle ne ralentit qu'en arrivant aux Downs, vaste espace libre où elle allait souvent chercher le calme et le silence. Elle s'assit lourdement à l'ombre d'un grand arbre et éclata en sanglots, le visage dans les mains.

Toutes les brutalités, les injustices, les humiliations qu'elle avait subies depuis qu'Albert l'avait ignominieusement chassée de Briargate revinrent bouillonner dans sa mémoire comme les eaux d'un torrent furieux. Son arrivée à Bristol, si faible, si bouleversée qu'elle ne savait même plus ce qu'elle faisait, avant de se réveiller le lendemain dans la crasse sordide de Lamb Lane. Les rebuffades grossières qu'elle avait dû endurer chaque fois qu'elle demandait du travail, les portes qu'on lui avait claquées au nez et, même quand on lui en avait donné, le mépris, les soupçons dont elle avait été l'objet. Et pour comble de disgrâce, les seuls êtres sur lesquels elle avait pu compter, ses seuls amis en ce monde, lui avaient été brutalement arrachés par la mort.

Pourquoi, mon Dieu ? se demanda-t-elle avec désespoir. Qu'ai-je donc fait pour que le malheur s'acharne ainsi sur moi ?

Les insultes venimeuses de Mme Toms avaient dépouillé Hope de ce qui lui restait de dignité. Maintenant, elle n'avait plus rien.

Bennett Meadows était sur le point de rentrer chez lui à Harley Place, tout près des Downs, quand il remarqua une jeune fille prostrée sous un arbre. Revenant de l'hôpital St Peter, il était obsédé par le choléra, les malades qu'il venait de soigner tant bien que mal et le nombre de victimes qui tomberaient encore avant la fin de l'épidémie.

Le choléra sévissait maintenant dans tous les quartiers de la ville, même les plus huppés, situés au niveau du fleuve. Aucun cas n'était encore signalé à Clifton, qui devait sans doute sa relative immunité à sa situation dominant les miasmes de la ville basse. Les habitants qui n'avaient pas pris la fuite restaient claquemurés chez eux, les rues étaient quasi désertes, la plupart des boutiques fermées. Seules restaient ouvertes celles qui vendaient des articles censés assurer une certaine protection. Bennett ne voyait pas en quoi consommer de l'alcool à haute dose, brûler des herbes, tremper des draps dans le vinaigre et les accrocher aux portes ou aux fenêtres pouvaient protéger de quoi que ce soit, mais les gens devaient sans doute se raccrocher à quelque chose pour garder un minimum de confiance dans l'avenir.

L'allure pitoyable de la jeune fille sous l'arbre l'alarma. Si elle était atteinte par la maladie, il avait le devoir de la faire emmener sans délai à l'hôpital avant qu'elle ne contamine tout le quartier.

— Vous êtes malade, mademoiselle ? la héla-t-il en se rapprochant avec prudence. Je suis médecin, je peux vous aider.

Il redoublait de précautions depuis son premier contact avec le choléra à Lamb Lane. S'il lui était impossible d'éviter de toucher les malades, il réduisait ces contacts au minimum et, après, se lavait énergiquement les mains chaque fois.

Au son de sa voix, la jeune fille releva la tête et il fut abasourdi de reconnaître Hope, qu'il n'avait pas cessé de chercher quand il descendait en ville. À n'en pas douter, elle venait visiblement de pleurer, elle avait les yeux rouges et gonflés et elle posa sur lui un regard inexpressif, comme si elle ne l'avait encore jamais vu.

— Hope ? reprit-il. C'est bien vous ? Vous ne me reconnaissez pas ? Je suis le Dr Meadows, j'étais venu examiner vos amis quand ils sont tombés malades.

Elle s'essuya les yeux en hâte et réussit à esquisser un sourire.

— Non c'est vrai, je ne vous reconnaissais pas. Je ne vous avais pas vu très clairement ce soir-là.

— Je vous crois volontiers, il faisait très sombre. J'ai été navré d'apprendre la mort de vos amis. Je suis arrivé quelques minutes après votre départ et je vous remercie de m'avoir laissé ce petit mot sur la porte. Mais dites-moi, qu'est-ce qui ne va pas ? Êtes-vous malade ?

Elle se leva d'un bond en lissant ses cheveux d'une main et en essuyant ses larmes de l'autre.

— Non, répondit-elle avec force, je suis seulement malheureuse à cause de ce qu'on m'a dit il y a un moment. Mais je suis en très bonne santé. Ai-je l'air malade ?

Bennett se rapprocha. Elle avait le teint frais, les yeux pleins de feu malgré ses larmes, les cheveux littéralement lumineux et elle était remarquablement propre. Comme la première fois, il fut frappé par sa beauté. De fait, elle lui parut encore plus belle.

— Non, c'est vrai, vous n'avez pas l'air malade, seulement très malheureuse. Voulez-vous m'en parler un peu ?

Hope dévisagea le grand jeune homme qui posait sur elle un regard attentif et se demanda pourquoi, en effet, elle se souvenait si peu et si mal de cette nuit fatale à Lamb Lane. C'est sa voix, douce et amicale, qui lui revint d'abord en mémoire et elle se demanda comment elle avait pu prêter si peu attention à ses yeux, d'une riche et chaude nuance de marron, ou à son teint aussi clair que celui d'un enfant. Il était mince, avec un visage anguleux sans être laid et une moustache qui paraissait incongrue, car elle était noire alors qu'il avait les cheveux châtain clair, presque blonds. Il était surtout assez bon et généreux pour être retourné à Lamb Lane le dimanche matin alors qu'elle n'y comptait plus. Oui, elle pouvait parler à un homme comme lui.

— Seigneur! s'écria-t-elle en se forçant à rire pour dissimuler son embarras d'avoir été surprise en train de pleurer en public. Vous ne voulez sûrement pas écouter mes problèmes. Vous devez avoir assez de ceux des vrais malades sans que je vous fasse perdre votre temps.

— Je peux quand même consacrer quelques instants à une infirmière aussi douée que vous, répondit-il en souriant.

Le sourire transforma sa physionomie austère en dévoilant des dents blanches que Hope ne put s'empêcher de juger fort belles.

— Ils étaient mes amis, m'occuper d'eux était la moindre des choses. Mais dites-moi, la maladie s'est-elle propagée? J'ai passé une semaine dans les bois, je n'en suis sortie qu'aujourd'hui et je ne sais rien de ce qui s'est passé pendant ce temps.

— Maintenant, hélas! nous devons faire face à une véritable épidémie. Il y a déjà eu de nombreuses victimes et leur nombre s'accroît de jour en jour. Mais venez vous asseoir avec moi, dit-il en montrant le tronc d'un grand arbre abattu à quelques mètres de là. Après être resté debout toute la journée, j'ai affreusement mal aux pieds.

Hope n'avait jamais eu autant besoin d'entendre un mot de réconfort ni de voir un visage amical. Elle l'accompagna donc sans se faire prier et s'assit à côté de lui. Il commença par évoquer brièvement les conditions lamentables de l'hôpital St Peter et son inquiétude devant les progrès de l'épidémie, qui menaçait de s'étendre au-delà des poches où l'on avait jusqu'à présent réussi à la circonscrire.

— Mais assez parlé de ce triste sujet, enchaîna-t-il. J'ai sincèrement envie de savoir ce qui vous a amenée à Clifton aujourd'hui et ce qui vous a fait pleurer.

Hope raconta pourquoi elle s'était présentée au 5, York Crescent et la manière odieuse dont la gouvernante l'avait éconduite.

— C'était plus que je ne pouvais supporter, conclut-elle. Je ne méritais pas d'être insultée avec autant de méchanceté.

— Certainement pas, surtout après avoir enduré autant de malheurs. Mais n'oubliez pas que les gens ont peur, Hope. La peur les pousse à ne penser qu'à eux-mêmes. Le choléra est une maladie encore mystérieuse, voyez-vous. Il va et vient au hasard et disparaît aussi soudainement qu'il apparaît. J'ai même entendu des gens l'appeler la peste du diable, parce qu'il frappe souvent les innocents et laisse survivre les chenapans.

— Alors, dit-elle avec un rire forcé, j'espère pour vous que vous êtes un chenapan.

— Mon oncle le pense parfois, répondit-il en souriant. Il est atterré que le neveu qu'il a nourri et entretenu pendant toutes ses études médicales s'expose délibérément à la contagion en allant tous les jours à St Peter. Il estime que je ferais mieux de mettre mes connaissances au service de ceux qui peuvent me payer de mes peines.

— Je ne vous ai pas payé, dit Hope en rougissant.

— Je ne vous ai rien demandé non plus. J'avais tout de suite compris contre quoi vous vous débattiez. Mais qu'est-ce qui vous a amenée à Lewins Mead ? Je constate, par votre comportement et votre manière de vous exprimer, que vous n'y êtes pas dans votre élément.

Hope lui fit le récit expurgé de ses démêlés avec son beau-frère et des circonstances de son arrivée à Bristol. Elle avait souvent souhaité pouvoir donner les vraies raisons de son départ de Briargate, mais ne l'avait pas fait par crainte de voir Betsy, dont elle connaissait le caractère volcanique, se précipiter à Briargate pour la venger.

Curieusement, Bennett ne fit aucun commentaire sur son histoire, à laquelle il se doutait qu'il manquait quelques épisodes.

— Quel âge avez-vous, Hope ? se borna-t-il à demander.

— Dix-sept ans, monsieur. Savez-vous où les corps de mes amis ont été emportés ? se hâta-t-elle d'enchaîner de peur qu'il ne lui pose d'autres questions.

Bennett savait qu'ils avaient été jetés, avec les autres victimes de cette journée-là, dans une fosse commune creusée près du fleuve. Il savait aussi que les cadavres avaient été recouverts de chaux vive sans même qu'on ait pris la peine de leur réciter une prière, mais il ne se sentit pas le cœur de le lui dire.

— Ils ont dû être inhumés au cimetière de St James, mais il y a eu tellement de malades ce jour-là que je n'en suis pas certain.

Il fut soulagé de voir que Hope parut se satisfaire de sa réponse.

— Vous n'avez pas peur d'attraper vous-même la maladie ? demanda-t-elle, étonnée qu'il aille tous les jours à St Peter dont l'épouvantable réputation était connue de tous.

— Si, admit-il, j'ai peur. Mais je n'aurais pas le droit de me considérer comme un médecin si je refusais de soigner un malade parce qu'il serait atteint d'une maladie infectieuse, n'est-ce pas ?

— Le docteur n'est pas venu voir mes parents quand ils avaient le typhus. Le révérend Gosling est le seul qui les ait visités et ça m'avait fait énormément de bien.

Elle se surprit alors à lui dire comment elle avait soigné ses parents jusqu'à leur dernier soupir.

— Je comprends maintenant pourquoi vous êtes une si bonne infirmière, dit-il quand elle eut terminé. Si nous en avions d'aussi qualifiées que vous à St Peter et à l'hôpital général, nous ne perdrions pas autant de malades. Quelques sœurs de la Charité font du bon travail, mais les autres ! soupira-t-il avec découragement.

Hope savait de quoi il parlait. Les infirmières n'étaient souvent que de vieilles femmes sans éducation, crasseuses et parfois alcooliques, qui ne trouvaient aucun autre travail leur permettant d'échapper au dépôt de mendicité. Dans ces conditions, on comprenait que beaucoup de malades n'acceptent d'aller à l'hôpital que contraints et forcés.

— Il faut que je m'en aille, dit-elle en se levant. Je dois essayer de trouver du travail dans une ferme pour les moissons.

— Vous n'êtes pas faite pour cela! dit-il. Laissez-moi le temps de voir autour de moi si je peux vous trouver quelque chose de mieux.

— Pourquoi feriez-vous cela? s'étonna-t-elle. Vous ne pouvez quand même pas me présenter à vos beaux amis.

— Si vous voulez parler d'amis riches et influents, je n'en ai pas. Mais mon oncle, qui est médecin lui aussi, a des patients fortunés qui pourraient avoir besoin d'une bonne infirmière. C'est à des gens comme eux que je pensais.

— Moi, infirmière? Je ne saurais pas comment m'y prendre!

— Vous vous y êtes très bien prise avec vos amis. Le travail d'une infirmière consiste essentiellement à veiller à l'hygiène et au bien-être du patient, à surveiller son alimentation et à lui faire prendre ses remèdes. Vous en êtes parfaitement capable et si vous aviez besoin de connaissances médicales plus précises, je vous les enseignerais.

— Mais regardez-moi! s'écria-t-elle en montrant sa robe déchirée. Personne ne voudrait être soigné par une personne comme moi!

— Il y a fort à parier qu'ils ne remarqueraient pas autre chose que votre joli visage et votre douce voix, répondit-il en souriant. Je crois qu'il suffirait d'une robe neuve et d'une blouse pour vous redonner confiance en vous. La gouvernante de mon oncle arrangera cela en un tournemain, j'en suis sûr. Allons à la maison, nous leur parlerons.

— Pourquoi faire tout cela pour moi, monsieur? s'étonna-t-elle.

Elle sentait qu'elle pouvait se fier à lui, il lui était sympathique, mais elle n'oubliait pas les mises en garde de Betsy sur les hommes qui ne cherchaient qu'à profiter des filles, surtout jeunes et belles.

— Parce que je sais que vous deviendrez une excellente infirmière. Et aussi parce que je suis persuadé que nous avons vous et moi plus en commun que vous ne l'imaginez.

Déconcertée, Hope se demanda ce qu'un beau monsieur comme lui pouvait avoir en commun avec une petite paysanne.

— Mon père est mort quand j'étais très jeune, reprit-il, amusé de la mine perplexe de Hope. Ma mère n'avait pas d'argent et elle a dû travailler comme couturière pour nourrir mon jeune frère et moi. Mon oncle Abel, son beau-frère, a pris toutes mes études à sa charge. Sans lui, je ne serais pas médecin aujourd'hui, mais je n'ai pas eu une existence facile. Je n'ai peut-être pas souffert de la faim, comme vous, ni ne me suis trouvé forcé de vivre dans un endroit tel que Lamb Lane, mais j'ai subi les humiliations du parent pauvre, obligé de toujours manifester de la gratitude et de me conformer aux désirs de mon oncle aux dépens de mes propres aspirations ou de mes besoins.

— Voulez-vous dire que vous ne vouliez pas devenir médecin?

— Si, j'aime passionnément mon métier. Mais en société, je suis comme un poisson hors de l'eau. Je n'aime ni n'approuve la plupart des gens qu'il voudrait que je fréquente. Il règne chez eux une telle hypocrisie, une telle étroitesse d'esprit, une telle ignorance ! Ils ne se soucient pas le moins du monde de tous ceux qui sont moins favorisés qu'eux.

Hope hocha la tête pour lui signifier qu'elle comprenait. Cet étrange médecin lui plaisait décidément de plus en plus.

— Vous me donnez l'impression d'être une version civilisée de Betsy. Vous l'auriez trouvée sympathique, je crois.

— Aurait-elle voulu que vous deveniez infirmière ?

— Sûrement pas ! répondit Hope en pouffant de rire. Elle était beaucoup trop indépendante pour accepter un travail où il lui faudrait obéir à des ordres. Mais elle aurait certainement pensé qu'un médecin assez brave pour se risquer à Lewins Mead avait quelque chose de spécial. Et je le pense aussi.

— Alors, voulez-vous venir avec moi chez mon oncle ? Il habite Harley Place, ce n'est pas loin du tout, dit-il en montrant la rangée d'élégantes demeures qui bordaient les Downs.

Hope regarda la maison. L'espoir que cette visite pourrait déboucher sur un emploi dont elle serait fière balaya ses réticences.

— Je veux bien. Mais s'il est désagréable avec moi, je m'en irai. Je ne laisserai jamais plus personne me parler comme cette horrible femme m'a traitée ce matin.


— C'est une mignonne petite, je te l'accorde, admit l'oncle Abel. Mais elle a un tempérament trop rétif pour convenir à mes patients.

L'oncle et le neveu se trouvaient dans le salon, richement meublé mais souffrant d'une décoration trop chargée. Les meubles, tous beaux, étaient si nombreux qu'ils laissaient à peine la place de circuler. La pièce reflétait le caractère et l'apparence de son propriétaire. À soixante ans, replet et capitonné comme ses canapés, Abel affectionnait les gilets brodés de motifs floraux qui rivalisaient avec son teint, lui aussi fleuri, et ses pantalons à carreaux. Aux objurgations d'Alice, sa dévouée gouvernante qui s'efforçait en vain de lui faire comprendre que ses accoutrements tapageurs lui donnaient plus l'allure d'un bonimenteur de foire que d'un éminent praticien, il rétorquait que, dans la nature, c'était toujours les mâles qui exhibaient les plus brillants plumages. De son côté, Bennett pensait que c'était plutôt un moyen détourné d'afficher sa fortune et sa position sociale.

L'ensemble résidentiel de Harley Terrace datait du siècle précédent, lorsque la traite des esclaves était à son apogée et que les riches négociants voulaient échapper au vacarme et à la saleté de Bristol. Abel avait hérité de son père armateur une fortune assez coquette pour s'installer dans cette demeure quand il était encore jeune et y aménager un cabinet de consultation. Comme Mary, son épouse, avait elle aussi les plus flatteuses relations, il n'avait eu qu'à fixer sa plaque de cuivre sur la porte pour que leurs amis et connaissances viennent en foule solliciter ses soins. Un destin funeste avait voulu que Mary périsse en couches cinq ans plus tard en mettant au monde un enfant mort-né et Abel ne s'était jamais remarié depuis. Bien qu'il s'en défende, Alice et ses deux servantes étaient devenues sa famille de substitution. Bennett estimait même que son oncle se sentait plus proche d'elles que de son neveu et jeune associé.

— Elle a l'étoffe d'une infirmière exceptionnelle, je vous le garantis ! déclara Bennett avec conviction.

Il s'était amusé en constatant que Hope ne s'était pas laissé impressionner par son oncle, qui intimidait pourtant la plupart de ceux qui le rencontraient pour la première fois. Hope s'était présentée à lui de la meilleure manière en énumérant avec modestie tout ce qu'elle savait faire, mais sans jamais baisser les yeux par timidité. Elle avait décrit avec précision la mort de ses parents en expliquant pourquoi elle comprenait la nécessité vitale de maintenir les chambres de malades dans de strictes conditions d'hygiène.

— Si vous êtes un tel parangon de vertu, avait aboyé Abel, pourquoi vous êtes-vous retrouvée dans un quartier aussi malfamé ?

Bennett comprit que son oncle la soupçonnait de se livrer à la prostitution et s'attendait que sa question pousse Hope à lui faire cet aveu.

— Parce que si on n'a pas un sou, monsieur, on se réfugie là où l'on peut. Ce qui ne veut pas dire qu'on doive adopter les mœurs de cet endroit.

Abel sonna Alice et lui ordonna d'emmener Hope au sous-sol pendant qu'il conférait avec son neveu. Bennett dut lui rendre justice, il ne chercha pas à plonger davantage Hope dans l'embarras en demandant à Alice de la laver et de lui donner des vêtements propres, mais il savait qu'Alice avait bon cœur et qu'elle y veillerait de toute façon, même si Hope ne devait pas rester.

— Tu te plains du manque de bonnes infirmières à St Peter, bougonna Abel en se versant du cognac. Eh bien, prends-la donc là-bas.

— Je ne peux pas lui demander de s'exposer à un tel risque ! protesta Bennett, horrifié.

— Elle a survécu à la maladie de ses amis, répliqua Abel en haussant les épaules. Et il me semble que tu en as réchappé toi aussi.

— Je ne sais pas si je le dois à la chance ou aux précautions que je prends. Mais si c'est la chance, elle peut tourner dès demain.

— En tout cas, grommela Abel, il faut la mettre à l'épreuve. Si elle accepte et se révèle à la hauteur de tes espérances, je lui trouverai plus tard un poste moins dur.

Bennett connaissait trop bien son oncle : il était méfiant, avait l'esprit étroit et n'était guère porté à faire la charité. De plus, il devait sans doute se dire que son neveu avait le béguin pour la fille et que lui demander d'aller exercer ses talents, réels ou supposés, dans l'enfer de St Peter la ferait fuir sur-le-champ. Bennett était convaincu du contraire. Sa bonté foncière l'incitait, au contraire, à prendre soin de ces malheureux. Pourtant, pensa-t-il, elle avait déjà eu plus que sa part d'épreuves. Était-il juste de lui en infliger davantage ? Plutôt que de lui demander de risquer sa jeune vie, ne vaudrait-il pas mieux la laisser chercher du travail dans une ferme ? Peut-être y trouverait-elle l'amour et le bonheur…

Mais en revoyant son visage, beau comme un matin de printemps, tandis qu'elle tenait tête à Abel avec fierté, Bennett comprit qu'il devait trouver un moyen, quel qu'il soit, de la garder près de lui.

## 14

Hope fit une pause sur le palier, fascinée de découvrir son image dans le grand miroir devant elle. Elle ne s'était pas vue en entier depuis son enfance, quand elle allait jouer avec Rufus à Briargate. Bien sûr, elle avait souvent regardé son visage dans de petits miroirs et aperçu sa silhouette en passant devant les vitrines des boutiques, mais ce n'était jamais très net et elle préférait détourner les yeux pour ne pas se voir telle qu'elle était, négligée et en haillons.

Cette fois, elle voyait enfin la fille qu'elle voulait redevenir depuis si longtemps. Ses cheveux étaient coiffés à la perfection, la robe donnée par Alice, un uniforme de femme de chambre bleu marine avec le col et les poignets blancs, lui allait à ravir et elle était chaussée de bottines noires bien cirées. En soulevant légèrement sa jupe, elle apercevait la bordure de dentelle du jupon et des bas de fin coton noir.

Elle n'avait pas eu assez de mots pour remercier Alice de l'avoir métamorphosée avec tant de tact et de gentillesse qu'elle ne s'était jamais sentie humiliée ni embarrassée. Les vêtements avaient appartenu à une jeune femme de chambre qui s'était mariée, lui avait-elle dit, et ils étaient trop petits pour convenir à une autre. Leur petite taille avait étonné Hope, qui ne se croyait pas aussi menue puisque, depuis son départ forcé de Briargate, elle n'avait porté que la vieille robe de Nell, de deux tailles trop grande, qui dissimulait ses formes. Alice s'était extasiée sur la beauté de ses yeux et de ses cheveux, en ajoutant qu'elle comprenait pourquoi le Dr Meadows s'était autant inquiété d'elle lorsqu'elle avait disparu de Lewins Mead.

Heureuse d'avoir retrouvé une apparence respectable, Hope fut surtout émue de savoir qu'elle avait fait sur le jeune médecin une assez forte impression pour qu'il se soucie de son sort. Maintenant, elle ne craignait plus de retourner dans le salon pour apprendre si le Dr Cunningham acceptait ou non de la prendre comme infirmière. Avec les bienfaits d'un bain chaud, d'une manucure et de sa nouvelle tenue, elle se sentait capable de faire face à tout ce qu'il lui annoncerait.

Alice lui avait aussi dit que le docteur était moins farouche qu'il n'en avait l'air et qu'il bougonnait volontiers parce qu'il ne s'était jamais consolé de la perte de sa femme et de son fils. Elle avait expliqué que la meilleure manière de contrer son agressivité verbale consistait à lui tenir tête. «Il apprécie les gens qui ont du caractère», avait-elle précisé avec diplomatie.

Hope se sentait désormais assez sûre d'elle-même pour affronter n'importe qui. Elle ignorait si nourrir de vieilles dames et faire leur toilette lui plairait, mais cela valait quand même mieux que travailler aux champs ou vendre des fleurs dans les rues. Elle éprouvait surtout une profonde gratitude envers le

Dr Meadows qui lui avait donné sa chance et qu'elle avait l'intention de ne pas décevoir.

En approchant de la porte du salon, elle entendit des éclats de voix et se demanda si l'oncle et le neveu se querellaient à son sujet. Grâce à son courage retrouvé, elle frappa sans hésiter.

Le Dr Meadows lui ouvrit aussitôt.

— Entrez, Hope, dit-il en souriant. Alice vous a redonné belle allure, à ce que je vois.

Il rougissait, mais elle comprit que c'était de colère par rapport à ce que son oncle lui disait et non par timidité. Debout devant la cheminée, l'air maussade, le Dr Cunningham ne lui fit pas de compliments sur sa nouvelle apparence.

— Ainsi, déclara-t-il d'un ton rogue, vous vous croyez capable de devenir une bonne infirmière ?

Hope n'hésita qu'une fraction de seconde sur la manière de répondre à cette attaque directe.

— Je n'en suis pas certaine, monsieur. Mais je ferai de mon mieux.

— Voulez-vous plutôt dire faire vos preuves ?

— Oui, monsieur.

— Dans ce cas, je vous placerai à un poste où votre caractère et vos capacités pourront donner leur mesure. Mon neveu doit retourner tout à l'heure à l'hôpital St Peter. Vous l'accompagnerez, il vous confiera à l'infirmière en chef. Comme le Dr Meadows vous l'a sans doute déjà dit, ils ont là-bas le plus urgent besoin d'infirmières.

Hope résista à un accès de panique. Si le Dr Cunningham l'avait assignée à l'hôpital général, elle aurait éprouvé une certaine crainte mais pas de l'horreur, car l'hôpital général était de construction récente et jouissait d'une bonne réputation alors que St Peter suscitait la même terreur que le bagne. Nul n'ignorait que la plupart de ceux qui y entraient n'en sortaient que dans un cercueil. La brutalité et la crasse qui y régnaient alimentaient de terribles rumeurs.

Elle était sur le point de répliquer qu'elle préférerait retourner vivre dans les bois quand elle remarqua un éclair de ruse dans le regard du vieux médecin et devina ce qu'il avait voulu dire par l'expression « faire vos preuves ». Il espérait qu'elle refuserait, ce qui l'autoriserait à lui ordonner de quitter sa maison – et de s'éloigner de son neveu.

— Je ne peux pas dire que je vous suis reconnaissante de me donner cette position, monsieur, dit-elle avec dignité. Mais puisque j'ai compris que vous souhaitiez me mettre à l'épreuve, je l'accepte pour vous prouver que j'en ai les capacités.

— Vous n'en avez pas besoin ! intervint Bennett, visiblement consterné. St Peter est un enfer, le mot n'est pas trop fort. Le choléra y fait rage, vous vous mettriez en danger.

— Bennett ! le rabroua son oncle. Je ne te permets pas de tenir ce genre de propos sur notre hôpital. Le conseil de la Santé publique y a investi les années passées des sommes considérables pour l'améliorer.

— Vous n'y avez vous-même pas mis les pieds depuis les émeutes, il y a dix-huit ans ! rétorqua Bennett. Si vous y étiez allé, vous sauriez que la plus grande partie de ces sommes a été détournée par des conseillers sans scrupule à leur seul profit. Si je n'avais qu'un vœu à formuler, c'est que le peuple de Bristol se soulève à nouveau et détruise St Peter comme il avait démoli la prison la dernière fois.

— Tu n'étais qu'un enfant à l'époque ! protesta son oncle. Ce que tu en as entendu dire est une déformation fallacieuse de la réalité.

— J'habitais déjà chez vous, répliqua Bennett. Je me souviens très clairement de vous avoir souvent vu revenir couvert de sang après avoir pansé les blessures infligées aux manifestants par les sabres de la cavalerie. Vous pleuriez sur ce carnage et sur les conditions abominables qui prévalaient dans cet hôpital. Si ce qui en a été dit est une déformation fallacieuse de la réalité, c'est de votre bouche que je l'ai entendu.

— Assez ! gronda le Dr Cunningham. Tout cela n'a rien à voir avec ce dont il est question en ce moment. Tu as amené cette jeune personne parce que tu estimes qu'elle peut devenir une bonne infirmière. Les pauvres bougres à l'hôpital ont infiniment plus besoin de bonnes infirmières que quelque riche douairière ne souffrant que de la goutte. Je dis donc qu'elle doit aller là où l'on a besoin d'elle.

Hope avait déjà compris les racines de l'opposition entre les deux hommes. Dans sa jeunesse, le Dr Cunningham avait sans doute été aussi dévoué et passionné que son neveu, mais l'âge et la réussite l'avaient changé. Ce qu'il venait de dire était pourtant logique, même s'il y avait une bonne dose d'hypocrisie dans sa décision de l'envoyer dans un endroit où il répugnait à mettre lui-même les pieds.

Elle savait aussi que vider le pot de chambre d'une vieille dame riche et acariâtre ne lui apprendrait rien. Puisqu'elle se sentait plus proche des pauvres et des défavorisés et pouvait leur apporter un peu de réconfort pour le peu de temps qui leur restait à vivre, cela valait la peine qu'elle en fasse l'effort.

— J'irai soigner les malades à St Peter, déclara-t-elle en fixant le Dr Cunningham dans les yeux. Et j'y deviendrai la meilleure des infirmières, vous verrez. Ne croyez pas que j'y vais parce que vous m'en avez donné l'ordre, mais bien parce que j'ai décidé d'y aller.

— Vous ne manquez pas de toupet, ma petite, répondit celui-ci d'un ton radouci avec un regard amusé. Maintenant, descendez retrouver Alice. Mon neveu a besoin de se reposer avant de retourner là-bas et je crois qu'un bon repas chaud ne vous ferait pas de mal non plus.

Ce soir-là, de la voiture du Dr Cunningham, Hope regardait avec appréhension la façade de l'hôpital St Peter où le Dr Meadows était entré s'entretenir avec l'infirmière en chef. Dans l'obscurité, elle ne pouvait distinguer que la porte éclairée par deux lanternes, mais elle l'avait vu assez souvent le jour pour savoir que sa belle apparence ne correspondait en rien à ce qui attendait les malheureux qui y entraient.

C'était un des plus beaux bâtiments anciens de Bristol et, comme tous les habitants, Hope en connaissait un peu l'histoire. La riche famille Norton avait fait construire cette demeure au XVII$^e$ siècle avec un faste témoignant de son éminente position dans la société. Son emplacement, en face de l'église St Peter et adossé au port, était sans doute agréable à l'époque, mais les Norton en avaient été chassés quelques décennies plus tard par la puanteur émanant du fleuve, devenu un véritable égout à ciel ouvert. Après avoir abrité un temps l'hôtel de la Monnaie, le bâtiment avait ensuite été racheté par la municipalité qui en avait fait un hospice pour les indigents et un asile d'aliénés. Betsy prétendait que la bâtisse était hantée. Hope le croyait volontiers car, pendant l'épidémie de choléra de 1832, des centaines de victimes avaient péri dans ses murs. Selon ce qu'en disait Bennett, les conditions ne devaient pas être meilleures aujourd'hui. Tout le monde à Bristol s'accordait à dire que St Peter était le bout de la route pour les infortunés qu'on y faisait entrer.

Il était tentant pour Hope d'échapper à cet enfer pendant qu'il en était encore temps, mais sa fierté et son caractère obstiné lui interdirent de donner au Dr Cunningham la satisfaction d'apprendre qu'elle s'était esquivée dans la nuit comme une voleuse.

Une demi-heure plus tard, seule avec sœur Martha, l'infirmière en chef, Hope ne put retenir un cri d'horreur en découvrant la salle réservée aux malades du choléra où elle devrait prendre ses fonctions le lendemain à six heures du matin. Le Dr Meadows avait raison de parler d'enfer.

Une trentaine d'hommes, de femmes et d'enfants gisaient pêle-mêle dans une salle sombre et puante, à peine assez vaste pour en accueillir la moitié. Il n'y avait pas de lits. Certains étaient couchés sur de la paille souillée de vomi et d'excréments, d'autres accroupis le dos au mur. Les regards qu'ils tournèrent vers elle dans la pénombre étaient ceux des damnés que décrivait le révérend Gosling dans ses sermons sur l'enfer. Leurs gémissements et leurs sanglots lui brisèrent le cœur.

— Nous ne pouvons pas faire grand-chose pour soulager ces malheureux, soupira sœur Martha en serrant dans sa main le crucifix pendu à sa ceinture comme pour y puiser du réconfort. Depuis le début de l'épidémie, aucun des malades qui sont entrés ici n'a guéri. La plupart de ceux-ci seront déjà morts demain matin.

Sœur Martha se hâta de faire sortir Hope et referma à clef la porte de la salle. Elle lui expliqua que cette mesure était indispensable, car certains malades fous de douleur tentaient de s'évader. Elle précisa aussi que le nouvel hôpital général refusait d'accueillir les malades atteints du choléra. Hope avait eu le temps d'apercevoir deux vieilles qui circulaient dans la salle en offrant à boire aux malades, mais elle devina sans peine qu'une fois la porte refermée, elles s'empresseraient de battre en retraite dans le petit local adjacent, où sœur Martha avait dit qu'elles disposaient d'un poêle et d'un évier, et de sortir une bouteille de gin de sa cachette.

Robuste Irlandaise entre deux âges, sœur Martha était affligée d'une tache de vin sur le visage. Peut-être était-ce cette disgrâce qui l'avait incitée à s'enrôler chez les sœurs de la Charité et rendue compatissante aux malheurs d'autrui. Mais cela n'aurait pas dû l'empêcher de se montrer plus ferme envers ceux qui étaient censés soigner les malades car, à l'évidence, ils ne s'en souciaient guère.

— Les conditions, ici, sont désespérantes, admit-elle. Les infirmières abusent souvent de l'alcool et il leur arrive même de voler le laudanum destiné aux malades. Quant aux garçons de salle, ils devraient mieux entretenir les lieux, mais ce sont des simples d'esprit ou d'anciens prisonniers qui ont trop peur de la contagion.

— Que donnez-vous à manger aux malades ? demanda Hope.

— Les cuisines nous fournissent des soupes et des bouillies, mais comme ils sont souvent trop faibles pour se nourrir eux-mêmes, j'ai bien peur que beaucoup d'entre eux ne mangent rien du tout.

L'imposant hall d'entrée lambrissé où elles se trouvaient et le grand escalier témoignaient encore de la splendeur passée du bâtiment. Ces lieux étaient raisonnablement propres et entretenus, malgré les mauvaises odeurs qui y régnaient et les planchers usés par les milliers de pieds qui les avaient foulés au fil des siècles. Sœur Martha désigna les grandes portes de l'autre côté du hall en disant que les indigents, les orphelins et les cuisines occupaient cette partie du bâtiment.

Le hall était chichement éclairé par une lampe à huile qui pendait du plafond au bout d'une longue chaîne. Sœur Martha prit une petite lampe posée avec d'autres sur une étagère, l'alluma et guida Hope dans l'escalier pour lui montrer sa chambre. Au premier étage, elle lui montra la porte du local des aliénés en ajoutant aussitôt que Hope n'avait rien à craindre, car ils étaient enfermés à double tour sous la garde de vigoureux infirmiers.

Avant d'arriver au dernier étage, sœur Martha dit tout le bien qu'elle pensait du Dr Meadows.

— Cet homme est un saint ! déclara-t-elle d'un ton extasié. Il se soucie de tout le monde. Pas plus tard que ce matin, il me disait : « Sœur Martha, vous devez prendre un peu de repos, sinon vous deviendrez une de mes patientes. » Mais puisque vous êtes sa cousine, vous devez le savoir mieux que moi. Il m'a dit que vous aviez déjà une bonne expérience du choléra et qu'il était très fier de vos capacités d'infirmière, enchaîna sœur Martha sans laisser à Hope le temps de la détromper. Vous devez avoir le courage d'un lion pour accepter de venir nous aider.

Hope comprit pourquoi le docteur avait tenu à la voir seul. En présentant Hope comme une de ses parentes, il espérait qu'elle serait soumise à des épreuves moins pénibles.

— J'ai plutôt le courage d'une souris, répondit-elle avec sincérité. Mais j'espère me sentir plus brave demain matin.

En sa qualité de cousine du Dr Meadows, Hope eut droit à une chambre individuelle. Ce n'était qu'une cellule mansardée, à peine plus large que le lit, mais ce traitement de faveur la réconforta. Le lit avait des draps et la porte fermait de l'intérieur. La chaleur du jour restait emprisonnée dans la pièce, les murs étaient lépreux et il devait y avoir des punaises dans le matelas, mais après le taudis de Lamb Lane et son campement dans les bois, l'endroit lui fit l'effet d'un palais. Avant de se retirer, sœur Martha lui donna un uniforme composé d'une robe de bure, de deux tabliers et de deux bonnets de coton.

Tandis que les pas lourds de sœur Martha s'éloignaient dans l'escalier, Hope sentit sa confiance l'abandonner et éprouva une grande solitude. Tout l'hôpital lui avait paru inquiétant : le silence anormal qui y régnait, les portes fermées à clef, l'absence d'êtres humains visibles et même l'ancienneté du bâtiment. Elle était consciente qu'elle allait être confrontée à des spectacles plus atroces que tout ce qu'elle avait vu jusque-là. Elle ne s'attendait pas non plus à nouer des amitiés parmi les gens qu'elle allait côtoyer et le travail s'annonçait épuisant. Mais avec son verrou tiré et la lumière dorée de la lampe qui faisaient de sa mansarde une sorte de cocon, elle se dit qu'elle avait eu une chance extraordinaire de rencontrer le Dr Meadows ce matin-là.

Avant de la quitter, il lui avait donné un sac qu'Alice lui avait demandé de ne lui remettre que lorsqu'elle serait arrivée. « Juste quelques objets indispensables, avait-il précisé en souriant. Alice a mis de côté vos affaires, car vous n'en aurez pas besoin ici. Elle vous souhaite bon courage et espère vous revoir bientôt. »

Hope n'avait pas encore eu le temps d'inventorier son contenu. Elle avait d'abord regretté que sœur Martha ne lui ait pas laissé le temps de dire au revoir au docteur et de le remercier convenablement, mais elle était maintenant contente qu'il lui reste ce plaisir pour la distraire de ce qu'elle allait affronter le lendemain.

Elle trouva d'abord un châle de laine bleue qui lui fit monter aux yeux des larmes de reconnaissance, car elle n'avait aucun vêtement chaud pour l'automne. Elle sortit ensuite une chemise de nuit en flanelle, un jupon, deux paires de bas, une brosse et un peigne, une serviette de toilette et une boîte d'épingles à cheveux. Au fond, une petite boîte de fer-blanc pleine de biscuits, deux bougies et un petit bougeoir émaillé.

Hope ne retint plus ses larmes. Alice lui avait inspiré une sympathie immédiate et ces cadeaux pratiques témoignaient d'une bonté et d'une gentillesse qui lui allaient droit au cœur. Elle avait vécu une journée longue et fatigante, mais Hope savait désormais que sa chance avait tourné. Elle avait un travail, un toit et autour d'elle des gens qui se souciaient de son bien-être.

S'il était vrai que son travail était de ceux dont personne ne voulait et qui risquait même de la tuer, au moins il était pour elle un moyen de regagner sa dignité. Le lendemain allait marquer pour elle un nouveau départ. Peut-être, avec le temps, serait-elle en état de prendre contact avec Nell et le reste de sa famille.

Le lendemain à midi, Hope ne considérait plus son labeur comme un nouveau départ, mais comme un pas de géant en arrière.

Quand elle prit son service à six heures du matin, quatre malades étaient morts dans la nuit, dont un enfant de six ans. Elle assista, horrifiée, au spectacle des croque-morts dépouillant les cadavres avant de les emporter dans une cour intérieure où ils seraient jetés dans une fosse. Personne n'était encore venu lui donner la moindre instruction. Les deux vieilles aperçues la veille avaient été remplacées par deux autres, aussi crasseuses et décrépites, qui se présentèrent sous les noms respectifs de Sally et Molly. Plutôt causantes, les besoin des malades dont elles étaient censées avoir la charge ne leur inspiraient visiblement aucun intérêt. Quand Hope leur demanda s'il ne fallait pas nettoyer les emplacements d'où les morts avaient été enlevés, elles éclatèrent de rire.

— On se fatigue pas avec ces trucs-là, voyons ! répondit Molly. La charrette va en ramener de nouveaux d'ici une heure. Pas la peine de nettoyer un endroit où quelqu'un d'autre va venir chier. Viens donc au fond boire une tasse de thé avec nous.

Hope mourait d'envie de boire du thé et, pourvue d'un poêle, d'un évier, d'une table, de chaises et de fenêtres, la pièce du fond était nettement plus accueillante que la salle commune. Mais elle était incapable de s'asseoir boire du thé en sachant que d'autres malades arriveraient bientôt. Elle poussa une rapide reconnaissance jusqu'à la cour au fond du couloir, y découvrit un tas de paille propre sous un appentis et un brasero servant à brûler les vêtements des morts. S'emparant d'une caisse vide, elle rentra balayer la paille souillée dans la caisse qu'elle alla jeter dans la fosse avant de revenir nettoyer la surface de plancher ainsi dégagée. Ce n'est qu'après avoir étalé la paille propre qu'elle alla rejoindre les autres dans la pièce du fond.

Elle en avait croisé beaucoup comme ces deux-là à Lewins Mead et connaissait trop bien leurs défauts – paresse, crasse, immoralité. Elle savait donc qu'en les attaquant de front, elles n'hésiteraient pas à se venger. Mieux valait tenter de faire appel à leurs bons sentiments, s'il leur en restait.

— J'ai nettoyé et j'ai mis de la paille propre, leur dit-elle en se lavant les mains. On donne du thé aux malades, maintenant ?

— Du thé ? s'esclaffa Sally. On leur donne que de l'eau et ils peuvent bien attendre qu'on soit prêtes.

Hope avait vu dans un coin de la salle un seau de bois où était accroché un bol qui, apparemment, servait à tout le monde.

— Allons, ma petite, viens boire du thé, dit Molly. C'est ton premier jour, on sait bien que tu veux faire bonne impression, mais ceux qui sont là-dedans finiront tous dans la fosse. Pas la peine de te donner du mal pour rien.

Hope ravala la réplique qui lui venait aux lèvres, lava un bol et le remplit de thé du pot que les vieilles avaient préparé.

— Je me disais qu'on pourrait peut-être déplacer quelques malades sur la paille propre et nettoyer le plancher aux endroits où ils étaient couchés, hasarda-t-elle.

— Tu te disais quoi ? ricana Molly. On les touche jamais, sauf quand on leur donne à boire ou qu'on essaie de leur faire avaler de la bouillie quand les cuisines en envoient.

Hope découvrit ainsi que c'étaient là tous les soins qu'on dispensait aux malades du choléra. Même sœur Martha, lorsqu'elle apparut un peu plus tard, ne franchit pas le seuil de la salle ni ne donna aux trois femmes le moindre conseil ou la moindre instruction. Rien n'était prévu, ni cataplasmes, ni couvertures pour ceux qui grelottaient de fièvre. Il n'était bien entendu pas question de les frictionner lorsque des crampes les tordaient de douleur.

Sa courte expérience lui avait appris à reconnaître les symptômes de la maladie. Pour la plupart, les malades étaient à un stade trop avancé pour être sauvés, mais elle pouvait au moins essayer de soulager leurs souffrances et donner à la salle un aspect un peu moins sordide. Elle déplaça donc un par un les malades sur la paille propre, leur lava le visage et les mains et nettoya les endroits qu'ils venaient de quitter.

— Tu es complètement folle, commenta Molly qui l'observait avec effarement depuis la porte de la pièce du fond. Tu vas attraper la maladie à force de tout tripoter comme ça.

Hope était en train de frictionner un patient qui souffrait de crampes sévères quand le Dr Meadows entra. Après l'avoir aidée et avoir administré du laudanum à quelques malades pour calmer leurs souffrances, il invita Hope à sortir avec lui dans la cour avant de poursuivre sa tournée des autres services.

— Je m'attendais à ce que vous ayez déjà fui à toutes jambes, lui dit-il en souriant.

— J'en ai été tentée, avoua-t-elle avant de lui décrire en détail comment s'était déroulée sa première matinée. Je n'arrive pas à croire que personne ne puisse rien faire pour soulager ces malades, conclut-elle avec indignation.

— Je pense exactement la même chose, soupira le docteur. Je fais ce que je peux, mais c'est tout à fait insuffisant, je le sais. En fait, les malades sont amenés ici pour mourir et nous ne pouvons pas les soigner, il n'existe aucun remède efficace. Certains guérissent, mais c'est par miracle, le mot n'est pas trop fort.

— C'est quand même inhumain de ne pas même chercher à adoucir leurs derniers moments, de leur redonner un peu de dignité ! déclara-t-elle. Ces femmes sont payées pour cela et si elles ne font rien, il faudrait les renvoyer.

— Les deux qui sont ici sont pensionnaires de l'hospice, dans l'autre aile du bâtiment, répondit le Dr Meadows avec lassitude. Celles qui étaient là hier soir aussi. Elles n'ont pas choisi de soigner les malades, elles en ont reçu l'ordre et elles n'y gagnent qu'une maigre allocation pour acheter de la bière ou du gin. Comment leur reprocher de ne manifester ni dévouement ni enthousiasme ?

— Vous avez raison, admit-elle avec gêne car elle était payée quatre shillings par semaine, logée et nourrie.

— Nous devrions trouver le moyen de recruter des femmes valables et de les former. Jusqu'à présent, nous n'avons eu que des religieuses ou des indigentes. Il faut dire que des salaires de misère et le risque de contagion n'ont rien pour attirer même les plus dévouées. Et vous, Hope, si vous n'aviez pas été contrainte et forcée, vous ne seriez pas ici.

— Vous ne m'avez ni contrainte ni forcée! protesta-t-elle. Vous avez été très bon avec moi, monsieur, surtout en me présentant comme votre cousine ce qui m'a valu d'être logée dans une chambre individuelle. Alice aussi a été merveilleuse. Voulez-vous la remercier de ma part? Ses cadeaux m'ont sincèrement touchée.

— Alice vous aime beaucoup elle aussi et ses petits cadeaux ne sont qu'une manière de l'exprimer. Je lui présenterai vos remerciements. Mais ne m'appelez pas «monsieur», voyons! Entre cousins, on n'use pas de termes aussi formels, dit-il avec un regard qui la fit rougir. Avez-vous déjà déjeuné? enchaîna-t-il.

— Non. Je croyais que sœur Martha viendrait me prévenir.

— Sœur Martha était en salle d'opération pour une amputation de la jambe.

— Vous avez coupé la jambe de quelqu'un? demanda Hope avec une grimace de douleur.

— Pas moi, le chirurgien. Je n'ai fait qu'administrer le chloroforme au patient. Le pauvre homme s'en remettra, mais je ne sais pas comment il fera pour nourrir sa famille. Il ne trouvera plus de travail avec une seule jambe. Allons, venez déjeuner, vous en avez sûrement besoin.

Il l'emmena dans le petit réfectoire à côté de la cuisine où elle avait pris son petit déjeuner le matin. Six personnes y étaient attablées. Un cuisinier donna à Hope un grand bol plein d'une soupe verdâtre et un quignon de pain. Bennett s'assit avec elle sans rien prendre.

— Comment est-ce ? demanda-t-il.

— Moins mauvais que ça n'en a l'air, répondit-elle en souriant.

— Vous êtes toujours aussi stoïque ?

— En ce qui concerne la nourriture, certainement. Je sais ce que c'est que d'avoir faim.

— Aujourd'hui, vous avez vu le pire de St Peter. Mais tout n'est pas aussi noir. Nous avons un excellent chirurgien et les sages-femmes ont une très bonne réputation. Mais le bâtiment est trop vieux pour un hôpital digne de ce nom et les économies budgétaires n'arrangent rien.

Sur quoi il se lança dans une tirade véhémente sur les inégalités et les injustices de la société anglaise, qui éveilla chez Hope un écho des propos que tenaient Nell ou Baines, sans parler des réquisitoires de Betsy. Au bout de cinq minutes, il se tut et fit un sourire contrit.

— Pardonnez-moi, je ne voulais pas vous infliger un aussi long discours. Une fois lancé sur ce sujet, je ne peux plus m'arrêter.

— Vous êtes une exception, répondit-elle en lui rendant son sourire. Je croyais que les nobles ne se souciaient que d'eux-mêmes.

— Vous me croyez noble ? demanda-t-il avec étonnement.

— Bien sûr. Vous ne l'êtes pas ?

— Pas du tout. Comme je vous le disais hier, sans la générosité de mon oncle à la mort de mon père, je serais probablement devenu valet de chambre. Mais pour en revenir à St Peter, je ne sais pas ce que nous deviendrions sans les sœurs de la Charité, qui considèrent que Dieu en personne leur a confié la mission de se dévouer.

— Vous me donnez l'impression de ne pas croire en Dieu, commenta Hope avec un sourire.

— Je croirais en Lui s'Il décidait de mettre un terme à cette épidémie, ou s'il me décrivait comment elle a commencé. Mary Carpenter me disait souvent que je devrais avoir honte de ne pas avoir la foi. Et vous, Hope ? Êtes-vous croyante ou sceptique, comme moi ?

— Cela dépend, répondit-elle en souriant. Quand je vendais du bois, je faisais une petite prière avant de frapper à une porte. J'avais la foi si on m'en achetait, je doutais dans le cas contraire. Betsy disait que le gin était plus efficace que la religion. Un verre suffit à résoudre tous vos problèmes.

Elle s'attendait à un regard réprobateur ou à un sermon sur les méfaits de l'alcool. Il se contenta de sourire.

— Il est temps que je retourne à mon poste, dit-elle en se levant. Et vous, vous avez encore des patients à voir.

— C'est vrai, soupira-t-il, j'en ai beaucoup. Soyez prudente, Hope. Et ne désespérez pas. Promis ?

Hope repensa souvent à cette requête de Bennett au cours des quinze jours suivants, où le désespoir la guettait à chaque instant au milieu des malades et des mourants. Il en mourait tous les jours et ils étaient à peine emportés vers la fosse commune que d'autres arrivaient. On ne connaissait souvent pas les noms de ces nouvelles victimes. Mourir sans identité semblait, aux yeux de Hope, le comble de la cruauté du destin.

Sally et Molly prenaient un plaisir morbide à décrire la panique qui régnait en ville et la fuite massive des habitants, les riches en voiture et les pauvres à pied qui préféraient dormir dans les champs plutôt que de s'exposer à la maladie. Elles disaient que les rues étaient désertes la nuit et que la plupart des navires refusaient désormais de venir s'amarrer dans le port. Elles disaient aussi qu'avec l'arrivée du froid et de la pluie, des centaines de pauvres gens iraient chercher refuge dans les hospices parce qu'ils auraient trop peur de retourner dans les taudis infectés qu'ils avaient fuis, qu'ils n'auraient pas le choix.

La canicule se poursuivait impitoyablement et la puanteur des eaux du fleuve derrière l'hôpital devenait insoutenable. Hope se surprenait souvent à rêver de la fraîcheur des sous-bois, de la paix qui y régnait, de la bonne odeur de terre humide et des rayons de soleil qui filtraient sous la voûte des feuillages. Ces rêves éveillés tournaient à l'obsession, au point d'être une vraie souffrance. Le soir, seule dans son étouffante mansarde, elle avait plus que jamais la nostalgie de ses frères et sœurs, de l'amour que lui prodiguaient ses parents. Il était trop injuste, à dix-sept ans, d'être enfermée dans un mouroir sordide.

Seul Bennett l'empêchait de prendre la fuite. Si dur, si répugnant que soit trop souvent son travail, Bennett comptait sur elle et elle ne se sentait pas le droit de trahir sa confiance. Grâce à lui, elle disposait maintenant de quelques remèdes. Lorsque des patients étaient encore aux premiers stades de la maladie, elle pouvait leur donner des sirops, des cataplasmes, des tisanes et étendre des couvertures sur ceux qui grelottaient de fièvre. Six de ses patients ne sombrèrent pas dans le stade terminal, ce qui la combla de joie. Elle ignorait si ces amorces de guérison étaient dues à ses soins ou à la volonté de Dieu, mais elle était déterminée à faire mentir la légende selon laquelle quiconque entrait dans cet hôpital n'en sortait qu'entre quatre planches et elle redoublait d'efforts, même si six guérisons contre plus de soixante-dix morts n'avaient pas de quoi la satisfaire. Elle luttait avec acharnement contre l'apathie et l'indifférence des autres. Tout le monde exploitait la faiblesse de sœur Martha. Molly et Sally ne se levaient de leurs chaises que pour fouiller les poches des morts. L'économe refusait même de fournir à Hope du savon, du vinaigre et de la soude en disant que c'était du gaspillage de s'en servir pour des condamnés.

Le fait que personne ne respectait les consignes de Bennett sur l'hygiène déprimait Hope plus encore que le reste. Elle considérait normal de se laver les mains après avoir touché un malade, de laver tous les jours les tabliers et les bonnets et de faire bouillir l'eau que buvaient les malades. Molly et Sally ne faisaient qu'en ricaner en disant que le docteur était aussi fou que ses patients. Hope persistait quand même à vouloir les convaincre.

Bennett appréciait ses efforts pour répandre la bonne parole, tout en lui faisant observer qu'on n'était pas certain que l'eau contribue à répandre la maladie. Toute l'eau de la ville provenait de la même source alors que les malades venaient des quartiers sales et surpeuplés, ce qui semblait confirmer l'hypothèse que le mal se propageait par l'air. Personne n'expliquait non plus les causes de la discrimination avec laquelle la maladie frappait. Les prêtres, les médecins, les infirmières et jusqu'aux cochers des charrettes qui manipulaient les morts étaient pour la plupart indemnes. Dans certains taudis, il arrivait que des enfants soient les seules victimes alors que les adultes en réchappaient. Le hasard seul semblait régir l'épidémie.

Les théories les plus folles et les plus absurdes se répandaient pour expliquer le phénomène. Certains en accusaient les Juifs, d'autres les prostituées. Des prêcheurs fanatiques déclaraient que Dieu châtiait une ville dépravée. Discutant souvent avec Bennett de ces aberrations, Hope était de plus en plus captivée par sa compréhension des méfaits de l'ignorance et de la pauvreté, qu'il plaçait à la racine de tous les maux, et par ses idées pour les combattre.

L'arrivée de Bennett dans la salle marquait le meilleur moment de la journée. Il lui suffisait de voir son mince et sérieux visage s'éclairer d'un sourire pour oublier sa fatigue. Elle était comblée quand il louait ses efforts ; quand elle l'observait examiner les malades et voyait la douceur de ses gestes et la compassion qui brillait dans son regard, elle était touchée aux larmes. Il restait presque toujours assez longtemps pour boire avec elle une tasse de thé, qu'ils emportaient dans la cour pour parler tranquillement.

Si, les premiers temps, leurs conversations portaient sur les malades et ce qui se passait en ville, elles prirent peu à peu un tour plus personnel. Un après-midi étouffant, alors que pour une fois le calme régnait à peu près dans la salle, Bennett évoqua ses années d'études à la faculté de médecine d'Édimbourg. Il se dépeignit sous les traits d'un jeune homme timide, mal à l'aise avec des condisciples plus riches et socialement plus évolués que lui, qui se moquaient de lui parce qu'il n'avait pas les moyens de participer à leurs sorties, dégénérant souvent en beuveries.

— S'ils étaient mauvais élèves, commenta Hope, ils n'ont pas dû devenir de bons médecins.

— Pour la plupart, répondit-il avec un rire amer, ils sont plus avancés que moi. Certains ont de flatteuses clientèles à Londres, d'autres font de belles carrières dans l'armée ou la marine. Je me dis souvent que j'aurais mieux fait de devenir médecin militaire.

Elle comprit qu'il regrettait de s'être associé à son oncle.

— Pourtant, soigner les pauvres gens a dû vous donner une expérience plus large que de ne traiter que des soldats.

— Peut-être. On dit parfois que, dans l'armée, la dysenterie est la seule maladie dont un médecin puisse devenir spécialiste. J'aurais aimé aller aux Indes ou dans d'autres pays exotiques. Mon oncle passe son temps à me dire que je ne trouverai jamais de femme si je n'ai pas de choses intéressantes à lui dire.

Hope s'étonna qu'une femme pût juger sa conversation sans intérêt.

— Ce que vous faites ici est pourtant passionnant, non ?

— Un gentleman n'aborde pas ce genre de sujet devant une dame, voyons ! répondit-il d'un ton faussement horrifié.

— Vous avez raison, dit-elle en riant. Une mijaurée se précipiterait sur son flacon de sels.

— Cette feinte délicatesse chez les dames de la prétendue bonne société m'exaspère, renchérit-il. Il y a deux mois, je suis arrivé en retard à une réception chez des amis de mon oncle parce que je procédais à un accouchement. Quand je l'ai dit à l'hôtesse et à ses deux filles pour expliquer la raison de mon apparition tardive, elles m'ont foudroyé du regard. J'ignorais qu'il était indécent de prononcer ce mot devant des jeunes filles, les lois de la nature sont censées rester pour elles un mystère jusqu'à leur mariage. Quelle convention ridicule !

— Ma sœur Nell était beaucoup plus jeune que moi quand elle a participé à l'accouchement des derniers enfants de notre mère. Elle voyait cela comme un entraînement pour le temps où elle aurait elle-même des bébés.

— C'est tout à fait normal. Mais parlez-moi de votre sœur, Hope. A-t-elle eu des enfants ?

Hope hésita, car elle craignait que cette question n'en amène d'autres auxquelles elle n'oserait pas répondre. Elle éprouvait pourtant le besoin de se confier, de parler de sa famille à laquelle elle pensait sans cesse, surtout depuis la mort de Betsy et de Gussie.

— Malheureusement, répondit-elle enfin, cette joie lui a été refusée. En réalité, elle m'a toujours un peu considérée comme sa fille du fait de notre différence d'âge.

Une fois lancée, elle parla de ses frères et sœurs, du cottage où ils vivaient, du mariage de Nell et de celui de Matt, de la mort de leurs parents et de sa vie au pavillon de Nell et d'Albert.

— Vous en voulez beaucoup à cet Albert, n'est-ce pas ? Quand nous nous sommes rencontrés l'autre jour sur les Downs, vous m'avez laissé entendre que c'était à cause de lui que vous vous étiez retrouvée à Lewins Mead.

Hope ne savait comment répondre quand des cris dans la salle lui épargnèrent l'obligation de mentir. Bennett et elle se précipitèrent pour voir ce qui se passait. Un malade arrivé le matin faisait un scandale et menaçait Sally d'un couteau parce que, en réalité, il n'était qu'ivre mort quand la charrette l'avait ramassé inerte dans la rue. Alors que l'homme était sensiblement plus grand et plus fort que lui, Bennett se rua sur lui sans hésiter et parvint à le maîtriser. Au bout d'un moment de confusion, l'ivrogne décampa, mais l'incident avait agité les malades qu'il fallut prendre le temps de calmer avant que l'ordre ne se rétablît.

Pendant que Bennett se lavait les mains avant de partir, il se tourna vers Hope en souriant.

— Il est temps que vous sortiez un peu de cet endroit. Alice me répète que je devrais vous inviter à dîner à Harley Place. Pourquoi pas demain ? Mon oncle passe quelques jours à Bath, nous serons tranquilles tous les trois.

— Je ne peux pas m'absenter demain, c'est dimanche.

— Samedi, dimanche ou n'importe quel jour, ici c'est toujours la même chose. Et, malheureusement, rien n'aura changé quand vous reviendrez. Sœur

Martha elle-même m'a dit que vous devriez prendre un jour de congé par semaine, elle vous trouve pâle et fatiguée.

— Oui, mais...

— Chut! Rien de plus convenable que de passer une journée avec votre cousin, n'est-ce pas? Je compte sur vous demain.

## 15

Le lendemain à midi, Hope arriva à Harley Place où Alice l'accueillit chaleureusement.

— Je suis si heureuse de vous revoir ! dit-elle en l'embrassant. Je me faisais beaucoup de souci pour vous.

Pendant qu'elles descendaient à la cuisine, Alice dit que Bennett était sorti voir un patient, mais qu'il ne tarderait pas à rentrer. Après avoir demandé à Hope si elle voulait boire quelque chose de frais et pesté contre la chaleur et la sécheresse persistantes, elle déclara qu'à son avis, St Peter n'était pas un endroit pour une aussi jeune fille. Hope répondit en souriant qu'elle était contente de son sort et que le travail n'était pas trop dur quand on s'y était habitué. Si ce n'était pas tout à fait vrai, la sollicitude d'Alice lui faisait aussi chaud au cœur que lorsque Nell la dorlotait.

Alice lui rappelait Nell à bien des égards. Si Alice était plus âgée (elle avait quarante-cinq ans), plus grande et avait les cheveux gris, elle avait la même allure et le même caractère maternel. Bennett lui avait dit que son oncle avait fait la connaissance d'Alice quand il avait soigné son mari malade. Devenue veuve encore jeune, le Dr Cunningham lui avait proposé le poste de gouvernante, avec l'arrière-pensée de l'épouser. Ils s'entendaient bien, avaient de l'affection l'un pour l'autre mais, selon Bennett, ils étaient trop entêtés et attachés à leurs habitudes pour donner suite à ce projet.

Dans cette cuisine étincelante qui embaumait la viande rôtie, le choléra, la crasse et les souffrances de l'hôpital ne furent bientôt plus pour Hope qu'un cauchemar à demi oublié. Elle portait la robe bleue qu'Alice lui avait donnée et ses bottines cirées, sa chevelure luisait au soleil et, surtout, elle brûlait d'impatience de revoir Bennett.

Quelques jours après son arrivée, elle avait découvert qu'en dépit de ses défauts, St Peter possédait deux salles de bains, les premières qu'elle eût jamais vues pourvues de l'eau courante. Selon sœur Martha, elles avaient été installées l'année précédente parce que les bains froids avaient un effet calmant sur les aliénés. L'eau chaude n'y coulait qu'en hiver quand la chaudière était allumée, mais la religieuse avait précisé que son fonctionnement était si capricieux qu'elle préférait elle-même prendre des tubs dans l'arrière-cuisine. Si Hope n'avait pas peur des bains froids, elle pourrait s'en servir tant qu'elle voudrait.

La veille, Hope s'y était précipitée en quittant son poste. Elle avait tellement chaud et se sentait si poisseuse que, le premier choc passé, elle éprouva les mêmes délices que dans l'étang près de son campement dans les bois et passa plus d'une heure à expulser de sa peau et de ses cheveux la saleté et la puanteur qui l'imprégnaient toute la journée. Tandis qu'elle trempait dans cette eau purificatrice, les cheveux flottant autour de sa tête comme une auréole, son cœur battait plus vite en pensant au lendemain. Peut-être était-ce la perspective de passer une journée entière avec Bennett...

L'incident avec l'ivrogne au couteau avait accru le respect que lui inspirait le jeune médecin. Elle ne s'attendait pas qu'il se dresse aussi résolument contre cette brute ni qu'il la maîtrise avec une aisance à faire pâlir d'envie les voyous qu'elle avait côtoyés à Lewins Mead. Pourtant, il n'avait pas abusé de sa force et avait même fait preuve de compassion envers cet être fruste, victime d'une méprise. Sa mère disait que c'était là le propre d'un homme digne de ce nom.

Si Betsy était encore en vie, elle lui demanderait si le sentiment que lui inspirait Bennett était plus que de la simple admiration. Le voir lui faisait l'effet d'un rayon de soleil perçant les nuages les plus noirs, ou du parfum d'une rose dans un jardin distraitement traversé. Était-ce ce que Matt éprouvait pour Amy ? Était-ce l'amour ?

— J'espère que vous aimez le rôti, Hope ?

La question d'Alice l'arracha à sa rêverie. Avait-elle manqué quelque chose d'important pendant que son esprit battait la campagne ? Sa distraction lui avait-elle fait commettre une impolitesse ?

— Je l'adore, s'empressa-t-elle de répondre. Mais je n'en ai pas mangé depuis très longtemps.

— Je crois surtout que vous n'avez pas eu grand-chose à manger depuis très longtemps, répliqua Alice. C'est un miracle que vous ayez encore bonne mine.

— Ç'a été le meilleur déjeuner que j'aie jamais fait, déclara Hope en ramassant dans son assiette les derniers fragments de rôti et de légumes, mais il va me dégoûter de la cuisine de St Peter.

— J'espère qu'il vous reste de la place pour le dessert.

— J'en ferai !

— Vous voir manger de si bon appétit est un plaisir, commenta Bennett en souriant.

Il n'eut pas besoin de préciser que c'était une preuve de plus de sa bonne santé. Hope l'avait surpris à l'observer avec attention lorsqu'il était revenu de chez son patient.

— On dirait qu'il va pleuvoir, dit-elle en montrant le pan de ciel qu'on voyait de la fenêtre. L'épidémie cessera-t-elle quand il fera plus frais ?

— C'est habituellement ce qui se produit, répondit Bennett. En tout cas, je le souhaite, car nous sommes tous au bout de nos forces.

— Et moi, que vais-je faire ? Serai-je affectée à un autre service ?

— Sans aucun doute, répondit Bennett avec un large sourire. Je crois même que vous pourrez le choisir, parce que sœur Martha n'a pas assez de mots élogieux sur votre compte. Je vous suggère quand même de prendre quelques jours de repos auparavant.

— Vous pourriez peut-être en profiter pour aller voir votre famille, intervint Alice.

— Je ne peux pas, répondit Hope en rougissant.

— Parce que Albert vous a donné l'ordre de ne plus revenir ? s'enquit Bennett avec douceur.

Hope acquiesça d'un air sombre.

Alice s'apprêtait à demander de quel droit cet homme lui interdisait de revenir chez elle quand Bennett l'interrompit d'un geste impérieux.

— Alors ce dessert, il vient ? voulut-il savoir.

Le repas terminé, Alice refusa catégoriquement que Hope l'aide à débarrasser la table et à faire la vaisselle.

— Allez plutôt prendre l'air au jardin avec Bennett. Vous n'en aurez peut-être plus l'occasion d'ici longtemps, déclara-t-elle en montrant les nuages qui envahissaient le ciel.

Le jardin était petit mais plein de charme. Bennett emmena Hope s'asseoir sur un banc installé au fond, sous un berceau de feuillage. Ils bavardèrent d'abord des fleurs, du changement de temps.

— Et maintenant, Hope, dites-moi ce qui s'est réellement passé avec Albert, dit Bennett au bout de quelques minutes. Tant que vous n'en aurez pas parlé, cela continuera à vous faire mal.

— Je vous l'ai déjà dit. Je me suis disputée avec lui parce que c'est une brute, voilà tout.

— Non, ce n'est pas tout. Je croyais que nous étions amis, Hope. Pourquoi ne pas me confier ce qui vous pèse sur le cœur ?

Les yeux baissés, Hope ne répondit pas aussitôt.

— Peut-être parce que j'ai peur de la manière dont vous réagirez, dit-elle enfin.

— Voulez-vous dire que vous craignez que je ne vous juge mal ?

— Non ! répondit-elle en relevant la tête pour le regarder dans les yeux. Je n'ai rien fait de mal.

— Mais Albert, si ?

Elle hocha la tête.

— À vous ?

Hope laissa échapper un soupir. Bennett devait soupçonner Albert de l'avoir violée, car Betsy y avait pensé elle aussi.

— Non, pas à moi, mais je l'ai surpris en train de faire quelque chose de très mal. Alors, il m'a battue et m'a chassée de la maison en me défendant d'y revenir. C'est pour cela que je n'ose pas y retourner, Bennett. Il se vengerait sur Nell et d'autres gens que j'aime.

— Un simple jardinier ne peut pas avoir un tel pouvoir! S'il a commis un acte répréhensible, personne d'autre que lui ne doit en souffrir.

— Il avait trouvé une lettre, dit Hope en hésitant. Il sait quelque chose qu'il menace de divulguer.

— Donc, il fait du chantage?

Au début de leurs relations, Betsy et Gussie avaient essayé de la faire parler, mais Hope s'y était refusée à cause de Rufus. Les frasques de la noblesse n'étaient que trop prisées par les gens du commun. Si elle se moquait de la réputation de sir William et de lady Anne, elle avait trop d'affection pour leur fils pour vouloir le blesser. Elle aspirait pourtant depuis longtemps à se décharger de ce lourd secret et elle aimait assez Bennett pour lui faire l'aveu de ce qui l'avait forcée à quitter Briargate et sa famille. Elle savait aussi qu'il persisterait à l'interroger et qu'elle pouvait avoir confiance en lui.

— Si je vous le dis, me jurez-vous de ne pas chercher à vous en mêler ni à régler la question derrière mon dos? demanda-t-elle. Et, bien entendu, de n'en parler à personne sous aucun prétexte?

— Je vous le jure. Je voudrais simplement comprendre, c'est tout.

Elle commença par lui décrire les rapports de confiance qui existaient entre Nell et sa maîtresse et comment Nell l'avait chargée, à leur départ, de cacher une lettre de l'amant de lady Anne. C'est en arrivant au moment où elle montait l'escalier du pavillon en croyant entendre claquer les volets de la chambre qu'elle ne sut comment poursuivre son récit.

— Albert était dans la chambre, n'est-ce pas ? l'encouragea Bennett. Avec qui ? Une autre de vos sœurs ?

Partagée entre la honte et la gêne, l'image des deux hommes nus dans le lit lui causa autant d'horreur que si elle la voyait pour la première fois.

— Non, lâcha-t-elle. C'était sir William.

— Grand Dieu ! s'écria-t-il avec stupeur. C'est bien la dernière chose à laquelle je m'attendais.

Le pire était dit, le reste vint à Hope d'autant plus facilement qu'elle avait hâte d'en finir.

— En arrivant à Bristol, conclut-elle, je me suis évanouie sur le pont et Betsy et Gussie m'ont secourue et emmenée chez eux.

— Je comprends maintenant pourquoi vous avez aussi peur d'Albert, soupira-t-il. Quant à la parole que je vous ai donnée de ne pas m'en mêler, je n'aurai pas de mal à la tenir puisque je ne saurais même pas par quel bout prendre cette sinistre affaire. Mais dites-moi, Nell savait-elle quel genre d'homme était Albert ?

— Je suis sûre que non. Il avait toujours été froid et indifférent envers elle, mais comment aurait-elle pu imaginer une chose pareille ? Elle ne sait sans doute même pas que de telles mœurs existent. Elle a beau être de seize ans mon aînée, elle est plus innocente que moi.

— J'ai le cœur brisé pour vous, Hope, dit-il d'une voix altérée par l'émotion. Aucune jeune fille de votre âge ne devrait découvrir les turpitudes du monde d'une manière aussi épouvantable. Albert mérite d'être fouetté au sang, non pas pour son penchant contre lequel il ne peut sans doute pas lutter, mais pour sa brutalité envers vous, ses mensonges à votre sœur et son odieux chantage.

— Comprenez-vous maintenant pourquoi je ne peux pas retourner là-bas ?

— Je ne le comprends que trop bien ! Il vous tient à sa merci. Seule la vérité sur votre disparition satisferait vos frères et sœurs, mais si vous la leur dites, ils s'en prendront à Albert qui se vengera en faisant le plus de mal possible autour de lui.

Soulagée que Bennett saisisse la complexité de sa situation, elle était quand même un peu déçue qu'un homme aussi intelligent que lui n'ait pas une idée pour punir Albert comme il le méritait sans que personne d'autre n'en souffre. Mais, tout bien considéré, si une telle solution avait existé, elle y aurait ellemême pensé depuis longtemps.

— Que dois-je faire, alors ?

Bennett lui prit la main, la serra avec affection.

— Faites ce que votre cœur vous dictera. Évaluez si votre besoin de revoir votre famille est plus fort que votre crainte de ce qu'Albert ferait à Nell et à ceux dont vous vous souciez.

— Si je disais tout, sir William me traiterait de menteuse, lady Anne le soutiendrait pour ne pas s'exposer au déshonneur et Rufus me haïrait d'avoir humilié ses parents. Quant à Nell, elle resterait mariée à Albert et c'est elle qui en souffrirait le plus cruellement.

— Cela pourrait au contraire l'inciter à le quitter.

— Ce n'est pas dans sa nature. Pour elle, les vœux conjugaux sont sacrés et, qui plus est, elle perdrait sa position à Briargate.

— Vous pourriez la faire venir à Bristol, je lui trouverais un emploi.

— Dans une ville, Nell serait comme un poisson hors de l'eau, répondit Hope tristement.

— Dans ce cas, mieux vaut vous efforcer de ne plus y penser et vous résoudre à vous faire une nouvelle vie.

Hope était arrivée à la même conclusion des mois auparavant. Pourtant, après avoir parlé à Bennett, entendre de sa bouche qu'elle n'avait pas d'alternative la bouleversa au point de fondre en larmes. Il l'attira contre son épaule en la berçant comme une enfant.

— C'est difficile à accepter, je sais. Je vous plains de tout mon cœur, ma chère Hope. Albert est un ignoble individu qui mérite cent fois d'être châtié de ses méfaits et je pense qu'il le sera tôt ou tard. Je crois aussi qu'avec un peu de patience, vous retrouverez votre famille et ceux qui vous sont chers. Ne perdez pas ce but de vue et, lorsque vous serez enfin réunis, ils seront fiers de ce que vous aurez accompli.

Il s'interrompit un instant, posa un baiser sur son front et essuya tendrement ses larmes avec son mouchoir.

— Moi, reprit-il avec douceur, je suis déjà très fier de vous. Sans vous à l'hôpital, toujours si bonne, si active, si méthodique aussi, je n'aurais jamais supporté le fardeau écrasant de cette affreuse épidémie. Vous avez été la lumière de mes jours. Vous portez bien votre prénom, car vous m'avez donné l'espoir autant qu'aux patients qui ont eu la chance d'être soignés par vous.

Cette nuit-là, dans son petit lit, alors qu'elle entendait la pluie crépiter sur le toit au-dessus de sa tête, Hope débordait de tant de bonheur qu'elle ne pouvait pas trouver le sommeil. La brise enfin fraîche qui entrait par la fenêtre ouverte chassait les derniers relents des mauvaises odeurs et la chaleur malsaine accumulés dans la pièce. Les paroles de Bennett avaient le même effet sur elle, car elle avait maintenant un but. Elle deviendrait une infirmière de premier ordre, non pas parce que c'était le seul travail qui s'offrait à elle, mais parce que le désir de soigner les malades était devenu chez elle un réel besoin. Si l'état de St Peter lui déplaisait, peut-être parviendrait-elle à l'améliorer en s'attelant sérieusement à la tâche.

Mais c'était Bennett lui-même qui la transportait de joie. Elle était désormais certaine que ce n'était pas seulement de l'admiration qu'il lui inspirait, mais bien de l'amour. Quand il l'avait tenue dans ses bras pour la réconforter, elle aurait voulu y rester toujours. Le contact de sa bouche sur son front lui avait causé un si délicieux frisson qu'elle aurait voulu à son tour poser ses lèvres sur les siennes.

Ils étaient ensuite sortis se promener jusqu'au bord des gorges de l'Avon. Du haut de la falaise, elle lui avait montré sur la rive opposée l'endroit où elle avait établi son campement, décrit l'étang où elle allait se baigner et comment elle cuisinait sur le feu.

— J'aimerais bien camper comme cela, avait dit Bennett en souriant. J'avais des camarades de classe à Exeter qui le faisaient souvent, mais ma mère ne voulait pas que je les accompagne.

— Nous pourrions camper ensemble, avait répondu Hope, rouge de honte d'avoir laissé échapper une proposition si peu convenable.

— Je vous prends au mot ! s'était esclaffé Bennett. Rien ne me serait plus agréable que d'être assis à vos côtés devant un feu de camp.

Dans son lit étroit, les yeux clos, Hope sourit de bonheur au souvenir de cette conversation. En s'imaginant dans les bras de Bennett sous l'abri qu'elle s'était construit, elle se sentit parcourue par un étrange frémissement et une onde de chaleur inattendue. Amy lui avait décrit ce qu'elle éprouvait quand elle commençait à fréquenter Matt. Elle comptait les heures jusqu'à leur prochaine rencontre, car elle savait déjà qu'il était l'homme avec lequel elle voulait se marier.

Mais un médecin n'épousera jamais une fille comme moi, se dit-elle tristement. Même si Bennett le voulait, son oncle s'y opposerait. Il exigerait qu'il épouse une jeune fille de bonne famille, comme celles qu'elle apercevait de temps en temps dans les belles maisons de York Crescent. La cuisinière de Briargate disait souvent que les gentlemen aimaient bien coucher avec les bonnes mais ne les épousaient jamais.

Hope n'avait jamais compris pourquoi des filles acceptaient de coucher avec un homme qui n'était pas leur mari. Les sentiments qu'elle éprouvait pour Bennett lui en apportaient maintenant l'explication. Et il ne l'avait même pas encore embrassée !

Il plut sans discontinuer quinze jours durant. Les chemins de terre recuits par le soleil se transformèrent en fondrières, les herbes folles desséchées pendant l'été se remirent à pousser partout où elles le pouvaient, dans les lézardes des murs et entre les pavés. Le niveau des fleuves et des rivières monta de manière inquiétante, au point qu'une partie du Somerset était inondée. Tous ceux qui avaient pesté contre la sécheresse se lamentaient maintenant de cet excès d'eau.

À St Peter, l'eau s'était vite frayé un chemin par les trous de la toiture. Les salles de la maternité étaient les plus sinistrées, les plafonds fuyaient comme des passoires et beaucoup d'accouchées avaient dû rentrer chez elles, même si leurs maisons étaient en mauvais état, parce qu'elles n'y risquaient pas d'être noyées sous des cataractes. La chambre de Hope avait elle aussi une fuite mais, par miracle, l'eau évitait le lit et tombait dans un seau. La pluie avait au moins une conséquence bénéfique : elle chassait la saleté, l'air redevenait respirable et les cas de choléra diminuèrent jusqu'à disparaître.

— Molly et moi, on est bonnes pour retourner de l'autre côté, commenta sombrement Sally le jour où aucun nouveau malade ne fut admis.

Hope ne sut que répondre. Les deux vieilles ne méritaient à coup sûr pas plus de sympathie qu'elles n'en avaient manifesté à l'égard des malades, mais Hope avait constaté par elle-même leurs conditions de vie « de l'autre côté ». Les pensionnaires étaient entassées dans des dortoirs sans aucun confort dont elles ne sortaient jamais. Elles ne pouvaient pas se faire de thé et ne toucheraient plus leur maigre allocation pour acheter de l'alcool.

— Toi, enchaîna Sally d'un ton venimeux, tu t'en sortiras bien à force de faire de la lèche à sœur Martha et au petit docteur. Méfie-toi quand même qu'ils ne t'envoient pas t'occuper des fous, ça te plairait pas du tout. La dernière fille qui y a été s'est fait étrangler.

Hope préféra ne pas relever. Sœur Martha lui avait promis de ne pas l'affecter au service des aliénés et, de toute façon, elle avait encore une quinzaine de malades à soigner, dont la moitié en voie de guérison.

Quand elle regardait autour d'elle, Hope était fière de constater que la salle était plus propre qu'on s'y serait attendu dans un aussi vieux bâtiment. Ses mains rouges et rêches témoignaient de son ardeur à nettoyer et astiquer. Elle avait même lavé les vitres, de sorte que la lumière du jour entrait désormais abondamment et elle avait la ferme intention de harceler sœur Martha pour qu'elle fasse passer les murs et le plancher à la chaux une fois l'épidémie définitivement éradiquée et remplacer les paillasses par de vrais lits.

Si ces victoires étaient minimes, les patients admis depuis sa prise de fonctions ne couchaient au moins plus sur de la vieille paille souillée, ils buvaient du thé, mangeaient une nourriture plus substantielle que de la bouillie ou de la soupe, étaient lavés régulièrement et recevaient des médicaments quand il y en avait. Et surtout, aucun n'avait trépassé seul, comme un chien.

Pourtant, Hope ne s'estimait pas satisfaite. Il restait encore trop à faire pour que cet hôpital mérite ce nom, c'est-à-dire qu'il devienne un lieu où l'on entre malade pour en sortir guéri.

Vers le milieu de novembre, Hope fit ses adieux à son dernier patient. Mme Hubert était bien la dernière personne que Hope s'attendait à voir survivre. Mère de sept enfants, trois d'entre eux étaient morts du choléra. Elle était visiblement sous-alimentée et épuisée quand elle avait elle-même contracté la maladie et son mari chômeur ne s'était même pas donné la peine de prendre de ses nouvelles, encore moins de venir l'attendre à sa sortie de l'hôpital. Elle n'avait donc pas d'impérieuses raisons de lutter et, pourtant, elle avait survécu. Sœur Martha attribuait sa guérison aux soins que Hope lui avait prodigués. Hope souhaitait parfois ignorer ce qui attendait des patients comme Mme Hubert, qui ne rentraient chez eux que pour retomber dans un nouvel enfer.

Les larmes aux yeux, Mme Hubert remercia Hope avec effusion.

— J'espère que vous allez épouser le docteur, dit-elle en l'embrassant encore une fois.

Stupéfaite, Hope en resta un moment bouche bée.

— Mais... il n'y a rien entre nous !

— Mais si, ma chère petite, je l'ai bien vu. Sally elle-même m'a dit que j'avais de la chance qu'il n'ait d'yeux que pour vous, sinon il ne se serait pas donné la peine de se déranger pour quelqu'un comme moi.

— Pas du tout ! protesta Hope. Le Dr Meadows est le médecin le plus dévoué de Bristol. Il ne négligerait jamais un malade !

— Vous voyez, vous me donnez la preuve que vous avez du sentiment pour lui comme il en a pour vous. Allons, il faut que je m'en aille. Si vous passez un jour dans mon quartier, venez me voir. Ça me fera tant plaisir.

Après son départ, Hope resta seule dans la salle déserte, le cœur en fête. Si une malade aussi faible que Mme Hubert avait remarqué que Bennett avait du « sentiment » pour elle, ce devait être vrai.

Pourtant, elle était à l'hôpital depuis trois mois et voyait Bennett tous les jours, et s'ils bavardaient et riaient ensemble, il ne l'avait plus invitée à Harley Place ni ne lui avait donné, par son comportement, de raisons de croire qu'il éprouvait l'amour qu'elle lui vouait. Elle n'en faisait d'ailleurs pas un drame, car si elle se savait amoureuse de lui, elle s'était résignée au fait qu'il ne lui portait de l'intérêt que parce qu'elle était sa protégée et son amie. Elle s'en contentait – tout en admettant en son for intérieur qu'elle serait folle de jalousie s'il lui apprenait un jour qu'il en aimait une autre…

Des pas dans le couloir la ramenèrent à la réalité. Bennett entra avec un gros homme rougeaud qui faisait depuis des années des petits travaux à l'hôpital. Hope lui énuméra les plus urgents et entama avec lui un marchandage serré, sur le prix et le délai d'exécution, qu'elle mena de main de maître. À peine l'entrepreneur déconfit se fut-il retiré, en promettant de mauvaise grâce de respecter les conditions draconiennes imposées par Hope, que Bennett éclata de rire.

— Je ne vous connaissais pas un tel talent ! Vous avez rabaissé ses prétentions de moitié. D'où vous vient cet art de la négociation ?

— De Gussie et de Betsy, sans doute. Ils étaient les champions du marchandage.

— Je m'en souviendrai, dit-il en reprenant son sérieux. Cela me fait une curieuse impression de voir cette salle vide et calme, poursuivit-il. Elle a été le théâtre de tant de morts et de souffrances.

— Prions qu'il n'y ait plus d'épidémie telle que celle-ci. Mais je ne m'attendais pas à vous voir aujourd'hui. Je m'apprêtais à finir de balayer et de tout ranger avant d'aller demander à sœur Martha à quel service elle compte m'affecter.

— Vous prendrez deux jours de repos avant de faire quoi que ce soit, Hope. Et j'espère que vous voudrez bien les passer avec moi.

— Avec vous ? s'étonna-t-elle.

— Eh bien, oui. C'est tellement effrayant ?

— Bien sûr que non ! Mais où voulez-vous aller ?

— Promettez-moi d'abord de venir quel que soit l'endroit où je compte vous emmener.

Elle était prête, bien entendu, à accepter d'aller n'importe où du moment que ce serait avec lui.

— Je pourrais l'envisager, répondit-elle avec un sourire épanoui qui démentait ses efforts pour paraître indifférente. Sauf si vous pensez descendre l'Avon en radeau ou camper dans les bois. Novembre n'est pas le mois le plus indiqué de l'année pour ce genre de promenade.

— Je vous promets que mon idée n'est pas aussi frissonnante ! répondit-il en riant. La sœur d'Alice vit dans le village de Pill. J'y vais souvent avec elle parce que c'est un endroit paisible et ravissant près de l'embouchure de l'Avon. J'en profite pour faire de longues promenades à pied en laissant Alice et sa sœur bavarder à loisir. Alice a suggéré que vous veniez avec nous.

Hope sentit soudain son cœur battre à un rythme effréné.

— Cela me fera grand plaisir.

— Alors, nous passerons vous chercher en voiture demain matin à huit heures et demie. Le cottage n'est pas grand, mais Alice couchera avec sa sœur Violet, je dormirai sur le canapé et vous aurez la chambre d'amis. N'oubliez pas d'emporter des vêtements chauds, le vent qui souffle de la mer d'Irlande est souvent glacial.

Mme Violet Charlsworth, la sœur d'Alice, était aussi rebondie qu'une pomme d'api. Son petit cottage douillet reflétait les passions maritimes de son mari, ancien capitaine de remorqueur mort d'une pneumonie trois ans auparavant. Il y avait des bateaux partout, peints à l'aquarelle, en miniature dans des bouteilles, sculptés dans le bois, l'ivoire ou même gravés dans le cuivre, sans compter une imposante collection d'instruments de navigation ainsi qu'une cloche de navire. Étaient exposés aussi de nombreux objets exotiques achetés à des marins de retour des mers lointaines, le tout épousseté avec un soin jaloux.

L'accueil de Violet fut aussi chaleureux que le feu qui flambait dans la cheminée pour lutter contre la froidure extérieure. Pendant la cérémonie du thé et des scones qu'elle grillait sur le feu au bout d'une longue pique, elle bombarda Alice et Bennett de questions dont elle écoutait les réponses avec un regard où pétillait sa joie évidente d'avoir de la compagnie.

— Ainsi, déclara-t-elle à Bennett, Hope est votre chère et tendre. Je ne m'étonne plus que vous ne soyez pas venu me voir depuis près de six mois.

Cramoisie, Hope essaya de la détromper.

— Allons donc, ma chère petite ! l'interrompit Violet en riant de bon cœur. Bennett ne vous aurait pas amenée ici s'il n'avait pas des projets qui vous concernent.

Bennett voulut protester à son tour, sans plus de succès. Hope remarqua toutefois qu'il ne démentait pas cette dernière assertion et elle se sentit débordante de bonheur. Au bout d'un moment, bercée par le moelleux du fauteuil, le ronron de la conversation et la chaleur ambiante, elle s'assoupit malgré ses efforts pour rester éveillée. Elle avait dû somnoler un certain temps, car elle ne reprit conscience qu'en entendant prononcer son nom.

— J'ai tout de suite su qu'elle avait été parfaitement bien élevée, disait Alice. Elle était peut-être en haillons, mais elle les portait comme une duchesse. Et regardez-moi ce visage ! Avez-vous jamais vu une telle beauté ?

Hope aurait dû manifester qu'elle était de nouveau bien éveillée, surtout puisque ses compagnons rivalisaient de compliments sur son compte, mais elle ne résista pas à l'envie d'en entendre un peu plus.

— Elle est épuisée, la pauvre, dit Bennett avec tendresse. Si vous l'aviez vue à l'hôpital ! Rien n'est trop dur ni trop rebutant pour elle. C'est une infirmière-née et elle nous est tombée du ciel au moment où nous avions le plus besoin de son aide.

— Mais que pense le Dr Cunningham de votre amitié ? demanda Violet.

— Il ne l'approuve pas, répondit tristement Bennett.

Hope ne voulut plus en entendre davantage et bougea en feignant de bâiller.

— Je vous présente toutes mes excuses, c'est très incorrect de ma part de m'être endormie ainsi.

— Nous étions très heureux de voir que vous vous reposiez, la rassura Alice. Bennett nous disait justement que vous vous êtes tuée au travail à l'hôpital. Vous avez bien le droit d'être fatiguée.

Embarrassée, Hope regrettait de n'avoir pas attendu la fin de la conversation.

— J'aurais peut-être besoin de prendre l'air pour m'éveiller tout à fait.

— Je connais un sentier au bord de l'eau, c'est une promenade très agréable même quand il fait froid, dit Bennett. Voulez-vous que je vous le montre ?

— Bonne idée, approuva Violet. Allez vous promener tous les deux et vous donner de l'appétit. J'ai mis un bon ragoût de bœuf à mijoter sur le feu, il ne sera pas prêt avant au moins deux heures.

Après la chaleur du cottage, le froid lui parut si vif que Hope frissonna et resserra son manteau autour d'elle. En quittant l'hôpital ce matin, elle débordait d'optimisme. Elle avait une robe de laine achetée d'occasion la semaine précédente, un chapeau rouge tout neuf orné de plumes, mais elle avait toujours le vieux manteau gris qu'elle portait en quittant Briargate, si élimé que le vent passait à travers. Il lui rappelait douloureusement que si ses conditions de vie s'étaient améliorées depuis sa première rencontre avec Bennett, certaines choses ne changeraient sans doute jamais. En dehors de Bennett, personne ne respectait les infirmières qui, de même que les soldats ou les agents de police, étaient considérées comme la lie de la société à laquelle on n'accordait quelque valeur qu'en temps de crise.

Tout en marchant, Bennett parlait avec animation des projets de la municipalité pour la rénovation des quartiers les plus anciens et les plus dégradés, au premier rang desquels figurait Lewins Mead.

— Ce qui veut dire, déclara Hope d'un ton acerbe, que mes anciens voisins seront jetés à la rue. Y a-t-il un seul membre de ce respectable conseil municipal qui se soucie du sort des pauvres gens qui se retrouveront sans même un toit au-dessus de leurs têtes ?

— Cela ne se passera sûrement pas comme cela, répondit Bennett, désarçonné par cette sortie. Quelle mouche vous pique, Hope ? Je croyais que vous seriez heureuse au contraire d'apprendre qu'un lieu qui renferme tant de misère soit rayé de la carte.

— Pas si les habitants doivent eux-mêmes être rayés de la carte ! Il faut construire d'abord de nouveaux logements qui leur soient financièrement accessibles, sinon on ne fera que déplacer le problème. Votre oncle ne serait sûrement pas ravi de voir débarquer à côté de chez lui des hordes de va-nu-pieds dans mon genre.

— Qu'est-ce que mon oncle vient faire là-dedans ? Et pourquoi diable vous traitez-vous de va-nu-pieds ?

— Parce que c'est ce qu'il pense de moi. Il ne serait pas du tout content de savoir que vous m'avez amenée ici, n'est-ce pas ?

— Non, je l'admets. Mais il n'est pas mon maître, je suis seul juge de mes actes et je ne lui permets pas de me dicter ma conduite.

— Vous vivez quand même chez lui et, par conséquent, vous lui devez une certaine obéissance.

— Jusqu'à un certain point, oui. Mais seulement par respect de son expérience de médecin et de l'hospitalité qu'il m'accorde. Cependant, il n'a pas à choisir mes amis à ma place.

— Il n'empêche que vous devez lui cacher une amie telle que moi. Vous ne pouvez pas m'inviter à Harley Place quand il s'y trouve.

Bennett ne répondit pas et continua à marcher à grandes enjambées. Hope trottait derrière lui en regrettant déjà d'en avoir trop dit et d'une manière trop agressive. Arrivé au bord du fleuve, il s'arrêta, fixa longuement les eaux boueuses d'un regard sombre.

— Je ne vous ai pas *cachée*! s'exclama-t-il tout à coup. L'épidémie était si catastrophique que nous n'avions pas une minute à sacrifier à autre chose que notre combat contre elle. Dès que les derniers patients sont morts ou rentrés chez eux guéris, vous avez occupé ma première, mon unique pensée, je veux dire votre avenir et les sentiments que je vous porte. C'est la véritable, la seule raison pour laquelle je vous ai demandé de venir ici avec moi.

Hope ne sut que répondre à cela.

— Eh bien? Rien? Pas de commentaire sarcastique?

Le menton levé, il la regardait fixement et paraissait en colère.

— Pardonnez-moi, dit-elle d'un air contrit. Je n'aurais pas dû vous parler comme je l'ai fait.

— J'ai un vrai problème avec vous, Hope. Il est né des circonstances de notre rencontre, qui compliquent nos rapports. Si nous avions fait connaissance à une soirée ou à un dîner, je saurais comment me conduire avec vous. Je serais venu vous rendre visite, je vous aurais offert peut-être un recueil de poèmes, j'aurais même pu demander à mon oncle d'organiser une rencontre où nous nous serions parlé tranquillement et où on nous aurait vus heureux ensemble. Je vous aurais invitée au théâtre ou au concert et, si vous aviez eu un chaperon et si votre famille ne m'avait pas trouvé d'emblée trop détestable, j'aurais pu vous faire officiellement la cour. Mais vous ne disposez de rien de tout cela, Hope. Vous ne vivez pas dans votre famille et n'avez pas de chaperon.

— Je n'ai pas non plus les toilettes ni les manières qu'il faut, commenta-t-elle tristement.

— La question n'est pas là du tout! répliqua-t-il avec agacement. Il ne s'agit ni de vos manières ni de votre éducation. Vous ne comprenez vraiment pas? Je vous aime, Hope!

Stupéfaite, elle ne put que cligner des yeux.

— Je suis tombé amoureux de vous dès l'instant où j'ai vu votre visage d'ange. Depuis, chaque seconde passée avec vous me confirme que vous êtes et serez toujours la seule femme de ma vie. Les simagrées de la société que je viens d'évoquer n'ont pas pour moi la moindre importance, mais je suis piégé dans une situation où elles comptent à l'excès pour tous les autres. Si je les piétine ouvertement, c'est vous qui en souffrirez.

Hope n'en croyait pas encore ses oreilles.

— Vous m'aimez? demanda-t-elle. Vous m'aimez vraiment?

— Oui, je vous aime. Je vous aime à la folie et de tout mon être. Je pense à vous sans arrêt, je cherche des prétextes pour vous voir ne serait-ce qu'une minute, je ne dors pas la nuit parce que j'imagine que je vous prends dans mes bras et que je vous couvre de baisers.

Sans même s'en rendre compte, elle se jeta dans ses bras.

— Oh, Bennett! Moi aussi je vous aime. Moi aussi je pense à vous sans cesse et je ne dors pas en imaginant que nous nous embrassons.

Elle se hissa sur la pointe des pieds. À peine leurs lèvres se furent-elles effleurées qu'il la serra contre lui à lui couper le souffle.

Hope n'avait jamais encore embrassé un homme sur la bouche. Depuis quelques mois, elle se demandait ce qu'éprouvaient ceux qui pressaient leurs lèvres l'une contre l'autre, car cela lui paraissait une source de plaisir incongrue. Mais dès qu'elle eut senti les lèvres de Bennett toucher les siennes, les sensations délicieuses qui lui venaient dans ses rêves solitaires l'envahirent de la tête aux pieds, dix fois, mille fois plus douces et délectables.

Peu lui importait qu'ils soient au bord d'un fleuve où passaient des dizaines de bateaux ou qu'un promeneur les surprenne. Qu'il soit un respectable médecin et elle une fille de cuisine devenue par hasard infirmière ne comptait pas davantage. Elle ne pensait qu'au miracle qu'elle vivait : il l'aimait et elle l'aimait.

— Oh, Hope, mon amour ! murmura-t-il quand ils se séparèrent le temps de reprendre haleine. J'en rêvais depuis si longtemps.

Ils étaient insatiables. Étroitement enlacés, ils faisaient quelques pas et s'arrêtaient pour s'embrasser à nouveau, sans prêter attention au vent froid ni à la boue dans laquelle ils marchaient. Ce n'est qu'en prenant conscience qu'ils avaient les pieds et les mains gelés qu'ils se rendirent compte qu'ils étaient sortis depuis plus de deux heures et qu'ils devaient reprendre le chemin du cottage de Violet.

— Je ne sais pas comment cacher ce qui nous arrive à Alice et à Violet, dit Bennett en riant. Ce doit être visible à l'œil nu.

— Et moi, je ne sais pas comment je ferai pour rester assise à faire poliment la conversation jusqu'à ce soir alors que je ne pense sans cesse qu'à t'embrasser et t'embrasser encore.

Au cours des mois qui suivirent cette mémorable visite au cottage, Hope se rappela souvent cette dernière phrase. Sur le moment, tout leur avait paru simple. Puisqu'ils se vouaient un amour partagé, ils pensaient trouver bientôt le moyen de s'aimer sans se cacher. La réalité allait se révéler plus compliquée. Comme Bennett l'avait dit, il leur était impossible de se faire la cour selon les normes de la bonne société. Hope n'avait pas de domicile familial où il pourrait lui rendre visite ni ne pouvait l'inviter chez son oncle. Faute d'amis communs pouvant leur servir de chaperons, il ne leur restait comme occasions de se rencontrer que la promenade, les salons de thé ou de brèves conversations à l'hôpital quand Bennett y venait voir des patients.

Hope ne le vit pas du tout à Noël, car son oncle avait des invités et comptait sur lui pour l'aider à les recevoir. Lorsque les cloches sonnèrent le nouvel an de 1850, elle aidait sœur Martha à accoucher des jumeaux et deux jours s'écoulèrent avant que Bennett puisse venir lui souhaiter la bonne année.

Il n'avait pas besoin de lui rappeler qu'il serait inopportun, à ce stade, d'afficher leurs sentiments mutuels. Hope savait que le Dr Cunningham s'arrangerait pour la faire renvoyer de l'hôpital et irait même jusqu'à rompre son association avec son neveu. Avec de la persévérance, elle pouvait quand même espérer prouver au redoutable docteur qu'elle était une infirmière exceptionnelle à la réputation sans tache et qu'il finirait par se résoudre à l'accepter. Puisque Bennett l'aimait, les miracles devenaient possibles. Mais l'attente promettait d'être longue et Hope la supportait avec une impatience croissante.

En avril, le jour de ses dix-huit ans, Bennett l'emmena par le train passer la journée à Bath.

À Noël, il lui avait offert un beau manteau de laine tout neuf avec un capuchon pour lui tenir chaud. Elle aurait été aussi heureuse s'il lui avait offert une bagatelle, mais qu'il ait pris le temps et se soit donné la peine de choisir un cadeau aussi beau et aussi personnel l'avait émue aux larmes. Pourtant, cette excursion à Bath la touchait autant, parce qu'il s'était souvenu qu'elle lui avait dit combien elle mourait d'envie de faire l'expérience d'un voyage en train.

Son émerveillement commença en découvrant l'immense verrière de la gare. Pour elle qui n'avait jamais vu un train de près, la locomotive parut terrifiante. Tout était si vaste, si débordant d'activité qu'elle en eut le vertige. Mais l'embarquement dans le wagon, le confort des sièges, la vitesse proprement stupéfiante avec laquelle le paysage défilait derrière les vitres resteraient à jamais gravés dans sa mémoire.

Son admiration redoubla en entrant dans la ville de Bath. Les rues étaient plus larges, les bâtiments plus beaux et moins délabrés, la foule mieux vêtue qu'à Bristol. L'eau de l'Avon elle-même était plus propre. Bennett la guidait avec sûreté, lui racontait à mesure l'histoire de la ville, l'ancienneté des thermes déjà prospères du temps des Romains. Puis, après avoir dépassé l'établissement de bains, il l'entraîna dans une rue commerçante et s'arrêta devant une élégante boutique.

— C'est ici que je vais t'acheter ton cadeau, dit-il en posant un baiser sur sa joue.

— Mais… c'était le voyage à Bath, mon cadeau! s'exclama-t-elle. Tu ne peux sûrement pas m'acheter quelque chose ici, ajouta-t-elle en regardant la vitrine de la bijouterie où il s'apprêtait à la faire entrer.

— Si, je peux, répondit-il en riant. Mais je dois d'abord te poser une question.
— Laquelle ?
— Veux-tu m'épouser ?

Elle s'attendait à ce qu'il lui demande si elle préférait une broche ou même un médaillon. Jamais, même dans ses rêves les plus fous, elle n'avait imaginé qu'il lui proposerait le mariage, du moins tant qu'ils n'auraient pas surmonté l'obstacle de l'opposition de son oncle.

— C'est impossible, voyons ! Et ton oncle ?
— Je ne voulais pas dire la semaine prochaine, dit-il en riant de sa mine horrifiée. Je tenais simplement à ce que tu connaisses mes intentions et t'offrir une bague en gage de ma parole.

Il lui fallut quelques secondes pour assimiler la portée de ce qu'il venait de dire avant de se jeter dans ses bras.

— Je ne demande qu'à t'épouser cette année, l'année prochaine ou n'importe quand ! dit-elle en riant de bonheur. Mais ta parole m'aurait suffi, je n'ai pas besoin d'une bague pour te croire.
— Je veux quand même te témoigner à quel point je tiens à toi, dit-il en lui rendant ses baisers. Même si tu ne peux pas encore montrer ce témoignage en public.
— Eh bien, d'ici là je passerai ta bague dans une chaîne que je porterai sur mon cœur. Oh, Bennett, je t'aime ! Je t'aime tant !

Un peu plus tard, assis sur un banc du jardin public au bord de l'eau, Hope tendit la main sous les rayons du soleil.

— Regarde comme elle brille ! dit-elle d'un air ravi.

Bennett avait aussi acheté une chaîne en or mais, pour le moment, elle portait la bague à son doigt.

— Pas autant que toi, mon amour, dit-il en posant un baiser sur ses doigts. Tu es toute ma vie et j'espère que tu ne l'auras pas oublié quand je t'aurai fait part de ce que j'ai décidé.

— Nous nous marions ce soir en cachette ?

— Non, ce ne serait pas raisonnable, je n'ai pas encore de quoi te faire vivre. Mais j'ai trouvé la solution : je vais m'engager dans l'armée comme médecin.

— Oh non, Bennett ! s'écria-t-elle, atterrée. Tu ne peux pas, je ne te verrais plus et tu risquerais de te faire tuer.

— Les médecins militaires ne combattent pas, voyons ! dit-il avec un sourire attendri. Laisse-moi t'expliquer. Tout se liguera contre nous tant que je serai assujetti à mon oncle. Je n'ai pas les moyens d'ouvrir mon propre cabinet et, si je m'associais à un autre médecin, je tomberais sous sa coupe comme avec mon oncle. Ce serait même pire, alors que, dans l'armée, je n'aurai de comptes à rendre à personne.

— Mais tu devras partir loin ! dit-elle, les larmes aux yeux.

— Tu viendras avec moi. Je pourrais me faire affecter aux Indes, par exemple. L'aventure ne te tente pas ?

— Est-ce que j'aurais le droit de t'accompagner ?

— Bien sûr. En réalité, comme il n'y a pas de guerre en ce moment, nous risquons plutôt de nous retrouver des années dans un trou comme Winchester où je n'aurai à soigner que des furoncles. Imagine quel précieux atout tu serais pour moi ! Il n'y a pas beaucoup de médecins mariés à des infirmières.

— T'es-tu déjà renseigné à ce sujet ? demanda-t-elle d'un air soupçonneux en se demandant s'il était sérieux ou s'il ne s'agissait que d'une idée en l'air.

— Non, je voulais d'abord savoir ce que tu en pensais.

— Je n'en sais trop rien.

— Écoute, dit-il en lui prenant la main, quand nous serons mariés, tu pourras écrire à ta famille. Après tout, tu seras *vraiment* mariée avec un soldat ! Donc, même en t'excusant de n'avoir pas donné de tes nouvelles aussi longtemps, tu n'auras pas besoin de parler de la vraie raison de ton départ.

Son enthousiasme était si contagieux que Hope ne put s'empêcher de sourire. Elle savait, en fait, que cela ne marcherait pas aussi facilement qu'il le croyait car sa famille serait furieuse contre elle. Mais elle ne voulait pas gâcher son plaisir en le lui avouant.

— Nous nous en soucierons plus tard, répondit-elle. Profitons plutôt de cette merveilleuse journée.

— Tu as raison, dit-il en se levant, cherchons un bon restaurant pour déjeuner. Ensuite, je te ferai visiter la ville. Il y a plein de beaux endroits à Bath que je n'ai pas encore eu le temps de te montrer.

## 16

*1853*
De la fenêtre de sa chambre, lady Anne Harvey regardait l'allée au bout de laquelle se dressait l'ancien pavillon de concierge. Une épaisse gelée blanche recouvrait les champs et les arbres dénudés, le type même de paysage hivernal, austère mais lumineux, qu'elle avait aimé peindre à l'aquarelle. Elle le voyait pourtant à peine, car elle n'avait d'yeux que pour la petite bâtisse de pierre grise dont elle ne remarquait même pas la présence avant le départ de Nell. En voyant fumer la cheminée, elle se demanda dans quel état était la maison depuis qu'Albert y vivait seul. À sa honte, elle n'était jamais allée voir Nell quand elle y habitait ni ne lui avait même demandé si elle avait besoin de quoi que ce soit pour rendre son nouveau foyer plus agréable.

Ce jour-là, elle devait parler sérieusement à Albert. Elle ne pouvait pas remettre à plus tard, car l'occasion ne se représenterait peut-être plus d'ici des mois. William était à Londres, Rufus venait de regagner son collège après les vacances de Noël. Donc, si Albert faisait une scène, personne n'en saurait rien.

Six longues années s'étaient écoulées depuis que Nell l'avait quittée et plus le temps passait, plus les regrets de lady Anne devenaient amers. Au début, elle n'avait souffert que de la rupture d'une confortable routine. Jamais encore elle n'avait dû s'habiller ni se coiffer elle-même, encore moins laver son linge et ranger sa chambre. Or le départ de Nell prouvait à l'évidence que les dommages à l'ordre domestique étaient plus graves et plus étendus que leurs apparences. Elle s'était peu à peu rendu compte que c'étaient Baines et Nell qui faisaient marcher la maison, déterminaient les normes que les autres domestiques devaient suivre et veillaient à ce que le maître et la maîtresse n'aient pas à se soucier de savoir quelles tâches devaient être exécutées, comment et par qui.

Baines était le capitaine de l'équipe et Nell son lieutenant de fait. Son énergie, la fierté que lui procurait Briargate, sa personnalité chaleureuse avaient créé un climat qui permettait au personnel de garder le moral et lui faisait accepter de travailler dur quand il le fallait. Sans Nell, Baines avait perdu une grande partie de son ascendant et de son autorité. Ses instructions restaient souvent lettre morte, les serviteurs qui lui restaient encore se chamaillaient et se reprochaient les uns aux autres de ne pas faire leur travail. Les repas étaient servis en retard, le ménage des chambres pas fait, une ambiance sombre et pesante avait remplacé la joyeuse activité qui régnait auparavant. Quant à Albert, il se pavanait dans les jardins comme s'ils lui appartenaient et faisait régner un malaise auquel personne n'échappait, pas même William.

Dès les premiers temps de l'absence de Nell, Anne savait qu'elle devait se secouer et reprendre la situation en main. Pourtant, elle n'avait rien fait. Elle voyait maintenant, mais trop tard, que Nell avait été pour elle bien plus qu'une dévouée camériste. Non contente d'être pour sa maîtresse une confidente, une sœur, parfois une mère, elle avait surtout été un écran entre elle et les rudes réalités de la vie. Sans elle, Anne se sentait vulnérable, anxieuse et, surtout, très seule.

Elle supportait mal le lourd fardeau de ses remords de ne pas l'avoir soutenue quand Nell avait eu le plus besoin d'elle. Depuis quatre ans, elle rougissait de honte au souvenir de sa réaction quand Nell lui avait révélé que Hope était sa fille. Son incrédulité était le seul argument qu'elle puisse invoquer pour sa défense. Qui, en effet, aurait pu croire que la jeune femme de chambre apporterait ce bébé à sa mère pour l'élever comme sa propre sœur, sans autre perspective de récompense que celle de protéger l'honneur de sa maîtresse ? Mais accuser Albert d'avoir tué Hope relevait de l'hystérie et du mauvais mélodrame.

Les premières semaines, Anne s'était refusée à admettre que Hope fût sa fille. Elle passait de la fureur contre sa femme de chambre qui l'avait abandonnée à la terreur que Nell répande son incroyable histoire autour d'elle. Elle s'en voulait aussi de ne pas avoir eu la lucidité d'imaginer qu'une servante qui en savait trop pourrait être redoutable. Puis, à mesure que le temps passait sans que des rumeurs scandaleuses lui reviennent aux oreilles et qu'elle réfléchissait sur les révélations de Nell, Anne prit conscience de lui avoir causé un tort très grave. En apprenant que Nell était devenue folle de douleur à la disparition de sa « jeune sœur », Anne comprit qu'elle n'avait pas soufflé mot de l'inconduite de son ancienne maîtresse. Malgré sa détresse, elle lui restait loyale et gardait son secret.

Écumant de fureur contre Nell qui jetait la honte sur sa famille en violant ses vœux conjugaux, le révérend Gosling était venu à Briargate implorer lady Anne de lui faire entendre raison en la forçant à revenir vivre avec son mari ou à quitter définitivement le village. Mais Anne savait que Nell ne reviendrait jamais auprès d'Albert. Elle ne pouvait même pas lui proposer cette alternative et, pour être honnête avec elle-même, se sentait hors d'état d'affronter Nell face à face. Alors, comme toujours quand elle était confrontée à un problème, que ce soit l'alcoolisme de son mari ou la dégradation rapide de leur fortune, elle fit comme si le problème n'existait pas ou finirait par se résoudre de lui-même avec le temps.

Soulagée d'apprendre que Nell avait quitté de son plein gré la ferme de son frère, elle ne chercha même pas à savoir où elle était allée et fit de son mieux pour l'effacer de sa mémoire. Mais Rufus ne lui permettait pas d'oublier Hope. À chacun de ses retours en vacances, il commençait par demander à sa mère si elle avait reçu des nouvelles de Hope. Il proclamait que Hope avait été sa seule amie au monde, il avait même avoué leurs escapades dans les bois. Il semblait prendre un malin plaisir à raconter comment Hope l'avait sauvé de la noyade et reprochait à sa mère son indifférence à la mort de Meg et Silas Renton, qui laissait leur plus jeune fille orpheline et sans ressources. Anne se demandait souvent, en frémissant de terreur, comment il réagirait s'il apprenait que Hope était sa demi-sœur.

Pire encore, Rufus s'attachait davantage aux Renton qu'à ses propres parents. À peine arrivé, il se précipitait à la ferme de Matt, où il restait parfois du lever au coucher du soleil pour en revenir crasseux et ne parler avec enthousiasme que des vaches qu'il trayait, des œufs qu'il ramassait, des sillons qu'il labourait ou des graines qu'il semait. C'était une tragique ironie du sort, pensait Anne, que les Renton aient recueilli sa première-née pour l'élever comme une des leurs et que maintenant Rufus veuille à son tour s'intégrer à la famille. Peut-être aurait-elle dû lui interdire ces visites ou lui ordonner de les espacer un peu plus. Mais la conduite de son père devenant de plus en plus abominable, mieux valait que leur fils n'en soit pas témoin et s'en tienne à l'écart.

Peu après le départ de Nell, William s'était mis à boire encore plus que de coutume, au point de n'être pratiquement jamais sobre quand il était à la maison. Il s'enfermait des journées entières avec une bouteille et ne sortait que pour couvrir d'injures sa femme ou quiconque avait l'audace de le désapprouver. Il disparaissait parfois des jours entiers sans daigner dire où il allait. Anne avait honte de souhaiter parfois qu'il trouve la mort dans un accident qui la laisserait enfin libre de retourner vivre avec ses sœurs. Elle était à bout de forces, n'avait plus personne à qui se confier ou vers qui se tourner. Son cher Angus lui-même ne lui donnait plus signe de vie depuis longtemps. Certes, c'est elle qui avait mis fin à leur liaison, mais elle avait espéré lui inspirer encore assez d'affection pour qu'il vienne la voir de temps en temps ou, au moins, prenne de ses nouvelles.

Trois jours avant Noël, moins d'un mois auparavant, elle l'avait rencontré par hasard alors qu'elle s'était résignée à ne jamais le revoir.

Elle était allée à Bath acheter des cadeaux de Noël. Les rues étaient bondées, la foule joyeuse et l'atmosphère festive qui régnait en ville lui firent du bien. Rufus devait arriver le lendemain et, la veille au soir, William avait reconnu que sa conduite était déplorable et promis de s'amender. Anne restait toutefois sceptique sur la solidité de cette promesse, car il la lui avait déjà faite à plusieurs reprises pour retomber dans ses errements quelques jours plus tard.

Cette fois, néanmoins, il s'était agenouillé devant elle, la tête sur ses genoux, et avait versé toutes les larmes de son corps en signe de repentir. Il lui avait dit qu'il cherchait dans l'alcool à apaiser ses angoisses causées par la perte de sa fortune, qu'il avait conscience de l'avoir honteusement traitée ainsi que Rufus, qu'il se désolait de voir le château se dégrader sans pouvoir l'entretenir et que tout cela lui était trop pénible à supporter. Voulant croire à sa sincérité et lui redonner sa confiance, elle lui avait suggéré de consulter au plus tôt ses hommes d'affaires afin de déterminer avec exactitude sa situation financière. Ils pourraient ensuite décider en connaissance de cause de la manière de remonter la pente. Pour le moment, elle n'aspirait qu'à passer un joyeux Noël et resserrer les liens de leur couple.

Elle venait d'acheter pour William une belle cravate de soie et se dirigeait vers une autre boutique pour y chercher un cadeau qui plairait à Rufus quand elle reconnut sur le même trottoir Angus qui venait en sens inverse. La rencontre lui fit un tel choc qu'elle faillit trébucher.

Il était en uniforme. Son dolman bleu à brandebourgs dorés et son pantalon rouge carmin le faisaient paraître encore plus grand et plus beau que dans ses souvenirs. Lui, au contraire, ne parut pas ému de la voir et resta impassible.

— Bonjour, lady Anne, dit-il en s'inclinant avec froideur. Vous vous portez bien, j'espère.

Anne se ressaisit de son mieux. Elle savait que sa toilette, même démodée, la flattait mais elle n'était pas moins consciente que six années s'étaient écoulées depuis qu'elle lui avait signifié leur rupture, qu'elle ne l'avait pas revu seule à seul depuis huit ans et que ces années avaient laissé leurs traces sur son visage. Elle nota cependant que ses tempes grisonnaient et qu'il avait rasé sa moustache.

— Fort bien, merci, parvint-elle à répondre sans bredouiller. Vous êtes en permission dans votre famille à Chelwood, je pense ?

— Non, j'ai acheté une maison aux environs il y a plusieurs années, répondit-il sans aménité.

— Je regrette infiniment d'avoir été aussi froide et tranchante dans ma dernière lettre, laissa-t-elle échapper malgré elle. Mais j'avais à l'époque tant de problèmes avec William, sans compter la mort de mes parents et le départ de Rufus pour son collège, que j'étais très abattue.

— Je suppose que c'est aussi l'excuse que vous invoquez pour avoir traité Nell aussi indignement ?

Elle fut moins stupéfaite de son accusation que du fait qu'il soit au courant du départ de Nell.

— Nell ? répéta-t-elle. Je ne comprends pas comment vous arrivez à une telle conclusion. Nell m'a quittée de son plein gré.

— Bon sang, Anne, vous ne lui avez pas laissé le choix ! s'exclama-t-il en oubliant sa politesse glaciale. Comment vouliez-vous qu'elle reste avec ce propre-à-rien de mari ? Il paraît qu'il est encore à Briargate, lui.

Anne regarda autour d'elle, angoissée à l'idée qu'une de leurs connaissances les voie ensemble.

— J'aurais renvoyé Albert, mais William s'y est opposé. Et puis, ajouta-t-elle d'un air penaud, c'était la veille de Noël et...

— Et pour fêter Noël dans la tranquillité, l'interrompit-il, vous avez estimé qu'il fallait chasser une femme qui vous avait consacré la majeure partie de sa vie ?

Son ton sarcastique finit de la désarçonner.

— Pas du tout ! protesta-t-elle faiblement. Vous avez sans doute entendu une version dénaturée de ce qui s'est passé.

— Non, j'ai entendu la vérité pure et simple. Nell croyait qu'Albert avait tué Hope, mais ni William ni vous n'avez daigné la prendre au sérieux. Lorsque je l'ai rencontrée par hasard et que je l'ai engagée comme gouvernante, elle n'était plus que l'ombre de la jeune femme pleine de vie et d'énergie que j'avais connue à Briargate.

Anne en resta bouche bée, stupéfaite que Rufus ne lui en ait rien dit car Matt lui en avait sûrement parlé. La panique la saisit. Nell avait-elle appris à Angus qu'il était le père de Hope ?

— Nell est votre... gouvernante ? bredouilla-t-elle.

— Oui, la meilleure dont un célibataire comme moi puisse rêver. Il faut avoir perdu le sens commun pour se séparer d'une telle perle.

— Nous sommes d'accord sur ce point, dit-elle en rougissant. Elle me manque terriblement. Mais sachez que nous avons demandé à la police de rechercher Hope et qu'elle n'a rien trouvé de suspect. Tout le monde en a conclu qu'elle s'était bel et bien enfuie.

— Nell n'y croit absolument pas, car elle est sûre que si Hope était en vie, elle aurait déjà pris contact avec un membre de sa famille. Pour ma part, je suis enclin à croire à sa fuite, mais je suis persuadé qu'Albert l'y a contrainte. Si je m'écoutais, j'irais le voir un fouet à la main et je lui arracherais la vérité afin que Nell ait au moins l'esprit en repos. Mais ce n'est pas à moi de le faire, cela incombe plutôt à un membre de sa famille ou à William.

Anne ressentit un certain soulagement : cette déclaration d'Angus prouvait qu'il ignorait toujours que Hope était sa fille. Il s'indignait que William et Anne ne se soient pas souciés du sort de deux fidèles servantes. S'il avait su la vérité sur Hope, il aurait sans aucun doute fait irruption à Briargate pour tuer Albert de ses mains et aurait presque aussi sûrement déchaîné sa fureur vengeresse contre Anne elle-même.

Elle n'osait plus le regarder dans les yeux. Elle eut beau promettre de régler elle-même son compte à Albert et demander de transmettre à Nell son plus chaleureux souvenir, l'expression d'Angus ne reflétait plus que le mépris. Elle s'excusa à la hâte et prit la fuite plutôt qu'elle ne se retira, en rougissant de la tête aux pieds.

Anne ne voyait que trop clairement ses torts. Elle était une femme faible, vaine, égoïste, qui avait sa vie durant exploité le dévouement des autres sans rien leur donner en retour. Comment s'étonner de ne plus voir la moindre trace d'amour dans le regard qu'Angus posait sur elle ?

Pendant toute la période de Noël, elle ne pensa qu'à son ancien amant. Depuis des années, il ne cessait d'occuper ses pensées, qui passaient du désespoir de l'avoir perdu à la haine et de la haine à la nostalgie de ses caresses. Cette fois, il n'y avait plus de place en elle pour les regrets ou la rancune. Elle ne souffrait que de ses propres faiblesses qu'il lui avait fait toucher du doigt.

Angus était un homme d'honneur. S'il était tombé amoureux d'elle, il avait loyalement tenté de résister puisqu'elle était mariée. C'est elle qui avait aiguillonné son désir et, à chacune de ses tentatives pour mettre fin à leur liaison, c'est elle qui s'était accrochée en allant jusqu'à le menacer de se tuer s'il la quittait. Elle n'avait jamais considéré que ses sentiments à elle sans se soucier de ceux d'Angus ni même penser qu'elle l'empêchait d'épouser une femme avec laquelle il aurait fondé un foyer et eu des enfants. S'il était trop tard pour se faire pardonner par Angus les années perdues avec elle et le chagrin qu'elle avait pu lui causer, elle pouvait au moins faire une chose pour se racheter à ses yeux et à ceux de Nell : affronter Albert et lui faire avouer la vérité sur Hope. Si elle réussissait à apprendre de sa bouche ce qui s'était réellement passé le jour de sa disparition et pourquoi, elle pourrait peut-être compenser d'une manière ou d'une autre la détresse que Nell avait subie à cause de son égoïsme.

Malgré tout, elle avait peur d'Albert. Elle évitait tout contact avec lui, parce qu'elle pensait que s'il lui lançait des regards malveillants c'était qu'il croyait que c'était elle qui avait poussé Nell à le quitter. Il fallait quand même qu'elle soit brave et lui dise son fait si elle ne voulait pas avoir honte d'elle-même jusqu'à la fin de ses jours. Hope était sa fille. Quelle mère digne de ce nom ne mettrait tout en œuvre pour savoir ce qu'était devenue son enfant ?

Hope aurait vingt-deux ans en avril. Peut-être était-elle mariée et avait des enfants. Quelle honte de se dire qu'une mère n'a pas eu depuis tant d'années une pensée pour son aînée ! Anne n'avait même jamais demandé à Bridie où elle l'avait enterrée. Ce n'est que depuis deux ans, quand il était déjà trop tard, qu'elle pensait à sa fille.

Chaudement vêtue, Anne sortit. Albert arrachait des ronces qui avaient poussé dans la haie au fond du jardin. Tandis qu'elle se dirigeait vers lui, Anne sentit redoubler sa crainte. Albert était bâti en athlète : s'il avait été capable de tuer Hope de ses mains, peut-être n'hésiterait-il pas à l'attaquer elle-même si elle le poussait trop loin. Il devait aussi se croire invincible. Un homme dans sa position serait parti ailleurs, car nul n'ignorait que les frères Renton le haïssaient.

— Bonjour Albert, dit-elle en s'approchant. J'aimerais vous dire un mot.

Il continua à arracher les ronces sans même se retourner.

— Abandonnez votre tâche un moment ! ordonna-t-elle de son ton le plus impérieux. Vous pourriez me regarder quand je vous parle !

Il se retourna sans se presser, le visage fermé.

— Oui, milady ? dit-il avec une évidente insolence.

— Je veux que vous me disiez la vérité sur le départ de Hope. Les explications que vous en avez données à l'époque ne me satisfont pas.

— Pas possible ? ricana-t-il en la toisant comme une fille de cuisine. C'est vrai que ne plus avoir de bonne pour vous mettre vos épingles à cheveux et vous remplir la baignoire, ça doit vous faire du chagrin.

Qu'il ose la traiter comme une pauvre idiote n'éprouvant que le ressentiment de se voir obligée de s'occuper elle-même de sa toilette redoubla sa honte et lui fit monter une bouffée de colère.

— C'est vous que Nell a quitté, pas moi ! Je regrette de ne pas avoir pu la retenir parce que vous étiez encore ici. Je sais que vous la battiez et que vous avez aussi battu Hope. Les hommes qui battent les femmes sont des lâches et des brutes.

— C'est vrai ? dit-il en se rapprochant d'un pas. Vous avez beaucoup d'expérience des hommes, n'est-ce pas ?

Anne sentit son estomac se nouer.

— J'ai l'intention de demander à la police de rouvrir l'enquête sur la disparition de Hope, dit-elle en feignant une bravoure qu'elle était loin d'avoir. Je vous donne maintenant une dernière chance de me dire la vérité avant que j'aille à la police.

— Allons, allons, vous n'irez pas parler de moi à la police, ricana-t-il. Vous avez vous-même trop de choses à cacher.

— Plaît-il ? se rebiffa-t-elle avec hauteur.

— Je sais avec qui vous fricotiez. Si vous me faites des ennuis, je vous en ferai aussi. Mais laissez-moi vous dire que j'ai des preuves contre vous, et vous n'en avez aucune contre moi.

Anne parvint à dominer sa panique. Angus n'était pas venu la voir depuis longtemps et Baines était le seul habitant de Briargate qui était au courant de ses visites. Albert bluffait-il ?

— Je ne comprends rien de ce que vous dites, répliqua-t-elle sèchement. Si vous avez de prétendues preuves, montrez-les-moi.

— Je l'ai pas sur moi, mais elle est en sûreté, soyez tranquille. Une belle lettre du capitaine Pettigrew du Royal Hussards, excusez du peu, qui a été fourré dans vos jupes pendant des années.

Anne sentit un frisson glacé la parcourir. Elle comprenait soudain quand et comment Albert s'était emparé de cette lettre. Il avait dû surprendre Hope avant qu'elle puisse la cacher pendant qu'elle assistait avec Nell aux funérailles de son père.

— Ça vous la coupe, hein *milady* ? ricana Albert avec une lueur de triomphe dans le regard. Alors, vous voulez toujours aller à la police ?

Anne tourna les talons et détala comme un lapin.

Au cours des quelques jours suivants, elle s'accabla de reproches d'avoir cédé à la panique et prouvé sa culpabilité à Albert en prenant la fuite. Que faire maintenant ? Puisqu'elle avait menacé Albert de la police, il pourrait tout dire à William pour le seul plaisir de lui nuire.

Trois jours durant, elle fut incapable de dormir, de manger ou même de rester assise plus de cinq minutes. Lorsque William revint de Londres, elle invoqua une forte migraine afin de pouvoir s'enfermer seule dans sa chambre. Le lendemain matin, elle vit William parler à Albert dans le jardin et elle se prépara à ce qu'il rentre fou de rage, ayant tout appris de sa liaison avec Angus. Contrairement à ses craintes, William se montra plein de gentillesse avec elle et ne lui parla que de l'éventualité de vendre quelques meubles de valeur pour faire rentrer de l'argent liquide. Mais les jours suivants, chaque fois qu'Albert s'approchait d'une fenêtre derrière laquelle elle se trouvait, il lui lançait des regards de défi en brandissant un morceau de papier, sans doute la fatidique lettre d'Angus.

Ce stress permanent, ajouté au fait qu'elle ne dormait ni ne mangeait plus, déclencha des tremblements et des vertiges. Incapable de maîtriser ses gestes, elle brisa une potiche qui décorait une cheminée, renversa plusieurs fois sa tasse de thé et, pour couronner le tout, se prit le talon dans l'ourlet de sa robe et tomba jusqu'en bas de l'escalier. Elle s'était meurtri la tête et un bras et William, affolé de la voir pleurer sans pouvoir s'arrêter, fit venir le médecin qui déclara qu'elle n'avait rien de grave. Mais il avait dû en dire plus à William car, après son départ, il monta dans la chambre d'Anne et s'assit à son chevet.

— Dis-moi ce qui te trouble réellement, ma chérie. Depuis mon retour de Londres, tu es un paquet de nerfs et Baines m'a dit que tu ne mangeais rien.

Qu'il redevienne, parce qu'il s'inquiétait d'elle, l'homme plein de gentillesse et d'affection qu'elle avait épousé la fit de nouveau fondre en larmes. En lui caressant la joue avec douceur, il lui dit avoir conscience d'être responsable de sa détresse et qu'il ne se le pardonnait pas.

— Souviens-toi comme nous étions bons amis. Nous aimions tant rire ensemble, nous dire tout ce qui nous passait par la tête. Pourrions-nous au moins essayer de le redevenir ?

Elle le désirait ardemment, mais elle ne pouvait pas lui dire la vérité, même si elle l'avait voulu, parce que la vérité lui ferait trop de mal. Alors, elle resta couchée des jours durant, baignant dans ses remords et son malheur. Pendant ce temps, William resta sobre. Il lui apportait ses repas dans sa chambre, la nourrissait comme une enfant en la suppliant de lui pardonner d'avoir sombré dans l'alcoolisme, dilapidé leur fortune et même de s'être montré odieux avec ses sœurs à la mort de son père. Certes, il lui devait des excuses pour sa conduite, mais ses propres remords la rongeaient et, comme il lui était impossible de lui avouer ses torts, elle devint agressive.

— Tu n'as jamais été un vrai mari, dit-elle entre deux sanglots. En vingt-sept ans de mariage, tu ne m'as pas fait l'amour plus de six fois. Quel effet crois-tu que cela me fait ? Je me sens laide et repoussante.

Ce fut lui qui fondit en larmes. Étonnée qu'il le prenne de la sorte, elle eut pitié de lui et le serra dans ses bras pour le consoler puis, comme ses larmes ne cessaient pas, elle voulut adoucir sa plainte, lui dit que c'était sa faute si elle ne lui inspirait pas plus d'ardeur parce qu'elle n'accueillait pas toujours ses avances avec enthousiasme, en enchaînant les mots au hasard pour qu'il arrête de pleurer.

— Ne me cherche pas d'excuses, dit-il enfin. C'est entièrement ma faute à moi et je donnerais tout au monde pour ne pas être comme je suis. N'as-tu pas encore compris, Anne ? Je n'éprouve aucun désir pour les femmes, aucune femme. Je ne suis attiré que par les hommes.

Un instant, elle crut avoir mal entendu. Mais quand elle le vit, la mine contrite comme un enfant surpris les doigts dans le pot de confiture, elle comprit que c'était vrai.

— Non ! Ce n'est pas possible ! Pas toi !

Un tel aveu était trop invraisemblable pour qu'elle l'assimile. On ne peut pas être mariée vingt-sept ans à un homme sans s'être jamais aperçue de rien. Le peu qu'elle savait des hommes ayant ces penchants, elle le tenait de Bridie qui, avant son mariage, lui avait parlé à mots couverts d'un majordome et d'un valet de pied de ses anciens patrons découverts couchés dans le même lit. Depuis, Anne se demandait parfois pourquoi sa vieille servante lui avait raconté cette histoire. Maintenant, elle comprenait que Bridie avait peut-être senti que William pourrait être l'un de ces hommes aux goûts dévoyés et voulu l'en avertir de façon détournée.

— Je suis impardonnable, reprit-il dans un nouveau déluge de larmes. Je te jure que j'ignorais être ce genre d'homme quand nous nous sommes mariés, mais je n'ai pas tardé à me rendre compte que mes désirs ne correspondaient pas à ceux qu'un homme a l'habitude de ressentir. Bien sûr, je ne pouvais en parler ni à toi ni à personne. Je t'aimais sincèrement et je t'aime toujours, je te supplie de me croire. Ce n'est qu'après la naissance de Rufus que je me suis cru libre de pouvoir suivre mes inclinations.

Anne éprouvait un étrange soulagement. Soit parce que les aveux de William constituaient une sorte de justification de sa propre inconduite, soit parce qu'ils lui apportaient une réponse aux questions qu'elle se posait sur leur mariage, mais elle voyait s'entrouvrir le piège dans lequel elle se sentait enfermée. Mi-fascinée, mi-horrifiée, elle l'écouta décrire comment il s'était laissé séduire par un homme pendant une partie de cartes à Londres un an après leur mariage.

— Je me suis maudit de lui avoir cédé, dit-il entre deux sanglots, mais c'était plus fort que moi.

Si Anne n'avait pas connu d'extases illicites, elle n'aurait pas compris. Mais William lui décrivait précisément ce qu'elle aurait pu dire elle-même de ses propres infidélités. Elle s'était souvent indignée de l'injustice d'une société qui acceptait que les hommes aient des maîtresses ou fréquentent des prostituées, alors qu'une femme qui faisait le moindre faux pas était aussitôt condamnée comme une criminelle. Mais elle jugeait absurde qu'un homme ne puisse pas avoir une préférence pour quelqu'un de son sexe sans être ravalé au rang d'une bête immonde et, s'il était démasqué, se voir banni de la société des «honnêtes gens». Elle ne voulait cependant pas que William soit un réprouvé. Si ce qu'il lui disait lui déplaisait, elle ne l'estimait pas responsable d'avoir été conçu ainsi. D'un autre côté, s'il avait eu des désirs normaux peut-être ne lui aurait-elle pas été infidèle.

Anne l'attira contre elle, le serra sur sa poitrine. Elle pouvait se permettre de se montrer magnanime maintenant qu'elle avait découvert quelles extases apportent les passions dites normales.

— Pauvre William! soupira-t-elle.

Encouragé par cette marque de compassion, il déchargea alors de tout ce qui lui pesait sur le cœur. Il lui dit comment il avait rencontré beaucoup d'hommes contraints comme lui de se chercher en secret, toujours dans la peur d'être démasqués et dénoncés.

— Beaucoup de ces hommes sont aussi désorientés et craintifs que moi, mais d'autres se délectent de leur dépravation et maintiennent les plus faibles en servitude. Nous ne pouvons plus leur échapper, ils nous tiennent par la menace et le chantage.

Bouleversée par cette confession, Anne se sentit alors assez forte pour avouer sa liaison avec Angus. Il aurait été injuste de laisser William croire qu'il était seul coupable d'avoir détruit le bonheur qui avait été le leur. De plus, toujours égocentrique, elle pensa qu'une fois que William saurait la vérité, Albert n'aurait plus prise sur elle. Elle ne lui cacha donc rien de son adultère, avoua qu'Angus l'avait attirée dès leur première rencontre et pourquoi elle ne lui avait cédé que pendant la longue absence de William en Amérique.

— Rien ne serait arrivé si tu avais été là, dit-elle en pleurant. Mais tu n'as pas voulu que je t'accompagne et la tentation a été trop forte pour que je puisse y résister.

Elle lui révéla ensuite qu'elle avait eu un enfant d'Angus et que Bridie lui avait affirmé que le bébé était mort-né.

William était resté singulièrement calme pendant sa confession et avait écouté Anne sans l'interrompre, avec étonnement mais sans colère.

— Cependant le bébé n'était pas mort, poursuivit-elle. Nell l'avait confié à sa famille. Ce bébé, c'était Hope, ajouta-t-elle en sanglotant. Je n'en savais rien. Elle venait jouer avec Rufus sans que je me sois jamais doutée qu'elle était ma fille. Nell ne m'en avait pas soufflé mot jusqu'à ce jour maudit où elle m'a dit qu'Albert l'avait tuée.

À ces mots, le calme de William vola en éclats. Il se releva d'un bond en lui décochant un regard indigné.

— Hope, ta fille ? s'exclama-t-il d'une voix tonnante. Tu ne pouvais pas ignorer que cette enfant était vivante ! Comment as-tu pu la laisser emmener par une personne aussi proche de toi ? L'as-tu fait exprès pour continuer à la voir ?

Stupéfaite qu'il soit plus affecté par l'existence de l'enfant que par sa liaison avec Angus, Anne resta un instant bouche bée.

— Mais non ! protesta-t-elle. J'ai cru Bridie quand elle m'a dit que l'enfant était mort-née. L'accouchement m'avait épuisée, je ne savais rien des enfants à ce moment-là. Quand Bridie me l'a montrée, elle ne bougeait pas ni ne pleurait. En plus, tu devais revenir d'Amérique d'un jour à l'autre et j'avais très peur. J'ai cru que Dieu avait réglé le problème de cette manière.

William se rassit lourdement. La tête dans les mains, il poussa un long gémissement.

— Pardonne-moi, William, dit-elle en sanglotant. Je n'ai pas idée de ce que j'aurais fait si j'avais su qu'elle était vivante. J'aurais sans doute demandé à Bridie de la placer dans une famille, je ne pouvais rien faire d'autre. Imagine le scandale !

La tête toujours dans les mains, il ne répondit pas.

— Comment aurais-je pu t'en parler ? poursuivit-elle. J'ai vécu des moments terribles, seule ici avec Bridie. Tous les autres domestiques étaient dans la maison de Londres à ce moment-là. Je ne pensais qu'à reprendre assez de forces pour supporter le long voyage jusqu'à Londres où je devais te rejoindre. J'ai fait de mon mieux pour oublier et tu m'y as aidée en étant si gentil et affectueux avec moi.

Livide, l'air hagard, il releva enfin la tête.

— Parce que j'étais moi-même écrasé de remords. Tu me paraissais distante, préoccupée, mais je pensais seulement que tu m'en voulais de ne pas t'avoir emmenée en Amérique. Oh, Anne ! Si seulement tu m'avais dit tout cela plus tôt !

— Comment l'aurais-je pu, William ? De toute façon, il était inutile de t'en parler puisque j'étais convaincue que l'enfant était morte.

— Tu en as quand même parlé à Angus, je pense ?

— Non. Son régiment était parti avant qu'il sache que j'étais enceinte et je ne l'ai revu qu'après la naissance de Rufus. Tu étais ici quand il est venu me rendre visite. Souviens-toi, il est monté avec nous à la nursery voir notre fils, il lui avait apporté un cheval de bois. Tu nous avais fait bien rire en le faisant galoper autour du berceau.

— Oui, je m'en souviens, dit-il avec un léger sourire.

— Nous étions si heureux à ce moment-là, dit-elle avec un soupir de regret. Je n'aurais pas eu de mal à oublier Angus si tu étais resté tel que tu étais alors. Mais tu as commencé à changer si vite après ! Tu buvais, tu me disais des méchancetés. Qu'est-ce qui justifiait ce comportement ? Tu aimais quelqu'un d'autre ?

— Non, mais je souffrais de sentir que tu avais besoin de ce que je ne pouvais pas te donner, dit-il en lui prenant la main. Au début, je passais mes journées à cheval pour oublier mes préoccupations, mais je n'ai pas tardé à chercher de nouveau ce que je désirais vraiment. Je me dégoûtais au point que je devais m'enivrer quand je rentrais à la maison.

— Si seulement tu m'avais dit ce qui tourmentait ! soupira-t-elle en essuyant ses larmes. Je crois que je t'aurais laissé faire ce que tu voulais si cela avait permis que tu redeviennes le William que tu étais quand nous nous sommes mariés.

— Les vrais problèmes ont justement commencé à la maison, quand j'ai engagé Albert.

— Albert? s'écria-t-elle. A-t-il découvert ce que tu étais? T'a-t-il fait du chantage?

— Non, répondit-il en hésitant. Il est... comme moi.

— Grand Dieu!

— Oui, un sodomite ou je ne sais quel autre nom infamant on nous donne. Et moi, pauvre imbécile que je suis, je me suis laissé prendre. Sans moi, il n'aurait pas épousé Nell. C'est moi qui le lui avais suggéré.

— Oh, non! Pourquoi as-tu fait une chose pareille?

— Sans femme, les gens auraient pu deviner ce qu'il était, dit-il avec un haussement d'épaules désabusé. Nell était une fille sensée qui aurait pu faire une bonne épouse. Je ne savais pas encore qu'Albert était aussi cruel ni qu'il haïssait les femmes. Je croyais qu'il lui donnerait un enfant, prendrait soin d'elle. Toi, tu aurais conservé une femme de chambre en qui tu avais toute confiance. Et moi, j'aurais pu retrouver Albert dans un endroit discret.

— Le pavillon de concierge? C'est là que tu le retrouvais?

— J'avais tort, soupira-t-il. Je le comprends trop bien maintenant, mais il m'avait ensorcelé. Je ne pouvais penser à rien d'autre. Il était pour moi la seule personne qui comptait. Peux-tu me comprendre?

Non, elle en était incapable, pas un être aussi méprisable qu'Albert en tout cas. Penser qu'ils s'étaient livrés sous son nez pendant des années à des actes aussi vils lui donnait envie de hurler, de le bourrer de coups de poing, de lui cracher son dégoût au visage. Mais elle se rappelait qu'Angus l'avait ensorcelée elle aussi, au point qu'elle se donnait à lui dans un champ et dans les bois sans jamais penser ni à son mari ni à son fils.

Avec un profond soupir, elle parvint à se ressaisir.

— Tu nourris encore les mêmes sentiments pour lui ?

— Non, il me fait peur, admit-il sombrement. C'est fini entre nous depuis longtemps, mais il refuse de partir et me menace de tout vous révéler à toi et à Rufus si je le chasse. J'avais cru au début qu'il m'aimait, mais je sais maintenant qu'il est incapable d'éprouver le moindre sentiment.

Apprendre qu'ils avaient un ennemi commun la rassura un peu. À eux deux, ils viendraient peut-être à bout de la malveillance d'Albert.

— Oh, William ! soupira-t-elle en lui prenant la main. Il est aussi au courant de ma liaison avec Angus parce qu'il détient une lettre qu'Angus m'avait écrite. Nell avait demandé à Hope de la garder jusqu'à mon retour des obsèques de mon père. Il a dû la trouver sur elle. Crois-tu qu'il l'ait réellement tuée ?

— Non, non, répondit-il avec hâte. Du moins, pas que je sache.

Un long moment, il garda le silence en se mordillant la lèvre. Anne attendit. Elle savait que lorsqu'il se mordait les lèvres, c'était le signe qu'il ne savait pas quoi répondre et avait peur de trop parler. Mais elle savait aussi qu'il finirait par lui dire ce qu'il savait. Malgré ses défauts, le mensonge n'était pas dans sa nature.

— Ce jour-là, lâcha-t-il enfin en grimaçant de honte, elle est entrée au pavillon et nous a surpris ensemble. Albert m'a dit de sortir par la porte de devant et qu'il s'occuperait d'elle. Elle était partie quand j'y suis retourné plus tard ce soir-là. Albert m'a montré la lettre qu'il lui avait fait écrire en lui ordonnant de ne jamais revenir ici si elle ne voulait pas qu'il se venge sur Nell.

C'en était trop. Anne éclata de fureur en le traitant de tous les noms les plus injurieux de son vocabulaire.

— Ignoble lâche! écuma-t-elle. Tu as laissé Nell croire qu'elle était morte alors que tu savais ce qui s'était réellement passé! Comment as-tu pu faire une chose pareille? C'est ignoble! Inhumain!

— Que voulais-tu que je fasse? geignit-il. J'étais terrifié parce que Albert et moi étions découverts. Albert avait même réussi à me convaincre que Hope voulait depuis longtemps quitter Briargate. Je ne savais pas encore à quel point il était cruel et brutal. Même maintenant, je ne vois pas ce que j'aurais pu faire d'autre.

Anne se laissa retomber sur ses oreillers, assommée par ce qu'elle venait d'apprendre sur la méchanceté diabolique d'Albert. Rufus lui avait pourtant dit qu'il battait Nell et Hope et leur faisait mener une vie d'enfer. Elle se rappelait avoir souvent vu Nell grimacer de douleur, ce qu'elle expliquait par une chute dans l'allée ou un autre accident de ce genre. La brute immonde les avait donc longtemps terrorisées l'une et l'autre, mais elle était trop repliée sur elle-même pour s'en soucier.

Hope avait peut-être obéi à Albert pour protéger Nell, mais Anne entrevoyait maintenant qu'elle avait sans doute aussi voulu leur éviter le déshonneur, à Rufus et à elle. Âgée d'à peine quinze ans, elle avait vu une scène qu'une femme adulte n'aurait pas supporté de voir, elle avait été chassée de chez elle et de sa famille, privée de ses moyens de subsistance et reçu l'ordre de ne jamais revenir. Albert l'avait sûrement battue avant qu'elle s'en aille. Où avait-elle pu chercher refuge ?

Cette nuit-là, William resta coucher dans le lit d'Anne en la serrant dans ses bras, en lui répétant qu'il l'aimait toujours, même s'il se savait indigne qu'elle lui rende cet amour. Sa présence la réconfortait un peu, mais l'image de sa fille jetée dehors, terrifiée et sans personne vers qui se tourner lui interdisait de trouver le sommeil.

Elle comprenait maintenant trop bien pourquoi Nell en était devenue folle de douleur.

## 17

*1854*

Une soudaine série de crépitements dans la cheminée fit sursauter lady Anne.

— Le charbon est mouillé, expliqua William en sortant d'un long silence. Albert a encore pissé dessus, si tu veux bien me passer l'expression.

Étonnée de cette vulgarité dont il n'était pas coutumier, elle se tourna vers lui et vit qu'il avait les larmes aux yeux.

— Qu'allons-nous faire ? demanda-t-elle avec crainte. Il devient de pire en pire.

Ils se tenaient dans la bibliothèque-cabinet de travail de William car ils ne se servaient plus du grand salon, trop coûteux à chauffer en hiver. La bibliothèque était aussi la seule pièce de Briargate où ne se remarquaient pas encore les stigmates de décrépitude si visibles partout ailleurs. Les murs couverts de livres, les boiseries et les fauteuils de cuir constituaient un décor hors d'âge.

Par cette soirée de février grise et froide, le vent cinglait les branches dénudées des arbres. Le crépuscule tombait, mais Anne n'avait pas le courage de quitter le coin du feu pour allumer la lampe, ses articulations nouées par l'arthrite étaient trop douloureuses. La pénombre qui envahissait la pièce avait au moins le mérite de dissimuler les ravages causés par le temps et les soucis sur le couple beau et séduisant qu'ils formaient naguère. La chevelure d'Anne s'était éclaircie et avait viré au blanc, les rides sillonnaient son visage et sa taille avait épaissi. Si, à quarante-huit ans, elle paraissait moins usée que beaucoup de femmes de son âge au village, elle le devait aux vestiges de son élégance naturelle plutôt qu'à une santé florissante ou à l'indulgence de la nature. William avait moins de rides que sa femme bien qu'il ait trois ans de plus qu'elle, mais il était devenu corpulent et affichait une calvitie avancée. Ses années d'alcoolisme lui avaient donné des traits bouffis et une raideur quasi sénile dans la démarche.

En dépit du malaise causé par l'omniprésence maléfique d'Albert à Briargate, ils connaissaient un nouveau bonheur depuis leurs confessions mutuelles de l'année précédente. William se disait désormais trop vieux pour les plaisirs sensuels dont il avait abusé, Anne était heureuse de renouer avec lui l'amitié amoureuse qui avait été la leur les premiers temps de leur mariage. De fait, ils ne s'étaient jamais sentis aussi proches l'un de l'autre qu'au cours de cette dernière année.

Ils parlaient souvent de ce qu'ils auraient dû faire pour se débarrasser d'Albert mais, à part leurs raisons particulières de préférer éviter l'affrontement direct, l'état de Briargate leur donnait tout autant de soucis. Quels que fussent ses vices et les reproches qu'il méritait, nul ne pouvait nier qu'Albert était un jardinier exceptionnel. Il déployait l'énergie de trois hommes, était fier de son travail et s'était rendu irremplaçable.

Si Briargate croulait à l'intérieur, tant que les jardins restaient éblouissants de beauté, ses propriétaires pouvaient faire croire aux autres, et garder eux-mêmes l'illusion, que tout allait bien.

Non que Briargate reçût encore beaucoup de visiteurs car, à l'exception de quelques rares voisins venant prendre le thé dans le jardin pendant l'été, il n'y avait eu aucun grand dîner, encore moins de soirée mondaine, depuis des années. Après leur mémorable nuit de confession et de repentir, ils avaient cru, ou plutôt espéré, qu'en unissant leurs forces ils seraient capables de maîtriser Albert et les autres vicissitudes de la vie. Ils avaient même réussi à se persuader qu'ils pourraient bientôt recevoir des invités.

Ils n'avaient pas tardé à déchanter. Ce fut d'abord Martha, la cuisinière, qui rendit son tablier en donnant pour seule explication qu'elle avait besoin de changement. Rose la suivit de peu pour, prétendait-elle, une place mieux rémunérée. Anne et William ne doutèrent pas un instant qu'Albert avait manigancé ces départs. Il ne restait que le toujours fidèle Baines, qu'Albert n'était pas en mesure de convaincre ni de soudoyer. De toute façon, désormais septuagénaire, il était trop âgé et trop affaibli pour trouver un autre emploi. Anne avait dû se rabattre sur une veuve du village et sa fille de quinze ans, aussi souillons et insolentes l'une que l'autre, en se résignant à la dure réalité que les aristocrates ruinés ne peuvent plus trouver de bons domestiques et doivent se contenter d'un train de vie aussi dégradé que leur demeure.

Seul Albert restait hanter les lieux, comme un esprit malfaisant qui souillait tout ce qu'il y avait de bon et de bien. S'il manifestait toujours autant de zèle à entretenir les jardins, il le faisait de telle manière qu'on aurait cru qu'il en était propriétaire et ne manquait pas une occasion de faire sentir, à ceux qui étaient encore ses employeurs en titre, que c'était lui désormais le maître de Briargate. Uriner sur le charbon n'était pour lui qu'un des moyens sournois qu'il utilisait pour les humilier et entretenir leur crainte. Il leur était même arrivé de trouver des couleuvres et des rats morts dans les seaux de charbon. Il disparaissait parfois des journées entières, surtout en hiver. Chaque fois, ils espéraient qu'il était parti pour de bon, mais il reparaissait toujours quand on ne s'y attendait plus et prenait soin de se faire remarquer en abattant à grand bruit un arbre mort ou en bêchant un nouveau massif de fleurs, tâche que personne ne lui avait demandé d'exécuter. Il ne cessait pas non plus d'exiger des augmentations de ses gages et de pousser William et Anne à bout par tous les moyens.

— J'ai pensé l'inviter à venir chasser avec moi, dit William après un long silence. Je pourrais le tuer et invoquer un accident.

Anne doutait que son mari fût capable de tirer de sang-froid sur qui que ce soit, même s'il en était arrivé à haïr Albert. Mais qu'il cherche un moyen de dénouer leur affreuse situation lui parut touchant.

— Il est trop rusé pour se laisser surprendre comme cela, répondit-elle, il devinera tes intentions. Le seul moyen de s'en débarrasser, c'est de l'affronter tous les deux et de le mettre au pied du mur.

— Je ne sais pas si j'en aurais le courage, dit William d'un air piteux. Il est diabolique, tu le sais aussi bien que moi.

— Il ne peut rien dire contre toi sans s'incriminer lui-même. Quant à ma liaison avec Angus, nous la nierons, voilà tout. Tout le monde déteste Albert, personne ne le croira sur parole. Nell ne le soutiendra certainement pas, Angus non plus.

— Nell lui a peut-être déjà dit la vérité sur Hope. Dans ce cas, cela changerait son point de vue.

— Si Angus sait que Hope est sa fille, il nous soutiendra encore plus sûrement contre Albert. Je regrette sincèrement de ne pas le lui avoir dit moi-même quand je l'ai rencontré à Bath. Il n'aurait pas hésité à venir lui-même régler son compte à cet ignoble individu.

— Comme la vie prend d'étranges détours! soupira William. J'ai connu Angus quand il venait en villégiature à Chelwood chez ses cousins. À l'époque, il m'admirait beaucoup, mais j'étais désagréable avec lui parce qu'il était plus jeune que moi. Il me harcelait pour monter à cheval avec moi. Si je n'avais pas fini par céder en lui prêtant une monture, il ne serait peut-être pas venu me rendre visite ici des années plus tard, quand il a reçu son brevet d'officier, et tu n'aurais jamais fait sa connaissance.

— Il te porte sûrement encore assez d'amitié pour accepter volontiers de t'aider à chasser Albert, si tu le lui demandais.

— Je ne peux pas. De tous les hommes que je connais, c'est l'un des seuls dont je ne supporterais pas qu'il apprenne ce que je suis. Tu te doutes bien qu'Albert serait trop content de le lui dire.

— Peut-être, admit-elle afin de ne pas peiner William en parlant davantage d'Angus. Mais ce que je n'arrive pas à comprendre, c'est pourquoi Albert s'incruste ici. Il sait que tu le détestes, il n'a pas d'amis, pas de famille. Qu'est-ce qui le retient ?

— Il reste parce qu'il est bien payé, il aime avoir son chez-soi au pavillon et il ne jouirait nulle part ailleurs d'autant de liberté qu'ici, gémit William. Il fait ce qu'il veut dans les jardins et il faut admettre qu'il est plus qu'un simple jardinier, c'est un artiste dans son genre. Souviens-toi des massifs qu'il a créés l'été dernier. Je n'ai jamais rien vu d'aussi beau.

Anne s'en souvenait. Elle n'avait jamais vu Albert aussi heureux que lorsqu'il regardait ses plantations, mais il s'ingéniait à les priver elle et William du même plaisir. S'ils prenaient le thé dehors quand il faisait beau, il venait faucher l'herbe à côté d'eux. S'ils se promenaient dans les allées, il les suivait en poussant une brouette et leur faisait sentir qu'ils étaient des intrus dans son domaine réservé, comme s'il cherchait à leur interdire de sortir de la maison. La nuit, il marchait autour de la maison en faisant crisser le gravier sous ses bottes, comme pour leur signifier qu'il les surveillait et attendait son heure.

Chaque fois que William, excédé, voulait le rappeler à l'ordre, sa tentative tournait court parce que Albert menaçait de révéler son infamie. Ce jour-là, néanmoins, une nouvelle bouffée d'odeur d'urine émanant de la cheminée le fit sortir de ses gonds.

— Ça suffit ! s'écria-t-il. J'en ai plus qu'assez !
— De quoi, mon chéri ? s'enquit Anne.
— D'Albert ! Il faut qu'il s'en aille ! Demain matin, à la première heure, je le congédierai. Je lui donnerai jusqu'à la fin de la semaine pour déguerpir et s'il est encore là, je ferai venir des hommes pour vider le pavillon et changer les serrures.

— Mais s'il t'agresse ?
— J'en arrive presque à l'espérer. J'aurais enfin une bonne raison d'appeler la police et de le faire arrêter.

Anne l'avait maintes fois entendu tenir le même langage avant de battre piteusement en retraite. Mais cette fois, elle comprit avec plaisir qu'il était à bout de patience et déterminé à tenir parole – sans doute, pensa-t-elle, à cause de Rufus.

En seconde année à l'université d'Oxford, Rufus avait refusé de venir passer les vacances de Noël à la maison. Albert avait commenté cette défection en ricanant que le jeune maître était devenu trop grand seigneur pour venir s'enterrer dans une baraque en ruine sans pouvoir se distraire par des bals et des réceptions, mais ses parents savaient que ce n'était pas le cas. Rufus était devenu un beau et solide gaillard, simple et sans trace d'afféterie. En vacances, il aimait toujours passer son temps à la ferme de Matt. L'été dernier, il y était même resté des journées entières pour aider aux moissons.

William et Anne savaient donc que s'il n'était pas venu cette fois à Briargate, c'était à cause d'Albert. Sa mauvaise opinion de lui quand il était plus jeune n'avait fait que se confirmer et il se montrait de plus en plus outré de voir Albert se pavaner en maître tandis que ses parents lui faisaient des courbettes. Qu'il ait décidé de rester à l'écart signifiait à ses parents que, s'ils ne chassaient pas Albert, leur fils ne viendrait plus passer ses vacances auprès d'eux.

Ce Noël sans Rufus avait été le plus triste de leur vie et Anne savait que cela avait contribué à ouvrir les yeux de William et à le décider enfin à agir.

— Es-tu prêt à subir les racontars malveillants si Albert met sa menace à exécution ? lui demanda Anne.

Elle y était elle-même décidée, mais elle craignait encore que William ne cède une fois de plus à sa peur du scandale.

— Plus que jamais ! Allons, Anne, ne me laisse pas tomber maintenant. Nous devons enfin faire ce qu'il faut ou nous résigner à rester sous le joug de cet individu jusqu'à la fin de nos jours.

Le lendemain, au petit déjeuner, l'expression d'Anne fit comprendre à William qu'elle redoutait qu'il ne se dérobe malgré sa promesse de la veille. Elle n'avait pas entièrement tort, à vrai dire. Il avait passé la moitié de la nuit à s'inventer des excuses, jusqu'à ce qu'il prenne conscience d'avoir fait cela toute sa vie. Il avait fait un mariage idéal, qui avait lamentablement échoué par la faute de ses déficiences sexuelles. Il avait hérité d'une fortune, qu'il avait dilapidée dans le jeu et la débauche. Il ne pouvait être fier que de Rufus qui, en dépit des défauts de ses parents, était devenu un jeune homme accompli, équilibré, intelligent, affectueux et travailleur. Son grand-père avait édifié Briargate pour le transmettre aux générations futures, mais la stupidité et l'incurie de William avaient fait de la propriété un boulet au lieu d'un atout. William savait malgré tout que Rufus préférerait hériter d'une maison à moitié en ruine et de terres en friche plutôt que d'avoir un père trop lâche pour ne pas céder au chantage.

Seule consolation, Rufus était à l'abri du besoin grâce à ce que lui avait légué son grand-père maternel. Même sans cela, Rufus avait l'énergie, l'intelligence et les connaissances qui lui permettraient de redresser la barre et de redonner à Briargate son lustre d'antan. Rufus répétait d'ailleurs qu'il était criminel de gaspiller une belle et bonne terre en stériles massifs de fleurs alors qu'elle pourrait servir à des cultures utiles. Aussi, si William se préparait avec appréhension à sa confrontation avec Albert et aux inquiétantes conséquences qui risquaient de s'ensuivre, son devoir le plus élémentaire lui dictait de faire ce qu'il fallait pour assurer l'avenir de son fils.

— Où vas-tu ? lui demanda Anne quand il se leva de table.

Ils s'étaient à peine parlé pendant le repas. William avait jeté un regard distrait à son journal sans en lire un mot, Anne lisait une lettre de sa sœur. Ils gardaient volontiers le silence pendant le petit déjeuner, mais c'était un silence amical. Ce matin-là, il était tendu.

— Je vais changer de chaussures et mettre un manteau. Reste ici, mais regarde par la fenêtre au cas où j'aurais besoin de toi.

— Tu vas vraiment parler à Albert ?

— Je n'ai pas grand-chose à lui dire, répondit-il avec un petit sourire. Simplement de vider les lieux.

— Veux-tu que je t'accompagne ?

— Inutile. N'interviens que si je te le demande.

William s'était longtemps demandé s'il devait affronter Albert avec ou sans Anne pour conclure qu'il valait mieux le faire seul. Il ne pouvait pas imposer à Anne les bordées de paroles ordurières qu'Albert ne manquerait pas de lui cracher au visage.

Après être passé par le vestiaire, il sortit par la porte de derrière. Albert n'était pas au jardin, mais un bruit de scie lui fit comprendre qu'il se trouvait dans la resserre à bois, derrière les écuries. C'était le seul endroit où il n'aurait pas voulu se trouver seul avec lui, car c'était là qu'ils s'étaient embrassés pour la première fois et qu'il avait dit à Albert qu'il l'aimait.

Il ne pouvait pas penser sans honte à la stupidité de sa conduite. Il avait donné son cœur à Albert, son argent et tout risqué pour lui. Mais son erreur la plus énorme avait été de l'idéaliser. Dans son esprit, Albert était un archange, innocent et radieux de beauté sous la blouse d'un travailleur manuel qui, par gratitude, avait transformé les jardins en paradis terrestre comme William le méritait. Il avait même cru qu'Albert était un innocent qui ne lui avait succombé que parce qu'il avait été la première personne à lui accorder de l'affection et à reconnaître sa valeur.

Plus tard, quand il avait commencé à se rendre compte qu'il ne recevrait rien en échange de tout ce qu'il donnait, il avait cherché des excuses à son amant : il avait eu une mère indigne ou subi trop jeune l'influence d'hommes brutaux. William avait pourtant persisté à croire que s'il lui manifestait assez d'affection et de bonté, Albert finirait par les lui rendre. Il savait maintenant avec certitude qu'Albert était totalement dépourvu de cœur et n'avait jamais été capable d'aimer qui que ce soit à part lui-même. Il jouait avec un art si consommé la comédie de la tendresse et de l'adoration que William avait cessé d'écouter la voix de sa conscience et se serait enfui vivre avec lui dans les bois s'il le lui avait demandé. Il lui avait fallu du temps pour comprendre que ce n'était qu'une mascarade. Le seul sentiment qu'Albert ait jamais été capable d'éprouver était la haine. La haine de ses humbles origines, la haine à l'encontre de quiconque lui paraissait plus chanceux que lui.

Quand William arriva à la resserre, Albert était en train de scier des bûches. En dépit du froid, il était luisant de sueur et ne portait que ses sous-vêtements. Il était crasseux, avait les cheveux trop longs, une barbe de trois jours parsemée de restes de ses précédents repas et son odeur de sueur rancie avait de quoi soulever le cœur.

— Tu viens me donner un coup de main, Billy ? demanda-t-il en ricanant. La compagnie de ta vieille peau commence à te barber ?

William eut la nausée en pensant qu'il avait pu donner son corps à un individu aussi répugnant.

— La compagnie de lady Harvey me convient, répondit-il sèchement. Je suis simplement venu vous dire que je vous renvoie. Vous quitterez le pavillon et le domaine vendredi au plus tard.

Comme s'il n'avait rien entendu, Albert s'assit sur une bûche, prit un paquet de tabac dans sa poche et bourra posément sa pipe.

— Voyons, mon petit Billy, tu peux pas me renvoyer. On est liés pour toujours toi et moi, tu le sais bien.

William était aussi désarçonné que l'autre l'espérait. Il préféra détourner les yeux de ses muscles qui tendaient le tissu de son gilet et se forcer à ne voir que l'image de Rufus et imaginer son sourire quand il apprendrait que son père s'était enfin débarrassé d'Albert.

— Rien ne nous lie l'un à l'autre, parvint-il à répliquer sans trembler. Vous serez parti vendredi ou je vous ferai jeter dehors.

Albert se leva, les lèvres retroussées par un rictus haineux.

— Allons donc ! Tu veux que je raconte tes vilaines histoires à ta lady Anne ?

— Si vous voulez, elle est déjà au courant de tout.

— Tu bluffes, Billy. Je te crois pas, dit-il en lui tournant le dos pour prendre le chemin de la maison.

William le laissa partir, s'avança sur la pelouse de manière qu'Anne le voie de la fenêtre de la salle à manger et lui fit signe de le rejoindre. Albert était presque arrivé à la porte de derrière quand Anne l'ouvrit et apparut sur le seuil.

— Viens, Anne ! l'appela William. J'ai du mal à convaincre Albert que nous n'avons pas de secrets l'un pour l'autre.

Pour la première fois depuis qu'il connaissait Albert, William le vit mal à l'aise. Il lança alternativement à William et à Anne des regards inquiets, comme un rat acculé dans un coin. William fut fier d'Anne. Un châle pourpre sur les épaules, le regard dur comme de l'acier, elle se tenait droite comme une reine.

— Je crois comprendre que sir William vous a ordonné de partir ? demanda-t-elle avec froideur. Nous vous donnerons un certificat élogieux pour la manière dont vous avez entretenu les jardins.

— Le capitaine Pettigrew a bien labouré votre petit jardin secret lui aussi, répondit-il avec un ricanement.

William s'attendait que cette réplique la déstabilise, mais Anne sourit et vint prendre le bras de William.

— Mon mari est parfaitement au courant de mes rapports avec le capitaine Pettigrew. Vous ne pouvez plus rien contre nous, Albert.

Écumant de fureur, Albert commençait à menacer d'aller raconter leurs turpitudes à tout le village quand Anne l'interrompit :

— Comment le ferez-vous sans vous incriminer vous-même ? Les gens de la campagne n'ont pas d'affection particulière pour les hommes de votre genre. Nous n'avons qu'à dire aux frères Renton que vous nous causez du tort pour qu'ils vous écorchent vif sans hésiter. Vous n'avez pas d'amis dans le pays. Nous, nous en avons beaucoup.

— Ce que j'ai à dire ne plaira pas à votre Rufus, gronda-t-il.

William le sentit acculé car il ne s'était pas attendu à un tel retournement de situation.

— Quelle sottise, mon pauvre garçon ! rétorqua Anne avec un rire de dérision. Pensez-vous vraiment qu'il vous croira ? Il vous déteste depuis des années et vous considère responsable de la disparition de Hope. Je ne m'étonnerais pas qu'il demande de lui-même à la police de rouvrir son enquête. Faites votre ballot et partez, Albert. Vous n'avez plus les moyens de poursuivre votre chantage.

— Vous oubliez que j'ai la lettre de votre capitaine ! aboya-t-il. C'est une preuve, ça !

— Dans les moments difficiles, dit William en s'approchant d'un pas, les gentlemen restent solidaires les uns des autres. Je connais le capitaine depuis mon enfance, il déclarera que cette lettre est un faux. Tel que je le connais, il n'hésitera pas non plus à venir vous infliger une bonne correction.

— J'irai voir la police, un juge !

— Imaginez-vous un instant qu'un juge préférera croire la parole d'un vulgaire jardinier plutôt que celle d'un pair du royaume ? lâcha William avec mépris. Vous serez plutôt expédié au bagne. Maintenant, déguerpissez. Si vous videz le pavillon d'ici vendredi matin, vous aurez un certificat. Si vous y êtes encore vendredi à midi, je vous ferai jeter dehors sans rien. Allez !

Anne glissa une main dans celle de William pendant qu'ils suivaient des yeux Albert s'éloigner la tête basse.

— Partira-t-il vraiment ? demanda-t-elle.

— Oui, répondit-il avec une confiance retrouvée parce qu'il avait enfin protégé Anne, Rufus et Briargate. D'ailleurs, il n'a pas le choix. Même s'il allait colporter ses ragots dans les pubs, personne ne le croirait. Rentrons avant que tu n'attrapes froid, ma chérie. Je crois que je peux me permettre un verre de sherry pour fêter notre libération.

Ce soir-là, à la lumière vacillante d'une chandelle, Albert était assis à la table du pavillon, d'imposantes piles de pièces d'argent devant lui. Tout en les comptant, il buvait au goulot de longues gorgées de rhum. Compter son argent lui causait d'habitude une profonde satisfaction, car saigner William à blanc pendant des années lui avait procuré une réelle jouissance. Mais là, il était trop enragé pour savourer ce rituel.

Sûr de tenir Anne et William au creux de sa main, il s'était cru établi jusqu'à la fin de ses jours. À terme, il comptait attendre qu'ils soient forcés de vendre Briargate pour le leur acheter, mais il n'avait pas prévu que la situation puisse se retourner contre lui.

Il avait amassé plus qu'assez pour aller n'importe où dans le monde. Ayant pour lui la santé, la force et un esprit assez retors pour entreprendre tout ce qu'il voudrait, il désirait pourtant les jardins de Briargate plus que tout. Il les avait créés à partir de rien. Chaque arbuste, chaque fleur était à lui. Il y avait œuvré pendant seize ans, il les avait cultivés, nourris, pensés, rêvés. Et, maintenant, on les lui arrachait! Il s'était toujours considéré solide comme un chêne, il croyait que rien ne pourrait le meurtrir, encore moins le déraciner. En voyant le minable William arriver ce matin à la resserre, il avait cru qu'il venait implorer une nouvelle réconciliation. Quand il l'avait entendu dire qu'il le chassait, il avait commencé par en rire, car ce n'était pas la première fois et William finissait toujours par reculer devant la menace du scandale.

Il aurait parié le double de la fortune étalée sur la table que William n'aurait jamais osé dire la vérité à sa femme. Pourtant, il l'avait fait, comme elle avait avoué sa liaison avec le capitaine. Maintenant ils le narguaient, sûrs d'eux-mêmes! Mais le coup bas le plus vicieux qu'ils lui avaient porté avait été la dernière phrase de William : « Imaginez-vous un instant qu'un juge préférera croire la parole d'un vulgaire jardinier plutôt que celle d'un pair du royaume ? » Il ne supportait pas qu'on lui rappelle qu'il n'était qu'un travailleur manuel. Un moins-que-rien, en somme.

Dans son enfance, il haïssait devoir porter ses vêtements grossiers et aller nu-pieds la moitié du temps parce qu'il était né dans une famille misérable. À dix ans, expédié dans un château des environs comme aide-jardinier, il avait vite attiré la convoitise d'un valet de chambre qui l'avait sodomisé nuit après nuit. Libéré de ce servage à quatorze ans par la mort de son tortionnaire, il espérait rencontrer un jour celle qui lui ferait oublier la honte d'avoir dû se soumettre si longtemps à des actes dégradants, même s'il n'éprouvait encore aucun intérêt pour les filles. À seize ans, superbe jeune homme de six pieds de haut et bâti en athlète avec des cheveux bruns bouclés et des yeux de braise, il ne provoquait pas seulement les soupirs des servantes mais aussi ceux des dames venues en visite au château. C'est alors qu'il prit conscience qu'elles n'avaient pour lui aucun attrait, non parce qu'il aurait été timide, mais parce qu'elles lui étaient indifférentes. Certains hommes, en revanche, éveillaient en lui des désirs bien précis, comme si le brutal initiateur de sa jeunesse lui avait jeté un sort. Il s'était alors juré de ne plus se laisser dominer par un homme et que ce serait lui, à l'avenir, qui les exploiterait et les ferait payer.

À vingt et un ans, après une série d'amants riches et distingués qui lui avaient offert des sommes princières et l'avaient couvert de cadeaux, il avait pris le goût du jardinage. Ce n'était pas pour lui un humble métier manuel car un beau jardin était un temple dédié à la Nature. Il consacrait chacun de ses moments libres à s'instruire auprès des vieux jardiniers pleins d'expérience et à étudier des ouvrages d'horticulture. Il pensait déjà au jardin idéal, à ses pièces d'eau, ses bosquets, ses rocailles et ses pelouses ornées de massifs de fleurs multicolores. Mais l'homme riche qui lui aurait permis de réaliser ses rêves ne se manifestant toujours pas et les rumeurs désobligeantes sur ses inclinations sexuelles commençant à se répandre, Albert dut accepter la charge de simple jardinier chez l'évêque de Wells. Il n'aimait pas parler des humiliations et des brimades qu'il y avait subies, jusqu'au soir où le hasard lui fit rencontrer William dans un des pubs de la petite ville.

Le pub était surtout fréquenté par des ouvriers agricoles. Dans ce troupeau de chevaux de labour, William se distinguait comme un pur-sang par sa mise raffinée autant que par sa beauté physique. À peine son regard eut-il croisé celui d'Albert à travers la salle bondée qu'ils avaient eu tous deux l'impression d'y être seuls. Apprendre qui il était et se trouver devant la porte lorsque William était sorti, passablement éméché, avait été pour Albert un jeu d'enfant. En l'aidant à enfourcher son cheval, il lui avait demandé s'il n'avait pas besoin d'un bon jardinier, à quoi William avait répondu de venir le voir à Briargate le lendemain.

Albert savait qu'il prenait un risque en quittant le palais épiscopal sans esprit de retour. Sir William aurait peut-être oublié le lendemain leur brève conversation ou décidé qu'il n'avait besoin de personne, surtout pas d'un jardinier sans certificats ni recommandations. Mais pendant sa longue marche jusqu'à Briargate, Albert n'avait pensé qu'à sa bouche sensuelle, à ses yeux bleus et au ravissant et ferme petit derrière qu'il avait eu le temps de caresser quand il l'avait mis en selle.

À son premier coup d'œil sur Briargate, Albert avait compris que c'était le lieu où il pourrait réaliser son rêve. L'endroit était déjà beau, mais il se savait capable, lui, de le rendre sublime. La chance – ou la fatalité – avait voulu que William fût chez lui ce jour-là et n'ait pas oublié leur brève rencontre de la veille. Il s'était dit enchanté de revoir Albert et lui avait confirmé qu'il avait besoin d'un jardinier. Le soir même Albert s'était installé dans une chambrette au-dessus des écuries, avait été nommé chef jardinier à vingt-cinq ans et pourvu d'un assistant, un peu simple d'esprit, qui ferait ses trente-six volontés.

Il n'avait pas eu de mal ensuite à se faire aimer de William. Il le laissait lui faire toutes les avances et jouait l'innocent jeune homme qui tombait peu à peu sous le charme de son maître. Mais il ne cessait, lui, de se considérer comme le maître et de voir en William un amusant compagnon, comme l'aurait été un bon toutou, avec qui il aimait bien jouer et auquel il démontrait autant d'affection qu'il en était capable. La seule fois où William avait réussi à lui imposer sa volonté, c'était pour lui faire épouser Nell. Si Albert avait compris ses raisons, William avait toujours ignoré à quel point Albert haïssait les femmes. Et dès qu'il eut rencontré pour la première fois la famille Renton, il avait su qu'il ne pourrait jamais feindre quoi que ce soit pour ces rustres, encore moins faire un enfant à Nell comme William y comptait pour détourner les soupçons. Ses noces avaient été pour lui un supplice, sa vie conjugale un interminable calvaire.

Coucher dans le même lit que Nell, son odeur de femme, le contact de sa peau contre la sienne le mettait hors de lui et le rendait encore plus injuste et plus brutal. Mais quand Hope était venue habiter chez eux, il s'était réellement senti menacé chaque fois qu'il posait les yeux sur son visage d'ange et son regard pétillant d'intelligence. Il ne faudrait sans doute pas longtemps à la petite peste pour deviner ce qu'il était et le démasquer. Aussi, quand elle l'avait découvert couché avec William, sa première idée avait été de la tuer et de l'enterrer au fond des bois. C'est en trouvant la lettre compromettante du capitaine qu'il avait compris qu'il existait un meilleur moyen de se débarrasser d'elle pour de bon et sans prendre de risque tout en gardant un atout dans sa manche. La suite des événements avait dépassé ses espérances : débarrassé à la fois de la petite et de Nell, il avait disposé du pavillon pour lui seul. Peu lui importait désormais que William veuille mettre fin à leur liaison, il était lui-même dégoûté de son alcoolisme et de ses jérémiades.

Depuis six ans, il nageait dans un bonheur parfait. Il se régalait de voir la maison se dégrader, Anne et William se raccrocher l'un à l'autre comme les épaves qu'ils devenaient, l'âge les enlaidir, leurs domestiques les déserter, leurs amis les fuir et la ruine les guetter. Pendant tout ce temps, il maintenait les jardins dans toute leur splendeur en sachant que le jour viendrait bientôt où ils lui appartiendraient.

Et voilà que ses beaux projets volaient en éclats !

Il empoigna la bouteille, avala une longue gorgée de rhum.

— Je ne partirai pas ! rugit-il. Tout est à moi, j'ai travaillé assez dur pour le mériter.

Il se leva en titubant, alla ouvrir la porte de la cuisine et regarda la grande maison au bout de l'allée. Il n'en distinguait que le contour, car les nuages cachaient la lune et aucune fenêtre n'était éclairée. Il fut un temps où la lumière brillait à toutes les fenêtres, il y avait des chevaux dans les écuries, du vin à la cave et des dizaines de serviteurs s'activaient. Il ne restait plus à l'intérieur que William et Anne avec le vieux Baines, plus qu'à moitié gâteux, qui faisait encore semblant de croire qu'il dirigeait tout. La veuve et sa fille ne venaient que pendant la journée et passaient la nuit chez elles.

Combien de soirées, été comme hiver, avait-il contemplé cette maison en rêvant de la posséder un jour ! Jamais il ne lui était venu à l'esprit que les deux minables, faibles et pusillanimes qui s'en disaient les maîtres changeraient à ce point, du moins pas avant qu'ils n'aient plus un sou et soient forcés de vendre. Il croyait bien les connaître, mais ce matin, ils l'avaient surpris. Fiers, résolus, sûrs d'eux-mêmes, ils avaient eu réponse à tout. S'il ignorait ce qui avait pu provoquer leur soudaine métamorphose, il savait qu'ils mettraient leurs menaces à exécution. Ils ne voulaient plus de lui.

— Je préfère foutre le feu à leur baraque plutôt que de me laisser vaincre par ces gens-là, grommela-t-il en avalant une nouvelle gorgée de rhum.

Le vent déchira tout à coup le voile de nuages et la lune illumina Briargate. Les formes blanches des statues de marbre dans la roseraie paraissaient le défier. Dans son esprit embrumé par l'alcool, l'idée du feu prenait corps peu à peu. La propriété ne vaudrait plus rien sans le château que ce foutu jeune snob de Rufus, trop occupé avec ses belles relations d'Oxford, ne se donnerait sûrement pas le mal de rebâtir. Mais elle aurait autant de valeur pour lui et lui coûterait encore moins cher ! Personne ne pourrait le soupçonner, on croirait à un accident, une bougie renversée, un charbon encore rouge tombé de la cheminée. Quant à lui, il serait au premier rang, déjà en train de lutter contre l'incendie lorsqu'on verrait les flammes des fermes voisines et que les imbéciles de paysans se précipiteraient pour participer aux secours.

Où allumer le feu pour être sûr qu'il prenne ? Mais oui, dans la bibliothèque ! Des journaux ou un livre abandonnés devant la cheminée suffiraient à déclencher l'incendie. En laissant la porte ouverte, le feu gagnerait l'escalier en moins de temps qu'il ne fallait pour le dire et les époux maudits seraient pris au piège ! Bien sûr, le vieux Baines couchait là-haut lui aussi, mais il était si mal en point qu'il ne servait plus à rien et personne ne le regretterait.

Il n'y avait plus à hésiter.

Quelques minutes plus tard, Albert se dirigea vers la maison en marchant dans l'herbe pour ne pas réveiller Anne et William. Il savait exactement ce qu'il allait faire. Baines fermait toujours les portes de l'intérieur, mais la souillon de veuve cachait une clef de la cuisine sous un pavé de la cour pour entrer le matin. Il allait passer par là, allumer le feu dans la bibliothèque et emprunter le même chemin pour sortir en refermant derrière lui avant de regagner le pavillon. De là, il aurait une vue imprenable sur l'incendie et pourrait arriver le premier sur les lieux – même s'il serait déjà trop tard pour le combattre efficacement.

— Il fait un bon vent ce soir, dit-il avec un ricanement malveillant en relevant son col. Ça attisera les flammes.

# 18

Sur la route, près du pavillon à l'entrée de l'avenue de Briargate, Matt Renton hésitait. Il avait passé la soirée à Chelwood chez un de ses amis fermiers, il était près de minuit, il faisait froid, le vent soufflait et il avait hâte de rentrer chez lui. Remonter l'avenue et contourner la maison constituait un raccourci d'autant plus tentant que le chemin normal, sensiblement plus long, le faisait passer à travers bois et pouvait être traître en pleine nuit, car il l'avait emprunté en venant et s'était couvert de taches de boue. Il hésitait surtout à cause d'Albert qui, s'il le voyait, se ferait un plaisir de lui tirer dessus à coups de fusil en prétendant ensuite avoir cru à l'intrusion d'un rôdeur. Mais le pavillon était plongé dans l'obscurité et Matt en déduisit qu'Albert dormait déjà et que, par conséquent, il ne risquerait rien à passer par là.

Matt avait maintenant trente-sept ans. Ses cheveux se raréfiaient et grisonnaient, il avait le visage recuit par le soleil et les intempéries, mais il était toujours aussi fort et leste que lorsqu'il avait épousé Amy quatorze ans plus tôt. La vie s'était montrée plutôt clémente à son égard. En dépit de mauvaises récoltes, il avait réussi à se maintenir la tête hors de l'eau et même à mettre de l'argent de côté. Il remerciait souvent le Ciel de lui avoir donné quatre robustes enfants et la meilleure épouse dont un homme puisse rêver.

Joe et Henry, ses jeunes frères, étaient revenus à la ferme trois ans auparavant, la tête basse et la queue entre les jambes. Londres ne leur avait pas réussi comme ils l'espéraient. Ils étaient arrivés maigres, le ventre creux et les poches vides. Avant de les accueillir, Matt les avait reçus fraîchement et sermonnés d'importance, bien qu'il ait été enchanté au fond de leur retour au bercail. Depuis, les deux garçons tenaient parole, travaillaient dur, se conduisaient bien et avaient chacun rencontré une fille solide qui serait plus tard une bonne épouse.

Mais Joe et Henry lui rappelaient toujours Hope, car ces trois-là étaient inséparables quand ils étaient petits. Matt n'arrivait toujours pas à croire qu'elle ait gardé le silence depuis six ans. Il croyait parfois qu'Albert l'avait réellement tuée, parfois qu'elle était enceinte au moment de sa fuite, peut-être qu'elle était morte en mettant l'enfant au monde. La plupart du temps cependant, il craignait qu'elle ne se soit mise dans une telle situation qu'elle ait trop honte pour revenir.

Même si Nell croyait toujours qu'Albert l'avait tuée, cela ne l'empêchait pas de continuer à espérer un miracle. À chacune de ses visites à la ferme, elle demandait s'il y avait eu des nouvelles de Hope. Rufus en faisait autant. Son éloignement dans un collège chic puis à l'université n'avait rien retranché à son attachement pour Hope. Matt souhaitait du fond du cœur leur donner un jour à tous deux de bonnes nouvelles.

Matt n'était qu'à quelques pas de la cour des écuries, il allait bientôt obliquer vers la barrière pour prendre le sentier conduisant au village, quand il entendit un bruit. Ce n'était qu'un léger cliquetis, comme si le vent déplaçait un petit objet sur les pavés, mais cela pouvait être aussi le bruit d'une clef dans une serrure et il se hâta de se cacher derrière le mur. L'oreille tendue, il se mit aux aguets. Le vent qui forcissait couvrait les autres bruits, mais son sixième sens avertissait Matt qu'il y avait quelqu'un tout proche. Un instant plus tard, cette impression se renforça quand il entendit un raclement de gorge et qu'il vit apparaître Albert.

Même s'il ignorait les habitudes de Briargate, Matt ne voyait aucune raison qui expliquerait pourquoi le jardinier sortait du château à une heure aussi tardive. À moins qu'il ne couche avec lady Harvey, ce qui était hautement improbable. Rufus répétait sans cesse qu'il haïssait Albert et sir William ne s'absentait pour ainsi dire jamais ces derniers temps. Mais, surtout, le comportement d'Albert était plus que suspect. Au lieu de descendre l'avenue vers le pavillon, il escaladait la barrière. Matt se serra davantage contre le mur et continua de le surveiller en se demandant où diable il allait. Curieusement, il reprenait bien le chemin du pavillon, mais en restant derrière la barrière. Plus étrange encore, il se retournait constamment pour regarder la maison.

— Il marche dans l'herbe pour qu'on ne l'entende pas, se dit Matt à mi-voix. Je parie qu'il mijote un mauvais coup.

Inquiet qu'on lui attribue un éventuel méfait commis par Albert si on le voyait raser les murs derrière la maison, Matt s'éloigna en hâte pour couper à travers le pré vers le sentier du village. En arrivant au bout, il se retourna machinalement et s'étonna de voir de la lumière à une des fenêtres du rez-de-chaussée. Il pensa d'abord que quelqu'un avait entendu du bruit et allumé une lampe avant de descendre vérifier que tout allait bien. Mais la lumière était jaune et une seule lampe ne pouvait pas éclairer avec autant d'intensité. D'un coup, il comprit.

— Il a mis le feu au château ! s'exclama-t-il. Voilà ce qu'il est venu faire, le salaud !

Une seconde à peine, il hésita sur la conduite à tenir. La première règle en cas d'incendie était de donner l'alarme, mais lady Anne, sir William et Baines étaient à l'intérieur et, le temps qu'il coure réveiller des hommes au village et revienne au château, ils risquaient de mourir brûlés vifs.

Il remonta à grandes foulées vers le château et, sentant maintenant l'odeur de l'incendie, il sauta par-dessus les haies et piétina les fleurs pour couper au plus court. Il n'était entré qu'une fois à l'intérieur, quand il était allé voir sir William après le départ de Nell, mais il se rappelait que le salon où on l'avait introduit occupait toute la largeur du château, de la façade à l'arrière, et avait des portes-fenêtres ouvrant sur le jardin. Un cri perçant émanant d'un étage lui fit forcer l'allure. Arrivé devant une porte-fenêtre, il vit des flammes provenant d'une pièce de devant. Sans hésiter, il s'empara d'un pot de fleurs sur la terrasse, brisa la vitre, traversa le salon en courant et ouvrit avec précaution la porte donnant sur le hall.

La gifle brûlante qu'il reçut en pleine figure fut pire que s'il avait ouvert la porte d'un four chauffé à blanc et la fumée lui piqua les yeux au point de l'aveugler. À l'évidence, l'incendie avait éclaté dans une pièce proche de la porte d'entrée. Les flammes qui consumaient déjà le tapis et le parquet du hall progressaient rapidement vers l'escalier. Matt referma derrière lui la porte du salon, respira profondément et, en évitant les flammes, se précipita vers l'escalier. Lady Anne hurlait quand il parvint sur le palier de l'étage. Vêtue de sa seule chemise de nuit blanche, elle était visiblement trop terrifiée pour descendre.

— C'est moi, Matt Renton, milady ! se hâta-t-il de dire de peur que, dans son désarroi, elle ne le reconnaisse pas. Je viens vous aider, mais montrez-moi d'abord où sont sir William et M. Baines.

— Je n'arrive pas à réveiller William, répondit-elle en sanglotant. J'ai essayé, mais je n'y arrive pas. Le soir, il prend des gouttes pour dormir et il est trop lourd pour que je le bouge.

— Y a-t-il de l'eau à l'étage ?

— Seulement dans les brocs pour la toilette. Nous allons tous mourir, n'est-ce pas ? dit-elle en sanglotant de plus belle.

— Non, je vais vous tirer de là. Maintenant, calmez-vous et montrez-moi où se trouve sir William.

La chambre où elle l'emmena, juste au-dessus du foyer de l'incendie, était déjà envahie par la fumée. Toussant, pleurant, Matt s'y fraya un chemin vers le lit, empoigna William comme un sac de pommes de terre, lui jeta sur la figure un plein broc d'eau et le traîna sur le palier.

— Réveillez-vous, sir William ! cria-t-il en le giflant. Il y a le feu, il faut vous lever et sortir le plus vite possible !

William ne réagit pas. Le grondement des flammes enflait de seconde en seconde, la chaleur devenait insoutenable.

— Réveillez-le, ordonna-t-il à Anne, qui restait penchée au-dessus de son mari. Je vais chercher Baines. Où est-il ?

— L'étage au-dessus, bredouilla-t-elle.

En retournant vers le grand escalier, Matt constata qu'il ne montait pas plus haut que le premier étage et que les flammes commençaient déjà à l'attaquer au rez-de-chaussée. Ils ne pourraient donc pas redescendre par là. Lady Anne lui dit où était l'escalier de service, mais elle était dans un tel état de désespoir de ne pas pouvoir réveiller son mari que Matt dut la prendre à bras-le-corps pour l'entraîner vers l'escalier et la laissa sur le palier pendant qu'il montait chercher Baines.

À demi asphyxié par la fumée, le vieux majordome s'efforçait d'enfiler son pantalon. Matt le chargea sur son épaule et redescendit sur le palier du premier étage où il avait laissé Anne. Comme elle n'y était plus, il pensa qu'elle était descendue et prit le même chemin, qui l'amena dans la salle des serviteurs que Nell lui avait souvent décrite, mais où il n'y avait pas trace de lady Anne. Il ouvrit d'un coup de pied la porte de la cuisine et déposa Baines dans la cour en lui disant de s'éloigner le plus vite possible.

Lorsqu'il remonta à la hâte l'escalier de service, il découvrit que le palier du grand escalier au premier étage était en feu et que lady Anne était prostrée sur le corps de son mari inerte. Ne sachant pas si elle s'était évanouie de terreur ou à cause de la fumée, Matt la prit dans ses bras et redescendit jusqu'à la cour, la déposa au bout des écuries où Baines, assis contre le mur, toussait comme un perdu.

La fumée avait maintenant envahi toute la maison et passait même sous la porte par laquelle Matt venait de sortir. On entendait à l'intérieur les crépitements et le rugissement des flammes. Il trempa son mouchoir dans l'eau d'un abreuvoir, s'en protégea de son mieux le nez et la bouche et rentra pour tenter de sauver sir William. Au premier étage, il entrouvrit avec précaution la porte du palier qu'il dut refermer aussitôt tant la chaleur était intense. Mais si bref qu'ait été son coup d'œil, il comprit qu'il était trop tard pour sauver sir William, dont les flammes engloutissaient déjà le corps. L'odeur de chair grillée lui donna une violente nausée et il comprit que s'il ne prenait pas immédiatement la fuite, il subirait le même sort.

— Joe ! cria Matt qui entra dans sa ferme en soutenant lady Anne d'un bras et Baines de l'autre. Saute à cheval et va prévenir le constable à Keynsham ! Toi Henry, va chercher le docteur !

Les deux frères, encore endormis, émergèrent de leur chambre à côté de la cuisine en enfilant leurs vêtements à la hâte.

— Qu'est-ce qui se passe ? demanda Henry en voyant avec stupeur lady Anne dans sa chemise de nuit couverte de boue.

— Albert a mis le feu à Briargate, sir Harvey est mort et ces deux-là ont de la chance d'en avoir réchappé. Il faut que j'aille tout de suite appeler des hommes pour essayer d'éteindre l'incendie.

Amy apparut alors dans l'escalier et se précipita aussitôt dans la chambre des garçons pour prendre deux couvertures.

— Vous êtes en sécurité maintenant, dit-elle en enveloppant Baines et lady Anne dans les couvertures et en les faisant asseoir. Je vais ranimer le fourneau et m'occuper de vous dans une minute.

Muets, hébétés, ils étaient tous deux dans un tel état de choc qu'ils ne savaient même pas où ils étaient.

Couchée dans un lit étroit et dur sous un plafond bas, Anne se croyait revenue dans le décor d'un de ses cauchemars d'enfant. Elle n'avait pas oublié comment elle se forçait à se réveiller, souvent même à se lever pour marcher autour de sa chambre, mais elle avait beau s'appliquer, le cauchemar revenait dès qu'elle refermait les yeux.

Ce cauchemar-ci était pire, il ne lui accordait aucun répit. Elle entendait le crépitement des flammes et sentait leur chaleur sur son visage, elle respirait l'âcre odeur de fumée, elle revoyait William étendu sur le palier, inerte. Il était mort par sa faute à elle. Si seulement elle avait été capable de retrouver un peu de lucidité quand Matt était venu les sauver ! Elle lui aurait tout de suite indiqué la chambre de William et l'emplacement de l'escalier de service. À eux deux, ils auraient pu traîner William pour le mettre en sûreté. Et puis, si elle n'avait pas forcé William à chasser Albert, il ne se serait pas vengé en mettant le feu. Fallait-il qu'elle soit idiote pour ne pas avoir prévu sa réaction !

Depuis trois jours, elle gisait là, dans ce petit lit dur entre des draps rugueux, continuellement rongée par le remords au point de ne plus avoir conscience du jour et de la nuit. Derrière la porte, elle entendait Amy et ses quatre enfants poursuivre le cours de leur existence. De temps en temps, lui parvenaient les échos d'une vie familiale normale, rires, bavardages, querelles. Elle sentait des odeurs de cuisine, entendait des cliquetis de vaisselle, le raclement de pieds de chaise sur le sol de pierre. Ces odeurs, ces bruits familiers lui paraissaient pourtant plus lointains, plus étrangers que si elle s'était trouvée transportée dans un pays inconnu où tout, la langue, les coutumes, le comportement des habitants, avait quelque chose d'effrayant.

Si elle n'avait jamais rencontré Amy jusqu'à ce que Matt l'amène à sa ferme, elle ne pouvait qu'admirer la bonté et le dévouement dont cette femme faisait preuve à son égard. Elle l'avait lavée comme si elle était un de ses enfants, avait pansé ses pieds en sang d'avoir fait tout le chemin sans chaussures et même prêté une de ses chemises de nuit. Et pourtant, elle n'avait pas encore été capable de la remercier ni de lui dire ce qu'elle éprouvait, encore moins de lui demander pourquoi elle sentait toujours l'odeur de la fumée.

Malgré son hébétude, elle avait conscience que Matt avait agi de façon remarquable. Non seulement il avait réussi à les sortir elle et Baines du brasier, mais il les avait pratiquement portés tous les deux car ils étaient incapables de marcher seuls. Sans prendre un instant de repos, il avait ameuté les hommes du village et repris le chemin de Briargate pour tenter de sauver la maison. La cause était perdue d'avance, hélas! Amy lui avait dit qu'armés de simples seaux d'eau et devant lutter contre le vent violent qui attisait les flammes, ils s'étaient acharnés en pure perte. Au matin, le château n'était qu'un tas de décombres fumants, car les murs eux-mêmes s'étaient effondrés.

La police recherchait activement Albert. On pensait qu'il avait dû voir Matt sortir Baines et lady Anne de la maison en flammes et avait fui, pris de panique. Selon Matt, la police de tout le comté étant alertée, son arrestation était imminente. Anne ne savait pas si elle le souhaitait vraiment. Le condamner ne ramènerait pas William à la vie ni ne lui rendrait Briargate, mais cela donnerait à Albert l'occasion de les traîner dans la boue, William et elle, à son procès. Le veuvage, la perte de sa maison et de toutes ses possessions étaient déjà assez difficiles à supporter sans y ajouter le scandale. Penser qu'il lui arrivait naguère de souhaiter la mort de William pour pouvoir vivre avec Angus la couvrait de honte. Comment avait-elle pu être aussi infâme ?

Son châtiment, elle le subissait maintenant. De fait, elle aurait préféré périr avec William dans l'incendie plutôt que d'affronter Rufus. Matt et Amy, d'autres peut-être croiraient sans doute qu'Albert n'avait voulu se venger que de son renvoi, mais Rufus ne se laisserait pas leurrer par une explication aussi simple. Il sentirait d'instinct que ce drame avait d'autres raisons moins évidentes et chercherait sans relâche jusqu'à ce qu'il obtienne les réponses à ses questions.

Un coup frappé à la porte tira Anne de sa léthargie. Pensant qu'Amy lui apportait encore une assiette de quelque chose qu'elle serait incapable de manger, elle parvint à esquisser un sourire poli. Or ce ne fut pas Amy qui apparut sur le seuil, mais Nell.

Elle ne put retenir un cri de surprise, non seulement parce qu'elle ne s'attendait pas à ce que Nell vienne la voir au bout de six ans, mais aussi parce qu'elle s'était complètement transformée. Sa robe bleu marine et son chapeau assorti lui donnaient une allure de bourgeoise aisée, elle était plus mince, comme affinée, et avait les cheveux toujours aussi noirs.

— Pardonnez-moi de vous avoir surprise, milady, mais je tenais à venir vous voir. Je vous ai souvent dit tout le mal que je pensais d'Albert, mais je n'aurais jamais cru qu'il oserait s'en prendre à sir William et à vous. J'en suis bouleversée.

Anne fondit en larmes, moins à cause de ce que Nell venait de dire que des souvenirs que son visage ranimait.

— Vous n'avez pas à vous excuser pour Albert, Nell. Si nous avions pris au sérieux ce que vous disiez de lui il y a des années, rien de tout cela ne serait arrivé, répondit-elle en sanglotant.

— Allons, allons, dit Nell en posant sur son front une main apaisante, comme elle l'avait toujours fait. Ne vous faites pas de reproches immérités, pensez d'abord à vous remettre sur pied.

— Je ne suis pas malade, Nell, dit Anne en lui prenant la main qu'elle porta à ses lèvres. Pas physiquement, du moins. Si je le suis, c'est dans l'âme. Je suis si heureuse que vous soyez venue !

Sachant que Nell avait dix ans de moins qu'elle, c'est-à-dire trente-huit ans, Anne s'étonnait qu'elle parût plus jeune et plus épanouie que lorsqu'elle était à Briargate. Une mauvaise pensée lui vint alors à l'esprit : serait-ce parce qu'elle était la maîtresse d'Angus ?

— Vous avez subi une épreuve terrible, dit Nell en s'asseyant près d'elle sur le lit, et je sais qu'un choc moral a des conséquences sur le corps. Mais nous devons avant tout vous emmener dans un endroit qui convient mieux à une dame de votre qualité. Vous vous remettrez mieux et plus vite si vous vous sentez un peu plus chez vous.

Anne eut honte d'avoir conçu des suppositions aussi peu fondées. Toujours aussi bonne et dévouée, Nell venait la chercher pour l'emmener chez Angus...

— Chère Nell ! Vous avez toujours su d'instinct ce dont j'avais besoin. Je ne mérite pourtant pas votre sollicitude.

— J'ai moi-même couché un moment dans cette chambre, je sais combien elle peut être bruyante, répondit Nell en souriant. Vous serez plus tranquille à Wick Hall. Mme Warren vous a préparé une chambre et vous a envoyé quelques vêtements en me chargeant de vous dire que vous serez toujours la bienvenue.

Anne sentit le ciel lui tomber sur la tête, mais elle parvint à dissimuler sa déception. Les Warren étaient ses voisins depuis toujours, pas des amis proches. Anne avait même été assez sèche avec Mme Warren au cours de leurs dernières visites.

— C'est trop gentil de sa part, répondit-elle. Je ne comprends pas pourquoi elle s'encombre de moi alors que je ne l'ai pas vue depuis un long moment.

— Les vrais amis sont toujours là quand on a besoin d'eux. Vous savez peut-être aussi qu'elle soigne ce pauvre M. Baines. Il a un peu repris, mais j'ai bien peur qu'il ne vous quitte bientôt, il s'affaiblit très vite.

Anne comprit que Nell était allée voir Baines à Wick Hall et qu'elle estimait inconvenant que la maîtresse de Briargate endurât des conditions spartiates à la ferme de son frère alors que le majordome reposait dans le confort. Elle devina aussi que Nell avait dû forcer la main de Mme Warren pour qu'elle lui offre l'hospitalité. Anne détestait se sentir l'obligée de quiconque et l'idée que Nell fût pour Angus plus qu'une gouvernante lui revint à l'esprit.

— Pauvre Baines! soupira-t-elle, car elle éprouvait pour lui une réelle affection. Quelle tristesse qu'il finisse ses jours ainsi!

— Il partira plus heureux s'il peut d'abord vous revoir, affirma Nell en sortant une robe noire d'un sac de voyage qu'elle avait laissé près de la porte. Mme Warren vous envoie ceci en attendant. Allons, levez-vous, je vais vous aider à vous habiller.

Porter des vêtements prêtés par charité la faisait frémir mais, en même temps, se laisser de nouveau habiller par Nell l'apaisait. Nell avait pensé à tout : jupon empesé, linge de corps et même des mules assez larges pour être portées par-dessus les bandages de ses pieds. Puis, une fois habillée, Nell lui brossa longuement les cheveux et les coiffa en un chignon seyant appuyé sur la nuque.

— Voilà, c'est mieux comme cela! dit Nell en ajustant son col ruché. Je retrouve ma lady, maintenant.

Touchée, Anne se dit qu'il était grand temps de présenter à Nell les excuses qu'elle lui devait depuis si longtemps.

— Pardonnez-moi, Nell, vous ne méritiez pas que je vous traite comme je l'ai fait. Mais dites-moi, le capitaine est-il un bon maître?

— Le meilleur du monde, répondit-elle en souriant. J'ai bien peur qu'il ne doive bientôt repartir. D'après ce qu'on dit, nous avons des problèmes avec la Russie en ce moment.

— Nos troupes n'iront sûrement pas aussi loin ! William m'avait parlé il y a quelques jours de querelles à propos de je ne sais quel sujet entre les Russes et les Turcs, mais cela n'avait pas l'air très grave.

— Je crois, pour ma part, que s'il y a des troubles dans le monde, notre armée a le devoir d'intervenir. Venez, le cocher des Warren nous attend. Matt et Amy iront dans quelques jours vous rendre visite là-bas et prendre de vos nouvelles.

— Comment était-elle ? demanda Angus quand Nell fut de retour en fin d'après-midi.

Il l'attendait dans le vestibule avec une impatience évidente. Le passage du temps s'était montré clément à son égard. À quarante-sept ans, Angus gardait la prestance du jeune homme que Nell avait vu pour la première fois et la touche de gris à ses tempes ne faisait même qu'accentuer sa distinction naturelle.

— Elle est moralement très secouée, répondit-elle en ôtant son chapeau. Mais à part ses pieds qui ont souffert de marcher sans chaussures de Briargate à la ferme de mon frère, elle est indemne.

— Venez vous asseoir au coin du feu et boire un verre de vin avec moi, dit-il en l'aidant à se débarrasser de son manteau. Avez-vous réussi à persuader Mme Warren de la recevoir ?

— Oui. Elle a été très gentille et a même préparé quelques vêtements pour la dépanner. C'est une personne foncièrement bonne.

— Et Baines ? Comment va-t-il ?

— Pas bien, le pauvre, mais il était très heureux de me revoir. J'espère qu'il finira par se rétablir avec du repos complet et une nourriture saine, car je crois qu'il n'a pas eu beaucoup de l'un et de l'autre ces derniers temps. En tout cas, je lui souhaite malgré moi de mourir paisiblement dans son sommeil, parce que les vieux serviteurs sans ressources comme lui n'ont pas d'autre perspective que l'hospice.

Angus lui prit le bras et la fit asseoir dans un fauteuil près de la cheminée.

— Vous ne finirez pas à l'hospice, voyons! lui dit-il d'un ton de reproche en lui versant un verre de vin.

— J'espère que non. Baines comptait finir ses jours à Briargate, lui. J'ai du mal à croire que la maison n'existe plus. J'ai regardé depuis un champ près du village d'où on la voyait distinctement et il n'y a plus rien. C'est inimaginable!

— Comment lady Anne s'est-elle comportée avec vous?

— Comme d'habitude, répondit Nell avec une moue désabusée. Elle m'a présenté ses excuses pour le passé, mais je crois qu'elle n'était pas très contente de me trouver aussi…

— Épanouie? compléta Angus en la voyant hésiter.

— Si vous voulez. Elle me jetait des regards soupçonneux. Peut-être aurais-je mieux fait de m'habiller d'une manière plus conforme à ma position.

— Vous êtes ma gouvernante, Nell, dit Angus en riant. Votre tenue doit refléter l'importance de votre position. Vous lui avez dit, j'espère, que j'ai aussi une femme de chambre et, grâce à vous, une maison où je suis fier de recevoir mes amis.

Nell rougit malgré elle. Si le capitaine la félicitait sans cesse de tout ce qu'elle faisait pour lui, sa personnalité chaleureuse transformait ses devoirs en plaisir. Au cours des deux premières années, elle avait entrepris tout ce qu'il fallait pour transformer une maison délabrée en résidence digne d'un gentleman. Elle avait badigeonné les murs, astiqué les sols, cousu les rideaux, bêché et planté le jardin et trouvé les artisans pour exécuter ce qui était au-dessus de ses forces ou de ses capacités. Elle ne recherchait pas de félicitations, elle était seulement trop heureuse d'avoir retrouvé un emploi stable et un travail absorbant qui l'empêchait de passer son temps à se lamenter sur l'inexplicable disparition de Hope.

Quand le capitaine revenait en permission, rien de ce qu'elle avait accompli en son absence ne lui échappait. Il souriait de contentement en découvrant les rangées de bocaux de conserve sur les étagères de l'office, il riait de plaisir en trouvant par une nuit froide son lit réchauffé par une brique chaude, il proclamait que les repas qu'elle lui préparait étaient dix fois meilleurs que les banquets officiels du mess des officiers et que personne au monde n'avait jamais mieux lavé, repassé et raccommodé ses vêtements. Il disait aussi que ses amis l'enviaient d'avoir une telle gouvernante, au point qu'ils étaient prêts à tout pour la lui voler s'ils en avaient l'occasion.

Nell se prétendait insensible à la flatterie, mais elle savait que ces compliments étaient sincères et ils lui redonnaient confiance en elle-même. Elle n'avait encore jamais eu la chance de montrer l'étendue de ses talents et sa vie entière s'était passée à recevoir des ordres. Aussi, avoir enfin la possibilité de faire preuve d'initiative la comblait. Albert, par exemple, ne la laissait pas même déplacer un meuble sans son autorisation et elle en était arrivée à se croire trop simple d'esprit pour que quiconque accorde la moindre valeur à ses opinions.

— Et maintenant, dit Angus, parlez-moi de que vous avez appris sur l'incendie. S'agissait-il vraiment de ce qu'on en dit ?

Ils avaient indirectement appris la nouvelle par une conversation entendue par Nell dans une épicerie de Keynsham. Horrifiée, elle était rentrée sans même finir ses courses, avait rapporté au capitaine le peu qu'elle savait et était aussitôt repartie pour son village natal de Compton Dando, où on la renseigna plus précisément. Là, elle apprit que sir William avait péri, que l'incendie avait été allumé par Albert et que la police le recherchait. Elle apprit aussi, non sans fierté, comment Matt avait courageusement sauvé Baines et lady Anne.

Angus l'avait empêchée de se précipiter à la ferme de son frère, où était réfugiée lady Anne, en disant qu'il valait mieux lui laisser le temps de récupérer un peu. Il lui avait aussi fait observer que certains esprits mal tournés pourraient croire que sa hâte à se rendre au chevet de son ancienne maîtresse révélait le malin plaisir qu'elle éprouvait à faire reconnaître qu'elle avait eu raison au sujet d'Albert.

— Amy n'a pu me dire que ce qu'elle savait, expliqua-t-elle. Si Matt n'avait pas surpris Albert sortant de Briargate juste avant que l'incendie se déclenche, on aurait cru à un accident. Dans les ruines de la bibliothèque, on a trouvé par terre les débris d'une lampe à pétrole. Lady Anne aurait pu oublier de l'éteindre avant de monter se coucher et un courant d'air aurait pu la renverser. Mais le policier qui menait l'enquête estime qu'Albert avait d'abord jeté sur le tapis les charbons encore rouges de la cheminée avant de renverser la lampe de manière à ce que le pétrole se répande. Peut-être même avait-il versé de ce combustible partout dans la pièce pour que les livres et les papiers s'enflamment mieux.

— C'est quand même bizarre, commenta Angus. Pourquoi avoir fait une chose pareille ? On dit dans le village que mettre le feu à une maison parce qu'on perd son emploi n'a pas de sens.

— Il semble que sir William et lady Anne lui avaient donné ce matin-là l'ordre de déguerpir. Albert devait être fou de rage, parce qu'il aimait les jardins au point de considérer qu'ils lui appartenaient. Il y avait beaucoup travaillé, c'est vrai, et s'imaginait sans doute qu'il passerait le restant de sa vie à les entretenir.

— D'après les rumeurs, il se conduisait effectivement en maître à Briargate. Pour quel motif l'ont-ils renvoyé ?

— Lady Anne m'a dit qu'ils ne supportaient plus sa présence, qu'Albert les harcelait depuis des années et qu'ils en avaient assez.

Nell n'avait pas eu le courage de l'interroger davantage à ce sujet, car lady Anne s'était mise à sangloter en disant que Dieu la châtiait de son adultère. Elle s'était aussi répandue en excuses de n'avoir pas cru Nell quand elle lui avait révélé que Hope était sa fille. Mieux valait donc s'abstenir de rapporter ces propos au capitaine.

— Peut-être aussi n'avaient-ils plus les moyens de le payer, dit Angus. Leurs difficultés financières n'étaient plus un secret pour personne. Et Rufus ? A-t-il été averti ?

— Le révérend Gosling lui a écrit pour lui apprendre la nouvelle. Il a aussi écrit aux sœurs de lady Anne. Ils vont sans doute tous arriver d'ici peu de temps.

— Quel âge a Rufus, maintenant ?

— Dix-neuf ans. Pauvre garçon ! Que va-t-il devenir ?

— Je crois savoir qu'il a reçu un assez bel héritage de son grand-père maternel. De toute façon, c'est un garçon intelligent qui a les pieds sur terre, il s'en sortira, bien que ce soit pour lui un choc brutal. Votre frère vous a-t-il dit quand doivent avoir lieu les obsèques ?

— Non, il n'en sait encore rien.

— La date sera sans doute décidée quand Rufus arrivera. D'ici là, espérons que la police mettra la main sur Albert. Il sera pendu pour ce crime, Nell, ce qui vous rendra libre de vous remarier.

— Oh, monsieur ! s'exclama Nell, horrifiée.

— Serait-ce aussi terrible ? dit Angus en souriant. Vous êtes une femme attirante, Nell, et vous avez toutes les qualités dont un homme puisse rêver chez une épouse. Vous êtes même encore assez jeune pour avoir un enfant.

— Ah non ! protesta-t-elle avec indignation. Je ne me remarierai pas. Je ne veux plus me retrouver sous la domination d'un homme !

— Allons, Nell ! Nous avons tous deux été victimes de l'amour, mais cela ne doit pas nous empêcher de faire une nouvelle tentative.

— Vous, vous le pouvez. Lady Anne est libre, désormais.

Elle regretta aussitôt d'avoir prononcé cette phrase alors que sir William n'était pas encore dans sa tombe et elle s'étonna qu'Angus n'ait pas relevé son incorrection.

— Je ne ressens plus d'amour pour elle, dit-il avec tristesse. La manière indigne dont elle vous a traitée m'a dévoilé une partie de son caractère que je ne supporte pas. Elle ne m'inspire plus maintenant que de la compassion, comme on peut en éprouver pour un vieil ami.

Depuis des années, Nell résistait à la tentation de lui apprendre que Hope était sa fille. Partager sa peine avec lui aurait contribué à l'adoucir et elle aurait sans doute pu le convaincre d'ordonner une nouvelle enquête. Elle s'était cependant toujours interdit d'y céder afin de ne pas trahir lady Anne en revenant sur sa promesse de garder le secret. Mais cette fois la tentation revint plus forte que jamais, car elle ne pouvait pas croire qu'Angus ait cessé d'aimer lady Anne.

Certes, il était ce qu'on appelait un «beau parti» et, dans la meilleure société de Bath et de Bristol, les maisons qui comptaient encore des filles à marier l'invitaient à l'envi. Il parlait volontiers en riant de ces femmes qui rêvaient de l'avoir pour chevalier servant mais, s'il se montrait galant, s'il ne dédaignait pas de flirter parfois avec elles et appréciait leur compagnie, il ne s'était jamais attaché à aucune d'entre elles.

Un soir où il avait bu plus que de raison, il avait confessé à Nell la profondeur de son amour pour Anne et avoué que la savoir mariée à un autre avait été pour lui une véritable torture. Avant la naissance de Rufus, il avait proposé à Anne de fuir avec lui en Amérique, mais elle avait refusé au prétexte que, croyait-il, elle tenait trop à son titre et à son château et ne concevait pas une vie privée de domestiques, d'argent, de bijoux et de luxueuses toilettes.

Nell n'était pas entièrement d'accord avec ce jugement sévère, car il fallait un courage exceptionnel pour supporter l'opprobre jeté par la société sur une femme qui quittait son mari. D'ailleurs, sir William n'était pas un homme brutal et cruel comme Albert, Anne l'avait aimé lui aussi. Nell avait pu le constater ce jour même quand elle lui avait décrit en sanglotant comment elle s'était vainement efforcée de le réveiller pendant que Matt sortait Baines de la maison en feu. «Tout est entièrement ma faute, avait-elle dit entre deux sanglots. Si j'avais eu la présence d'esprit de dire tout de suite à Matt où était l'escalier de service ou s'il avait pu sortir William pendant que je montais chercher Baines, il vivrait encore! J'ai été au-dessous de tout, Nell. J'étais paralysée par la panique, je me suis conduite comme une enfant apeurée. Et maintenant, j'ai perdu par ma faute mon meilleur ami.»

— Vous êtes-vous demandé si Hope reviendrait en apprenant qu'Albert a été arrêté? demanda Angus.

Sa question arracha Nell à sa rêverie et la fit sursauter.

— Quel rapport? Je ne vois pas pourquoi.

— J'ai toujours cru plus vraisemblable qu'Albert l'avait contrainte à quitter Briargate et qu'il ne l'avait pas tuée. Une fois enfermé, il ne pourra plus lui faire de mal, ni à vous non plus.

Une lueur d'espoir s'alluma dans le regard de Nell.

— Je n'y avais pas pensé de cette manière. Mais il se peut aussi qu'elle soit trop loin d'ici pour en entendre parler.

— Le meurtre d'un pair du royaume ne passe pas inaperçu, lui fit observer Angus. La nouvelle a paru dans le *Times* d'aujourd'hui et a eu même droit à plus d'espace que l'article sur la guerre imminente contre la Russie. Où qu'elle soit, Hope finira par l'apprendre.

## 19

— Si nous restons plus longtemps sur le pont, dit Bennett, nous serons transformés en blocs de glace.

— Voyons, docteur, l'air est plus sain ici qu'en dessous ! répondit Hope en souriant. À moins que tu ne cherches encore un prétexte pour me faire en cachette des choses inavouables ?

Elle n'avait pas envie de redescendre dans leur cabine exiguë, pas tout de suite du moins. Le vent, l'air du large, les embruns qui s'écrasaient sur le pont la grisaient autant que l'immensité de l'océan qui l'entourait à perte de vue. S'abstraire de l'espace bondé et confiné de l'intérieur du navire lui apportait aussi un bienfaisant répit. Elle ne comptait pas Bennett, bien sûr, parmi les gens qu'elle supportait mal de devoir côtoyer à chaque instant. Elle pouvait passer avec lui chaque heure, chaque minute de la journée sans jamais s'en lasser parce qu'il avait le don de deviner les moments où elle souhaitait un peu de tranquillité ou, au contraire, du bruit, du bavardage et de la compagnie. Hope considérait qu'elle avait le meilleur mari qui puisse exister dans le monde entier.

Il lui était pourtant arrivé de désespérer qu'ils se marient un jour, car quatre ans s'étaient écoulés depuis l'anniversaire de ses dix-huit ans quand il lui avait offert sa bague de fiançailles. Il lui avait annoncé ce jour-là qu'il envisageait de devenir médecin militaire, mais elle ne l'avait pas vraiment pris au sérieux. Or il avait tenu parole : six mois plus tard, il avait rejoint les rangs de l'illustre Rifle Brigade en qualité d'assistant chirurgien et elle avait même craint de le perdre, car son régiment se déplaçait si souvent qu'ils ne se voyaient pour ainsi dire plus. Après Winchester, il avait été affecté au Canada, puis en Afrique du Sud au moment de la guerre des Boers tandis que, de son côté, elle avait quitté St Peter pour exercer à l'hôpital général. Bennett lui écrivait constamment des lettres aussi empressées qu'amusantes qui accroissaient son amour pour lui. Mais le courrier était lent et capricieux, surtout depuis l'Afrique du Sud. Elle attendait parfois des semaines pour recevoir enfin six ou sept lettres en même temps.

Elle avait subi bien des moments de découragement au cours de ces quatre années. La solitude était pour elle une vraie souffrance, surtout pendant l'absence de Bennett au Canada et sa propre mutation à l'hôpital général où elle ne connaissait personne. À St Peter, elle avait au moins la compagnie des jeunes accouchées, dont certaines étaient devenues d'assez bonnes amies pour qu'elle aille leur rendre visite chez elles. À l'hôpital général, elle travaillait au service de chirurgie dont l'infirmière en chef, un dragon revêche, la morigénait à tout propos et les autres infirmières jalousaient ses connaissances médicales supérieures aux leurs.

En janvier, grâce à Dieu, Bennett était enfin revenu en Angleterre résolu à ce qu'ils se marient au plus vite. Son séjour en Afrique du Sud l'avait changé. Le teint hâlé, les cheveux blondis par le soleil, il était aussi devenu plus robuste à force de monter à cheval pour suivre son régiment. Il était surtout devenu plus sûr de lui. Ayant beaucoup appris de médecins plus âgés, il avait acquis l'expérience d'opérations délicates dans des conditions précaires et l'autorité nécessaire pour diriger seul un hôpital de campagne. Endurci par la vie militaire et ses responsabilités, il ne se souciait plus de l'opinion de son oncle sur la manière dont il devait mener sa vie.

Hope avait souvent vu le Dr Cunningham, à St Peter puis à l'hôpital général. À peine courtois au début, car il lui reprochait à l'évidence d'avoir poussé son neveu à quitter son cabinet, il s'était amendé peu à peu sous l'influence apaisante d'Alice et s'arrêtait volontiers bavarder avec elle pendant une de ses visites. Mais ce n'est finalement que depuis un an qu'il avait ouvertement reconnu ses qualités d'infirmière et admis que Bennett pourrait « faire pire » que de l'épouser. Hope aurait pu se vexer de cette dernière remarque si, lorsqu'elle voyait Alice pendant ses jours de congé, celle-ci ne lui avait pas révélé que le vieux médecin parlait souvent d'elle en termes élogieux. Hope devinait qu'il aurait quand même préféré que Bennett fasse un mariage flatteur qui lui aurait été utile mais, s'il le pensait, il n'en disait rien. Il avait même offert à Hope de quitter ses fonctions à l'hôpital et de venir s'installer à Harley Place jusqu'au mariage afin de veiller elle-même aux préparatifs de la cérémonie.

Ils s'étaient mariés au début de février, par une journée glaciale où la neige menaçait. Alice lui avait confectionné une ravissante robe rose tyrien au bustier à la dernière mode, avec une cape au capuchon doublé de fourrure. Il y avait eu peu d'invités, Alice et sa sœur Violet, le Dr Cunningham, bien sûr, et quelques vieux amis de Bennett, parmi lesquels Mary Carpenter. Hope aurait donné n'importe quoi pour avoir ses frères et sœurs auprès d'elle mais, comme c'était impossible, elle faisait de son mieux pour ne pas penser à eux.

Puisqu'ils devaient passer leur lune de miel dans la pittoresque villégiature de Lyme Regis, Bennett lui avait suggéré de s'arrêter au retour à Bath voir sa sœur Ruth et son mari. Si Hope leur expliquait tout, pensait-il, ils pourraient décider d'avertir le reste de la famille de sorte qu'Albert ne puisse pas se venger sur Nell. Mais une fois installée dans la confortable voiture du Dr Cunningham, enveloppée dans une couverture de voyage, une brique chaude sous les pieds et son mari contre qui se blottir, Hope était trop heureuse pour gâcher ce moment avec ce genre de préoccupations Elle était partie depuis maintenant tellement de temps que quelques semaines de plus ou de moins ne changeraient pas grand-chose à l'affaire.

Sa vie entière, si longue dût-elle être, Hope n'oublierait pas sa nuit de noces. Leur chambre, dans un charmant hôtel dominant la mer, était accueillante et douillette. Un grand feu flambait dans la cheminée, d'épais rideaux de brocart les protégeaient du froid, le grand lit à colonnes les invitait à s'étendre et une table était dressée pour leur dîner. Ils avaient bu du cognac en cours de route pour se réchauffer et, après avoir vidé à eux deux une bouteille de vin pendant le dîner, Hope était passablement éméchée. Elle se rappelait pourtant comment Bennett l'avait déshabillée en se battant avec les lacets de son corset et qu'elle était aussi impatiente que lui de faire l'amour.

Il avait couvert de baisers les marques rouges laissées sur sa peau par le corset en déclarant qu'elle ne remettrait plus cet instrument de torture jusqu'à la fin de leur lune de miel. Il lui avait dit aussi que, lorsqu'il était en Afrique du Sud, il passait ses nuits à rêver d'elle nue, mais que la réalité était mille fois plus belle que dans ses rêves les plus fous.

Elle avait craint d'être gênée et d'avoir mal, mais dès qu'il l'eut soulevée dans ses bras pour la poser sur le lit, ses appréhensions s'évanouirent. Trop doux et trop tendre pour lui faire mal, il était visiblement si heureux de lui prodiguer des caresses que le plaisir prit vite chez elle la place de la honte ou de l'embarras. Elle s'étonnait elle-même de se découvrir aussi sensuelle. Au début, elle avait eu peur que ses exigences lassent Bennett, mais comme sa passion croissait à mesure qu'elle en redemandait, elle ne chercha plus à se dominer et s'abandonna totalement au bonheur qu'ils se donnaient l'un l'autre.

Elle aimait aussi de rappeler que, s'étant réveillée avant Bennett le lendemain matin, elle s'était d'abord sentie désorientée, n'avait pas su où elle était. Elle lui dit ensuite qu'elle avait eu l'impression de mourir pour se réveiller au paradis. Le grand lit doux et chaud, le silence de la maison, le bruit du ressac sous la fenêtre, tout concourait à créer l'atmosphère d'un bonheur parfait. Ce qu'elle ne lui dit pas, cependant, c'est qu'elle l'avait observé pendant qu'il dormait. Ses traits qui, dans l'éveil, paraissaient parfois sévères s'adoucissaient jusqu'à lui rendre un visage presque juvénile. Les fines pattes-d'oie gravées autour de ses yeux par le chaud soleil de l'Afrique donnaient l'impression qu'un sourire permanent lui plissait les yeux. Sa bouche, que ne cachait plus sa moustache rasée, semblait appeler le baiser.

Jusqu'à ce moment-là, elle croyait qu'elle haïrait Albert jusqu'à la fin de sa vie, mais elle avait soudain pris conscience que sans sa cruauté, elle n'aurait jamais rencontré Bennett et que cette brute était, en un sens, l'initiateur de son bonheur. Le temps n'avait pourtant pas effacé l'horreur de cette période de sa vie. La faim, la crasse, le désespoir avaient laissé une trace indélébile dans sa mémoire. Elle revoyait comme si c'était hier Betsy et Gussie dans les griffes de la terrible maladie, elle revivait le soulagement qu'elle avait ressenti lorsque Bennett était arrivé. Plus tard, elle avait appris qu'à Bristol seule une poignée de médecins s'était révélée assez brave et altruiste pour soigner les victimes du choléra. Si Bennett n'avait pas l'allure d'un héros, il l'était par son courage et parce qu'il mettait ses connaissances médicales au service de ceux qui en avaient besoin plutôt que pour faire avancer sa carrière. Si jamais elle revoyait Albert, elle le « remercierait » de lui avoir permis de rencontrer un tel homme en la chassant de Briargate.

Le matin, tout en couvrant son mari de regards enamourés et admiratifs, Hope se demandait quelle vie ils mèneraient ensemble. Après leur semaine de lune de miel, ils devaient s'installer à Winchester dans un logement militaire. Alice s'était chargée de lui constituer une garde-robe que Hope jugeait extravagante : quatre robes pour la journée, deux pour le soir, un monceau de jupons et de sous-vêtements emballés, avec un chaud manteau d'hiver, dans une malle toute neuve. À ses protestations les plus véhémentes, Alice avait rétorqué que sa position exigeait un train de vie approprié. Pas aussi ostentatoire que celui des femmes d'officiers, peut-être, car si Bennett avait ce rang, il était non combattant donc moins considéré, mais son épouse devait se distinguer des femmes des sous-officiers et des hommes de troupe. Et comme elle allait aussi avoir une domestique, elle devait apprendre à se comporter comme si elle en avait eu toute sa vie.

Hope avait pouffé de rire. Elle était incapable de s'imaginer donner à une autre l'ordre de laver son linge, de faire la cuisine ou de nettoyer derrière elle. Alice avait dû lui préciser que sa servante serait la femme d'un homme de troupe et que si elle ne faisait pas dès le début preuve de fermeté, celle-ci exploiterait sa faiblesse, elle deviendrait vite la risée de la garnison et le ridicule rejaillirait sur son mari. C'était l'argument le plus convaincant qu'elle avait pu avancer.

Les quelques jours suivants apportèrent à Hope le sentiment d'avoir franchi une étape décisive et d'être devenue une vraie femme. Ses nouvelles robes lui donnaient confiance en elle et la dignité raffinée qu'on pouvait attendre d'une femme de médecin lui venait le plus naturellement du monde. Seule sa sensualité la déconcertait. Que ce soit en déjeunant au restaurant ou en marchant le long du bord de mer, elle ne pensait qu'à faire l'amour. Dès qu'ils étaient à l'abri des regards indiscrets, elle se serrait contre Bennett et l'embrassait à perdre haleine. S'ils sortaient de leur chambre ne serait-ce qu'une heure, ils n'avaient qu'une hâte, c'était d'y retourner.

— Crois-tu que tous les couples mariés sont comme le nôtre ? demanda-t-elle à Bennett le dernier soir de leur lune de miel.

Devant partir pour Winchester le lendemain matin, ils n'avaient aucune envie de se coucher, du moins pour dormir, comme si c'était leur dernière occasion de faire l'amour.

— Certains peut-être, répondit-il avec un large sourire. Mais je ne connais pas beaucoup d'officiers qui aient autant de chance que moi. Leurs femmes me donnent l'impression d'éviter par tous les moyens de remplir ce qu'elles appellent leur devoir conjugal.

— Eh bien moi, mon mari chéri, j'espère que les ressorts de notre lit ne grinceront pas, car je compte user et même abuser tous les jours de mes plaisirs conjugaux !

— Ne le répète surtout pas ! dit-il d'un ton faussement sévère. Ces femmes sont de redoutables saintes-nitouches, je ne voudrais pas qu'elles disent du mal de toi.

Hope rappela à Bennett cette dernière conversation pendant qu'ils contemplaient l'océan sur le pont du navire. Atterrée par l'étroitesse des couchettes de leur cabine, elle n'avait pourtant pas l'intention de dormir seule dans celle qui lui avait été attribuée.

— Crois-tu au moins que nous aurons un lit là où nous allons ? J'ai entendu dire que nous coucherions sous des tentes.

— C'est bien possible, répondit-il. J'ai vu qu'on en chargeait de grandes quantités à bord, mais j'ai pris la précaution d'emporter deux lits de camp pour nous. De toute façon, cette campagne sera vite expédiée. Personne, même parmi les officiers supérieurs, ne sait exactement où nous allons. J'ai entendu parler de Malte ou de Constantinople, mais ce que nous y ferons au juste reste un mystère.

Depuis des mois, la presse se répandait en articles plus ou moins fantaisistes sur les troubles qui avaient éclaté entre Russes et Turcs. Avant même le retour de Bennett en janvier, on disait que l'Angleterre et la France soutiendraient la Turquie si une guerre devait éclater. Les Anglais craignaient que les Russes ne prennent le contrôle de la mer Noire, qui était pour eux une route commerciale de première importance, et l'opinion unanime estimait qu'il était temps d'infliger une bonne raclée à la Russie, quel qu'en soit le prétexte dont nul ne se souciait.

Pendant leur lune de miel, Bennett avait dit que la Rifle Brigade pourrait être envoyée en Orient et lui avec, mais il ne s'attendait pas que cela survienne aussi vite. Ils avaient à peine eu le temps de rejoindre Winchester quand il avait reçu l'ordre d'embarquer à Portsmouth quelques jours plus tard.

— Crois-tu vraiment que la guerre éclatera ?

Hope était trop émerveillée pour éprouver de l'inquiétude. Jusqu'alors, elle ne connaissait que Bristol et la seule mer qu'elle eût jamais vue était la mer d'Irlande. Elle avait peine à croire qu'elle voguait sur le *Vulcain*, un paquebot à vapeur avec huit cents hommes à bord, qui longeait les côtes de France et d'Espagne avant de s'engager dans la Méditerranée par le détroit de Gibraltar.

— J'espère sincèrement que nous pourrons l'éviter, répondit Bennett d'un air soucieux. Quarante ans se sont écoulés depuis Waterloo, le duc de Wellington est mort et j'ai bien peur que les officiers censés diriger l'opération sans s'être jamais battus n'aient aucune idée de la stratégie à appliquer ni même de la manière de mener une vraie guerre puisqu'ils ne se sont jamais battus. Les hommes de la Rifle Brigade sont des tireurs d'élite hautement compétents et se sont aguerris lors du conflit contre les Boers. Mais avec des pitres d'aristocrates comme lord Cardigan et lord Lucan à la tête de nos troupes…

Il s'interrompit de peur d'en dire trop. Les journaux portaient aux nues Cardigan, pourtant considéré comme le général le plus arrogant et le plus stupide de l'armée britannique. Il s'était ridiculisé en se battant en duel, il faisait fouetter ses hommes, accablait ses officiers de brimades, mais il échappait aux sanctions sévères qu'il méritait grâce à sa position sociale et à ses alliances. Quant à lord Lucan, son beau-frère, il était dépourvu de toute humanité. Pendant la campagne d'Irlande, il avait fait fermer les hospices au plus fort de la famine pour économiser sur la nourriture des indigents. Il était de notoriété publique que les deux beaux-frères se haïssaient cordialement, ce qui n'augurait rien de bon pour les troupes placées sous leurs ordres.

— Qu'y a-t-il, mon chéri ? s'inquiéta Hope de sa mine pensive.

— Rien, rassure-toi, sauf que j'estime que le pays ne traite pas ses défenseurs comme il le devrait. J'ai bien peur que les femmes de soldats qui n'ont pas pu accompagner leurs maris ne se retrouvent sans ressources et ne soient condamnées au dépôt de mendicité, soupira-t-il. Cherches-en une à bord que tu puisses engager, elle sera enchantée de gagner de l'argent. Mais choisis-en une qui soit propre et honnête.

Le navire roulant et tanguant sur les flots agités de l'océan au large des côtes de France et dans la traversée du golfe de Gascogne, le mal de mer frappait la plupart des passagers. Bennett et Hope faisaient partie de la minorité assez heureuse qui y avait échappé, ce qui donna à Hope l'occasion de prodiguer ses soins aux hommes de troupe et à leurs épouses et de faire ainsi leur connaissance.

C'est sur Queenie Watson que Hope fixa son choix, moins pour son honnêteté et sa propreté que pour sa vitalité et son moral d'acier. Afin d'éviter les aléas du tirage au sort qui permettait de déterminer quelles femmes auraient le droit d'accompagner leurs maris, le sien l'avait entraînée à faire l'exercice. Costumée en soldat le matin de l'embarquement, marchant du même pas que les autres et la mine aussi martiale, Queenie avait embarqué sans difficulté. Démasquée juste avant l'appareillage, elle n'avait dû qu'à l'intercession de l'épouse du commandant de compagnie de ne pas être débarquée.

En apprenant cette aventure, Hope devina que cette femme lui plairait et ne fut pas déçue. Rousse, les traits accusés, Queenie avait l'air de défier le monde entier et, mieux encore que du courage, un bon sens de l'humour. Puisqu'elle devait supporter une autre femme pour une longue période, Hope tenait au moins à ce que sa compagnie fût distrayante.

Le 7 avril, au bout de six semaines de navigation, ils accostèrent à Scutari en Turquie. Ils avaient auparavant fait une longue escale à Malte puis à Gallipoli, où ils furent informés que l'Angleterre et la France avaient déclaré la guerre à la Russie. Mais ils ignoraient encore leur destination finale. De nouvelles rumeurs couraient tous les jours, selon lesquelles le théâtre des opérations se situerait quelque part entre Odessa et le Danube.

Hope avait déjà une idée assez précise des épreuves qui attendaient les femmes de militaires en campagne. À Malte, Bennett et elle avaient été logés dans une chambre de caserne à peine moins sordide que son galetas de Lamb Lane. À Gallipoli, il n'y avait que des tentes et ils avaient dû coucher par terre, les lits de camp dont Bennett s'était muni ayant disparu. L'eau était rare et il fallait parcourir de longues distances pour ramasser du bois et le rapporter au camp afin de faire la cuisine. La chaleur était si écrasante que nombre d'hommes souffraient d'insolations ou d'évanouissements. En débarquant à Scutari, ils n'eurent droit qu'à une seule mule pour porter leurs bagages. Mais Hope ne se plaignait ni de marcher ni d'avoir chaud tant qu'elle restait avec Bennett, qui s'inquiétait d'une rumeur selon laquelle les femmes d'officiers seraient renvoyées à Malte jusqu'à la fin des hostilités. Après avoir prodigué ses soins aux hommes tombés malades à Gallipoli et soigné une grave coupure à la main de lady Errol, épouse d'un colonel, Hope estimait avoir assez prouvé sa valeur d'infirmière pour espérer bénéficier d'une exception si la nouvelle était avérée, mais rien n'était moins sûr.

À première vue, la caserne turque affectée à la brigade comme quartier général fut une bonne surprise. Solide bâtiment de trois étages au milieu d'une vaste cour aux murs d'enceinte flanqués de tours, sa position sur une éminence dominant un embarcadère et les flots bleu turquoise de la mer donnaient une impression des plus favorables. Mais les hommes de l'escouade envoyés en reconnaissance en sortirent quelques secondes plus tard, plus verts que leurs uniformes, en déclarant n'avoir jamais de leur vie rien vu de plus répugnant. Sachant qu'ils étaient presque tous originaires de quartiers aussi peu engageants que Lewins Mead, ce devait en effet dépasser l'entendement.

En qualité de chirurgien, Bennett fut chargé de diriger une inspection détaillée, dont il revint atterré. Les hommes n'avaient pas exagéré : les égouts bouchés inondaient la cour et l'intérieur grouillait d'une pourriture et d'une vermine indescriptibles. Comme il n'était pas question que la brigade s'y installe sans un nettoyage préliminaire qui exigerait du temps, un camp fut dressé assez loin pour se préserver des miasmes pestilentiels qui en émanaient.

Bennett n'était pas lui-même ce soir-là. Il refusait de manger et ne sourit même pas quand Hope lui rappela une de leurs promenades au cours de laquelle il lui avait dit qu'il aimerait camper à la belle étoile.

— Qu'est-ce qui t'inquiète, mon chéri ? lui demanda-t-elle. Que je sois obligée d'aller à Malte ?

— En partie, oui. Je préférerais pourtant que tu retournes en Angleterre plutôt qu'à Malte.

— Mais ce n'est pas tout, n'est-ce pas ?

— Hélas non ! soupira-t-il. Cet abominable taudis doit devenir l'hôpital central pour la durée des hostilités. Les hommes réussiront à le nettoyer, mais nous n'avons pas de lits, ni de couvertures, ni même de médicaments et j'ai bien peur que les malades et les blessés ne le remplissent longtemps avant que les fonctionnaires en Angleterre se décident à nous envoyer l'équipement et les provisions indispensables.

— Parce que tu crois qu'on va bientôt se battre ?

— J'ai entendu dire aujourd'hui que nous devons prendre la redoute de Sébastopol en Crimée. C'est cela qui m'inquiète le plus. Je ne suis qu'un modeste chirurgien, mais si je commandais ces troupes, je penserais avant tout à reconnaître l'endroit. Peu d'entre nous savent même où il se trouve et personne n'a la moindre idée de l'état de ses défenses. Les uniformes de nos hommes sont inadaptés à ce climat, nos approvisionnements sont insuffisants, nous ne disposons que d'une partie du matériel médical dont nous avons besoin et rien de ce que j'ai vu jusqu'à présent ne peut servir d'ambulance.

— Tu t'inquiètes trop, le rassura Hope en lui donnant un baiser. Lady Errol m'a dit que nous allons bientôt partir pour une ville qui s'appelle Varna en Bulgarie et que des renforts nous y rejoindront. L'équipement qui manque arrivera sûrement avec eux.

Le 25 mai, jour anniversaire de la reine Victoria, lord Raglan, commandant en chef des troupes britanniques, arriva à Scutari. Quelques jours plus tard, Hope et Bennett s'embarquèrent à destination de la Bulgarie. Il avait été confirmé entre-temps que les renforts attendus les y rejoindraient ainsi que le corps expéditionnaire français.

Vu du large, le port de Varna paraissait pittoresque au possible. Mais plus on s'approchait de la côte, plus la brise apportait jusqu'au navire des odeurs fétides.

— Je ne me plaindrai jamais plus de rien en Angleterre, murmura Bennett à l'oreille de Hope. Ni des rues crasseuses, ni des mendiants, ni des taudis, ni même des hôpitaux. Dès que nous serons rentrés, je nous chercherai un joli cottage près de la mer et je ne soignerai plus que des patients riches.

La brigade ne s'attarda pas dans la ville et, aussitôt débarquée, alla dresser ses tentes près d'un lac aux eaux apparemment limpides. Les jours suivants, du haut d'une colline dominant le camp, Hope passa des heures à regarder le convoi ininterrompu des navires qui entraient au port et les troupes qui en débarquaient. La diversité des uniformes l'enchantait, des Écossais en kilt aux fantassins en tunique rouge et pantalon blanc aux hussards en dolman bleu et culotte rouge. Elle vit que les Français n'avaient rien à leur envier et jugea même que les soldats de l'empereur Napoléon III paraissaient mieux équipés et, surtout, mieux organisés que les Britanniques.

Sa fascination pour ce spectacle permanent finissait cependant par s'émousser et, sans Queenie, elle se serait sentie très seule. Bennett faisait partie d'une équipe médicale anglo-française qui supervisait l'aménagement de l'hôpital municipal de Varna. Il en revenait toujours plus découragé, car l'état du bâtiment était encore pire que celui de la caserne de Scutari. Queenie, au moins, réussissait à la consoler de ces déconvenues. Elle lui rappelait Betsy par son caractère irrévérencieux et son inépuisable vitalité. Si elle n'avait aucune notion de l'hygiène ni des principes élémentaires de la cuisine, elle était sans rivale pour la récupération et dénichait tout ce dont Hope avait besoin. Et surtout, elle était amusante et toujours de bonne compagnie.

— L'eau est affreusement boueuse, observa Hope avec dégoût.

Queenie et elle allaient laver du linge à la rivière. Elles étaient à Varna depuis un mois et l'afflux de milliers d'hommes rendait de plus en plus exigu le camp qui leur avait paru agréable au début.

— Pas étonnant, avec tous ces maudits canassons qui viennent boire en traînant leurs sabots dans l'eau. Ces snobs de cavaliers qui se prennent pour des gentlemen pourraient au moins leur apprendre les bonnes manières.

Hope ne put s'empêcher de rire.

— Je ne crois pas qu'ils y arriveraient, mais ils pourraient quand même faire boire leurs chevaux en aval pour nous laisser l'eau propre. À condition que d'autres ne viennent pas y jeter leurs ordures.

En dépit des mises en garde de Bennett, qui avait fait remarquer que le lac était entouré de marais où les moustiques proliféraient, la rivière servant de déversoir, limpide à leur arrivée, était maintenant une sorte d'égout. Hope et lui craignaient que les soldats, qui en buvaient sans précaution, ne contractent des maladies plus sérieuses que les simples diarrhées dont souffraient la plupart d'entre eux.

Pourtant, un mois plus tard, le pire survint : le choléra.

Pour l'instant, on ne signalait des cas que dans le camp des Français et les Anglais avaient déjà déplacé le leur plus haut par mesure de précaution, mais l'apparition du fléau faisait régner une inquiétude générale. Hope, qui connaissait mieux la maladie que quiconque dans son entourage, en avait très peur. Sans mesures de prévention draconiennes, les victimes risquaient d'être plus nombreuses que dans les batailles les plus sanglantes. Comme elle en connaissait personnellement un bon nombre, ces victimes ne seraient pas pour elles des inconnus, comme les malades de St Peter, mais presque des amis, trop jeunes en tout cas pour une mort aussi inutile et aussi atroce.

La température ne cessant de monter en juillet, le nombre des malades s'accrut de façon alarmante parmi les Anglais et les Turcs. Entre la crainte de la maladie, le climat hostile et l'attente interminable des combats qu'ils étaient censés livrer, le moral des hommes était au plus bas. Malgré les efforts quasi surhumains des équipes médicales pour tenter d'enrayer l'épidémie, près de quatre cents hommes périrent en juillet, presque le double en août.

— Il faut te reposer aujourd'hui, décida Bennett un matin de la fin août. Si tu tombais malade, j'en mourrais. Quand Queenie arrivera, allez toutes les deux passer la journée dans un endroit à l'ombre.

Agenouillé près du lit de camp de Hope, il posait avec inquiétude une main sur son front qu'il trouvait brûlant.

— Mais je ne peux pas! protesta-t-elle. On a besoin de moi.

— Tu sais aussi bien que moi que ces malheureux mourront avec ou sans nos soins. Moi, je ne peux pas vivre sans toi. Tu es épuisée, tu dois te reposer. Ordre du médecin.

Elle savait qu'il était inutile de discuter quand il parlait sur ce ton. Elle devait aussi admettre que la perspective d'une journée de détente ne lui déplaisait pas. Pourquoi ne pas en profiter pour pique-niquer avec Queenie dans les bois tout proches?

Elles se mirent en route avant que le soleil ne soit trop chaud, munies d'un panier de pique-nique, d'une couverture et d'une grande fiasque d'eau pure. Elles choisirent un endroit assez éloigné du camp pour que les bruits ne leur en parviennent que très assourdis et le couvert des arbres leur dispensa une agréable fraîcheur.

Après avoir bombardé Hope de questions sur sa vie, auxquelles elle répondit de son mieux sans dévoiler ses secrets, Queenie lui raconta la sienne. Puis, leur déjeuner avalé, les deux femmes s'étendirent côte à côte sur la couverture où elles ne tardèrent pas à s'assoupir.

Une voix d'homme réveilla Hope en sursaut. Encore à moitié endormie, elle ne bougea qu'au moment où elle entendit une autre voix et des craquements de brindilles tout proches. En ouvrant les yeux, elle vit deux hommes qui les regardaient. D'après leurs costumes et la langue qu'ils parlaient, il s'agissait de deux Turcs. Mais si elles ne comprenaient pas ce qu'ils disaient, leur ton surexcité et leurs regards étaient assez éloquents pour deviner leurs intentions.

Elle s'assit aussitôt, secoua Queenie pour la réveiller.

— Nous sommes anglaises. Mon mari est officier dans l'armée, dit-elle en montrant le camp en contrebas.

Queenie comprit immédiatement la situation et se leva d'un bond.

— Foutez le camp ! cria-t-elle. Allez, filez !

Les deux hommes ricanèrent. Hope se pencha sur le panier du pique-nique comme pour ranger les couverts et glissa un couteau dans sa manche. Pendant ce temps, Queenie lançait une bordée des jurons les plus imagés de la langue anglaise. Les deux hommes parurent hésiter, mais certaines injures avaient dû percer leur entendement car leurs mines s'assombrirent et ils se ruèrent à l'assaut. L'un d'eux empoigna Queenie à bras-le-corps, l'autre happa le bras gauche de Hope et la poussa contre un arbre. Une seconde plus tard, Queenie était plaquée au sol, son agresseur à califourchon sur elle, tandis que l'autre maintenait toujours Hope le dos contre l'arbre. Elle comprit aussitôt qu'il avait l'intention de regarder son compagnon violer Queenie avant de lui faire subir le même sort.

Tandis que Queenie se débattait en hurlant, Hope parvint discrètement à sortir le couteau de sa manche. Et quand l'autre, excité par le spectacle, la lâcha pour soulever sa jupe avant de se ruer sur elle, elle n'eut qu'à lever la main pour le lui planter dans le flanc.

Avec une expression de stupeur presque comique, l'homme tituba en essayant de tirer sur le couteau enfoncé jusqu'au manche. L'espace d'une seconde, tout parut se dérouler au ralenti. L'agresseur de Queenie s'efforçait en vain de lui écarter les cuisses, l'autre d'arracher le couteau. Hope vit qu'il allait y parvenir et qu'il retournerait l'arme contre elle tandis que son complice violerait Queenie.

Jusqu'à cet instant, elle avait eu peur mais, d'un coup, sa peur se mua en fureur. Elle n'était pas venue d'Angleterre pour se laisser tuer ou violer par un de ces Turcs que les armées de la reine étaient censées défendre. Avec un rugissement de fauve, elle se rua sur l'homme, lui arracha le couteau et le fit tomber à coups de pied.

— Bravo ! lui cria Queenie qui se débattait toujours. Venez crever la peau de l'autre salaud, maintenant !

Hope n'eut pas besoin d'encouragements. Elle agrippa le violeur par les cheveux, le releva et pressa la pointe du couteau sur sa gorge.

C'est alors qu'un bruit de course résonna dans le sous-bois. Sans lâcher son prisonnier, elle se détourna le temps de voir trois hussards qui se précipitaient dans leur direction. Les cavaliers prirent aussitôt la situation en main. L'un d'eux assomma d'un coup de poing le violeur frustré de Queenie, l'autre se pencha sur l'homme qui gisait à terre et qui gémissait en se tenant le flanc pendant que le troisième aidait Queenie à se relever.

— Nous allons vous accompagner à notre camp, dit ce dernier à Hope. Mais pouvez-vous d'abord vous débarrasser de ce couteau ? J'avoue qu'il me fait un peu peur.

En chemin, le secourable hussard leur posa quelques questions. Derrière eux, les deux autres tenaient fermement les Turcs.

Queenie se chargea des explications. Trop choquée pour parler, Hope n'arrivait pas à croire qu'elle avait enfoncé un couteau dans le corps d'un homme et qu'elle aurait tranché sans hésiter la gorge d'un autre si elle n'avait pas été interrompue.

— Je vais vous emmener chez le capitaine, dit le hussard. Nous nous occuperons de ces individus, soyez tranquilles.

Luttant contre son envie de fondre en larmes, Hope aurait préféré rester seule avec Queenie au lieu de devoir se confier à un inconnu, mais elle était assez au courant des règlements militaires pour savoir qu'un incident de cette gravité devait faire l'objet d'un rapport circonstancié aux autorités.

Le hussard les escorta entre les rangées de tentes jusqu'à celle d'un officier qui écrivait, assis à une table. Il leur tournait le dos mais, quand il se retourna et qu'elle le vit de face, Hope sentit ses jambes se dérober sous elle.

Elle avait dû perdre connaissance, car lorsqu'elle revint à elle, elle était couchée par terre. Agenouillé à côté d'elle, le hussard glissait un coussin sous sa tête tout en parlant à l'officier.

— Ne bougez pas, lui dit celui-ci en la regardant dans les yeux. Vous vous êtes évanouie et vous êtes encore en état de choc. Votre mari est chirurgien, je crois. J'envoie quelqu'un le prévenir.

— Si je peux me permettre, capitaine, intervint Queenie, elle aurait grand besoin d'une goutte de rhum ou de cognac. Je n'en refuserais pas moi-même, ça me ferait du bien.

Hope en avait le plus grand besoin, en effet. La dernière chose au monde à laquelle elle s'attendait, c'était de tomber à l'autre bout du monde sur un tel souvenir de Briargate. Se trouver face à face avec le capitaine Angus Pettigrew lui avait causé un choc cent fois plus violent que de se découvrir capable de poignarder un homme.

Certes, elle pensait souvent à Nell et au village, mais ses souvenirs s'étaient estompés avec le temps et le visage du capitaine les ravivait presque douloureusement. Il était aussi beau que dans ses souvenirs et, en femme adulte qu'elle était devenue, elle comprenait maintenant pourquoi lady Anne avait pris de tels risques à cause de lui. Pourquoi n'avait-elle pas pensé que le hasard les mettrait tôt ou tard en présence ? Elle savait pourtant qu'il était officier de cavalerie…

Elle avait hâte de s'éloigner de peur qu'il ne la reconnût, mais cette pensée lui parut aussitôt ridicule. Un homme comme lui n'aurait certainement pas fait attention à une servante, encore moins une simple fille de cuisine qui n'avait que douze ans à l'époque.

— Je vais mieux, je vous remercie, dit-elle en s'asseyant.

Le capitaine lui prit la main pour l'aider à se relever et insista pour qu'elle s'asseye sur sa chaise. Son ordonnance arriva avec deux verres d'alcool pour Queenie et elle. Encore trop choquée pour parler intelligiblement, Hope laissa Queenie raconter leur mésaventure.

— C'était drôlement futé d'avoir pensé à prendre le couteau dans le panier et à le glisser dans sa manche, conclut-elle d'un air ravi. Je l'avais vue faire du coin de l'œil, mais j'aurais pas cru qu'elle aurait le culot de s'en servir.

— Bon travail, approuva le capitaine en souriant. Mais d'après ce que j'avais déjà entendu dire, le chirurgien de la Rifle Brigade a une épouse pleine de talent. Je crois aussi savoir que vous avez soigné plusieurs de mes hommes. Le caporal Jacks ne se lasse pas de raconter autour de lui comment vous l'avez guéri du choléra.

— Il est de ceux qui ont eu de la chance, répondit Hope en gardant les yeux baissés. Beaucoup d'autres, hélas ! n'en ont pas eu autant.

— Elle travaille beaucoup trop ! intervint Queenie. Elle est à l'hôpital tous les jours, du lever du soleil jusqu'au milieu de la nuit. C'est pour ça que le Dr Meadows a dû la forcer à prendre du repos aujourd'hui. Mais si vous voulez mon avis, plus vite nous quitterons cet endroit, mieux ça vaudra pour tout le monde. C'est malsain, par ici.

La sortie de Queenie fit pouffer de rire le capitaine. Hope se rappela pourquoi elle l'avait dès le début trouvé sympathique. À Briargate, il parlait toujours aux serviteurs d'égal à égal. N'importe quel autre officier aurait fait taire Queenie ou l'aurait vertement réprimandée.

— Il faut que nous partions, dit-elle en se levant. Voulez-vous remercier de ma part les hommes qui nous ont secourues ? Je frémis en pensant à ce qui nous serait arrivé s'ils n'avaient pas été là au moment qu'il fallait.

— Non, rasseyez-vous, dit Angus en la repoussant avec douceur. Votre mari ne va pas tarder, il ne voudrait sûrement pas que nous vous laissions rentrer à pied après avoir subi une telle épreuve.

Hope croyait devoir attendre longtemps. Elle eut à peine le temps de laver le sang du Turc sur ses mains et de se recoiffer avant l'arrivée de Bennett, qu'un cavalier était parti chercher dans une voiture légère.

— Mme Meadows a fait preuve d'une présence d'esprit et d'un courage remarquables, dit le capitaine en serrant la main de Bennett. Je veillerai à ce que ces Turcs soient sévèrement punis. Ce sont des civils venus sans doute de la ville pour voler ce qu'ils trouveraient.

— Je vais beaucoup mieux, je vous assure, dit Hope pendant que Bennett lui prenait le pouls d'un air inquiet. La pauvre Queenie a souffert plus que moi. Maintenant, j'aimerais rentrer.

Queenie protesta qu'elle ne s'était jamais sentie mieux et son visage s'éclaira en entendant le capitaine demander à Bennett s'il voulait boire quelque chose. Elle fut vite déçue.

— En temps normal, répondit Bennett, j'aurais accepté avec plaisir. Mais j'ai eu une journée épuisante à l'hôpital et je tiens à ramener Hope avant la tombée de la nuit.

— Hope ? dit le capitaine d'un ton soudain pensif. Voilà un nom qui convient à merveille à une aussi bonne infirmière. Vous n'avez pas dit d'où vous êtes originaire, madame Meadows. Ai-je cru discerner une pointe d'accent du Somerset ?

— C'est exact, capitaine, répondit Bennett à sa place. Merci encore de vous être si bien occupé d'elle, nous devons nous en aller.

Le lendemain matin, Bennett procédait à une énième inspection de l'hôpital pour tenter d'y apporter de nouvelles améliorations quand il vit arriver le capitaine Pettigrew.

— Comment vont Mme Meadows et sa servante ? demanda-t-il après avoir mis pied à terre.

— Bien, je vous remercie, répondit Bennett, agréablement surpris qu'un officier des hussards manifeste tant d'égards. Ma femme était un peu distraite hier soir, mais c'est tout à fait normal après une telle mésaventure. L'homme qu'elle a poignardé a-t-il reçu des soins ?

— Pas plus qu'il n'en méritait. Malheureusement, sa blessure n'était pas mortelle, ajouta-t-il en souriant. Je me suis arrêté vous rendre visite avant d'avertir les autorités en ville. Le général estime que ces hommes devraient être fouettés jusqu'au sang, mais nous n'avons pas le droit de châtier les civils et nous devrons les remettre à la police.

— Il est scandaleux que des femmes ne puissent pas se promener dans la campagne sans risquer d'être violées, s'indigna Bennett. Dieu merci ! elles sont indemnes et je vous suis très reconnaissant de l'intérêt que vous leur portez.

— Je vais vous poser une question, qui vous paraîtra peut-être incongrue ou indiscrète, mais Mme Meadows n'a-t-elle jamais servi au château de Briargate dans le Somerset ?

Bennett eut l'air stupéfait.

— Pourquoi me demandez-vous cela ?

— Parce que ma gouvernante s'appelle Nell Renton et qu'elle a une sœur dont elle a perdu la trace depuis plusieurs années. Cette sœur porte le prénom de Hope.

Désarçonné, Bennett éprouva le besoin de réfléchir avant de formuler une quelconque réponse.

— Je vois que je vous prends au dépourvu, dit le capitaine en le regardant avec curiosité. Je n'ai nullement l'intention de me mêler de votre vie privée ni de vous causer le moindre souci, rassurez-vous, mais j'ai une sincère amitié pour ma gouvernante, qui est avec moi depuis qu'elle a quitté Briargate il y a sept ans. La disparition de sa sœur lui a causé et lui cause encore une profonde détresse, disparition dont est responsable sans l'ombre d'un doute l'homme avec qui elle était mariée à l'époque.

— Nell ne vit plus avec lui ? s'exclama Bennett.

Il se rendit compte que, du même coup, il confirmait qu'il s'agissait bien de la même Hope.

— Ainsi, dit le capitaine avec une joie évidente, Nell est la sœur de votre femme ! Nell a quitté Albert dès l'instant où elle a découvert que Hope avait disparu de Briargate. Elle était convaincue qu'Albert avait tué sa sœur. Personnellement, j'ai toujours pensé qu'il l'avait plutôt contrainte à partir sous la menace. Mais c'est quand il a mis le feu à Briargate et tué sir William…

— Quoi ? l'interrompit Bennett. Il a mis le feu à Briargate ?

— Vous ne l'avez pas lu dans les journaux ? s'étonna le capitaine. C'est arrivé au début de l'année. La police le recherche depuis.

En posant quelques questions, Bennett comprit que l'événement s'était produit pendant leur lune de miel, période au cours de laquelle il n'avait pas même jeté les yeux sur un journal. Ensuite, les nouvelles de la guerre et les préparatifs de son prochain départ l'avaient trop absorbé pour qu'il prête attention à rien d'autre. Il sentit la tête lui tourner à l'idée des informations dramatiques qu'il allait devoir transmettre à Hope et qui ne manqueraient pas de lui causer un choc sévère.

— Vous me voyez bien embarrassé, dit-il enfin. Je n'ignore rien de ce qui s'est passé entre Hope et son beau-frère, ainsi que des raisons impérieuses qu'elle avait de ne pas reprendre contact avec sa sœur. Je ne puis toutefois vous les exposer sans son accord préalable.

— Vous avez raison et, de toute façon, ce n'est ni le lieu ni le moment pour en parler. Rapportez donc à votre femme ce que je vous ai dit et, si elle est d'accord, faites-moi savoir si nous pouvons organiser une rencontre.

Bennett resta un moment sur place en regardant s'éloigner le capitaine. Il avait toujours cru que les officiers de cavalerie n'étaient que des aristocrates arrogants, mais le capitaine Pettigrew faisait exception. Il ne se soucierait pas aussi sincèrement des problèmes familiaux de sa gouvernante s'il ne possédait pas de réelles qualités de cœur.

D'autres soucis l'assaillaient maintenant : quand Hope apprendrait que sa sœur ne vivait plus avec Albert, elle voudrait sans doute rentrer chez elle. Il s'en voulait d'avoir ce réflexe égoïste, mais il savait que, sans Hope à ses côtés, la vie n'aurait plus de valeur pour lui.

Depuis le début, il jugeait cette campagne mal engagée, cependant il avait espéré être affecté à un hôpital central au lieu d'être ballotté d'un endroit à un autre. Il s'était attendu à accomplir un travail dur dans des conditions souvent précaires, mais il n'aurait jamais imaginé qu'il ne disposerait d'aucun équipement médical digne de ce nom. Comment un médecin, même le meilleur et le plus dévoué, pouvait-il soigner malades et blessés sans le minimum indispensable ? Une grande partie des troupes n'était pas en bonne santé. Si les maladies continuaient à les décimer, il ne resterait bientôt plus assez d'hommes en état de se battre. C'était un incroyable gâchis.

Hope subissait l'inconfort, la poussière, la chaleur et la mauvaise nourriture avec le sourire en disant qu'elle avait connu pire. Tant qu'elle était avec lui, il pouvait aussi les supporter. Mais si elle partait, qu'adviendrait-il de lui ?

## 20

— Dis quelque chose, je t'en prie! implora Bennett. Je ne pouvais que te répéter ce que m'a révélé le capitaine Pettigrew. Si je l'ai fait trop brutalement, pardonne-moi.

Les révélations du capitaine sur Nell l'avaient obsédé toute la journée. Il s'était attendu à ce que Hope saute de joie et lui pose des centaines de questions dont il ignorait les réponses. Aussi s'était-il dominé depuis le matin jusqu'à son retour à leur tente, parce qu'il ne voulait pas qu'on puisse les interrompre. Mais cela ne se passait pas du tout comme il l'avait escompté. Assise sur son lit de camp, Hope l'avait écouté sans mot dire en le fixant des yeux. Apprendre que son beau-frère était un assassin l'affectait-il à ce point? Au bout d'un long silence, elle lui prit enfin la main en esquissant un sourire.

— C'est moi qui devrais te demander pardon. Le premier choc m'a mise hors d'état de parler. Je n'aurais jamais imaginé, pas même dans mes plus folles élucubrations, que Nell ait pu quitter Albert.

— Quoi? s'exclama Bennett, incrédule. Tu estimes plus extraordinaire que Nell ait quitté Albert que le fait qu'il ait mis le feu à Briargate et tué sir William?

— C'est choquant, admit Hope, mais cela ne m'étonne pas, j'ai toujours jugé Albert comme un individu malfaisant. Ce qui me suffoque, c'est la réaction de Nell. Elle a toujours été si... comme il faut ! Elle croyait que les vœux conjugaux étaient sacrés. J'ai peine à croire qu'elle ait pris une décision aussi radicale.

— Pettigrew m'a dit qu'elle croyait qu'il t'avait tuée.

— Pauvre Nell ! soupira-t-elle. Je n'imaginais pas qu'elle puisse penser une chose pareille ni même quitter Briargate. Tu ne te rends pas compte de ce que ce lieu représentait pour elle. Elle était en adoration devant lady Harvey. Elle les avait quittés tous les deux, Albert et elle ; quels bavardages cela a dû provoquer dans le pays !

Bennett fronça les sourcils, de plus en plus perplexe. Il ne voyait pas pourquoi la décision d'une femme de quitter un mari brutal ou de fuir des racontars de village prenait plus d'importance dans son esprit qu'un meurtre et l'incendie criminel d'un château. Devant sa mine déconcertée, Hope lui reprit la main et lui embrassa le bout des doigts.

— Je parie que les habitants du village n'ont pas dormi de la nuit pendant des semaines devant l'énormité du scandale, dit-elle avec un sourire malicieux. Imagine un peu leurs réactions s'ils avaient connu les rapports entre Albert et sir William ! Mais parle-moi encore de ce que le capitaine Pettigrew t'a dit au sujet de Nell. Comment est-elle devenue sa gouvernante ? Va-t-elle bien ? T'a-t-il donné des nouvelles du reste de ma famille ?

Bennett se détendit enfin. C'est ainsi qu'il espérait que Hope réagirait, par un déluge de questions.

— Non, il ne m'a rien dit de plus que ce que je t'ai rapporté, mais il m'a parlé de Nell avec une chaleur si sincère qu'il sera très heureux de te parler d'elle, j'en suis sûr. Moi aussi, tu sais, j'ai hâte d'en savoir davantage sur ma belle-famille.

Touchée par cette marque d'amour, Hope se reprocha de ne pas avoir dit la veille à Bennett qu'elle connaissait le capitaine Pettigrew et que c'était lui l'auteur de la lettre à lady Anne, cause de tous ses malheurs.

— Eh bien, il y a une autre raison pour laquelle j'ai été tellement secouée par tout cela. Vois-tu, j'ai rencontré le capitaine Pettigrew à Briargate.

— C'est vrai ? Mais alors, pourquoi ne pas me l'avoir dit hier ?

— Je ne sais pas. Peut-être parce que Nell m'avait fait jurer de ne jamais rien raconter de ce que je voyais et de ce que j'entendais là-bas. C'est en le reconnaissant que je me suis évanouie.

— Grand Dieu ! s'écria-t-il, stupéfait. Quand je pense que j'ai cru que c'était à cause de l'agression de ces voyous que tu étais si pressée de quitter le camp !

— Le voir m'a rappelé des souvenirs que j'aurais préféré oublier, se défendit-elle.

Bennett la dévisagea pensivement avant de reprendre la parole.

— Alors, que penses-tu de lui maintenant que tu sais que ta sœur est devenue sa gouvernante ?

— Je n'en sais vraiment rien, soupira-t-elle.

— Pourtant, le capitaine Pettigrew parlait d'elle avec une affection que je sentais si sincère qu'elle doit être plus heureuse avec lui que si elle était restée à Briargate et avec Albert.

— C'est vrai. Mais s'il n'avait pas écrit cette lettre, je ne serais pas allée au pavillon ce jour-là ni n'aurais surpris Albert et sir William couchés dans le même lit. C'est le capitaine qui a déclenché la série de mes malheurs.

— Si seulement nous avions appris la nouvelle de l'incendie avant de quitter l'Angleterre ! soupira Bennett après un silence pensif.

— Mais maintenant, je peux écrire à Matt ! s'écria Hope. Je peux aussi mettre dans l'enveloppe une autre lettre pour Nell.

Elle se levait déjà pour chercher une plume et du papier quand Bennett la retint par la main.

— Il vaut mieux que tu réfléchisses d'abord, ma chérie. N'oublie pas ce que tu as surpris dans le pavillon. Sir William est mort et Albert est en fuite, mais Rufus et sa mère sont bien vivants, eux. Avant d'écrire, tu dois être sûre de ce que tu as le droit de révéler ou non.

— C'est rageant ! s'écria-t-elle. Si je ne peux rien dire à Matt de la lettre du capitaine à lady Anne ni des rapports d'Albert et de sir William, comment lui expliquer la raison de mon départ ?

Bennett l'attira contre lui, la prit dans ses bras.

— De toute façon, ma chérie, il vaut mieux attendre que tu aies parlé au capitaine. Essaie d'apprendre de lui comment les choses ont évolué chez toi. C'est un homme d'honneur, il ne serait pas venu me voir ce matin s'il ne s'intéressait pas sincèrement à Nell, donc à toi aussi. S'il a eu tort d'entretenir une liaison avec une femme mariée, rappelons-nous qu'il n'est pas le premier et ne sera pas le dernier.

— Peut-être a-t-il fait taire ses scrupules parce qu'il était déjà au courant des mœurs de sir William.

Il a peut-être encore l'intention d'épouser lady Anne maintenant qu'elle est libre.

— C'est possible, mais tu ne peux pas fonder ton raisonnement sur de simples suppositions. N'oublie pas que ce que tu sais peut devenir plus dangereux qu'un baril de poudre entre des mains malintentionnées. Tu dois donc faire très attention de ne pas allumer la mèche sans l'avoir décidé en toute conscience.

Cette nuit-là, Hope était trop préoccupée pour dormir. Si la mort de sir William et la destruction de Briargate l'attristaient, elle était enchantée que Nell ait quitté Albert. Elle brûlait surtout d'impatience d'apprendre où se trouvait précisément sa sœur, comment Rufus avait réagi à la mort de son père et ce qu'il faisait désormais. Autant de questions qu'elle pourrait poser au capitaine sans qu'il soit besoin de trahir les secrets dont elle était dépositaire. Mais puisque Nell avait cru qu'Albert l'avait tuée, le capitaine ne manquerait sans doute pas de l'interroger sur ce qu'elle avait fait depuis son départ de Briargate. Devrait-elle avouer qu'elle savait qu'il était l'amant de lady Anne ? Admettrait-il que le vol de sa lettre par Albert avait suffi à la forcer à partir ?

Le lendemain Hope décida de ne plus se tracasser à propos des éventuelles questions du capitaine avant qu'il ne les lui pose. L'essentiel était d'apprendre où était Nell afin de pouvoir lui écrire. Elle n'aurait pas besoin dans l'immédiat de lui fournir des explications détaillées, Nell serait déjà trop heureuse de la savoir en vie. De toute façon, la nouvelle de leur départ imminent pour la Crimée et la fièvre des préparatifs remirent bientôt le capitaine Pettigrew à l'arrière-plan de ses préoccupations.

Un jour de novembre, pour la première fois depuis son arrivée à Balaclava où l'armée britannique avait établi son camp de base, Hope eut envie de prendre la fuite. L'horreur atteignait des sommets qui dépassaient l'imagination. Les combats s'étaient succédé, plus sanglants les uns que les autres. Si la bataille de l'Alma était une victoire, elle avait été emportée d'extrême justesse au prix de pertes effroyables, tant du côté anglais que du côté français car les Turcs avaient détalé en laissant leurs alliés se sacrifier à leur place. Les assauts infructueux contre Sébastopol se soldaient par des pertes de plus en plus lourdes.

Pendant ce temps, le personnel médical faisait face de son mieux avec des moyens toujours tragiquement insuffisants. Hope allait partout où l'on avait besoin d'elle, stupéfaite que des hommes gravement, parfois mortellement blessés, gardent un moral et un optimisme défiant son entendement. Ce matin-là, il est vrai, ceux que les ambulances ramenaient du champ de bataille clamaient qu'ils avaient mis les Russes en fuite et que la victoire était à leur portée.

Mais le triomphe du matin allait, dans l'après-midi, tourner au désastre lorsque parvinrent les nouvelles de la charge de la brigade légère, qui allait devenir tristement célèbre. Pourquoi lord Cardigan avait-il ordonné à sept cents de ses hommes d'élite de se jeter dans une embuscade tendue par les Russes prétendument mis en déroute un peu plus tôt ? Nul ne comprenait les raisons d'une erreur de jugement aussi dramatique, qui eut pour résultat un effroyable carnage : pris de face et de flanc entre les feux croisés des Russes, en réchappaient que moins de deux cents hommes.

À l'hôpital, tout le monde était trop affairé à soigner les blessés du matin pour prêter attention à la canonnade de l'après-midi. Ce ne fut que longtemps après la charge, qui n'avait duré qu'une vingtaine de minutes, qu'un messager apporta la nouvelle du désastre. Lorsque les premiers blessés arrivèrent, le soir tombait et le froid s'intensifiait. Une poignée de rescapés réussit à tenir sur leurs chevaux, malgré les balles et les éclats d'obus dont leurs membres étaient truffés. D'autres marchaient en titubant, soutenus par des camarades moins mal en point. Les plus sévèrement touchés gisaient dans les trop rares ambulances ou des véhicules de fortune.

C'est à la vue de ce pitoyable cortège que Hope sentit son courage la déserter. L'hôpital était déjà plein à craquer, l'écœurante odeur du sang rendait l'air irrespirable et les gémissements des agonisants devenaient insoutenables. Depuis le début de la journée, elle avait vu mourir plus de trente hommes, souvent des jeunes gens de dix-huit ou dix-neuf ans, sacrifiés à une cause qu'ils ne comprenaient pas et à laquelle ils étaient étrangers. Pourtant, sortie un instant devant la porte respirer un peu d'air frais, elle savait qu'elle devait puiser en elle la force de rester tant que Bennett et les autres continueraient à faire leur devoir.

— Laissez-moi ici attendre mon tour, entendit-elle soudain clamer avec autorité. Beaucoup d'autres sont plus mal en point que moi.

Sursautant à cette voix étrangement familière, Hope se rendit compte qu'elle venait d'une des charrettes alignées devant l'hôpital. L'obscurité croissante compliquait la tâche des équipes médicales car, à la lumière du jour, médecins et infirmières pouvaient examiner sommairement les blessés sur place afin de déterminer lesquels devaient recevoir les soins les plus urgents. Cet examen était maintenant impossible et personne ne pouvait se résoudre à l'idée que certains blessés risquaient de mourir en se vidant de leur sang, faute d'un simple garrot qui éviterait l'hémorragie.

Elle décrocha une lanterne du mur, fit signe à deux brancardiers de l'accompagner puis, allant d'une charrette à l'autre, elle jeta dans chacune un rapide regard en désignant à ses aides quels blessés devaient être transportés en priorité à l'intérieur de l'hôpital. C'est dans la quatrième charrette qu'elle reconnut celui à qui appartenait la voix qu'elle avait entendue.

Le capitaine Pettigrew.

Elle ne l'avait plus revu depuis son arrivée à Balaclava et, malgré son désir d'apprendre ce qu'était devenue Nell, n'avait eu ni le temps ni l'occasion de le rechercher.

— Où êtes-vous blessé, capitaine ? lui demanda-t-elle en levant sa lanterne pour mieux le voir.

— Ma parole, mais… c'est Mme Meadows ! s'écria-t-il avec étonnement. Je croyais que vous étiez restée à Varna avec les autres femmes d'officier.

— Pas moi, capitaine, je suis trop désobéissante, répondit-elle en souriant. Où êtes-vous touché ?

— Un simple coup de sabre à la cuisse. Cela peut attendre.

Malgré la pénombre, elle pouvait voir sous sa culotte lacérée le blanc de l'os apparaître au fond d'une profonde entaille. Une manche de son dolman était coupée elle aussi et le tissu bleu déjà noir de sang.

— Emportez cet homme, ordonna-t-elle aux brancardiers.

— Mais non, laissez-moi ! Il y a des cas plus urgents que le mien.

— Je suis seule qualifiée pour en juger, capitaine. Une blessure apparemment saine comme la vôtre se cicatrise très vite si elle est recousue tout de suite. Si vous restez ici, vous vous viderez de votre sang. C'est un ordre, ne discutez pas, je vous prie.

Avec un sourire amusé, il lui fit un salut aussi respectueux qu'à son colonel. Elle voyait pourtant que, malgré sa désinvolture affectée, il était livide et que la sueur perlait à son front.

Lorsqu'elle regagna l'intérieur de l'hôpital après avoir terminé sa rapide inspection des charrettes, le capitaine Pettigrew était étendu sur une paillasse. Hope constata que l'hémorragie l'avait déjà considérablement affaibli. Sortant une paire de ciseaux de la poche de son tablier, elle découpa l'étoffe du dolman et de la culotte et lava les plaies, qui étaient profondes mais sans complications apparentes et cicatriseraient si elles étaient recousues au plus vite.

Bennett venait de terminer l'amputation d'une jambe et s'apprêtait à réaliser la même opération sur un bras. Hope lui fit signe de s'approcher pour lui demander son avis.

— Vous pouvez vous en charger vous-même, infirmière, dit-il sur un ton officiel. Vous avez déjà traité d'autres cas plus graves que celui-ci. Je crois cependant qu'un verre de rhum ne ferait pas de mal au capitaine avant que vous ne commenciez votre intervention.

— Est-elle aussi bonne couturière que sa sœur? demanda le capitaine en s'efforçant de sourire.

— Meilleure, répondit-elle. Et je prescris les plus fortes doses de rhum. Maintenant, capitaine, ne bougez plus je vous prie.

Il lui fallut plus d'une heure pour recoudre les deux blessures. S'il grimaça assez souvent à cause de la douleur, le capitaine ne laissa échapper ni un cri ni un gémissement. Agenouillée à côté de lui sur le sol dallé, Hope avait affreusement mal aux genoux et, à force de cligner des yeux dans la pénombre, sa vision se brouillait. Elle était si fatiguée et courbatue qu'elle se demandait par moments si elle était capable de terminer son travail mais, la dernière suture enfin achevée, elle put poser les bandages et se relever.

— Pouvez-vous demander à quelqu'un de me raccompagner au camp? demanda-t-il d'une voix mal assurée.

— Certainement pas! répliqua-t-elle avec indignation. Les cahots de la route rouvriraient vos plaies. Restez ici bien sagement et reposez-vous. Vous n'êtes pas encore tiré d'affaire.

Elle lui lava le visage et les mains, le borda sous une couverture. Pendant ce temps, il fixait sur elle un regard d'une curiosité si intense qu'il finit par en rougir.

— Qu'y a-t-il? demanda-t-elle.

— Vos cheveux sont de la même couleur que ceux de votre famille, mais vos traits sont très différents.

— Vous les connaissez tous? demanda-t-elle avec étonnement.

— Bien sûr. James est le seul que je n'ai pas revu depuis un certain temps, mais je me souviens très bien de lui quand il était à Briargate. Il s'occupait merveilleusement bien de mon cheval.

Une onde de bonheur la parcourut.

— Il y a tant de questions que je voudrais vous poser! Mais pas maintenant, vous avez besoin de repos et j'ai trop de patients à soigner.

— Nell sera si fière de vous, dit-il en posant une main sur son bras. Je lui ai déjà écrit que je vous avais retrouvée. Vous ne m'en voulez pas, j'espère ?

— Pas du tout, au contraire ! Vous me donnerez demain votre adresse pour que je puisse lui écrire moi aussi. Nous avons des milliers de choses à nous dire, vous vous en doutez.

— Albert vous avait-il forcée à écrire cette lettre ? demanda-t-il.

— Oui.

— Et par quel moyen s'est-il assuré que vous ne reviendriez pas ?

— Par le chantage, se borna-t-elle à répondre. Mais nous avons assez parlé pour ce soir. Vous devez dormir, maintenant.

Hope put enfin quitter l'hôpital trois heures plus tard. Bien qu'elle fût à bout de forces, elle s'arrêta un instant au chevet du capitaine Pettigrew. La lumière d'une lanterne non loin de sa paillasse l'éclairait assez pour voir que ses traits détendus par le sommeil lui donnaient une physionomie rajeunie et encore plus séduisante. Elle comprenait pourquoi lady Anne avait succombé à son charme, pas seulement à cause de sa beauté virile, absente chez sir William, mais pour une autre raison qu'elle ressentait au plus profond d'elle-même sans parvenir à la définir. Une étrange attirance, proche de celle que Bennett lui avait inspirée dès leur première rencontre.

## 21

En arrivant à l'hôpital le surlendemain matin, Hope découvrit avec indignation le capitaine Pettigrew debout, sur le point d'endosser un uniforme neuf.

— Qu'est-ce que vous faites là ? s'écria-t-elle. Voulez-vous bien vous recoucher tout de suite !

Ses blessures commençaient à cicatriser, mais il était encore loin d'être en état de reprendre une activité normale.

— Je ne peux pas rester, voyons ! répondit-il avec son sourire le plus charmeur. Il faut que je m'occupe de mes hommes et de leurs chevaux et il vous reste beaucoup de vrais malades à soigner.

De nombreuses victimes du carnage avaient déjà péri, mais l'hôpital était encore bondé et il fallait procéder d'urgence à des amputations sur les blessés menacés par la gangrène.

— Recouchez-vous, ordonna-t-elle en lui prenant l'uniforme des mains, je dois refaire vos pansements. Voulez-vous que vos blessures s'infectent et qu'il faille vous amputer vous aussi ? Voulez-vous passer le restant de vos jours avec des béquilles et un bras en moins ?

— Réjouissante perspective ! dit-il en riant. Vous êtes encore plus tyrannique que Nell. Quelle famille !

Il se recoucha pourtant docilement et ne cilla même pas quand Hope défit les bandages et lava ses plaies.

— Bon, il n'y a pas d'infection, déclara-t-elle en refaisant les pansements. Mais cela ne veut pas dire que vous êtes en état de marcher, encore moins de monter à cheval, vous entendez ? Je crois aussi que vous devriez être transporté pour finir votre convalescence ailleurs. Il faut une santé de fer pour rester ici et vous ne l'avez pas. Demandez donc à lord Cardigan de vous héberger sur son yacht. Il n'y a pas de raison qu'il soit le seul à être soigné dans le luxe.

— Sûrement pas ! Il en profiterait pour m'empoisonner, il n'aime pas les Indiens.

Hope ne put s'empêcher de rire. Aussi brave que charmant, le capitaine Pettigrew avait un franc-parler et un sens de l'humour auquel il était difficile de résister. Nul n'ignorait que, pour des raisons inexplicables, lord Cardigan brimait systématiquement les officiers ayant servi aux Indes, alors qu'ils étaient les seuls à avoir une expérience récente des combats.

— Nous pourrions vous loger sous une tente derrière l'hôpital, suggéra-t-elle. Et si votre ordonnance ne pouvait pas venir vous servir, je vous apporterais de temps en temps un bol de bouillie pour vous éviter de mourir de faim.

Il éclata de rire, sans pouvoir réprimer une grimace de douleur à cause de l'élancement que son hilarité lui provoquait au bras.

— Vous voyez ? Défense de rire, de marcher et même de bouger ! déclara-t-elle avec sévérité. Vous avez déjà épuisé votre réserve de chance. S'il vous reste un peu de sens commun, restez tranquille.

— À vos ordres mon colonel, dit-il avec un large sourire. Pourrez-vous quand même me consacrer quelques minutes dans la journée ? ajouta-t-il en reprenant son sérieux. J'ai des dizaines de questions à vous poser.

— J'en ai autant de mon côté. Mais d'ici là, j'ai des occupations plus urgentes.

Il était plus de midi lorsque Hope termina sa première tournée de soins. Si de nombreux blessés étaient maintenant en état d'être évacués, ils seraient vite remplacés par d'autres, car la canonnade faisait toujours rage sur le plateau et les victimes continuaient d'affluer. Ce n'est que le soir venu qu'elle trouva le temps d'aller voir le capitaine Pettigrew, logé par le chirurgien en chef dans une petite maison sur le quai qui servait aux officiers en convalescence.

L'ordonnance répondant au nom de Mead, qu'elle avait rencontré au camp, l'escorta jusqu'à une chambre à l'arrière de la maison.

— Vous avez fait du bon travail sur le capitaine, dit-il avec jovialité. Je croyais que nous ne le reverrions plus.

— Occupez-vous bien de lui et ne le laissez pas se fatiguer pour rien, répondit Hope en souriant.

Pettigrew était confortablement installé dans son nouveau logis. Le lit n'était pas tout à fait assez long pour lui, mais il avait des coussins et des oreillers en quantité et un édredon pour le couvrir. On l'avait débarrassé de son uniforme lacéré et il était vêtu d'une chemise de lin blanc. Il demanda à l'ordonnance de leur apporter du café.

— Vous ne vous êtes pas déshabillé seul, j'espère ? demanda Hope avec autorité.

— Mon fidèle Mead m'a traité avec autant de douceur que si j'étais un nouveau-né. Avez-vous dîné ? Mead peut vous préparer quelque chose, c'est un excellent cuisinier.

— Merci, j'ai eu le temps de manger avec mon mari avant de venir voir si vous alliez bien. Je ne pourrai pas rester très longtemps.

— Le Dr Lewis, qui s'occupe de lord Raglan, m'a dit qu'il n'avait jamais vu d'aussi belles sutures. Je le soupçonne de vouloir vous débaucher pour soigner notre noble général en chef.

— Il vaut mieux pas, mes ciseaux risqueraient de déraper tout seuls, répondit-elle en riant.

— Vous me faites peur ! Un couteau, des ciseaux. Les armes blanches sont-elles vos préférées ?

Elle s'assit à son chevet. Un feu flambait dans la cheminée et la lumière d'une lampe à pétrole donnait aux murs chaulés une teinte dorée. Après le confort plus que spartiate de l'hôpital et de la tente, l'ambiance était presque luxueuse.

— Pourquoi pas, en cas de besoin ? dit-elle en riant. Maintenant, parlez-moi de Nell et dites-moi par quel concours de circonstances elle est devenue votre gouvernante.

Suspendue à ses lèvres, elle l'écouta décrire sa rencontre avec Nell sur le pont de Keynsham. Avec concision, mais sans sécheresse, il lui dépeignit la scène avec tant de netteté qu'elle eut l'impression qu'elle se déroulait sous ses yeux. Afin de ne pas aggraver l'anxiété de Hope, il évoqua sans insister la détresse de Nell en découvrant sa disparition, mais s'étendit plus longuement sur la manière remarquable dont elle avait pris en main la maison en piteux état pour en faire une demeure confortable et lui assura qu'elle était désormais heureuse et en sécurité. Son récit était celui d'un homme capable de comprendre et de compatir à la souffrance morale d'autrui et conscient des injustices que la vie infligeait aux femmes dans la situation de Nell. Sur ce point, il ressemblait tant à Bennett que Hope éprouvait de plus en plus d'estime et d'affection pour lui.

Il lui raconta ensuite comment Nell et lui avaient appris l'incendie de Briargate, comment Nell était allée chercher lady Anne chez son frère Matt, qui lui avait sauvé la vie et l'avait recueillie, pour l'emmener chez ses amis Warren. Il lui parla enfin des obsèques de sir William, auxquelles il avait assisté.

— C'était l'enterrement le plus sinistre auquel je sois allé de ma vie, soupira-t-il. Normalement, la tristesse prédomine, surtout dans le cas d'un décès inattendu. Mais les gens du village étaient profondément choqués qu'un homme qu'ils avaient connu, avec qui ils avaient prié à l'église ait pu être assez diabolique pour mettre le feu à une maison en sachant qu'il y avait quelqu'un à l'intérieur. La pauvre Nell était accablée, bien qu'elle n'ait pas revu Albert depuis des années et qu'elle ait dit à qui voulait l'entendre tout le mal qu'elle en pensait. À mon avis, elle devait se sentir en partie responsable du drame.

— Cela ne m'étonne pas d'elle, commenta Hope. Quand l'un de nous se conduisait mal, elle considérait toujours que c'était sa faute. Mais comment Rufus a-t-il réagi ?

— Il était visiblement fou de rage. En lisant un passage de la Bible au cours de la cérémonie, sa voix était ferme et claire, mais il tremblait et ses yeux lançaient des éclairs. Il répétait depuis des années qu'Albert était un individu dangereux et il m'a dit qu'il n'était pas venu pour les vacances de Noël parce qu'il ne supportait plus la manière dont Albert se comportait envers ses parents. Rufus est maintenant un jeune homme accompli, grand, beau, athlétique. Il ressemble tant à William au même âge que je me suis retrouvé des années en arrière, quand je le harcelais pour qu'il m'emmène me promener à cheval avec lui.

Hope ignorait que Pettigrew connaissait sir William depuis son enfance et elle l'encouragea à lui en dire plus.

— Quand nous avons fait connaissance, il avait dix ans et j'en avais six. Mon père était dans l'armée et j'étais en vacances chez mon oncle et ma tante à Chelwood, quand nous avons appris que ma mère et lui étaient morts des fièvres aux colonies. Je pense que les parents de William lui ont dit qu'il fallait être gentil avec moi à cause de cela et il a été pour moi comme le grand frère que je n'avais pas...

Il s'interrompit, ferma les yeux. Hope devina qu'il luttait contre le remords d'avoir entretenu une liaison avec lady Anne.

— Mais assez parlé de moi, reprit-il. Dites-moi ce qui s'est passé le jour où vous avez quitté Briargate.

— C'est à cause de votre lettre à lady Anne, commença-t-elle.

Sans plus de précision, elle dit simplement qu'elle était allée cacher la lettre dans le pavillon et qu'Albert l'avait surprise. Pourtant, tout en décrivant comment Albert l'avait rouée de coups et forcée à écrire sa lettre d'adieux, elle savait que son récit était insuffisant pour expliquer les faits et elle parlait avec embarras.

— Il m'a dit que si je ne partais pas, il montrerait la lettre à sir William, que lady Anne serait déshonorée et Nell renvoyée comme complice d'adultère, dit-elle en rougissant sous son regard scrutateur. Il m'a dit qu'il ne ferait rien de tout ça si je ne revenais jamais.

— Pourquoi n'êtes-vous pas allée en parler à Matt ou à Ruth ?

Sans savoir pourquoi, elle fondit en larmes, en partie peut-être parce qu'il connaissait ceux qui lui manquaient depuis des années, en partie aussi parce que Albert, même de loin, la forçait à garder le secret.

— Il m'a dit que si j'allais les voir, il ferait de la vie de Nell un enfer, répondit-elle entre deux sanglots. Il m'a battue, jetée dehors sous la pluie sans un sou... Vous n'imaginez pas ce par quoi je suis passée.

— Je crois que si. Bristol n'est pas un bon endroit pour se retrouver à votre âge sans argent et sans amis. J'ai parlé de vous à Rufus après l'enterrement, poursuivit-il. Il m'a dit qu'il avait toujours pensé qu'Albert vous avait forcée à partir et qu'il lui en voulait à mort. Il croyait aussi qu'Albert tenait son père sous sa coupe par le chantage.

— Bien sûr, il avait la preuve de votre liaison avec lady Anne.

— C'est ce que j'ai d'abord cru, mais Rufus savait autre chose sur les rapports entre Albert et son père. Il avait découvert que, depuis des années, William lui donnait des sommes considérables. Je me suis fait ma propre opinion sur le chantage qu'Albert exerçait, mais je n'en ai pas de preuves au contraire de vous, je crois.

Dans son regard, Hope devina qu'il connaissait la vérité.

— Je n'aurais jamais exprimé mes soupçons, poursuivit-il. Maintenant que William est mort, ce secret doit mourir aussi pour le bien de Rufus. Comme je l'ai déjà dit, Hope, c'est un jeune homme accompli, sans aucune des faiblesses de ses parents. Je sais par Nell que vous étiez très proches l'un de l'autre dans votre enfance et c'est sans doute la raison la plus impérieuse qui vous a fait obéir à Albert. Vous ne pouviez rien dire à personne sans devoir révéler ce que vous saviez.

Cette fois, elle comprit qu'il était inutile de nier plus longtemps.

— Je les ai surpris couchés ensemble, admit-elle. Et si je me suis tue, ce n'est pas seulement pour Rufus, mais aussi pour lady Anne et pour Nell, qui auraient été déshonorées toutes les deux.

— Votre courage et votre dévouement sont admirables, Hope, dit-il en lui prenant la main. N'importe qui d'autre aurait avant tout pensé à soi-même. Mais soyez sans crainte, je ne répéterai jamais ce que vous m'avez dit.

— Il faut que je m'en aille, dit-elle en se levant et en s'essuyant les yeux. Je me suis trop attardée et Bennett va s'inquiéter. Que puis-je dire à Nell quand je lui écrirai ?

— Ne lui parlez que de ma lettre, elle n'est pas aussi libérale que moi sur ce chapitre. Ne pensez pas trop de mal de William, il était né comme cela et n'y pouvait rien. J'ai vu dans l'armée bien des hommes bons et braves qui luttaient désespérément pour juguler ces penchants sans y parvenir. J'ai fait de mon mieux pour ne pas aimer Anne et je n'y suis pas arrivé non plus. C'est la même chose.

— Je n'ai jamais eu de haine contre sir William, seulement contre Albert. Pas pour cette raison, mais à cause de sa cruauté envers Nell et parce qu'il nous a séparées.

Il la fixa longuement des yeux avant de reprendre la parole.

— Vous êtes bien telle que Nell vous a décrite et mieux encore, dit-il en souriant. Il y a un Dieu, voyez-vous, même ici où Il semble nous avoir abandonnés. Écrivez vite à Nell chez moi. Elle a déjà dû recevoir ma lettre, mais c'est la vôtre qui la rendra le plus heureuse.

D'un geste impulsif, Hope se pencha pour l'embrasser sur le front et partit sans ajouter un mot.

Le lendemain, un autre combat eut lieu près du village d'Inkerman. Les observateurs avaient constaté une concentration des troupes russes qui, à l'évidence, préparaient une contre-attaque de grande envergure. Tandis que la canonnade se poursuivait sans répit devant Sébastopol et que l'afflux des blessés ne diminuait pas, les équipes médicales n'avaient même plus le temps ni la force de se demander comment y faire face.

L'attaque eut lieu le 5 novembre. Bien qu'ils fussent inférieurs en nombre, les alliés réussirent à repousser les Russes, mais au prix de pertes si lourdes que leur victoire eut un goût amer. Cette nuit-là et les trois suivantes, Hope travailla sans désemparer en prenant çà et là une heure de sommeil. À l'aube du quatrième jour, elle vit le capitaine Pettigrew entrer dans la salle où elle était de garde. Il marchait avec peine à l'aide d'une béquille improvisée et elle se précipita vers lui.

— Êtes-vous devenu fou ? Vous allez rouvrir vos blessures !

— Je n'ai rien par rapport à beaucoup d'autres. C'est pourquoi je suis venu voir ce que je peux faire, dit-il en jetant un regard horrifié à une caisse débordante de membres amputés.

Hope se hâta de la recouvrir, mais elle ne pouvait pas lui dissimuler les bandages ensanglantés ni les gémissements de douleur qui fusaient de toutes parts. Il était évident, même pour un profane, que beaucoup de ces malheureux étaient proches de la mort.

— J'apprécie votre désir de vous rendre utile, mais vous n'auriez pas dû venir. Dans un ou deux jours, vous pourrez peut-être parler aux blessés les moins graves. Ceux qui ne savent pas lire et écrire vous seront sûrement reconnaissants que vous rédigiez des lettres pour leurs familles. Et maintenant, rentrez chez vous avant de tomber par terre et de vous blesser sérieusement. J'ai trop de travail avec les autres pour m'occuper encore de vous.

Cramponné à sa béquille, il tendit la main pour ramener sous son bonnet une mèche de cheveux qui s'en était échappée.

— Avec la meilleure volonté du monde, vous ne pourrez pas les guérir tous, dit-il avec tendresse. Je sais que vous passez ici plus de vingt heures par jour, vous tomberez malade si vous continuez à ce rythme. Ce dont vous avez besoin, c'est d'un bon repas et sans doute d'un bain. Venez chez moi ce soir, vous les aurez.

— Vous avez une baignoire ? s'exclama-t-elle, stupéfaite.

— Mais oui, Mead vous la remplira. Venez avec Bennett, je sais qu'il travaille beaucoup et en a autant besoin que vous.

— Mais…, commença-t-elle à protester.

— Pas de mais ! Nell serait la première à me demander de vous redonner un peu de bon sens, par la force s'il le faut. J'ai reçu une lettre d'elle. Si vous ne venez pas, je ne vous la montrerai pas.

— Qu'est-ce qu'elle vous dit ? voulut-elle savoir.

— Vous le saurez après le bain et le dîner. Pas un mot d'ici là.

Bennett sourit quand Angus le poussa du coude en lui montrant Hope. Après son bain, elle s'était assise sur le lit pour se sécher les cheveux et s'était endormie avant même d'avoir terminé.

— Je ferais mieux de la ramener à la tente, dit-il en se levant.

— Il n'en est pas question, répondit Angus d'un ton sans réplique, elle restera dormir ici. Vous vous coucherez à côté d'elle, le lit est assez large pour deux et vous tombez de fatigue vous aussi.

En tirant l'édredon pour couvrir Hope, Bennett la contempla un moment. Son bain, même avec dix centimètres d'eau chaude dans une baignoire à peine assez longue pour un enfant, l'avait comblée de joie. Profondément endormie, ses cheveux encore humides étalés autour de sa tête comme une auréole, elle ne portait pas plus que l'âge qu'elle avait quand il l'avait rencontrée.

— Elle est très belle, dit Angus à mi-voix.

— Très. Mais il y a en elle bien plus que la beauté physique. Quand je l'ai vue pour la première fois, elle soignait ses deux amis malades du choléra. À peine dix-sept ans et déjà si forte, si capable, si généreuse !

— La journée lui a apporté un peu de bonheur. Ces quelques mots de Nell ont eu pour elle une grande importance, n'est-ce pas ?

Bennett se rassit en acquiesçant. Mead leur avait préparé un ragoût aussi savoureux que nourrissant, ils avaient ensuite pris chacun un bain et s'étaient changés pour mettre des vêtements propres. Ce n'est qu'ensuite que le capitaine Pettigrew, ou plutôt Angus comme il insistait pour qu'ils l'appellent désormais, avait sorti la lettre de Nell.

Bennett s'était étonné que Nell ne soit pas aussi éduquée que sa sœur. Elle n'avait écrit que quelques lignes qui, manifestement, lui avaient coûté beaucoup d'efforts. Mais le plus grand écrivain du monde n'aurait pas pu exprimer avec plus d'intensité et de profondeur autant de sentiments en aussi peu de mots.

*Vous m'avez donné les joyaux de la couronne. Depuis, je n'arrête pas de pleurer de joie. Ma Hope chérie mariée à un docteur ! Et vous l'avez retrouvée là-bas où vous pouvez garder un œil sur elle. C'est le plus beau jour de ma vie. Mais je pleurerai et je rirai plus encore quand elle reviendra ici. Embrassez-la pour moi, dites-lui bien d'être prudente et de m'écrire le plus vite possible.*

— Le destin fait plein de détours, dit Bennett. Penser que nous avons traversé plus de la moitié de l'Europe pour que Hope renoue avec son passé !

— Vous auriez pu prendre un raccourci en allant dans son village natal, lui fit observer Angus. Pourquoi ne pas l'avoir fait, Bennett ?

— Comment l'aurais-je pu ? Moi aussi, je suis dans l'armée. Je suis rentré en janvier, nous nous sommes mariés, nous n'avons pu prendre qu'une semaine de lune de miel et nous sommes partis aussitôt après.

— Vous n'avez pas eu beaucoup de temps, je sais. Mais avant, quand vous avez décidé d'épouser Hope, vous connaissiez sa situation et vous auriez eu le temps d'entreprendre des recherches pour son compte. Il vous aurait suffi d'aller boire un verre au pub local et de poser quelques questions pour apprendre que Nell était chez moi.

— C'est facile à dire après coup ! Hope refusait catégoriquement que j'aille là-bas. Elle avait trop peur d'Albert.

— Je ne crois même pas que vous lui ayez proposé. En fait, vous vouliez la garder pour vous tout seul, n'est-ce pas ?

— Ah, non ! Écoutez...

— Non, *vous*, écoutez. J'ai vu votre expression pendant que Hope lisait cette lettre. Vous étiez ému, certes, mais surtout inquiet. Vous avez peur que Nell et le reste de sa famille ne vous la reprennent.

— Bien sûr que non, voyons ! s'exclama Bennett.

— Si, et cela n'a rien d'étonnant, Hope est un trésor. Comme vous êtes la seule personne de sa vie, vous ne voulez pas la partager. Mais si je peux vous donner un bon conseil, ne la mettez pas en cage. Laissez-la s'envoler quand elle en a besoin.

— Dois-je vous prendre pour un expert en vie conjugale ? demanda Bennett d'un ton sarcastique.

— On voit quelquefois mieux de loin ce qui est sous vos yeux. Mais assez parlé pour aujourd'hui, Bennett. Vous êtes aussi épuisé que votre femme. Au lit, maintenant. Je ne suis malheureusement pas assez solide pour vous ramasser si vous vous écroulez.

Bennett était trop fatigué pour protester et Hope trop bien endormie pour qu'il veuille la réveiller.

— Mais vous, où allez-vous dormir ?

— Ne vous inquiétez pas pour moi, répondit Angus en souriant, je trouverai un lit quelque part.

Au cours des jours froids et pluvieux qui suivirent, l'optimisme suscité par la courte victoire d'Inkerman ne tarda pas à retomber. Sébastopol résistait toujours et la perspective de devoir passer l'hiver dans les tranchées sapait le moral des troupes. À l'hôpital, submergé de malades et de blessés, l'angoisse croissait de jour en jour. Bennett piquait parfois des crises de rage devant l'incompétence des bureaucrates qui expédiaient vers des destinations erronées les approvisionnements dont on avait le plus urgent besoin. Les hommes qui arrivaient du siège de Sébastopol parlaient de nourriture insuffisante et de mauvaise qualité, du manque de tentes et de couvertures, de la pluie et de la boue dans lesquelles ils passaient des journées et des nuits sans pouvoir se changer et mettre des vêtements secs.

Si Hope et Bennett n'étaient pas obligés comme les hommes de troupe de passer leurs nuits exposés aux intempéries, ils constataient qu'une tente était un abri bien précaire par mauvais temps. Sous une toile qui laissait passer l'eau, avec des caisses vides en guise de table et de chaises, ils ne pouvaient même pas allumer du feu pour chauffer leurs aliments quand il pleuvait trop fort.

Dans la nuit du 14 novembre, après un repas chaud qui leur fit l'effet d'un festin, ils ne se couchèrent pas tout de suite contrairement à leur habitude et bavardèrent un moment de la guérison en bonne voie du capitaine Pettigrew, du temps que mettrait la réponse de Nell à lui parvenir, ainsi que des provisions et des vêtements chauds que Bennett avait demandés à Alice de leur envoyer et qui devaient encore errer quelque part en haute mer.

Ils furent réveillés en sursaut par les hurlements furieux du vent qui menaçait d'arracher leur tente. Quand ils se levèrent en hâte pour risquer un coup d'œil dehors, ils virent avec effroi qu'ils étaient assaillis par un véritable ouragan. Il était à peine six heures du matin, le jour n'était pas encore levé, mais malgré la pénombre le spectacle était effrayant : des toiles de tente, des planches, des bassines, des vêtements volaient dans tout le camp.

— Que le Ciel nous vienne en aide ! s'écria Bennett. Après tout le reste, devons-nous maintenant être balayés par une tempête ?

— Et les blessés dans les tentes derrière l'hôpital ? cria Hope en écho. Ils vont être sans abri !

— Habille-toi vite ! dit Bennett en se cramponnant au mât de la tente qui pliait dangereusement. Mets tout ce que tu peux dans les caisses et filons d'ici au plus vite.

— Qu'est-ce que c'est, ce fracas ? s'étonna-t-elle en enfilant à la hâte sa robe et ses bottes.

— J'ai l'impression que les navires dans le port se cognent les uns contre les autres. Ils vont finir par se briser et sombrer.

Après avoir arrimé leur tente de leur mieux, ils partirent en courant à l'hôpital. Le vent était si violent qu'ils faillirent à plusieurs reprises être renversés ou plaqués contre les murs. D'autres volontaires arrivaient déjà pour aider à transférer les malades et les blessés des tentes, en partie déchirées, à l'intérieur de l'hôpital. Mais le vent et les débris qui volaient de toutes parts leur rendirent la tâche longue et difficile. Ce ne fut qu'à neuf heures du matin qu'ils purent enfin aller voir aux fenêtres de la façade ce qui s'était passé dans le port.

Le spectacle qu'ils découvrirent était dantesque. Les vagues qui venaient du large poussées par le vent étaient si fortes et si hautes qu'elles menaçaient d'inonder la ville et que les embruns rejaillissaient jusqu'aux collines avoisinantes. Les navires amarrés bord à bord se heurtaient en se détruisant mutuellement peu à peu et la mer bouillonnait comme si elle voulait tous les engloutir.

— Et ceux qui sont encore au large? s'écria Hope.

Quelques jours auparavant, l'entrée du port, déjà surchargé, avait été refusée à plusieurs navires qui avaient dû s'ancrer au large. Ils couraient un péril aussi grave, sinon pire, que ceux qui avaient cru se mettre à l'abri dans le port.

Ce fut la journée la plus noire qu'ils aient tous vécue. La nouvelle parvint à dix heures du matin que le cargo *Le Prince*, lui aussi ancré en dehors du port, avait sombré corps et biens. Les autres subissaient de sérieux dommages et nombre de membres de leurs équipages avaient péri. Pour comble d'infortune, lorsque le vent cessa il se mit à neiger.

Le lendemain, le froid était vif, mais le retour du beau temps calme permit de constater l'ampleur des dégâts. Sur le plateau, plus exposé aux éléments que Balaclava en contrebas, les tentes, le petit matériel et même les uniformes avaient été balayés. Les hôpitaux de campagne installés sous des tentes avaient été détruits, les malades et les blessés exposés des heures durant au froid et à la neige. Le port regorgeait d'épaves et de débris, aucun navire n'était intact. Les rues étaient jonchées de toitures et de fenêtres arrachées.

Mais c'était la perte du *Prince* qui fit verser des larmes aux hommes les plus endurcis, car il était chargé de tous les approvisionnements dont ils avaient un urgent besoin, vêtements chauds, médicaments, paillasses, lits de camp, alcools, thé, sucre. Par une cruelle ironie du sort, le seul passager qui avait perdu la vie cette nuit-là n'était autre que le médecin-chef des hôpitaux, venu de Londres pour procéder à une inspection à la suite de rapports malveillants sur la situation sanitaire.

— Docteur Meadows !

Il tourna la tête et reconnut le capitaine Pettigrew qui lui faisait signe de derrière une file de chariots lourdement chargés. Malgré le déblaiement déjà avancé, le quai était toujours aussi chaotique.

Bennett n'avait aucune envie de rencontrer Angus. Trois semaines s'étaient écoulées depuis que Hope avait lu la lettre de Nell, mais Bennett était encore mortifié de ce qu'Angus lui avait dit, parce qu'il savait qu'il avait raison. Un homme digne de ce nom se serait rendu depuis longtemps au village et aurait découvert pourquoi Nell avait quitté Albert. Or Bennett était assez lucide pour admettre qu'il n'était pas un homme, à ce moment-là, mais encore l'adolescent gauche et timide en butte aux sarcasmes des autres carabins de la faculté de médecine. Il avait encore honte de s'être si longtemps laissé dominer par son oncle Abel, au point de ne pas même oser protester quand il avait envoyé Hope dans l'enfer de l'hôpital St Peter.

S'il s'était engagé dans l'armée, c'était moins par bravoure que pour échapper à la lourde tutelle de son oncle. Il n'avait pas prévu d'être appelé au service actif et, s'il s'en était douté, il aurait pris la fuite. Il n'avait vu que l'image flatteuse de l'officier respecté, prodiguant ses soins dans le cadre confortable et civilisé d'une garnison où il serait en mesure d'épouser Hope et de fonder une famille. Il n'avait pas prévu non plus de trouver finalement sa voie dans l'armée. Les malades et les blessés n'avaient pas besoin d'un sergent-major de plus pour leur aboyer des ordres, il leur fallait quelqu'un qui sache les écouter et soit capable de leur redonner la santé. Les officiers pas plus que les hommes de troupe ne se souciaient de sa fortune ni de son rang social. Ils ne voyaient en lui qu'un bon médecin qu'ils avaient la chance d'avoir dans leur régiment.

Se sentir apprécié, savoir ses opinions prises au sérieux et ses qualités professionnelles admirées lui avait fait perdre les derniers vestiges de sa timidité. Il se dressait désormais avec autorité contre les injustices et les pratiques médicales fautives. La vie militaire en Afrique du Sud l'avait déjà assez endurci pour que le Dr Bennett Meadows qui avait épousé Hope ne soit plus le même homme que celui qui avait failli s'évanouir d'horreur et de peur en mettant pour la première fois les pieds à Lewins Mead.

Certes, en partant pour leur lune de miel, il lui avait bien dit qu'elle devrait prendre contact avec sa famille, mais il ne savait pas encore qu'ils vogueraient vers la mer Noire moins de quinze jours plus tard. S'il avait su à ce moment-là quel enfer les y attendait, il n'aurait pas permis à Hope de l'accompagner, mais il était d'autant plus inutile de le regretter qu'elle s'était révélée d'une valeur inestimable. Ils ne pouvaient plus qu'endurer ensemble ces épreuves dans l'espoir que les choses s'amélioreraient un jour. Il devait aussi se résoudre au fait que le capitaine Pettigrew continuerait à l'exaspérer.

— Comment vont vos blessures ? lui demanda-t-il quand il fut à portée de voix.

— Presque cicatrisées, merci, bien que j'aie la jambe encore un peu raide, répondit-il avec un large sourire.

Il portait un uniforme presque neuf, sans traces de raccommodage et dont les brandebourgs dorés étincelaient. Seules, ses bottes avachies et zébrées d'estafilades indiquaient qu'il avait été au combat.

— Vous êtes l'homme le plus élégant dans les parages, dit Bennett d'un ton ironique.

— Je sais. J'en suis même gêné, répondit Angus dont le sourire s'effaça en voyant des fantassins vêtus de haillons couverts de boue. Mais puisque je rentre au camp...

Il s'interrompit pour ne pas avouer que ses supérieurs l'auraient sans doute sanctionné s'il s'était montré dans une tenue négligée.

— Le naufrage du *Prince* nous porte un coup terrible, dit Bennett. Les malades qui descendent du plateau disent qu'ils n'ont plus de semelles à leurs bottes et qu'ils doivent mettre leurs couvertures sous leurs capotes pour se réchauffer, mais vous le savez sans doute déjà. Comptez-vous regagner votre camp à cheval ?

— Oui, Mead me l'a ramené ce matin. La pauvre bête est dans un triste état. Je n'ai pu lui donner qu'une poignée d'avoine alors qu'il lui en aurait fallu un plein seau. Il ne reste presque plus de fourrage pour les chevaux. Il paraît que lord Raglan se démène pour en trouver, mais s'il n'arrive pas très vite, il va bientôt falloir en abattre.

— Permettez-moi de vous dire que bien des hommes transis et mourants de faim seraient trop heureux qu'on mette un terme de la même manière à leurs épreuves, soupira Bennett. Ce Noël ne s'annonce pas des plus joyeux.

— J'espère vous apporter un peu de réconfort en vous demandant si Hope et vous voulez bien occuper ma chambre, dit-il en montrant la maison derrière lui. Je reprends mes quartiers au camp et vous ne pouvez plus vivre sous une tente, il fait trop froid maintenant.

— C'est vraiment très aimable à vous, répondit Bennett avec soulagement. Ces dernières nuits, la température est tombée au-dessous de zéro. Hope ne se plaint jamais, mais son endurance a forcément des limites.

— Elle est intrépide de naissance, dit Angus en souriant. A-t-elle reçu une lettre de Nell ?

— Pas encore. Elle lui a déjà écrit cinq ou six fois et elle guette le courrier tous les jours. Mais comme personne n'a reçu de courrier depuis plus de quinze jours, il ne devrait plus tarder à arriver.

— Vous pouvez emménager dès aujourd'hui, mes cantines sont prêtes à être emportées. J'ai demandé à une Tatare de faire le ménage et d'allumer du feu avant votre arrivée. Elle s'appelle Rosa, du moins c'est le nom que je lui ai toujours donné.

— Je ne sais pas comment vous remercier, dit Bennett, soudain honteux d'avoir eu de si mauvaises pensées à propos d'Angus.

— On aurait dû vous attribuer un logement décent depuis le début. Vous autres médecins méritez des médailles pour le travail que vous accomplissez dans des conditions aussi effroyables. J'enrage en lisant la presse qui accrédite auprès du public l'idée que certains d'entre vous ne font pas ou font mal leur devoir. J'aimerais pendre de mes mains les vrais responsables du chaos qui règne ici, avec bon nombre de ces imbéciles de prétendus officiers qui savent à peine se torcher le derrière, mais certainement pas commander leurs hommes !

— Calmez-vous, Angus. Vous allez faire craquer vos sutures.

— Aucun risque, répondit-il riant. Hope a fait un trop bon travail de couture. Mais il faut que je m'en aille. J'espère que vous ne me fermerez pas la porte au nez si je viens vous rendre visite la prochaine fois que je descendrai en ville.

— Nous serions très déçus si vous ne le faisiez pas.

— Vous êtes sûre que je ne vous encombre pas, Nell ? demanda Rufus. N'hésitez pas à le dire, je débarrasserai le plancher.

Ils étaient dans la cuisine de Willow End, la maison d'Angus, quelques jours avant Noël. Rufus était arrivé au moment où Nell préparait un cake aux fruits qu'elle voulait envoyer à Hope.

— Dieu vous bénisse, monsieur Rufus ! répondit-elle avec un large sourire. Bien sûr que vous ne m'encombrez pas, je suis ravie que vous me teniez compagnie. Laissez-moi juste le temps de mettre le cake au four et je vous ferai lire les lettres de Hope.

Pour Nell, Rufus était le plus charmant et le plus beau jeune gentleman qu'elle eût jamais connu. Avec ses cheveux blonds, ses yeux bleus et son élégance innée, il avait hérité du meilleur de ses parents. Elle aimait aussi penser que les Renton avaient eu sur son caractère une influence déterminante, car il était résolu, capable et généreux. Ses autres qualités, il les tenait de son grand-père paternel dont la force et la fermeté étaient restées légendaires dans le pays. Retourné à Oxford après l'enterrement de son père, Rufus avait laissé sa mère à la garde des Warren, mais il était revenu à Pâques en annonçant qu'il abandonnait ses études avec l'intention d'exploiter les terres de Briargate au lieu de les vendre, comme tout le monde s'y attendait.

— Dites-moi comment lady Harvey prend maintenant la situation, monsieur Rufus, demanda Nell.

Lady Anne avait été scandalisée par la décision de Rufus de s'installer avec elle dans l'ancien pavillon de concierge. Sa première question avait été de demander où logeraient les domestiques !

— Ne m'appelez pas « monsieur », de grâce ! Dites seulement Rufus. Quant à ma mère, elle continue ses jérémiades sur la laideur des meubles et l'exiguïté des pièces. Elle se plaint aussi de devoir tout faire par elle-même, mais c'est plutôt par habitude à mon avis. Elle finit quand même par s'y faire et devient une cuisinière tout à fait passable. Mais vous, Nell, ajouta-t-il en ramassant un fruit confit sur la table, dites-moi : est-ce vraiment de la cruauté de ma part de la forcer à vivre dans le pavillon ?

— J'estime plutôt qu'elle a de la chance d'avoir encore un toit pour y vivre, répliqua Nell non sans aigreur.

Les années passées loin de Briargate et de son ancienne maîtresse les lui faisaient voir désormais sous un jour différent. Si elle avait sincèrement plaint lady Anne d'avoir perdu à la fois son mari et sa maison, elle jugeait que personne, quelle que soit sa situation sociale, n'avait le droit d'attendre que d'autres l'entretiennent. Sans Rufus, elle serait restée indéfiniment vivre aux crochets des Warren. Ses sœurs lui avaient clairement fait comprendre qu'elles ne voulaient pas d'elle et elle n'avait pas d'argent pour se loger ailleurs.

— Je me demande parfois si je n'aurais pas dû vendre les terres pour acheter une petite maison à Bath, par exemple. Ma mère aurait préféré cette solution, je le sais, soupira-t-il. Mais moi, j'aurais dû chercher un emploi et je n'aurais rien pu trouver de mieux que devenir employé dans un bureau ou quelque chose de ce genre. J'ai englouti le plus clair de ce que m'a légué mon grand-père pour rembourser les dettes de mon père et je jugeais qu'il serait immoral de gaspiller le reste pour payer mes études à Oxford pendant que ma mère était traitée en parente pauvre chez les Warren. De cette manière, au moins, nous possédons toujours la terre et, si je réussis dans l'agriculture, j'aurai peut-être un jour de quoi rebâtir Briargate et léguer à mes enfants les privilèges dont je jouissais à ma naissance.

— Vous avez eu parfaitement raison, déclara Nell. Matt pense que vous avez l'agriculture dans le sang et je ne crois pas que lady Anne eût été plus heureuse à Bath sans de belles robes, des servantes et une voiture. Au village, elle a des amis sincères qui s'occupent d'elle. Si vous étiez mon fils, je serais fière de vous.

— La vie est souvent curieuse, dit-il avec un sourire pensif. Quand j'étais petit, j'enviais les enfants du village qui me donnaient l'impression de s'amuser plus que moi et d'avoir plus de liberté. Maintenant que je dois travailler pour gagner ma vie, je ne vois pas les choses sous le même angle.

— Nos existences à tous ont été bouleversées, répondit Nell. J'espère que la police va enfin retrouver Albert et le pendre. Il est comme une dent gâtée qui fait mal jusqu'à ce qu'on l'arrache.

— Il n'osera jamais revenir ici, la rassura Rufus. Il est tout ce qu'on veut sauf un imbécile.

— Non, mais il était obsédé par les jardins de Briargate. Je crois qu'il reviendra tôt ou tard voir ce qu'ils sont devenus.

— Dans ce cas, dit Rufus en riant, il mourra d'horreur en constatant qu'ils ont disparu. J'ai labouré toute la pelouse et j'élève des porcs dans l'ancienne roseraie. Il faudra venir y jeter au moins un coup d'œil, Nell. Pas seulement à mes cultures, mais aussi au pavillon. Vos rideaux y sont toujours, ils sont très jolis.

— Je ne pourrais pas, Rufus, j'ai de trop mauvais souvenirs liés à cet endroit. Je ne penserai peut-être pas la même chose quand Hope et le capitaine seront de retour, mais j'en doute.

Nell prépara la soupe pendant que Rufus lisait les lettres de Hope. En l'entendant pouffer de rire de temps en temps à une anecdote amusante, elle se demandait comment il réagirait s'il apprenait que Hope était sa demi-sœur. Malgré sa fierté et sa joie de savoir qu'elle avait victorieusement surmonté l'adversité et épousé un médecin, le secret de sa naissance causait à Nell autant d'inquiétude que la perspective du retour d'Albert.

Dans ses lettres, Hope parlait beaucoup du capitaine Pettigrew. Bien entendu, Nell n'avait pas donné à Rufus la première lettre dans laquelle Hope expliquait qu'Albert l'avait surprise avec la lettre du capitaine à lady Anne et se référait à leur liaison. Si elle n'en parlait plus dans ses lettres suivantes, il était en revanche évident qu'elle avait ressenti un attachement croissant pour le capitaine pendant qu'elle le soignait. De son côté, le capitaine manifestait une affection réciproque pour Hope. Avec bon sens, Nell se disait que l'intérêt qu'ils se portaient venait peut-être du fait de leurs liens respectifs avec elle-même, mais elle sentait quand même que cette attirance avait une cause plus profonde – qui n'était autre que la voix du sang.

Elle se disait parfois qu'il était de son devoir de leur dire la vérité. Hope n'ayant plus d'autre père et le capitaine pas d'autres enfants, ils seraient l'un pour l'autre un réconfort et un soutien. Mais Rufus ? S'il serait assez heureux d'apprendre que son amie d'enfance était en réalité sa sœur pour fermer les yeux sur l'infidélité de sa mère, il n'apprécierait sans doute pas de découvrir le capitaine Pettigrew, qu'il avait connu et admiré toute sa vie, dans le rôle du démon tentateur.

En apprenant que le capitaine avait retrouvé Hope à Varna, Nell était immédiatement allée porter la bonne nouvelle à Matt qui l'avait transmise à Rufus qui, à son tour, l'avait rapportée à lady Anne. Le lendemain même, conduite en carriole par un homme du village, elle était arrivée dans tous ses états. Nell ne savait ce qui prédominait, la joie de savoir Hope saine et sauve, la terreur que son secret soit dévoilé ou la jalousie que le capitaine écrive à Nell plutôt qu'à elle. Un peu des trois, sans doute. Nell avait très mal reçu son ancienne maîtresse ce jour-là. Elle était trop heureuse que le calvaire de son attente ait pris fin pour laisser quiconque gâter sa joie, si peu que ce fût. Lady Anne était partie furieuse, non sans avoir sangloté sur la dureté de son existence et son malheur d'être incomprise.

Quelques jours plus tard, l'Angleterre entière était en état de choc en apprenant le massacre de la brigade légère à Balaclava. Folle d'inquiétude, Nell avait attendu impatiemment des nouvelles du capitaine et, même s'il avait survécu, elle restait angoissée à l'idée qu'il pourrait mourir de ses blessures. Mais une lettre vint bientôt la rassurer en lui disant qu'il venait de quitter l'hôpital où Hope l'avait recousu et qu'il s'en remettait fort bien.

Nell avait relu cette lettre plus de cent fois en versant chaque fois des torrents de larmes. Elle avait cessé d'aller à l'église depuis que le révérend Gosling l'avait traitée de pécheresse pour avoir quitté Albert et, depuis, ne s'était pas soucié du sort de Hope. Cette fois, pourtant, elle alla remercier Dieu à l'église de Keynsham. Même maintenant qu'elle avait reçu deux autres lettres du capitaine et cinq de Hope, elle voyait la main de Dieu dans le rapprochement de ces deux personnes si chères à son cœur et était persuadée que le Tout-Puissant dévoilerait bientôt la raison de Son intervention.

— Vous vous rendez compte ? s'exclama Rufus. Hope recoudre le capitaine Pettigrew !

La voix de Rufus arracha Nell à sa rêverie. Il avait l'air à la fois incrédule et émerveillé.

— Et quand je pense que je lui ai appris à coudre, dit-elle en riant. Cet endroit est d'une saleté repoussante, d'après ce qu'elle dit. Je me demande comment elle peut le supporter.

— Elle dépeint simplement la réalité. Elle ne considère pas lord Cardigan comme le héros qu'on voudrait nous faire croire qu'il est, ni lord Raglan comme un grand général. Je suis atterré que tant de soldats meurent de maladie, souffrent de la faim et n'aient même pas de vêtements chauds ni rien pour s'abriter.

— Elle a toujours eu bon cœur, commenta Nell.

— Mais elle a aussi toujours dit la vérité, lui rappela Rufus. Je suis persuadé qu'on nous montre un tableau falsifié de ce qui se passe là-bas. Comment osent-ils rendre les médecins responsables d'autant de morts alors que la faute en incombe au gouvernement qui n'a pas su préparer convenablement cette campagne ?

— Vous lisez les journaux, vous comprenez ce qu'ils disent. Pour ma part, je n'y comprends goutte.

— Parce qu'ils glorifient la guerre. Aucun ne nous parle, comme Hope le fait, des hommes assommés par la chaleur pendant la marche sur Balaclava parce qu'ils n'avaient rien à boire ! Et on les a laissés crever au bord de la route faute de charrettes pour les transporter ! C'est un scandale !

— Je n'aime pas lire ces choses-là dans ses lettres, dit Nell d'un air dégoûté.

— Alors, vous ne valez pas mieux que ma mère, répliqua Rufus d'un ton dédaigneux. Elle ne s'intéresse qu'aux militaires en grande tenue qui défilent en musique.

Nell se retourna en hâte vers sa marmite de peur que son expression ne trahisse ses sentiments. Elle était presque certaine que lady Anne serait ravie d'apprendre en détail les nouvelles du capitaine à son retour et sauterait sur le prétexte de ses blessures pour lui écrire et essayer par tous les moyens de ranimer leur amour.

Et si le capitaine se laissait séduire, qu'allait-elle devenir, elle ?

## 22

D'un coin de sa blouse, Hope essuya le givre sur la vitre d'une fenêtre de l'hôpital et le spectacle qu'elle découvrit la fit sourire d'un plaisir émerveillé. La neige qui était tombée toute la nuit avait fait du port un tableau féerique. Les mâts, les cordages et les rambardes des navires se détachaient contre le ciel comme des réseaux de fils de verre et d'argent. Aucune trace de pas n'altérait le tapis immaculé qui recouvrait leurs ponts et les passerelles les reliant à la terre. La laideur et la crasse qui envahissaient le quai avaient disparu. Caisses, barils, chariots et autres objets disparates disséminés en désordre étaient devenus des sculptures étincelantes. Les falaises abruptes qui ceinturaient le port avaient pris l'apparence de gigantesques meringues.

Cette scène lui rappela ses souvenirs d'enfance de manière si vivace qu'elle revit Joe et Henry sortir la luge de l'appentis en se disputant pour savoir qui y monterait le premier. Ce grave litige réglé, ils se mettaient d'accord pour l'emmener au village, cramponnée à Henry, qui guidait la luge assis à l'avant, pendant que Joe poussait jusqu'à ce que la luge ait pris assez d'élan pour qu'il puisse sauter dessus. Ils dévalaient alors le sentier si vite qu'elle criait de frayeur et de joie.

Hope avait passé toute la nuit à l'hôpital. Il y avait eu plusieurs amputations la veille dans son service et deux de ses patients souffraient tellement en se réveillant de l'anesthésie au chloroforme qu'elle n'avait pas eu le cœur de les abandonner aux soins approximatifs des infirmiers. Ils avaient quand même fini par s'endormir comme les autres et un chœur de ronflements emplissait la salle.

En entendant des pas s'approcher, elle se détourna de la fenêtre et vit Bennett entrer.

— N'est-ce pas que c'est beau? dit-elle en allant à sa rencontre. Ce doit être merveilleux d'être le premier à marcher sur la neige vierge.

Pour toute réponse, il lui décocha un regard incendiaire.

— Mille pardons d'avoir osé parler à notre grand chirurgien! dit-elle d'un ton ironique. Est-ce d'avoir passé une nuit sans moi pour te réchauffer qui t'a mis de cette humeur? Ou es-tu si bien habitué à ne voir que la laideur que tu ne remarques même plus la beauté?

— S'il est tombé une telle épaisseur de neige ici, répondit-il sèchement, ce doit être pire sur le plateau.

Mortifiée de ne pas y avoir pensé elle-même, Hope le fut plus encore qu'il plaigne les hommes exposés au froid dans les tranchées du siège tandis qu'elle évoquait ses souvenirs d'enfance. Mais comme elle n'était pas d'humeur à s'excuser, elle changea de sujet en parlant des deux amputés à qui elle avait administré à deux heures du matin quelques gouttes d'opium.

— Ils se sont endormis peu de temps après, conclut-elle.

Il se borna à approuver d'un signe de tête, l'opium étant le seul remède un peu efficace dont ils disposaient.

— Tu arrives bien tôt, poursuivit-elle. Je ne t'attendais pas avant au moins une heure.

— Je ne pouvais pas dormir et j'avais des choses à faire.

Il parlait d'un ton si glacial que Hope l'observa avec plus d'attention. Il avait les yeux rouges et cernés par le manque de sommeil, mais surtout les lèvres serrées, signe indiscutable qu'il avait de sérieux soucis.

— Qu'est-ce qui ne va pas? demanda-t-elle. Qu'est-il arrivé?

Il se passa nerveusement les mains dans les cheveux en essayant si visiblement de gagner du temps qu'elle insista.

— Allons, parle! Sors ce que tu as sur le cœur.

— Le colonel Lawrence est venu me voir hier soir, soupira-t-il. Sur proposition du Dr Anderson, je dois rejoindre mon régiment devant Sébastopol.

Hope vacilla sous le choc. Médecin-chef de l'hôpital, le Dr Anderson avait toujours paru apprécier Bennett.

— Mais pourquoi? Je ne comprends pas pourquoi envoyer sur le plateau un chirurgien aussi expérimenté que toi!

— Il ne m'a pas donné de raison, mais j'ai l'impression très nette que quelqu'un me juge favorisé en restant ici.

— Favorisé? explosa-t-elle. C'est une faveur de travailler dix-huit heures par jour?

— Ils en font autant sur le plateau, répondit Bennett avec un rire amer. Et puis, je me suis fait une réputation d'empêcheur de tourner en rond, je me plains sans arrêt du manque de remèdes et de vivres pour nos blessés, je critique les uns et les autres.

— C'est ce que t'a dit le colonel Lawrence ?

— Pas en ces termes, mais il me l'a laissé entendre.

— Et tu ne peux pas refuser, n'est-ce pas ?

La réponse était évidente. Dans l'armée, un ordre est un ordre.

Hope encaissait très mal le choc. Les trois mois écoulés depuis l'ouragan avaient été particulièrement éprouvants pour les troupes sur le plateau. Si les canonnades avaient été rares de part et d'autre, s'il n'y avait pas eu d'attaques des assiégeants ni de contre-attaques des assiégés, la neige, le grésil et la pluie aggravaient le froid glacial. Le naufrage du *Prince* et la perte de son chargement de vêtements chauds, de bottes neuves et de fournitures indispensables était une tragédie, dont les conséquences se faisaient cruellement sentir à mesure que l'hiver devenait plus rigoureux.

Il y avait eu peu de blessés au cours de cette période, mais le nombre des malades s'était considérablement accru. Médecins et officiers se plaignaient sans cesse que les hommes fussent obligés de passer des nuits entières dans les tranchées, trempés jusqu'aux os et sans vêtements secs pour se changer. Ils étaient épuisés par l'insuffisance de nourriture et les constants travaux de terrassement nécessaires avant de creuser des tranchées, d'ériger des fortifications et pour hisser le matériel lourd jusqu'au plateau. Dans ces conditions, les contraindre à dormir sur la terre gelée avec de mauvaises couvertures ou leurs seules capotes en guise de protection était proprement inhumain.

Le personnel médical, sur le terrain comme dans les hôpitaux, était outré de lire dans la presse anglaise que le taux de mortalité excessif du corps expéditionnaire était imputable à leur négligence. La publicité faite autour de l'arrivée à Scutari de Florence Nightingale avec sa troupe d'infirmières et ses rapports sur les conditions déplorables qui régnaient dans cette ville avaient paru autoriser le moindre journaliste à se prétendre expert sur la gestion des hôpitaux. Les médecins en poste à Balaclava étaient scandalisés qu'une femme du monde, pourvue de flatteuses relations plutôt que de réelles connaissances médicales, ait réussi à convaincre le gouvernement d'agir pour améliorer la situation alors que leurs avis professionnels, leurs rapports circonstanciés et leurs demandes pressantes étaient restés lettre morte. Ils ne relâchaient pourtant pas leurs efforts, même si chaque jour les confrontait à un combat qu'ils savaient ne jamais pouvoir gagner. Les malades et les blessés qu'ils avaient à peine fini de soigner étaient aussitôt expédiés à Scutari, alors même qu'ils étaient le plus exposés aux complications.

Mais quels que soient les problèmes et les difficultés rencontrés à l'hôpital du camp de base, le tableau était cent fois plus sombre dans les hôpitaux de campagne sur le plateau. Depuis Noël, Hope y avait accompagné deux fois Bennett pour apporter des pansements et des remèdes. Ils étaient revenus atterrés de ce qu'ils avaient vu.

Un immense bourbier hérissé de tentes avait pris la place de la végétation, totalement détruite. Les hôpitaux de campagne n'étaient que de simples auvents où malades et blessés, couchés par terre, recevaient les soins les plus élémentaires en attendant que des moyens de transport soient disponibles pour les emmener à Balaclava. Parfois, s'il faisait trop mauvais temps pour que les charrettes pussent rouler, les plus gravement touchés effectuaient la longue et périlleuse descente sur le dos de leurs camarades valides.

Les hommes n'avaient même plus l'allure de soldats. Ce n'étaient que des créatures émaciées, rongées par la vermine, le visage recouvert de barbes hirsutes, affublées de loques boueuses, souvent des bottes et des uniformes pris sur les cadavres russes. Certains fantassins portaient des vareuses de marin, échangées à la suite de trocs que l'imagination se refusait à concevoir. Beaucoup glissaient de vieux journaux sous les vestiges de leurs uniformes pour tenter de se réchauffer. Ceux qui n'avaient même plus de bottes se chaussaient de vieux sacs ficelés à leurs pieds. La pénurie d'eau rendait impossible le maintien d'un minimum d'hygiène corporelle et il fallait se contenter d'eau de pluie, de neige ou de glace fondue. Les racines et les souches des arbres abattus constituaient le seul combustible, qui nécessitait des heures d'un travail épuisant pour arriver à allumer de maigres feux. Conséquence du régime de viande salée mal cuite, les troubles intestinaux proliféraient. Le scorbut avait aussi fait son apparition, ainsi que des pneumonies et autres maladies pulmonaires, sans compter les cas d'engelures aggravées. Si le choléra avait disparu, d'autres fièvres malignes avaient pris le relais.

Dans de telles conditions, le moral était au plus bas. Avec une quasi-unanimité, les hommes qui arrivaient à l'hôpital de Balaclava disaient qu'ils préféraient affronter la mort dans un assaut contre les fortifications de Sébastopol, que subir plus longtemps le calvaire de ce siège interminable et sans issue prévisible. Ils ne recevaient leurs rations que de manière sporadique et, quand elles arrivaient, le porc salé et les biscuits étaient si peu appétissants qu'ils pouvaient à peine les manger. Hope sentait le désespoir profond de tous les hommes auxquels elle parlait, même ceux qui s'efforçaient de paraître stoïques.

— Tu ne bougeras pas d'ici, déclara Bennett d'un ton sans réplique. À l'hôpital, au moins, on apprécie *ton* travail.

— Je ne peux pas rester seule à la maison avec tous ces hommes ! protesta Hope.

— Il y a des hommes partout en Crimée, répliqua-t-il avec impatience. Tu connais ceux avec lesquels tu loges et je ne veux pas t'exposer à mourir de froid ou d'une balle perdue.

— Non, je pars avec toi !

Elle n'en avait aucune envie, mais l'idée de se séparer de Bennett lui était insupportable.

— Non, Hope. Dieu sait si j'aimerais t'avoir à mes côtés, mais pas là-haut. Ce n'est pas un endroit pour une femme.

— Queenie y est, elle, comme toutes les femmes des soldats.

— Pas question ! Ton travail ici est trop précieux. Je descendrai te voir de temps en temps, mais j'ai besoin de te savoir en sécurité dans notre chambre pour supporter la vie qui m'attend là-haut.

Elle comprenait pourquoi il n'avait pas dormi de la nuit : c'était pour elle qu'il s'inquiétait, pas pour lui. Il devait aussi se sentir moralement tenu de s'associer au sort des hommes de son régiment, mais ne voulait pas qu'elle en partage les dangers.

— Mon sac est prêt, reprit-il. Je ne reste que le temps de passer aux autres médecins les consignes sur les malades que je traite. Ne me rends pas notre séparation plus pénible qu'elle ne l'est, je t'en prie.

Hope ravala ses larmes. Une femme de soldat devait se conduire avec dignité.

— Mais qui lavera ton linge ? dit-elle, à bout d'arguments.

— Toi, répondit-il avec un demi-sourire. Je te l'apporterai quand je viendrai te voir. Je m'arrangerai pour accompagner les blessés évacués du plateau. Et maintenant, embrasse-moi avant que les hommes se réveillent.

Ce fut un baiser doux-amer. Hope l'étreignit en s'efforçant de faire taire ses appréhensions. Les canonnades n'étaient peut-être que sporadiques, pour le moment du moins, mais il y avait toujours le risque imprévisible d'un franc-tireur voulant «faire un carton» sur un ennemi passant dans sa ligne de mire. Plusieurs médecins avaient déjà succombé à des maladies transmises par contagion. Si Bennett était aujourd'hui mal vu de ses supérieurs, il le devait à ses critiques véhémentes de la manière indigne dont étaient traités les hommes de troupe. Compte tenu des conditions lamentables dans lesquelles ils survivaient sur le plateau, il ne pourrait que continuer de vitupérer les autorités, ce qui ne manquerait pas d'aggraver son cas.

Mais plus encore que ses craintes, elle éprouvait de la colère de constater que la jalousie et la mesquinerie obscurcissaient le jugement des officiers qui sanctionnaient Bennett. Il était l'un des chirurgiens les plus habiles et les plus expérimentés de l'hôpital. En son absence, des hommes qu'il aurait pu sauver seraient condamnés à mort dans la plupart des cas. Les jeunes médecins, recrutés à la hâte à leur sortie de la faculté de médecine, en savaient assez pour poser des garrots, appliquer des pansements ou réduire des fractures, soins auxquels on se bornait dans les hôpitaux de campagne pour faire face aux urgences, mais leurs connaissances se limitaient à cela. L'idée que l'un de ces blancs-becs inexpérimentés pourrait prendre la place de Bennett à l'hôpital la faisait frémir.

Au début de mars, un mois après le départ de Bennett, Hope eut le temps de faire une courte promenade en dehors de la ville pour voir si la construction de la voie ferrée progressait. Cette ligne reliant Balaclava au plateau avait une importance vitale, car elle mettrait fin au calvaire des soldats forcés de hisser à la force du bras les canons de siège, les armes et les munitions.

Elle fut heureuse de constater que les équipes se composaient de terrassiers et de cheminots venus d'Angleterre. Si le spectacle de ces travailleurs vigoureux et en pleine santé la changeait agréablement de celui des squelettes ambulants qu'étaient devenus les soldats, Hope, comme le personnel de la base, jugeait injuste le traitement de faveur dont ils bénéficiaient. Ils recevaient de copieuses rations de viande fraîche, ce qui n'était pas le cas des militaires. Il n'était pas plus justifié que les soldats, malades et affaiblis, dussent leur construire des abris en dur alors qu'ils n'avaient droit qu'à des tentes qui prenaient l'eau et ne les protégeaient pas du froid. Malgré tout, Hope eut la satisfaction de voir que le travail avançait. La ligne atteignait déjà presque le camp de la cavalerie et serait bientôt terminée. La grosse locomotive qui allait hisser le train sur la pente l'impressionna. Elle espérait seulement que les optimistes qui prédisaient que sa mise en service hâterait la fin du siège avaient raison. Elle espérait aussi que la mort du tsar Nicolas, annoncée la veille, contribuerait à ramener enfin la paix.

Ce mois lui avait pesé. Bennett lui manquait terriblement, l'inquiétude la rongeait et elle ne s'était jamais sentie aussi seule. Quand ils étaient ensemble, ils recevaient souvent des visites qu'ils rendaient. Maintenant, elle devait être très prudente dans ses fréquentations. Elle ne pouvait pas recevoir de visiteurs masculins de peur des médisances et les quelques femmes de sa connaissance étaient si ennuyeuses ou si snobs qu'elle préférait rester seule au coin du feu que de subir leur compagnie. Bennett n'avait pu venir que deux fois, si épuisé qu'il s'était endormi comme une masse aussitôt après avoir pris un bain.

Le courrier lui apportait le seul rayon de lumière dans ces ténèbres. Nell lui écrivait chaque semaine et, si l'absence de détails dans ses lettres la frustrait, la vue de sa grosse écriture enfantine lui faisait chaud au cœur. Matt lui avait écrit trois fois en lui donnant des nouvelles de Joe et de Henry, Amy ajoutait toujours quelques lignes sur les potins du village. Les deux lettres de Ruth avaient été les plus distrayantes. Dans un bon style et d'une belle écriture, elle parlait de sa vie quotidienne à Bath, de son mari, de ses trois enfants et de ses deux beaux-enfants. Elle disait son admiration pour Hope d'exercer un métier aussi utile dans un endroit aussi dangereux que la Crimée et parlait fièrement d'elle à tous ses amis. Elle voyait souvent Nell qui, selon elle, s'était épanouie depuis qu'elle savait que Hope vivait et ce qu'elle faisait. À la fin de sa deuxième lettre, elle disait qu'elles avaient tant de retard à rattraper qu'elle avait hâte de la revoir et que Bennett et elle seraient toujours les bienvenus chez elle.

James lui avait écrit une lettre bâclée mais pleine d'affection, en lui en promettant une autre plus longue et mieux écrite quand il aurait un peu plus de temps devant lui. Il lui apprenait qu'il était marié à Polly, femme de chambre chez ses maîtres jusqu'à la naissance de leur fille qui avait maintenant quatre ans. Ils habitaient un cottage sur la propriété, attendaient un autre enfant et espéraient que Bennett et elle auraient le temps de venir les voir à leur retour. Alice et Toby lui avaient envoyé une lettre en leurs deux noms. Hope avait eu la nette impression qu'ils n'avaient fait que céder par devoir aux objurgations de Nell, ce qui l'attristait, mais elle comprenait leur attitude. Ils avaient quitté le cottage familial quand Hope était encore toute petite et avaient fait leur vie depuis à l'écart du reste de la famille.

Aucun de ses frères et sœurs ne lui avait posé de questions sur les causes de sa soudaine disparition. Fallait-il attribuer cette étrange discrétion aux explications que Nell leur avait déjà fournies ou à un manque de curiosité, Hope l'ignorait. Mais après s'être si longtemps souciée de leurs réactions, elle se rendait compte qu'ils n'en manifestaient aucune et elle en était déconcertée, et même peinée.

Elle allait rebrousser chemin quand elle vit des fleurs sauvages qui avaient poussé au bord du chemin et s'arrêta pour les regarder de plus près. Elles ressemblaient à des crocus, un peu différents de ceux qu'elle connaissait, mais ces fleurs annonçaient concrètement l'arrivée du printemps et c'étaient les premières qu'elle voyait depuis longtemps dans cette campagne ravagée. Ravie de sa découverte, elle se penchait pour en cueillir quand une voix derrière elle la fit sursauter.

— Elles sont presque aussi jolies que vous, Hope !

Étonnée de s'entendre appeler par son nom, elle se retourna et reconnut Angus qui lui souriait du haut de son cheval. Elle l'avait vu pour la dernière fois en janvier, quand il était venu à Balaclava réquisitionner du fourrage tant il était angoissé par le sort des chevaux de la cavalerie qui mouraient littéralement de faim. Il était reparti à pied en boitant, un gros sac d'avoine sur l'épaule. Aujourd'hui, il paraissait en pleine forme et plus bel homme que jamais, malgré son uniforme visiblement élimé et taché de boue. Si son cheval était maigre, il avait au moins survécu à la famine.

— Je suis enchantée de vous revoir et de constater que Brandy a enfin de quoi manger, dit-elle en caressant les naseaux du cheval. Comment vont vos blessures ?

— Quelles blessures ? répondit-il en mettant pied à terre.

Elle ne put s'empêcher de pouffer de rire.

— L'endroit est mal choisi pour vous demander de baisser votre culotte afin que j'examine les cicatrices. L'essentiel, c'est que vous paraissiez ne plus en souffrir.

— Grâce à vos doigts de fée, dit-il en lui baisant la main. Mais que faites-vous ici au lieu d'être en train de recoudre un jeune soldat qui se souviendra de votre visage d'ange jusqu'à la fin des temps ?

— Pas étonnant que lady Harvey se soit écartée du droit chemin à cause de vous! dit-elle en riant de nouveau. Mais avec moi, votre charme ne prend pas. Et puis, comme Bennett a été envoyé rejoindre son régiment sur le plateau, mieux vaut ne pas attirer les médisances.

Tenant son cheval par la bride, Angus la raccompagna jusqu'au port en parlant de la mutation de Bennett, de la mort du tsar et du nombre croissant d'hommes malades depuis janvier.

— Je n'ai jamais vu le moral au plus bas, soupira-t-il. Nous aurions dû attaquer l'année dernière, dès le débarquement, mais Raglan est une vieille baderne incapable de prendre une décision. Notre retard a laissé aux Russes le temps de renforcer leurs fortifications et de s'approvisionner en munitions. Au point où nous en sommes, il n'y a pratiquement plus un homme valide dans toute notre armée. Les renforts arrivés en janvier sont déjà en aussi piteux état que les autres. Mais vous, Hope, vous êtes resplendissante. Comment faites-vous ?

— C'est vrai ? s'étonna-t-elle.

— Tout à fait, répondit-il en l'observant avec attention. Je trouve même que vous avez pris du poids. Auriez-vous trouvé une source de bonne nourriture que vous vous gardez jalousement ? Ou se pourrait-il que vous attendiez un heureux événement ?

La peau soudain hérissée de chair de poule, elle eut l'air si horrifié que le sourire d'Angus s'effaça.

— Ce n'est donc pas un événement heureux. Je me montre trop présomptueux parce que, voyez-vous, je vous considère comme faisant partie de la famille. Vous me pardonnez?

Il s'excusait parce qu'il était de mauvais goût pour un homme d'aborder un tel sujet avec une femme, comprit-elle. En réalité, le choc qu'elle éprouvait n'était pas dû à cette réflexion amicale, mais au fait qu'elle pouvait en effet attendre un enfant. Bennett s'était montré extrêmement prudent chaque fois qu'ils avaient fait l'amour, car il aurait été désastreux qu'elle tombe enceinte dans un endroit comme la Crimée et à un pareil moment. Oui, il avait toujours été si prudent qu'elle en était frustrée. Toujours, sauf la veille de Noël.

La soirée avait été merveilleuse. Il faisait presque doux, la lune brillait dans un ciel sans nuages et les musiciens de plusieurs régiments s'étaient rassemblés avec leurs instruments sur le quai. Pour un soir, le siège avait été oublié. On entendait les Français jouer eux aussi de la musique et chanter sur le plateau, la brise apportait même depuis Sébastopol les échos des réjouissances des Russes. Ce soir-là, pas un coup de feu n'avait retenti de part et d'autre. Les Turcs avaient abattu et rôti un bœuf, il y avait des bouteilles de vin et d'alcool à profusion. Les femmes étaient si peu nombreuses que Hope avait dansé avec des dizaines d'hommes. Elle portait la belle robe rose de sa lune de miel et Bennett, en grande tenue, avait fière allure. Quand ils étaient rentrés se coucher, tous deux un peu éméchés, ils n'avaient même pas pensé à prendre les précautions habituelles. Bennett l'avait entraînée jusqu'à des sommets de plaisir où elle n'était jamais allée. Leur seul rappel lui donnait encore le frisson.

La réalité allait très vite effacer la magie de cette soirée unique. À l'hôpital, janvier avait été le pire des mois, le désespoir les gagnait à mesure que l'afflux des malades croissait sans cesse. Dans un constant état d'épuisement proche de l'hébétude, elle ne se rappelait même pas si elle avait eu ou non ses règles ce mois-là…

— Hope ? Me pardonnez-vous ?

La voix d'Angus la ramena au présent.

— Bien sûr, voyons ! Une campagnarde comme moi n'a pas ses vapeurs si un homme lui parle de ce genre de choses.

— Pourtant, je vous ai vue pâlir.

— Changeons de sujet, voulez-vous ? répondit-elle avec irritation. Dites-moi plutôt ce que vous devenez, cela fait très longtemps que je n'ai plus de vos nouvelles. Nell vous a-t-elle encore envoyé de bonnes choses ?

Il avait reçu à Noël un pudding dont il leur avait apporté la moitié. Bennett et elle n'avaient rien mangé de plus délicieux jusqu'à ce que Hope en reçoive un à son tour en janvier, avec un assortiment de bocaux de conserves, des mitaines et de chaudes écharpes de laine.

— Je ne devrais plus tarder à en recevoir, dit-il en souriant. Sauf que maintenant qu'elle peut vous gâter, je m'en sors moins bien.

En arrivant en ville, Angus ne manqua pas de remarquer les améliorations survenues depuis sa dernière visite. Tout était longtemps resté répugnant car, en plus de la crasse et du fouillis habituels, l'abominable ramassis de cahutes construites par les Turcs derrière la rue principale aggravait la situation. Leurs ordures et des carcasses d'animaux restées sur place avaient provoqué des épidémies et leurs morts, enterrés à la hâte, posaient à toute l'agglomération de graves problèmes sanitaires. Depuis quelques semaines, les axes principaux étaient nettoyés et macadamisés, de nouveaux entrepôts bâtis près du port pour abriter les marchandises et des baraques préfabriquées, expédiées d'Angleterre, s'élevaient partout. Elles remplaçaient les tentes comme annexes de l'hôpital et d'autres étaient en cours d'achèvement sur la falaise, près de l'ancien fort génois, pour les convalescents.

Angus lui raconta aussi ses exploits cynégétiques en compagnie d'autres officiers. Faute de gibier, ils se contentaient des chiens sauvages qui pullulaient autour des camps et, au cours d'une de ces parties de chasse, ses camarades et lui s'étaient trouvés nez à nez avec une troupe de cosaques qu'ils avaient réussi à mettre en fuite. Il en parlait comme un de ces gentlemen riches et arrogants, grands chasseurs de renards à sons de trompe dans la campagne anglaise, mais Hope savait qu'il n'avait rien de commun avec ces gens dont Bennett détestait le snobisme. Elle avait connu à l'hôpital bon nombre de ses hommes, tous prêts à se faire tuer pour lui car il se souciait plus de leur santé et de leur bien-être que des siens au point de partager avec eux les provisions que lui envoyaient Nell et sa famille.

Après l'avoir quitté, Hope rentra se changer pour aller à l'hôpital mais, une fois dans sa chambre, elle s'assit sur le lit en essayant de retrouver dans ses souvenirs celui de ses dernières règles. Elle se souvenait de celles du début de décembre, parce qu'ils s'étaient installés dans la chambre à peu près au même moment, mais elle était incapable de se rappeler quoi que ce soit à ce sujet en janvier et en février. En cherchant les indices d'une grossesse éventuelle, elle se rendit compte qu'Angus avait eu raison de dire qu'elle prenait du poids. Si elle avait remarqué que ses robes lui paraissaient plus ajustées qu'auparavant, elle l'attribuait au fait qu'elle mangeait davantage à cause du froid. Elle prenait parfois chez le boulanger une miche de pain entière, qu'elle dévorait dans la journée avec des confitures de Nell. Et il était vrai qu'elle avait toujours faim ces derniers temps.

Il y avait aussi ses réactions à certaines odeurs auxquelles elle ne faisait pas attention jusqu'alors. L'officier logé dans la pièce voisine fumait le cigare, odeur qu'elle aimait beaucoup et qui maintenant l'incommodait. L'odeur du crottin de cheval, qu'elle avait connue toute sa vie, lui était soudain devenue presque insupportable.

L'angoisse lui noua l'estomac. Si sa grossesse datait de Noël, elle était près de son troisième mois ! Quand cela se verrait, elle serait renvoyée en Angleterre sans que Bennett ait le droit de l'accompagner. Et s'il tombait malade, s'il était blessé, tué peut-être, que deviendrait-elle ? Elle balaya cette dernière pensée : elle pourrait compter sur Nell pour l'aider, sur Alice aussi et même sur l'oncle Abel, mais l'idée d'être séparée de Bennett la terrifiait. C'était déjà assez pénible en ce moment, alors qu'ils n'étaient qu'à quelques kilomètres l'un de l'autre. Mais qui s'occuperait de lui si elle devait le laisser seul ?

Elle prit le petit miroir dont Gussie lui avait fait cadeau des années plus tôt pour regarder sa taille de profil. Son ventre lui parut aussi plat que d'habitude, elle se trompait peut-être et s'inquiétait pour rien. Mieux valait ne plus y penser, décida-t-elle.

Mais plus mars avançait, plus Hope prenait conscience qu'elle ne pouvait plus ignorer son état. Chaque jour lui apportait une preuve supplémentaire qu'elle était bel et bien enceinte et elle ne savait si elle devait s'en réjouir ou le redouter. Les bébés qu'elle aidait à naître à la maternité de St Peter l'avaient comblée de joie, l'idée de tenir le sien dans ses bras la faisait fondre de bonheur, mais ce n'était assurément ni le moment ni le lieu pour mettre un enfant au monde.

Si, pour la plupart, les hommes ne commençaient à s'intéresser à leurs enfants que lorsqu'ils savaient parler et marcher, tel n'était pas le cas de Bennett qui voudrait à coup sûr accoucher le leur. Il ne se résignerait pas à renvoyer Hope seule chez eux, mais laisser l'enfant naître ici, exposé à la contagion des maladies, le mettrait hors de lui. Si elle lui disait qu'elle était enceinte, il en serait bouleversé au point que son travail s'en ressentirait. Elle décida donc de ne pas lui en parler pour l'instant. On avait appris que l'armée et la marine devaient procéder début avril à un bombardement massif de Sébastopol. Hope avait d'ailleurs vu débarquer des canons de gros calibre et des tonnes de munitions. Si cette action se révélait aussi décisive que chacun l'espérait, elle mettrait fin au siège et ils pourraient rentrer chez eux.

Hope avait souvent le mal du pays, moins par désir de revoir sa famille ou la campagne anglaise au printemps, que par besoin de retrouver l'ordre naturel des choses. De savoir, surtout, de quoi demain serait fait, car le chaos et la désorganisation qui régnaient sans partage l'étouffaient. Ainsi à la fin mars, alors même que la température remontait, les vêtements d'hiver tant attendus furent distribués aux troupes après avoir passé des semaines, parfois des mois, entassés dans des entrepôts. Alors que les pluies se faisaient plus rares, des baraques en bois commencèrent à remplacer les auvents de toile dont les hôpitaux de campagne avaient dû se contenter en hiver. Bennett avait raconté que si les hommes sur le terrain étaient contents d'avoir enfin des bottes, des chemises et des sous-vêtements neufs, ils regardaient avec perplexité les lourdes capotes de laine dont ils n'avaient plus besoin et qui les incommodaient. Miracle de l'efficacité bureaucratique, l'hôpital recevait enfin les lits, les matelas et les draps dont malades et blessés avaient dû se passer des mois durant.

Hope se serait réjouie de ces améliorations, même tardives, si elle n'avait pas été subitement affectée à l'une des baraques neuves bâties derrière l'hôpital. Tous les patients étaient des étrangers, Turcs, Polonais, Arméniens, Croates et même quelques Russes. Elle comprit qu'elle était exilée là pour les mêmes raisons que celles qui avaient prévalu lorsque Bennett avait reçu l'ordre de rejoindre son régiment d'origine sur le plateau.

Car aussitôt après son départ, elle avait remarqué que les médecins devenaient désagréables avec elle. Il ne s'agissait pas d'une hostilité flagrante mais de menues vexations, feindre de ne l'avoir pas entendue poser une question pour ne pas avoir à y répondre, éviter de la croiser quand elle traversait une salle, demander le concours d'une autre infirmière qu'elle. Il se pouvait, après tout, qu'ils ne l'aient jamais vraiment admise car elle n'était ni une lady, comme Florence Nightingale, ni une femme de soldat à laquelle donner l'ordre de se charger des besognes les plus rebutantes. Si tel était le cas, ils avaient soigneusement dissimulé leurs sentiments tant que Bennett avait été présent. Elle eut donc l'impression qu'en l'expédiant dans un service où elle ne pouvait construire aucun échange avec aucun des patients dont, par-dessus le marché, le comportement pourrait l'effrayer, elle en viendrait à quitter d'elle-même l'hôpital. L'atmosphère était en effet démoralisante, car ces hommes n'avaient pas le moindre raffinement. Il s'agissait pour la plupart de muletiers ou de terrassiers malades ou victimes d'un accident du travail, qui ne pouvaient pas être envoyés à Scutari parce qu'ils étaient des travailleurs civils. Comme ils ne parlaient pas anglais, le médecin de service devait se faire accompagner d'un interprète quand il procédait à ses visites.

Que les médecins la briment par mesquinerie ou misogynie, Hope n'avait nulle intention de s'avouer vaincue. Ses patients avaient des habitudes souvent répugnantes et étaient couverts de vermine, mais ils n'étaient pas pires que ceux de St Peter. Elle communiquait avec eux par le langage des signes et se félicitait de ne pas avoir à leur faire la conversation. Infirmière, elle ferait son devoir jusqu'à ce qu'elle décide de partir. Les patients comptaient plus pour elle que des imbéciles à l'esprit étroit.

Bennett était ulcéré qu'on ait muté Hope, mais comme il ne venait qu'une fois par semaine pour convoyer les patients en partance pour Scutari et devait remonter le jour même, il n'avait pas le temps d'enquêter sur les causes réelles de cette disgrâce. Un jour où il était venu à cheval et devait partir de bonne heure pour rendre l'animal à son propriétaire, Hope lui demanda de l'accompagner. Cet après-midi-là, ils avaient vu décharger au port de longues échelles et des cordes à grappins, matériel indiquant que le bombardement serait suivi d'un assaut sur les fortifications de Sébastopol. Plutôt que de le supplier, elle se contenta de lui dire qu'elle se rendrait plus utile à l'hôpital du plateau qu'en restant à Balaclava.

— Impossible, ma chérie, répondit-il en lui caressant les cheveux. Une fois l'offensive lancée, ce sera trop dangereux là-haut.

Son ton plein de douceur et son regard attendri firent comprendre à Hope qu'il hésitait, peut-être parce qu'il n'était pas certain qu'elle soit plus en sécurité dans une salle pleine de rustres étrangers. Elle fut alors tentée d'insister, de lui dire combien elle se sentait seule et en butte à la malveillance du personnel médical, mais elle se reprit à temps. Si elle commençait à se plaindre de cela, le reste suivrait et quand il serait au courant de sa grossesse, il en perdrait le sommeil. Le bombardement et l'assaut des fortifications feraient de nombreuses victimes, il lui faudrait rester en pleine possession de ses moyens pour y faire face. Ce n'était pas à elle d'alourdir son fardeau, déjà trop pesant.

— Tu as sûrement raison, dit-elle en feignant une bravoure qu'elle était loin d'éprouver. Mon devoir est de rester ici, mais tu me manques tellement, vois-tu.

Il la prit dans ses bras, la serra à l'étouffer.

— Toi aussi tu me manques, mon amour, mais nous ne serons plus séparés très longtemps. Avec la puissance de feu dont nous disposons maintenant, Sébastopol ne pourra pas résister.

Le soir du 8 avril, Hope pansait un manœuvre croate, qui s'était blessé en déchargeant un navire et avait laissé ses plaies s'infecter, quand elle vit son patient se raidir et regarder vers la porte avec une curiosité mêlée de crainte. En se retournant, elle reconnut Angus.

— Attendez une minute, je termine, lui lança-t-elle.

Il n'en tint pas compte et s'approcha en regardant autour de lui d'un air soucieux.

— Vous êtes seule ici ?

— Oui, pour le moment. Les plantons sont allés chercher les rations du dîner.

Il l'observa en silence puis, quand elle fut sur le point de finir, il parla au patient dans une langue que Hope supposa être la sienne, car l'homme eut l'air effrayé.

— Que diable lui avez-vous dit ? s'étonna Hope. Je ne me doutais pas que vous parliez croate.

— Je connais un certain nombre de phrases utiles dans un certain nombre de langues, répondit-il en souriant. Je l'ai simplement averti que si l'un des hommes ici présents vous faisait des ennuis, il aurait personnellement affaire à moi.

— C'est vraiment inutile ! protesta-t-elle.

— Il est toujours utile de mettre en garde des hommes qui se trouvent seuls avec une jolie femme. Qui a eu l'idée de vous affecter à ce service, Hope ? Et pourquoi ?

Elle fit un haussement d'épaules fataliste en guise de réponse.

— Pas étonnant que les journaux ne parlent que du chaos qui règne ici ! gronda-t-il. N'importe quelle débutante pourrait s'occuper de ces hommes. Vous devriez être là où votre expérience serait plus utile.

— Ces hommes méritent eux aussi d'être soignés.

— À mon avis, ils devraient passer après nos propres hommes. De toute façon, vous n'avez pas été mutée ici pour leur bien. Le sinistre imbécile qui a pris cette décision veut vous nuire, c'est évident.

Hope sentait vingt-cinq paires d'yeux braqués sur eux et espéra sincèrement qu'aucun des patients ne comprenait ce qu'ils disaient.

— C'est possible, répondit-elle. Mais en ce moment, je suis ici et je ferai de mon mieux jusqu'à ce que Bennett m'autorise à l'accompagner.

— Ne mettez surtout pas les pieds là-haut! s'exclama Angus, horrifié. Le bal doit s'ouvrir demain matin.

Cette image appliquée au bombardement la fit pouffer de rire.

— Je ne comptais pas aller danser, je pensais surtout participer aux rangements quand le bal sera terminé.

— Vous ne bougerez pas de Balaclava! dit-il d'un ton sévère. Nell me ferait pendre et écarteler si vous vous faisiez la moindre égratignure.

Comme prévu, le bombardement débuta de bonne heure le lendemain matin. Il faisait un temps maussade et pluvieux, rendu encore plus déprimant par la certitude que les blessés ne tarderaient pas à affluer. Confinée dans son baraquement derrière l'hôpital, Hope ne pouvait qu'écouter les détonations en déplorant qu'elle n'ait personne avec qui partager son angoisse sur le sort de Bennett.

Le bombardement se poursuivit sans répit jour et nuit. Une trêve de quelques heures intervenait de temps en temps pour permettre l'enterrement des morts mais, le flot incessant des blessés qui arrivaient à Balaclava était le signe que Sébastopol résistait toujours. La rumeur courut quelques jours plus tard que le général Menchikov, commandant la garnison russe, avait été tué. La confirmation de cette nouvelle peu après souleva une vague d'optimisme dans l'espoir que, privés de leur chef, les Russes capituleraient, mais cet espoir fut déçu. Les canons continuèrent à tonner, les blessés à affluer et la perspective d'un assaut à se préciser. Puisque les canons ne pouvaient pas réduire Sébastopol, il ne fallait plus compter que sur les baïonnettes.

Hope frémit en l'apprenant, car il était évident que les combats au corps à corps tourneraient au carnage. Entre-temps, la presse anglaise chantait les louanges de lord Cardigan, accueilli à Londres en triomphateur. Incrédule et scandalisée, Hope apprenait que son portrait était affiché dans les vitrines des magasins, le récit de ses prétendus faits d'armes étalé sur des pages entières de journaux. L'idolâtrie populaire allait jusqu'à se faire faire des copies de sa vareuse, baptisée cardigan en son honneur. Et c'était cet homme qui se prélassait dans le luxe de son yacht pendant que ses hommes grelottaient sous de mauvaises tentes et que les chevaux des régiments d'élite de la cavalerie mouraient de faim ! Tel était l'homme offert à la vénération du peuple anglais comme un héros de légende. Hope savait, elle, que les véritables héros étaient ceux qui se battaient dans les tranchées ou gisaient dans les hôpitaux amputés d'un membre.

Plus les jours s'écoulaient, plus Hope se rendait compte que les médecins atteignaient les limites de l'endurance devant le flot de blessés qui ne cessait de croître. Comme Angus l'avait fait observer, n'importe quelle débutante aurait pu s'occuper des patients de son service mais, en dépit de sa frustration, elle ne recevait toujours pas l'autorisation de les quitter pour prêter main-forte aux services surchargés. Ce qui la déconcertait surtout, c'était d'ignorer qui s'acharnait à l'écarter ainsi de l'hôpital. Elle voyait dans les regards harassés des médecins qu'ils auraient accueilli son concours avec soulagement et, pourtant, ils lui répondaient invariablement qu'ils avaient l'ordre de n'admettre dans les services de chirurgie et de soins intensifs que le personnel militaire.

Un jour de mai, Hope avait pris son service comme d'habitude à six heures du matin et l'avait terminé à huit heures. Les rondes quotidiennes des médecins de garde appartenaient au passé tant ils étaient débordés. Malgré tout, ayant constaté que la blessure d'un de ses patients s'infectait, Hope sortit à la recherche d'un médecin pendant que les plantons distribuaient les rations de porridge.

L'atmosphère qu'elle découvrit à l'intérieur de l'hôpital lui rappela celle des premiers temps. Il y avait eu un arrivage massif de blessés et le chaos régnait. Les hommes qu'on avait portés sur des brancards étaient alignés sur le plancher faute de lits disponibles, les pansements posés sur le terrain étaient tout ensanglantés, certains vomissaient par terre, d'autres gémissaient ou se tordaient de douleur, et ils avaient tous le visage noirci par la poudre à canon. Quatre chirurgiens s'évertuaient à extraire des balles ou des éclats, à amputer des membres déchiquetés pendant que des infirmiers administraient du chloroforme, visiblement sans savoir ce qu'ils faisaient. Hope hésita un bref instant. Elle savait que, dans l'armée, un ordre devait être exécuté à la lettre mais, après tout, elle était une volontaire civile et, à ce titre, personne n'avait le pouvoir de lui dicter ce qu'elle devait ou ne devait pas faire.

Avec autorité, elle fit transférer les blessés déjà soignés dans une salle encore presque inoccupée, coucha les nouveaux arrivants dans les lits ainsi libérés et donna aux infirmiers et aux plantons l'ordre de nettoyer les planchers souillés, de débarrasser les hommes de leurs uniformes en loques et de les laver. Pendant ce temps, les médecins qui passaient près d'elle la saluaient d'un signe de tête, parfois d'un sourire reconnaissant. Vers deux heures de l'après-midi, l'ordre régnant de nouveau, Hope regagna sa baraque.

En ouvrant la porte, elle fut atterrée. Le Dr Truscott était en train d'examiner l'homme qu'elle avait soigné le matin et pour qui elle était sortie chercher de l'aide.

— Où aviez-vous disparu ? aboya-t-il quand elle entra.

Truscott n'était arrivé que depuis quelques semaines et n'avait donc pas l'habitude de faire appel à son concours, comme la plupart des autres médecins. Hope savait qu'il désapprouvait la présence des femmes dans les hôpitaux militaires et avait déjà fait nombre de commentaires désobligeants à son sujet. Gros homme moustachu d'une soixantaine d'années, imbu de son importance, il considérait que les soins prodigués pendant les guerres napoléoniennes restaient d'actualité pour celle-ci. Bennett le jugeait bon chirurgien, mais totalement dépassé par les plus récents progrès des techniques opératoires. On ne l'avait pas souvent vu à l'hôpital depuis son arrivée car, selon les rumeurs, il passait le plus clair de son temps à monter à cheval pour «entretenir sa forme», disait-il.

— Je suis sortie chercher un médecin pour examiner la blessure de cet homme, répondit-elle. Mais quand j'ai vu à quel point ils avaient besoin d'aide, je suis restée un moment leur prêter main-forte.

— La vie de cet homme n'a donc aucune importance pour vous?

Hope savait que l'infection de ce patient ne mettait pas sa vie en danger et pouvait attendre quelques heures.

— Bien sûr que si, monsieur. Mais il y a en ce moment à l'hôpital beaucoup d'hommes dont la situation est infiniment plus sérieuse.

— Vous prétendez pouvoir décider qui a besoin de soins? Déserter votre poste constitue un manquement grave à votre devoir!

Hope sentit la moutarde lui monter au nez.

— Je n'ai pas déserté mon poste, répliqua-t-elle, j'ai juste apporté mon aide là où elle était nécessaire. De plus, personne ne peut m'accuser de désertion puisque je suis une volontaire civile.

— Je ne tolère pas l'insubordination! rugit le médecin d'une voix qui fit tourner toutes les têtes. Savez-vous qui je suis?

Elle résista de justesse à la tentation de répondre : «Un imbécile.»

— Oui, monsieur, vous êtes le Dr Truscott.

— Parfaitement, j'ai plus de trente ans d'expérience en chirurgie ! Les femmes n'ont rien à faire dans un hôpital militaire ! Quel genre de chiffe est votre mari pour vous avoir laissée venir ici et nous infliger votre présence ? brailla-t-il.

Tout à coup, Hope vit le chirurgien se débattre. Un homme s'était glissé sans bruit derrière lui et lui avait posé un couteau sur la gorge. Hope sursauta. Elle n'avait pas vu le petit Croate se lever de son lit ni traverser la salle. Il était à peine plus grand et plus lourd qu'elle alors que Truscott était un colosse, mais la lame du couteau paraissait assez effilée pour le tenir en respect. S'il n'était pas le Croate qu'Angus avait chargé de veiller sur elle, ses compatriotes se sentaient eux aussi concernés par l'ordre d'Angus de protéger leur infirmière.

Hope se rappela son nom juste à temps.

— Aziz ! Arrêtez ! lui cria-t-elle.

Mais Aziz n'écarta pas la lame de son couteau et les autres se levaient déjà. Ceux qui ne le pouvaient pas criaient dans leur langue des propos menaçants à l'agresseur de leur chère infirmière.

— Vous êtes responsable des agissements de cet énergumène ! hurla Truscott, rouge de fureur et de peur. Dites-lui de me lâcher ! Tout de suite, vous entendez ?

Elle s'approcha du Croate, lui fit comprendre qu'elle ne risquait rien et le raccompagna à son lit en faisant signe aux autres de se taire.

— Quittez cet hôpital sur-le-champ ! aboya Truscott en frottant son cou endolori. On ne peut pas faire confiance à une folle de votre espèce !

Autour d'elle, les hommes gardaient le silence, mais ils épiaient le gros chirurgien, prêts à intervenir. Hope savait maintenant qui lui en voulait et avait à l'évidence soudoyé un planton pour la dénoncer à la première occasion.

Hope fut tentée de le traiter par le mépris et de lui demander pourquoi un chirurgien aussi expérimenté que lui n'était pas en train de prodiguer ses soins éclairés aux soldats blessés. Mais se rebiffer pourrait aussi nuire à Bennett et, si elle le provoquait davantage, les hommes n'hésiteraient plus à l'attaquer, le couteau à la main.

— Fort bien, monsieur, dit-elle sèchement.

Et elle sortit de la salle la tête haute, sans un regard en arrière.

## 23

Au bout du chemin escarpé qui montait au plateau, Hope était couverte de sueur. Il était à peine plus de six heures du matin, il ferait encore frais jusqu'à ce que le soleil soit monté sur l'horizon, mais la pente était rude et son sac pesait lourd.

Deux jours durant, elle était restée enfermée dans sa chambre, partagée entre la colère, la frustration et les larmes, en attendant que quelqu'un vienne lui demander de revenir à l'hôpital. Elle y comptait et, pourtant, personne n'était venu, pas même l'un des quelques jeunes médecins qu'elle avait considérés comme des amis. Elle comprit alors que leur abandon venait moins de la crainte que leur inspirait Truscott que du fait qu'ils ne l'avaient jamais réellement appréciée.

La présence d'infirmières dans les hôpitaux militaires faisait depuis longtemps l'objet de critiques acerbes. L'arrivée de Florence Nightingale à Scutari avait soulevé chez les médecins une tempête de protestations. Que Hope ait été tolérée jusqu'à présent était sans doute dû au fait qu'elle avait amplement fait ses preuves à Varna et qu'elle était la femme de Bennett. Mais quelles que soient les causes de la hargne de

Truscott à son encontre et de la froideur des autres, elle estimait stupide de se débarrasser d'elle au moment même où l'hôpital de la base était submergé sous le nombre des blessés. C'est pourquoi elle avait décidé d'aller rejoindre Bennett à son hôpital de campagne.

Hors d'haleine, les larmes aux yeux, elle s'assit un instant sur un rocher en regardant le port au-dessous d'elle. Elle appréhendait la réaction des officiers à son arrivée imprévue et se demandait si elle serait capable de se réhabituer sans trop de peine à vivre dans un camp. Elle craignait aussi la réaction de Bennett, car elle était maintenant enceinte de plus de quatre mois. Si ses vêtements réussissaient encore à dissimuler son ventre qui s'arrondissait de plus en plus, Bennett s'en rendrait vite compte et lui en voudrait à coup sûr de le lui avoir caché.

Entendant des voix d'hommes, elle se hâta d'essuyer ses larmes. Deux soldats s'approchaient, sortis sans doute à la recherche de bois pour le feu. En haillons, avec des barbes hirsutes et les cheveux trop longs, ils n'avaient plus rien de martial. L'un d'eux la héla pour lui demander si elle s'était égarée.

— Non, je me repose après avoir grimpé la côte, répondit-elle avant d'expliquer qu'elle allait rejoindre son mari.

— Passez plutôt par là, lui conseilla l'un d'eux en montrant des tentes et des cabanes qui se profilaient au loin. En continuant tout droit, ce chemin aboutit aux tranchées, ce serait trop dangereux.

Hope suivit la direction indiquée mais, en approchant du camp, elle ne reconnut rien de ce qu'elle avait vu en venant avec Bennett. Ne sachant plus où se diriger, elle regretta de n'avoir pas précisé aux soldats qui était son mari et à quel régiment il appartenait, ils auraient sans doute pu la guider avec plus de précision. Elle s'arrêta pour regarder autour d'elle en essayant de se repérer d'après ses souvenirs.

Au loin sur sa gauche se dressaient les fortifications russes, d'où jaillissaient de temps en temps des salves de coups de fusil ou de canon accompagnées de filets de fumée. Plus près d'elle on distinguait le tracé des tranchées britanniques, mais elle n'y voyait personne ni n'entendait de détonations en riposte aux tirs des Russes. Sur sa droite s'étendait le camp des troupes anglaises et, plus loin, celui des Français, d'où grondaient de violentes canonnades. En face d'elle, un vaste espace vide où se dressait un mât portant un drapeau qu'elle ne se rappelait pas avoir vu. Si Bennett l'avait naguère guidée jusqu'à son hôpital en passant par là, elle s'en serait pourtant souvenue.

Se fiant à son instinct, elle obliqua légèrement sur sa gauche en direction d'un baraquement plus important que les autres et se retrouva bientôt entre des rangées de tentes qui limitaient sa vision et ne lui offraient plus aucun repère. Louvoyant entre les tentes et enjambant des haubans et glissant dans la boue, elle désespérait de sortir de ce labyrinthe quand elle vit s'ouvrir un sentier en direction des tranchées. À deux ou trois cents mètres devant elle, des soldats tiraient un canon sur son affût et Hope décida de s'en rapprocher.

Elle avait fait quelques dizaines de pas quand elle entendit derrière elle une voix la héler par son nom. Elle se retourna et reconnut alors Robbie, le mari de Queenie, avec quelques fusiliers de la Rifle Brigade qu'elle connaissait déjà. Heureuse de voir enfin des visages amis, elle s'arrêta pour les attendre mais une salve de coups de fusil éclata en provenance des lignes russes. Les fusiliers se jetèrent à plat ventre, sauf Robbie qui lâcha son arme et tomba avec un cri de douleur en se tenant la cuisse. Hope avait déjà vu des centaines de blessés par balle, jamais encore la réalité d'un soldat touché par un coup de feu et il lui fallut quelques secondes pour comprendre.

Tandis que les autres fusiliers ripostaient aux tirs des Russes, Hope vit avec horreur que Robbie se trouvait directement dans la ligne des tirs croisés. Le sang qui jaillissait de sa blessure formait déjà une mare sous lui, il s'efforçait de ramper pour se mettre à l'abri, mais il était évident qu'il n'y parviendrait pas sans aide. Hope lâcha aussitôt son sac et se précipita vers lui.

— Écartez-vous ! lui cria Robbie. Allez-vous-en !

Dédaignant son ordre, elle arriva jusqu'à lui, le roula sur le dos, l'empoigna aux aisselles et le traîna en arrière vers l'abri des rangées de tentes, mais Robbie était grand et lourd. Hope se concentrait tellement sur son sauvetage qu'elle ne prêtait même pas attention aux balles qui sifflaient autour d'elle, l'une d'elles passant même si près de son oreille qu'elle en sentit la chaleur.

— Sommes-nous enfin hors de portée ? demanda-t-elle en haletant lorsqu'elle atteignit les premières tentes.

— Je croyais qu'on y était là-bas, mais ils ont dû se rapprocher, répondit Robbie malgré sa douleur. Ici, on doit être à l'abri.

Hope l'étendit pour examiner sa blessure. Ne pouvant juger de sa gravité à travers l'étoffe ensanglantée du pantalon, elle para au plus pressé en détachant la ceinture de sa robe dont elle fit un garrot et se releva pour enlever son jupon, afin de s'en servir comme pansement de fortune pour étancher le sang. Pendant ce temps, la fusillade ne se calmait pas et semblait au contraire redoubler d'intensité. Tout en enroulant son jupon autour de la cuisse blessée, elle regardait autour d'elle dans l'espoir de trouver de l'aide quand elle vit un soldat passer au bout d'une rangée de tentes. Levée d'un bond, elle cria de toutes ses forces en agitant les bras. L'homme tournait la tête dans sa direction quand elle sentit quelque chose de brûlant lui heurter le bras gauche avec une telle force qu'elle tomba à côté de Robbie en soutenant d'instinct son bras blessé de sa main valide.

— Je crois bien avoir reçu une balle moi aussi, lui dit-elle.

Le projectile l'avait atteinte entre le coude et le poignet. Une tache de sang s'agrandissait déjà sur la manche de sa robe. Elle n'avait pas très mal mais, malgré son expérience de blessures cent fois plus horribles, elle se sentit presque défaillir à la vue de son propre sang et de sa chair déchiquetée.

— J'espère que ce soldat ira chercher de l'aide, parvint-elle à dire. Je ne peux plus vous servir à grand-chose, Robbie. Desserrez votre garrot dans une minute et resserrez-le un peu plus tard.

— Hope, réveille-toi, bon sang!

Bennett lui aspergeait la figure d'eau froide en découpant la manche de sa robe autour de la blessure.

— C'est toi, Bennett? demanda-t-elle sans rouvrir les yeux.

— Oui, c'est moi. Tu es à l'hôpital. Tu étais évanouie.

— Robbie est là aussi ?

— Oui, à côté de toi. Ouvre les yeux, tu le verras.

Bennett avait presque défailli lui aussi. Il avait bien entendu la fusillade, mais il y était tellement habitué qu'il n'y avait même pas prêté attention jusqu'à ce qu'un soldat lui crie qu'il y avait deux blessés à la limite du camp, dont une femme. Sans savoir pourquoi, il eut le pressentiment immédiat qu'il s'agissait de Hope.

Le fusilier Tomlinson s'approchait déjà en la portant dans ses bras quand il se précipita dehors. Elle était inanimée et si pâle qu'il l'avait crue morte.

— Elle est simplement évanouie, Doc, le rassura le fusilier. Elle traînait toute seule Robbie à l'écart du feu quand elle a été touchée. Des plus braves qu'elle, j'en avais jamais vu.

Pendant les deux secondes qu'il lui fallut pour se ressaisir, prendre Hope des bras du fusilier et constater que la blessure était sans gravité, Bennett vécut toutes les affres de l'agonie. Médecin, il savait que n'importe qui, même sa femme bien-aimée, pouvait être terrassé par la maladie, mais il n'avait jamais imaginé qu'elle pût être blessée. Il avait lui-même maintes fois réchappé de justesse à la mort, mais parce qu'il courait avec son assistant ramasser les blessés sous le feu de l'ennemi. Comment prévoir que Hope s'y exposerait elle aussi ?

— Allons, ma chérie, rouvre les yeux, dit-il tendrement en écartant les cheveux qui retombaient sur son front.

Cette fois, elle obéit avec un léger sourire et tourna aussitôt la tête vers Robbie, couché dans le lit voisin.

— Il s'en sortira ? demanda-t-elle.

— Oui, grâce à toi. Tu lui as tout de suite posé un garrot et pansé sa blessure, je n'ai plus qu'à extraire la balle. La tienne, Dieu merci ! est ressortie par l'autre côté sans toucher l'os ni un nerf. Tu n'en garderas qu'une belle cicatrice.

Bennett pansa la blessure de Hope, lui fit boire du cognac et se tourna vers Robbie pour extraire la balle de sa cuisse. La blessure était relativement simple et propre, Robbie plus vigoureux que beaucoup de ses camarades grâce aux bons soins de Queenie. Sauf complications imprévues, il serait bientôt remis sur pied.

Pourtant, alors même qu'il concentrait son attention sur l'extraction de la balle, Bennett ne pensait qu'à Hope. Un fusilier avait apporté le sac qu'elle avait laissé tomber et une brève inspection de son contenu lui avait suffi pour comprendre qu'elle était venue dans l'intention de rester. Pour qu'elle prenne une telle décision, il avait dû se produire quelque chose de grave à l'hôpital.

Comme Hope s'était endormie et qu'il restait à Bennett nombre de blessés et de malades à soigner, il dut dominer sa curiosité et attendre plusieurs heures avant de pouvoir lui parler tranquillement. Il était maintenant logé dans un baraquement en bois. Ayant persuadé Queenie que Robbie pouvait se passer d'elle un moment, il lui avait demandé de conduire Hope à son logement et de lui préparer un repas. Quand il y arriva, Hope s'était installée comme chez elle. Assise sur le lit de camp, elle recousait un bouton à une chemise de Bennett malgré son bras en écharpe après avoir rangé ses affaires. Cette paisible scène domestique lui fit venir les larmes aux yeux.

— Tu devrais te reposer, dit-il en s'asseyant à côté d'elle.

— Je me repose, tu le vois bien, répondit-elle en reprenant la chemise qu'il lui avait enlevée des mains. D'ailleurs, mon bras ne me fait presque plus mal.

Bennett n'en crut rien. Il savait d'expérience qu'une blessure, même relativement bénigne, fait encore souffrir après sa cicatrisation.

— Soit, admit-il. Dis-moi simplement ce qui t'a décidée à venir ici.

Elle le lui expliqua calmement. Ce ne fut qu'à la fin qu'elle ne put se retenir de pleurer. Bennett était livide de rage. Il lui fallut faire appel à toute sa volonté pour ne pas courir emprunter un cheval et aller à l'hôpital infliger à Truscott une solide raclée. Il parvint quand même à se dominer pour s'accorder le temps de la réflexion. Hope avait besoin d'un mari solide et d'un bon médecin, pas d'une tête brûlée incapable de se maîtriser. Ce qui l'affectait le plus douloureusement, c'était la tristesse de Hope d'avoir été abandonnée par les autres après l'affront que lui avait infligé Truscott. Il n'eut pas de mal à imaginer que, pendant ses deux jours de solitude dans sa chambre, elle avait éprouvé la même détresse que lorsqu'elle avait été chassée de Briargate par Albert.

— Tu as tort de croire que personne ne t'aime ni ne s'intéresse à toi, ma chérie, dit-il en la serrant dans ses bras. Certains vieux chirurgiens ont un préjugé contre la présence de femmes dans les hôpitaux, c'est vrai, mais cela n'a pas empêché la plupart d'entre eux de remarquer tes qualités d'infirmière. Truscott est un sinistre vieux crétin. On devrait l'empailler et le mettre dans une vitrine comme spécimen d'une espèce en voie de disparition.

— Mais alors, pourquoi personne n'est venu me voir ?

— Sans doute parce que personne n'était au courant. Le service auquel il t'avait affectée est à l'écart du reste de l'hôpital. À moins qu'un planton ou un infirmier n'ait parlé à d'autres de ta disparition, comment le saurait-on ? Et ils ont probablement d'autant moins envie de répandre la nouvelle que l'un d'eux a été soudoyé par Truscott.

— Cela n'a plus d'importance, maintenant que je suis avec toi, dit-elle en s'essuyant les yeux.

— Tu n'en diras pas autant s'il se remet à pleuvoir, dit-il en souriant de sa bravoure. Cet endroit devient le plus déshérité de la terre.

— Pas pour moi, répondit-elle en lui rendant son sourire. Un endroit est toujours beau quand tu y es.

Il fallut à Bennett une quinzaine de jours pour se rendre compte que Hope avait changé depuis leur séparation. Il se réjouissait de voir sa blessure cicatriser au mieux et de constater qu'elle avait bon appétit. Il avait bien remarqué qu'elle se fatiguait plus vite, mais il attribuait cela au fait qu'elle avait trop longtemps fourni des efforts épuisants. Elle respirait la santé, avec des joues roses, des yeux brillants et une chevelure soyeuse, et si elle lui paraissait plus calme, voire pensive par moments, cela n'avait rien d'inquiétant. Au vu de toutes les épreuves qu'elle avait subies depuis un an, nul ne pouvait s'attendre à ce qu'elle soit restée aussi vive et enthousiaste qu'au temps de leur lune de miel.

Lorsqu'il convoya Robbie à l'hôpital de la base avec d'autres blessés, Bennett découvrit qu'il avait eu raison de penser qu'aucun médecin, de l'interne au médecin-chef, ne savait que Hope avait été congédiée par Truscott. Tous ceux auxquels il s'adressait se disaient effarés d'une telle décision et, pour la plupart, ne comprenaient même pas qu'elle ait été écartée de la réception des urgences, où elle s'était rendue indispensable, pour être isolée dans un service annexe. Le Dr Anderson, le médecin-chef, lui promit d'enquêter personnellement sur la question et manifesta un réel souci au sujet de Hope. À sa vive déception, Bennett ne put mettre la main sur Truscott. Il s'était, semble-t-il, rendu la veille au camp français et nul ne savait quand il reviendrait.

Pendant ce temps, Robbie avait déjà fait autour de lui une large publicité sur la manière dont Hope lui avait sauvé la vie sous le feu de l'ennemi et avait elle-même été blessée. Avant de quitter l'hôpital, Bennett eut la satisfaction de voir le correspondant de guerre du *Times* assis au chevet de Robbie, en train d'écouter son récit avec une vive attention. Il notait scrupuleusement chaque phrase de Robbie qui, Bennett n'en doutait pas, englobait aussi les mérites professionnels de Hope et la raison pour laquelle elle était montée en première ligne ce jour-là.

Mais ce ne fut que par une chaude nuit du début de mai que Bennett eut enfin la certitude que Hope lui cachait quelque chose. Des tirs nourris venant des tranchées françaises avaient crépité toute la nuit et Bennett, réveillé par le fracas, découvrit Hope assise devant la porte ouverte, le regard tourné vers le ciel zébré d'éclairs par les explosions. Il alla la rejoindre et, le tonnerre de la canonnade enfin apaisé, ils regardèrent ensemble apparaître les premières lueurs de l'aube.

— On pourrait croire que sous un tel déluge de feu, Sébastopol serait déjà anéanti. Pourrons-nous jamais rentrer chez nous ? demanda-t-elle tout à coup avec découragement.

— Nous aurions dû lancer un assaut dès le début, comme prévu, répondit-il. Mais Raglan avait conclu je ne sais quel accord avec les Français et…

— Je me moque de ces raisons ! l'interrompit-elle d'une voix qui se brisait. Trop de braves garçons y ont laissé leur vie et pour quoi ? Quelle que soit l'issue de cette guerre, aura-t-elle rapporté quelque chose de bon ou de bien à quelqu'un ?

Bennett n'avait rien à répondre à cela. Il imaginait trop bien les rues de Portsmouth, de Southampton et des autres grands ports de l'Angleterre peuplées d'infirmes réduits à la mendicité, et ce ne serait sans doute pas mieux à Paris, à Moscou ou à Constantinople. Hope avait raison, quel bien attendre de cette tuerie ?

En se tournant vers elle, il vit qu'elle pleurait et sa beauté dans la tristesse lui brisa le cœur. En essuyant tendrement ses larmes d'une main, il posa l'autre machinalement sur son ventre et se rendit alors compte qu'il n'était plus aussi plat. S'il se réjouissait qu'elle parût avoir gagné du poids pendant leur séparation, car cela indiquait qu'elle avait de quoi se nourrir, il ne lui était pas venu à l'esprit que ses rondeurs pouvaient avoir une autre cause. Il ne connaissait de la grossesse que la théorie. En pratique, un médecin n'intervenait que rarement pour l'accouchement, qui était le domaine réservé des sages-femmes, ou n'était appelé qu'en cas de complications.

Il aurait pu dans un premier élan lui reprocher de ne pas lui en avoir parlé, mais l'accablement de Hope l'empêcha de réagir de la sorte. Elle ne voulait pas davantage être renvoyée chez elle sans lui que rester au milieu de cette folie guerrière. Alors, il fit ce que son cœur lui dicta. Il se leva, la souleva dans ses bras, la posa avec délicatesse sur le lit. Et il lui fit l'amour.

Il s'en était abstenu depuis son arrivée au camp, non par manque de désir, mais parce qu'elle était blessée et qu'elle paraissait si lasse. Oubliant ses propres impulsions, il ne pensa qu'au plaisir qu'il pouvait lui donner et à l'enfant qui se formait en elle. Longuement, voluptueusement, il la dévora de baisers et couvrit son corps de savantes caresses jusqu'à l'amener au bord de l'extase avant de se fondre en elle.

Dans le paroxysme d'une passion trop longtemps inassouvie, elle laissa enfin échapper le cri de plaisir qu'elle avait réprimé. Tandis que le fracas de la canonnade redoublait d'intensité, le lit de camp s'effondra sous eux et ils se retrouvèrent par terre, dans les bras l'un de l'autre, comblés, haletants. Au même moment, ils entendirent derrière la mince paroi du baraquement un homme buter contre un seau et lâcher une bordée de jurons en tentant de libérer son pied pris au piège dans le seau. Alors, le rire de Hope fusa malgré elle, rejetant très loin l'horreur et la laideur du monde qui les entourait, un rire si communicatif que Bennett ne put y résister et éclata de rire à son tour.

Un instant plus tard, agenouillé près d'elle, il la contempla couchée sur le sol dur, abandonnée, les cheveux épars, le visage rose de plaisir, le corps plus épanoui qu'une déesse de la féminité. Le cœur débordant d'amour, il posa une main sur son ventre, se pencha pour déposer un baiser sur ses lèvres.

— Nous l'avons conçu à Noël dans une nuit de passion, n'est-ce pas ? dit-il à mi-voix en souriant tendrement. Après une autre nuit comme celle-ci, peut-être te décideras-tu à me le dire officiellement ?

## 24

Le 1ᵉʳ juillet, Hope gravit la passerelle du steamer *Marianne* en tenant la main de Bennett. Elle ne supportait la chaleur torride, qui collait sa robe à sa peau en plis disgracieux, que grâce à la grande capeline de paille offerte, en cadeau d'adieu, par une religieuse jamaïcaine célèbre dans toute l'armée pour sa générosité et ses bonnes actions.

Elle était là, sur le quai, comme les dizaines de personnes ayant partagé avec Hope ses meilleurs et ses pires moments en Crimée. Maintenant qu'elle devait les quitter, elle avait le cœur serré en pensant qu'elle ne savait, en fin de compte, presque rien de ceux qu'elle avait comptés au rang de ses amis. Le sergent-major Jury, toujours si bon avec ses hommes blessés, épouserait-il celle dont il était amoureux et parlait sans cesse? Cobbs, l'infirmier qui avait travaillé avec elle à l'hôpital, avait-il des enfants? Francis, l'interne en chirurgie, qui l'avait si souvent fait rire pendant ses moments de découragement, avait-il réellement été clown dans un music-hall comme il le prétendait? Et le lieutenant Gordon, du régiment du génie, qui lui avait généreusement donné au plus cruel de l'hiver la couverture dont il avait lui-même le plus pressant besoin, survivrait-il au siège?

Chacun des visages familiers qu'elle voyait dans la foule lui manquerait. Ils la saluaient, lui souriaient, elle sentait leur peine qu'elle parte seule, mais aussi leur joie qu'elle regagne la patrie en bonne santé et leur émotion qu'elle ait créé avec Bennett une nouvelle vie dans cet endroit marqué par la mort. Elle partait chargée de cadeaux, humbles et touchants, qui lui avaient tiré des larmes quand elle les avait reçus. À tous et à chacun, elle souhaitait du fond du cœur de revenir sains et saufs et de pouvoir les revoir un jour prochain.

— Dix minutes avant l'appareillage, dit Bennett avec une bonne humeur forcée. Profite de la traversée pour te reposer, mon amour. L'oncle Abel t'attendra à Portsmouth et te conduira chez Nell.

— Arrête de t'inquiéter à mon sujet, mon chéri, répondit-elle en lui serrant la main plus fort. J'irai très bien, sois tranquille. Soucie-toi seulement de me rejoindre le plus vite possible.

Bennett allait répondre quand Hope vit Angus arriver au grand trot sur le quai et le montra à Bennett avec un cri de joie. Angus leur avait rendu de fréquentes visites sur le plateau et avait été le premier à qui ils avaient confié la nouvelle de la grossesse de Hope. Quelques jours auparavant, il lui avait signifié que ce serait folie de retarder plus longtemps son départ et avait manifesté son soulagement en apprenant que son embarquement était décidé.

Il jeta les rênes de son cheval à un soldat et escalada la passerelle en quelques souples enjambées.

— J'avais peur d'arriver en retard pour vous dire au revoir, dit-il en embrassant Hope sur les joues.

— Ce n'est même pas un au revoir, puisque je serai chez vous quand vous reviendrez.

— Seigneur ! s'exclama-t-il en riant. Deux femmes pour me faire tourner en bourrique. Je ne sais pas si je le supporterai, surtout avec un bébé qui braillera tout le temps.

Hope se formalisa d'autant moins de sa boutade qu'il lui avait lui-même pratiquement donné l'ordre de s'installer chez lui, au moins jusqu'au retour de Bennett en Angleterre.

— Gardez un œil sur Bennett pour moi, voulez-vous ? dit-elle en sentant les larmes lui monter aux yeux. Et faites en sorte de revenir tous les deux en un seul morceau, vous entendez ?

— Vous m'avez trop bien raccommodé pour que je tombe en pièces maintenant, dit-il avec un large sourire. Quant à Bennett, je me charge de le distraire entre hommes dès que vous aurez le dos tourné.

Hope ne put s'empêcher de rire. Angus se conduisait souvent comme si la vie n'était qu'une amusante aventure. Sa bonne humeur communicative ferait le plus grand bien à Bennett, qui était parfois un peu trop sérieux.

— Il est temps de redescendre à terre, dit Bennett en entendant sonner la cloche du navire. N'oublie pas de m'écrire tous les jours en me donnant tous les détails. De mon côté, je ferai l'impossible pour décider le colonel à me renvoyer avant la fin de l'année.

Voulant les laisser seuls les derniers instants, Angus prit congé, embrassa Hope et redescendit la passerelle. Se serrant contre Bennett, Hope l'embrassa tendrement.

— Ne te fais pas de soucis pour moi, mon chéri. Nell et oncle Abel veilleront sur moi. Mais ce serait une merveilleuse surprise si tu pouvais revenir pour la naissance de notre enfant ou juste après.

— Je te le promets. Je t'aime tant, mon amour.

Les larmes aux yeux, il se retira avec tant de peine qu'il trébuchait presque en descendant la passerelle. Les joues ruisselantes de larmes, accoudée à la rambarde, Hope agita les bras jusqu'à ce que le navire sorte du port. Sur le quai, Bennett agitait un mouchoir rouge, Angus à côté de lui. Son séjour en Crimée avait été l'un des pires moments de sa vie et pourtant, le petit port crasseux, le sinistre hôpital et les falaises rébarbatives resteraient à jamais dans son cœur.

Peut-être, quand elle serait une vieille femme aux cheveux blancs entourée de ses enfants et de ses petits-enfants, leur raconterait-elle ce qu'elle avait connu de cette guerre. Ils feindraient de l'écouter pour lui faire plaisir, en se disant qu'elle en exagérait l'horreur. Les générations futures croiraient-elles jamais que des hommes soient morts par milliers pour une cause dont ils ignoraient tout ? Les jeunes préféreraient à coup sûr l'entendre décrire cette fameuse soirée de Noël où les musiciens aux uniformes rutilants avaient joué une musique joyeuse, où elle avait dansé avec tous les hommes. Si elle ne se découvrait pas le bras, ils ne verraient pas plus sa cicatrice qu'ils ne croiraient véridiques les images atroces gravées dans sa mémoire. La chair encore rouge et boursouflée qui lui marquait le bras serait pour elle le témoignage qu'elle avait eu une chance incroyable de s'en sortir aussi bien, quand d'autres resteraient infirmes jusqu'à la fin de leur vie.

La brise de mer et sa bonne odeur iodée lui faisaient du bien. La tristesse des adieux finirait par s'estomper. Le *Marianne* avait la réputation d'un navire rapide et sûr, qui ne ferait qu'une brève escale à Malte avant de cingler vers Portsmouth. Elle avait une cabine confortable, les autres passagers étaient pour la plupart des officiers qui avaient obtenu une permission pour passer leur convalescence chez eux, ainsi que quelques «touristes», comme on qualifiait à Balaclava les civils fortunés venus assister en curieux au spectacle de la guerre. Elle ne se priverait pas du plaisir de scandaliser ces oisifs aux goûts pervers, qui trouvaient distrayant de voir mourir des hommes, en leur décrivant pendant les repas des scènes choisies sur les délices de la gangrène et du choléra. Elle espérait seulement que sa belle robe rose serait encore assez présentable pour lui faire honneur à la table du capitaine.

Tandis que le navire s'approchait de Portsmouth, à la fin du mois d'août, l'impatience de Hope était à son comble. Elle avait pris plaisir à chaque minute de la traversée et, malgré son poids qui rendait plus lents tous ses mouvements, ne s'était jamais sentie mieux. La cuisine était excellente, le temps splendide et elle était enchantée de n'avoir rien de plus urgent à faire que de se coudre une nouvelle robe, lire un livre, écrire des lettres ou bavarder avec d'autres passagers. Certains avaient souffert du mal de mer le long des côtes d'Espagne, mais elle s'était interdit de leur venir en aide. Pour la première fois, elle pouvait se permettre de ne penser qu'à elle-même et de profiter de sa célébrité toute neuve, à laquelle elle ne s'était pas attendue.

Jamais, du temps de Lewins Mead et de St Peter, elle n'aurait imaginé qu'un jour viendrait où elle serait traitée en lady, encore moins en héroïne. Un des officiers à bord, qui n'ignorait rien de ses états de service, y compris le sauvetage de Robbie sous le feu de l'ennemi et sa blessure, avait relaté ses hauts faits autour de lui. C'est ainsi que chaque fois qu'elle entrait dans la salle à manger, les convives se disputaient l'honneur de l'avoir à leur table. Les hommes l'écoutaient avec une respectueuse attention et lui conseillaient d'écrire ses mémoires auxquels ils prédisaient un grand succès. Les dames se répandaient en compliments sur son courage de se lancer dans un aussi long voyage à ce stade de sa grossesse et lui demandaient comment elle réussissait à garder un teint aussi clair et une chevelure aussi soyeuse.

Si, les premiers jours, il lui avait été agréable de se trouver sous les feux de la rampe, ce concert de louanges finit par l'ennuyer prodigieusement. Pour sa part, Bennett se serait beaucoup amusé de la voir entourée de courtisans empressés, qui étaient le type même des gens qui la rebutaient et qu'elle fuyait naguère.

Tout ce qu'elle voulait maintenant, c'était retrouver Nell et parler à loisir de tout ce qui leur était arrivé à toutes deux depuis toutes ces longues années. Elle avait hâte aussi de revoir Matt, de faire la connaissance des enfants de Ruth, de se promener dans les champs et les bois, de s'asseoir au bord d'une rivière, de respirer le parfum des fleurs – et d'attendre en paix la naissance de son enfant. Si elle en jugeait par la force des coups de pied qu'il lui donnait dans le ventre, ce serait un vrai Renton, vigoureux et obstiné. Elle espérait surtout qu'il hériterait de la sensibilité et de l'intelligence de son père.

Lorsque le navire s'approcha du quai, Hope scruta la foule pour repérer l'oncle Abel. Si impatiente qu'elle fût de débarquer, elle avait une certaine appréhension de le revoir car il restait pour elle un étranger. Certes, dans ses lettres à Bennett, il demandait toujours de ses nouvelles avec intérêt et en termes affectueux, mais elle ne pouvait pas oublier sa froideur et sa réprobation du début.

Elle le découvrit enfin, image presque caricaturale du digne gentleman britannique en haut-de-forme gris, jaquette et faux col. Et tandis qu'elle le saluait de la main, elle vit qu'il se penchait vers une femme à côté de lui, et qu'il la désignait du doigt. Hope sentit alors son cœur bondir dans sa poitrine. Car la femme n'était pas Alice, comme elle s'y attendait, mais Nell en chapeau blanc décoré de fleurs bleues. Oubliant d'un coup la dignité qu'elle s'était efforcée de sauvegarder pendant toute la traversée, elle sauta sur place en poussant des cris de joie et en agitant les deux bras. Au même moment, un orchestre entonna sur le quai une musique entraînante en signe de bienvenue et Hope ne distingua plus rien de la scène à travers ses larmes.

La première à dévaler la passerelle après s'être frayé à coups de coude, d'une manière qui aurait scandalisé Bennett, un chemin parmi les passagers qui attendaient sagement leur tour, elle ne vit plus derrière le rideau de ses larmes que Nell qui lui tendait les bras dans lesquels elle se précipita. Elle était de retour au bercail.

— Allez-vous finir de tremper de larmes vos robes respectives pour que nous montions enfin en voiture? entendit-elle grommeler l'oncle Abel au bout d'un long moment.

Hope et Nell relâchèrent à regret leur étreinte et se tamponnèrent les yeux.

— Pardonnez-moi, docteur Cunningham, répondit Hope. Mais nous attendions cet instant depuis si longtemps.

— Je le comprends, dit-il en souriant. Mais je voudrais bien vous embrasser moi aussi, vous savez. Et il serait grand temps que vous vous décidiez à m'appeler oncle Abel.

Pendant que la voiture roulait sur la route de Bristol, Hope s'efforça de garder sa conversation avec Nell intelligible à son oncle, mais sa joie de retrouver sa sœur lui rendait la tâche impossible. Elle avait conscience que Nell et elle jacassaient comme des pies, sautaient d'un sujet à l'autre, gloussaient, pouffaient de rire et versaient souvent des larmes d'émotion, comportement agaçant pour un homme quel que soit son âge ou sa profession.

Nell avait beaucoup changé depuis que Hope ne l'avait plus revue. Bien qu'Angus lui ait dit qu'elle avait pris confiance en elle et s'habillait en conséquence, Hope s'était attendue à la voir grisonnante et corpulente. Elle était au contraire aussi vive que jamais, sa silhouette n'avait pas épaissi et s'était même affinée et elle avait le visage aussi lisse qu'une jeune mariée. Ce n'était pourtant pas ses changements physiques qui la frappaient le plus, mais l'ensemble de son comportement. Elle avait toujours connu Nell douce et docile, soucieuse de «rester à sa place», comme elle le disait elle-même. Hope ne l'imaginait plus recevoir des ordres de quiconque. Elle avait désormais une autorité naturelle qui en imposait et elle avait sur tous les sujets un jugement sûr, souvent tranché, parfois caustique jusqu'à l'impertinence.

Hope se réjouissait de voir que sa sœur avait évolué exactement comme il fallait. Sans chercher à singer les manières d'une grande dame, elle n'était ni ne serait jamais plus une humble servante.

Lors d'une halte pour faire boire le cheval, Hope se crut obligée de présenter à l'oncle Abel ses excuses pour l'incessant bavardage auquel Nell et elle l'avaient soumis, qui avait dû l'assommer mais dont était responsable la joie de leurs retrouvailles.

— Vous ne m'avez pas ennuyé du tout, ma chère petite, dit-il en lui tapotant affectueusement la main. J'ai trouvé votre conversation fort distrayante, au contraire. Et je compte bien me rattraper avec Bennett quand il reviendra.

Mais ce ne fut que le lendemain soir, quand Hope et Nell furent enfin seules à Willow End, que leur surexcitation fut rassasiée. Elles avaient passé la nuit précédente dans un relais de poste où, ayant dû partager le même lit dont Nell était convaincue qu'il grouillait de punaises, elles avaient parlé jusqu'à l'aube. Assoupie pendant les derniers kilomètres, Hope fut tout étonnée quand Nell la réveilla en lui disant qu'elles étaient arrivées.

Le soleil couchant teintait de rose les pierres grises de la maison. En traversant le jardin, Hope huma le parfum de la lavande que Nell avait plantée et sa senteur, douce et entêtante, la ramena au temps de son enfance, quand elle en cueillait dans le jardin du cottage pour en faire de petits bouquets que sa mère accrochait aux solives du plafond.

La simplicité de la maison d'Angus l'étonna. En Crimée, elle avait imaginé qu'il s'était choisi un cadre de vie plus digne de sa personnalité aristocratique.

Mais ce fut pour elle une bonne surprise, car c'était une preuve de plus qu'Angus avait une âme de plus haute qualité que les attitudes qu'il adoptait parfois. Les plafonds bas aux poutres apparentes, les meubles anciens et confortables lui plurent d'emblée. Cette maison était un véritable foyer où elle reconnaissait partout la main de Nell, de l'odeur de cire aux vitres étincelantes et au grand vase de marguerites sur la table du salon.

— J'ai toujours pensé qu'une femme qui aurait la chance d'obtenir le cœur du capitaine et de vivre dans cette maison serait la femme la plus heureuse du monde, commenta Nell pendant que Hope furetait dans tous les coins avec des exclamations ravies.

Hope la regarda, les sourcils froncés, en se demandant si sa sœur souhaitait être cette femme ou l'était déjà. Nell pouffa de rire devant son expression soupçonneuse.

— Ne te méprends pas, ma chérie. Je voulais simplement dire qu'une femme ne pourrait pas rêver mieux. Pour ma part, je remercie le Ciel tous les jours que le capitaine me juge digne de recevoir son respect et de vivre dans cette maison. Et maintenant, pour comble de bonheur, tu es revenue ! Cela me suffit amplement, je n'en demande pas davantage.

Pendant que Nell disposait sur la table un dîner froid provenant de ses inépuisables réserves, elle expliqua qu'elle avait aussi une servante qui venait tous les jours.

— Quand le capitaine m'a dit que je devais me faire aider, je me suis creusé la cervelle pour savoir ce que je pourrais bien lui donner à faire. Mais Dora est une brave fille, elle me tient compagnie et ne rechigne pas devant les gros travaux. Je lui ai si souvent parlé de toi qu'elle se réjouit de faire ta connaissance demain.

Après le dîner, elles s'assirent devant la cheminée et c'est alors seulement que Hope demanda si elle avait des nouvelles d'Albert.

— Aucune, répondit Nell, une lueur d'inquiétude dans le regard. Je suis persuadée qu'il reviendra un jour à Briargate, mais Matt me dit que je suis ridicule de penser une chose pareille.

Hope s'abstint de répondre qu'elles n'auraient ni l'une ni l'autre de vrai repos tant qu'il n'aurait pas été arrêté et demanda plutôt ce que devenaient lady Anne et Rufus.

— Rufus exploite admirablement sa terre, il a fait une très bonne récolte cette année, répondit Nell avec fierté. Quant à lady Anne !...

Nell y avait plusieurs fois fait allusion au cours des deux derniers jours, en laissant toujours sa phrase en suspens avec un point d'exclamation, comme s'il s'agissait d'un enfant retardé.

— Elle ne s'est pas installée dans le pavillon ?

— Elle ne s'installera jamais nulle part, soupira Nell. Elle ne sait que geindre et regretter le passé.

Hope s'étonna que Nell juge aussi durement la femme à laquelle elle avait longtemps manifesté un réel attachement.

— On peut comprendre qu'elle puisse regretter d'avoir tout perdu, lui fit-elle observer.

— Bien sûr, mais... Il vaut mieux que tu ailles la voir toi-même, je ne peux pas te l'expliquer. Rufus et elle étaient heureux d'apprendre ton retour et profondément impressionnés par l'article sur toi paru dans le *Times*. T'ai-je déjà dit que le révérend Gosling l'a lu en chaire un dimanche à l'église ?

Hope réprima de justesse un fou rire, car Nell non seulement le lui avait répété une bonne dizaine de fois, mais elle lui avait aussi montré l'article qu'elle emportait partout avec elle. Le correspondant du *Times* y parlait, bien entendu, de son sauvetage du fusilier Robbie et de sa blessure, mais il s'étendait surtout sur le travail remarquable qu'elle avait accompli à l'hôpital de Balaclava. Le triste état de la coupure de presse toute chiffonnée indiquait à coup sûr que Nell l'avait exhibée d'innombrables fois depuis sa parution.

— Tu as raison, il faut que j'aille voir Rufus pendant qu'il en est encore temps, dit Hope en regardant son ventre proéminent.

— Tout le monde sera ici dimanche, dit Nell. Alice et Toby viendront de Bath avec Ruth, son mari John et leurs enfants. Matt et Amy y seront aussi avec leurs enfants ainsi que Joe et Henry. La maison sera pleine à craquer ! Dommage que ce soit trop loin pour James, mais il viendra sûrement lui aussi dès qu'il le pourra.

— Si je comprends bien, nous aurons de quoi nous occuper à la cuisine jusqu'à la fin de la semaine.

— Tu peux le dire ! répondit Nell en riant. J'espère seulement que le beau temps se maintiendra jusque-là. Il vaut mieux que les enfants puissent jouer dehors, ils sont si nombreux maintenant !

Pendant ses deux premiers jours à Willow End, Hope se sentit plongée dans un rêve merveilleux dont elle aurait voulu ne jamais se réveiller. À l'unique exception de sa lune de miel, elle n'avait jamais connu la facilité et le confort dont elle jouissait maintenant, une chambre vaste et joliment meublée, un lit moelleux, des repas savoureux, sa lessive et son repassage faits sans qu'elle ait à s'en soucier. Elle pouvait regarder les voitures passer sur la route, descendre au bord de la rivière, profiter sans arrière-pensées de la beauté et de la tranquillité de la campagne qui l'entourait.

Les angoisses et les interrogations sur sa famille qui l'avaient assaillie au cours de leurs longues années de séparation avaient été balayées dès l'instant où Nell l'avait serrée dans ses bras sur le quai de Portsmouth. Grâce à leurs longues conversations, Hope n'ignorait plus rien de ce qui leur était arrivé à tous pendant toutes ces années. Mais ce fut le dimanche, lorsque la famille vint la voir, que Hope sentit se dévider le cocon de bienheureuse insouciance qui la protégeait depuis son arrivée.

Tout avait pourtant commencé le mieux du monde. Nell et Dora avaient préparé un véritable festin, les frères et sœurs étaient arrivés entourés de ce qui paraissait une nuée d'enfants. La liesse de leurs retrouvailles, leur joie de la revoir et leur amour avaient fait chaud au cœur de Hope. Elle s'était émerveillée de voir que Joe et Henry étaient devenus des hommes en son absence, que Matt était maintenant le sosie de leur père et elle avait éprouvé une vraie complicité avec Amy et Ruth qui lui racontaient leurs accouchements et leur vie de famille. Et puis, tout en voyant autour d'elle ces visages brillants de joie et d'affection, Hope éprouva peu à peu un étrange sentiment d'isolement en se sentant différente des autres. Elle ne s'expliquait pas pourquoi car, à part Joe et Henry qui menaient une existence semblable à celle qu'elle leur avait connue dans son enfance, ils avaient tous changé, elle comme les autres. Ruth et sa famille étaient relativement aisés et vivaient en ville, Alice et Toby ne parlaient que de ce qui se passait dans la maison où ils étaient serviteurs et Nell aussi avait évolué et gravi des échelons dans la société. Malgré ces changements, ils se comportaient les uns avec les autres, et réagissaient, exactement comme ils l'avaient toujours fait. Elle seule se sentait à l'écart. Étrangère, en un sens.

Plus tard ce soir-là, après leur départ, Hope essaya d'en parler à Nell qui la rabroua en bougonnant.

— Étrangère ? Bien sûr que non, voyons ! Je ne veux plus t'entendre dire ce genre de sornettes.

Quinze jours après son arrivée, Hope se fit conduire par un homme du village, qui servait de fiacre à l'occasion, au pavillon de Briargate pour voir Rufus et lady Anne. Elle aurait voulu s'y rendre plus tôt mais Nell, qui l'y avait d'abord encouragée, lui avait ensuite paru réticente. Hope ne s'expliquait pas ce revirement. Le pavillon évoquait pour elles deux de mauvais souvenirs, certes, et il était pénible de savoir qu'Albert avait incendié Briargate et tué sir William, mais Hope savait qu'elle devait y retourner, ne serait-ce que pour anéantir les spectres qui la hantaient encore. Matt lui avait décrit l'inquiétude de Rufus au moment de sa disparition, comment il l'avait ensuite aidé à la ferme pendant ses vacances scolaires et était devenu un solide et sympathique jeune homme. Elle se sentait donc plus que jamais tenue de lui dire quel prix elle n'avait jamais cessé d'attacher à leur amitié d'enfants.

L'opposition de Nell à sa visite à lady Anne venait peut-être de sa crainte que sa jeune sœur se permette de lui faire des réflexions désobligeantes. Hope en était mortifiée. Elle n'avait plus besoin de «rester à sa place» car, sans appartenir à la noblesse, elle n'était plus une servante contrainte de manifester du respect à ses anciens maîtres. Elle était une infirmière réputée et l'épouse d'un chirurgien militaire qui, malgré elle, en savait trop sur la vie privée de lady Anne et de sir William – et bien plus que Nell elle-même sur celle d'Albert. Elle avait parfois envie de tout révéler à Nell pour qu'elle cesse de la traiter comme une enfant.

La voiture s'était à peine arrêtée que Rufus se précipitait à sa rencontre, les bras tendus comme quand il était petit garçon.

— Hope! Quel bonheur de te revoir!

Il s'arrêta soudain à deux pas, l'air gêné. Hope comprit son embarras. La dernière fois qu'ils s'étaient vus, Rufus était encore enfant et plus petit qu'elle de presque une tête. Il était maintenant un homme, avec de larges épaules et une voix grave.

— Serais-je trop grosse pour que tu m'embrasses? dit-elle en riant. Ou es-tu intimidé parce que nous avons grandi?

Il rit à son tour, la prit dans ses bras.

— Laisse-moi te regarder, Rufus, dit-elle quand il la relâcha. Quel beau garçon tu es devenu!

Il avait hérité ce qu'il y avait de mieux chez ses parents, cheveux blonds, yeux bleus, prestance, mais il émanait de toute sa personne une force de caractère qu'ils n'avaient jamais eue. En vêtements de travail, il avait plus l'allure d'un fermier que d'un gentilhomme.

— Et toi, tu n'es pas seulement devenue la plus jolie fille du village, mais la plus belle femme de tout le comté.

— Tu restes trop longtemps dans tes champs ! répondit-elle en riant. À part une truie, je parie que tu n'as jamais rien vu de plus gros que moi.

— Tu as raison, je suis un vrai paysan, s'esclaffa-t-il. Ma mère serait scandalisée qu'un gentleman parle à une dame de son état.

— Ne la faisons pas trop attendre, dit-elle.

— Bien sûr, mais je te préviens que ma mère n'est plus ce qu'elle était, répondit-il en hésitant. Par moments, elle est même carrément bizarre. Si tu te sens mal à l'aise avec elle, prends congé en prétextant que tu ne peux pas t'attarder et je t'accompagnerai chez Matt.

— Veux-tu dire que nous pourrons jouer à cache-cache en traversant les bois ? demanda-t-elle en souriant.

— Tu ne pourras pas te cacher telle que tu es ! dit-il en éclatant de rire. Te souviens-tu comme nous nous amusions ?

— Nos escapades sont mes meilleurs souvenirs et je n'en ai oublié aucune.

Elle sentait que les liens de leur amitié ne s'étaient pas détendus avec le temps. Même si lady Anne se révélait insupportable, Hope était sincèrement heureuse de retrouver Rufus.

Tout le reste avait pourtant changé. L'allée envahie de mauvaises herbes était creusée d'ornières par les roues des tombereaux. Au bout, à la place du château, il n'y avait plus qu'un champ labouré et il ne subsistait des jardins que quelques vieux arbres. Les écuries et les communs, restés intacts, avaient l'allure de bâtiments agricoles.

— Cela te choque ? demanda Rufus, qui l'avait observée.

Hope acquiesça d'un signe. Combien de fois avait-elle regardé le château en se disant qu'il était le plus beau de toute l'Angleterre...

— Cela te fait de la peine qu'il n'y ait plus rien ? demanda-t-elle.

— Pas vraiment, répondit-il avec un demi-sourire. Bien sûr, je suis toujours fou de rage contre Albert. Si je le voyais, je le mettrais en pièces de mes mains. Je lui en veux davantage parce que je n'ai pas pu dire adieu à mon père et qu'il a humilié ma mère que d'avoir détruit la maison. Curieusement, j'ai toujours pensé qu'elle n'était pas à sa place ici, et que cette terre était destinée à être cultivée. Tu me comprends ?

Hope regarda autour d'elle. Elle eut en effet l'étrange impression qu'il n'y avait aucun vide, que rien d'essentiel n'avait disparu.

— Je crois que oui, répondit-elle. Nell dit que tu parais beaucoup plus heureux d'être devenu fermier que quand tu étudiais à Oxford.

— Nell a raison. J'ai un sentiment de, comment dire ? plénitude ? J'ai désormais un but. Je me sens à ma place dans le monde comme je ne m'y étais jamais senti auparavant.

— Tu as beaucoup de chance, dit-elle en lui caressant affectueusement la joue. J'ai le même sentiment en soignant les malades et les blessés et c'est très gratifiant.

— Je veux que tu me racontes tout sur la Crimée, mais allons d'abord voir ma mère.

Ce fut déroutant pour Hope de revenir dans le pavillon. Elle lança un coup d'œil à l'escalier, se souvenant de la dernière fois qu'elle l'avait gravi. Elle sentit presque pleuvoir de nouveau sur elle les coups que lui avait assenés Albert et sa terreur qu'il aille jusqu'à la tuer. Rien pourtant n'était comme avant. La salle commune lui parut plus grande, plus accueillante, presque élégante. Un tapis recouvrait le sol dallé, les meubles de bois grossier avaient fait place à des fauteuils confortables et à une table en bois verni. Il lui fallut quelques instants pour comprendre que l'impression d'espace était due à l'adjonction d'une nouvelle pièce, une cuisine sans doute, bâtie au-delà de l'ancienne porte de derrière.

À son entrée, lady Anne se leva péniblement d'un fauteuil de velours près de la cheminée.

— Comme c'est gentil d'être venue, Hope. Vous êtes belle comme le jour. L'heureux événement est attendu bientôt, n'est-ce pas ?

Lady Anne avait terriblement vieilli. Elle avait les cheveux blancs, son visage était d'une maigreur squelettique et sa peau si parcheminée que les os des pommettes semblaient prêts à la crever. Sa bouche était affaissée comme si elle avait perdu presque toutes ses dents. Le noir de sa robe effaçait les couleurs qu'elle aurait pu avoir, jusqu'au bleu de ses yeux complètement délavé. Hope se douta que ces altérations avaient dû survenir graduellement, car Nell les lui aurait signalées, mais les découvrir d'un coup la choqua au point de lui nouer la langue.

— J'ai été bouleversée d'apprendre la mort de sir William, parvint-elle à articuler. Je l'ignorais car je venais de me marier à ce moment-là.

— Ne nous attardons pas sur ce triste sujet, répondit lady Anne avec un sourire qui refléta un bref instant sa beauté passée. J'ai été si heureuse d'apprendre par Nell que vous étiez retrouvée et que vous aviez épousé un médecin. Et maintenant, vous attendez un enfant!

— Oui, il devrait naître dans une quinzaine de jours. J'espère seulement que Bennett pourra revenir avant.

Peu après son arrivée, Hope avait reçu une lettre où il était écrit qu'il espérait recevoir une permission pour rentrer par le prochain navire. Cette lettre, arrivée en même temps qu'une douzaine d'autres écrites auparavant, était datée du 1er août. Comme elle n'en avait plus reçu depuis, Hope était presque certaine que Bennett avait pu s'embarquer comme il l'annonçait et arriverait d'un jour à l'autre.

— Je vous souhaite de tout cœur de ne pas être seule pour la naissance de votre enfant.

Sur quoi, à la stupeur de Hope, lady Anne fondit en larmes. Touchée par cette étonnante marque d'affection, Hope s'approcha et lui prit la main.

— Je ne serai pas seule, voyons, Nell sera avec moi. Ne pleurez pas, je vous en prie.

— Faites très attention que Nell ne vous la vole pas, lâcha-t-elle entre deux sanglots.

Si ses paroles étaient extraordinaires, son expression l'était plus encore. Une sorte de rictus de bête traquée lui découvrait les dents ou, plutôt, les quelques chicots qui lui garnissaient encore la mâchoire. Déconcertée, Hope se tourna vers Rufus en quête d'une explication. Il se borna à indiquer la porte d'un hochement de tête.

Hope hésita. La courtoisie la plus élémentaire lui dictait de ne pas se retirer aussi vite, mais elle se sentait incapable de rester plus longtemps, non seulement à cause de l'étrange conduite de lady Anne, mais parce que le pavillon lui-même l'angoissait.

— Je suis désolée que ma visite soit aussi brève, dit-elle en se levant, je ne peux pas m'attarder. Mais je reviendrai bientôt vous voir.

— Nous n'avons même pas pris le thé ! geignit lady Anne d'une voix criarde. J'étais sur le point de sonner pour qu'on nous serve.

Rufus entraînait déjà Hope vers la porte.

— Je suis sincèrement désolé, lui dit-il quand ils furent dehors. Elle dit parfois des choses invraisemblables. Comme de sonner pour demander le thé ! Elle s'imagine peut-être que Baines va surgir du cimetière un plateau à la main.

Hope ne put retenir un éclat de rire nerveux.

— Pardonne-moi, je ne devrais pas en rire, dit-elle. Pauvre vieux Baines ! Il était si gentil.

— Un homme en tout point remarquable, renchérit Rufus. Je l'ai vu avant sa mort, il attendait la fin avec soulagement. Il m'a dit que c'était pour lui un honneur et un privilège d'avoir servi mes parents, mais qu'il était trop las pour continuer. Il a rendu son dernier soupir le lendemain. J'étais content de l'avoir vu une dernière fois et content aussi qu'il soit mort paisiblement. Où serait-il allé s'il avait vécu ?

Rufus n'eut pas besoin d'en dire plus. Hope savait comme lui qu'il aurait fini en indigent à l'hospice et elle fut heureuse de constater que son ami d'enfance n'avait pas perdu ses qualités morales.

— Comment t'arranges-tu avec ta mère? demanda-t-elle.

— Tu veux dire quand elle perd la raison? répondit-il avec une franchise désarmante. Elle ne met personne en danger, ni elle-même ni les autres, elle tient seulement des propos incompréhensibles. Elle m'a même dit une fois que j'avais une sœur, tu te rends compte!

— Vraiment? dit Hope en riant. Qu'est-elle devenue, cette sœur mystérieuse? C'est Nell qui la lui a volée?

Ils en rirent avant d'aborder des sujets moins tristes et se rendirent en pèlerinage à l'étang, où ils constatèrent avec joie que le vieux bateau était toujours là. Assis sur une souche d'arbre au soleil, ils bavardèrent longuement à bâtons rompus. Hope parla même de Gussie et de Betsy et de la manière dont elle avait volé une tourte quand ils mouraient tous les trois de faim.

Sans en avoir encore eu conscience, c'était de pouvoir parler franchement du passé dont Hope avait le plus besoin. Même avec Nell, elle n'avait fait que glisser rapidement sur l'épisode de Lewins Mead de peur de la choquer. Elle ne s'attarda toutefois pas non plus avec Rufus sur cette partie de sa vie, mais ce qu'elle en dit suffit à lui en esquisser un tableau suffisamment précis avant de passer à autre chose. Rufus était avide de détails sur la guerre de Crimée, en particulier la charge de la brigade légère qui avait fait l'objet de nombreux articles dans la presse. Hope raconta sans se faire prier tout ce dont elle avait été témoin et ajouta ses propres commentaires sur l'incurie de lord Cardigan, que l'opinion anglaise considérait comme un héros. Elle parla aussi des blessures d'Angus, de son courage et de sa droiture de caractère. Rufus l'écouta avec un intérêt passionné décrire ses journées à l'hôpital et l'interminable défilé de blessés et de malades.

— Avec la chute de Sébastopol, commenta-t-il, la guerre devrait être bientôt terminée. Nos hommes seront peut-être tous revenus au pays pour Noël.

— J'espère que Bennett le sera bien avant, répondit Hope en souriant. Mais assez parlé de la guerre. Parle-moi de toi maintenant, Rufus. Es-tu amoureux? Fiancé, peut-être?

— Oui, répondit-il en rougissant. Avec Lily Freeman, la fille du pasteur de Chelwood.

— J'en suis enchantée pour toi. Elle est belle, bien sûr?

— Au moins pour moi, oui, dit-il d'un air rêveur. Je l'aime, mais je ne pourrai pas l'épouser tant que ma mère sera dans cet état. Je gagne à peine de quoi nous faire vivre tous les deux, il n'est donc pas question que j'aie une femme et des enfants.

Hope avait peine à croire que la vie de Rufus ait changé à ce point. Quand elle pensait à lui par le passé, elle imaginait pour lui un cadre luxueux, des bals, des réceptions, des chasses à courre. Elle ne le voyait pas en vêtements de travail, avec des ongles noirs de paysan, en train de labourer des champs ou de nourrir des poulets.

— Tu es encore jeune, Rufus. Si elle t'aime, Lily t'attendra. J'ai dû attendre Bennett quatre ans, mais cela en valait largement la peine.

— Je suis si heureux que tu sois revenue, Hope, dit-il en posant affectueusement un bras sur ses épaules. Et plus heureux encore que nous puissions parler de tout, comme nous le faisions avant. Nous resterons toujours amis, n'est-ce pas ?

— Toujours, répondit-elle en l'embrassant sur la joue. Il est temps maintenant que j'aille chez Matt, je t'ai déjà fait perdre trop de temps. Mais tu viendras bientôt nous voir, Nell et moi, j'espère ?

— Bientôt et souvent, tu peux y compter.

Le 29 septembre, Hope fut réveillée aux petites heures du matin par une vive douleur abdominale qui disparut presque aussitôt et revint dix minutes plus tard. La cinquième fois, une heure après, elle comprit que l'accouchement était imminent et alla réveiller Nell.

L'oncle Abel avait prévu l'intervention d'une sage-femme du village voisin de Brislington, qu'il considérait comme la meilleure du comté, et laissé ses instructions pour que Nell envoie quelqu'un la chercher et l'avertir lui aussi.

Nell s'habilla calmement, ranima le fourneau et leur prépara du thé avant de se rendre chez le voisin, qui avait déjà promis d'aller chercher la sage-femme le moment venu. Hope n'avait pas l'intention de se recoucher, l'une des sages-femmes de St Peter lui ayant souvent dit que les bébés venaient au monde plus facilement quand la mère continuait à marcher jusqu'à la dernière minute. De toute façon, Nell avait déjà tout préparé, depuis des tiroirs pleins de langes, de barboteuses et de chaussons jusqu'au berceau et aux couvertures. Hope les avait vus mais, puisque le moment approchait, elle décida de procéder à un dernier inventaire pour s'occuper en attendant le retour de Nell.

Aussi émue que la première fois en voyant avec quel soin Nell avait confectionné et brodé de ses mains les petites chemises de nuit et les brassières, elle remettait tout en place quand elle trouva au bas de la pile un châle plus ancien qu'elle n'avait pas remarqué jusque-là. Bien qu'un peu jauni par l'âge, il était aussi doux et fin que de la soie. Intriguée, Hope se demanda d'où il venait, car elle n'imaginait pas que Nell connût des gens assez munificents pour lui offrir un cadeau d'un si grand prix.

Elle frottait délicatement le châle contre sa joue pour en sentir la douceur quand Nell revint, rouge d'avoir couru.

— D'où vient ce châle ? lui demanda Hope. Il est ravissant.

— Il était à toi.

— À moi ? Comment notre famille a-t-elle pu acheter quelque chose d'aussi coûteux ?

— Quelqu'un l'a donné à notre mère, je ne sais plus qui, répliqua Nell avec une sécheresse inaccoutumée.

— Ne te tracasse pas pour moi, je vais très bien, dit Hope en se méprenant sur la cause de sa brusquerie. Les femmes ont des bébés depuis des milliers d'années et j'en ai moi-même mis quelques-uns au monde, je sais comment ça se passe.

— Je te rappellerai ce que tu viens de dire quand tu hurleras de douleur un peu plus tard, bougonna Nell.

Mme Langham, la sage-femme, arriva à midi. C'était une grande et forte femme au physique ingrat avec une verrue sur le nez, mais Hope constata avec satisfaction qu'elle était propre comme un sou neuf et n'était pas du genre à lamper du gin comme beaucoup d'autres. Son mari avait envoyé un gamin avertir le Dr Cunningham.

— Votre petit sera prêt à lui faire risette quand il arrivera, dit la sage-femme d'un ton jovial. Vous ne me paraissez pas de celles qui traînaillent des jours avant de passer aux choses sérieuses.

Elle avait raison. À quatre heures de l'après-midi, ses douleurs se rapprochant et s'intensifiant, Hope se remit au lit et, à six heures, elle perdit les eaux. Une demi-heure plus tard, Mme Langham recevait le bébé dans ses mains en annonçant que c'était une fille.

Hope tendit les bras pour la serrer sur son cœur. Elle s'était attendue au pire et, si elle avait souffert, l'accouchement s'était bien passé, tout compte fait. Le bonheur de serrer son bébé dans ses bras, que proclamaient toutes les jeunes mères, l'avait toujours laissée sceptique. Elle se rendit aussitôt compte qu'elle se trompait, car les sentiments qui l'assaillirent étaient si puissants qu'elle ne put retenir ses larmes. De sa vie entière, rien ne lui avait apporté autant de joie ni ne l'avait aussi profondément émue que la vue de ce petit visage.

— Oh, Nell! s'exclama-t-elle. Y a-t-il rien au monde de plus merveilleux, de plus parfait?

— Elle est ton portrait quand tu es née, répondit Nell avant de fondre en larmes.

— Les hurleuses, je m'en charge, déclara Mme Langham. Mais pour les pleureuses, il me faut un bon coup de brandy.

Hope leva les yeux vers elle et ses larmes firent place au fou rire.

— Vous en aurez autant que vous voudrez, lui dit-elle. Et Nell ferait bien d'en boire elle aussi.

— Alors, comment allez-vous l'appeler ? demanda l'oncle Abel.

Arrivé une heure après l'accouchement, il était encore désemparé que sa science médicale ait été inutile. Il avait quand même examiné le bébé sous toutes les coutures, l'avait déclaré vigoureux, en parfaite santé et la plus ravissante petite fille qu'il eût jamais vue. Après quoi, il s'était assis dans un fauteuil et l'avait prise dans ses bras.

— Betsy, répondit Hope sans hésiter. Elle s'appellera Betsy Hannah Meg Meadows.

Il approuva le choix de Hannah, qui était le prénom de sa sœur regrettée, et Meg celui de la mère de Hope.

— Mais pourquoi Betsy ? s'étonna-t-il.

— C'était une amie que j'aimais beaucoup, répondit-elle. Je sais que Bennett sera d'accord, c'est quand il était venu l'examiner pendant l'épidémie de choléra que nous nous sommes rencontrés.

— Avez-vous récemment reçu des nouvelles de lui ?

— Pas depuis sa lettre du mois d'août. Cela veut sans doute dire qu'il est encore sur le bateau du retour.

— Les lenteurs du courrier sont invraisemblables ! bougonna l'oncle Abel. Avec le télégraphe, nous savons le lendemain ce qui se passe à l'autre bout du monde, mais il faut encore des semaines aux lettres pour nous parvenir de l'étranger.

— Hope ! Il y a une lettre du capitaine pour toi ! cria Nell du bas de l'escalier une semaine après la naissance de Betsy.

Si Hope n'était pas en train de donner le sein à Betsy, elle se serait précipitée. Mais la tétée était pour elle l'essentiel et le meilleur de la maternité. Assise dans un confortable fauteuil près de la fenêtre, elle laissait son regard errer sur les champs au-delà du jardin pendant que Betsy tétait goulûment. Rien jusqu'alors n'avait égalé la joie qu'elle éprouvait à la vue de son joli petit visage et au contact de ses petits doigts serrés autour d'un des siens. Rien ne pouvait remplacer son bonheur de rester ensuite là, son bébé serré contre sa poitrine. Nell et Dora se plaignaient parfois qu'elle ne leur permettait presque jamais de s'occuper de la petite et elle avait conscience de se montrer trop possessive, mais Betsy était sa fille à elle et, à son âge, elle n'avait besoin que de sa mère.

Nell la rejoignit quelques minutes plus tard avec du thé.

— Puis-je au moins la tenir pendant que tu lis la lettre ? demanda-t-elle après avoir posé le plateau sur la table.

— Il faut d'abord la changer, répondit Hope en lui tendant l'enfant. Ma robe est trempée ! Je n'aurais jamais cru que les bébés puissent être aussi humides.

— Attends qu'elle grandisse, commenta Nell en changeant la couche. Tu verras les montagnes de lessive ! Allons, lis cette lettre. J'ai hâte moi aussi de savoir ce qu'il devient.

Hope se rassit, décacheta l'enveloppe. La lettre ne comportait qu'une seule page et Nell vit sa sœur pâlir à la deuxième ligne.

— Mon Dieu, non ! gémit-elle. Bennett est malade.

À la fin de sa lecture, elle était si accablée que la lettre retomba sur ses genoux et elle s'enfouit le visage dans les mains. Nell se hâta de mettre Betsy dans son berceau et s'agenouilla près de Hope.

— Que se passe-t-il ? Parle, je t'en prie. Que dit cette lettre ?

— Lis-la toi-même, j'en suis incapable. Bennett est mort, j'en suis sûre.

Nell ramassa la lettre et s'approcha de la fenêtre pour mieux voir.

*Chère Hope,*
*J'espère que vous êtes en bonne santé et que votre bébé est bien arrivé. J'espère surtout du fond du cœur que Bennett est maintenant avec vous et qu'il retrouve la santé. Je viens de revenir d'opération avec mon régiment. Quand j'ai voulu le revoir, j'ai appris qu'il souffrait de fortes fièvres. En arrivant à l'hôpital pour en savoir plus, on m'a dit qu'il avait déjà été évacué à Scutari.*

Nell interrompit sa lecture en entendant Hope pousser un gémissement de détresse.

— Ne t'affole pas, ma chérie, dit-elle en lui prenant la main. Le capitaine ne dit pas qu'il est mort, seulement qu'il est malade et dans un autre hôpital.

— Cette lettre est datée du 20 août, répondit Hope en sanglotant. Bennett devait être malade depuis un certain temps avant d'être envoyé à Scutari. S'il n'est pas mort, pourquoi ne m'a-t-il pas écrit ?

— Tu sais comme le courrier marche mal entre là-bas et ici. Et puis, les mauvaises nouvelles voyagent toujours beaucoup plus vite que les bonnes. S'il était mort, tu le saurais déjà.

— Tu ne peux pas savoir comment ça se passe en Crimée ! Des hommes meurent tous les jours sans que personne ne soit au courant.

— Allons, allons, Bennett est un officier. Les autorités ne perdent pas aussi facilement la trace des officiers.

Hope leva vers Nell un regard de bête blessée.

— Ils l'ont envoyé à Scutari, Nell. Cet endroit est une abomination, tout le monde le sait. Il est mort, j'en suis sûre. Il n'en reviendra pas. Je ne le reverrai jamais.

## 25

Réveillée en sursaut par les hurlements de Betsy, Nell chercha à tâtons la bougie et les allumettes. Une fois de plus, la petite avait faim et Hope ne faisait rien, situation qui durait depuis plusieurs jours déjà. Excédée, Nell jeta un châle sur ses épaules, traversa le palier et entra dans la chambre de Hope.

— Allons, ma chérie, ne pleure plus, tante Nell est là, dit-elle en prenant la petite dans ses bras.

Trempée et mourant visiblement de faim, Betsy suçait énergiquement son poing fermé et Nell la changea avant de s'approcher du lit. Gisant sur le dos, inerte, les yeux ouverts, Hope regardait dans le vide et paraissait inconsciente de ce qui l'entourait.

— Hope, il faut nourrir Betsy, dit Nell.

Hope ne répondit pas et parut même ne pas avoir entendu. Nell la secoua par l'épaule en répétant plus fort, toujours sans succès.

— Que va penser Bennett à son retour quand il trouvera sa fille morte de faim ? fulmina Nell. Tu es sa mère, bon sang !

— Il ne reviendra pas, gémit Hope. Il est mort.

— Raison de plus pour prendre soin de cette malheureuse enfant ! Donne-lui le sein immédiatement !

Betsy s'était remise à hurler. Dans la lueur incertaine de la bougie, Nell voyait qu'elle était congestionnée de fureur.

— Tu es inhumaine! cria Nell, au comble de la colère et du désarroi. Tu peux rester couchée là tant que tu voudras à t'apitoyer sur ton sort si ça te chante, mais tu dois d'abord nourrir ta fille!

Excédée, elle posa Betsy sur le lit et arracha presque les boutons de la chemise de nuit de Hope pour dénuder ses seins, gorgés de lait et gros comme des melons.

— Fais-la téter! Je ne resterai pas les bras croisés à te regarder te vautrer dans ton égoïsme! fulminat-elle en posant la petite sur la poitrine de Hope.

Betsy agrippa aussitôt le sein nourricier et se mit à téter. Hope resta inerte, sans même prendre le bébé dans ses bras. Malgré sa fatigue, Nell s'assit sur le lit pour maintenir Betsy dans la bonne position. Elle ne voulait pas s'en aller avant que l'enfant ait fini de se nourrir et ne soit remise dans son berceau.

Nell aurait pu comprendre la réaction de Hope si elle avait reçu l'avis officiel de la mort de Bennett, mais ce n'était pas le cas. Le capitaine lui disait seulement que son mari était tombé malade. Pourquoi, alors, Hope s'entêtait-elle à le croire mort?

Au bout d'une vingtaine de minutes, enfin rassasiée, Betsy s'endormit d'elle-même. Nell la recoucha dans son berceau puis, en se tournant vers Hope avant de regagner son lit, elle constata qu'elle n'avait pas bougé ni même ramené sa chemise sur sa poitrine.

— Tu ne peux même pas te couvrir? lança-t-elle, excédée. Sais-tu à quel point je suis épuisée? Es-tu incapable de penser à personne d'autre qu'à toi-même?

Au comble de l'exaspération, comme Hope ne réagissait toujours pas, Nell lui assena une gifle qui n'eut pas plus d'effet, comme si Hope ne voyait, n'entendait, ni ne sentait rien.

— Tu es une moins-que-rien ! tonna Nell. Même les plus misérables des mendiantes qui finissent à l'asile s'occupent de leurs enfants ! Dès qu'il fera jour, je vais demander au Dr Cunningham de venir. Moi je ne sais plus quoi faire de toi !

Elle sortit en claquant la porte, mais avec la crainte que Hope ne fasse du mal à la petite si elle la laissait seule avec elle.

— Je ne sais plus par quel bout m'y prendre, Rufus, dit-elle en sanglotant le lendemain matin quand il vint leur rendre visite. Je n'en peux plus, je suis au bout du rouleau.

Rufus revenait de Keynsham où il était allé acheter des graines pour ses poulets. En rentrant à Briargate, il avait décidé à la dernière minute de faire un détour par Willow End pour voir Hope et son bébé. Dès que Nell lui eut ouvert la porte, il comprit à ses yeux rouges et gonflés et à sa mine épuisée qu'il se passait quelque chose de grave.

Après lui avoir résumé la lettre du capitaine Pettigrew, elle fondit de nouveau en larmes en disant qu'elle avait peur que Hope n'ait perdu la raison et qu'il ne faille l'enfermer chez les fous. Rufus n'avait pas revu Hope depuis sa visite au pavillon, mais Matt et Amy lui avaient dit, quelques jours après la naissance de Betsy, que la mère et l'enfant allaient le mieux du monde et qu'ils n'avaient jamais vu de jeune mère plus heureuse ni plus épanouie. Il n'était bien entendu pas au courant de la lettre du capitaine car, s'il l'avait été, il serait venu immédiatement aux nouvelles. Il comprenait ce qu'un tel choc survenu aussi vite après la naissance pouvait avoir de dévastateur, mais il ne s'expliquait pas plus que Nell que Hope réagisse en rejetant son enfant.

Nell lui fit lire la lettre d'Angus qui lui parut, comme à elle-même, d'autant moins alarmante qu'il ne consacrait que trois lignes à la maladie de Bennett. Ensuite, il ne parlait que de ce qu'il faisait et du projet de nouveaux bombardements de Sébastopol qui, à la date où il écrivait, n'avait pas encore capitulé.

— Il n'aurait pas aussi peu écrit sur la maladie de Bennett s'il l'avait jugée grave, dit-il après avoir achevé sa lecture.

— Bien sûr que non, approuva Nell entre deux sanglots. Mais ce qui est quand même inquiétant, c'est que Bennett n'a pas écrit de son côté. Même malade au point de ne pas pouvoir tenir une plume, il aurait demandé à quelqu'un d'écrire à sa place.

Rufus pensait la même chose, mais il ne voulut pas laisser Nell continuer elle aussi à envisager le pire.

— Il l'a sûrement fait et sa lettre n'est pas encore arrivée, voilà tout, déclara-t-il. Maintenant, Nell, allez vous reposer, vous en avez grand besoin. Je vais monter parler sérieusement à Hope.

Rufus entra sans frapper dans la chambre de Hope et alla aussitôt ouvrir les rideaux. Quand il se retourna, Betsy dormait dans son berceau et il eut le cœur serré en voyant combien Hope avait changé depuis leur dernière rencontre. À ce moment-là, elle était radieuse, elle avait les joues roses, les yeux brillants, les cheveux aussi soyeux que quand elle était petite fille. Mais là, elle avait les joues creuses et pâles, le regard éteint et inexpressif.

Il s'assit au bord du lit, lui prit une main entre les siennes.

— Tu ne peux pas continuer comme cela, Hope, lui dit-il avec douceur. J'ai lu la lettre d'Angus, je n'y ai rien vu qui puisse suggérer même de loin que Bennett soit mort. Tu sais très bien que le courrier met parfois des semaines à arriver d'Orient et, comme Nell te l'a dit, les mauvaises nouvelles voyagent dix fois plus vite que les bonnes. S'il était mort, tu en aurais déjà été avisée.

— Ils ont dû l'enterrer sans même savoir qui il était, répondit-elle avec une grimace de douleur. Cela arrive tout le temps là-bas.

— Peut-être avec certains hommes de troupe, mais pas les officiers. Nell a écrit à Angus pour lui demander de se renseigner. En attendant, n'oublie pas que tu es une mère et que tu as le devoir de prendre soin de Betsy.

— Je ne peux pas, soupira-t-elle.

— Tu lui as donné le prénom de ton amie morte. Tu ne l'as pas abandonnée quand elle a eu besoin de toi, elle. Tu as recousu le capitaine quand il était blessé, tu as soigné Dieu sait combien de malades et de blessés. Et tu me dis maintenant qu'ils comptaient plus pour toi que ton propre enfant ?

— Tu ne peux pas comprendre, répondit-elle en se détournant.

Avec douceur mais fermeté, Rufus la força à le regarder en face.

— Ce n'est pas parce que je suis un homme et que je n'ai pas d'enfants que je ne peux pas comprendre ce qui te tourmente en ce moment. Je m'occupe de ma mère depuis la destruction de Briargate. J'ai subi et je continue à subir ses jérémiades, ses crises de larmes et ses crises de rage. Il y a eu des jours où elle était incapable de s'habiller toute seule, où elle refusait de manger, où elle tournait en rond dans sa chambre au lieu de dormir. J'en arrivais par moments à me demander si je ne devais pas la faire interner dans un asile de fous et Nell a très peur, justement, que tu en arrives là.

— On peut bien me mettre n'importe où, ça m'est égal.

— Je n'en crois pas mes oreilles ! s'exclama Rufus avec indignation. Que tu te l'imagines en ce moment, je l'admets. Mais tu n'es pas folle ! Tu es capable de t'en sortir parce que tu en as la force. Tu vas te lever de ce lit, prendre Betsy dans tes bras et ne plus penser qu'à elle, comprends-tu ? Il ne te faudra pas longtemps pour te rendre compte que c'est elle qui te réconfortera.

— Qu'est-ce que tu en sais, toi qui as grandi dans le luxe ? répliqua-t-elle avec hargne. Tu dormais encore dans ton lit de plumes à l'heure où je nettoyais les cheminées, j'astiquais les parquets, je charriais les seaux hygiéniques de ta fichue mère. Il m'est même arrivé d'éponger le vomi de ton père quand il était ivre mort ! Sans Bennett, j'aurais été condamnée à passer ma vie entière dans des taudis et à me prostituer pour gagner de quoi manger ! Sans lui, je ne peux pas vivre.

— Tu le ferais si tu ne pouvais pas faire autrement ! la rabroua Rufus en la secouant par les épaules. As-tu oublié que tu as eu le courage de fuir Albert pour qu'il ne s'attaque pas à Nell ? Tu as eu le courage de travailler à St Peter pour soigner ceux que personne ne voulait approcher. Dans ses lettres, Angus nous disait qu'en Crimée, les hommes étaient en adoration devant toi et admiraient ton dévouement. Désemparée ou pas, une femme qui en a fait autant que toi doit être capable de nourrir et de soigner son propre enfant !

— C'est l'amour de Bennett qui me donnait la force et le courage, répondit-elle d'une voix blanche. Il comblait tous les vides que j'avais en moi. Tu ne peux pas savoir que ça veut dire.

Rufus lui caressa la joue d'un geste plein de tendresse.

— Vraiment ? Te crois-tu la seule personne au monde qui ait des vides en elle ? Je couchais peut-être dans un lit de plumes, mais je n'ai jamais connu l'amour que te donnait ta famille. Quand mon père n'était pas absent, il était ivre et ma mère n'a jamais passé plus d'une heure par jour avec moi. C'est Ruth et Nell qui m'ont élevé et je t'enviais parce qu'elles te prodiguaient leur amour en permanence. As-tu la moindre idée de l'enfer que j'ai vécu à mon école ? J'étais battu par les maîtres, rossé par les autres élèves, je mourais de faim tout le temps et de froid l'hiver. J'avais l'impression qu'on m'avait envoyé là pour me punir, mais je ne savais pas de quoi. Quant aux années qui ont suivi ton départ de Briargate, je n'avais plus personne, ni Nell ni toi. Baines était déjà trop vieux et mes parents passaient leur temps à se quereller pendant qu'Albert se pavanait comme s'il était le seigneur et maître. À l'école je vivais un enfer, à la maison j'étais plongé dans une détresse dont je ne voyais pas la fin.

Voyant l'expression de Hope s'adoucir et son regard refléter peu à peu l'étonnement et la compassion, il comprit qu'il devait continuer.

— Ensuite, je suis parti pour Oxford afin de prendre le large, mais là non plus je n'étais pas dans mon élément. On m'appelait « le gars de ferme » et d'autres sobriquets encore plus méprisants. Ce n'est qu'à la ferme de Matt que je me sentais enfin utile et à ma place.

Betsy se mit à pleurer. Rufus se leva, s'approcha du berceau.

— Bonjour, jolie petite fille, dit-il en la prenant dans ses bras. Arrête de pleurer, cela te fait faire des grimaces et tu n'es plus aussi belle.

Il la prit dans ses bras, alla devant la fenêtre.

— Ta maman m'a sauvé la vie il y a bien longtemps, poursuivit-il. Tu sais, elle m'a dit une fois qu'elle était furieuse contre sa mère parce qu'elle avait cessé de lutter et s'était laissée mourir en la laissant seule. Si tu veux mon avis, elle exagérait parce que sa pauvre mère était vraiment très malade. Qu'en penses-tu, Betsy ? Une mère doit-elle faire passer en premier son mari ou son enfant ? Comprendrais-tu que ta mère t'abandonne parce qu'elle aurait peur de vivre sans ton père ?

Il entendit Hope renifler derrière lui.

— Ta maman était la plus jolie, la plus drôle, la plus remuante des petites filles du comté, reprit-il en posant un baiser sur la tête du bébé. Brave comme un lion, un cœur d'or, l'esprit plus affûté qu'un couteau. Pas du tout le genre de personne que tu verrais enfermée jusqu'à la fin de ses jours dans un asile de fous. J'espérais aussi qu'elle voudrait bien venir un de ces jours à Briargate me donner son avis sur mon projet de transformer les écuries en maison pour Lily et moi.

Les larmes de Hope devenant des sanglots, Rufus se retourna. Le visage ruisselant de larmes, elle se tordait sur son lit comme en proie à des convulsions. Nell lui avait dit que Hope ne pleurait plus depuis qu'elle avait reçu la lettre. Elle jugeait que Hope s'était, en quelque sorte, vidée de sa substance et qu'il n'en restait plus qu'une coquille vide. Il comprit alors que sa crise de larmes était nécessaire pour libérer son esprit des limbes où il s'était englouti. Il avait de la peine de la voir souffrir, il avait envie de la prendre dans ses bras, de la consoler, mais il tenait déjà Betsy et son rôle, dans ces circonstances, devait plutôt être celui d'un protecteur.

Il attendit donc patiemment que les larmes de Hope commencent à se tarir et qu'il la voie chercher à tâtons un mouchoir pour se moucher et s'essuyer les yeux. Elle avait une mine de déterrée, le visage couvert de marbrures, les yeux gonflés, mais tout valait mieux que la vacuité inexpressive qui voilait ses traits jusque-là.

— Maintenant, tu vas lui donner sa tétée, ordonna-t-il.

Soulagé qu'elle accepte d'un signe, il posa Betsy sur le lit, aida Hope à se redresser, essuya ses joues trempées de larmes, arrangea les oreillers derrière elle et lui installa l'enfant dans les bras.

— J'aimerais rester te tenir compagnie, dit-il en souriant, mais je ne crois pas que Nell apprécierait. Je redescends auprès d'elle, appelle-moi quand tu auras fini.

Arrivé à la porte, il se retourna et fut soulagé de voir que Hope serrait tendrement Betsy sur sa poitrine.

— Tu n'es pas seule au monde, Hope, dit-il avec douceur. Il y a autour de toi beaucoup de gens qui t'aiment du fond du cœur. Quoi qu'il arrive, nous ne t'abandonnerons jamais.

Rufus se sentait vidé quand il descendit d'un pas pesant et trouva Nell, toujours affalée sur sa chaise, les coudes sur la table.

— Elle donne le sein à Betsy, dit-il en posant les mains sur les épaules voûtées de Nell. Je resterai jusqu'au soir. Allez vous étendre.

— Mais il faut que je fasse la cuisine, que je lave les couches...

— Dora peut aussi bien s'en charger, l'interrompit-il, désolé de la voir aussi désemparée que Hope. Ce n'est pas la fin du monde que vous vous laissiez un peu aller, pour une fois. Vous avez travaillé dur toute votre vie, Nell, il est grand temps que vous preniez le repos dont vous avez besoin.

Il l'aida à se lever, lui donna l'accolade. En un éclair, il se revit, petit garçon, qu'il avait été courir vers elle en quête de consolation et enfouir son visage dans sa poitrine. C'était elle, maintenant, qu'il dominait d'une tête et à qui il espérait donner un peu de réconfort.

— Hope va déjà mieux, affirma-t-il. Vous autres, Renton, êtes trop solides pour vous écrouler. J'écrirai dès aujourd'hui au capitaine. Maintenant que la guerre touche à sa fin, il pourra aller à Scutari et retrouver Bennett.

Trois semaines plus tard, Rufus revint à Willow End, cette fois avec une carriole pour emmener Hope et Betsy voir sa mère.

Il fut émerveillé de voir Hope sortir de la maison d'un pas allègre, coiffée d'un chapeau rouge orné d'une aigrette, en abritant Betsy sous un pan de son manteau. Depuis trois semaines, il était venu aux nouvelles à plusieurs reprises et, si Hope n'avait toujours pas reçu de nouvelles de Bennett, si elle restait soucieuse, elle n'était plus abattue au point de ne pas se dominer comme avant. Ce jour-là, en tout cas, elle paraissait redevenue elle-même. Son sourire lui était revenu avec ses couleurs. Elle était amaigrie, bien sûr, car Nell lui reprochait d'avoir encore peu d'appétit, mais décidément en bien meilleur état.

Nell sortit sur le pas de la porte et Rufus sauta de la carriole pour prendre Betsy, qu'il fit semblant de laisser tomber.

— Ma parole, tu deviens trop lourde ! dit-il en riant. Je ne sais pas si mon pauvre Flash réussira à te traîner.

— Une vraie goulue ! renchérit Nell. Prenez bien soin d'elles, Rufus, et ramenez-les-moi avant la nuit.

— C'est si bon de revoir le soleil, même s'il fait froid ! s'écria Hope en grimpant dans la carriole. Avec ces pluies continuelles, je n'ai pas mis le nez dehors depuis quatre jours.

— C'est peut-être la dernière belle journée avant l'hiver, commenta Rufus en lui tendant le bébé. Il y avait une pellicule de glace dans les abreuvoirs ce matin et les dernières feuilles finissent de tomber.

Il monta sur son siège, déplia une couverture sur les genoux de Hope puis, ayant salué Nell en soulevant sa casquette, il fit avancer le cheval d'un claquement de langue.

— Nell n'est pas franchement ravie que j'aille à Briargate, dit Hope quand ils furent sur la route. Il y a quelque chose de bizarre entre ta mère et elle. As-tu idée de ce que cela peut être ?

— J'imagine qu'elle lui en veut encore de ne pas l'avoir soutenue quand tu as disparu, répondit-il en souriant.

— Non, je ne crois pas. Nell n'est pas rancunière de nature et elle est trop heureuse d'être la gouvernante d'Angus. Cela a quelque chose à voir avec moi. Le simple fait que je rencontre ta mère la chiffonne, je me demande bien pourquoi.

— Nell reste trop ancrée dans les traditions. Elle doit trouver malséant que sa petite sœur prenne le thé avec une lady.

— Je ferai attention de ne pas choquer milady par mes mauvaises manières et je compte sur toi pour dire à Nell que je me suis conduite avec la courtoisie et le respect que je lui dois, dit Hope en riant. Oh, Rufus ! Que c'est bon d'être au grand air ! Je suis complètement rétablie, tu sais, même si Nell n'en est pas encore convaincue.

Hope ne gardait qu'un très vague souvenir de la période pendant laquelle «elle n'était plus elle-même», comme disait Nell avec tact. Dora, en revanche, lui avait dit sans ménagement qu'elle était folle à lier, qu'elle refusait de nourrir Betsy ou même de la prendre dans ses bras et que Nell était sur le point de sombrer dans la dépression. En regardant sa fille sur ses genoux, Hope avait peine à croire qu'elle ait eu une telle conduite. Elle se rappelait seulement avoir eu le sentiment d'être aspirée par une sorte de marécage noir qui l'engloutissait.

Par un étrange caprice de la mémoire, elle se souvenait clairement que Rufus l'avait extirpée de ce marécage par ses confidences sur son enfance, car elle se rappelait presque chaque mot de ce qu'il lui avait dit. Pour elle, qui l'avait toujours cru privilégié, découvrir qu'il avait souffert de ne pas être aimé et qu'il avait subi des années d'épreuves à l'école avait été un choc. En pensant à ce qu'il avait dû surmonter, depuis la mort de son père, afin de se faire une nouvelle vie, pour lui comme pour sa mère, elle avait honte de l'avoir mal jugé et sous-estimé.

Ses craintes sur la vie de Bennett ne s'étaient pas apaisées, elles s'aggravaient au contraire à chaque jour qui passait sans lui apporter de nouvelles. Quand elle se sentait glisser de nouveau sur la pente du désespoir, elle se forçait à penser aux soldats morts au combat, qui gisaient désormais dans des tombes anonymes. Elle savait que leurs veuves, à jamais privées du soutien et du réconfort dont elle-même bénéficiait, auraient le courage de ne pas négliger ou abandonner leurs enfants, même dans les circonstances les plus désespérées. Elle devait donc s'estimer heureuse et remercier le Ciel d'être entourée de sa famille et de tant d'amis pour la soutenir dans l'épreuve et son devoir lui dictait d'être courageuse pour Betsy.

Pourtant, avec la meilleure volonté du monde, il lui était impossible de rester brave la nuit, quand la terreur de devoir vivre sans Bennett la balayait comme une coulée de lave brûlante. Ce cauchemar était si terrifiant qu'elle devait parfois s'enfoncer un drap dans la bouche comme un bâillon pour s'empêcher de crier. Elle avait beau savoir que grâce à Nell et à l'oncle Abel elle aurait toujours un toit, c'était de Bennett et de son amour qu'elle avait besoin pour survivre.

Tous les jours, elle attendait dans l'angoisse l'arrivée du courrier. Nell et elle avaient reçu deux autres lettres d'Angus, dans lesquelles il décrivait la chute de Sébastopol et son entrée à la tête de ses hommes dans la ville dévastée, mais il n'avait à l'évidence pas encore reçu les lettres de Nell lui demandant de se renseigner sur Bennett. De son côté, Hope avait écrit à l'état-major de la Rifle Brigade à Winchester ainsi qu'au Dr Anderson, médecin-chef de l'hôpital de Balaclava. Elle avait adressé à Bennett plusieurs lettres à Scutari dans l'espoir qu'elles lui parviendraient tôt ou tard. Ces lettres lui avaient été particulièrement difficiles à rédiger car s'il était en vie et malade, elle n'avait pas le droit de l'inquiéter en lui dépeignant son angoisse et ses craintes. Se voir forcée de feindre un ton insouciant pour ne lui parler que de la beauté de leur fille et de détails sans importance de sa vie de tous les jours avait été pour elle une épreuve presque insurmontable.

Par moments, aussi, elle ressentait des accès de rage à observer les activités quotidiennes se poursuivre autour d'elle. Il lui paraissait presque obscène, tant le doute sur la survie de Bennett l'obsédait, que Nell lui demande ce qu'elle aimerait manger au prochain repas ou l'emmène à Keynsham acheter de l'étoffe pour faire une nouvelle robe. Tandis que les journaux étaient remplis d'articles sur la chute de Sébastopol et la fin imminente de la guerre, l'opinion publique ne paraissait s'intéresser qu'aux décorations ou aux promotions à attribuer aux uns et aux autres.

Le gouvernement semblait ne pas plus se soucier du sort des blessés, dont beaucoup seraient hors d'état de retrouver du travail, que des familles des morts, laissées souvent sans ressources. Et si elle savait qu'oncle Abel se démenait en haut lieu pour obtenir des nouvelles de Bennett, il ne l'avait pas moins sèchement rabrouée en lui rappelant qu'il devait aussi s'occuper de ses patients.

Elle maudissait les lenteurs de la poste et sa maternité, qui l'empêchait d'aller elle-même à Winchester exiger des renseignements. Et elle avait beau se répéter qu'il ne s'était écoulé que trois mois depuis la date de la dernière lettre de Bennett, ces trois mois lui faisaient l'effet de trois éternités.

La voix de Rufus la tira soudain de ses réflexions :

— Je me demande comment ma mère passera l'hiver. L'année dernière, elle était percluse de rhumatismes au point de rester presque tout l'hiver au lit. J'ai peur que ce ne soit pire cette année.

— Ce doit être une bien triste vie pour elle, dit Hope en se rappelant l'époque où Nell la pomponnait avant de rendre visite à ses nombreux amis. Vient-on au moins encore la voir ?

— De moins en moins, soupira Rufus. Le révérend vient de temps en temps, les Warren aussi, mais leurs visites se raréfient. Je ne peux pas le leur reprocher, elle se rend souvent impossible. Je me sens parfois coupable de ne pas lui tenir compagnie comme je le devrais, mais comment ferais-je pour m'occuper de ma ferme ? Parlons de choses moins tristes, poursuivit-il en souriant. Il faut profiter de cette belle journée et j'ai hâte de te montrer mes projets d'aménagement des écuries. Elles feront une maison de belle taille, la toiture est en bon état et comme la pompe est juste à côté, cela ne devrait pas coûter très cher pour apporter l'eau. Matt, Joe et Henry m'ont même proposé de m'aider et Geoffrey Calway, le charpentier, fera les gros travaux.

— Il ne doit plus être jeune, commenta Hope. Comment va sa femme ? Elle a été très bonne pour moi à la mort de mes parents.

— Toujours aussi drôle et active. Tu étais sans doute trop jeune pour apprécier son esprit, mais elle n'a pas changé et elle a toujours un cœur d'or. Il y a plein de braves gens au village, tu sais. Quand Bennett reviendra, vous devriez vous y installer. Il n'y a plus de médecin dans les environs et tout le monde s'en plaint.

— Cela me plairait beaucoup, répondit-elle en imaginant un douillet petit cottage d'où elle pourrait aller voir Matt et Rufus en se promenant, où Betsy grandirait en reproduisant tout ce qu'elle avait fait dans son enfance.

— Nous arrivons bientôt. Espérons que ma mère sera dans un de ses bons jours. Elle m'a paru très heureuse de voir Betsy aujourd'hui et a même mis une de ses plus belles robes pour l'occasion. Mais ses humeurs sont aussi changeantes que le temps. Quand je m'éloigne, même pour une heure, je ne sais jamais comment je la retrouverai.

Les appréhensions de Rufus sur le caractère de sa mère se révélèrent infondées ce jour-là, car lady Anne sortit du pavillon pour venir au-devant d'eux et les accueillit de la meilleure grâce du monde. Hope vit au premier coup d'œil qu'elle avait soigné son apparence. Elle était presque aussi bien coiffée que lorsque

Nell s'occupait d'elle et lady Anne avait agrémenté sa robe de deuil d'un col de dentelle blanche.

— Vous ne pouvez pas savoir combien je suis heureuse de voir votre adorable bébé, dit-elle en faisant asseoir Hope devant la cheminée. Me permettez-vous de la tenir un moment?

L'ayant déjà vue vieillie et amaigrie, Hope ne fut pas aussi choquée que la première fois et se sentit plus à l'aise avec elle. Touchée de son désir de prendre Betsy dans ses bras, elle la lui tendit volontiers. Elle lui proposa ensuite de préparer du thé puis, pendant que Rufus s'absentait un moment pour rentrer Flash à l'écurie et accomplir quelques menus travaux urgents, les deux femmes bavardèrent comme de vieilles connaissances.

— J'ai été navrée d'apprendre vos soucis pour votre cher mari, dit lady Anne avec une sincère compassion. Mais il ne faut pas vous inquiéter, ma chère petite, j'ai la conviction que vous recevrez bientôt de ses nouvelles.

Hope lui parla des lettres qu'elle avait écrites aux diverses autorités et qui étaient restées sans réponse et des démarches de l'oncle Abel, tout en évitant de mentionner Angus de peur de rouvrir dans sa mémoire des portes qu'il valait mieux laisser closes. Depuis son arrivée au pavillon, Hope réussissait à ne pas penser aux pénibles événements qui s'y étaient déroulés. Lady Anne lui montra comment elle l'avait décoré avec des meubles et des tableaux envoyés du Sussex par ses sœurs.

— Je me demande parfois comment j'ai fait pour vivre dans une grande maison, dit-elle avec bonne humeur. Les dernières années y ont été assez déplaisantes. Il y faisait souvent très froid. Ici, au moins, c'est confortable et facile à chauffer.

Elle montra la nouvelle cuisine à Hope, qui l'admira comme il convenait tout en jugeant risible qu'une femme qui n'avait jamais mis les pieds dans celle de Briargate, s'émerveille devant le nouveau fourneau pourvu de deux fours, dont l'un contenait un ragoût en train de mijoter qu'elle se vantait d'avoir préparé elle-même.

— Je suis devenue assez bonne cuisinière, se vanta-t-elle en riant. Au début, Mme Webb venait du village me donner des leçons, mais je n'en ai plus besoin maintenant. J'ai fait de tels progrès que je réussis même la pâtisserie !

Du coup, Hope se sentit obligée de réviser ses précédents jugements sur la futilité et l'oisiveté de lady Anne.

Elle fit ensuite téter Betsy, qu'elle couchait pour sa sieste dans un panier de linge lorsque Rufus revint, agréablement surpris de découvrir que tout se passait entre Hope et sa mère mieux qu'il ne l'avait craint. Après le déjeuner, aussi réussi que si Hope l'avait elle-même préparé, Rufus décida d'aller aux écuries, car il était déjà deux heures et demie de l'après-midi et il avait promis à Nell de raccompagner Hope et Betsy avant la nuit.

Lady Anne souleva Betsy de son berceau improvisé pour l'installer dans les bras de sa mère.

— Vous reviendrez me voir bientôt, j'espère ? demanda-t-elle en caressant la joue de Hope d'un geste de vieille tante affectueuse.

— Bien sûr, milady, répondit Hope en l'embrassant. J'étais ravie de vous revoir et votre déjeuner était délicieux. J'espère aussi que Rufus vous conduira à Willow End, Nell en serait enchantée.

— Bennett reviendra bientôt, j'en suis persuadée. Ne vous faites pas tant de mauvais sang et gardez confiance, ma chère petite, dit lady Anne avec un sourire qui lui rendit un instant sa beauté évanouie.

— Miraculeux ! commenta Rufus pendant qu'ils remontaient l'allée. Je m'attendais à ce que ma mère se répande comme d'habitude en plaintes sur ses malaises ou en récriminations sur sa vie ennuyeuse. J'ai peine à croire qu'elle se soit si bien occupée de Betsy et de toi. Elle n'avait encore jamais manifesté autant de sympathie pour qui que ce soit.

— Lui as-tu dit que j'étais devenue folle un bon moment ? demanda Hope. C'est peut-être la raison pour laquelle elle a senti que nous avions quelque chose en commun.

— Non, je ne lui avais pas dit, répondit Rufus en riant. De toute façon, tu n'étais pas folle, juste un peu déboussolée.

Arrivée aux écuries, Hope décida de coucher Betsy enveloppée dans une couverture sur la banquette de la carriole. Avec la capote baissée, elle n'aurait pas froid et serait plus en sûreté qu'en restant dans ses bras et, si elle se réveillait, Hope ne serait qu'à quelques pas.

Le bâtiment ranima en elle des dizaines de souvenirs. Il ne restait du château que quelques pierres du soubassement, mais la marche de la cuisine, sur laquelle elle s'était si souvent assise, était toujours là. Le poulailler occupait l'emplacement du grand salon et Hope avait peine à croire que le somptueux escalier sculpté fût parti en fumée.

— Tu n'as rien pu sauver de la maison ? demanda-t-elle.

— Quelques casseroles, c'est tout, répondit Rufus avec un peu de mélancolie. Les statues de marbre de la roseraie, aussi. Je les ai vendues à un antiquaire et les pierres récupérables à un maçon. Les meubles, les tableaux, les livres, la vaisselle, tout a été détruit. Mais n'y pensons plus, viens plutôt voir ce que j'ai l'intention de faire.

Rufus n'utilisait plus que deux stalles, une pour Flash et l'autre pour le cheval de trait attelé à la charrue. Les autres étaient déjà démontées, ce qui dégageait une vaste surface.

— Je compte installer la cuisine ici, dit-il en indiquant un endroit, là le salon. Entre les deux, un couloir menant à l'escalier des chambres. J'adosserai les cheminées au mur du fond. Viens voir l'étage.

Ils venaient de gravir l'échelle de meunier donnant accès au grenier à fourrage quand ils entendirent une cloche.

— Encore ma mère ! grogna Rufus. Tu te souviens qu'il y a au pavillon une cloche dont personne ne se servait depuis des années. Je me mords les doigts de lui avoir dit de sonner si elle avait besoin de moi. Il lui arrive de me sonner trois ou quatre fois par jour.

Ils allèrent regarder par une fenêtre. Lady Anne était déjà rentrée dans le pavillon.

— Elle me sonne parfois quand elle a égaré quelque chose, dit Rufus, agacé. Je ferais quand même mieux d'aller voir ce qui se passe. Attends-moi ici, je tiens vraiment à ce que tu me donnes ton avis sur l'emplacement des nouvelles fenêtres et de la porte d'entrée.

Rufus partit en courant et Hope redescendit dans l'écurie. Elle pensa d'abord que Rufus devrait percer des fenêtres dans le mur du fond pour laisser entrer le soleil du matin. Elle se disait aussi qu'il ferait mieux de regrouper les cheminées de manière que celle de la cuisine et celle du salon utilisent le même conduit de fumée quand elle entendit marcher sur les pavés de la cour.

— Tu as fait vite ! lança-t-elle.

Une odeur fétide d'urine séchée et de crasse rancie la fit se retourner. Un homme se tenait dans l'encadrement de la porte, visiblement un vagabond vêtu de haillons. Il était assez grand pour occulter l'ouverture, de sorte qu'elle ne pouvait pas distinguer son visage. Mais il avait une attitude clairement agressive.

— Vous cherchez quelqu'un ? demanda-t-elle nerveusement en pensant qu'il voulait de quoi manger. Lord Harvey doit revenir d'une minute à l'autre.

— Je croyais t'avoir dit de ne jamais remettre les pieds ici, gronda le vagabond.

Hope sentit le sang se glacer dans ses veines.

— Albert !

L'homme n'avait pourtant ni son allure ni sa voix, mais lui seul pouvait lui dire une chose pareille et la terrifier à ce point. En un éclair, elle comprit pourquoi lady Anne avait sonné. Elle avait dû voir un intrus traverser le champ ou sortir du bois et vouloir les avertir.

— Le chat t'a bouffé la langue ? ricana-t-il.

— Je m'étonne de vous voir ici, parvint-elle à répondre. J'avais entendu dire que vous vous étiez engagé dans l'armée.

Son cœur bondissait dans sa poitrine, car il était évident qu'Albert n'avait pris le risque de revenir à Briargate que dans une mauvaise intention. Selon toute vraisemblance, il comptait se venger sur Rufus ou lady Anne, car il ne pouvait prévoir que Hope serait là elle aussi et il était sans doute aussi surpris qu'elle de leur rencontre.

— Boucle-la et va dans ce coin, aboya-t-il.

Quand il avança vers elle, Hope put le voir plus nettement. Sa beauté physique n'était plus qu'un souvenir, ses traits finement sculptés étaient empâtés par l'alcool et des ridules noircies de crasse lui sillonnaient le visage. Sa belle chevelure noire était une tignasse grisonnante, retombant en mèches graisseuses jusque sur ses épaules en se mêlant à la barbe hirsute qui lui mangeait la figure. Son rictus haineux dévoilait des dents, elles aussi noires de crasse, dont plusieurs avaient disparu. Il était devenu plus repoussant que les brutes dégénérées que Hope avait naguère côtoyées à Lewins Mead.

L'estomac noué, le souffle coupé par la peur, Hope recula pas à pas. Si Albert était en fuite depuis qu'il avait mis le feu à Briargate, il n'avait plus rien à perdre et ne reculerait pas devant un nouveau crime. Et Betsy était seule dehors dans la carriole !... Si elle se réveillait et se mettait à pleurer, il ne l'épargnerait pas, Hope en était sûre.

— Allez-vous-en, Albert, parvint-elle à dire calmement alors même qu'elle sentait ses jambes se dérober sous elle. Vous n'avez rien à gagner ici que de nouveaux ennuis. J'ai un peu d'argent sur moi, vous pouvez le prendre si vous voulez.

— J'en veux pas de ton foutu argent ! cracha-t-il. J'ai donné à cet endroit les plus belles années de ma vie et tout est détruit, ravagé. C'est ma vengeance que je veux !

À son regard étincelant, à ses gestes saccadés et fébriles, elle comprit qu'il avait basculé dans la folie. Sachant qu'il n'avait jamais écouté la voix de la raison, elle se doutait qu'il serait inutile de plaider ou même de discuter. Elle devait lutter ou ruser, sinon il la tuerait comme il tuerait quiconque se mettrait en travers de son chemin.

— Je n'ai rien détruit, moi, dit-elle pour essayer de gagner du temps afin d'imaginer un plan de défense. Je n'étais qu'une enfant prise dans une situation qui me dépassait et que je ne comprenais pas. J'ai tenu parole, je ne suis revenue ici que depuis quelques semaines. Je n'ai jamais dit à personne ce que j'avais vu ce jour-là dans le pavillon.

Du coin de l'œil, elle avait déjà vu une fourche appuyée contre le mur sur sa droite.

— Tu crois que je me soucie encore de ce que t'as dit ou pas dit ? Je me suis toujours foutu de tout, sauf de ce jardin. Et il n'y a plus rien, les arbres coupés, mes massifs de fleurs jetés à la poubelle. Mais toi, petite garce, tu es du côté de ceux qui ont détruit tout ce que j'avais et, pour ça, tu vas payer ! Recule dans ce coin, je te dis, que je puisse t'attacher en attendant que le grand milord revienne.

Elle comprit que c'était Rufus qu'il était venu tuer et que, l'ayant trouvée là, il doublerait son plaisir en la forçant à assister à son crime avant de la tuer à son tour.

— Va te mettre là et tourne-toi face au mur, ordonna-t-il en sortant de sous sa veste une corde et un couteau. Oui, poursuivit-il en ricanant alors qu'elle regardait, terrifiée, la longue lame du couteau, il est bien affûté. J'ai toujours eu de bons outils.

Hope recula peu à peu vers la fourche, sans cesser de parler, dans l'espoir de détourner son attention. Il était plus lourd et moins agile qu'avant et Hope espérait surtout qu'il avait l'esprit assez dérangé pour ne pas même envisager qu'elle se défendrait.

— Où étiez-vous toutes ces années ? demanda-t-elle pour gagner du temps. Avez-vous trouvé une autre place de jardinier ?

— Comment j'aurais pu trouver une place quand tous les policiers du royaume me couraient après ? gronda-t-il. Je suis le meilleur jardinier de toute l'Angleterre et j'étais forcé de vivre comme un vagabond. Des salauds m'ont volé tout mon argent dans mon sommeil. Tout ça, c'est ta faute et tu vas me le payer !

— Je vous en supplie, Albert ! l'implora-t-elle pour lui faire croire qu'elle était aux abois. Laissez-moi partir, je ne dirai à personne que je vous ai vu ici. Je vous le jure.

— Boucle-la et tourne-toi contre le mur ! aboya-t-il.

Elle se retourna et, du même mouvement, empoigna la fourche et pivota en la pointant sur lui. Elle n'avait pour seul atout que d'être plus légère et plus agile que lui. S'il réussissait à lui arracher la fourche, c'en serait fait d'elle.

— Arrière ! cria-t-elle en chargeant, la fourche en avant.

Il recula d'un pas et elle fit un écart pour le prendre par le flanc.

— Vas-y, ordure, attrape la fourche si tu peux! reprit-elle. Je meurs d'envie de te la planter dans le ventre!

Sachant qu'elle n'aurait pas la force de le tenir en respect très longtemps, elle voulait le manœuvrer pour l'acculer le dos au mur, de manière à lui foncer dessus ou, du moins, l'immobiliser jusqu'au retour de Rufus.

Combien de temps dura le ballet dans lequel elle l'entraîna en tournant autour de lui, elle n'en eut pas conscience, mais il se fatiguait visiblement, haletait et se déplaçait de moins en moins vite. Finalement, après avoir senti le couteau lui frôler le bras deux ou trois fois, elle réussit à l'amener là où elle voulait, lui, le dos au mur, et elle, à côté de la porte, prête à détaler s'il le fallait.

C'est alors que Betsy se mit à pleurer.

Albert s'immobilisa, un rictus sardonique au coin des lèvres.

— Tiens, t'as un bébé? ricana-t-il en brandissant son couteau.

Craignant qu'il ne lance le couteau, Hope s'apprêta à l'esquiver d'un pas de côté, à moins qu'il ne préférât charger pour le plaisir de la poignarder et sentir la lame s'enfoncer dans sa chair.

— Pas un geste! cria-t-elle en affermissant sa prise sur le manche de la fourche.

Si elle ne réussissait pas à l'empêcher de sortir, il s'en prendrait en premier à Betsy, pensa-t-elle avec terreur. Toute la haine accumulée depuis des années contre cet homme se mit soudain à bouillonner en elle. Elle ne le laisserait à aucun prix s'approcher de sa fille.

— Tu te crois capable de m'arrêter? lança-t-il avec mépris.

Son poids et sa force physique le favorisaient, elle le savait. S'il chargeait, il s'en débarrasserait aussi facilement que d'une toile d'araignée. Mais la vie de sa fille était en jeu, la sienne aussi et celles de Rufus et de lady Anne. Une image des fusiliers s'entraînant à charger à la baïonnette devant Sébastopol lui revint à l'esprit, elle entendit l'ordre du sergent-major : « Tuez ou mourez ! »

Une vague de fureur la submergea. Oui, elle était plus petite et plus légère que lui, mais elle avait le bon droit et la justice de son côté.

— Crève, salaud ! hurla-t-elle.

Et elle chargea en tenant sa fourche comme elle avait vu les soldats tenir leurs baïonnettes.

Elle l'attrapa dans le ventre, le repoussa de toutes ses forces et de tout son élan contre le mur. Les yeux écarquillés de stupeur, il lâcha son couteau et c'est alors seulement qu'elle vit que les dents de la fourche étaient enfoncées tout entières dans son ventre. Le sang gicla, rejaillit jusque sur sa robe et elle recula avec horreur tandis qu'il s'affaissait en râlant.

Un des soldats blessés qu'elle avait soignés lui avait dit une fois qu'il pouvait tuer autant d'ennemis qu'il fallait à coups de fusil et s'en réjouir, mais que ceux qu'il avait tués à la baïonnette le poursuivaient dans ses cauchemars, parce qu'il avait vu leurs visages de près et éprouvé leur douleur quand il avait planté son arme dans leurs corps.

Devant Albert qui se tordait de douleur à terre en essayant d'arracher la fourche avec ses mains ensanglantées Hope comprit ce que ce soldat voulait dire.

Elle était à l'église le jour où il avait épousé sa sœur, elle lui avait préparé des repas, lavé ses chemises. Elle ne l'avait jamais aimé, ce n'était qu'un être abject qui l'avait terrorisée et brutalisée, qui avait tué sir William, qui l'aurait tuée elle-même sans hésitation ni remords et qui méritait la corde. Mais elle était bouleversée d'être elle-même capable de tuer.

Saisie par la nausée, elle sortit en titubant. Rufus remontait l'allée en courant, armé d'un fusil de chasse, suivi de près par lady Anne.

— Il est à l'intérieur, parvint-elle à dire avant de se plier en deux pour vomir.

Tremblante de la tête aux pieds, elle alla à la carriole une fois sa nausée calmée et prit Betsy dans ses bras. Le bébé cessa aussitôt de pleurer, mais le soulagement de sentir contre son cœur le petit corps chaud et remuant de sa fille eut raison de son courage, et Hope ne put retenir ses larmes.

En se retournant, elle vit Rufus et lady Anne à l'entrée de l'écurie qui regardaient à l'intérieur.

— Il est mort? demanda-t-elle.

— Pas encore, répondit Rufus d'une voix blanche. Et j'espère qu'il lui faudra encore très longtemps.

## 26

Hope retourna au pavillon sans attendre Rufus et sa mère, qui ne tarderaient sans doute pas à la rejoindre. Malgré les tremblements qui la secouaient encore, elle donna le sein à Betsy tout en s'efforçant de dominer l'horreur de ce qu'elle venait de vivre.

Une grande demi-heure plus tard, elle avait fini de nourrir Betsy et lui changeait sa couche quand les autres revinrent. Lady Anne entra sans mot dire et alla s'asseoir devant la cheminée où elle resta prostrée, la tête presque sur les genoux. Rufus était lui aussi d'humeur taciturne. Il demanda à Hope si elle se remettait et insista pour lui faire boire du cognac avant de la raccompagner et d'aller avertir la police de ce qui s'était passé. Il alla ensuite se poster devant la fenêtre et resta là, en regardant dehors sans rien dire.

Hope comprenait leur silence, elle ne se sentait pas elle-même en état de commenter des événements qui les avaient aussi profondément choqués les uns que les autres. Mais tandis qu'elle sirotait son cognac, elle prit conscience que ce silence était dû à une tension qui devenait palpable de minute en minute. Était-ce à cause d'elle ? Lui en voulaient-ils d'avoir une fois de plus provoqué, même involontairement, de graves problèmes ?

Des images importunes se bousculaient dans sa tête, l'expression de stupeur d'Albert quand la fourche s'était enfoncée dans son ventre, le sang qui giclait, le bruit métallique du couteau tombant à ses pieds. Une partie de son cerveau la félicitait d'avoir tué une bête malfaisante, l'autre lui rappelait le commandement de Dieu : « Tu ne tueras point. » Pourquoi Rufus gardait-il le silence ? Pourquoi ne lui disait-il pas qu'elle avait bien fait ? Elle vida son verre de cognac et se leva.

— Je suis prête à partir, Rufus.

— Bien, dit-il sans se retourner. Je vais atteler la carriole.

Pourtant, il resta figé où il était.

— Nous devrions demander à quelqu'un de rester avec ta mère pendant que tu t'absentes, suggéra-t-elle.

Cette fois il se retourna, mais avec une expression que Hope ne put déchiffrer, car elle exprimait à la fois la colère et l'angoisse.

— Je ne peux pas faire confiance à ma mère pour ne pas parler.

— Mais... tout le monde va en parler ! dit-elle, déconcertée. Tu ne vas quand même pas dire à la police que c'est toi qui l'as tué ?

C'était la seule raison qui lui permettait d'expliquer l'étrange comportement de Rufus. En parfait gentleman, il se croyait sans doute obligé de la tenir en dehors de cette sinistre affaire.

Sans répondre, il se prit la tête dans les mains comme s'il était soudain frappé d'une insoutenable migraine. Perplexe et inquiète, Hope reposa Betsy sur le fauteuil et le rejoignit.

— Écoute, Rufus, aucun d'entre nous ne peut avoir d'ennuis à cause de ce que j'ai fait. Albert était un criminel. Il est revenu ici pour se venger de toi et peut-être tuer aussi ta mère. Je n'aurai pas peur de dire que c'est moi qui l'ai tué en état de légitime défense. C'était horrible, oui, mais ce qui est fait est fait et je suis contente qu'il soit mort.

Rufus lui lança un regard accablé.

— Il a parlé avant de mourir, répondit-il.

Hope sentit son estomac se nouer. Elle ne justifiait son acte que parce que la mort d'Albert mettait le point final à ses mauvais souvenirs et épargnait à Rufus l'épreuve d'apprendre la vérité sur ses parents. Elle aurait pourtant dû se douter qu'Albert ne mourrait pas sans faire une dernière fois du mal autour de lui.

— De quoi a-t-il parlé ? demanda-t-elle en hésitant.

— De ma mère, de Nell et de leur cher Angus, dit-il avec une colère mal contenue. Je ne sais pas ce qui m'a fait le plus mal, apprendre l'infidélité de ma mère ou que Nell et toi étiez au courant et que vous la protégiez.

Hope entendit un sanglot échapper à lady Anne. Si elle était un peu soulagée qu'Albert n'ait rien dit de ses rapports avec sir William, elle était en même temps indignée que Rufus reproche à Nell et à elle-même d'avoir dissimulé l'inconduite de sa mère.

— Je te rappelle que nous n'étions que des domestiques ! répliqua-t-elle. Nous aurions été renvoyées comme des malpropres si nous y avions fait la moindre allusion !

— Oui, c'est vrai, admit-il d'un air à la fois mortifié et désespéré. J'ai été injuste envers Nell et toi. En fait, je suis en colère contre ma mère, parce que c'est à cause de ce secret qu'Albert a exercé son chantage pendant des années. Mais comment me fâcher contre elle ? Regarde dans quel état elle est.

Hope se retourna. Jamais lady Anne ne lui avait paru aussi vieille, aussi délabrée, aussi vulnérable. Il n'y avait même plus en elle l'ombre de la jeune femme frivole et resplendissante de beauté qui avait capturé le cœur du séduisant capitaine Pettigrew.

— N'y pensons plus, Rufus. Cet individu abject n'a-t-il pas déjà fait assez de mal à nos deux familles ? Ne le laisse pas en faire davantage. Avant de partir, nous devons absolument appeler quelqu'un pour tenir compagnie à ta mère, elle a subi un choc trop violent pour rester seule.

— Je ne suis pas seulement sa mère, entendirent-ils lady Anne prononcer d'une voix tremblante. Je suis la vôtre aussi.

Hope et Rufus se retournèrent, aussi stupéfaits l'un que l'autre de cette étrange déclaration. Lady Anne se tenait droite dans son fauteuil et, si ses larmes coulaient encore, elle avait une mine résolue.

— Ne dites pas de bêtises, maman, dit Rufus du ton qu'on prend avec un enfant. Comment pourriez-vous être la mère de Hope ?

— Je le suis, affirma-t-elle en les regardant dans les yeux. Hope est née de mes amours avec Angus. Nell et Bridie m'avaient dit que mon bébé était mort-né pour éviter le scandale et Nell l'a emmené chez elle pour le confier à sa mère, Meg Renton.

Pétrifiés, Hope et Rufus dévisageaient lady Anne avec une stupeur incrédule. Ce fut lady Anne qui rompit le silence :

— Je sais qu'il arrive à mon esprit de s'égarer, d'oublier certaines choses, de les confondre parfois, mais ce que je viens de dire est vrai et vous devez me croire, dit-elle d'une voix brisée par l'émotion. Hope est ta demi-sœur, Rufus. Si j'avais su qu'elle vivait et où elle était, j'aurais trouvé le moyen de vous élever ensemble. Mais je n'ai su qui elle était en réalité que le jour où Nell a quitté Briargate. Ce n'est qu'à ce moment-là qu'elle me l'a avoué.

Hope et Rufus se lancèrent un regard stupéfait.

— Mais enfin, s'écria Rufus, Nell était persuadée qu'Albert avait tué Hope ! Si vous saviez que Hope était votre fille, pourquoi n'avez-vous rien fait ? Auriez-vous si peu de cœur, si peu de sentiments ?

Hope lui prit le bras pour le calmer.

— Elle craignait le scandale, sans doute, lui dit-elle.

— Tu sais comment était ton père à cette époque-là, se défendit lady Anne. J'avais peur de lui, mais j'ai fini par lui dire la vérité parce que le chantage d'Albert devenait intolérable. Il a mis le feu à la maison parce que nous lui avons tenu tête ensemble et l'avons chassé.

— Alors, pourquoi ne m'avoir rien dit à moi ? Je vous demandais assez souvent pourquoi vous gardiez ce misérable ! Je sentais qu'il y avait là-dessous une raison que j'ignorais. Si j'avais su, je vous aurais aidés, quoi que vous ayez à vous reprocher l'un et l'autre !

— Je le regrette amèrement maintenant, mais nous ne voulions pas te choquer ni te faire honte. J'ai failli te le dire quand nous avons appris que Hope était en Crimée, mais je n'ai pas trouvé les mots.

— Angus est-il au courant ? demanda Hope.

Cette révélation était trop énorme pour elle. Elle savait que c'était vrai, car même une vieille femme à l'esprit dérangé ne pourrait inventer une histoire pareille, qui expliquait entre autres la répugnance de Nell à ce qu'elle aille voir lady Anne.

— Non, répondit-elle, Angus l'a toujours ignoré. Peut-être Nell lui en a-t-elle parlé depuis qu'elle travaille chez lui, mais j'en doute parce qu'il serait immédiatement venu me demander pourquoi je ne le lui avais jamais avoué.

Rufus était livide. Hope aurait voulu le réconforter, mais lady Anne en avait visiblement plus besoin, car elle tremblait et pleurait d'abondance. Hope s'agenouilla près d'elle, lui posa la tête sur son épaule en lui administrant sur le dos des caresses consolantes.

— Je ne sais quoi vous dire maintenant, dit-elle avec douceur. Il me faut d'abord le temps d'y penser et je voudrais aussi entendre toute l'histoire de la bouche de Nell.

— Vous me croyez au moins ? demanda lady Anne en la regardant dans les yeux.

— Oui, mais je ne peux pas vous en dire plus pour le moment. Il faut avant tout que je rentre coucher Betsy.

— Ne demandez à personne de venir, gémit lady Anne. Je suis incapable de parler à qui que ce soit, je préfère rester seule.

Le silence régna aussi dans la carriole, où le claquement des sabots de Flash rythmait les pensées de

Hope. Elle revoyait par bribes de menus faits survenus dans le passé qui confirmaient et éclairaient les révélations de lady Anne. Ainsi, la nervosité de Nell lorsque Angus venait à Briargate, son impression de ne pas réellement faire partie de sa famille ou la vieille légende selon laquelle elle était une « enfant des fées », ses liens que le temps n'avait pas relâchés avec Rufus, son sentiment de familiarité avec Angus... Elle n'avait à coup sûr pas lieu d'avoir honte ni de regretter d'être du même sang qu'eux.

C'était cependant la découverte que Nell n'était pas sa sœur qui la frappait le plus. Nell avait été tout pour elle, une mère autant qu'une sœur aînée. Apprendre sans ménagement qu'il n'existait entre elles aucun lien de parenté et que Nell en gardait le secret depuis tant d'années lui infligeait une réelle souffrance. En ce qui concernait lady Anne, elle n'éprouvait rien, car il n'y avait rien à admirer en elle ni rien qui l'attirât. Meg Renton, qui l'avait élevée et aimée comme sa propre fille, était infiniment plus digne d'amour et d'admiration.

Elle lança un regard à Rufus. Malgré l'obscurité, elle voyait à ses lèvres serrées qu'il tentait avec effort d'assimiler les événements dramatiques affrontés coup sur coup.

— Quelle journée, n'est-ce pas ? lui dit-elle en posant une main sur les siennes qui étaient crispées sur les rênes.

— J'y ai au moins gagné une sœur, soupira-t-il. J'ai toujours éprouvé des sentiments particuliers à ton égard, mais je n'aurais jamais pu me douter de la vérité. Nous sommes tellement différents ! Nous n'avons pas la moindre ressemblance, moi blond aux yeux bleus, toi brune aux yeux noirs. Comment est-ce possible ?

— Tes deux parents étaient blonds aux yeux bleus. Je tiens visiblement plus d'Angus que de ta mère. Et puis, imagine un peu que nous nous ressemblions ! Tout le monde se serait posé des questions. Au village, on a toujours dit « noire comme une Renton ».

— Laisse-moi te dire, en tout cas, que puisqu'il m'a fallu apprendre que ma mère avait eu un enfant de l'amour, je suis heureux que ce soit toi, dit-il d'une voix enrouée par l'émotion.

— Ne sois pas en colère contre ta mère, dit-elle d'un ton apaisant. Cela a dû être pour elle une terrible épreuve. Nous ne savons pas comment nous aurions réagi dans les mêmes circonstances.

— J'ai toujours senti qu'il y avait quelque chose de louche dans le passé. Mais je croyais que cela concernait mon père.

— Ta mère l'aimait..., commença-t-elle.

— Mais lui ne pouvait pas l'aimer, n'est-ce pas ? enchaîna-t-il.

Le cœur de Hope manqua un battement. Rufus connaîtrait-il la véritable nature de son père ? Elle préféra ne pas répondre.

— Il n'aimait que les hommes, lâcha Rufus avec une rage méprisante. S'il y avait un problème, c'était celui-là.

Hope s'évertua en vain à imaginer une réponse.

— Ton silence me prouve que tu le savais déjà, reprit Rufus. Je devine sans mal quand et comment tu l'as découvert. Moi, je suis resté dans l'ignorance jusqu'après la destruction de Briargate. J'étais allé à Wells pour savoir si quelqu'un au palais épiscopal pourrait me renseigner sur Albert. C'est à ce moment-là que j'ai appris la vérité.

Il tourna d'une main le visage de Hope et la força à le regarder.

— J'avais depuis longtemps des soupçons au sujet de mon père. On entend déjà parler de ce genre de choses à l'école. À Oxford, j'ai rencontré des hommes et des garçons qui ne se cachaient pas de leurs préférences. Quand j'ai su qu'Albert faisait partie de ces gens, j'ai tout compris, la crainte qu'il inspirait à mes parents, l'argent qui disparaissait, son comportement arrogant et, bien sûr, ta disparition. Pardonne-moi, poursuivit-il en lui lâchant le menton. J'aurais mieux fait de garder tout cela pour moi comme tu l'as fait toi-même. Quand nous nous sommes revus pour la première fois après ton retour, j'ai remarqué que tu n'as parlé de mon père que pour me présenter des condoléances polies. Il ne m'en fallait pas plus pour confirmer mes déductions. Je suis prêt à parier que tu ne m'en aurais jamais parlé, n'est-ce pas ?

— Non, sûrement pas, et j'aurais même voulu que tu n'en saches jamais rien, dit-elle en posant la tête sur l'épaule de Rufus.

— Sois tranquille, je ne te demanderai aucun détail. Je veux maintenant mettre cette sordide histoire derrière moi et repartir du bon pied. Je n'entrerai pas à Willow End avec toi ce soir, poursuivit-il. Je dois d'abord aller à la police et retourner auprès de ma mère. Mais demain ou après-demain, je viendrai parler à Nell. Était-elle au courant pour Albert et mon père ?

— Non et je te supplie de ne pas lui en parler. Elle a assez souffert à cause de cet homme.

— Je n'en parlerai jamais plus à personne. Tout cela appartient au passé et n'a désormais aucune importance.

Dès qu'elle ouvrit la porte à Hope, pâle et les traits tirés, Nell comprit que la journée s'était mal passée.

— Pourquoi Rufus n'entre-t-il pas? demanda-t-elle en prenant le bébé endormi. J'espère que vous ne vous êtes pas disputés.

— Non, il doit seulement retourner auprès de lady Anne. Peux-tu coucher Betsy à ma place?

Nell s'empressa de le faire. Quand elle redescendit, Hope était à la cuisine et se chauffait les mains au-dessus du fourneau.

— Donne-moi ton manteau et ton chapeau, lui dit-elle. Je te préparerai un grog bien chaud, tu as l'air frigorifiée. Qu'est-ce que c'est? s'exclama-t-elle en voyant des taches sur le bas de sa robe.

— Du sang, lâcha-t-elle. Le sang d'Albert. Je l'ai tué.

— Quoi? s'exclama Nell, qui croyait avoir mal entendu. Albert est revenu à Briargate?

— Bien sûr, tu l'avais toi-même prédit. As-tu compris ce que je viens de dire? J'étais à l'écurie, il est entré et je l'ai tué d'un coup de fourche.

Nell se sentit tout à coup vidée de son sang. Elle s'était souvent demandé comment elle réagirait si elle apprenait qu'Albert avait été pris et pendu pour son crime. Il lui déplairait que les racontars recommencent de plus belle, mais elle serait soulagée de savoir qu'il était à jamais hors d'état de nuire. Que Hope se tienne calmement devant elle avec du sang sur sa robe en disant qu'elle l'avait tué d'un coup de fourche était toutefois une situation à laquelle elle n'avait pas été préparée et elle fondit en larmes, le visage dans les mains.

— Excuse-moi de te l'avoir dit aussi crûment, entendit-elle Hope ajouter. Je ne m'attendais vraiment pas à ce que tu en sois bouleversée à ce point.

— Ce n'est pas sa mort qui me bouleverse. Si j'avais appris qu'il s'était noyé, qu'il était mort de maladie ou qu'il avait été tué par un garde-chasse, j'en aurais été folle de joie. C'est penser qu'il s'est encore approché de toi, qu'il est revenu faire du mal à ceux que j'aime qui me bouleverse !

Hope s'assit près de Nell et lui raconta exactement ce qui s'était passé. Mais à mesure que Nell se ressaisissait, elle prenait conscience que le fait de décrire son acte en faisait revivre l'horreur à Hope qui, à la fin de son récit, ne pouvait plus retenir ses larmes.

— J'admire ton courage, dit-elle en la prenant dans ses bras. Tu n'aurais jamais dû revoir cette bête puante. Il t'avait déjà fait assez de mal. Ce matin, j'avais un mauvais pressentiment, je ne voulais pas que tu ailles à Briargate. Dieu merci ! Betsy et toi êtes maintenant en sûreté, je ne pourrais plus vivre sans vous deux.

Elle prépara un grog chaud et insista pour que Hope monte tout de suite se coucher.

— Nous aurons le temps d'en reparler demain, dit-elle en aidant Hope à se déshabiller et à enfiler une chemise de nuit. Quand Betsy se réveillera, tu ne te lèveras pas. Je la changerai et je te l'apporterai pour que tu lui donnes sa tétée.

Après l'avoir bordée, Nell descendit et s'assit au coin de la cheminée, glacée jusqu'aux os et le cœur en détresse. Elle n'aurait jamais dû accepter d'épouser

Albert. Tout le monde disait qu'il était bizarre, elle n'avait rien écouté et voilà que, à trente-neuf ans, enfin libre, elle était trop vieille pour qu'un homme veuille encore d'elle...

Le visage ruisselant de larmes, elle pleura la jeune fille qu'elle avait été, qui avait vécu sans jamais connaître l'amour et privée de la joie d'avoir une famille à elle. Sa vie n'avait été faite que de travail, d'épreuves et de joies trop rares. Elle pleurait surtout pour Hope, l'« enfant des fées », qui avait eu une existence plus dure que toutes les autres. Nell l'aimait tant que ses malheurs étaient aussi les siens.

Hope fit semblant de se rendormir lorsque Nell lui reprit Betsy après la tétée de la nuit, mais elle continua de l'observer sous ses paupières mi-closes. Elle ne s'était pas senti le courage de lui parler des aveux de lady Anne. Le choc de la mort d'Albert lui suffisait pour une seule journée, un secret aussi bien gardé depuis vingt-quatre ans pouvait attendre un jour de plus.

En la voyant bercer tendrement Betsy dans ses bras, elle fut une fois de plus stupéfaite qu'une aussi jeune fille ait pu conclure un pacte avec une vieille servante dans le seul but de protéger l'honneur de leur maîtresse. Quelle abnégation, quelle fidélité, quelle affection il lui avait fallu ! Et ce dévouement ne lui avait jamais fait défaut, ni pour lady Anne ni pour elle. Hope avait senti dès son plus jeune âge la profondeur de l'amour que Nell lui vouait.

Plus incroyable encore était l'attitude de lady Anne, qui n'avait pas levé le petit doigt pour soutenir Nell quand elle en avait eu le plus pressant besoin. Et

Nell n'avait jamais cherché à se venger. Elle n'avait pas même révélé à Angus qu'il avait eu un enfant. De quelque point de vue qu'elle la considère, Nell était une femme exceptionnelle.

— Je t'aime, Nell, murmura-t-elle quand la porte fut refermée. Sœur de sang ou pas, j'ai une telle chance de t'avoir que je me demande parfois si je la mérite.

Ce ne fut que le lendemain soir que Hope put enfin parler tranquillement à Nell. Dora avait fait le ménage toute la matinée, un sergent de police était ensuite venu interroger Hope sur les circonstances de la mort d'Albert. Il n'était pas sitôt parti que des voisins étaient venus aux nouvelles et, après tous ces contretemps, Betsy s'était mise à pleurer, de sorte qu'il était impossible d'engager une conversation sérieuse pendant que Nell s'affairait à préparer le dîner.

Mais une fois le repas terminé, la vaisselle lavée et Betsy endormie dans son berceau, les deux femmes purent s'asseoir devant la cheminée du salon et Hope raconta comment lady Anne lui avait révélé qu'elle était sa mère.

Nell l'écouta en pâlissant, la mine inquiète.

— Je ne suis pas en colère, la rassura Hope. Je ne porte aucun jugement, ni sur lady Anne ni sur toi. Je voudrais juste comprendre par quel enchaînement de circonstances tout cela s'est produit. Alors, je t'en prie, dis-moi tout depuis le début.

Nell s'exécuta à regret. Par moments, elle bafouillait de nervosité, à d'autres elle s'indignait d'avoir été forcée, à seize ans, de se rendre complice d'une situation que la morale condamnait.

— Je ne me doutais pas que lady Anne attendait un enfant, poursuivit-elle après s'être ressaisie. Elle gardait la chambre depuis plusieurs semaines en prétextant des malaises. Ce n'est qu'après le départ des autres serviteurs pour Londres, quand il ne restait que Bridie et moi dans la maison, que Bridie m'a dit la vérité.

Hope comprit que Nell avait dû maintes fois revivre la scène, car elle la décrivit avec un luxe de détails. Quand elle en arriva au moment où elle avait descendu l'escalier de service en portant le bébé qui vivait alors qu'elle le croyait mort, elle fondit en larmes.

— Bridie ne voulait pas que tu survives, je le savais. Mais quand j'ai vu ton visage et tes petites mains qui bougeaient, je n'ai pas résisté.

Hope ne put retenir une grimace de douleur quand Nell lui dit avoir surpris Bridie sur le point de l'étouffer sous un oreiller.

— Ne la juge pas mal, la supplia Nell. Elle mourait de peur, elle aimait lady Anne qu'elle avait pratiquement élevée et elle ne supportait pas l'idée de ce qui lui arriverait si sa faute s'ébruitait. L'idée m'est alors venue de t'emmener à la maison et de te confier à ma mère.

— Elle m'a acceptée sans demander d'autres explications ? s'étonna Hope après que Nell lui eut dit que Meg l'avait prise dans ses bras et nourrie au sein.

— Elle adorait tous les bébés et elle ne pouvait pas se résigner à ce que tu deviendrais si elle refusait. Elle m'a dit plus tard que notre père n'était pas content le lendemain matin. Il était parti au travail en grommelant qu'il n'avait pas de quoi nourrir une bouche supplémentaire, mais le soir, à son retour, il t'a prise dans ses bras, t'a embrassée et n'a plus jamais dit un mot à ce sujet.

Hope n'avait pas oublié comment son père la prenait sur ses genoux pour lui raconter de belles histoires. Jamais elle ne s'était sentie mal aimée, elle recevait, au contraire, plus d'attention que les autres.

— Mais enfin, insista-t-elle, personne ne s'est douté de rien ? Matt, James et Ruth étaient assez grands pour savoir que leur mère ne m'avait pas mise au monde !

— Quand il y a déjà dix enfants au foyer et qu'ils sont habitués à en voir un autre arriver tous les ans ou presque, ils ne pensent à rien qu'à la corvée d'aider à le nourrir ou à le changer. Matt a simplement fait une fois la remarque qu'il s'étonnait que notre mère ait fait si peu de bruit, parce que, à la naissance de son aîné, Amy avait fait trembler les murs de la ferme. Mais il n'a rien soupçonné.

— Comment était lady Anne après l'accouchement ?

— Triste et abattue. Peu de temps après, elle a rejoint sir William à Londres et je suis restée à Briargate. Elle n'est pas revenue avant trois mois et j'en étais ravie, car je pouvais te voir tous les jours. Tu étais le plus beau bébé que j'aie jamais vu.

— Pauvre Nell ! soupira Hope. Quel fardeau pour toi.

— Tu n'as jamais été un fardeau pour personne. Et puis, j'avais l'âge auquel beaucoup de filles ont leur premier enfant. J'étais morte de peur le jour où je t'avais emmenée à Briargate et que tu as rencontré le capitaine. T'en souviens-tu ?

— Oui. Savais-tu déjà qu'il était mon père ?

— Non, c'est ce jour-là que je m'en suis rendu compte. Un coup d'œil m'avait suffi pour voir votre ressemblance. Bridie était déjà morte à ce moment-là, je ne pouvais demander à personne si mes soupçons étaient fondés, mais j'étais sûre de ne pas m'être trompée. Je m'étonne que tu n'aies rien remarqué.

— Je n'avais aucune raison de chercher une ressemblance entre nous. Allons-nous le lui dire, maintenant ?

— Tu le peux si tu veux, bien sûr, répondit Nell en souriant pour la première fois. Il va se retrouver à la fois père et grand-père !

— J'ai éprouvé un sentiment particulier pour Angus quand nous avons fait connaissance en Crimée, dit-elle pensivement. Mais je n'ai rien ressenti avec lady Anne. Pourquoi, à ton avis ?

— Elle ne s'est jamais intéressée aux autres, répondit Nell avec un haussement d'épaules désabusé. De mon côté, j'ai fait tout mon possible pour que tu restes à ta place. Les parents et moi n'étions pas enchantés que tu ailles jouer avec Rufus, tu sais. Nous ne voulions pas qu'il te vienne des idées de grandeur ni que lady Anne s'attache trop à toi. Nous t'avons toujours considérée comme une des nôtres, vois-tu, même si je me disais parfois que le monde entier pouvait voir que tu étais née aristocrate.

Elles parlèrent ainsi jusque tard dans la nuit, partagèrent leurs souvenirs de Meg et de Silas. Les anecdotes sur les autres membres de la famille s'enchaînèrent dans les rires ou les larmes en apportant à Hope pour la première fois le sentiment d'être réellement intégrée à la tribu Renton. Nell lui parla aussi des occasions qui lui permirent de comprendre quelle était la véritable nature de sa petite sœur.

— Tu n'étais pas intimidée par les nobles, tu parlais à tous ceux qui passaient devant le cottage, en fait tu n'as jamais compris que les gens comme nous devaient faire preuve d'humilité. Et puis, je mourais de peur que Rufus et toi soyez trop proches l'un de l'autre.

— Pourquoi donc? s'étonna Hope, amusée.

— Parce que vous auriez pu tomber amoureux l'un de l'autre. Je ne te dis pas combien de nuits j'ai passées à m'inquiéter à ce sujet! Mais maintenant que vous savez la vérité, je me sens soulagée. Si nous apprenions demain que Bennett revient, je n'aurais plus aucun souci.

— Au moins, soupira Hope, tu m'as empêchée de penser à lui un moment.

Nell se leva, lui tendit les bras.

— À la grâce de Dieu, dit-elle en la serrant sur sa poitrine. Je voudrais bien te promettre qu'il sera bientôt ici, mais je n'ai pas le pouvoir de réaliser les vœux. Quoi qu'il arrive, ma chérie, je serai toujours à tes côtés, ne l'oublie jamais.

Les journées d'automne s'égrenèrent lentement, de plus en plus froides, pluvieuses, venteuses. La nuit tombait maintenant à quatre heures de l'après-midi et, de toute façon, il faisait trop mauvais pour avoir envie de sortir. Et pendant ce temps, toujours aucune nouvelle d'Angus ni de Bennett.

Oncle Abel apprit qu'un navire transportant le courrier de Crimée et de Turquie avait fait naufrage. Il était aussi allé à Winchester, où on lui avait affirmé au quartier général de la Rifle Brigade que le Dr Meadows n'était porté ni mort ni disparu. Des soldats rapatriés, auxquels il avait parlé, lui avaient déclaré que leurs familles n'avaient pas non plus été informées de leur état et que les lettres qu'ils leur avaient écrites de l'hôpital n'étaient arrivées qu'après leur retour. Angus, en revanche, avait définitivement quitté la Crimée. Oncle Abel avait obtenu la preuve qu'il s'était embarqué sur un steamer à destination de Constantinople, où il devait probablement chercher Bennett.

L'angoisse de Hope s'était muée en une douleur sourde et lancinante, à laquelle certains événements faisaient heureusement diversion. Quinze jours après la mort d'Albert, elle se rendit à Bristol pour l'enquête officielle, où Rufus et elle durent confirmer leurs témoignages. En moins de vingt minutes, le coroner conclut à la légitime défense et la félicita de son courage et de sa présence d'esprit.

En plus des tâches quotidiennes et des vêtements à confectionner pour Betsy, qui grandissait à une vitesse étonnante, les visites de ses frères et sœurs détournaient l'esprit de Hope de ses inquiétudes sur le sort de Bennett. Elle allait aussi à la ferme de Matt, chez Ruth à Bath puis chez d'anciens voisins de Compton Dando. Parfois, au cours de ces réunions de famille, Hope éprouvait le besoin de leur dire qu'elle n'était pas vraiment leur sœur, surtout lorsque Ruth proclamait que sa fille Prudence était son portrait craché. Elle ne résistait à la tentation que parce qu'elle voulait d'abord en parler à Angus et à lady Anne, qui pourraient souffrir du scandale soulevé par cette révélation.

Rufus disait souvent qu'il amènerait sa mère auprès de Hope et de Nell dès qu'il y aurait une belle journée.

Mais, le 30 novembre, lady Anne rendit l'âme dans son sommeil.

Matt leur annonça la nouvelle. Hope confia Betsy à Dora et Matt l'emmena aussitôt avec Nell à Briargate, où elles arrivèrent juste après que le médecin eut diagnostiqué que lady Anne avait succombé à un arrêt cardiaque.

— Elle était un peu bizarre hier soir, leur dit Rufus. Elle m'a dit qu'elle voyait mon père dans l'allée, qui lui faisait signe de la rejoindre. Pourtant, elle est montée se coucher normalement et c'est quand je suis entré dans sa chambre ce matin que j'ai vu qu'elle était morte.

Ils pleurèrent tous les trois après le départ de Matt.

— J'aurais dû revenir la voir, dit Hope. J'aurais dû me douter en voyant dans quel état elle se trouvait qu'elle n'en avait plus pour longtemps. Maintenant, je ne pourrais plus jamais lui dire tout ce que j'avais envie de lui dire.

— Je regrette moi aussi de n'avoir pas été plus gentil avec elle, avoua Rufus. Je la laissais trop souvent seule, j'étais trop impatient. Toi, Hope, tu n'as rien à te reprocher.

— Je voulais quand même lui dire que je comprenais ce qu'elle avait dû éprouver à ma naissance et que je ne lui en voulais pas.

— Elle le savait déjà, je crois. Peu après ta dernière visite, elle m'a dit qu'elle était fière de toi, que tu avais hérité du meilleur d'Angus et que les Renton t'avaient rendue forte et généreuse.

Nell les avait écoutés sans mot dire. Elle se leva de sa chaise et alla les prendre tous les deux par les épaules.

— Si je l'avais revue, dit-elle, je lui aurais fait remarquer qu'elle devrait être heureuse de vous avoir l'un et l'autre et que vous aviez de la chance de ne pas avoir hérité sa nature égoïste.

— Nell! protesta Hope. On ne doit pas dire de mal des morts!

— Moi je peux dire ce que je pense, parce que j'ai été avec elle pour le meilleur et pour le pire. Je l'aimais sincèrement, j'aurais fait n'importe quoi pour elle et je la connaissais mieux que tout le monde. Elle ne voulait pas rester une vieille femme impotente et je crois qu'elle a été soulagée de partir après avoir remis son passé en ordre. Sir William est peut-être vraiment revenu la chercher. Ils s'aimaient profondément malgré tous leurs problèmes. Soyons heureux pour elle.

— Voulez-vous la voir une dernière fois? demanda Rufus en séchant ses larmes. J'allais chercher Jane Calway pour qu'elle lui fasse sa toilette mortuaire avant de la descendre afin qu'elle repose ici jusqu'aux obsèques.

— Non, c'est moi qui lui ferai sa toilette, déclara Nell avec douceur. Je sais comment elle aimait être coiffée et habillée, je tiens à lui dire adieu en lui faisant ce dernier plaisir.

— Bien sûr, Nell. Voulez-vous que Hope et moi sortions pendant ce temps?

— Oui, allez prendre l'air. Je veux rester seule avec elle.

Ils sortirent en silence, s'enfoncèrent dans le sous-bois. Les arbres étaient dénudés par l'hiver et les dernières pluies avaient gonflé les ruisseaux, qui couraient sur les pierres avec un bruit apaisant.

— Quand je pense que nous sommes venus si souvent ici sans savoir que nous étions frère et sœur, dit Rufus tristement. J'étais malheureux à cause de mes parents qui se querellaient sans arrêt, toi tu avais tes démêlés avec Albert. Ils sont maintenant tous partis, il ne reste que nous deux. Je suis devenu fermier, tu es mère de famille, mais les problèmes ne disparaissent jamais, eux.

— Ils ne dureront pas éternellement, répondit Hope d'un ton consolant. Bennett reviendra, j'en suis convaincue, et toi tu pourras te marier. Plus rien ne t'en empêche.

— Peut-être au printemps, dit Rufus avec fatalisme. À condition que Bennett soit de retour, parce que je veux que tu sois heureuse pour venir à mon mariage. Nous avons eu tort de laisser Nell faire la toilette mortuaire de ma mère, ajouta-t-il. Elle doit être en train de pleurer toutes les larmes de son corps.

— Elle sait aussi bien dominer ses émotions que garder un secret. Et maintenant que les secrets sont dévoilés, nous n'avons pas de raison de refouler nos sentiments.

C'est en effet avec un déluge de larmes que Nell procéda à la dernière toilette de lady Anne. Elle lui brossa les cheveux et la coiffa avec autant de soin que du temps où elle était au zénith de sa beauté, elle la revêtit d'une belle robe de soie turquoise, sa couleur préférée, trouvée au fond de sa penderie. Elle la farda, lui glissa des tampons d'ouate dans les joues pour adoucir la maigreur de ses traits, lui mit des gants pour dissimuler les ravages du temps.

— Reposez en paix, milady, murmura-t-elle, je veillerai bien sur vos enfants. Penser que je vais finir mes jours avec Angus!... Il ne m'aimera jamais comme il vous a aimée, je le sais, mais je sais aussi que j'occupe une place dans son cœur. Je vous en remercie.

Au retour de leur mélancolique promenade, Hope et Rufus ne purent retenir leurs larmes devant lady Anne. Pour eux, l'horloge du temps avait reculé de trente ans, car elle était redevenue aussi belle que dans leurs souvenirs d'enfants.

— Reposez en paix, chère maman, murmura Rufus en se penchant pour déposer un baiser sur sa joue. Et merci de m'avoir donné une sœur.

## 27

— Où vas-tu ? Il fait nuit noire ! cria Nell dans la cuisine. Tu ne peux pas sortir maintenant, tu vas attraper la mort !

Hope ouvrit la porte en laissant entrer une giclée de pluie glaciale et n'entendit même pas l'avertissement de Nell. N'écoutant que la voix intérieure qui lui disait de fuir, elle partit en courant droit devant elle. La pluie était si torrentielle qu'elle traversa ses vêtements en quelques secondes. Elle perdit une de ses mules dans la boue gluante, mais elle ne prêtait attention qu'à sa détresse et à son besoin d'y échapper.

Il pleuvait à verse depuis le matin. Hope avait eu le sombre pressentiment qu'un temps aussi hostile le jour des obsèques de lady Anne ne pouvait qu'être annonciateur d'événements dramatiques. La capote de la voiture qui les conduisait à l'église, Nell et elle, fuyait au point qu'elles étaient arrivées trempées. À peine eurent-elles mis pied à terre que le vent avait retourné leurs parapluies et il faisait si froid dans l'église qu'elles avaient claqué des dents pendant toute la cérémonie. L'église était pleine à craquer. Les châtelains des environs occupaient les premiers rangs ainsi que la famille de lady Anne, venue du Sussex, mais le plus gros de l'assistance était composé des fermiers et des villageois, parmi lesquels Hope reconnut nombre de visages du temps de son enfance.

Rufus, Matt, Joe et Henry portèrent le cercueil sur leurs épaules. La simple couronne de houx et de roses de Noël paraissait trop austère pour lady Anne, qui avait toujours aimé les fleurs aux couleurs éclatantes, mais personne n'avait sans doute trouvé mieux à cette époque de l'année. Le révérend Gosling avait fondu depuis que Hope l'avait vu, sa voix était chevrotante. Il ne parla de lady Anne que comme d'une femme vieillie et brisée après la destruction de Briargate, sans faire allusion à la jeune femme resplendissante de beauté qu'il avait pourtant connue naguère. Les hymnes étaient même si lugubres que Hope ne pouvait pas croire que Rufus les ait choisis.

Les intempéries parurent redoubler quand il fallut se rendre au cimetière. Il pleuvait si fort et la boue était si glissante que plus de la moitié des villageois courut se mettre à l'abri dans l'auberge sur la place, sans même accorder une pensée aux dernières prières qui seraient prononcées au bord de la tombe. À la mine désolée de Rufus, Hope comprit qu'il considérait cette désertion comme un dernier outrage à la mémoire de sa mère. Nell en était scandalisée, mais Hope lui fit remarquer que lady Anne n'avait jamais manifesté de réelle sympathie aux gens du peuple, même à l'époque où sir William et elle étaient assez fortunés pour venir en aide aux nécessiteux.

Bien qu'elle n'ait pas versé une larme, le spectacle de la tombe béante et déjà à demi remplie d'eau plongea Hope dans une profonde tristesse. Quand elle baissa les yeux vers le cercueil de chêne verni, avec des poignées de bronze et une plaque gravée au nom de «Lady Anne Harvey, 1806-1855», elle ne put s'empêcher de penser aux fosses communes dans lesquelles tant de braves avaient été jetés sans ménagement en Crimée. Elle pensa aussi à la tombe de Silas et Meg Renton, modestement reléguée au fond du cimetière, marquée par une simple pierre dont les inscriptions s'effaçaient déjà. Mais ce qui déclencha la fureur de Hope, ce fut le comportement des sœurs de lady Anne. La dernière pelletée de terre à peine jetée, elles avaient couru s'abriter sous l'auvent du portail en attendant leur voiture. Quand Nell s'en approcha pour leur présenter ses condoléances, elles la chassèrent comme une mendiante, d'un geste méprisant.

Le premier réflexe de Hope fut d'aller les remettre vertement à leur place en disant que Nell avait été plus proche de lady Anne qu'elles-mêmes, en leur révélant qu'elle était leur nièce et avait le droit de leur adresser la parole d'égale à égale. Mais, par peur de se laisser emporter à faire un esclandre public, dont Rufus et ses autres frères et sœurs souffriraient, elle se domina, tourna le dos à ces pimbêches et entraîna Nell vers la sortie du cimetière, où elles embrassèrent Rufus et l'invitèrent à venir à Willow End après le départ de sa famille.

Le trajet du retour parut interminable. Au moulin de Chewton, la rivière avait débordé de son lit et inondé la route. Devant l'obstacle, le cheval commença par refuser d'avancer et Hope les voyait déjà forcés de faire demi-tour et de prendre le chemin le plus long, mais le cocher parvint à décider l'animal d'un claquement de fouet et elles arrivèrent enfin chez elles, trempées et frigorifiées.

Betsy hurlait parce qu'elle n'avait pas aimé le biberon que Dora lui avait fait boire. Affamée, elle se précipita sur le sein de Hope avant même qu'elle ait pu changer ses vêtements mouillés et, pendant ce temps, Nell se répandait en lamentations sur la tristesse des obsèques de lady Anne et vitupérait ses sœurs indignes. Hope écoutait avec une impatience croissante.

— Et j'ai aussi remarqué qu'elles lançaient des regards mécontents à Matt, à Joe et à Henry quand ils sont entrés dans l'église en portant le cercueil. Elles devaient penser que Rufus était trop familier avec des gens comme nous.

Cette fois, Hope explosa.

— Qu'est-ce que ça veut dire, des « gens comme nous » ? Nous sommes mieux élevées qu'elles ! C'est sir William qui a laissé Albert se conduire en maître parce qu'il couchait avec lui, ça devait mal finir ! Je hais les femmes comme elles qui se croient meilleures que les autres et je plains Rufus d'être obligé de les subir ! Il aurait mieux fait d'aller boire un verre à l'auberge avec mes frères ! C'est Matt qui a sauvé lady Anne, Joe et Henry qui ont risqué leur vie pour essayer d'éteindre le feu ! Et tu les traites de gens « comme nous » ? Ces pimbêches inutiles sont trop dégénérées pour qu'on leur torche le derrière !

— Tu ne devrais pas parler comme cela ! protesta Nell. Il faut quand même leur manifester un peu de respect.

De plus en plus indignée, Hope se lança dans une nouvelle tirade vengeresse contre les parasites de la société et les officiers incapables qu'elle avait côtoyés en Crimée. C'est en voyant Nell commencer à pleurer qu'elle n'y tint plus, empoigna Betsy et monta dans sa chambre sans aucune intention de présenter ses excuses à Nell. Tout ce qu'elle avait dit était vrai, oui ou non ?

Elle avait l'impression de ne plus être « à sa place » nulle part. Trop fière pour faire des courbettes à qui que ce soit, elle ne pouvait ni ne voulait se prétendre noble. Même si Rufus déclarait publiquement qu'elle était sa sœur, cela n'y changerait rien. Les autres lui colleraient l'étiquette de bâtarde ou autres termes encore plus infamants, les Dorville ne la toléreraient jamais comme une des leurs, elle n'en avait d'ailleurs aucune envie. Si Bennett revenait et décidait d'ouvrir un cabinet dans un village des environs, on l'y accepterait peut-être comme une petite-bourgeoise, mais c'est elle qui ne supporterait jamais la mesquinerie de ces provinciaux et leur existence étriquée.

Dans sa courte vie, elle avait vu et fait des choses que peu de femmes seraient capables d'imaginer, encore moins d'accomplir. Comment se résigner à restreindre son horizon à une coquette petite maison aux fenêtres ornées de rideaux de dentelle, à subir toute la journée les humeurs d'une servante chargée de tous les travaux qu'elle exécutait mille fois mieux elle-même ? Elle n'était pas faite, que diable, pour passer ses journées à coudre ou à broder, à recevoir les visites de matrones ennuyeuses ne sachant parler que de l'augmentation des prix ou des dernières modes qui faisaient fureur à Londres !

Les murs de la chambre se resserraient autour d'elle à l'étouffer. Oui, elle avait été heureuse de quitter la

Crimée, oui, ses retrouvailles avec ses frères et sœurs lui avaient apporté toute la joie qu'elle en attendait. Pouvoir mettre Betsy au monde dans un lieu propre, sûr et paisible l'avait comblée. Mais à quoi bon, en fin de compte ? Tout cela lui paraissait maintenant creux, vain. En un mot, inutile.

Après avoir couché Betsy, elle resta là à la contempler endormie dans son berceau. Elle n'était plus aussi brune que sa mère mais pas encore blonde comme son père. Son petit nez retroussé lui venait d'elle, ses mines parfois sérieuses ou solennelles de Bennett. Une soudaine panique la saisit. Betsy pourrait grandir sans avoir jamais connu son père. Plus les années passeraient, plus elle devrait voir dans le visage de sa fille le souvenir de son bonheur perdu.

La chambre devint étouffante. Haletante, les joues en feu, il fallait qu'elle en sorte sans plus attendre.

Elle courait droit devant elle, aveuglément, sans même se rendre compte qu'elle avait perdu sa seconde mule dans la boue. C'est en atteignant le carrefour de la route de Bath qu'un brusque élancement au flanc la força à ralentir. La campagne qui l'entourait, belle et riante sous le soleil, sinistre et hostile sous la pluie glaciale, lui parut comme un piège qui se refermait sur elle. Une vague de pure terreur la submergea. Bennett ne reviendrait jamais ! Croire à son retour n'avait été qu'une tragique illusion. Son avenir serait celui d'une veuve solitaire, dépendante de la charité d'autrui.

Secouée par les sanglots, les images de la vie qu'elle avait projetée avec Bennett défilèrent dans son esprit comme pour lui faire toucher du doigt sa folie d'avoir espéré qu'elle se réaliserait. Jamais, ils ne vivraient dans un douillet petit cottage, où les patients les plus pauvres paieraient Bennett d'un poulet ou d'une douzaine d'œufs. Jamais ils ne s'assiéraient sous la lune par les chaudes soirées d'été ni ne pousseraient leurs enfants sur une luge quand il neigerait en hiver. Jamais plus elle ne connaîtrait la griserie de faire l'amour avec l'homme qu'elle aimait et de se réveiller dans ses bras. Tout cela n'était qu'un songe creux. Dans la vie réelle, personne n'a jamais ce qu'il désire.

Lady Anne avait aimé Angus, mais elle avait dû passer sa vie avec un homme qui n'aimait que les hommes et elle était morte sans même savoir que sa fille lui pardonnait de l'avoir abandonnée. Rufus se marierait avec Lily, mais il affronterait toute sa vie les mauvaises récoltes, les poules qui ne pondent plus et sa femme et lui auraient faim plus souvent qu'à leur tour. Nell n'aurait jamais les enfants dont elle rêvait, Matt ne deviendrait jamais riche et même le beau, le séduisant Angus, qui n'avait pas eu celle qu'il aimait, ne pourrait jamais plus l'espérer. Quand il rentrerait chez lui, il découvrirait qu'il avait une fille, mais elle ne compenserait pas la perte irrémédiable de lady Anne.

Hope se crut revenue à la nuit où Albert l'avait jetée dehors sous la pluie. Elle éprouvait le même sentiment de désespoir. Comme cette nuit-là son visage ruisselait de la pluie qui se mêlait à ses larmes. Elle s'était alors forcée à survivre, elle était encore optimiste, elle était encore sûre que tout s'arrangerait puisqu'elle avait touché le fond. Elle ne pouvait plus désormais vivre d'illusions, elle savait que la vie n'était qu'une longue succession de calamités qui s'achevait par la mort.

Et elle ne pouvait plus en supporter davantage. Elle n'avait plus pour la soutenir la force, la volonté, la curiosité même d'attendre ce que l'avenir lui réservait. À l'endroit où elle se tenait, il lui suffisait de franchir un muret et de courir jusqu'à la rivière, dont les eaux tumultueuses gonflées par la crue l'engloutiraient sans coup férir. C'en serait fini de ses tourments, elle connaîtrait enfin la paix.

Mais en regardant devant elle, elle ne reconnut rien et hésita sur la direction à prendre. Elle eut l'impression d'être déjà dans la rivière alors qu'elle s'en savait loin. Une eau noire lui léchait les pieds, le vent la tirait par sa robe et ses cheveux comme pour l'entraîner, mais elle ignorait où. Par-dessus les sifflements du vent, elle entendait aussi un autre bruit, qu'elle ne pouvait identifier, qui paraissait s'approcher d'elle. Et elle avait peur, car ce bruit inconnu grondait de plus en plus fort dans ses oreilles et elle ne savait pas comment s'en éloigner.

— Bon sang de bon sang! Qu'est-ce que c'est que ça? s'écria le cocher en voyant une tache blanche apparaître devant lui. Holà, arrêtez! cria-t-il en tirant sur les rênes de ses chevaux.

— Que se passe-t-il, cocher? s'enquit un passager en passant la tête par la portière. La route est-elle inondée?

Tout à la tâche de stopper son attelage, le cocher ne répondit pas. À travers le rideau de pluie, il pouvait voir que l'obstacle inattendu était une femme et qu'elle le regardait, car les lanternes de la voiture se reflétaient dans ses yeux.

— Bougez, mais bougez donc ! cria-t-il en tournant frénétiquement la manivelle du frein.

Dans un concert de grincements, la berline stoppa enfin à deux pas de la femme. Le cocher sauta à bas de son siège, furieux.

— Espèce de folle ! rugit-il en l'empoignant par le bras. J'aurais pu vous écraser ! Vous n'avez rien de mieux à faire que rester plantée au milieu de la route ?

Les yeux écarquillés, visiblement terrifiée, elle ne répondit pas.

— Vous êtes sourde ou quoi ? Et d'abord, d'où êtes-vous ?

Il entendit derrière lui les bottes d'un de ses deux passagers se poser sur le marchepied.

— Qu'est-ce que je dois faire d'elle, monsieur ? demanda-t-il par-dessus son épaule. J'ai l'impression qu'elle n'a pas toute sa tête.

Le cocher entendit le passager pousser un cri de surprise et le vit tout à coup à côté de lui.

— Mon Dieu, mais... c'est Hope ! s'exclama le gentleman. Que diable fait-elle ici ?

— Vous la connaissez, monsieur ? s'enquit le cocher, incrédule.

— Oui, cocher. Nous allons l'emmener avec nous.

Nell leva pour la centième fois les yeux sur l'horloge et tira le rideau pour regarder par la fenêtre avant de se tourner de nouveau vers le cadran. Hope était sortie depuis déjà plus d'une heure, sans un châle sur les épaules. Même un chien errant ne resterait pas dehors par un temps pareil ! Elle alla ouvrir la porte, la referma quand le vent éteignit sa bougie, mit son manteau pour sortir, pensa à Betsy qu'elle ne pouvait pas laisser seule et raccrocha le manteau à la patère.

— Où a-t-elle bien pu aller, mon Dieu ? gémit-elle à haute voix. Ça ne me plaît pas du tout, mais alors pas du tout !

Hope était un peu bizarre depuis la mort d'Albert, nerveuse, l'esprit ailleurs. C'est compréhensible, il faut du temps pour se remettre d'avoir tué un homme. Et puis, comme elle n'était pas aussi dérangée qu'après avoir appris la maladie de Bennett, Nell n'y avait pas fait trop attention. Cela avait quand même recommencé après la mort de lady Anne. À certains moments, Hope entamait un travail qu'elle ne finissait pas ou passait d'une chose à l'autre sans raison apparente. Mais cette journée-ci avait été particulièrement déconcertante. Elle était descendue pour aller à l'église sans son chapeau et sans laisser d'instructions à Dora à propos de Betsy. À l'église, elle ne s'était même pas agenouillée pour dire une prière et était restée debout en regardant autour d'elle, comme si elle y venait pour la première fois de sa vie. Au retour, elle n'avait pour ainsi dire pas desserré les dents, sauf pour faire des réflexions désagréables, et elle avait l'air en colère contre Dieu savait quoi ou qui. Nell regrettait amèrement de n'avoir pas pris tous ces signes plus au sérieux, car nul n'ignorait que les enterrements perturbent souvent les gens et les ramènent à un passé pas toujours agréable.

Il était maintenant plus de huit heures du soir. Qu'est-ce que Hope pouvait bien fabriquer dehors ? Nell ne pouvait pas laisser Betsy seule dans la maison pour sortir chercher de l'aide ni ne pouvait l'emmener avec elle sous la pluie.

— Venez à mon secours, monsieur Rufus ! pria-t-elle à haute voix. J'ai trop peur.

Elle entendit alors du bruit dehors, regarda par une fenêtre de façade et distingua dans le noir la forme d'une voiture et celle d'un homme qui en descendait.

— Dieu soit loué, c'est Rufus ! soupira-t-elle avec soulagement.

En s'essuyant les yeux d'un coin de son tablier, elle courut à la porte, l'ouvrit toute grande. Elle ne connaissait pas l'homme qui se tenait déjà sur le seuil, mais celui qui se courbait pour passer sous les branches basses près de la barrière lui était très familier. Et il portait Hope dans ses bras !

— Capitaine Pettigrew ! s'exclama-t-elle. Merci mon Dieu, mes prières sont exaucées ! J'étais morte d'inquiétude. Mais où l'avez-vous trouvée ?

Elle reprit suffisamment ses esprits pour ouvrir la porte du salon devant le capitaine qui étendit Hope devant la cheminée. Livide, elle avait les yeux ouverts mais paraissait ne rien voir. Ne sachant que faire de mieux pour le moment, Nell se hâta de monter chercher des serviettes, des couvertures et des vêtements secs, mais les événements la dépassaient. Le capitaine revenait sans prévenir au beau milieu d'un drame et, en plus, amenait de la compagnie sans qu'il y ait rien de prêt pour leur dîner ! Que faire, mon Dieu, que faire ?

Quand elle redescendit au salon, le grand inconnu blond était seul avec Hope. Agenouillé près d'elle, il lui ôtait ses vêtements trempés. Le sang de Nell ne fit qu'un tour.

— Je ne tolère pas qu'un étranger se permette de traiter ma sœur de cette manière ! Je m'étonne de votre conduite, monsieur.

— Je suis son mari, Nell, répondit-il sans se retourner. Je suis aussi médecin. Ayez la bonté, je vous prie, de me dire où Angus range son cognac, je me charge du reste.

— Bennett? C'est vous Bennett? répéta Nell, ahurie.

— En personne, dit-il en lui lançant un regard amusé. J'espérais faire la connaissance de ma belle-sœur dans de meilleures circonstances, mais ni vous ni moi n'y pouvons rien.

Trop stupéfaite pour émettre un son, Nell partit en courant chercher la bouteille de cognac. Quand elle revint, les vêtements mouillés gisaient sur le carrelage, Bennett avait enveloppé Hope dans une couverture et la tenait dans ses bras comme une enfant.

— Allons, mon amour, parle-moi, murmurait-il tendrement. C'est ton mari, Bennett. Tu vois, je suis revenu. Dis-moi quelque chose.

Machinalement, Nell lui tendit un verre et la bouteille et resta plantée là, paralysée par la stupeur, pendant qu'il approchait le verre des lèvres de Hope.

— Voilà, c'est bien, dit-il en lui faisant avaler une gorgée. Tout va bien, maintenant. Je suis là et tu te réchaufferas vite. Fais-moi plaisir, bois encore un peu.

Hope leva la tête, but une autre gorgée et se mit à tousser.

— De mieux en mieux. Maintenant, tu vas t'asseoir et boire le reste. Quand je pense que je suis revenu pour que tu me soignes! ajouta-t-il en souriant.

Le son de sa voix, le contact de ses mains sur elle finirent par briser la barrière d'inconscience derrière laquelle Hope s'était réfugiée.

— Bennett? Bennett? C'est vraiment toi? murmura-t-elle.

Nell sentit une main se poser sur son épaule et l'entraîner vers la porte.

— Venez, Nell, dit Angus. Laissons-les seuls.

Après avoir enveloppé les cheveux de Hope dans une serviette, Bennett s'étendit à côté d'elle sur le tapis. Appuyé sur un coude, il la contempla en silence. Il était trop tôt pour lui demander ce qu'elle faisait au milieu d'une grand-route par un temps aussi épouvantable et il n'allait certainement pas lui avouer qu'il avait failli mourir de frayeur quand Angus était remonté avec elle dans la voiture et qu'elle ne les avait reconnus ni l'un ni l'autre. Pour le moment, il lui suffisait de la regarder, de voir ses beaux yeux noirs, ses lèvres qui esquissaient le plus beau des sourires, car il n'avait rêvé que d'eux pendant sa maladie. Il était parfaitement conscient d'avoir été à un doigt de la mort et de n'y avoir réchappé que par sa volonté acharnée de revoir Hope et de connaître leur enfant. Aucun des hommes frappés en même temps que lui par la typhoïde n'y avait survécu et si Angus n'était pas venu le sauver du mouroir de Scutari à ce moment-là, il y serait mort à son tour. Il était encore trop affaibli pour avoir pu soulever Hope sur la route et la mettre à l'abri, mais maintenant qu'ils étaient ensemble, il savait que sa convalescence se déroulerait dix fois plus vite.

— Nous avons une fille, je crois? dit-il à mi-voix. Angus m'a dit qu'il avait reçu une lettre de toi à son départ de Balaclava. Notre fille va bien, j'espère?

Il s'interrompit, craignant soudain que ce ne soit pas le cas et que c'était la raison pour laquelle Hope, dans son désarroi, courait dehors sous la pluie.

— Elle est si belle ! répondit-elle, le visage éclairé par un sourire radieux. Oh, Bennett ! Tu ne peux pas savoir comme j'avais peur que tu ne reviennes pas, que tu ne la voies jamais ! Il s'est passé tant de choses depuis mon départ de Crimée. Pourquoi ne m'as-tu pas écrit ?

— J'avais demandé à une infirmière de t'écrire à ma place quand je suis tombé malade, mais elle avait tant de patients à soigner qu'elle l'a peut-être oublié. J'ai été si malade à un moment que je ne savais même plus qui j'étais. Les lettres que je t'ai écrites quand j'ai commencé à aller mieux finiront peut-être par arriver un jour. Je n'en ai eu aucune de toi non plus, je les recevrai peut-être moi aussi, Dieu sait quand.

Hope sortit ses bras de sous la couverture, les lui tendit.

— Embrasse-moi. C'est comme cela que je saurai que tu es vraiment revenu.

Cet instant, Bennett l'avait attendu et en avait rêvé pendant toute la durée du long voyage de retour. Secoué par une violente tempête dans le golfe de Gascogne, terrassé par le mal de mer, il ne s'était raccroché qu'à la perspective de sentir à nouveau le goût de ses lèvres, la chaleur de son corps, la douceur de sa peau.

Quand leurs lèvres se joignirent, ce fut encore plus merveilleux que tout ce dont il avait rêvé. Un feu d'artifice éclata dans sa tête, les voix d'un chœur d'anges lui résonnèrent dans les oreilles, toute la laideur, toute l'horreur de la guerre et de l'hôpital s'effacèrent de son esprit. Il était de retour dans sa patrie, il tenait l'unique, l'irremplaçable Hope dans ses bras et tout reprenait sa juste place dans le monde.

Pendant que Hope et Bennett étaient au salon, Nell et Angus restèrent à la cuisine où Nell lui servit un frugal repas de pain et de fromage. Bien entendu, Angus voulut savoir la raison pour laquelle Hope courait seule sous la pluie et paraissait avoir perdu la raison.

Se rendant compte que ses explications seraient longues, Nell préféra s'en tenir à l'essentiel.

— Elle avait déjà été très affectée par votre lettre annonçant que Bennett était tombé malade et je crois que l'enterrement de lady Harvey ce matin lui a porté un nouveau coup.

Elle regretta aussitôt d'en avoir trop dit. Si tout s'était passé comme elle l'avait organisé cent fois dans sa tête, ils seraient assis tous les quatre autour d'une table richement décorée devant un dîner raffiné pour célébrer le retour des deux hommes. Au lieu de festoyer, de rire ou de pleurer de joie, le capitaine et elle étaient seuls à la cuisine devant un simple quignon de pain et du fromage et, en plus, elle attristait son retour en lui apprenant la mort de celle qu'il aimait.

— Pardonnez-moi, monsieur, se hâta-t-elle d'enchaîner, mais il s'est passé tant de choses depuis le retour de Hope que ce n'est pas étonnant qu'elle ne soit pas elle-même. Je n'aurais pas dû non plus vous annoncer aussi brutalement que lady Anne était morte.

Il avait le visage plus buriné qu'avant son départ, il avait maigri, il était visiblement fatigué, mais il restait aussi bel homme et ses yeux noirs, si semblables à ceux de Hope, se posaient sur elle comme s'ils pouvaient lire au plus secret de son âme.

— Anne nous a donc quittés, dit-il. De quoi est-elle morte ?

— Son cœur a lâché, monsieur. Mais elle s'est éteinte paisiblement dans son sommeil. Je suis sincèrement désolée, croyez-moi, ajouta-t-elle en voyant son regard s'embuer.

— Nous souhaitons tous mourir dans notre lit, et si la mort est douloureuse pour certains, je suis heureux qu'elle ne l'ait pas été pour elle. Comment Rufus réagit-il ?

— Aussi bien que possible, monsieur. Il est pour nous un fidèle ami depuis ces derniers mois. Mais pouvez-vous me dire où et comment vous avez retrouvé Bennett ?

Angus parut soulagé qu'elle change de conversation et raconta comment il était allé le chercher à Scutari.

— J'ai eu un mal fou à retrouver sa trace, soupira-t-il. Son nom ne figurait pas sur la liste des patients hospitalisés. J'ai dû éplucher des dizaines de manifestes de navires et c'est sur l'un d'eux que j'ai fini par le découvrir. Trois hommes étaient morts pendant la traversée de Balaclava à Scutari et leurs corps livrés à la mer. J'ai craint que Bennett n'ait été l'un d'eux, mais j'ai interrogé d'autres malades venus sur le même bateau et un fusilier, qui connaissait Bennett, m'a affirmé qu'il avait été descendu à terre sur une civière. J'ai donc dû passer l'hôpital au peigne fin, ce qui ne fut pas une mince affaire car il y avait plus d'un millier de malades et de blessés, mais j'ai fini par le localiser. Il avait été enregistré sous un faux nom.

— Comment une chose pareille a-t-elle pu se produire ? s'étonna Nell.

— L'hôpital est grand et le personnel si peu nombreux que c'est même un miracle que les registres soient tenus à peu près à jour, surtout quand un homme arrive malade au point de ne même plus savoir son nom. Il était dans un triste état quand je l'ai enfin trouvé, mais j'ai bousculé tout le monde pour qu'il soit transféré dans un autre service et reçoive de meilleurs soins et il a commencé à aller mieux.

Betsy se mit à pleurer à ce moment-là. Nell s'empressa de monter, mais ses parents l'avaient déjà précédée. Elle n'avait jamais rien vu de plus touchant que la manière dont Bennett découvrait sa fille. Mi-riant, mi-pleurant, il l'avait prise dans ses bras en lui disant qu'elle devait s'arrêter de crier car ce n'était pas comme cela qu'on doit accueillir son papa.

— Redescends t'occuper d'Angus, lui dit Hope avec le sourire radieux d'une jeune mariée. Maintenant, nous nous chargeons de Betsy. Je t'ai déjà donné trop de soucis pour une seule soirée et Bennett est très fatigué, lui aussi. Mets Angus au courant de toutes les nouvelles, demain nous fêterons dignement leur retour.

Avant de quitter la pièce, Nell leur jeta un dernier regard. Bennett serrait Betsy sur sa poitrine, Hope l'entourait de ses bras et ils penchaient tous deux la tête vers leur enfant. Ils composaient un si beau tableau que Nell eut, au plus profond d'elle-même, la certitude que désormais il ne pourrait plus rien leur arriver de mal.

Quand elle redescendit, Angus avait quitté la cuisine pour le salon où il était affalé dans son fauteuil préféré.

— Où en étions-nous ? demanda-t-il. Vous me disiez tout à l'heure qu'il s'était passé des tas de choses. Racontez-les-moi.

— Eh bien, commença-t-elle en hésitant, car elle n'était pas sûre de s'exprimer clairement, il y a d'abord eu le retour d'Albert.

Angus l'écouta sans l'interrompre, sauf pour lui faire préciser un détail de temps à autre.

— Grand Dieu ! s'exclama-t-il quand elle eut terminé. Je savais que Hope avait un caractère d'acier trempé, mais je ne l'aurais jamais crue capable de s'en prendre à ce misérable. Comment était-elle ensuite ? Ce n'est pas un souvenir plaisant à garder en mémoire.

— En effet, monsieur, approuva Nell. Mais ce n'est pas tout. Avant de mourir, Albert a révélé à Rufus votre liaison avec sa mère.

— Diable ! dit Angus avec une grimace de dépit. Dois-je m'attendre à ce que Rufus se jette sur moi comme un taureau furieux ?

— Non, le rassura Nell en souriant. Il a été choqué au début, mais plus maintenant. Parce que, voyez-vous, ce jour-là, lady Anne leur avait déjà fait à Hope et à lui une autre révélation. Et ce sera peut-être vous le taureau furieux quand je vous aurai dit quelle part j'y ai prise.

— Quoi donc ? Allez-y, je vous écoute.

— Elle leur a dit que Hope était sa fille et que vous étiez son père.

Un long moment, Angus la dévisagea avec perplexité comme si, à son tour, elle perdait la raison.

— Je n'y comprends rien, dit-il enfin. C'est invraisemblable, puisque Hope est votre sœur !

Nell eut un accès de panique. Allait-il se fâcher parce qu'elle ne lui avait rien dit quand elle était venue travailler chez lui, ou même après la mort de sir William ? Devant son expression sévère, elle eut beaucoup plus de mal qu'avec Hope à tout lui raconter.

— Je n'avais pas d'autre choix, comprenez-vous ? conclut-elle en pleurant. Je ne vous connaissais pas encore, j'ignorais qui était son père. J'étais si jeune, j'avais besoin de cet emploi pour aider mes parents, c'est pourquoi je n'ai dit à lady Anne que l'enfant avait survécu que lorsque j'ai quitté Briargate. Je suis sincèrement désolée de ne pas m'être sentie capable de tout vous dire plus tôt, mais j'avais juré à lady Anne de garder le secret.

Angus poussa un profond soupir et ferma les yeux. Dehors, il pleuvait toujours autant, la pluie crépitait contre les vitres et le vent sifflait dans la cheminée. Nell était sur des charbons ardents en attendant l'explosion de colère qui n'allait pas manquer de se produire.

— Pourquoi Anne ne m'a-t-elle pas écrit qu'elle attendait un enfant de moi ? demanda-t-il enfin d'une voix mal assurée. Je serais venu, je me serais occupé d'elle.

— Vous savez bien pourquoi, monsieur, se défendit Nell. Elle aurait risqué de perdre sa réputation et vous peut-être même votre grade.

— J'aurais pu travailler comme ouvrier agricole s'il l'avait fallu. Pour elle, j'aurais lutté, surmonté les obstacles.

— Je le sais maintenant et je crois qu'elle aussi l'avait toujours su. Mais c'eût été pour elle une trop rude épreuve. Elle tenait malgré tout à son mari et à sa position sociale. Si Bridie lui avait avoué que le bébé avait survécu, elle aurait peut-être réagi de manière différente.

Angus lui posa ensuite tant de questions sur Anne et sur Hope, que Nell se demandait si elle en verrait jamais la fin. Éprouvée par cette journée, elle était épuisée et n'aspirait qu'à dormir.

— Qu'a ressenti Hope en apprenant que l'homme qu'elle avait toujours appelé papa n'était pas son vrai père et que vous n'étiez pas sa sœur? demanda-t-il enfin. Je ne m'étonne plus qu'il lui arrive de perdre la tête!

— Il faudra le lui demander vous-même, monsieur. Elle ne m'a pas dit grand-chose à ce sujet. Tout ce que je sais, c'est qu'elle a pour vous beaucoup d'affection.

— Elle m'a sauvé la vie à Balaclava. J'ai vu bien des hommes succomber à des blessures moins graves que les miennes. Elle a un don exceptionnel pour soigner les gens, soulager leurs douleurs. Un de mes camarades officiers m'avait demandé une fois si nous étions apparentés, elle et moi, parce qu'il trouvait que nous nous ressemblions.

— Votre ressemblance est frappante, renchérit Nell. J'ai compris que vous étiez son père la première fois que je vous ai vu. Je m'étonnais même que lady Anne ne s'en soit pas rendu compte.

— Nous ne voyons le plus souvent que ce que nous voulons bien voir, répondit-il en souriant. Et en ce moment, je vois que vous êtes morte de fatigue, Nell. Allez vite vous coucher.

Après le départ de Nell, Angus resta plus d'une heure devant la cheminée en fixant les flammes d'un regard soucieux, l'esprit occupé de pensées douces-amères. La mort d'Anne l'attristait, mais elle était prévisible car lorsqu'il l'avait vue aux obsèques de William, elle était déjà vieillie et abattue et il avait ensuite appris que son état de santé ne cessait de se détériorer. Il était vain, désormais, de lui en vouloir de lui avoir caché la naissance de leur enfant, car il avait toujours su que fortune et position sociale comptaient plus pour elle que l'amour. Il avait pourtant beaucoup de mal à lui pardonner de ne pas avoir repris contact avec lui en apprenant que Hope était son enfant. Elle aurait dû savoir qu'il aurait remué ciel et terre pour retrouver sa trace !

Malgré tout, il était écrit dans le grand livre de la destinée que Hope ferait partie de sa vie, même si le chemin pour parvenir à cette fin s'était révélé tortueux. Quand il avait rencontré Nell par hasard et lui avait offert la position de gouvernante, c'était plus par compassion que par réel besoin, mais cette décision impulsive avait sans doute été l'une des meilleures qu'il eût jamais prises. Non seulement Nell était devenue pour lui une amie sûre et fidèle, mais elle avait réussi à lui donner le foyer stable et confortable qu'il n'avait jamais eu. Ensuite, quand il avait découvert que la jeune et jolie femme du chirurgien agressée à Varna n'était autre que la sœur disparue de Nell, il y avait vu un incroyable coup de chance, car c'était une manière de rendre à Nell tout ce qu'elle avait fait pour lui. Et en plus, Hope était sa propre fille !

En dehors même du lien qui les attachait l'un à l'autre, plus il y pensait, plus il se rendait compte qu'il avait ressenti dès le début un sentiment indéfinissable pour Hope. Bien entendu, il avait d'abord cru que c'était dû à ses yeux de velours et à son visage d'ange. De fait, il ne s'était défendu de penser trop souvent à elle qu'en se répétant qu'il avait l'âge d'être son père. Mais il avait aussi conscience que cette attirance venait moins d'un désir sensuel que de la sincère admiration de son courage, de son stoïcisme et de ses dons de soignante. Après qu'elle eut recousu ses blessures, la gratitude s'y était ajoutée et la découverte de son tempérament volcanique l'avait à la fois séduit et amusé. Ensuite, en apprenant avec le temps à mieux les connaître, Bennett et elle, il en était arrivé à éprouver des sentiments qu'il ne pouvait qualifier que de quasi paternels. Elle lui inspirait une profonde affection, il s'inquiétait de sa santé en la sachant enceinte et, à son départ de Balaclava, il avait ressenti une réelle tristesse de leur séparation.

C'est en fin de compte ce qui l'avait incité à rechercher Bennett malgré les difficultés d'une entreprise qui en aurait rebuté plus d'un. Pendant le voyage du retour, il était fier d'avoir réussi à lui ramener son mari et aussi heureux que Bennett lui-même de la revoir enfin. Et maintenant, il apprenait qu'elle était de son sang, son enfant, sa propre petite fille ! Il se sentait plus comblé que si on lui faisait don du soleil, de la lune et des étoiles.

— Elle est ravissante, dit Angus d'une voix enrouée par l'émotion en regardant Betsy dans les bras de sa mère. Père et grand-père d'un seul coup, il y a de quoi faire fondre un homme en larmes, même un vieux soldat endurci comme moi.

Il était dix heures du matin. Bennett était encore couché, Nell s'affairait à la cuisine et Hope était venue présenter Betsy à Angus, dans la bibliothèque que Nell lui avait aménagée à côté du salon.

— Nell vous a donc tout raconté hier soir? demanda Hope.

— Oui et j'ai tant de choses à dire que je ne sais pas par où commencer. J'ai réfléchi presque toute la nuit, je croyais avoir bien tout organisé dans ma tête, mais maintenant que je vois Betsy...

Il s'interrompit, les yeux pleins de larmes.

— Avons-nous vraiment besoin de mots? dit Hope, les yeux embués elle aussi. Nous sommes amis depuis le début, n'est-ce pas? Grâce à vous, Nell et moi nous sommes retrouvées, vous avez rendu la Crimée supportable à Bennett et à moi par votre seule présence, vous avez sauvé Bennett pour moi. Si vous vous croyez obligé de me présenter je ne sais quelles excuses, elles sont sans objet.

— Il ne s'agit pas d'excuses, dit-il en lui caressant tendrement la joue, plutôt d'un excès de joie que je ne sais comment exprimer. Bien entendu, je suis à la fois atterré et honteux de n'avoir pas eu la moindre part dans votre vie jusqu'à présent, puisque j'ignorais tout de votre naissance. Si je l'avais su, je vous aurais gardée et élevée comme ma fille sans me soucier de l'opinion des autres.

— Peut-être vaut-il mieux que vous n'ayez rien su, répondit-elle en lui prenant la main pour y déposer un baiser. Avec votre métier, vous auriez été absent la plupart du temps et j'aurais été livrée à des nurses qui n'auraient jamais pu me donner tout l'amour que m'ont prodigué Meg Renton et Nell.

— Toujours aussi pragmatique, dit-il en souriant. Sauf, ma chère enfant, que vous avez subi trop de chocs depuis la naissance de Betsy et nous devons tous veiller à ce que votre accès de dépression de la nuit dernière ne se répète pas.

— Je ne comprends pas moi-même ce qui m'a possédée, admit-elle en baissant les yeux.

— L'esprit humain peut endurer beaucoup, mais jusqu'à un certain point seulement, répondit-il avec douceur. J'ai vu bien des hommes courageux perdre la raison après une bataille. C'est sans doute ainsi que la nature exige qu'ils s'accordent du repos. Mais puisque Bennett est de retour et en bonne voie de guérison, j'espère que vous me permettrez désormais de prendre soin de ma famille.

— Famille, répéta-t-elle d'un air attendri. Quelle belle idée !

Angus tendit les bras et attira la mère et l'enfant sur sa poitrine.

— Je le crois aussi, dit-il d'une voix brisée par l'émotion. Je n'ai jamais eu de vraie famille, vois-tu. J'ai toujours été le coucou qui doit faire son nid dans celui des autres. Mais le plus extraordinaire, c'est que si j'avais pu adopter une famille idéale, vous êtes ceux-là mêmes que j'aurais choisis. Je vais enfin pouvoir prodiguer à Betsy l'amour et l'attention que je n'ai pas eu la chance de te donner. Et cela suffit à faire de moi le plus heureux des hommes.

Noël, auquel Nell et Hope n'avaient guère pensé jusqu'au retour des hommes, serait là dans moins d'une semaine et la maison bourdonnait d'une activité fébrile. Encore trop affaibli pour se rendre utile, Bennett jouait avec sa fille pendant que les femmes se démenaient pour préparer puddings et gâteaux ou astiquer l'argenterie. Angus coupait des réserves de bûches et rapportait des brassées de lierre et de houx quand il n'allait pas faire les courses au marché de Bristol. Il n'en rapportait d'ailleurs pas que des provisions, car il avait aussi fait l'acquisition d'un cheval pour tirer la voiture qui se couvrait de poussière dans une remise depuis son départ.

Willow End résonnait du brouhaha des rires et des conversations. Ils avaient tant d'histoires à se raconter, tant de longues conversations sur les événements du passé et leurs souhaits pour l'avenir ! Il leur arrivait aussi de rester assis autour de la table de la cuisine en se souriant sans rien dire, tant leur bonheur d'être enfin réunis n'avait pas besoin de paroles pour s'exprimer.

Jusqu'à quel point informer ou non les autres membres de la famille, attendus le lendemain de Noël, de la vérité sur les relations entre Angus et Hope fit l'objet d'interminables débats. Finalement, ils se rallièrent tous à la suggestion d'Angus de ne prendre la décision qu'au cours du grand déjeuner de Noël, en compagnie de Rufus et d'oncle Abel dont ils solliciteraient l'avis.

Il faisait nuit à cinq heures de l'après-midi le jour de Noël, mais la salle à manger de Willow End était illuminée par deux douzaines de bougies et le grand feu qui flambait dans la cheminée. Les poutres du plafond étaient ornées de guirlandes de houx et de rubans rouges, la nappe sur la table disparaissait sous une profusion de verres de cristal, de porcelaine et de plats d'argent. Il ne restait de l'oie que son squelette, les légumiers étaient vides et les convives unanimes pour marquer une pause avant de se sentir capables d'attaquer le plum-pudding.

— Je rêvais depuis des années d'un Noël comme celui-ci, dit Bennett. Mais je n'avais jamais cru qu'il se réaliserait.

Il balayait la table d'un regard émerveillé d'avoir survécu pour se trouver ici avec ceux qu'il aimait. Hope, éblouissante en robe rouge, dont les cheveux brillaient comme l'ébène sous la douce lumière des bougies, Nell en bleu ciel à côté d'oncle Abel, Alice et, enfin, Rufus, sans oublier Betsy qui gazouillait dans son berceau près de la fenêtre.

Les Noëls passés avaient été pour Bennett d'ennuyeuses corvées subies, pour la plupart, en compagnie de gens qu'il n'appréciait guère ou connaissait à peine. Même ceux avec le seul oncle Abel ne lui avaient pas laissé de bons souvenirs du fait de leurs rapports souvent tendus. Or, pour la première fois, tout se déroulait le mieux du monde. À l'évidence fier de son neveu, l'oncle Abel, manifestait à Hope beaucoup d'affection. Alice, qui avait toujours aimé et soutenu Bennett en secret, rayonnait de la joie de pouvoir enfin extérioriser ses sentiments et prodiguer ses attentions à Hope et à Betsy. Nell était exactement telle que Hope la lui avait décrite, placide, bonne et maternelle. Loin d'être aussi compassée que Bennett l'avait craint, elle riait beaucoup, pouvait se montrer très drôle et, quand quelque chose ne lui plaisait pas, elle ne mâchait pas ses mots ni ne s'encombrait de périphrases. Il voyait maintenant en elle une belle-sœur idéale.

Mais quand il regardait Angus, le cœur de Bennett débordait de gratitude. Dès le début, le fringant capitaine lui avait inspiré de l'admiration. Il n'avait rien de commun avec les aristocrates hautains et incapables, qui achetaient leurs brevets d'officiers de prestigieux régiments de cavalerie à seule fin de parader dans de rutilants uniformes. Angus possédait non seulement une indiscutable bravoure, mais surtout des qualités humaines qui avaient touché Bennett et effacé ses préventions. Beaucoup de ses hommes lui avaient rapporté qu'il leur donnait de la nourriture, des vêtements chauds et des couvertures en hiver, qu'il venait leur rendre visite quand ils étaient malades ou blessés et écrivait pour eux des lettres à leurs familles.

Mais c'est quand Angus était venu le chercher à Scutari que Bennett avait éprouvé pour lui un véritable amour filial. Il n'oublierait jamais le sourire d'Angus, resplendissant comme un archange salvateur en dolman bleu et or et en culotte rouge. La salle du sous-sol où étaient parqués les malades des fièvres, la plus sinistre, la plus sordide de l'hôpital, grouillait de vermine et l'air était empuanti, mais Angus y avait apporté la lumière et une grande bouffée d'air frais.

« Vous n'allez pas rester croupir dans ce trou, lui avait-il dit. Hope a besoin de vous à la maison. Allons, mon garçon, en route ! » Il l'avait soulevé de son lit, jeté sur son épaule comme un sac de farine et, aussi malade qu'il ait été à ce moment-là, Bennett avait senti que la volonté d'Angus de le sauver était trop forte pour lui permettre de se laisser mourir. Bien entendu, Angus ne dirait jamais à personne comment, des jours durant, il avait lavé et nourri Bennett comme un enfant jusqu'à ce qu'il redevienne capable de le faire lui-même, les vrais héros ne se vantent pas de leurs actions. Mais il avait su prononcer les mots qu'il fallait pour que Bennett retrouve la volonté de survivre.

Il lui avait décrit la maison et cette pièce jusqu'au moindre détail, y compris les rideaux confectionnés par Nell et les veines du bois de rose de la table. Il lui avait dit qu'ils y prendraient ensemble leur repas de Noël et précisé que l'oie viendrait de la ferme de Matt. Il lui avait parlé avec tant de gourmandise des recettes de cuisine de Nell qu'il en avait eu l'eau à la bouche. Il lui avait aussi annoncé que Hope serait assise à sa droite, plus belle qu'une rose de printemps. Et tout cela, qu'il n'espérait même plus, s'était réalisé sous ses yeux.

Maintenant qu'il savait qu'Angus était le père de Hope, Bennett s'étonnait de ne pas l'avoir deviné depuis longtemps. Leur ressemblance était frappante, non seulement par leurs yeux et certains de leurs traits, mais plus encore par leur courage, leur fidélité à la parole donnée, leur détermination à aller au bout de ce qu'ils entreprenaient. Que rêver de mieux au monde qu'un beau-père ayant déjà réussi à être le plus sûr et le meilleur des amis ?

Quant au septième convive, Hope lui avait parlé de leur amitié d'enfance, mais Bennett croyait en savoir assez du caractère de ses parents pour s'attendre à rencontrer un jeune aristocrate inconsistant. Or, et c'était sa plus grosse surprise, il n'en était rien. Rufus était un homme solide et sensé qui travaillait aussi dur que Matt Renton. Il était doué d'un esprit vif, d'un cœur d'or, d'une réelle conscience sociale et, en plus, d'un excellent sens de l'humour. Le peu que Bennett avait entendu dire de lady Anne ne l'avait guère disposé en sa faveur. Il devait maintenant admettre qu'elle avait dû posséder des qualités pour avoir séduit un homme comme Angus et eu deux enfants aussi remarquables l'un que l'autre.

La voix de Nell l'arracha à sa rêverie :

— Avec une famille comme la nôtre, Bennett, vous ne serez plus jamais seul à Noël. Mais avant même l'arrivée du prochain, vous en souhaiterez peut-être un plus calme.

— Je propose, intervint Angus en levant son verre, de porter un toast à beaucoup d'autres réunions aussi joyeuses que celle-ci.

— Et qu'elles se renouvellent le plus souvent possible ! renchérirent les autres.

— L'année prochaine, Betsy fera ses premiers pas, dit Hope en lançant un regard attendri au berceau où Betsy, parfaitement réveillée, agitait gaiement ses petites mains. Plus aucun de nous ne connaîtra alors un instant de repos.

Pendant que tout le monde riait, Bennett lui serra la main sous la table, soulagé et surtout rassuré de constater qu'elle s'était complètement remise de son accès du soir de son retour. Elle était d'ailleurs trop honteuse de son incompréhensible comportement pour en parler et, en réponse à ses questions, se bornait à dire qu'elle avait eu peur de ne jamais le revoir. Il avait compris qu'il s'agissait du contrecoup d'une cascade d'épreuves trop rapprochées mais qui ne se reproduiraient plus et qu'elle était redevenue elle-même.

— Vous souvenez-vous du Noël de l'année dernière ? demanda-t-elle à Bennett et à Angus.

— Je ne me souviens que d'une aile de poulet desséchée avec un quignon de pain rassis, répondit Angus en riant. Et vous ?

— Je ne me rappelle rien de ce que j'ai mangé, dit Bennett. Si je me souviens des festivités sur le quai la veille de Noël, c'est parce que je n'arrivais pas à arracher ma femme des bras des autres hommes.

— Je ne faisais que danser avec eux! protesta Hope. Bennett adore raconter qu'il a été très malheureux ce soir-là, mais il oublie de préciser qu'il avait vidé une bouteille de rhum à lui tout seul.

— Vous trois, observa Rufus, vous ne parlez de cette guerre que comme d'une sorte de partie de plaisir. Je ne suis pas arrivé à vous faire dire comment cela se passait en réalité. Angus et Bennett ne m'ont pas même dit un mot, par exemple, de Florence Nightingale dont les journaux n'arrêtent pas de vanter les hauts faits.

— Si nous n'en parlons pas, répondit Angus, c'est peut-être parce que nous sommes fatigués qu'elle soit la seule à être admirée du public. Nous avons vu de simples femmes de soldats risquer leur vie sur les champs de bataille pour porter secours aux blessés. Hope et les médecins tels que Bennett étaient là depuis le début, eux. Mme Nightingale a du mérite, c'est vrai, elle a contribué à améliorer les conditions de vie et de soins dans les hôpitaux et à faire enfin considérer le métier d'infirmière comme une profession noble. Mais ceux d'entre nous qui étions au cœur de l'action préféreraient que le courage et le dévouement de gens moins illustres soient honorés comme ils le méritent. Beaucoup ont tout donné, y compris leur vie, à leur patrie et à la simple humanité. Parmi les survivants, beaucoup de ces braves reviendront avec un membre en moins pour trouver leurs familles au dépôt de mendicité, où certains d'entre eux seront condamnés à finir leurs jours. Cette indignité sera épargnée à Mme Nightingale et à ses semblables.

Hope partageait les vues d'Angus, que Bennett approuvait aussi. Mais elle jugea sa tirade déplacée en un tel lieu et en un tel moment.

— Voyons, Angus ! le rabroua-t-elle. Comme Nell n'oserait pas vous le dire elle-même, il y a des sujets dont on ne parle pas à table.

— Mais j'ose le dire ! protesta Nell. À table, la conversation doit rester légère et distrayante.

— Vous êtes impayable, Nell ! s'esclaffa Rufus. Si vous disiez cela chez Matt, ils tomberaient tous de leurs chaises à force de rire. À sa table, on parle d'égorger les cochons ou de castrer les taureaux.

— Et chez vous, oncle Abel ? lui demanda Hope en souriant. De quoi parle-t-on à table ?

— Il lui est arrivé de décrire le contenu de l'estomac d'un homme dont il avait fait l'autopsie, répondit Alice d'un air malicieux. Au cours de ce dîner, un de ses invités est devenu aussi vert que la pelouse et a dû prendre une fuite précipitée.

— Oui, c'était regrettable, admit l'oncle Abel d'un air gêné, mais je croyais qu'il était médecin lui aussi.

— Me voilà donc dûment rappelé à l'ordre, dit Angus à Nell avec un grand sourire. La guerre, la médecine, la religion et la politique sont en effet des sujets qu'il vaut mieux éviter d'aborder à table.

— Tant mieux pour moi, commenta Rufus gaiement, parce que je n'y connais pour ainsi dire rien sur ces sujets-là.

— Tu ferais bien d'approfondir tes connaissances sur la religion avant d'épouser une fille de pasteur, le taquina Hope. Au fait, quand le grand événement doit-il avoir lieu ?

— Ce que tu dis nous ramène à la question délicate des liens du sang, répondit Rufus en reprenant son sérieux. Avant de demander officiellement la main de Lily, nous devons décider si je dois ou non lui dire que Hope est ma sœur.

Avant de passer à table, ils avaient informé oncle Abel et Alice des récentes révélations. Aussi stupéfaits l'un que l'autre, ils avaient dit qu'il leur fallait le temps d'y réfléchir, mais Hope avait senti qu'oncle Abel était enchanté d'apprendre que sa nièce était la fille illégitime de nobles personnages plutôt que le rejeton légitime de simples paysans.

— Si vous le dites à Lily, commenta Nell d'un air soucieux, il faudra aussi l'annoncer à Matt et aux autres membres de la famille.

Au cours de leurs discussions de la semaine précédente, ils étaient tombés d'accord sur le fait qu'il incombait à Rufus de prendre la décision finale, car il serait le seul affecté par un scandale éventuel.

— Malgré la joie que j'éprouverais à reconnaître Hope comme ma fille, dit Angus à Rufus, je ne souhaite à aucun prix ternir si peu que ce soit la mémoire de ta mère.

— Cela compte-t-il encore, maintenant qu'elle n'est plus là ? répondit Rufus. J'y gagnerai une sœur et un beau-frère, ce qui a pour moi de l'importance et en aura sans aucun doute pour mes enfants. Quant à Hope, elle y gagnera un père.

— Certes, observa l'oncle Abel avec un peu trop d'empressement, mais elle perdrait du même coup la famille Renton qui l'a élevée.

— Certainement pas ! déclara Nell avec indignation. Nos sentiments ne changeront pas. Pour nous, elle sera toujours notre sœur.

— Et vous, Bennett, qu'en pensez-vous ? demanda Rufus.

— Je pense que nous avons pu constater que les secrets et les mensonges provoquent bien des malheurs, répondit-il. Si vous épousiez Lily sans rien lui dire, Rufus, le scandale pourrait quand même éclater tôt ou tard. Pire encore, si la vérité finissait par se savoir, Lily serait légitimement blessée que vous l'ayez laissée dans l'ignorance.

— Nous sommes les seuls à la connaître, cette vérité ! Comment pourrait-elle finir par se savoir ? demanda Nell.

— Nous ne sommes pas tous aussi doués que vous pour garder les secrets, Nell, lui dit Angus en posant une main sur la sienne. Nous sommes sept autour de cette table. Un jour ou l'autre, l'un d'entre nous pourrait laisser échapper involontairement un mot de trop.

À ce moment précis, Betsy poussa un cri. Hope pouffa de rire.

— Je crois que Betsy veut nous rappeler que nous ne sommes pas sept mais huit, que nous sommes sa famille, père, mère, grand-père, oncles et tantes, et que nous devons rester solidaires.

Rufus se leva, alla prendre Betsy dans son berceau. À peine fut-elle dans ses bras qu'elle cessa de pleurer et fit un grand sourire.

— Tu vois, Betsy ? lui dit-il. Loin de moi l'idée de te priver d'un oncle titré alors que tu comptes déjà dans tes proches une brochette de héros de la guerre. Je pense donc que, dans ces conditions, je dois dire à Lily qu'elle a déjà une nièce.

— Êtes-vous certain de votre décision, Rufus ? demanda Bennett. Quand la nouvelle sera connue, les mauvaises langues s'en régaleront et cela pourrait vous porter préjudice.

Rufus baissa les yeux vers Betsy qui gazouillait dans ses bras avant de les relever vers Hope, sur qui il posa un regard chargé d'affection.

— Laissons donc parler les mauvaises langues. Je suis fier de dire à qui veut l'entendre que Hope est ma sœur. Qu'importe ceux que cela pourrait choquer! Seuls comptent ce petit ange et les autres enfants qu'aura Hope et que j'aurai moi-même. Nous devons les élever avec amour et dans la franchise. Je sais aussi que Hope, comme moi-même, leur dira comment nous avons été élevés par les Renton et que tout ce que nous savons de bien et de bon nous vient d'eux. Oui, conclut-il en embrassant Betsy avant de la donner à son père, je suis absolument certain de ma décision. Et maintenant, remplissons de nouveau nos verres et buvons tous à notre grande et heureuse famille!

## REMERCIEMENTS

Un immense merci à Glenn Fisher, de la *Crimean War Research Society*, pour l'inspiration, les informations et les encouragements qu'il m'a prodigués sans compter. Sans son soutien et son enthousiasme, j'aurais stagné et sans doute fini par sombrer. Mes excuses les plus sincères vont à Jo, à William et à James pour avoir tant accaparé le temps et l'attention de leur mari et père. Vous serez toujours honoré, mon cher Glenn, comme un modèle de patience et de dévouement.

Sue Hardiman, de la *Historical Association* de Bristol, mérite ma profonde gratitude, non seulement pour sa brochure passionnante et solidement documentée sur l'épidémie de choléra de 1832 et son impact sur la ville de Bristol, mais aussi pour l'intérêt porté à mon projet ainsi que pour sa contribution, grâce auxquels je suis parvenue à cerner au plus près la réalité des faits.

Mes propres recherches m'ont amenée à consulter des dizaines d'ouvrages sur l'Angleterre victorienne et la guerre de Crimée, mais les suivants se sont particulièrement révélés des mines d'informations :

*Journal Kept During the Russian War: From the Departure of the Army from England in April 1854 to *the Fall of Sebastopol*, de Frances Isabella Duberly (Elibron Classics, 2000)

*Eyewitness in the Crimea: The Crimean War Letters of Lt. Col. George Frederick Dallas, 1854-1856*, présenté par Michael Hargreave Mawson (Greenhill Books, 2001)

*George Lawson: Surgeon in the Crimea*, présenté, complété et commenté par Victor Bonham-Carter (Constable & Co., 1968)

Plusieurs ouvrages de Peter MacDonald sur l'histoire de Bristol.

*Mary Carpenter and the Children of the Streets*, de Jo Manton (Heinemann Educational, 1976)

*Wonderful Adventures of Mrs. Seacole in Many Lands*, de Mary Seacole, présenté par Sarah Salih (Penguin Books, 2005)

*The Crimean Doctors: A History of the British Medical Services in the Crimean War*, de John Shepherd (Liverpool University Press, 1991)

*The Reason Why*, de Cecil Woodham-Smith (Penguin Books, 1991)

*Achevé d'imprimer par N.I.I.A.G.*
*en janvier 2008*
*pour le compte de France Loisirs, Paris*

N° d'éditeur : 50655
Dépôt légal : février 2008

*Imprimé en Italie*